Das Römische Reich
41 n. Chr.
PONTUS EUXINUS
MOESIA
THRACIA
PONTUS et BITHYNIA
ARMENIA
GALATIA
CAPPADOCIA
MACEDONIA
EPIRUS
ASIA
PARTHIA
LYCIA
CILICIA
Antioch
SYRIA
ACHAIA
CYPRUS
Paphos
CRETA
INTERNUM
JUDAEA
ARABIA
Alexandria
CYRENAÏCA
AEGYPTUS

Lindsey Davis
Die Gefährtin des Kaisers

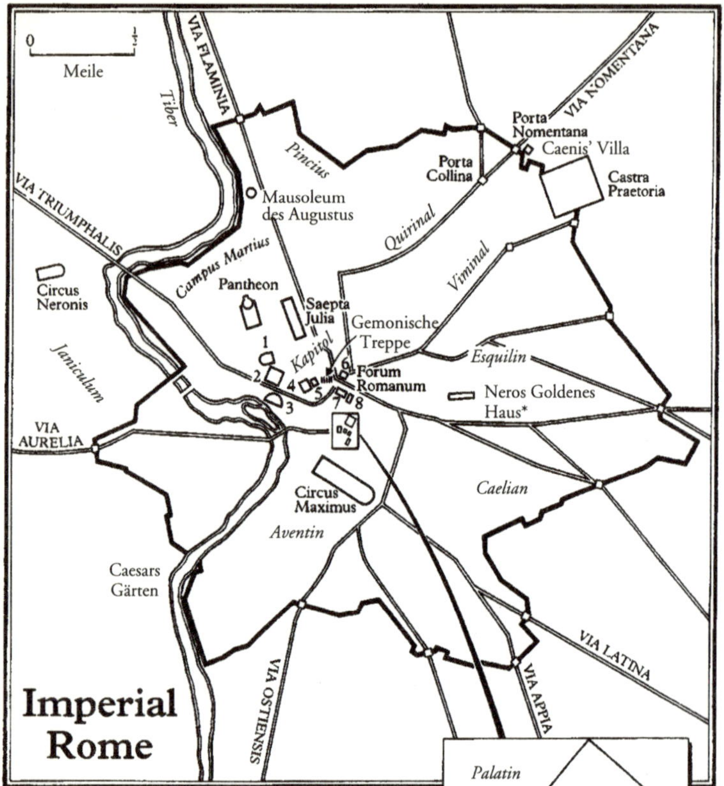

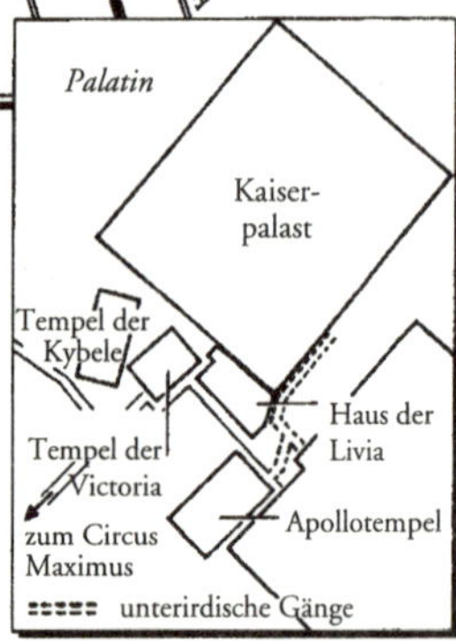

1 Balbustheater
2 Portikus Octaviae
3 Marcellustheater
4 Jupitertempel
5 Tabularium
6 Kurie (Haus des Senats)
7 Basilica Julia
8 Vestatempel

* Die Überreste; der ursprüngliche Komplex war wesentlich größer

Lindsey Davis

Die Gefährtin des Kaisers

Roman

Aus dem Englischen von
Susanne Aeckerle

Eichborn.

Stammtafeln

1. Das Julische-claudische Haus

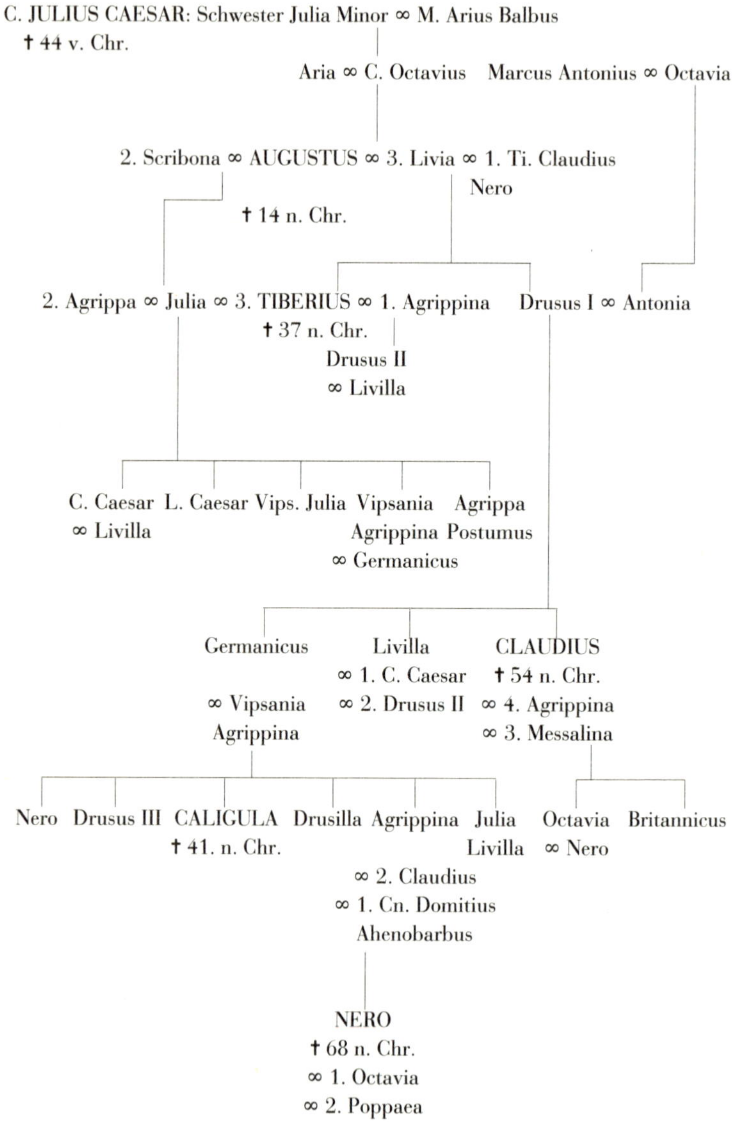

TEIL EINS
EINE ÜBELLAUNIGE DIENSTMAGD

Oktober 31 n.Chr.,
als alles begann und
Tiberius Kaiser war

I

Was war denn das?

Der junge Mann verlangsamte den Schritt und blieb schließlich stehen. Auch sein Bruder hielt erstaunt inne. Ein verführerischer, nicht zu diesem Ort passender Geruch wehte sie an. Sie schnupperten beide.

Unglaublich! Da wurde gerade eine Schweinswurst gebraten!

Überall herrschte Stille. Das Echo ihrer Schritte war verklungen. Nichts regte sich in den kühlen, hohen, marmorverkleideten Fluren des Palastes auf dem Palatin, von dem aus das Römische Reich regiert wurde. Seit dem Regierungsantritt des nun schon lange abwesenden Kaisers Tiberius boten die Räume Fremden kein freundliches Willkommen mehr. Heute war es schlimmer denn je. Bogengänge, die eigentlich bewacht sein sollten, waren nur von düsteren Portieren eingerahmt, deren Faltenwurf seit dem Tag, an dem man sie aufgehängt hatte, nicht mehr verändert worden war. Außer den beiden Männern war niemand hier. Nur der Geruch von gebratenem Fleisch und Gewürzen stieg ihnen weiterhin verführerisch in die Nase.

Der jüngere Mann setzte sich wieder in Bewegung. Er ging jetzt schneller, bog um Ecken und stürmte Flure entlang, als hätte er gerade den richtigen Weg entdeckt, bis er, nach kurzem Zögern, eine kleine Tür aufstieß. Bevor sein Bruder ihn einholen konnte, duckte er sich und trat ein.

Eine wütende Sklavin fuhr ihn an: »Spring in den Styx! Du hast hier nichts verloren!«

Ihr Haar hing in glatten, fettigen Strähnen herunter. Ihr Gesicht war teigig, ein trauriger Gegensatz zu den dick geschminkten Damen des Hofes. Doch trotz ihrer Schmuddeligkeit trug sie ihr schlichtes Frieskleid mit trotziger Würde, und wider besseres Wissen antwortete er trocken: »Danke! *Was für ein erstaunliches Mädchen!*«

Später wußte Caenis nicht mehr genau, welches Fest es gewesen war. Die Jahreszeit war klar. Herbst. Herbst, sechs Jahre vor Tiberius' Tod. Das Jahr, in dem Aelius Seianus, Präfekt der Prätorianergarde, gestürzt wurde. Seianus, der sich angeblich eine Hundemeute hielt, die er mit Menschenblut fütterte. Seianus, der seit fast zwei Jahrzehnten Rom mit eisernem Griff regierte und Kaiser werden wollte.

Es mochte während der zehntägigen Spiele zu Ehren von Augustus gewesen sein. Die Augustalia, die der Erinnerung an den ersten römischen Kaiser gewidmet waren und jetzt zu Ehren des gesamten kaiserlichen Hauses abgehalten wurden, wären eine Gelegenheit, zu der Antonia den meisten ihrer Sklaven und Freigelassenen, einschließlich ihres Chefsekretärs Diadumenus, freigegeben hätte. Noch wahrscheinlicher war es Augustus' Geburtstag, ein seit langem eingeführter Festtag, eine Woche vor Beginn des Monats Oktober. Der Gedanke an Augustus, den Gründer des Kaiserreichs, konnte Antonia sehr wohl zu dem bewegt haben, was sie plante.

Auf jeden Fall war es dumm, an einem solchen Tag etwas im Palast erledigen zu wollen. An allen gesetzlichen Feiertagen kamen die Priester des Kaiserkultes ihren religiösen Pflichten mit besonderer Inbrunst nach, während Senatoren, Bürger, Freigelassene und sogar Sklaven, von den privilegiertesten Bibliothekaren bis hin zu den schweißglänzenden Badehausheizern, die Chance ergriffen und ebenfalls in die Tempel drängten. Hier auf dem Palatin waren die Kübelträger und Treppenfeger, die Polierer der Silberbecher und edelsteinbesetzten Schalen, die Buchhalter und Sekretäre, die Kammerherren, die die Besucher überprüften, die Haushofmeister, die sie ankündigten, die Portierenanheber und Kissenträger schon vor Stunden verschwunden. Seianus würde bei den Feierlichkeiten den Ehrenplatz innehaben, und die Prätorianer, die eigentlich den Kaiser beschützen sollten, würden statt dessen ihn beschützen. Der kaiserliche Palast, der trotz des Kaisers langer Abwesenheit von Rom täglich bis in die späte Nacht voller Geschäftigkeit zu sein pflegte, war heute wie ausgestorben.

Da flog die Tür auf. Jemand trat ein. Caenis schaute auf. Sie blickte finster. Der Mann runzelte die Stirn.

»Hier ist jemand – Sabinus!« rief er über die breite Schulter zurück, während er geduckt im niedrigen Türrahmen stand. Unter dem Löffel des Mädchens spritzte das Fett gefährlich auf.

»Juno und Minerva«, hustete Caenis und mußte von der Pfanne zurücktreten, weil das Feuer seitlich aus dem Kohlebecken herausschlug. »Wir werden alle in Flammen aufgehen. Mach die Tür zu!«

Ein zweiter Mann, offenbar Sabinus, trat ein. Seine Toga schmückte der breite Purpurstreifen eines Senators. »Was haben wir denn hier?«

Wieder spritzte das Fett auf. »Ach, schert euch zum Hades!« schimpfte Caenis, ohne auf den Rang der beiden zu achten. Beinahe hätte ihr Kleid Feuer gefangen.

»Eine übellaunige Sklavin mit einer Pfanne voller Würste.«

Endlich war er so vernünftig, die Tür zu schließen.

Sie hatten sich verlaufen. Das war Caenis sofort klar. Selbst die Plätze und Tempel zwischen den Häusern der kaiserlichen Familie oberhalb des Circus Maximus lagen verlassen da. Die Büros auf der Forumseite des Palatin waren geschlossen. An einem solchen Tag herzukommen war einfach dumm. Ohne Wachen, die vor ihrer Nase die Speere kreuzten, waren die zwei in den falschen Flur abgebogen und hatten die Orientierung verloren. Nur Leute, die bei ihrem zweifelhaften Tun ungestört sein wollten, drückten sich an diesem Tag in dunklen Ecken herum. Exzentriker und Abweichler, Geizhälse und Unzufriedene – und Caenis.

Sie gehörte zu einer Gruppe von Mädchen, die unter Diadumenus arbeiteten und die Korrespondenz für Antonia kopierten. Heute hatte er ihr befohlen, sich ein ruhiges Plätzchen weitab vom Trubel zu suchen. Später sollte sie zum Haus der Livia gehen, wo ihre Herrin wohnte, um nachzufragen, ob ihre Dienste benötigt wurden. Caenis war zwar noch jung, aber tüchtig. Außerdem rechnete Diadumenus nicht damit, daß irgend etwas Wichtiges geschehen würde. Also hatte auch Caenis, wie alle anderen, mehr oder weniger frei.

Daher die Wurst. Sie hatte ihr Alleinsein – selten für eine Sklavin – und die Vorfreude auf die Mahlzeit genossen. Das Geld dafür hatte sie sich mühsam zusammengespart, hatte Briefe für andere geschrieben und verlorene Münzen auf den Palastfluren aufgelesen. Dann hatte sie sich hierhergeschlichen, die Wurst in gleichgroße Stücke geschnitten und briet sie nun in einer Pfanne, die zum Emulgieren von Gesichtscreme gedacht war. Sie hatte vor, diesen Leckerbissen ganz allein zu verzehren, und freute sich aus gutem Grund auf ihre Wurst: Ihr magerer Körper brauchte Fleisch und Fett, ihre Sinne sehnten sich nach dem Geschmack von Nüssen und Gewürzen und dem Luxus einer heißen Mahlzeit direkt aus der Pfanne. Sie war wütend über die Störung.

»Entschuldigen Sie, meine Herren, aber Sie haben hier keinen Zutritt.«

Wachsam versuchte sie, ihren Ärger zu verbergen. In Rom war es klug, diplomatisch zu sein. Das galt für alle. Männer, die heute meinten, das Vertrauen des Kaisers zu besitzen, konnten schon morgen in die Verbannung geschickt oder ermordet werden. Wollten sie überleben, mußten sie irgendwie Zugang zu der Clique um Seianus finden. Sich mit jemandem anzufreunden war seit Jahren gefährlich, denn falsche Verbindungen wurde man so schwer wieder los wie ein Koch den Zwiebelsaft unter seinen Fingernägeln. Vielversprechende Karrieren endeten so häufig im Desaster, daß Männer, die heute noch unwichtig waren, vielleicht schon morgen lorbeergeschmückt unter den Bändern der goldenen etruskischen Krone triumphierend in die Stadt einzogen.

Für eine Sklavin war es immer das beste, höflich zu erscheinen: »Meine Herren, falls Sie zu Veronica wollen ...«

»Ach, laß den Kopf nicht hängen!« hänselte sie der Jüngere. »Vielleicht bist du uns ja lieber.«

Caenis ruckte so heftig an ihrer Pfanne, daß der Löffel fast herausgefallen wäre. Sie lachte spöttisch. »Reich, hoffe ich?« Die beiden Männer sahen einander an und schüttelten dann mit dem gleichen bedauernden Grinsen den Kopf. »Dann bin ich nicht interessiert!«

Sie sah, daß die beiden ihre Verlegenheit zu überspielen suchten. Traditionalisten mit guter Familienmoral – zumindest in der Öffentlichkeit. Veronica würde sie ganz schön durcheinanderwirbeln. Sie war genau die Richtige, um prüde Senatoren aus der Fassung zu bringen. Veronica war überzeugt, daß eine muntere und hübsche Sklavin tun konnte, was sie wollte.

Caenis war zu zielstrebig und ernsthaft. Sie würde sich ihren Lebensunterhalt auf andere Weise verdienen müssen.

»Wir scheinen uns verlaufen zu haben«, erklärte der vorsichtige Sabinus.

»Hat Ihr Diener Sie im Stich gelassen?« wollte Caenis wissen und deutete mit dem Kopf auf seinen Begleiter.

»Mein Bruder«, berichtigte der Senator. Sehr gradlinig, dieser Senator.

»Wie heißt er?«

»Vespasianus.«

»Und, wo sind Ihre breiten Streifen?« forderte sie den Bruder heraus. »Nicht alt genug?« Das Eintrittsalter für den Senat war fünfundzwanzig; er war vermutlich erst Anfang zwanzig.

»Du klingst wie meine Mutter. Nicht schlau genug!« gab er zurück.

Bürger machten Sklavinnen gegenüber normalerweise keine Witze über ihre ehrwürdigen Mütter. Caenis starrte ihn an. Er hatte einen breiten Brustkorb, muskulöse Schultern, einen kräftigen Hals. Eine angenehmes, ausdrucksstarkes Gesicht. Sein Kinn ragte vor, seine Nase war gebogen, die Lippen fest zusammengepreßt, trotzdem wirkte er gutmütig. Er hatte einen ruhigen Blick. Sie schaute weg. Als Sklavin zog sie es vor, einem solchen Blick nicht zu begegnen.

»Noch nicht bereit dafür«, fügte er hinzu, mit trotzigem Blick zu seinem Bruder, als handele es sich um einen Familienstreit.

Wider besseres Wissen entgegnete sie: »Oder ist der Senat noch nicht bereit für Sie?« Caenis hatte bereits seine dickköpfige Ungeschliffenheit bemerkt, eine bewußte Weigerung, seine ländliche Herkunft und seinen Dialekt zu verbergen. Sie bewunderte ihn dafür, obwohl viele Römer ihn als ungehobelt bezeichnet hätten.

Er spürte ihr Interesse. Wenn er wollte (und sie nahm an, daß er es tat), mochten die Frauen ihn vermutlich. Caenis widerstand der Versuchung.

»Sie haben sich in Livias Vorratsraum verirrt, mein Herr«, erklärte sie dem anderen Mann, Sabinus.

Eine plötzliche Stille trat ein, die Caenis insgeheim genoß. Obwohl das Kämmerchen wie eine Parfümerie aussah, fragten die beiden Männer sich sicher, ob die berühmte Kaiserin wohl hier das Gift zusammengemischt hatte, mit dem sie angeblich jene ermordete, die ihr im Weg standen. Inzwischen war Livia tot, aber die Gerüchte hatten sich verselbständigt und waren sogar noch wilder geworden.

Die beiden Männer betrachteten nervös die Salbentöpfchen und

Fläschchen. Einige waren leer, ihr Inhalt hatte sich schon vor Jahren verflüchtigt. Andere waren undicht und standen in klebrigen Pfützen. Manche waren noch in Ordnung: Glasflaschen mit Mandelöl, Specksteindosen mit feinem Wachs und Fett, Amethystflakons mit Pomade, korkverschlossene Phiolen mit Antimon und Seetangextrakten, Alabastertöpfe mit rotem Ocker, Asche und Kalk. Kein Ort für einen Koch; eher einer Apotheke. Veronica hätte für diese kleine Schatzkammer drei Finger gegeben.

Es gab noch andere Behälter, die Caenis angeschaut, aber unberührt auf den Regalen hatte stehen lassen. Einige Ingredienzen waren mit Sicherheit nicht harmlos und hatten sie davon überzeugt, daß Livia tatsächlich mit der berühmten Giftmischerin Lucusta unter einer Decke gesteckt haben mußte. Aber das würde sie für sich behalten.

»Und was machst *du* hier?« fragte Sabinus interessiert.

»Ich katalogisiere die Kosmetika, Herr«, erwiderte Caenis bescheiden und vieldeutig.

»Für wen?« murmelte Vespasianus, mit einem Glitzern im Blick, das klarmachte, wie sehr ihn interessierte, wer an die Stelle der gefährlichen Livia getreten war.

»Antonia.«

Er hob die Augenbraue. Vielleicht war er ja doch ehrgeizig.

Ihre ältliche Herrin war eine der am meisten bewunderten Frauen Roms. Als allererste Lektion hatte Diadumenus Caenis eingebläut, jedes Gespräch mit Männern zu meiden, die hofften, sich dadurch einen Kontakt mit Antonia zu erschleichen. Tochter von Marcus Antonius und Octavia, Nichte des Augustus und Schwägerin des Tiberius, Mutter des berühmten Germanicus (und auch Mutter des seltsamen Claudius und der skandalumwitterten Livilla), Großmutter von Caligula und Gemellus, die eines Tages gemeinsam das Römische Reich regieren sollten ... Sollte eine Frau durch ihre männlichen Verwandten bestimmt sein, so hatte sich Antonia wirklich einige Rosinen herausgepickt, obwohl Caenis die ganze Familie insgeheim für eine stockfleckige und angeschimmelte Bande hielt. Geschlagen mit dieser berühmten Männerriege, war Antonia weise, mutig und noch nicht vollkommen abgestumpft durch die empörenden Dinge, die sie hatte mit ansehen müssen. Wenn sogar der Kaiser sie ernst nahm, mochten auch ihre Sklavinnen über Einfluß verfügen.

»Ich sehe meine Herrin nur selten«, erklärte Caenis ruhig, damit es keine Mißverständnisse gab. »Ich wohne hier im kaiserlichen Palast. Ihr Haus ist zu klein.«

Das stimmte, aber als Kopistin für Antonia zu arbeiten war für Caenis ein großer Schritt gewesen.

Obwohl als Sklavin geboren, war Caenis keine Dienstmagd. Man hatte ihre Intelligenz erkannt und sie für Bürotätigkeiten ausgebildet: lesen, schreiben, chiffrieren und Kurzschrift, Diskretion, gutes Benehmen, anmutige Unterhaltung mit angenehmer Stimme. Ihr Latein war erstklassig, ihr Griechisch überdurchschnittlich gut. Sie konnte rechnen und die Bücher führen. Sie konnte sogar denken, obwohl sie das für sich behielt, um andere nicht dadurch in Verlegenheit zu bringen, daß sie sich als ihnen überlegen zeigte. Nur weil sie noch so jung war, arbeitete sie bisher nicht in einem der kaiserlichen Büros. Man durfte erst dann im Büro arbeiten, wenn sicher war, daß man mit zudringlichen Senatoren fertig wurde.

Caenis nahm die Pfanne vom Kohlebecken und richtete sich auf, um nun mit diesen beiden Männern fertig zu werden. Ihre Ausbildung war umfassend gewesen. Sie konnte mit dem Hintergrund verschmelzen und doch Tüchtigkeit ausstrahlen. Sie saß immer aufrecht, um sich eine gute Handschrift zu bewahren, stand gerade, ohne die Schultern hängenzulassen. Ihr Gang war selbstbewußt. Sie sprach deutlich, wußte, wie man uneingeladenen Senatoren mit Charme die Tür wies.

Ob das auch für einen Vorratsraum galt, würde sich zeigen.

»Antonias Köchin?« fragte Sabinus neugierig, als sie die Pfanne wegstellte. Männer hatten ja keine Ahnung.

»Antonias Sekretärin«, prahlte sie.

»Warum dann die Wurst, Antonias Sekretärin?« fragte der jüngere Bruder, der sie immer noch mit gerunzelter Stirn betrachtete. »Geben sie dir hier nichts zu essen?«

Der Blick, mit dem die beiden Caenis' Essen beäugten, wirkte auf anrührende Weise hoffnungsvoll. Caenis grinste, schaute aber auf ihr Pfännchen hinunter. »Ach, die tägliche Sklavenration: nichts Gutes und nie genug.«

Sabinus zuckte zusammen. »Klingt wie bei uns zu Hause!«

Sie mochte diesen Senator mehr, als sie erwartet hatte. Er schien aufrichtig und wohlmeinend. Sie platzte heraus: »Tja, alles ist relativ! Ein reicher Ritter ist bestimmt fröhlicher als ein armer Senator. Aber arm zu sein und dem Ritterstand anzugehören ist immer noch besser, als ein gewöhnlicher Bürger zu sein, der kaum das Recht hat, auf der Straße in der Nase zu bohren. Ein Sklave im kaiserlichen Palast hat ein angenehmeres Leben als ein freier Bootsmann, der in einem stets von der Flut bedrohten Schuppen am Tiberufer haust ...« Da man ihr nicht den Mund verbot, redete sie schnell weiter: »Die Macht des Senats ist zu einer Illusion geworden. Rom wird vom Präfekten der Prätorianergarde regiert ...«

Das hätte sie niemals laut sagen dürfen.

Um die beiden Männer abzulenken, plapperte sie weiter: »Was mich angeht, ich bin in einem Palast geboren. Ich habe Wärme und Musik, leichte Arbeit und Aufstiegschancen. Vielleicht mehr Freiheit als ein römisches Mädchen von hoher Geburt mit Granatsteckern in den Ohren, das im Haus ihres Vaters eingesperrt ist. Die kann doch nichts anderes tun, als einen wohlhabenden Halbidioten zu heiraten, der dann nur darauf aus ist, ihr zu entkommen – und zwar zu solchen wie Veronica und mir –, um sich einigermaßen vernünftig zu unterhalten und unerzwungene Leibesfreuden zu genießen, und wenn er kein *vollkommener* Idiot ist, sogar ein wenig echte Zuneigung.«

Atemlos hielt sie inne. Ihr war eine politische Meinung entschlüpft. Schlimmer noch, sie hatte etwas von sich selbst preisgegeben. Unruhig trat sie von einem Fuß auf den anderen.

Der ernsthafte Blick des jüngeren Mannes beunruhigte sie. Darum murmelte sie: »Ach, hören Sie auf, nach meiner Wurst zu schielen! Wollen Sie ein Stück?«

Eine Pause entstand.

Das war undenkbar.

»Nein, vielen Dank!« sagte Sabinus hastig und versuchte, seinen Bruder zu übertönen – keine einfache Aufgabe.

Caenis war zwar schroff, aber großzügig. Da ihr Alleinsein ohnehin gestört war, bot sie dem jungen Ritter auf der Spitze ihres Messers eine Scheibe Wurst an. Er griff sofort danach.

»Hm! Das schmeckt gut!« Während er kaute, betrachtete er sie und lachte. Alle Sorgen waren plötzlich aus seinem Gesicht verschwunden. Sie hatte angenommen, daß jeder, der eine anständige weiße Toga trug, täglich Pfauenfleisch mit zwei Soßen vorgesetzt bekäme, aber er aß mit einem Appetit, der dem eines ausgehungerten Küchenjungen glich. Vielleicht ging all sein Bargeld für das Waschen dieser Togen drauf. »Gib dem Dummkopf da auch ein Stück. Er ist ganz heiß darauf.«

Caenis beäugte den Senator. Wieder bot sie eine Wurstscheibe auf ihrer Messerspitze an. Eifrig griff Sabinus danach. Die Hand des Bruders legte sich so schwer auf seine Schulter, daß Caenis den goldenen Ritterring glitzern sah. Dann gestand er ihr: »Sein Diener, genau wie du sagst! Ich schaffe ihm Platz auf der Straße, verjage Gerichtsvollzieher und unattraktive Frauen, bewache seine Kleider in den Thermen wie ein Hund – und achte darauf, daß er genug zu essen bekommt.«

Wieviel davon als Witz gemeint war, ließ sich nur schwer ausmachen.

Inzwischen sah sie ihm an, daß sie ihm gefiel. Sie kannte diesen Blick, hatte ihn bei Männern gesehen, die Veronica umschwärmten. Caenis wich zurück. Sie fand das Leben schon so schwer genug. Auf einen überfreundlichen Galan mit ländlichem Akzent und ohne Geld konnte sie gut verzichten. »Lassen Sie mich Ihnen den Weg zeigen, meine Herren.«

»Wir bringen das Mädchen in Schwierigkeiten«, warnte Sabinus.

Zum ersten Mal lächelte sein Bruder sie an. Es war das angespannte, bedauernde Lächeln eines Mannes, der Zwänge kennt. Sie war zu klug, um zurückzulächeln. Immer noch kauend, rührte er sich nicht von der Stelle. Die Augen zu Boden gerichtet, knabberte Caenis ihr eigenes Wurststück langsam von der Messerspitze. Es war eine recht anständige Schweinefarce, gewürzt mit Myrtenbeeren, Pfefferkörnern und Pinienkernen. In das heiße Bratfett hatte sie eine Porreestange hineingeschnitten.

Nur noch zwei Scheiben lagen in der Pfanne. Der jüngere Bruder, Vespasian, griff nach der einen, hielt dann inne und tadelte sie sanft: »Du läßt dir von uns dein Essen stehlen, Mädchen.«

»Ach, greifen Sie schon zu!« drängte sie ihn, plötzlich verlegen und ärgerlich. Es hatte ihr Freude gemacht, etwas anderes als die übliche Tauschware der Sklavinnen anzubieten.

Er sah sie ernst an. »Ich werde die Schuld zurückzahlen.«

»Mag sein.«

So aßen sie zusammen, sie und der stämmige junge Mann mit dem energischen Kinn. Sie aßen, während der Bruder wartete. Dann leckten sich beide die Finger und seufzten verzückt. Alle drei lachten.

»Lassen Sie mich Ihnen den Weg zeigen, meine Herren«, wiederholte Caenis, gedämpft, als das Sonnenlicht einer anderen Welt in die Leere ihrer eigenen fiel. Sie führte sie hinaus auf den Flur. Die beiden Männer gingen rechts und links neben ihr, und sie genoß ihre Gegenwart, während sie sie zu den Verwaltungsbüros führte.

»Danke«, sagten beide in der lässigen Art, die ihrem Rang entsprach.

Ohne zu antworten, machte Caenis auf dem Absatz kehrt und ging davon, wie man sie es gelehrt hatte: erhobener Kopf, gerader Rücken, ausgeglichene, kontrollierte Bewegungen. Die trostlosen und erniedrigenden Umstände ihrer Geburt wurden unwichtig; sie ignorierte ihr trübes Los und war einfach sie selbst. Caenis spürte, daß die beiden stehengeblieben waren, in der Erwartung, sie würde sich noch einmal umdrehen. Sie tat es nicht, weil sie befürchtete, daß die Männer sich über sie lustig machten.

Caenis täuschte sich. Der Senator, Flavius Sabinus, nahm ihr seltsames Abenteuer gelassen hin. Und sein Bruder lächelte kaum wahrnehmbar, aber nicht spöttisch.

Er wußte, daß er nicht versuchen durfte, sie wiederzusehen. Caenis war die Tragweite des Geschehens entgangen, aber er hatte sie sofort erkannt. Das war typisch für ihn: rasche Einschätzung der Situation, gefolgt von einer Entscheidung, lange bevor er sie in Handeln umsetzte. Er stand kurz davor, Rom wieder zu verlassen, Italien zu verlassen. Aber während seiner langen Reise nach Thrakien und auch danach dachte Flavius Vespasianus immer wieder: *Was für ein erstaunliches Mädchen!*

II

In der Abenddämmerung des gleichen Tages folgte Caenis der Anweisung von Diadumenus und ging zum Haus ihrer Herrin, um sich zu erkundigen, ob ihre Dienste gebraucht würden. Frisch gewaschen und gekämmt, machte sie sich auf den Weg, ausgerüstet mit Schreibtafeln und ihrem hölzernen Stiluskasten.

Das Haus der Livia grenzte an den Palast, bequem zu erreichen, aber doch abgeschieden, wenn es darum ging, Distanz zu halten. Es war – theoretisch – das berühmte »bescheidene Heim«, daß Augustus sich bewahrt hatte. Damit ließ sich der Mythos aufrechterhalten, daß er, trotz der Ehren, mit denen man ihn nach der Annahme des Kaisertitels überhäuft hatte, ein gewöhnlicher Bürger geblieben war: Der Erste unter Gleichen, wie man so schön sagt. In diesem Haus, hieß es, hätten seine Frau und seine Tochter auf ihren Webstühlen die kaiserlichen Gewänder gewebt, wie es römische Frauen traditionell für ihre männlichen Verwandten taten. Vielleicht hatten Livia und Julia, wenn nichts anderes sie ablenkte, tatsächlich ein wenig gewebt. In Julias Fall allerdings nicht oft genug. Sie hatte trotzdem Zeit gefunden, ein so ausschweifendes Leben zu führen, daß es ihr Verbannung, Verlust der Ehrenrechte und schließlich den Tod durch das Schwert eingebracht hatte.

Livias Haus, das seit dem Tod der ehrwürdigen Kaiserin vor zwei Jahren von Antonia allein bewohnt wurde, befand sich im Südosten des Palatin, dort, wo einst die Häuser angesehener Republikaner gestanden hatten. Augustus, der hier geboren worden war, hatte die anderen Familien ausgekauft und das Gelände zu seiner Privatdomäne gemacht. Sein Wohnhaus war abgerissen worden, um seinem großen neuen Apollotempel im Portikus der Danaiden Platz zu machen, deshalb hatte ihm der Senat neben dem Tempel ein neues Gebäude mit prächtigen Repräsentationsräumen zum Geschenk gemacht. Seine Frau Livia behielt ihr eigenes bescheidenes (wenn auch exquisites) Haus hinter dem Tempel. Damit genoß das Kaiserpaar alle Vorteile eines privaten Palastes, konnte aber immer noch in einem klassischen, schlichten römischen Heim wohnen.

Antonia war hier eingezogen, nachdem sie Livias beliebten und heldenhaften Sohn Drusus geheiratet hatte. Als sie bereits mit siebenundzwanzig Jahren Witwe wurde, entschied sie sich, im Haus ihrer Schwiegermutter zu bleiben, dasselbe Zimmer und Bett zu behalten, das sie mit ihrem Ehemann geteilt hatte. Inzwischen selbst Mutter von drei Kindern, hatte sie das Recht, sich nicht in die Obhut eines Vormundes begeben zu müssen. Mit Livia unter einem Dach zu leben bewahrte ihr die Unabhängigkeit und vermied Skandale. Es gab ihr außerdem die Möglichkeit, eine zweite Ehe abzulehnen. Antonia gehörte zu den wenigen römischen Frauen, die sich für dauerhafte Unabhängigkeit entschieden.

Livias Haus war an den Hügel gebaut und vom Verwaltungskomplex des Palastes durch einen unterirdischen Gang zu erreichen. Caenis wählte automatisch diesen Weg. So war es unwahrscheinlich, daß sie Mitgliedern der Prätorianergarde begegnete. Deren Aufgabe war es, den Kaiser zu schützen, aber da Tiberius seit langem auf Capri weilte und ihr Kommandeur Seianus alle Macht an sich gerissen hatte, waren sie unerträglich geworden. Zum Glück hatten heute nur wenige Dienst und keiner davon in der unterirdischen Passage.

Caenis kam an zwei Abzweigungen vorbei, bewältigte rasch das restliche Stück des Weges und fühlte sich in Sicherheit. Normalerweise wagten sich nicht mal die Gardisten an Antonias Besucher heran. Aber wenn ihnen der Sinn danach stand oder sie zuviel getrunken hatten, konnten sie einer Sklavin immer noch gefährlich werden. Die Prätorianer waren eine arrogante Elite, durch den Namen Seianus perfekt geschützte, üble Burschen, die sich nach Lust und Laune mit jedem anlegten.

Seianus selbst war unangreifbar. Er war aus dem mittleren Rang, dem Ritterstand, aufgestiegen, ein Soldat, dessen Ehrgeiz berüchtigt war. Da er über einigen Charme verfügte, hatte er sich zum Freund des Kaisers gemacht, der sonst wenig enge Vertraute besaß. Wenn man auch nicht offen darüber sprach, war doch allgemein bekannt, daß Seianus der Liebhaber von Antonias Tochter Livilla wurde, die mit dem Sohn des Kaisers verheiratet war. Es ging sogar das Gerücht, Seianus und Livilla hätten geplant, ihren Gatten zu ermorden. Und gewiß waren bereits schlimmere Verschwörungen im Gange. Am besten dachte man nicht allzu gründlich darüber nach.

Mit leichtem Frösteln betätigte Caenis die Glocke und wartete darauf, eingelassen zu werden. Der Pförtner war bestimmt in Feiertagslaune und würde sich Zeit lassen. Der unterirdische Gang endete am Garten nahe des Hintereinganges, und hier würde der Pförtner noch langsamer reagieren als am Haupteingang beim Siegestempel. Caenis stand nicht gern vor einer geschlossenen Tür, erwartete stets, unsichtbar und unhörbar bespitzelt zu werden. Sie fühlte sich ungeschützt und wandte der Tür den Rücken zu.

Als Antonias Verwalter Caenis von der kaiserlichen Ausbildungsschule kaufte, glich der Vorgang eher einer Adoption denn einem Geschäft, bei dem Besitztitel übertragen wurden und Geld von einer Hand in die andere wechselte. Antonia selbst wußte vermutlich nichts davon. Die Gelegenheit, in dieser hohen Position zu arbeiten, war nicht von selbst gekommen und auch nicht automatisch mit vollem Vertrauen verbunden. In den von einer Sekretärin verlangten Fähigkeiten übertraf Caenis alle ihre Konkurrentinnen ohne weiteres, aber Antonia gewährte nur zögernd Zugang zu ihren Privatpapieren, und das mit Recht. Das Mädchen mußte sich erst bewähren und war zunächst wenig mehr als eine Kopistin. Daß Diadumenus sie heute allein den Dienst versehen ließ, mochte ein erstes Zeichen der Akzeptanz sein. Es war ein wichtiger Schritt vorwärts, das wußte Caenis. Ihr war ungeheuer daran gelegen, alles richtig zu machen.

Schließlich wurde sie von einem leise vor sich hingrummelnden Pförtner eingelassen. Geduldig ertrug sie die Begrüßung, noch vollkommen mit der Freude über die Entwicklung der Dinge beschäftigt. Durch das diskrete Portal dieses vergleichsweise bescheidenen Hauses kamen römische Staatsmänner und ausländische Potentaten, Sprößlinge aus Klientelkönigreichen – Judäa, Kommagene, Thrakien, Mauretanien, Armenien, Parthien – und die exzentrischen oder berüchtigten Mitglieder von Antonias eigener Familie. Einflußreiche Römer, solche, die die Zukunft im Blick hatten, sahen in Antonia ihre Patronin und Gönnerin. Da heute ein Feiertag war, mochten Besucher anwesend sein, obwohl Caenis das Haus außergewöhnlich ruhig fand.

Nachdem sie den Säulengang und einen kurzen Korridor durchquert hatte, erreichte sie im Zentrum der Empfangsräume ein überdachtes Atrium mit schwarzweiß gefliestem Boden. Gegenüber führte eine lange Treppe vom Haupteingang herunter. Zu beiden Seiten lagen die Repräsentationsräume, ein Eingangsbereich und ein Eßzimmer, alle mit auserlesenen Fresken dekoriert. Die Privaträume und Schlafzimmer, alle sehr viel kleiner, lagen dahinter und in den oberen Stockwerken.

Ihr Auftrag lautete, sich beim Pförtner Maritimus zu melden und, falls etwas zu diktieren war, ihrer Herrin in einem der kleinen Zimmer neben dem Empfangsraum zur Verfügung zu stehen. Heute abend jedoch führte Maritimus, der aufgeregt schien, sie in den Empfangsraum. Dort mußte sie warten. Sie betrachtete das kunstvolle Fresko der von Argus bewachten Io, die erwartungsvoll zuschaute, wie Merkur hinter einem großen Felsen hervorkroch, um sie zu retten; er sah aus wie einer dieser lockenköpfigen Schlawiner, vor denen Ios Mutter sie wahrscheinlich gewarnt hatte.

Um sich zu beruhigen, klappte Caenis ihre gebundenen Wachstafeln auf und zog einen Stilus heraus. Normalerweise wäre Diadumenus als Chefsekretär dagewesen, und sie hätte sich nicht so ausgesetzt gefühlt. Doch die Art der erforderlichen Korrespondenz war ihr vertraut. Antonia verfügte über ausgedehnte Besitzungen, auch Ländereien in Ägypten und Arabien, die sie von ihrem Vater Marcus Antonius geerbt hatte. Unter ihrer Obhut waren Prinzen aus weit entfernten Provinzen aufgewachsen, von ihren gewieften römischen Vätern nach Rom geschickt oder einfach von den Römern als Geiseln mitgenommen, und viele Briefe wurden immer noch an jene geschrieben, die inzwischen nach Hause zurückgekehrt waren. Für eine fähige Schreiberin keine Schwierigkeit, obwohl es das erste Mal sein würde, daß Caenis ohne Aufsicht mit Antonia zusammentraf.

Der nervöse Pförtner stürzte wieder herein. »Ich soll Diadumenus finden. Bist du allein? Wo ist Diadumenus?«

»Er hat frei wegen des Feiertags.«

»Das geht nicht!« Der Pförtner schwitzte.

»Es muß«, erwiderte Caenis fröhlich. Sie weigerte sich, seine Panik zu teilen, solange er keine Erklärung abgab.

Maritimus funkelte sie finster an. »Sie will einen Brief diktieren.«

»Das kann ich doch auch.« Caenis sehnte sich nach mehr Autorität. Sie genoß ihre neue Arbeit, genoß es, ihre Fähigkeiten zu nutzen und war fasziniert von dem, was sie von Antonias Korrespondenz zu sehen bekam. Ihr war klar, daß sie noch nicht in alles eingeweiht war. »Wirst du ihr sagen, daß ich hier bin?«

»Nein. Sie will Diadumenus. Ich weiß nicht, was los ist, aber irgendwas hat sie verstört. Du kannst das nicht machen. Es hat was mit ihrer Familie zu tun.«

Antonia sprach nie über ihre Familie. Sie trug die schreckliche Bürde ganz allein.

»Ich bin diskret!« brauste Caenis auf.

»Es ist was Politisches!« zischte der Pförtner.

»Ich kann den Mund halten.« Jeder vernünftige Sklave tat das.

Es reichte nicht. Maritimus schnalzte mit der Zunge und eilte wieder hinaus. Caenis überließ sich ihrer Enttäuschung und überlegte, welches Problem Antonia wohl so zusetzte.

Sie sah die Welt und ihren eigenen Platz darin mit neuen Augen. In einem Privathaus zu arbeiten war ein wunderbares Gefühl. Sie hatte bereits aus nächster Nähe mitbekommen, wie die römische Regierung funktionierte. Wie die meisten Familienangelegenheiten basierte sie auf kurzfristigen Loyalitäten und langfristiger Launenhaftigkeit und fand in einer Atmosphäre von Boshaftigkeit, Habgier und Hartleibigkeit statt. Caenis hatte nie eine Familie gehabt. Sie beobachtete alles mit Entzücken.

Was immer ihre Herrin an diesem Abend in Unruhe versetzt hatte, die junge Sekretärin kannte bereits den Hintergrund: Der Kaiser Tiberius, dessen berühmter Bruder Drusus Antonias Ehemann gewesen war, verbrachte die letzten Jahre seiner bitteren Herrschaft im einsamen Exil auf der Insel Capri. In Rom hatte man akzeptiert, daß er nie mehr zurückkehren würde. Er war bereits über siebzig, so daß man sich Gedanken machte über einen Nachfolger.

Seit Augustus als erster seine politische Position aus seiner Verwandtschaft zu Julius Cäsar hergeleitet hatte, war die Herrschaft über Rom zu einem Erbrecht geworden. Echte Unfälle und der glühende Ehrgeiz, den die furchteinflößenden Frauen der Familie an den Tag legten, hatten einen Großteil der männlichen Erben bereits ins Grab gebracht. Der Sohn des Kaisers, verheiratet mit Antonias Tochter Livilla, war vor acht Jahren unter reichlich mysteriösen Umständen gestorben. In Ermangelung anderer Kandidaten gab es jetzt nur noch zwei Möglichkeiten zur Auswahl: Livillas Sohn Gemellus und sein Vetter Caligula. Ein nettes Paar – Caligula, der bereits im jugendlichen Alter hier in Antonias Haus seine eigene Schwester verführt hatte, und Gemellus, ein zutiefst unerfreulicher und zudem ständig kränkelnder Junge. Aber wenn Tiberius in naher Zukunft starb, würde Rom diesen beiden Jungen überlassen werden, während Seianus ebenfalls unermeßliche Macht ausübte. Vielleicht würde Seianus eine andere Lösung vorziehen.

Leise und ohne jede Vorwarnung betrat Antonia den Raum. Caenis sprang auf.

Antonia war fast siebzig, obwohl ihr rundes Gesicht, ihre sanften Züge, die weit auseinanderliegenden Augen und der fein geschwungene Mund, die sie einst zu einer berühmten Schönheit gemacht hatten, beinahe unverändert wirkten. Ihr allmählich dünner werdendes Haar war in der Mitte gescheitelt und im Nacken zu einer traditionellen Frisur aufgesteckt. Gewand und Stola waren von unaufdringlicher Qualität, Ohrringe und Anhänger schwergewichtige Antiquitäten – Zeichen von Wohlstand und Macht, getragen mit großer Selbstverständlichkeit.

»Du bist Caenis?« Die junge Sklavin nickte. Die Selbstsicherheit ihrer Herrin gab ihr das Gefühl, ungehobelt und plump zu sein. »Du versiehst deinen Dienst allein? Nun ja, es hat sich etwas Wichtiges ergeben, das keinen Aufschub duldet. Wir werden das Beste daraus machen müssen.« Ihre Herrin warf ihr einen scharfen Blick zu. Eine Entscheidung wurde getroffen. Das Leben der jungen Sklavin nahm eine plötzliche Wendung: Aus unersichtlichen Gründen zog Antonia sie ins Vertrauen.

Caenis spürte, daß alles, was ihr diktiert werden würde, bereits sorgfältig durchdacht worden war. Sie hatte schon oft erlebt, daß ihre Herrin aus dem Stegreif diktierte. Diesmal war es anders.

Jetzt führte Antonia sie rasch in einen der intimeren kleinen Nebenräume und hieß sie auf einem niedrigen Hocker Platz nehmen, während sie weiter auf und ab ging und kaum erwarten konnte, daß Caenis ihren Stilus parat hatte. Es war eine seltsame Umkehrung. In Rom saßen die Mächtigen, während ihre Untergebenen standen. Caenis hatte gelernt, das Diktat stehend aufzunehmen, während der Diktierende auf einer Liege ruhte.

»Der Brief ist an den Kaiser gerichtet und betrifft Lucius Aelius Seianus.«

Da verstand Caenis. Diese kurze, förmliche Ankündigung war eine Warnung und ließ sie erstarren. Ihre Herrin gedachte, den Mann bloßzustellen.

Mit schmerzerfüllter, bedachtsamer Stimme diktierte Antonia Fakten für Tiberius, die sie nur ungern formulierte und die er nur ungern lesen würde. Sie hatte eine großangelegte Verschwörung entdeckt. Die sensationelle Geschichte hätte in Rom kaum Erstaunen ausgelöst, obwohl nur wenige gewagt hätten, dies zu äußern, und schon gar nicht dem Kaiser gegenüber. Hier, in ihrem abgeschiedenen Haus, war Antonia nur quälend langsam dahintergekommen, aber jene, die ihr nahestanden, hatten ihr Seianus' Pläne enthüllt. Sie hatte sich nicht auf deren Wort verlassen, sondern eigene Nachforschungen angestellt. Aufgrund ihrer privilegierten Position besaß sie den Mut, Tiberius zu informieren, und sie untermauerte jede ihrer Beschuldigungen mit aufschlußreichen Einzelheiten. Sie schreckte auch nicht davor zurück, ihre eigene Tochter zu belasten.

Antonia schilderte dem Kaiser, wie sein Freund, der Prätorianerpräfekt Seianus, plante, die Macht völlig an sich zu reißen. Seine einschüchternde Position hatte ihm die Ergebenheit vieler Senatoren und kaiserlicher Freigelassener gesichert, die das Reich verwalteten. Führende Persönlichkeiten der Armee waren bestochen worden. Die Ehrungen, mit denen Seianus in letzter Zeit überhäuft worden war, hatten seinen Ehrgeiz noch weiter angestachelt und die Kontrolle, die er über Rom ausübte, verstärkt. Durch die Heirat seiner Verwandten Aelia Paetina mit Antonias Sohn Claudius, die Verlobung seiner Tochter mit Claudius' Sohn (der inzwischen gestorben war) und die gerade nach langem Zögern vom Kaiser gegebene Einwilligung zu seiner eigenen Vermählung mit Antonias Tochter, hatte er sich enge Verbindungen zur kaiserlichen Familie geschaffen. Livilla hatte er schon lange vorher verführt, dann entweder ihren Mann vergiftet oder sie dazu überredet und plante nun, durch Heirat Teil des Kaiserhauses zu werden, um so seine eigene Position als zukünftiger Kaiser zu legitimieren. Seine Ehefrau, von der er sich vor kurzem hatte scheiden lassen, war jetzt bereit, als Zeugin gegen ihn auszusagen.

Seianus hatte vor, den prominenteren Thronfolger Caligula auszuschalten. Sollte der alte Mann nicht bereit sein, bald zu sterben, beabsichtigte der Gardekommandeur zweifellos, auch Tiberius aus dem Weg zu räumen.

Als das Diktat beendet war, gelang es Caenis, ihre ausdruckslose Miene beizubehalten. Nach einem brüsken Nicken von Antonia nahm sie die erforderlichen Dinge aus ihrem Arbeitskorb und machte sich daran, den Brief sorgfältig auf eine Schriftrolle zu übertragen.

Pallas, der Sklave, dem Antonia am meisten traute, betrat den Raum. Er trug einen Reiseumhang und war offensichtlich dazu ausersehen, den Brief zu befördern. Ihre Herrin bedeutete ihm, schweigend zu warten, während Caenis ihre Aufgabe vollendete. Mit neuem Selbstvertrauen übertrug sie ihre Kurzschriftnotizen ohne jeden Fehler, schrieb ruhig und gleichmäßig, obwohl ihr Mund trocken und ihre Wangen erhitzt waren. Was sie da in Tinte auf Pergament übertrug, konnte das Todesurteil für sie alle sein.

Antonia las den Brief durch und unterzeichnete ihn. Caenis schmolz Wachs, um die Schriftrolle zu versiegeln. Pallas nahm sie entgegen.

»Das darf keinesfalls in fremde Hände fallen.« Antonia wiederholte damit eine offenbar schon früher gegebene Anweisung. »Wenn du angehalten wirst, sagst du, du seist auf dem Weg zu meinem Landgut in Bauli. Übergib den Brief nur dem Kaiser persönlich und warte, falls er dir Fragen stellen will.«

Der Bote ging. Caenis mochte Pallas nicht besonders. Er war ein Grieche aus Arkadien, sichtbar ehrgeizig, und Caenis verstand nicht, was Antonia an ihm fand. Seine lässige Unbekümmertheit schien fehl am Platze. Aber vielleicht würde gerade seine sorglose Art die Wichtigkeit seiner Mission vor Spionen und Soldaten geheimhalten.

Die beiden Frauen saßen einen Moment schweigend da.

»Entferne jede Spur des Briefes von deinen Notiztafeln, Caenis.«

Caenis hielt die Tafeln über die Lampe, um das Wachs etwas weicher zu machen, und glättete dann sorgfältig jede Zeile der Kurzschrift mit der flachen Seite ihres Stilus. Den Blick auf die jetzt wieder glatte Oberfläche der Tafel gerichtet, sagte sie mit leiser Stimme: »Es nutzt nichts, Herrin. Ich hätte den Brief sowieso gelöscht, aber jedes Dokument, daß Sie mir diktieren, bleibt in meinem Gedächtnis haften.«

»Dann laß uns hoffen, daß deine Loyalität deinem Gedächtnis gleicht«, erwiderte Antonia trübe.

»Sie können sich auf beides verlassen.«

»Welch ein Glück für Rom! Du wirst hier in diesem Haus bleiben«, befahl Antonia. »Du darfst mit niemandem sprechen, bis diese Dinge geregelt sind. Es geht um die Sicherheit Roms und des Kaisers, um *meine* Sicherheit – und deine eigene.« Ein leichter Widerwille schlich sich in ihre Stimme: »Hast du Verehrer, die nach dir suchen könnten?«

»Nein, Herrin.« Erst an diesem Morgen war Caenis einem Mann begegnet, der ihre Gedanken für lange Zeit hätte beschäftigen können, aber die Geschehnisse des heutigen Abends hatten alles ausgelöscht. »Ich habe eine Freundin«, fuhr sie sachlich fort, »eine Girlandenflechterin namens Veronica. Sie wird vielleicht nach mir fragen, aber wenn der Pförtner sagt, daß ich für Sie arbeite, Herrin, wird sie zufrieden sein.« Veronica hatte nie Interesse an Caenis' Pflichten als Schreiberin gehabt.

»Es tut mir leid, daß ich dich hier einsperren muß.«

»Ich werde es schon aushalten«, erwiderte Caenis lächelnd. Sie konnte ebensogut zugeben, was es für sie bedeutete, in Livias Haus zu wohnen.

In der Zwischenzeit konnten sie nur abwarten. Es würde Wochen dauern, wenn nicht länger, bis Pallas die Bucht von Neapel erreichte und der Kaiser reagierte. Möglicherweise kam die Botschaft niemals dort an.

Und selbst wenn Pallas Capri erreichte, bestand nach allem, was Caenis gehört hatte, durchaus die Möglichkeit, daß Tiberius Antonias Enthüllungen ignorieren würde. Er war launisch und unberechenbar, und nieman hört gern, daß man ihn betrogen hat. Selbst wenn Antonias wohlausgewogenen Worten ihn überzeugten, war es möglich, daß er nichts unternahm. Die Prätorianergarde hatte in Rom die absolute Macht. Ihren Kommandeur zu verhaften schien unmöglich. Sie würden Seianus bis zum letzten Mann verteidigen.

Seine Spione und Agenten waren überall. Nur das Unerwartete an Antonias Vorgehen konnte Seianus vielleicht überlisten.

III

Für Caenis war es in vieler Hinsicht die wichtigste Zeit ihres Lebens. Alles schien zu leicht. Alle wirkten zu froh, sie bei sich zu haben. Caenis, die jedem Lächeln mißtraute, fühlte sich für einige Zeit aus dem Gleichgewicht gebracht.

In einem Privathaus zu leben war wunderbar. Sie hatte eine eigene kleine Schlafkammer, statt sich einen Schlafplatz mit Veronica teilen zu müssen. Sie genoß sowohl das Gefühl der Zugehörigkeit als auch des Alleinseins.

Im Palast geboren und aufgewachsen, konnte Caenis kein Vaterland und keine Familie ihr eigen nennen; sie gehörte zu »Cäsars Familie«, aber dieser Titel bedeutete nur, daß sie kaiserliches Eigentum war. In gewisser Weise hatte sie Glück gehabt. So war ihr erspart geblieben, nackt und würdelos auf dem Marktplatz stehen zu müssen, angekettet zwischen Afrikanern, Syrern und Galliern, mit einem Schild um den Hals, auf dem ihr guter Charakter und ihre blühende Gesundheit gepriesen wurden, während gleichgültige Augen sie abtasteten und rauhe Hände in ihren Busen kniffen und sich zwischen ihre Schenkel schoben. Damit war sie ständiger Unsicherheit, einem Leben in Schmutz und Unrat, brutaler Gewalt und regelmäßiger sexueller Mißhandlungen entkommen. Das war ihr bewußt. Bis zu einem gewissen Grade war sie dankbar dafür.

Von ihrem Vater wußte sie nichts, von ihrer Mutter nur, daß auch sie eine Sklavin gewesen sein mußte. Caenis hatte nur bei ihrer Mutter bleiben dürfen, solange sie sehr klein war. Manchmal überkam sie kurz vor dem Einschlafen eine vage Erinnerung an diese Zeit. Bevor sie an die Palastschule übergeben wurde, in der die begabteren Sklavenkinder schreiben lernten, hatte ihre Mutter ihr die Ohren durchstochen, obwohl sie ihr als Ohrringe nur ein Stück Bindfaden mit aufgefädelten Steinchen geben konnte. Sie hatte offenbar angenommen, daß ihre Tochter nun soweit war, Goldscheibchen von den für solche Verlockungen empfänglichen Männern anzunehmen. Alle gingen von der törichten Annahme aus, ein Sklavenmädchen habe hübsch zu sein. Caenis war nicht hübsch. Sie wußte, daß sie durch ihre Klugheit vorwärtskommen würde, aber es machte sie trotzdem traurig.

Caenis war klug und aufgeweckt. Als Kind sogar in erschreckendem Maße. Sie hatte gelernt, ihre Fähigkeiten zu verbergen, um in der Schule Bosheit und Neid zu entgehen, und diese dann später wirkungsvoll eingesetzt, um ein so lebenssprühendes Mädchen wie Veronica als Freundin zu gewinnen. Schon als einsames Kind hatte Caenis begriffen, daß sie andere Menschen brauchte. Mit dem

Älterwerden ließ ihr Widerstand nach, so daß sie sich nicht allzusehr quälen mußte und auch bei den Aufsehern nicht als widerspenstig galt. Aber sie war fest entschlossen, das Bestmögliche für sich zu erreichen.

Daher war ihr die Arbeit bei Antonia so wichtig. Ermutigt durch das neue in sie gesetzte Vertrauen, machte Caenis ihre Sache ungewöhnlich gut. Nachdem sie einmal Antonias Aufmerksamkeit erregt hatte, nutzte sie nun jede Gelegenheit. Ruhig und gelassen arbeitete sie, als sei nichts geschehen – und gewann durch ihre zurückhaltende Reaktion auf die Ereignisse immer mehr das Vertrauen ihrer Herrin.

Diadumenus, der erfahren haben mußte, was geschehen war, zeigte gelegentliche Anzeichen der Eifersucht. Er war immer noch Chefsekretär, aber Caenis hatte etwas Besonderes zu bieten. Sie war eine Frau, und der siebzigjährigen Antonia mangelte es an weiblicher Gesellschaft. Ihre Herrin wollte weder ein junges Ding, das sie herumkommandieren konnte, noch einen Drachen, der versuchte, sie herumzukommandieren. Antonia brauchte jemanden mit gesundem Menschenverstand, jemand, mit dem sie reden, dem sie absolut vertrauen konnte. In Caenis hatte sie das alles gefunden, obwohl sie das Mädchen noch nicht gut genug kannte, um das zuzugeben. Aber beide hatten einen Akt des Wagemutes miteinander geteilt (und dazu einen traurigen, weil Antonia ihre eigene Tochter preisgegeben hatte). Jetzt besaßen sie ein gemeinsames Geheimnis und mußten das Ergebnis abwarten. Und falls Seianus herausfand, daß Antonia ihn denunziert hatte, war Herrin und Sklavin der Tod sicher.

Das Leben ging weiter. Alles mußte völlig normal erscheinen, das war von entscheidender Bedeutung. Besucher kamen und gingen. Aus Gründen der Geheimhaltung durfte Caenis sich ihnen nicht nähern, aber da sie ans Haus gebunden war, meldete sie sich freiwillig zu jeder Art Arbeit. Das schloß das Führen der Gästeliste mit ein. Caenis war eine Sekretärin, die praktisch unsichtbar blieb

– während sie gleichzeitig alle Personen, deren Namen auf ihrer Liste auftauchten, genauestens inspizierte.

Unter Antonias Freunden befanden sich wohlhabende Männer im Konsulsrang wie Lucius Vitellius und Valerius Asiaticus, die manchmal eigene Klienten mitbrachten. Caenis entdeckte bald unter Vitellius' Begleitern den Namen Flavius Sabinus, einer der beiden jungen Männer, denen sie im Palast den Weg gezeigt hatte. Momentan hatte er den zivilen Posten eines Ädilen inne, was ihn für einen Besuch in diesem Hause qualifizierte; für den tatsächlichen Zutritt war die Schirmherrschaft eines weit höher stehenden Senators nötig gewesen. Der Rahmen dieses inoffiziellen Hofes war für verarmte junge Männer mittleren Ranges aus ländlichen Regionen eine gute Gelegenheit, Einfluß zu gewinnen. Hier konnten sie Caligula und Gemellus, die Erben des Reiches, kennenlernen. Sie trafen auf Senatoren und Gesandte. Sie konnten sogar, wenn sie bereit waren, sich lächerlich zu machen, Bekanntschaft mit Claudius schließen, Antonias einzigem noch lebendem Sohn, der aufgrund verschiedener Behinderungen nicht am öffentlichen Leben teilnahm.

Die Brüder stammten aus Reate, das hatte Caenis bald herausgefunden. Reate war eine kleine Stadt in den Sabinerbergen – ein Geburtsort, über den römische Snobs sich mokieren würden. Die Familie vermittelte Verträge für Erntearbeiter und hatte ihr Geld als Steuereintreiber in verschiedenen Provinzen verdient. Der Vater war außerdem Bankier gewesen. In ihrer Heimat gehörten sie zu den Honoratioren, mußten sich aber in Rom, wo die Stammbäume der Senatoren bis ins Goldene Zeitalter zurückreichten, schwer durchkämpfen. Da Sabinus sich für den Senat qualifiziert hatte, mußte die Familie zumindest über eine Million Sesterzen verfügen, aber es war offensichtlich neues Geld, und wenn alles in Grund und Boden angelegt war, konnte Caenis sich gut vorstellen, daß die Brüder ihr tägliches Leben aus sehr geringen Mitteln bestreiten mußten.

Mit einiger Mühe, da es niemand zu wissen oder sich dafür zu interessieren schien, fand sie durch den Verwalter heraus, daß der jüngere Bruder Vespasian auf seinen Militärposten im Ausland zurückgekehrt war.

Am 17. Oktober bekam Antonia einen Brief, den Pallas aus Capri mitgebracht hatte. Sie las ihn allein und blieb in ihrem Zimmer. Pallas tauchte nicht wieder auf.

Bei Einbruch der Nacht wußte jedoch der ganze Haushalt Bescheid, und am nächsten Tag wurde das Ergebnis von Antonias Tat in ganz Rom bekannt: Um die Prätorianergarde zu umgehen, hatte der Kaiser frühere und jetzige Kommandeure der Stadtkohorten ins Vertrauen gezogen. Einer davon, Macro, war insgeheim zum neuen Prätorianerpräfekten ernannt worden. Er betrat Rom inkognito und trat gemeinsam mit Laco, dem gegenwärtigen Präfekten der Vigiles, in Aktion. Nachdem sie sorgfältige Vorkehrungen getroffen hatten, überredete Macro Seianus, in den Tempel des Apollo auf dem Palatin zu kommen, wo der Senat tagte – nur wenige Schritte von Antonias Haus entfernt. Ein Brief des Kaisers an den Senat sollte verlesen werden. Seianus ließ sich davon überzeugen, daß ihm darin noch weit größere Ehrungen offeriert werden würden.

Nachdem Seianus den Tempel betreten hatte, entließ Macro die Prätorianereskorte und befahl ihr, in ihr Lager zurückzukehren (das ironischerweise von Seianus selbst im Norden der Stadt für sie erbaut worden war). Macro ersetzte sie durch ergebene Mitglieder der Vigiles. Er selbst begab sich ins Prätorianerlager, um das Kommando zu übernehmen, befahl den Gardisten, in ihren Unterkünften zu bleiben, und verhinderte damit einen Aufstand. Währenddessen mußte Seianus feststellen, daß der kaiserliche Brief seine Verurteilung enthielt. Als er den Tempel verlassen wollte, wurde er von Laco, dem Kommandeur der Vigiles, festgenommen und in den Kerker auf dem Kapitol gebracht. Die Garde versuchte einen Aufstand, der jedoch bald niedergeschlagen wurde.

Seianus und seine Mitverschwörer wurden hingerichtet. Der erdrosselte Seianus wurde auf die Gemonische Treppe geworfen, die vom Kapitol hinunterführte. Dort schändete der Pöbel die Leiche drei Tage lang, bevor man sie mit Haken wegzog und wie Abfall in den Tiber warf. Seine Statuen wurden vom Forum und aus den Theatern entfernt. Auch seine Kinder wurden hingerichtet, wobei das Mädchen zuerst vergewaltigt wurde, um dem Henker das Verbrechen zu ersparen, eine Jungfrau zu töten. In Rom herrschten harte Gesetze, aber sie wurden eingehalten.

Antonia wurde zur Retterin von Rom und Kaiser erklärt. Tiberius pries ihre Rolle bei der Aufdeckung der Verschwörung und bot ihr den Titel Augusta an, dazu die formellen Ehren einer Kaiserin. Das lehnte sie mit der Bescheidenheit ab, die ihre Bewunderer von ihr erwarteten.

Von Mitte Oktober bis weit in den November hinein wurden in Livias Haus keine Besucher empfangen. Das Leben ging einigermaßen normal weiter. Eine gewisse Menge an Korrespondenz war zu erledigen, und der normale Tagesablauf wurde peinlich genau eingehalten. Inzwischen hatte man Antonias Tochter Livilla hierhergebracht und mit Erlaubnis des Kaisers der Obhut ihrer Mutter übergeben.

Anders als frühere gestrauchelte Töchter des Kaiserhauses, die nur ein skandalöses, ehebrecherisches Leben geführt und dem eigenen Vergnügen gelebt, sich aber nicht hatten hinreißen lassen, die Söhne von Kaisern zu vergiften oder die Stabilität Roms zu gefährden, wurde Livilla nicht auf eine einsame Insel verbannt oder von Soldaten hingerichtet. Sie hatte die strengen Grundsätze ihrer Mutter Antonia und ihrer noch strikteren Großmutter Octavia mit Füßen getreten. Sie war so dumm gewesen, sich von Seianus hinters Licht führen zu lassen. Sie hatte das Haus des Augustus in den Schmutz gezogen und ihre eigenen Kinder, die Enkelkinder und rechtmäßigen Erben des Kaisers, entehrt. Ihre Stellung rettete sie vor dem Henker, aber ihr Schicksal war gnadenlos.

Antonia nahm Livilla in ihrem Haus auf, sperrte sie in ein Zimmer und ließ sie dort verhungern.

IV

Es gibt eine Zeit der Trauer und eine der Freude, und sie vergehen beide. Die Schreie und Hilferufe von Livilla wurden immer schwächer, bis sie schließlich verstummten. Jene, die dem erschüttert zuhören mußten, erholten sich, so gut es ging.

Allmählich beruhigte sich das Haus der Livia, kehrte wie Rom zu dem zurück, was als normale Häuslichkeit galt. Ein Schatten hatte sich vom Römischen Reich gehoben, und die Stadt war voller Erleichterung.

Jahre vergingen. Alpträume endeten. Das Leben einzelner nahm eine bessere Wendung. Das war der Grund, warum Caenis sang, als fast zwei Jahre später der jüngere Bruder von Flavius Sabinus die Tür eines gewissen Büros im Verwaltungstrakt des Palatin öffnete.

Sie sang sogar ziemlich laut, weil sie meinte, daß niemand in der Nähe sei. Außerdem sang sie gern. Und Livias Haus war kaum der richtige Ort dafür.

Sie verstummte jäh.

»Hallo!« rief Vespasian. »Du siehst sehr tüchtig aus!«

Er trat ein. Caenis setzte eine Miene totaler Überraschung auf. Sie wußte, daß seine Stationierung in Thrakien beendet war. Sie hatte ihn erwartet.

Männer seines Ranges hatten nicht auf der Suche nach weiblichen Schreibern durch den kaiserlichen Palast zu schlendern. Doch Vespasian schaute sich völlig unbeeindruckt in aller Ruhe um.

Antonia hatte für ihre Kopisten ein großes Büro besorgt. Sie führte einen sparsamen Haushalt und war skrupelloser darin, sich Vorteile zu verschaffen, als es ihr Ruf vermuten ließ. Tiberius wäre früher geizig genug gewesen, selbst von einer verwitweten Verwandten Miete zu kassieren, aber niemand hatte ihm je gesagt, daß sie diese Räume nutzte. Er hatte den Verdacht, daß man ihn hinterging, also tat man es auch. Außerdem konnte Antonia heutzutage tun, was sie wollte. Sie war die Mutter Roms.

Die Luft im Raum war abgestanden. Es war kalt, roch nach Tieren im Winterschlaf. Die Farben der Fresken waren verblichen. Während der langen Abwesenheit des Kaisers waren große Teile seines Palastes verfallen; unbeaufsichtigt, kümmerten sich die kaiserlichen Beamten wenig um die Renovierung von Gebäudeteilen, die sie nicht selbst benutzen wollten. Caenis, ein Mädchen, das seinen Willen durchzusetzen wußte, war entschlossen, sich mit dem Präfekten der Palastarbeiter anzufreunden.

Vespasian piekte mit dem Finger in ein aufgeworfenes Stück Putz. »Das hält nicht mehr lange.«

»Ganz Rom fällt auseinander«, bemerkte Caenis. »Warum sollte es im Haus des Kaisers anders sein?«

Tiberius ging bei öffentlichen Bauvorhaben ziellos und unstet vor. Er begann mit dem Bau eines dem Augustus geweihten Tempels und der Renovierung des Pompeiustheaters, aber beides blieb unvollendet. Den Palast hatte der Kaiser nur hin und wieder bewohnt, bevor er sich ganz aus Rom zurückzog. Vespasian grummelte: »Er sollte ordentlich bauen, mehr bauen, besser bauen, andere ermutigen und ein vernünftiges Vorbild sein.«

Dann wandte er Caenis seine kritische Aufmerksamkeit zu.

An ihr waren deutliche Anzeichen der Verbesserung zu bemerken. Sie sah sauber und ordentlich aus. Antonia erlaubte ihr und den Kopistinnen, während der für Frauen reservierten Öffnungszeiten die öffentlichen Bäder zu benutzen. Caenis' dunkles Haar war im Nacken zu einem Knoten zusammengesteckt, und sie trug ein Gewand von besserer Qualität. Obwohl sie an einem wackeligen Tisch arbeitete, der mit einem Holzstückchen unter dem einen Bein stabilisiert werden mußte, saß sie mit offensichtlichem Besitzerstolz da. Sie war zur Leiterin des Büros befördert worden. Keine ihrer Untergebenen war anwesend. Caenis blieb absichtlich länger, genoß ihre Autorität, während sie die Arbeit der anderen durchsah und korrigierte. Das bekannte Gesicht vor sich, lächelte sie erfreut.

Der zurückgekehrte Tribun nahm alles in sich auf. Caenis war sicher, daß er die feinen Veränderungen ihrer Situation bemerkt hatte.

»Eine Tyrannin des Sekretariats!« neckte er sie, während er näher trat. Er schien größer und noch muskulöser, als sie ihn in Erinnerung hatte, tiefgebräunt durch das Soldatenleben im Freien. »Dieses erstaunlich beängstigende Glitzern in den Augen ...« Caenis ging nicht darauf ein.

Er kam an ihren Tisch, hockte sich auf die Ecke und sah sich weiter um, als wäre selbst ein heruntergekommenes Kabuff im Palast neu für ihn. Eine Öllampe neigte sich gefährlich. Caenis stützte die Ellbogen schwer auf den Tisch, damit er nicht umkippte und Vespasian zu Boden fiel. Er bemerkte es, machte aber keine Anstalten, sein Gewicht zu verlagern. Sie faltete die Hände über den Notiztafeln, die sie gerade geordnet hatte, um Vespasian (der neugierig den Hals reckte) den Blick zu versperren.

»Guten Abend, mein Herr.«

Flavius Vespasianus schenkte ihr sein seltenes, aber hinreißendes Grinsen. »Du läßt nach. Das letzte Mal wurde mir befohlen, in den Styx zu springen!«

»Antonias Sekretariat respektiert Standesprivilegien.« Caenis durfte inzwischen so ironisch sein, wie es die angesprochene Person tolerieren würde. Durch die Wichtigkeit ihrer Herrin und die Verantwortung, die ihr Posten mit sich brachte, hatte sie eine gewisse Autorität gewonnen. Antonias Besucher behandelten sie mit Achtung. »Sind Sie inzwischen reich, Tribun?« stichelte sie.

»Ich werde niemals reich sein, aber ich habe dir ein Geschenk mitgebracht. Nur keine Aufregung, es ist nichts zum Anziehen.« Er war ohne Begleitung gekommen. Unter seinem Arm klemmte ein ziemlich schmieriges Paket.

»Kann man es essen?« kicherte sie plötzlich.

»Ich schulde dir eine Wurst.«

»Und das ist sie? Nach *zwei Jahren*, Herr?«

»Ich mußte nach Thrakien«, erklärte er gewichtig. »Wenn ich die Überfahrt verpaßt hätte, wäre es das Ende meiner Karriere gewesen.« Er sagte das so, als hätte er ernstlich überlegt, sein Schiff trotzdem zu verpassen. Caenis verspürte ein seltsames Flattern im Bauch und ignorierte es tapfer. Er gab ihr das Paket. »Ich nehme an, du bist ein Mädchen, das eingelegten Fisch mag?« Sie aß eingelegten Fisch für ihr Leben gern. »Schaffst du auch noch ein gefülltes Ei?«

»Nur eins?«

»Das andere habe ich auf dem Weg hierher gegessen.«

Ehrlich schockiert, platzte sie heraus: »*Auf der Straße*, Herr?«

»Auf der Straße«, bestätigte er seelenruhig. Einen Moment lang hielt sie ihn für einen richtigen Bauerntölpel, der gar nicht wußte, was er da getan hatte, dann begegnete sie seinem belustigten Blick. Er hatte sie durchschaut. Caenis runzelte die Stirn mit einer Mischung aus Vergnügen und Verwirrung. Sie stellte sich vor, wie er durch die lärmenden Straßen Roms schlenderte. Vermutlich würde er sowas einfach machen, und wahrscheinlich hatte es nicht einmal jemand bemerkt. Ein Ritter, ein eben aus dem Militärdienst entlassener und für die höchsten Verwaltungsämter qualifizierter Tribun, ohne jede Begleitung, mit einem Paket unter dem Arm, der ein gefülltes Ei verzehrte.

»Empörend«, nickte er verschmitzt. »Also: Du hast einen Mann vor dir, der seine Schulden bezahlt.«

»So einer ist mir noch nie untergekommen!«

Ihre sarkastische Bemerkung ließ ihn innehalten, dann fuhr er fort: »Seit Tagen versuche ich, dich zu finden. Beim Fleischer bin ich derart zum lebenden Inventar geworden, daß er meint, ich würde ihn und seine Frau ausspionieren. Ich wäre heute schon früher hiergewesen, aber das Zeug war in das alte Manuskript eines zweitklassigen Poeten verpackt. Du weißt, wie das geht – man entdeckt einen einigermaßen guten Satz und steht eine Stunde später immer noch an der gleichen Straßenecke und sucht das gesamte Einwickelpapier nach einem wenigstens einigermaßen vernünftigen Reim ab ... Wie ist es, können wir uns das hier teilen?«

Caenis bekam allmählich Angst. Jedes Wort, das er aussprach, erzwang geradezu ihre Sympathie. Zum ersten Mal mit ihr allein, bemühte er sich nicht, galant zu sein, noch machte er sonst irgendwelche Umstände. Vielleicht nahm er an, daß Ritter und Senatoren ständig mit improvisierten Mahlzeiten hier hereinplatzten. Diese braunen Augen wußten genau, was sie ihr antaten. Plötzlich versuchte er, ihr Informationen zu entlocken: »Es gab einige große Ereignisse in Rom nach meiner Abreise nach Thrakien. Wußtest du, was auf Seianus zukommen würde?«

Caenis betrachtete Antonias Brief nach wie vor als vertraulich. Außerdem war sie darin geschult, die Neugier Fremder abzuwehren. Sie fragte streng: »Ich nehme nicht an, daß Sie auch Brot mitgebracht haben?« Und bevor er reagieren konnte, griff sie nach unten und holte den flachen, runden Brotlaib aus ihrem Korb, von dem sie später hatte essen wollen. »Ich denke, wir sollten besser in den Vorratsraum umziehen«, sagte sie. »Ich möchte nicht dabei erwischt werden, wie ich eingelegten Fisch esse und den Brief meiner Herrin an den König von Judäa als Serviette benutze.«

Caenis besaß jetzt einen Teller. »Angeschlagen, aber nicht zersprungen, genau wie mein Herz ...«

Er lachte nicht. Er hatte eine Art, beim Zuhören unverbindlich zu schauen, die ihr nicht verriet, ob sie ihn amüsierte oder erstaunte.

Es war eine andere Jahreszeit. April. Der Kaiser weilte immer noch auf Capri. Die Tage wurden länger, aber der Palast lag schweigend da, erleuchtet von Myriaden von Öllampen, die niemandem nützten.

Diesmal aßen sie die Wurst kalt. Vespasian schnitt sie selbst auf. »Ich finde, die schmeckt nicht so gut wie deine; ich hätte dich fragen sollen, was ich besorgen muß ...« Es war eine geräucherte lukanische Salami mit zu viel Kümmel, dafür aber zuwenig anderen Gewürzen. Caenis beschwerte sich nicht. Es war das erste Geschenk, das sie jemals bekommen hatte. Veronica hätte sie ausgelacht. Für sie war ein Geschenk etwas Glitzerndes und leicht zu Versetzendes.

»Wenn man über ein Jahr auf die Bezahlung einer Schuld gewartet hat«, bemerkte Caenis mild, »macht man das Beste aus dem, was man bekommt.«

Nach einer Weile wollte er, immer noch kauend, wissen: »Darfst du in deiner Freizeit allein ausgehen?«

Genau das hatte sie vermeiden wollen. Da sie aber dummerweise sehr ehrlich war, sagte sie: »Manchmal.«

»Und was machst du dann?«

»Morgen schaue ich mir einen Mimen an.«

Er betrachtete sie interessiert. Sie stöhnte innerlich. »Ich habe dich singen hören. Gefallen dir auch die Tänzer?«

»Ich mag Flötenmusik. Man kann sich darin verlieren«, murmelte sie. Sie wollte nicht darüber reden, dachte nicht daran, jemandem von Rang ihre Seele zu offenbaren.

»Verlieren ist gar nicht nötig«, stichelte er. »Hast du nette Begleitung?«

»Allerdings!« gab sie schnippisch zurück, ohne nachzudenken. »Mich selbst.« Sie biß in ein knuspriges Stück Brotkruste und sah ihn nicht an. Eine kurze Pause entstand.

»Kein Mann?«

Inzwischen vorbereitet, gelang es ihr, der Frage auszuweichen: »Männer sind nicht nett, Herr. Manchmal nützlich, gelegentlich amüsant, selten aufrichtig und niemals nett.«

»Frauen sind schlimmer. Sie kosten eine Menge Geld und enttäuschen einen trotzdem«, neckte er. Sie ging nicht darauf ein.

»Ich gehe vor allem deswegen allein, weil ich es nicht leiden kann, wenn irgendwelche Idioten mir die Ohren vollquatschen, während die Musik spielt.«

Lächelnd stellte er fest, wie typisch dieser Satz für sie war. Sie war genauso gradlinig wie er. »Wer ist der Mime?«

»Blathyllos.«

»Ist er gut? Vielleicht komme ich auch. Ich rede nicht; ich schlafe immer ein. Zum Glück schnarche ich nicht.«

Sie konnten nicht gemeinsam ins Theater gehen. Es war ihnen nicht gestattet, nebeneinander zu sitzen. Selbst Frauen, die den gleichen Rang hatten wie er, durften das nicht. Und Antonias Sklavin durfte sowieso nicht allein mit ihm gesehen werden. Aber er fragte, ohne zu zögern: »Können wir uns hinterher sehen?« Caenis konzentrierte sich darauf, ein Pfefferkorn zu zerbeißen, um der Antwort auszuweichen. Er interpretierte ihr Schweigen auf seine Weise. »Wo finde ich dich?«

Zu spät. Sie war gefangen. Ihr Herz klopfte. »Ein junger Herr, der sich nicht mit Theaterverabredungen auskennt?« spottete sie, immer noch verzweifelt bemüht, sich herauszuwinden.

»Ich hatte eine behütete Jugend.«

»Ein bißchen altmodisch?« Es gab kein Entkommen. Die Wahrheit mußte ausgesprochen werden. Sie sagte unverblümt: »Ich bin eine Sklavin.«

»Das ist mir bekannt.«

Trotz stieg in ihr auf. »Na gut, wenn es Ihnen ernst ist, können Sie mich vorher hier abholen. Sie brauchen nur nach mir zu fragen. Man findet mich dann schon.«

Zum ersten Mal schien der Bruder des Senators ein wenig verlegen. »Nach wem soll ich fragen?« Seine Informationsquellen schienen spärlicher zu sein als die ihren.

Sie holte tief Luft. Ihm ihren Namen zu nennen schien ein Schritt, den sie nie wieder rückgängig machen konnte. »Caenis«, sagte sie linkisch.

»Caenis?« Er probierte den Namen mit seiner kräftigen Stimme aus. Es war ein griechischer Name, wie bei Sklaven üblich. »Caenis!« rief er erneut, und das bloße Aussprechen schuf eine unerträgliche Nähe.

»Einfach Caenis«, murmelte sie.

»Einfach, von wegen!« gab er aufgebracht zurück, meinte damit wohl, sie solle ihr Licht nicht unter den Scheffel stellen. »Und hör zu, Caenis: Frag einen Besucher stets, wer er ist!« Offenbar wollte er, daß sie ihn nach seinem Namen fragte. »Das schlimmste auf der Welt ist, wenn man sagen muß: ›Jemand war hier, um Sie zu besuchen. Ich weiß aber nicht, wie er heißt ...‹ Laß dir das nie zum Nachteil werden. Du kannst es dir nicht leisten, den Status einer Person zu vermuten. Du mußt ihn genau wissen. Du mußt einschätzen können, ob du jemandem Erfrischungen anbieten oder ihn mit einem höflichen Lächeln abspeisen kannst.« Er stand auf. »Um also deine nächste Frage zu beantworten ...«

Er schien anzunehmen, daß sie es vergessen hatte. Sie unterbrach ihn ruhig: »Ihr Name ist Titus Flavius Vespasianus.« Er grinste erfreut. In ihrem geschäftsmäßigsten Ton fuhr sie fort: »Ihr Vater war Flavius Sabinus, ein Bürger von Reate, daher ist Ihr Tribus, Ihr Wahlbezirk, die Quirina. Ihre Mutter ist Vespasia Polla. Sie tragen den goldenen Ring der Ritter. Ihr Patron ist der edle Lucius Vitellius, der Ihren Bruder in Antonias Haus mitbringt ...«

»Sprichst du manchmal mit meinem Bruder?« unterbrach er sie überrascht.

»Nein, gewiß nicht.« Entschlossen steuerte sie auf ihre Pointe zu: »Sie sind ein jüngerer Sohn, der es noch nicht zu Rang und Namen gebracht hat, aber geachtet ist, deshalb muß ich höflich sein ...« Vespasians Mundwinkel hob sich erwartungsvoll. Er besaß einen lebhaften Sinn für Humor, und was er von dem ihren mitbekommen hatte, gefiel ihm. Also sagte Caenis in dem Wissen, wie sehr ihm das gefallen würde: »Und was die Erfrischungen angeht – auf Ihren Status bin ich schon bei unserer ersten Begegnung gekommen!«

V

Als Vespasian sie abholte, streckte er die Hand aus und ergriff die ihre. Das hatte niemand jemals getan.

»Hallo, Caenis.« Als er ihren Namen aussprach, wurde seine Stimme einen Halbton tiefer. Ihr Atem verfing sich irgendwo zwischen ihren Rippen, während sie vorsichtig die Hand zurückzog.

»Hallo ...« Sie wußte nicht, wie sie ihn ansprechen sollte.

Er betrachtete sie einen Moment lang mit unergründlichem Blick. »Titus«, sagte er dann.

Nur wenige Leute benutzten seinen Vornamen. In der nachlässigen römischen Art hießen alle männlichen Verwandten seiner Familie Titus – Großvater, Vater, Brüder und Vettern –, also wurde er Vespasian genannt, sogar zu Hause. Diese Caenis angebotene Vertraulichkeit war ein Maßstab für den Fehler, auf den der Mann sich da einließ. Offenbar war ihm das nicht klar; Caenis schon.

»Du siehst hübsch aus.«

Sie gestattete sich ein Lächeln. Antonia hatte ihr ein neues Kleid geschenkt.

Caenis hatte das Gefühl gehabt, Vespasian Antonia gegenüber erwähnen zu müssen.

»Für meinen heutigen Theaterbesuch habe ich eine Verabredung mit einem Herrn getroffen.« Die Bemerkung führte offensichtlich zu Schwierigkeiten. Auf dem Gesicht ihrer Herrin machte sich Zweifel breit.

Das Gespräch fand in einem Raum in Livias Haus statt, dessen Wände mit frischen, grünen, von Säule zu Säule gespannte Girlanden dekoriert waren, über denen auf einem goldenen Fries kleine Figuren durch träumerische Landschaften tanzten. Antonia ruhte in einem hochlehnigen Sessel, während Caenis mit einer Notiztafel auf den Knien auf einem niedrigen Hocker saß. Antonia arbeitete gern konzentriert und ohne Unterbrechung, aber wenn sie fertig war, hielt sie ihre Sekretärin manchmal noch für eine kleine Plauderei zurück. Sich abzulenken tat ihr gut. Inzwischen wurde sie schneller müde, als sie zugeben mochte. Sie hatte länger gelebt als viele andere und mehr durchlitten als die meisten.

Die alte Dame regte sich. Ihre gepflegte Haut war immer noch straff und glatt, aber ihr Gesicht war schmaler geworden, und seit Livilla in Ungnade gefallen war, hatte die Verzweiflung feine Fältchen um ihre Augen eingegraben.

Das Schweigen wurde unbehaglich.

»Warum erzählst du mir das?« wollte Antonia wissen. »Willst du, daß ich es dir verbiete?«

Caenis ging ein enormes Risiko ein. Als ihr der Chefsekretär Diadumenus am Anfang eingebläut hatte, daß Antonia über alle Annäherungsversuche von Rittern oder Senatoren informiert werden müsse, hatte er damit nur solche gemeint, die geschäftliche Dinge betrafen. Einen anderen Austausch durfte es mit den Sklavinnen ihrer Herrin sowieso nicht geben.

»Ich ziehe es vor, offen zu sein.«

In anderen Haushalten war es keine Frage, daß auch andere Arten von Austausch vorkamen ... Hier nicht. Oder wenn doch, dann geschah es nie offen.

Obwohl sie Caenis seit einigen Jahren kannte, unterstellte Antonia ihrer Sklavin sofort lockere Moralvorstellungen und folgerte daraus, daß ein politischer Hasardeur leichtes Spiel mit ihr haben würde. Das war ungerecht. Caenis war stets sehr gewissenhaft gewesen.

»Soll das eine Bitte sein, dir diese Freundschaft zu gestatten? Wie lange hast du schon mit diesem Mann zu tun?«

Caenis erwiderte knapp: »Ich habe nicht mit ihm *zu tun*, ich weiß noch nicht mal, ob er das erwartet.«

Antonia bewegte sich ungeduldig. »Also hör mal! Wer ist es?«

»Flavius Vespasianus, ein Ritter aus Reate. Keine bekannte Familie, obwohl sein Bruder Sabinus als Klient von Lucius Vitellius in diesem Haus war. Sie haben mich vor langer Zeit gefragt, ob ich Verehrer hätte, und ich sagte nein.«

Antonias Gesichtsausdruck hatte sich etwas aufgehellt. »Also, was ist es dann?«

»Eine flüchtige Bekanntschaft mit einem Neuankömmling in Rom, mehr nicht.« Wie sollte es auch? Die absolute Unmöglichkeit machte ihr das Herz schwer. »Er war im Ausland stationiert und hat kaum Freunde in Rom.«

»Und doch hat er dich ausfindig gemacht!«

»Ich glaube, das war Zufall.«

»Das glaubst du keineswegs! Geht es ihm nur um dich als Person, oder hofft er, durch dich Einblicke zu bekommen?«

»Das weiß ich nicht«, gab Caenis zu. »Aber je eher ich das herausfinde, desto schneller kann ich ihm diese Illusion rauben.«

Antonia seufzte gereizt. »Machst du dir etwas vor – oder versuchst du, mir etwas vorzumachen?« Klugerweise antwortete Caenis nicht. »Hast du dich sonst noch jemandem anvertraut? Ich dachte, du wärst mit dieser Veronica befreundet?«

In einer Aufwallung von Zorn begriff Caenis endlich, wie nahe sie daran gewesen war, durch ihre Freundschaft mit Veronica ihren Posten zu gefährden. Sie nahm die Gelegenheit wahr, dazu etwas zu sagen: »Veronica hat ein gutes Herz. Ich mag sie, aber das heißt nicht, daß ich ihren Lebensstil gutheiße. Und sie hat den meinen nie beeinflußt, Herrin.« Sie lächelte beruhigend. »Ich habe Veronica gegenüber Vespasian noch nicht einmal erwähnt.«

»Ich dulde es nicht, daß mein Personal von ehrgeizigen jungen Männern ausgenutzt wird«, verkündete Antonia, obwohl es ihr gefiel, wenn die Leute nicht vor ihr kuschten. Konnte sein, daß sie schwach wurde.

Caenis beschloß, ihr zu zeigen, daß sie taktisches Geschick besaß. »Ich schätze meine Stellung zu sehr, um sie durch eine Dummheit aufs Spiel zu setzen. Außerdem, Herrin, wenn Ihr Haus als begehrenswertes Forum für junge Männer betrachtet wird, die im öffentlichen Leben vorankommen wollen – wie es offenbar der Fall ist –, dann haben er und sein Bruder sich sowieso schon einen Zugang verschafft. Jemand, vielleicht ihr Vater, hat dafür gesorgt, daß sie von Vitellius aufgenommen wurden. Vespasian kann nicht annehmen, daß eine Bekanntschaft mit mir seine Chancen noch verbessern könnte.«

Jetzt schien ihre Herrin amüsiert. »Aber was will er dann, meine Liebe?«

»Das, was sie alle wollen, nehme ich an«, meinte Caenis trocken, und die Frauen lachten wie zwei Freundinnen und nickten verständnisinnig. »Da steht ihm eine Enttäuschung bevor! Falls er mich nach Ihren Geheimnissen ausfragen will, Herrin, kann er sich auf eine scharfe Antwort gefaßt machen. Ich glaube, er weiß das. Nein – wie schon gesagt, ich halte ihn für einen jungen Mann, dem es in Rom an Freunden mangelt. Ich mache mir keine Illusionen. Wenn er in der Gesellschaft erst Fuß gefaßt hat, wird er nicht mehr an mir interessiert sein.«

»Du scheinst das alles genau durchdacht haben.«

»Ich denke, das muß ein Mädchen in meiner Position«, sagte Caenis leise.

Antonia, die Caenis mochte und in das Privatleben ihres Personals nicht einbezogen werden wollte, schien genug zu haben von dem Gespräch. »Na gut, du hast recht daran getan, es mir zu sagen. Ich möchte dich nicht deiner Gesellschaft berauben. Aber Rangunterschiede müssen beachtet werden ...«

»Ich bin eine Sklavin«, stimmte Caenis ruhig zu. »Wenn er eine Geliebte will, muß er sich anderswo umschauen.«

»Solange du das akzeptierst. Solange du ihn dazu bringen kannst, das ebenfalls zu akzeptieren! Laß dich nicht von ihm ausfragen.« Laß dich nicht schwängern, dachte Antonia. Zwinge mich nicht, dich zu bestrafen; mißbrauche mein Vertrauen nicht. »Und sieh zu, daß du keinen Schaden nimmst.«

Caenis schob die Notiztafeln auf ihrem Knie zurecht und lachte unfroh. »Vielen Dank, Herrin.«

»Caenis, du unterschätzt dich!«

Antonia sah in dem vor ihr sitzenden Mädchen das, was Vespasian sehen mußte – dieser wache, helle, interessierte Blick, der auf eine intelligente Frau hindeutete. Ein Ausdruck, der nicht nur das Auge anzog, sondern auch das Herz erfreute. Ein Mann, der so viel Geschmack besaß, das wahrzunehmen, war gefährlicher als jeder Schwerenöter oder Schürzenjäger.

Mit einem ärgerlichen Knuff auf das Kissen hinter ihrem Rücken grummelte Antonia: »Bitte Athenais, dir etwas Anständiges zum Anziehen herauszusuchen.«

Caenis war verblüfft. Sie hatte vorgehabt, sich Veronicas bestes blaues Kleid zu leihen, da sie wußte, daß Veronica für sich eine Einladung zu einer Festivität ergattert hatte, bei der nur ein silbernes Fußkettchen und ein Hauch von Gaze nötig waren.

»Irgendwas wird sich schon für dich finden«, wiederholte Antonia brüsk.

So sehr Caenis auch der Anerkennung anderer mißtraute, sie verstand jetzt, daß sie durch ihre Offenheit Antonias strenge Prinzipien aufgeweicht hatte. Ihre Herrin würde sie behalten und ihr gegenüber nachsichtig sein. Sie hatte mehr als das Wohlwollen der alten Dame gewonnen. Sie war zu ihrer Favoritin geworden.

Es fand sich *irgendwas*: etwas Wunderbares. Athenais, Antonias Flickschneiderin, brachte das Gewand in Caenis' Schlafkammer. Ein schüchternes Lächeln lag auf ihrem Gesicht. »Pamphilia hat das Gesicht verzogen und das hier für dich rausgerückt!« Pamphilia war die Garderobenfrau. Sie achtete stets darauf, sich aus dem Abgelegten bestens zu versorgen, war aber nicht dafür bekannt, etwas von den guten Sachen an andere Sklaven weiterzugeben.

Caenis pfiff, was Athenais zum Kichern brachte. Sie hatte großen Respekt vor der Sekretärin, weil die lesen und schreiben konnte. Gleichzeitig hatte Caenis seit ihrem Eintritt in Antonias Haushalt klargemacht, daß sie für jeden auch nur halbwegs Vernünftigen durchaus ansprechbar war. Athenais ließ sie sofort das Kleid anprobieren und hockte sich dann auf den Boden, um den Saum zu kürzen, das Gesicht vor Konzentration verzerrt, während ihre flinken, geschickten Finger flogen. Sie schien noch aufgeregter als Caenis selbst.

»Meinst du, du könntest Pamphilia überreden, mir auch noch eine Untertunika zu geben?«

Athenais schnaubte. »Du willst wohl nicht diejenige sein, die sie darum bittet?«

»Nein. Ich kenne meine Grenzen!«

Und so ging Caenis zwar in ihrem eigenen Unterrock ins Theater, trug aber darüber ein Kleid, das einst der Tochter von Marcus Antonius gehört hatte. Es war eines, dem man seine Herkunft ansah, in einem Bernsteinbraun, so schlicht, wie es einst teuer gewesen war. Veronica hätte es für langweilig gehalten, aber Caenis erkannte echte Eleganz. Das Kleid war aus tyrenischem Leinen, mit chinesischer Seide durchwoben, ein so leichtes Material, daß es sich wunderbar anfühlte. Der Stoff bewegte sich, wenn sie sich bewegte, schmiegte sich sanft an ihre Haut, war wunderbar kühl während der Hitze des Tages und wärmend in der Abendkälte.

»Du siehst hübsch aus«, stellte Vespasian fest. Kein Mann hatte das je zuvor zu Caenis gesagt; keiner hatte es je für nötig gehalten. Aber wie immer musterte er sie genau. »Du siehst glücklich aus.«

Zum ersten Mal wurde Caenis klar, daß feine Gesichtszüge und erlesene Kleidung sicher hilfreich waren, gutes Aussehen aber letztlich mit frohem Herzen zusammenhing. »Glücklich?« spottete sie. »Tja, da wird das Ausgehen mit einem armen Schlucker schon bald für Abhilfe sorgen. Sollen wir zu Fuß gehen?« fragte sie hilfsbereit.

»Eine Sänfte für meine Begleiterin kann ich mir gerade noch leisten.«

»Natürlich«, murmelte sie. Kein Sklave war an diese Art des Transports gewöhnt. Ihn zu necken half ihr, das Unbehagen zu verbergen. »Ich habe das auch nur vorgeschlagen, weil ich befürchtete, Sie müßten in der Pause auf Ihren Honigkuchen verzichten, wenn Sie jetzt alles Kleingeld ausgeben.«

Danke!« sagte er, plötzlich kompromißbereit. »Ich mag es, wenn ein Mädchen Sinn fürs Praktische hat.«

Zum zweiten Mal an diesem Tag bemerkte Caenis: »Ich denke, das muß ein Mädchen in meiner Position.«

Sie gingen zu Fuß.

VI

Ein Spaziergang durch Rom kam einem Drängeln durch einen von Menschen wimmelnden Straßenbazar gleich. Die meisten Einkäufe und Geschäfte wurden am Morgen erledigt, bevor sich die Mauern und die Luft in den Straßen unerträglich aufheizten, aber der mediterranen Tradition entsprechend öffneten die Geschäfte nach einer langen Siesta – Mittagessen, schlafen, ein bißchen herumschmusen – am späten Nachmittag zu einer zweiten, gemächlicheren Einkaufsrunde. Das war der Zeitpunkt, zu dem sich Caenis und Vespasian auf den Weg machten.

Sie kamen vom Palatin, wo die kaiserliche Familie und jene, die wohlhabend genug waren, sie zu imitieren, ihre ansehnlichen Villen mit Blick auf das Forum erbaut hatten. Der Weg zum Balbustheater führte den Hügel hinunter über die Via Triumphalis. Hier, wie überall sonst, ging es hektisch zu. Der restlichen Welt verhalf das Imperium zu der Eleganz wohlgeplanter öffentlicher Gebäude auf weiträumigen Plätzen und breiten Alleen, neuer Städte mit geometrisch angelegten Straßen, die der Anordnung eines Militärlagers entsprachen. Rom selbst blieb ein achthundert Jahe alter Bienenstock, ein traditionelles Labyrinth scharfkurviger Straßen, die sich hinauf und hinab über die Sieben Hügel erstreckten, oft nicht mehr als unzureichende Durchgänge, verschlungene Gäßchen, nutzlose Kehren und holprige Sackgassen. Alle waren zum Bersten voll.

»Wir werden uns verlieren«, murmelte Vespasian. »Nimm lieber meine Hand.«

»Oh nein!« Entsetzt verbarg Caenis die Hände unter der Stola. Er hob mürrisch die Augenbraue; sie gab nicht nach.

Das Gedränge in den engen Straßen konnte einen Mann von seiner Robustheit nicht schrecken. Caenis blieb dicht hinter seiner Schulter und schlüpfte mit ihm hindurch, während er sich gemächlich vorwärts schob. Vespasian bahnte sich höflicher seinen Weg, als es für die meisten Männer seines Ranges üblich war.

Ständig schaute er sich nach ihr um, obwohl sie spürte, daß er sich ihrer Anwesenheit genügend bewußt war, um sofort zu merken, wenn sie im Getümmel getrennt wurden. Einmal drängte sich ein Wasserträger mit zwei überschwappenden Kübeln an einem hölzernen Tragegestell auf seinem Weg von einem öffentlichen Brunnen zu den oberen Stockwerken einer Mietskaserne ungeduldig zwischen ihnen durch. Sie griff hastig nach Vespasians Toga, aber er war bereits mit einem schnellen Lächeln stehengeblieben, um auf sie zu warten.

Hier und da wanderte ein Sonnenstrahl über ihre Gesichter, als sie die engeren Straßen betraten, die gerade so breit waren, daß man weit oben ein Stückchen Himmel zwischen den Dächern der sechs Stockwerke hohen Mietskasernen sehen konnte, deren enge Wohnungen übereinandergestapelt waren wie die Häuser von Napfschnecken auf einem Felsen. Überall gab es Tavernen und Werkstätten, denn bei Tage fand das Leben auf der Straße statt. Die Säulen der Arkaden waren mit Metallwaren behängt – Bronzekrüge und Kupfertöpfe an Ketten aufgereiht wie der Halsschmuck eines Riesen. Die beiden wichen gefährlich schwankenden Stapeln von Töpferwaren aus und bückten sich unter an Seilen befestigten Körben hindurch. Sie zwängten sich an Händlern mit Tabletts voll heißer Fleischpasteten vorbei, wichen vor Sänftenträgern rasch unter Balkone aus, blieben stehen, um bei einem Damespiel auf einem in den Staub gemalten Spielbrett zuzusehen. Umweht von Lärm und Gerüchen aller Art, vorangeschoben von einer vielsprachigen Menschenmenge, die sie manchmal einfach mit sich riß, erreichten sie schließlich ihr Ziel.

»Zeigen Sie mir Ihre Eintrittskarte!« befahl Caenis. »Dann kann ich nach Ihnen Ausschau halten – aber Sie dürfen nicht winken.« Folgsam zog er die Elfenbeinscheibe heraus, und sie merkte sich die Platznummer. »Wenn Sie mich hinterher immer noch sehen wollen, warte ich da drüben bei der Bude des Wahrsagers. Sollte ich früher gehen, lasse ich Ihnen eine Nachricht zukommen.«

»Ich werde dasein«, versicherte er ernst.

Frauen durften im Theater nur oberhalb des dritten Ranges Platz nehmen, und auch das erst, nachdem die verschiedenen Stände der männlichen Bürger untergebracht waren. Caenis hatte für eine Eintrittskarte gespart, um nicht auf dem oberen Balkon mit fremden und weniger betuchten Sklaven stehen zu müssen. Selbst von dieser hohen Warte aus hatte sie Vespasian bald entdeckt. Seine Art, sich zu bewegen, schien ihr bereits vertraut. Gewöhnlich verfolgte sie ein Stück so aufmerksam, daß sie dem Schauspieler beinahe voraus war, aber heute konnte sie sich nicht auf Blathyllos konzentrieren. Dauernd wanderte ihr Blick zu den vierzehn Reihen im ersten Block, die für Ritter reserviert waren.

Die Kunst der Tragischen Pantomime hatte fast ihren Höhepunkt erreicht. Es wurden kaum mehr neue Stücke geschrieben; diejenigen, die man jetzt aufführte, waren bereits Allgemeingut geworden. Die Stimmung eines Stückes wurde durch ein Orchester aus Blas- und Schlaginstrumenten vermittelt, während die Texte, die das Publikum meist auswendig konnte, von einem kleinen Chor oder einem Solisten gesungen wurden. Heutzutage wurden sämtliche Rollen nur noch von einem einzigen Schauspieler dargestellt. Um diese Anstrengung zu bewältigen, mußte er strikte Diät halten und seinen Körper täglich trainieren. Sein Auftritt war eine Kombination aus Mimik und Tanz, wobei jede Geste, jeder Blick, jedes Anspannen eines Muskels, jede noch so kleine Bewegung eine Bedeutung hatte, die Phantasie anregte und so zu Herzen ging.

Blathyllos war gut. Zuerst schlug er das Publikum dadurch in Bann, daß er ganz still stand und sich die gespannte Erwartung zunutze machte. Jede Bewegung wurde vom gesamten Auditorium wahrgenommen und schien, wie bei allen guten Schauspielern, offenbar mühelos. Er benutzte Spannung, Entsetzen, Verwirrung, Seligkeit und Freude. Er führte das Publikum durch Heldenmut und Mitleid, Wut und Verlangen, Schmerz und Triumph hindurch. Am Ende fühlte sich selbst Caenis wie ausgewrungen. Der Schlußapplaus ließ sie blinzelnd, mit trockenem Mund und ein wenig verwirrt zu sich kommen.

Als Caenis wieder auf der Straße stand, dachte sie einen Moment lang bestürzt, Vespasian würde nicht kommen. Sie wartete, weit genug von den herausströmenden Massen entfernt, daß er sie sehen konnte, und doch nahe genug am Eingang, um sich nicht von Taschendieben und Zuhältern bedroht zu fühlen. Caenis war sicher, Vespasian in die entgegengesetzte Richtung eilen zu sehen. Immer noch von dem Drama aufgewühlt, konnte sie es nicht fassen. Enttäuscht und verwirrt, hätte sie sich beinahe allein auf den Heimweg gemacht.

Gerade noch rechtzeitig tauchte er aus der sich allmählich zerstreuenden Menge auf.

»Hallo, Caenis!« Er hatte sich offenbar auf die Suche nach zwei Sklaven gemacht, seinen eigenen oder eher denen seines Bruders, die ihm jetzt mit im Gürtel steckenden Knüppeln folgten. »Tut mir leid. Habe ich dich warten lassen?«

»Das macht nichts«, log sie höflich.

»Willst du dir die Zukunft voraussagen lassen?« Vespasian schaute zu der Bude hinüber. Ein schmieriger, zahnloser Ägypter mit einer spitzen roten Mütze tauchte wie eine Marionette auf Stichwort über der mit Stoff bespannten Halbtür auf: Kunden konnte er offenbar voraussehen. »Ich bezahle – hast du Angst?« Es gab nicht viel, wovor Caenis Angst hatte. Sie sagte nichts, und Vespasian stachelte sie an. »Glaubst du nicht an Horoskope? Du alte Skeptikerin!«

»Ich kenne meine Zukunft: Harte Arbeit, wenig Glück und ein unerfreulicher Tod nach einem harten Leben!« gab Caenis grimmig zurück. »Bei mir funktioniert es nicht. Man muß den Tag seiner Geburt wissen.«

Einen Augenblick lang verstand er nicht.

Jeder frei geborene römische Bürger, männlich oder weiblich, wurde innerhalb von acht bis neun Tagen nach seiner Geburt beim Zensor registriert. Für einen freien Bürger waren sein Geburtstag und die Geburtstage seiner Vorfahren und Familie die fröhlichsten

Feste, an denen seine Hausgötter mit Girlanden geschmückt wurden und jeder, der ihm Achtung schuldete, Glückwünsche aussprach. Wichtige Männer gedachten der Geburtstage ihrer politischen Vorbilder. Der Geburtstag des Kaisers war ein Festtag für das ganze Volk.

Caenis war eine Sklavin. Sie kannte den Tag ihrer Geburt nicht.

Vespasian hatte schnell begriffen. Ein Erklärung war überflüssig.

Ihr Stolz ließ es sie trotzdem tun. Sie konnte brutal sein, wenn sie wollte: »Kein Vater kündigt die Geburt eines Sklavenbankerts stolz im *Tagesanzeiger* an. Die Tatsache, daß es mich gibt, ist allein dadurch bewiesen, daß ich hier vor Ihnen stehe, aus Fleisch und Blut und in einem neuen Kleid. Die modernen Philosophen mögen mir eine Seele zugestehen, aber niemand – *niemand* – belastet mich mit einem Schicksal, das man voraussagen könnte!«

»*Autsch!*« sagte er. Sie fühlte sich besser. Er entschuldigte sich nicht, es wäre sinnlos gewesen. Statt dessen wandte er sich in seiner nüchternen Art an den Astrologen. »Also stehen wir vor einer Herausforderung. Können wir diesem Mädchen irgendeinen Trost anbieten?«

Der Mann ließ seinen Blick glasig werden, ein einstudierter Trick, um seine Kunden zu beeindrucken. Die unsauberen Tücher, in die er gehüllt war, sollten geheimnisvoll orientalisch wirken, für Caenis spiegelten sie nur die mangelnde Hygiene wider, die hier im Neunten Bezirk herrschte. Eine helle Scheibe mit den Tierkreiszeichen, die über seinem Kopf baumelte, blitzte gelegentlich auf. Einer der Fische hatte den Schwanz verloren, und die Zwillinge lösten sich allmählich aus ihrer himmlischen Umarmung.

»Ihr Kopf wird niemals eine Münze zieren!« intonierte der Astrologe plötzlich mit hoher Stimme. Wie geschickt formuliert, dachte Caenis. Dem Mann gelang es, so zu tun, als hätte ihn die Wahrheit wie ein unerwarteter Schlag ins Zwerchfell getroffen, direkt über seinem vom Abendessen noch wohlgefüllten Magen. Wie ungesund, wenn er dieses Schauspiel täglich vorführte. Er schwankte. Vespasian ließ ein paar Kupfermünzen in die schmutzige Hand klimpern, die trotz der angeblichen Trance sofort hervorschoß. »Ihr Leben ist sanft, sanft ihr Tod. Knochen, so leicht wie Holzkohle, dünnes Haar ... In Purpur gehüllt geht sie zu den Göttern ein. Cäsar trauert. Er hat seine Geliebte verloren, die wahre Rückseite seiner Lebensmünze ...«

Der Wahrsager schwieg, schaute dann abrupt auf, die Augen dunkel vor Schreck.

Vespasian verschränkte die Arme. »Mach ruhig weiter mit dem Hochverrat«, frotzelte er, »aber wenn da jemand hinter meinem Schatz her ist, würde ich das gern wissen! Um welchen Cäsar handelt es sich? Doch wohl nicht um den alten Ziegenbock ...« Womit er Tiberius meinte. »Hast du einen Blick auf das Namensschild in seinem Umhang werfen können?«

Verwirrt, sein »Schatz« genannt zu werden, wandte sich Caenis ab und murmelte: »Kaiser haben keine Namensschilder. Bei ihren Purpurgewändern gilt das als unnötig, wissen Sie.«

Der Astrologe starrte Vespasian mit einem leicht irren Blick an.

Caenis war geflohen.

»Sollen wir zu Fuß gehen?« bot nun Vespasian seinerseits an, als er sie schnaufend eingeholt hatte.

Weil sie sich nicht von den trügerischen Prophezeiungen eines schmierigen Ägypters in einer dreckigen griechischen Decke beeinträchtigen lassen wollte, knurrte Caenis: »Wie Sie sehen, bin ich bereits dabei. Mir war klar, daß Sie das Geld für meine Sänfte in der Pause für angeschmuddelte Naschereien und lauwarmen Wein verplempern würden.« Sie wußte, daß er seinen Platz nicht ein einziges Mal verlassen hatte.

»Kein Grund, gleich so gereizt zu sein«, beschwerte er sich und nahm ihren Ellbogen, um sie zu bremsen. Plötzlich befangen, verlangsamte sie ihr Tempo.

Von anderen Sklaven eskortiert zu werden war ein seltsames Gefühl. Interessiert stellte Caenis fest, daß Vespasians Leibwächter –

nach einem kurzen prüfenden Blick auf das, was ihr junger Herr da aufgegabelt hatte – offenbar keinen Groll gegen sie hegten. Sie war ein Mädchen, das tat, was es konnte, also wünschten sie ihr Glück.

»Hat Ihnen die Vorstellung gefallen?« fragte sie.

Obwohl Vespasian wußte, wie gern sie ihre Begeisterung mit ihm teilen wollte, machte er keine Zugeständnisse. »Ach, nicht schlecht. Ich glaube, ich bin wach geblieben.«

»Nicht die ganze Zeit!« konterte sie hitzig. Dann wurde ihr klar, daß er sie wieder aufzog, also fuhr sie in sanfterem Ton fort: »Soweit ich von da oben sehen konnte, sind Sie irgendwann eingenickt, aber Sie haben nicht geschnarcht. Die Ädilen waren kurz davor, Sie anzustoßen, doch Sie sind von allein aufgewacht.«

»Ha!« Er tat so, als wolle er ihr einen Klaps geben.

Schlagartig wurde sich Caenis ihrer Posititon als Sklavin wieder bewußt. Sie ging nicht auf das Spiel ein, schritt hochaufgerichtet weiter, starrte kühl geradeaus. Vespasian ließ sich nichts anmerken, versuchte so etwas aber nie wieder. Mit betont freundlicher Stimme fragte er: »Und was ist mit dir? Bist du froh, daß du es dir angesehen hast?«

»Ja, vielen Dank.«

»Gut.«

In stummem Einverständnis schlenderten sie am Tiber entlang, überquerten den Pons Agrippae und betraten Cäsars Gärten. In der Abenddämmerung war es in den Gärten ziemlich kühl, etwas unheimlich, und die Luft war von Wolken kleiner Stechmücken erfüllt. Ohne sich davon stören zu lassen, durchwanderten sie die Gärten in ganzer Länge. Es gab nur wenige Orte, die ein Herr mit einer Sklavin, die nicht zu seinem eigenen Haushalt gehörte, aufsuchen konnte. Dann brachte er sie zurück zum Haus der Livia.

Auf dem Palatin würden die aufgesteckten Fackeln genug Licht geben, aber zuerst mußten sie ihn erreichen. Einer der Sklaven war zu ihrem Laternenträger geworden, aber die schmalen Straßen waren finster, und Caenis befürchtete, Vespasian könnte allzu vertraulich werden. Doch er tat nichts dergleichen, berührte bloß leicht ihren Arm, um sie in den Schutz eines Portikus oder dicht vor die geschlossene Tür eines Ladens zu steuern, wenn Wagen mit Baumaterialien oder Weinfässern ihnen gefährlich nahe kamen. Sie hoffte nur, er würde nicht bemerken, daß sie schon bei dieser leisen Berührung eine Gänsehaut bekam.

Er bemerkte es und fragte in seiner typischen Abruptheit: »Caenis, wirst du mit mir ins Bett gehen?«

»Bestimmt nicht!« schnappte sie, war aber erleichtert, daß er das Thema angesprochen hatte.

»Magst du mich nicht?«

»Ich mag Sie viel zu sehr!« erklärte sie knapp.

Vespasian baute sich vor ihr auf und zwang sie stehenzubleiben. »Wie meinst du das?« Er war ein großer Mann, reichlich direkt und von sehr viel höherem Rang. Jetzt verspürte sie wirklich Furcht. Sein Kinn war vorgereckt, sein Mund wütend zusammengekniffen.

Mit klopfendem Herzen blickte sie ihn an. »Ich meine, daß ich das Risiko nicht eingehen kann. Ich habe es Ihnen gesagt, gleich von Anfang an – ich gehöre meiner Herrin, und ihr Wohlwollen ist mir wichtig. Bitte lassen Sie uns weitergehen. Die Leute starren uns schon an.«

Er ignorierte ihre Worte, runzelte die Stirn, weigerte sich, weiterzugehen.

»Sie müssen auch an sich selbst denken«, murmelte Caenis bedrückt. »Suchen Sie sich einen reichen Senator mit einer einigermaßen annehmbaren Tochter und heiraten Sie sie. Sie brauchen eine fette Mitgift und müssen ein anständiges Leben führen, wenn Sie Karriere machen wollen.« Das stimmte; er nickte zu ihrem klugen Rat. Pflicht und Schicklichkeit forderten, daß ein Bürger eine Frau aus guter Familie und von anständigem Charakter heiratete und dann Kinder in die Welt setzte. Der *cursus honorum*, die offizielle Ämterlaufbahn der Senatoren, schrieb das vor. »Tut mir leid, wenn es da ein Mißverständnis gegeben hat«, entschuldigte sich Caenis voll banger Sorge.

»Einfache Frage, einfache Antwort. Ich habe schon verstanden!« Er war nicht wütend, aber bitter und verletzt. Mit für ihn ungewöhnlicher Boshaftigkeit fragte er: »Hast wohl schon einen Sklaven, der auf dich wartet, oder? Ist eifersüchtig, was? Denkst wohl, ich könnte ihn verjagen?«

»Hören Sie doch auf«, fuhr Caenis ihn an. »Obwohl ich mir gut vorstellen kann, daß Sie es täten. Sie machen mir Angst ... Ich brauche niemanden, auch keinen Sklaven. Ich bin mir selbst genug.«

Er war noch nicht bereit, sich das gesträubte Gefieder glätten zu lassen. »Du hättest mir sagen sollen, daß du so viel Skrupel hast!«

Diesmal gab sie keine Antwort, überließ es ihm, ihre Qual und ihren Schmerz zu erahnen.

Um sie herum begann Roms erschreckende nächtliche Verwandlung. Zum Verkauf ausgestellte Waren und Handelsgüter waren von den Straßen verschwunden, Falttüren wurden vor die Läden gezogen, Riegel rasteten ein und schwere Schlösser klirrten an Eisenketten. Über ihren Köpfen legte sich der dünne Arm einer Frau um eine Katze und einen Blumentopf auf dem Fenstersims, holte sie ins Innere des Hauses und schloß krachend einen schweren Fensterladen. Inzwischen war es vollkommen dunkel. Es gab keine Straßenbeleuchtung, und kaum ein Lichtstrahl drang aus den hohen Mietskasernen auf die unfreundlichen Straßen. Selbst die verrufensten Gassen leerten sich. Bald würde die Stadt einer Gesetzlosigkeit überlassen werden, die sogar die Vigiles, die die einzelnen Bezirke bewachen sollten, in die nächste Schenke trieb und sie davon abhielt, auf Hilferufe zu reagieren.

Vespasians Sklaven scharrten unruhig mit den Füßen.

»Bitte lassen Sie uns weitergehen«, redete Caenis ihm zu, besorgt um die beiden Leibwächter.

»Warte!« beharrte er ärgerlich. »Warum hast du dich dann überhaupt mit mir abgegeben?«

Darauf antwortete Caenis mit schlichter Ehrlichkeit: »Weil ich Sie mag.« Wer A sagt, muß auch B sagen. »Ich mag Sie«, gestand sie mit steinernem Gesicht, »mehr als jeden Menschen, den ich je gekannt habe.«

Obwohl er sich nicht vom Fleck rührte, spürte sie, daß Vespasian, wie er da aufgebracht und enttäuscht vor ihr auf der Straße stand, völlig entwaffnet war. Andere Frauen mochten sich zu ihm hingezogen fühlen, aber sie waren nicht so direkt. Plötzlich erkannte Caenis, daß sich hinter seinem massigen, fast derben Äußeren echtes Gefühl verbarg. Sie wagte nicht, darüber nachzudenken, wie hingebungsvoll er reagieren würde. Aber das würde sie nie erleben.

»Ich nehme an«, meinte sie, »daß ich Sie jetzt wohl nicht wiedersehen werde?«

Inzwischen war es noch dunkler geworden. Sie konnte sein Gesicht nicht mehr erkennen, hörte aber sein kurzes bitteres Auflachen. »Für wen hältst du mich?« Sie senkte den Kopf, obwohl seine Stimme bereits weicher wurde. »Ach, Mädchen, sei doch nicht so dumm. Du weißt ganz genau, wann du einen armen Bettler am Haken hast!«

»Und warum geben *Sie* sich mit *mir* ab?« schoß sie zurück.

Ganz ruhig antwortete er: »Auch das weißt du.«

Seine Haltung entspannte sich. Er ging schweigend weiter, bedeutete ihr mit einem kurzen Nicken, ihm zu folgen.

Er hatte sie bis zu Antonias Haus begleitet. »Hier sind wir. Ihr Palast, meine Dame!« erklärte er mit einer spöttischen Verbeugung. Seine Leibwächter waren diskret hinterhergetrödelt und erst beim Siegestempel angelangt, als er mit gesenkter Stimme fragte: »Gibst du mir einen Kuß?«

»Nein, das tue ich nicht.«

Sie wich zurück, aber nach einem kurzen, scharfen Blick klopfte er für sie an die Eingangstür. Er war beharrlich, jedoch niemals aggressiv. Der Pförtner blickte durch sein Gitterfensterchen und begann dann den langwierigen Prozeß des Entriegelns der Schlösser. Im Lichtschein, der aus dem kleinen Viereck strömte, sah Caenis ein Glitzern in Vespasians Augen, als er ihr zumurmelte: »Na gut, wirst du dich dann von mir küssen lassen?« Und sofort ahmte er sie nach: »›Nein, werde ich nicht!‹ Tja, erwarte nicht von mir, daß ich mich vor anderen mit dir herumbalge. Gute Nacht. Träum von mir und frag dich.«

Caenis schluckte. Sie hatte weder Zweifel an der Energie, mit der sich dieser starke, tüchtige Mann sein Vergnügen nehmen würde, noch an seiner Fähigkeit, Entzücken zurückzugeben. »Was soll ich mich fragen, Herr?«

»Frag dich, was dir entgangen ist!«

Während sie ihn anschaute, ohne es zu wollen, war sie sich dessen wohl bewußt.

Der Pförtner wurde allmählich aufmerksam. Kurz berührte sie Vespasians Hand und trat ins Haus.

»Gute Nacht, Caenis.« Sie waren wieder Freunde. Seine Stimme senkte sich. Wieder bezauberte sie der liebevolle Ton.

Sie schaute ihm nach. Vespasian ging den schmalen Weg zwischen dem Haus und dem Tempel entlang, der ihn schließlich zum Forum oder zum Circus Maximus bringen würde. Nun drehte er sich ebenfalls um. Mit einem plötzlichen Lächeln winkte er ihr zum Abschied zu. Sie sah ihn weitergehen, die beiden Leibwächter jetzt dicht hinter ihm. Das nächtliche Rom war voller Gefahren, doch seine Art, ohne Eile auszuschreiten, ließ ihn unverletzlich wirken. Straßenräuber und Diebe, die in finsteren Gassen auf ihn lauerten, würden sich eines Besseren besinnen und auf leichtere Opfer warten.

Auf die gleiche Art ging er durchs Leben: Stetig und gelassen, ein Mann, der seinen Weg kannte und sein Ziel unversehrt erreichen würde.

VII

Veronica wußte bereits am nächsten Tag von dem Spaziergang durch Cäsars Gärten. »Tja, man hat dich gesehen, Caenis!«

Rom galt als Ort, wo nichts verborgen blieb, und Veronica war entschlossen, sich auch nicht die geringste Indiskretion entgehen zu lassen.

»Ich kann dir versichern«, meinte Caenis bitter, »daß ich nichts getan habe ...«

»Freut mich, das zu hören«, unterbrach Veronica. »Laß sie warten. Sie genießen es mehr, wenn man sie warten läßt – und wenn *sie* es genießen, besteht immerhin die schwache Chance, daß du auch was davon hast! Das nächste Mal wird er dir ein Geschenk mitbringen, zur Sicherheit.«

Caenis wollte schon sagen, daß er das bereits getan hatte, merkte aber dann, daß selbst ihre rhetorischen Fähigkeiten nicht ausreichen würden, eine lukanische Salami und ein Paket eingelegten Fisch entsprechend darzustellen.

»Wird er nicht«, verkündete sie stattdessen mit kleiner, trauriger Stimme. »Ich habe beschlossen, ihn nicht wiederzusehen.«

Das war leider wahr. Sie hatte sich die ganze Nacht mit dem Problem herumgeschlagen. Es war die schmerzlichste Entscheidung, die sie je getroffen hatte.

»Ach ja, das geht mir meist genauso«, erwiderte Veronica träge. »Aber wenn sie dann mit ihrem Geschenk auftauchen, was soll man da machen?«

Caenis und Veronica hatten sich in den Thermen getroffen. Caenis ging jetzt jeden Nachmittag in ein Bad, das ganztags geöffnet hatte und nur Frauen vorbehalten war (die gemischten waren Frauen nur am Vormittag für ein paar Stunden zugänglich, was Caenis nichts nützte). Zwischen den beiden Freundinnen bestand die lockere Vereinbarung, sich dort zu treffen, eine Vereinbarung, die Veronica mit erstaunlicher Regelmäßigkeit einhielt. Sie kam dann beladen mit irgendwelchem Talmi, den Verehrer ihr geschenkt hatten, erfüllte den Umkleideraum mit Schwaden ihres billigen Parfüms, belegte zu viele Haken mit ihren Körben und Umhängen und Tüchern und Schals. Veronica vermittelte den Eindruck, als führe sie ein flatterhaftes, chaotisches Leben, ließe sich durch zufällige Begegnungen mit ihren zahllosen Verehrern hierhin und dorthin treiben. In Wahrheit hatte die Aufgabe, so viele Männer, deren Pfade sich nicht kreuzen durften, unter einen Hut zu bringen, Veronica schon vor langer Zeit gelehrt, sehr exakt zu planen.

Caenis war während der ersten Viertelstunde in den Thermen meist äußerst schlecht gelaunt. Frauen mußten in den öffentlichen Bädern ein ganzes As Eintrittsgeld bezahlen, Männer nur die Hälfte. Das sah Caenis nicht ein. Ihrer Meinung nach waren Frauen sauberer. Männer waren diejenigen, die die Trainingsräume und Schwimmbecken am meisten nutzten, am längsten blieben und mit ihren Freunden unendliche Debatten über Gerichtsverfahren führten, dem weiblichen Personal der Thermen nachstellten und noch dazu behaupteten, sie hätten ihr Geld zu Hause vergessen, um sich ganz ohne Bezahlung einzuschmuggeln. Doppelt soviel zahlen zu müssen, machte Caenis jedesmal wütend. Daher traf Veronica meist erst ein, nachdem Caenis lange genug im Heißluftraum geschwitzt hatte und träge geworden war. Als Badehausbesucherinnen hatten sie sowieso nichts gemeinsam. Caenis verlangte etwas für ihr Geld. Sie benutzte jeden der Räume, vom heißen Dampfbad bis zum kalten Tauchbecken, um sich auch nicht das kleinste bißchen an angenehmer Empfindung und Belebung entgehen zu lassen. Wenn sie Zeit hatte, spielte sie sogar ein wenig Ball oder schwamm, was nur wenige Frauen taten, außer jenen, die sich der rigorosen Körperertüchtigung verschrieben hatten. Veronica kam, um zu plaudern. Momentan würde sie das Schwimmbecken mit Sicherheit nicht betreten, weil sie sich ihr Haar blondiert hatte und die Farbe womöglich auslief. Außerdem konnte sie nicht schwimmen. Sie verließ sich darauf, daß es immer Männer gab, die Frauen mit herzförmigen Gesichtchen nach einem

Sturz ins tiefe Wasser bereitwillig retteten. In Ermangelung solch körperlicher Reize hatte Caenis sich das Schwimmen schon vor Jahren beigebracht.

Das blonde Haar stand Veronica gut. Sie sah auch mit glänzenden blauschwarzen Locken, aufgetürmten, braunen keltischen Zöpfen oder einer roten wippenden Mähne gut aus. Sollte sie jemals alt werden (obwohl nicht sicher war, ob sie so lange durchhielt), würde Veronica äußerst vornehm aussehen, sobald sie sich zu einem silbergrauen Nackenknoten durchgerungen hatte. Bis dahin paßten die blonden Kräusellocken wohl am besten zu ihrem zarten Gesicht.

Ihre Ausdrucksweise war jedoch alles andere als zart. »Caenis, sei doch keine so dämliche, nur mit deinem Beruf verheiratete Kuh!«

Wie Caenis zu Antonia gesagt hatte, ihre Freundin besaß ein gutes Herz. »Juno! Du hast da einen ekligen Pickel auf dem Rükken, Veronica.«

Ein schwacher Versuch.

»Ach, hör doch auf! Schab mir ordentlich den Rücken, Liebes – aber versuch nicht, mich abzulenken. Ich sagte ...«

»Ich habe gehört, was du gesagt hast.«

»Ja, aber hast du auch *zugehört?*« schnauzte Veronica.

Sie kannten einander seit ihrem zehnten Lebensjahr, und da keine von ihnen über eine persönliche Sklavin verfügte, hatten sie sich schon immer gegenseitig den Rücken mit einem geborgten Strigilis abgeschabt. Caenis half Veronica, ihre Rückenpickel loszuwerden; Veronica half Caenis unter Anwendung einer ebenso brutalen Technik, zudringliche Männer loszuwerden. Die meisten Männer, die sich Caenis bisher genähert hatten, waren hoffnungslose Fälle – willensstarke, zornige Mädchen zogen seltsamerweise oft völlig unpassende Burschen an. Von den allerschlimmsten hatte sie Veronica gar nicht erzählt. Und Veronica, die in gewisser Weise weichherzig war, hatte nie erwähnt, daß es einige durchaus anständige Männer gab, die Caenis insgeheim Zuneigung entgegenbrachten. Solch ein Gefühl zu akzeptieren, hielt Veronica für einen fatalen Fehler.

»Herzchen, dieser Kerl ist eine völlig bedeutungslose Null. Ich habe einen halben Tag gebraucht, um auch nur seinen Namen rauszufinden.« Caenis hatte es drei Wochen harte Arbeit gekostet, dem Pförtner Maritimus irgendwelche Informationen zu entlocken. »Wird Zeit, daß du dir was Vernünftiges angelst, Mädchen. Warum schreckst du die Guten immer ab? Ach, du siehst ja noch nicht mal richtig hin!«

Caenis wand sich. »Doch, doch, das tue ich! Ich sage mir, daß ein indischer Perlenohrring oder auch mehrere genau das sind, was ich brauche – und wenn ich mir dann die Kerle anschaue, die mir das bieten könnten, dann wird mir einfach übel. Es ist nicht nur der Gedanke an ihre Wurstfinger, die einen überall betatschen; die meisten sind so *strohdumm*, Veronica.«

»Halt dich von klugen Männern fern«, bellte Veronica. »Wenn so einer fällt, reißt er dich vielleicht mit. Wenn er aufsteigt, wirst du fallengelassen. *Aua!*«

»Entschuldige. Gib mir deine Ölflasche. *Bah!*«

»Eine Opfergabe auf dem Altar der Liebe«, murmelte Veronica.

»Das Zeug ist widerlich.«

»Es ist sehr teuer.«

»Kann ich mir denken – ich benutze lieber meins.«

Während ihre Freundin sie bearbeitete, griff Veronica nach ihrer eigenen Flasche und roch unsicher daran. Mit materiellen Dingen kannte sie sich bestens aus, doch manchmal gelang es Caenis, ihr Selbstvertrauen zu erschüttern.

»Die Flasche ist sehr schön«, tröstete Caenis freundlich. Sie war aus rosafarbenem syrischem Glas, durchsetzt mit feinen Spiralen und so zart, daß man befürchten mußte, sie würde bereits von der Handwärme desjenigen zerspringen, der sie bewundernd hochhob. Womit sich nicht entschuldigen ließ, daß das Öl in diesem zierlichen syrischen Gefäß so stank, als sei es aus den Fortpflanzungsorganen eines Kamels gewonnen worden.

Veronica zuckte mit den Schultern und fragte: »Tja, wenn du dir schon keinen alten Millionär anlachen willst, warum läßt du deinen sabinischen Freund dann sausen?« Das »sabinisch« war beleidigend gemeint.

Caenis wußte die Antwort. Sie hatte die ganze Nacht damit verbracht, sie sich auszudenken. »Weil mein sabinischer Freund Intelligenz und Humor besitzt. Beides Eigenschaften, die ich viel zu sehr schätze.«

Veronica begriff, wie ernst die Lage war. »Du bist ja total verknallt!«

»Aber das kann ich mir nicht leisten.«

»Nein, das kannst du nicht. Damit verlierst du auf allen Ebenen. Aber wenn du den Armen nicht nimmst und dir keinen Reichen suchen willst, solltest du lieber verdammt hart arbeiten und beten, daß es deiner noblen Herrin auffällt! Antonia läßt dich vielleicht eines Tages frei – aber du wirst nur eine kleine Pension haben und, wenn du so weitermachst, noch nicht mal glückliche Erinnerungen ...«

Sie drehte sich um und griff nach der Ölflasche, doch bevor sie etwas davon auf den untadeligen Rücken ihrer Freundin tröpfelte, küßte sie sie auf den Scheitel. Veronica war ein impulsives Geschöpf. Auch darin hatten die beiden nichts gemein.

»Und sag mir ja augenblicklich Bescheid, wenn er mit seinem Geschenk auftaucht.«

Vespasian tauchte mit keinem Geschenk auf. Er tauchte überhaupt nicht auf.

Als Caenis allmählich klar wurde, daß der gemeine Mistkerl zu der gleichen Entscheidung gekommen war wie sie, begann sie, Veronica auszuweichen und sich für längere Zeit ins Schwimmbecken zurückzuziehen. Aber Veronica ließ selten zu, daß man ihr auswich.

Schließlich erschien sie am Rand des Schwimmbeckens, knallte ihre Bastsandale in einer Weise auf den Marmorrand, die deutlich machte, daß sie nicht von hier wegzugehen gedachte, und wartete dann, bis Caenis widerstrebend heranschwamm. Caenis blieb im Wasser, ließ sich auf dem Rücken treiben. Veronica streckte ihre zarten Knöchel vor, stippte den hübschen Zeh ins Wasser und spritzte Caenis an. Die beiden Frauen betrachteten einander einen Moment lang unter dem widerhallenden Gewölbedach. Frauenstimmen übertönten das Rauschen des Wassers, das in den weiter hinten liegenden Waschräumen ausgegossen wurde.

»Dein Freund ist nach Reate verduftet«, verkündete Veronica kurz und knapp. »Ist nach Hause zu Mami gerannt!«

Reate, in ganz Italien für die feinsten eßbaren Weißschnecken bekannt, war die Heimatstadt der Flavier. Vespasians Großvater hatte sich dort niedergelassen, und er selbst war ganz in der Nähe, in Falacrina, geboren. In Reate lebte seine Mutter, und er und sein Bruder besaßen dort Sommerlandsitze. Der Ort lag sechzig Meilen östlich von Rom. Niemand reiste so weit und in ein so ländliches Gebiet, wenn er nicht vorhatte, dort länger zu bleiben.

Veronica versuchte meist, freundlich zu sein, weil sie das Gefühl hatte, daß Caenis nur selten ihr Leben genoß. »Manche kennen einfach die Regeln nicht. Wenn du nein sagst, denken sie, du meinst auch nein.«

Caenis stieß sich vom Beckenrand ab und paddelte dann langsam zurück. »Hab ich ja auch gemeint.«

»Tja, Herzchen, da hast du die Antwort!«

Bevor sie sich wie ein übereifriger Delphin nach hinten schnellen ließ, fügte Caenis reumütig und bitter hinzu: »Das ist meine eigene Schuld. Als er versprach, daß er wiederkäme, habe ich das Vorrecht des freien Bürgers vergessen – der schäbigen Sklavin eines anderen die Wahrheit zu sagen ist vollkommen unnötig!«

Darauf sagte Veronica die beiden Dinge, die ein Mädchen der Freundin sagen muß: »Du bist nicht schäbig, du bist hinreißend – und dein sabinischer Freund ist ein Idiot!«

Das Haus seiner Mutter war kein idealer Fluchtort. Seine Mutter hatte Pläne mit ihm.

Flavius Vespasianus stammte aus einer Familie, in der die Frauen das Sagen hatten. Die Männer widmeten sich ihren Geschäften auf durchaus fähige Weise, aber sie verdankten ihre gesellschaftliche Stellung den Frauen, die sie geheiratet hatten, und diese Frauen weigerten sich, reine Randfiguren zu sein. Obwohl zum Beispiel sein Bruder den gleichen Namen trug wie sein Vater, war Vespasian nach seiner Mutter benannt. Vespasia Polla war nicht die einzige, die dieses Zeichen des Respekts erhielt, aber vielen Frauen wurde er verwehrt.

Vespasians Großvater hatte Geld geheiratet, und sein Vater hatte durch seine Ehe sozialen Status dazugewonnen. Während sein Vater als Bankier in Helvetien ein ansehnliches Vermögen erwarb, war Vespasian bei seiner Großmutter Tertulla auf deren ausgedehntem Landgut in Cosa an der nordwestlichen Küste Italiens groß geworden. Da die Familie jetzt näher bei Rom lebte, war der Einfluß, den seine Großmutter während seiner glücklichen Kindheit in Eturien auf ihn gehabt hatte, durch den seiner Mutter ersetzt worden.

Sein Bruder machte sich gut, wie seine Mutter ihm zu verstehen gab. Sabinus, der im Jahr von Seianus' Sturz das Amt eines Ädilen innegehabt hatte, war aufgestiegen und zwei Jahre später mühelos zum Magistrat gewählt worden. Mit vierzig durfte Sabinus auf eine Konsulschaft hoffen. Vespasian war inzwischen fünfundzwanzig, alt genug, um sich für die Wahl zum Senator aufstellen zu lassen, aber bisher hatte er in dieser Hinsicht nichts unternommen. Als jüngerer Sohn hatte er eine gelassenere Einstellung als sein Bruder. Er wollte keine Beamtenkarriere machen wie Sabinus – hatte aber keine klare Vorstellung davon, worauf er sonst hinauswollte. Seine Mutter war entschlossen, seiner Ruhelosigkeit ein Ende zu machen.

Vespasia Polla gewann. Sie konnte ihren Sohn zwar nicht dazu bringen, sich noch in diesem Jahr für die Senatswahlen aufstellen zu lassen, wie er es hätte tun sollen, aber Vespasian ließ sich bald überreden, nach Rom zurückzukehren. Lucius Vitellius wurde gebeten, ihn in die allerhöchsten Kreise einzuführen. Dadurch erhielt Vespasian Zugang zu einer Gruppe von vier prominenten Familien, den Vitellii, den Petronii, den Plautii und den Pomponii, die einander durch Heirat und gemeinsame Interessen seit langem verpflichtet waren und eine zunehmend größere Rolle in der Regierung spielten. Nach Seianus' Sturz hatten sie noch an Einfluß gewonnen. Viele von ihnen wurden mit dem Amt des Konsuls belohnt, und man nahm allgemein an, daß sie zumindest einen Teil ihres Erfolges Antonia zu verdanken hatten.

Wenn ein junger Mann, der Zugang zu dieser einflußreichen Clique hatte, seine Chance nicht wahrgenommen hätte, wäre das pure Dummheit gewesen. Nur die Entscheidung, durchzubrennen und sein Geld als reisender Lyraspieler mit Bart und ausgetretenen Sandalen zu verdienen, hätte Vespasian davor bewahrt, über kurz oder lang seine Aufwartung im Haus der Livia machen zu müssen.

»Ich könnte dafür sorgen, daß dieser Aufsteiger ausgeschlossen wird!« bot Tyrannus an.

Tyrannus war der Sklave, der Antonias Gästeliste überwachte. Diesen Posten hatte Antonia selbst eingeführt, denn in den meisten römischen Häusern war es üblich, daß jeder, der seine Aufwartung machen oder eine Petition übergeben wollte, freien Zugang zum Haushaltungsvorstand hatte. Allerdings wurden die meisten Haushalte auch nicht von einer Frau geführt. Der Anstand verbot einen derart freien Zutritt zum Haus der Livia.

»Dafür gibt es keinen Grund.« Caenis stellte verlegen fest, daß offenbar alle von Vespasians Versuch, mit ihr anzubandeln, wußten – und ebenso, daß es nicht geklappt hatte.

»Ich bin auf deiner Seite, Caenis.«

»Vielen Dank. Aber wir müssen ihn nicht bestrafen.«

»Na gut – wenn du ihm lieber persönlich eins auf die Nase geben willst!«

Wohl kaum, dachte Caenis, die sich stumm wappnete, um sich

von Vespasians Besuch nicht aus der Ruhe bringen zu lassen.

Sie war nicht bereit, sich zu verstecken. Auch er hatte nicht vor, so zu tun, als seien sie Fremde. Es gelang ihnen, in dieser quasi öffentlichen Situation mit einer leicht ironischen Förmlichkeit zu agieren. Wenn sie sich rein zufällig auf den Fluren des Hauses begegneten (was allerdings recht häufig geschah), erkundigten sich der eine mit ausgesuchter Höflichkeit nach der Gesundheit des anderen. Manchmal standen sie sogar im Atrium und plauderten über das Wetter, als hätte es diese starke Anziehung zwischen ihnen nie gegeben.

Aber die Erinnerung an ihre seltsame Freundschaft starb genausowenig. Es war Caenis durchaus recht, wenn Vespasian mitbekam, daß einflußreiche Männer sie respektvoll um Rat fragten darüber, wie sie ihr Anliegen am besten Antonia unterbreiten konnten. Dann pflegte Vespasian die kräftigen Arme über der Toga zu verschränken und ihr fröhlich zuzuwinken.

Als er sechsundzwanzig war, setzte sich seine Mutter endlich durch. Er wurde in den Senat gewählt, bekam das Amt eines Quästors, eines untergeordneten Finanzbeamten, und einen Posten auf Kreta.

VIII

»Hallo, Caenis.« Ihr sabinischer Freund.

Das Seltsame war, daß selbst nach so langer Zeit sein Auftauchen und der Wunsch, sie wiederzusehen, sie genausowenig überraschten wie vorher sein Wegbleiben.

Es war November. Fest in ihren Umhang gewickelt, weil der Palast eiskalt war, zwang sich Caenis, noch bis zum nächsten Punkt weiterzuschreiben. Und auch dann ließ sie nur den Blick hochwandern; der Inbegriff einer äußerst beschäftigten Sekretärin, die sich nicht unterbrechen lassen will.

»*Senator!*« Sie tat schockiert. Vor ihr stand Vespasians vertraute stämmige Figur, unbequem in die formelle Kleidung gehüllt – strahlend weißes Wolltuch mit den neuen breiten Purpurstreifen.

Sie wußte, daß er in den Senat gewählt worden war. Für Antonia mußte sie jeden Tag die neuesten Nachrichten aus dem *Tagesanzeiger* kopieren, der auf dem Forum für die Öffentlichkeit ausgehängt wurde. Caenis hatte ihr die Liste der neuen Quästoren vorgelesen, und Antonia, die bemerkt hatte, daß der junge Ritter aus Reate kein Thema mehr war, hatte seinen Namen taktvoll übergangen.

»Absurd, nicht wahr?« meinte er lächelnd.

»Fehlt es Ihrem Wahlbezirk an Kandidaten?« spottete Caenis. Designierte Senatoren hatten das Recht, auf speziellen Bänken zu sitzen und bei Gerichtsverfahren zuzuhören, um Erfahrungen zu sammeln; die meisten Provinzler nahmen dieses Vorrecht eifrig wahr. Es war später Vormittag. Vespasian kam vermutlich direkt aus der Kurie. Da er demnächst nach Kreta abreisen mußte, war er sicher nur gekommen, um Lebewohl zu sagen.

Er blieb unsicher bei der Tür stehen. Diesmal sagte er nichts zum Dekor, obwohl die feuchten Stellen an den Wänden neu verputzt waren und die Wandbemalung und Fresken noch nach frischer Farbe rochen. (Caenis war es gelungen, dem zuständigen Präfekten diese Renovierungsarbeiten abzuschmeicheln.)

»Du schmeißt mich bestimmt raus«, sagte Vespasian unglücklich.

»Das sollte ich«, erwiderte sie freimütig. »Ich bin es mir schuldig.«

»Du hast vollkommen recht.« Endlich hob sie den Kopf. Ruhig sagte er: »Bitte, tu's nicht.«

Caenis schnaubte: »Natürlich sollte ich mich Ihnen wie ein orientalischer Gesandter zu Füßen werfen, lang ausgestreckt, das Gesicht auf dem Boden!«

Sie blieb, wo sie war.

Leise durchquerte Vespasian das Zimmer, nahm ihren Sarkasmus hin und hockte sich mit unordentlich auf den Knien zusammengeraffter Toga auf den niedrigen Hocker vor ihrem Tisch. Er betrachtete sie mit seinen freimütigen braunen Augen, sie sah ihn mit schräg gelegtem Kopf an. Sie erinnerte sich an das Stirnrunzeln, die Kraft seines Blickes, die Ruhe, die von ihm ausging – das gefährliche Gefühl, daß dieser Mann ihr sein Vertrauen anbot und sie ihm ohne zu zögern alles sagen würde.

»Was kann ich für Sie tun, Senator?« Wieder bedachte sie ihn mit seinem neuen Titel, ihr Ton war unterwürfiger, als es die Frage erforderte.

Vespasian stützte den Ellbogen auf ihren Schreibtisch. Die wackeligen Beine waren von einem Schreiner gerichtet worden, der das Ganze auch noch mit Bienenwachs bearbeitet hatte. Caenis faltete die Hände auf der entferntesten, glänzenden Ecke.

Er machte keine Anstalten, eine Erklärung abzugeben. Zuerst hatte er beschlossen, sie nicht mehr wiederzusehen. Tja, sie hatte ihn auch nicht sehen wollen. Und jetzt hatte er beschlossen, zurückzukommen. *Nun ja!*

Er sagte: »Ich bin auf der Suche nach einem vernünftigen Kurzschriftsystem. Die Anleitungen in Bibliotheken darf man nicht ausleihen.« Das war zumindest mal eine neue Masche. Seine Augen blitzten verschmitzt, und auch Caenis mußte ein Lachen unterdrücken. »Wenn ich auf meinem Auslandsposten schon einem eingebildeten Statthalter hinterhertraben muß, der mir nicht das geringste zutraut, kann ich wenigstens lernen, wie man sich anständig Notizen macht.«

Zu seinem Jahr als Quästor gehörte die Stationierung in einer ausländischen Provinz als Finanzbeamter und Vertreter des Statthalters. Wenn sie nicht schon früher zusammengearbeitet hatten und dabei Freunde geworden waren, konnten sich Statthalter und ihre Quästoren meist nicht ausstehen. Auf jeden Fall konnte Caenis sich vorstellen, daß Vespasian ein recht kratzbürstiger Untergebener sein würde.

Caenis wühlte in dem Korb, in dem sie ihre Utensilien transportierte, und zog ihr eigenes, abgegriffenes Verzeichnis heraus. Ihr Unterricht in Kurzschrift und Chiffrieren lag lange zurück. »Hier ist eine Liste von Symbolen, die ich mal für mich gemacht habe. Falls es Ihnen gelingt, mein Gekritzel zu entziffern, können Sie die Liste gern haben.«

Wenn sie sich zum eigenen Gebrauch Notizen machte, schrieb sie so schnell, daß ihre Handschrift fast unleserlich wurde, aber nach einem Blick auf die Seite nickte er. »Vielen Dank.« Er war genau wie sie: Gab man ihm ein Dokument in die Hand, vertiefte er sich sofort darin.

Während er noch las, zwang sie sich zu sagen: »Ich habe gesehen, daß der Senat die offenen Posten für das nächste Jahr ausgeschrieben hat.«

»Ich habe Kreta und Kyrene gezogen.«

»Kreta ist bestimmt schön ... Wann reisen Sie ab?«

»Morgen.« Sofort schaute er auf. »Eine Seereise im Winter, wenn sonst keine Schiffe mehr verkehren, ist traditionellerweise der erste Test für einen solchen Posten. Tut mir leid. Ich hätte früher kommen sollen. Dumm von mir!« fügte er knapp hinzu.

Caenis erwiderte nichts.

Der unbequeme Hocker schien ihm schließlich auf die Nerven zu gehen. Er stand auf, streckte sich, wollte sich aber offenbar noch nicht verabschieden. Statt dessen begann er auf und ab zu gehen.

»Wie ich sehe, hast du hier renovieren lassen.«

»Woher wußten Sie, daß ich es war?« wollte sie wissen. Vespasian lachte auf. Caenis errötete. »Na ja, ich habe den Präfekten schließlich dazu überreden können.«

Er inspizierte das neue Fresko. Die Maler hatten eine Gladiatorenszene im Sinn gehabt; das hatten sie immer. Aber Caenis beharrte auf einem ruhigen Gartenpanorama, wie das in Livias Haus: wackelige, von Kletterpflanzen überwucherte Spaliere, in deren Schatten dreibeinige Reiher zwischen völlig unmöglichen Blumenarrangements Früchte aus Begräbnisurnen pickten.

»Worin hat denn das *Überreden* bestanden?« krächzte Vespasian und schaute mit so viel Verachtung über seine muskulöse Schulter, daß sie erschrak.

»Ach – nur in dem Üblichen!« Derart überrumpelt, konnte Caenis streitlustig und kokett werden. Sie senkte den Kopf und sah dann durch die gesenkten Wimpern zu ihm hoch. Wenn Veronica das machte, wirkte es ungeheuer aufreizend; Caenis bekam eine Wimper ins Auge. »Ich habe mich für seine Arbeit interessiert.«

Vespasian starrte sie an.

Um ihn abzulenken, bemerkte sie, an ihrem Auge herumreibend, daß Antonia dieses Büro wohl kaum behalten würde, wenn Tiberius starb oder nach Rom zurückkehrte. Er hatte sich schon vor Jahren nach Capri zurückgezogen. Dort besaß er jetzt ein Dutzend Villen plus eine Reihe von Grotten und Lauben, die einen hübschen Spielplatz für das Ausleben orgiastischer Phantasien abgaben – so hieß es zumindest. Manche der entsetzlichen Geschichten waren vermutlich wahr.

Manchmal unternahm der Kaiser Reisen zum Festland und umkreiste Rom wie ein vorsichtiger Krebs, teilte dem Senat mit, daß er einen Besuch plane, und floh dann doch mit der überwältigenden Panik eines Gejagten in sein Versteck zurück. Astrologen hatten verkündet, er habe Rom zu einer so ungünstigen Stunde verlassen, daß seine Rückkehr den Tod für ihn bedeuten konnte. Caenis schnaubte nur verächtlich, aber Vespasian verschränkte die Arme über seiner schicken neuen Toga und sagte: »Nicht, wenn er wirklich an die Prophezeiung glaubt.«

»Das denke ich allerdings auch«, stimmte Caenis zu. »Er würde wahrscheinlich zusammenbrechen, wenn er im Hypokaustum eine Ratte hörte oder ihm eine Spinne über den Fuß liefe. Antonia glaubt übrigens, daß genau das in Syrien mit ihrem Sohn passiert ist.«

»Germanicus? Ich dachte, der sei vergiftet worden?«

»Ist er auch. Aber er hätte es wahrscheinlich überstanden, wenn nicht Hexen sein Haus mit Tierskeletten, gefiederten Ungeheuern und toten Säuglingen unter den Fußbodenbrettern vollgestopft hätten, bis er vor Angst starb.« Was Tiberius betraf, war ihre Haltung philosophisch. »Solange der Kaiser Freiwillige für seine Perversionen findet, kann er von mir aus auf seiner Insel bleiben.«

»Ist das alles wahr?« Vespasians Augen leuchteten auf mit der schamlosen Neugier des ehrbaren Mannes an den abstrusen Sexualpraktiken des Kaisers.

»Es ist noch viel schlimmer.«

Beunruhigt sah er, wie düstere Erinnerungen Caenis' Gesicht umwölkten.

Mühsam riß sie sich zusammen. Sie hatte ihre Meinung über Tiberius nie laut geäußert. Das war viel zu gefährlich. Doch zu Vespasian hatte sie absolutes Vertrauen. Mit ihm konnte sie reden. »Als er hier im Palast lebte, war ich noch ein Kind, aber das waren schlimme Zeiten. Sein gesamter Hofstaat lebte in Angst und Schrecken. Er war hauptsächlich daran interessiert, die Aristokratie zu Obszönitäten zu verleiten, aber kein Sklave brachte ihm einen Becher Wein oder wurde gerufen, ihm die Schuhe zuzubinden, ohne dabei zu riskieren, entkleidet und zu etwas Schrecklichem gezwungen zu werden – entweder von ihm oder den Männern und Frauen seiner Gefolgschaft. Niemand konnte einen retten, wenn man Tiberius' Aufmerksamkeit erregt hatte. Kinder nicht ausgenommen. Eine normale Vergewaltigung war ein Akt der Gnade im Vergleich zu den Alternativen.«

Im Klassenzimmer war sie relativ sicher gewesen. Trotzdem hatte sie als Heranwachsende immer ihr Anspitzmesser bei sich getragen, damit sie, falls sie in Schwierigkeiten geriet, sich selbst erdolchen und vielleicht noch einen der Lustknaben des Kaisers mit in den Tod nehmen konnte. Eine ihrer Freundinnen war während einer grausigen Tortur im unterirdischen Lustzimmer des Kaisers erstickt. Über die Einzelheiten konnte und wollte Caenis noch immer nicht sprechen.

Vespasian kam langsam auf sie zu. Lüsterne Neugier hatten tiefstem Abscheu Platz gemacht. Sein Gesicht blieb ausdruckslos, obwohl Caenis die versteckte Wut hinter der neutralen Fassade spüren konnte. »Du nicht, hoffe ich?«

»Nein«, versicherte sie ihm einsilbig. Alle Farbe war aus ihrer Stimme verschwunden. Schon mit ihm darüber reden zu können hatte gegen die schrecklichen Erinnerungen geholfen. »Ich nicht.«

Sie sah einen Muskel in seiner Wange zucken.

Er setzte sich wieder. Sie wechselten das Thema.

Sie sprachen über Kreta, diskutierten über die Verwaltungsprobleme einer Provinz, die aus einer Mittelmeerinsel und einem Teil Nordafrikas bestand. Für den Quästor war es vor allem von Vorteil, daß er stets seinen Statthalter in die eine Hälfte des Gebietes schicken konnte, während er es sich in der anderen gutgehen ließ.

Sie sprachen über Vespasians Mutter. »Ist sie jetzt nicht vollkommen mit Ihnen zufrieden?«

»Sieht ganz so aus!«

Sie waren Verbündete geworden, sprachen miteinander wie zwei Außenseiter der Gesellschaft. Sie redeten, um die verlorenen Monate einzuholen und Vespasians kommende Abwesenheit wettzumachen, offen und ungezwungen, teilten Unverschämtheiten und Gelächter, Entdeckungen und Überraschungen. Bis zur Mittagszeit, die Mittagszeit hindurch und in den Nachmittag hinein. Sie redeten, bis sie müde waren.

Dann saßen sie schweigend da, zwei Gefährten, freundschaftlich verbunden, das Kinn in die Hand gestützt.

Nichts regte sich im Palast. Es war so still, daß sie das Knacken des Mauerwerks in der Winterkälte und das Schimpfen einer Drossel aus einem weit entfernten, verlassenen Park hören konnten.

»O ihr Götter, Caenis; das geht so nicht ...« Er streckte über den Tisch die Arme nach ihr aus. *»Komm zu mir!«*

»Nein!« entfuhr es Caenis. Instinktiv zog sie sich zurück.

Sie starrten sich an. Er ließ die Arme sinken und seufzte, genau wie sie.

»In Ordnung. Es tut mir leid.«

»Sie reisen morgen ab!« rief sie.

Wieder saßen sie schweigend da, aber der kurze Augenblick hatte sie einander so nahe gebracht, daß Caenis plötzlich mit verzweifelter Offenheit gestand: »Ich fürchte mich vor dem, was ich empfinde.«

Das hätte sie niemals sagen sollen. Sie sah sein Gesicht erstarren. Männer wollten nicht über Gefühle reden. Männer fürchteten sich vor der Wahrheit.

Dieser hier nicht.

»Mir geht es genauso«, gab er zu. »Aber das zu ignorieren nützt anscheinend nichts.« Er spielte mit einem Stück Siegelwachs und fragte in bewußt neutralem Ton: »Bittest du mich immer noch, dich in Ruhe zu lassen?«

»Das sollte ich«, erwiderte Caenis bedachtsam, den Blick auf die Ecke des Schreibtisches gerichtet. »Sie wissen, daß ich es nicht tue.«

Obwohl er es zu verbergen suchte, war seine Erleichterung nicht zu übersehen.

Sie sahen beide wieder auf. Nichts war passiert, und doch hatte sich alles geändert. Beide lächelten über ihre Hilflosigkeit.

Flavius Vespasianus war nicht der Mann, von dem irgend jemand diese Worte erwartet hätte. Auf Caenis wirkte er zu erwachsen, zu humorvoll, zu zynisch, um von einem inneren Konflikt oder auch nur von Unsicherheit berührt zu werden. Doch auch er war dickköpfig.

»Du hast recht, ich reise morgen ab«, nickte er bedauernd. »*Wie schade!*«

Nach einer weiteren Pause warf er den Kopf in den Nacken, seine Augen ließen sie nicht los. »Ach, Mädchen, ich sollte jetzt wohl gehen!«

»Sie müssen. Ich habe noch zu arbeiten.«

»Ich will aber nicht.« Doch er stand bereits. Sie brachten einander dazu, wieder an ihre Pflichten zu denken; das würde immer so sein.

Caenis mußte die Arbeiten der Kopistinnen korrigieren. Sie erhob sich und kam höflich um den Tisch herum, um ihren Besucher zur Tür zu geleiten. Es war das erste Mal, daß sie so unverkrampft neben ihm stand. Bevor er den Türriegel hochhob, wandte er sich lächelnd ihr zu und sagte warnend: »Ich gehe fort, aber ich komme wieder!«

Sie hatte mit einer entschlosseneren Bewegung gerechnet und war erstaunt, als er behutsam nach ihren Händen griff, sie festhielt, ihr in die Augen sah, sie dazu brachte, ihn anzuschauen, ihre Nähe in sich aufsog. Jeder andere Mann, der ihr so intensiv in die Augen schaute, hätte jetzt etwas Entscheidendes gesagt. Nicht so Vespasian. Es war gegen das Gesetz und unmöglich. Caenis nahm hin, daß er es nie tun würde.

Statt dessen beugte er sich vor und küßte sie ganz leicht auf die Wange, bevor er sie losließ. Es war nicht der Kuß eines Liebhabers. Es war eine gesellschaftliche Aussage, ein formeller Kuß, etwas, das keine Sklavin von jemandem im Rang eines Senators erwarten würde. So würde er seine Mutter und seine Großmutter begrüßen, würde sich ein Mann seines Ranges von einer Tochter, einer Schwester oder einer Ehefrau verabschieden: Es war eine Geste zwischen Gleichgestellten, eine Geste echter Zuneigung und Ehrerbietung.

TEIL ZWEI
ANTONIA CAENIS

Als Tiberius und Caligula Kaiser waren

IX

Ein windiger Tag um Juli. Ein Senator, noch keine dreißig, gebräunt vom Dienst in einer fernen Provinz, aber heute gegen den für die Jahreszeit ungewöhnlich kalten Wind in einen langen Kapuzenumhang aus schwerem braunen Stoff gehüllt, betrat den kaiserlichen Palast. Am Eingang ließ er die Sklaven seiner dürftigen Eskorte zurück und ging allein weiter. Seine Schritte wurden langsamer, was mehr mit Erinnerungen als mit Unsicherheit zu tun hatte.

Tiberius lebte immer noch auf Capri. Im Palast gab es jedoch ein offizielles Korrespondenzbüro, wo der junge Senator den Abschlußbericht seines Auslandsaufenthaltes abzuliefern hatte. Der zuständige Sekretär, ein griechischer Freigelassener namens Glaucus, war unwirsch. Seiner Erfahrung nach waren die Finanzberichte der Quästoren meist oberflächlich, schlampig und nachlässig geschrieben.

»Sie sind viel zu spät dran mit Ihrem Bericht.«

»Tut mir leid. Der neue Mann für Kreta wurde von Wind und Wetter aufgehalten. Ich mußte dort auf ihn warten. Hätte kaum etwas dagegen tun können.« Sein Sanftmut war noch schwerer zu ertragen als die übliche Überheblichkeit.

Gereizt entrollte der Sekretär den Bericht. Nach den anspruchsvollen Maßstäben seines Büros würde das Ganze nicht viel mehr als ein Entwurf sein. Glaucus würde es stark überarbeiten müssen, bevor es für den Kaiser kopiert und abgelegt wurde. Die meisten der gelangweilten jungen Taugenichtse, mit denen er sich abplagen mußte, kämen nicht im Traum darauf, seinen über Jahrzehnte angestauten Zorn durch etwas auch nur entfernt Verwendbares zu besänftigen. Sie waren ehrgeizig und versuchten, einander aus dem Rennen zu schlagen, hatten aber keine Ahnung von disziplinierter, harter Arbeit.

Dieser hier schien kapiert zu haben, um was es ging. Doch das machte Glaucus nur noch giftiger. Er stellte seine Fangfrage: »Wo ist die Aufschlüsselung der Ausgaben zur Bewirtung und Unterhaltung vornehmer Gäste?«

»Im Anhang am Ende.«

Offenbar war er eine der seltenen Ausnahmen, denen Glaucus widerstrebend zugestehen mußte, daß sie es noch weit bringen würden.

Nachdem er die Befragung hinter sich hatte, wandte sich der Exquästor dem Inneren des Palastes zu. Bei seinem Gang durch die verwahrlosten Flure kam er an einst prächtigen Gemächern vorbei, die längst zu Lagerräumen umfunktioniert worden waren. Es dauerte ein bißchen, bis er sich wieder zurechtfand, aber schon bald ging er gemessenen Schrittes den vertrauten Weg entlang. Er fand die Tür, an die er sich erinnerte, klopfte leise an, lauschte und trat erwartungsfroh ein.

Caenis war nicht da.

Alles hatte sich auf subtile Weise verändert. Er hatte Verbesserungen erwartet (weitere Beweise ihrer »Überredungskunst«), war aber trotzdem verblüfft. Das Licht wurde durch den Rauch zweier Holzkohlebecken gedämpft; zumindest war der Raum jetzt warm. Gegenüber der Tür stand nun ein ansehnlicher Schreibtisch auf Marmorfüßen, leer bis auf einen Bronzeleuchter in Form einer schlanken Nymphe mit verwirrtem Blick.

Zwei weitere Schreibtische standen an der einen Seitenwand. An jedem saß eine eifrige junge Schreiberin. Ihre Ausbildung mußte erstklassig gewesen sein, und ihre Vorgesetzte hatte sie offenbar fest im Griff, auch wenn sie selbst nicht da war. Die Mädchen waren höfliche, umsichtige, hilfsbereite kleine Dinger mit tadellosen Umgangsformen. Sie fragten nach seinem Namen, den er ihnen nicht nannte, und wiederholten ihre Frage, aber er stellte sich taub. Caenis würde wütend sein, daß sie ihm das durchgehen ließen.

Er hatte sie nur um wenige Minuten verpaßt. Ihre Mädchen, Phania und Melpomene mit Namen, meinten, sie wolle auf dem Heimweg zu ihrem Mittagessen mit Antonia kurz bei der Bibliothek der Octavia vorbeischauen. Danach würde sie natürlich, *o ja, natürlich!*, ihren Mittagsschlaf halten und sich dann vermutlich in den Thermen mit ihrer Freundin treffen. Phania und Melpomene gelang es, dies alles ohne Kichern vorzubringen, obwohl ihnen klar war, daß er der Mann sein mußte, der Caenis aus Kreta schrieb. In der Hoffnung, ein Geheimnis zu lüften, boten sie an, ihr etwas auszurichten, er möge doch eine Nachricht hinterlassen. Er bedankte sich, lehnte aber beide Angebote ab. Seine Stirn war immer noch gerunzelt, als er seine Eskorte einsammelte und den Palast verließ.

In Rom gab es auch Orte der Stille.

Er ließ das lärmende Gedränge der Straße hinter sich und betrat einen der für die Öffentlichkeit zugänglichen staubigen Gärten, wo die Rufe der Straßenhändler sofort zu einem fernen, summenden Hintergrundgeräusch wurden, als hätte sich ein riesiger Türvorhang am Gartentor geschlossen. Selbst in Rom konnte ein Mann stehenbleiben und nachdenken.

Nachdem er sich dann durch das Gewühl auf der Via Triumphalis gedrängt hatte – der gleiche Weg, über den er einst mit Caenis im Schlepptau zum Balbustheater gegangen war –, kam er zu dem großen, offenen Platz im Neunten Bezirk, wo niemand wohnen durfte außer den Wächtern der öffentlichen Gebäude und den

Priestern der Tempel und Monumente. Viele Menschen nahmen diesen Weg, aber sowie man am eleganten Theater des Marcellus vorbei war, wurde es auch hier ruhiger. Auf dem Marsfeld ruhten sich zurückkehrende Armeen üblicherweise aus und polierten ihre Trophäen, bevor sie im Triumph in Rom einzogen. Die Herrscher und führenden Männer des Reiches hatten hier ihre Gedenkstätten errichten lassen: das Theater des Pompeius, die Thermen des Agrippa, das Pantheon und das Mausoleum des Augustus.

Auch hier, in einer geschützten Ecke der Stadt zwischen der Biegung des Flusses und dem Kapitolshügel, gab es eine Reihe monumentaler Gebäude: die Portiken. Säulengänge aus kühlem Marmor umschlossen quadratische oder rechteckige Plätze, auf denen Tempel standen oder kleine Gärten angelegt waren. Die Rückwände der Arkaden waren mit prächtigen Fresken bemalt und die ruhigen Innenhöfe mit in zweihundert Jahren zusammengetragenen Beutestücken aus Ägypten, Kleinasien und Griechenland gefüllt. Der erste zur Rechten war der Porticus Octaviae, von Augustus zu Ehren seiner Schwester erbaut. Hinter den korinthischen Säulen hatte er die Hälfte aller Arbeiten der Bildhauer Pasiteles und Dionysios aufstellen lassen, dazu einige der schönsten Antiquitäten, die je ein Sammler mit Geschmack erbeutet hatte, einschließlich einer Venus und eines Amors von Praxiteles. Außerdem umschloß das Areal den Zwillingstempel des Jupiter und der Juno, Schulen und eine hervorragend ausgestattete öffentliche Bibliothek.

Der Suchende blieb stehen, die Füße im feuchten Gras, das Gesicht dem Himmel zugewandt, der sich cremefarben wie Papyros über ihm wölbte und mit Regen drohte. Sein abwesender Blick streifte die von Lysippos geschaffene Gruppe, die Alexander und seine Generäle vor der Schlacht am Granikos darstellte. Wieder ließ er seine Sklaven draußen zurück; manche hockten sich auf die Fersen, andere suchten hinter den Säulen Schutz vor dem Wind und betrachteten die Vorübergehenden.

Der Lesesaal war riesig. Tausende von Manuskriptrollen waren in Wandnischen untergebracht wie Tauben in einem Columbarium, bewacht von humorlosen Büsten toter Historiker und Dichter. Ihm fiel ein abgesperrter Bereich auf, in dem offensichtlich größere Umräumarbeiten im Gange waren. Gut möglich, daß Caenis damit zu tun hatte. Sie war die Art Mädchen, die man bei so etwas um Hilfe bitten würde.

Er dachte sich eine Ausrede aus, um in Ruhe herumstöbern zu können, und bat den Kurator der Landkarten um Hilfe.

»Granikos, Herr? Ist das nicht irgendwo in der Nähe des Bosporus? Nein, hier haben wir's – am Marmarameer.«

»Danke. Dumm von mir. Habe Alexanders Schlachten oft genug in der Schule durchgenommen.«

Ein vertrauter Umriß auf der Landkarte ließ ihn stutzen. Caenis hatte die Insel eine dürre Gans genannt, die in einem Schwertfischtopf schmorte. »Hat sich in letzter Zeit jemand für Kreta interessiert?«

»Die Karte ist gerade zurückgegeben worden, Herr.« Der Bibliothekar sah ein wenig verlegen aus. »Normalerweise dürfen Karten nicht ausgeliehen werden.«

»Wohl dazu überredet worden, was?« Der Mann tat, als verstünde er nicht. »Was ist denn da drüben los?«

»Der Hauptkatalog wird überarbeitet. Eine gewaltige Aufgabe. Eine Dame, die uns hilft, hat uns an die zweinhunderttausend Schriftrollen erinnert, die Marcus Antonius aus der Bibliothek von Pergamon mitgehen ließ. Irgendein armer Hund muß die ja aufgelistet haben! Sie meinte, ob uns klar sei, daß Kleopatra auch nur ein Mädchen war, das sich gern mit einem spannenden Buch in einen Winkel kuschelte ...« Er begann zu kichern.

Nach einer beunruhigenden Pause grinste auch der Senator plötzlich, und sein Gesicht war wie verwandelt. »Klingt nach Caenis!« Er hörte förmlich Caenis' Stimme forsch diesen frechen Kommentar machen. »Ist sie hier?«

»Im Moment nicht.«

»Aha.«

Eine weitere Pause entstand.

Achtzehn Monate im Ausland bedeuteten nichts für einen Mann, der bereits in einem jüngeren, für Eindrücke empfänglicheren Alter seinen Militärdienst weit weg von zu Hause abgeleistet hatte. Wer wußte schon, was in achtzehn Monaten aus einer ehrgeizigen Sklavin werden mochte?

Er hatte damit gerechnet, daß Caenis ihren Weg machen würde. Doch es schien eine merkwürdige Diskrepanz zu geben. Er hatte sie als fleißige Arbeiterin in Erinnerung. Jetzt schien sie die Arbeit anderen zu überlassen, während sie von Ort zu Ort flatterte, ohne auch nur einmal den Stift heben zu müssen. Für eine Sklavin ging sie damit ein großes Risiko ein.

»Wo wir gerade von Caenis sprechen – ich habe mir etwas von ihr ausgeborgt.«

»Schauen Sie doch in Antonias Haus vorbei. Vielleicht werden Sie sogar zum Mittagessen eingeladen!«

Eine noch viel längere Pause entstand. Antonias Haus? Vorbeischauen? *Mittagessen?*

Gelegentlich wurden ältere Bürger so unfähig, sich um ihre Angelegenheiten zu kümmern, daß skrupellose Sklaven die Führung übernahmen und wie Monarchen in ihrem Haus herrschten, während ihre senilen Besitzer in einer Kammer eingesperrt wurden und verhungerten ... Doch Antonia besaß Familie, die ihre Interessen schützen würde. Ihr Sohn Claudius, der sich zwar vom öffentlichen Leben fernhielt, war Autor und Altertumsforscher – durchaus in der Lage, sich um alles zu kümmern, wenn seine Mutter dazu nicht mehr fähig war. Und Caenis? Sie würde sich nie dazu hergeben, eine alte Frau auszunutzen.

Der Senator rang sich ein strenges »Danke!« ab.

Er ging nach Hause. Er aß allein zu Mittag.

In Rom gab es zweihundert öffentliche Bäder. Zum Glück hatten Phania und Melpomene erwähnt, welches Caenis benutzte.

Er bahnte sich gerade seinen Weg über den vom Forum Romanum hinunterführenden Clivus Tuscus, seine müde Eskorte hinter sich herschleifend wie den sperrigen Schwanz einer Elster, als Cornelius Capito aus einem Buchladen an der Ecke trat, ihn begrüßte und sich ihm anschloß. Inzwischen war das Badehaus in Sicht, also blieb der Senator stehen und unterhielt sich mit Capito, wie es von einem Mann erwartet wurde. Eine Abteilung Prätorianer kam die Straße entlangmarschiert und trampelte alles nieder, was ihr in den Weg kam. Als die Menge murrend an den Rinnstein auswich, zogen sich Vespasian und Capito unter die Markise einer Weinschenke zurück. Vespasian lehnte sich an den Tresen mit den eingelassenen Gefäßen für roten und weißen Wein. Er bestellte für sich und seinen Bekannten je einen Becher gewärmten Würzwein, dann schnippte er dem Anführer seiner Sklaven eine Münze zu, damit er auch für sie eine Runde bestellen konnte. Sie warfen ihm verwunderte Blicke zu, konnten ihr Glück kaum fassen.

Vespasians Sklaven wußten, daß es um eine Frau ging. Sie waren sich nur nicht sicher, ob er eine bestimmte im Sinn hatte.

Capito plauderte fröhlich über Gerichtsverfahren, Wagenlenker, den Handel, die Wahlen, seine Schwiegermutter, seine Spielschulden, die neuen gallischen Pomaden seines Friseurs. Sein Gegenüber mußte selten antworten. Capito war froh, jemanden zu haben, der ihm die Schmach ersparte, Selbstgespräche führen zu müssen ...

Zwei junge Frauen erschienen auf der Treppe vor dem Badehaus.

»Was ist los?« wollte Capito wissen, als die geringe Aufmerksamkeit seines Gefährten völlig versiegte. Er nahm es ihm nicht übel, war eher erstaunt, daß Vespasian überhaupt so viel Zeit mit ihm vertrödelt hatte. Der Mann war umgänglich, aber nicht als müßiger Schwätzer bekannt.

»Ich frage mich, ob ich das Mädchen kenne.«

Capito schaute über Vespasians Schulter.

Die eine war blond, kaum verhüllt von einem aufsehenerregenden, karmesinroten Gewand, und hatte haufenweise Päckchen um sich herum verstreut. Sie war etwas Besonderes und zweifellos besonders teuer. Silberkaskaden klingelten an ihren Ohren und funkelten wie Zimbeln in einer Amphitheaterparade. Ketten und Filigranschmuck zierten ihren beachtlichen Busen. Sie verhüllte weder Kopf noch Gesicht und ignorierte die Passanten, achtete nicht darauf, daß sie von Glasperlenverkäufern und Kübelträgern, Stukkateuren, Pastetenbäckern und pensionierten Zenturionen sehnsuchtsvoll angestarrt wurde.

»Das ist Veronica«, verkündete Capito. Sofort fuhren die Köpfe einiger ihrer Sklaven herum. »Sehr begehrt und sehr entgegenkommend. Soll ich euch einander vorstellen?«

Der andere erwog diesen Vorschlag so lange, wie es die Höflichkeit gebot. Seine Sklaven beobachteten ihn neugierig, wollten, daß er sein Glück versuchte. Sie wußten aus Erfahrung, daß er nie zu kurz kam, wenn er sich einmal entschieden hatte. Sie wußten aber auch, daß er nichts davon hielt, bezahlen zu müssen.

»Nicht mein Typ.« Er strich sich über das Kinn. Capito lachte.

Selbst aus dieser Entfernung wirkte Veronicas Gefährtin erstaunlich würdevoll.

Das zweite Mädchen – jetzt kaum mehr als Mädchen zu bezeichnen – war von Kopf bis Fuß sittsam in diverse Lagen Stoff gehüllt, die ihre Gestalt vollkommen verbargen und einen Blick auf ihr Gesicht unmöglich machten. Und doch war ihre ganze Haltung unverwechselbar. Capito hatte nichts über sie gesagt. Vespasian tat es auch nicht. »Danke, Capito.«

Mit einem Nicken zu seiner Eskorte ließ er alle stehen und schob sich näher an die Frauen heran.

Er wartete darauf, daß die beiden sich trennten, aber trotz des schlechten Wetters trödelten sie immer noch auf den Stufen herum. Er hielt inne, trat in den Portikus eines Fleischerladens und gab vor, die aufgehängten spanischen Schinken zu bewundern.

Endlich! Veronica wurde von einem Doppeltragestuhl abgeholt. Hinter den milchigen Pergamentscheiben war eine schattenhafte

Figur zu erkennen, zweifellos ein wohlhabender Verehrer. Sie kletterte hinein. Die andere Frau reichte ihr geduldig die Päckchen und beugte sich dann für einen Abschiedskuß vor. Als sie sich aufrichtete, rutschte ihr der Umhang vom Kopf. Es war eindeutig Caenis.

Sie sah verändert aus.

Diese Caenis trug ihr Haar in der Mitte gescheitelt, hatte interessant aussehende Locken über den Ohren mit glitzernden Kämmen festgesteckt und das restliche Haar zu einem phantasievollen Flechtwerk auf dem Kopf aufgetürmt. In typisch männlicher Manier fragte er sich zunächst, *wozu?* – bis ihm bei längerer Betrachtung dieses eleganten Kopfschmuckes endlich aufging: Caenis war dazu geboren, so etwas zu tragen. Die eigentliche Frage war: *Wer bezahlte ihren Friseur?*

Irgend etwas stimmte nicht mit ihrem Gesicht. Der trotzige Ausdruck war durch Schminke verstärkt worden – daran konnte er sich durchaus gewöhnen – und da war noch etwas. Caenis hatte ein einprägsames Gesicht mit unverwechselbarem Ausdruck. Er erinnerte sich genau an die schmerzhafte Mischung aus Sehnsucht und Mißtrauen. Das war verschwunden. Etwas war mit ihr geschehen. Etwas hatte sie verändert. Diese Caenis sah in ihrem ganzen Trotz seltsam heiter und gelassen aus.

Noch immer beherrschte sie die Kunst, völlig still und aufrecht dazustehen. Sie wollte sich den Umhang wieder über den Kopf ziehen, aber der Wind riß ihn ihr ständig aus der Hand. Vespasian war jetzt nahe genug, um die Korallenperlen in ihren Ohren zu erkennen. *Welcher Mistkerl hatte ihr die geschenkt?*

Dann geschah etwas Erstaunliches.

Caenis drehte sich plötzlich um, rief eine schrumpelige Alte zu sich, die, den Riemen einer Ölflasche um das Handgelenk geschlungen, hinter einer Säule hervorgeschlurft kam. Es sah fast aus, als hätte Caenis ihre eigene Sklavin, obwohl das unmöglich war. Eine diskrete Sänfte wurde herangetragen. Caenis und ihre Gefährtin stiegen rasch ein, und sofort wurden die Stufen hochgeklappt, die Halbtür hinter ihnen geschlossen und die Vorhänge zugezogen.

Als Vespasian auf die Straße stürmte, um ihren Namen zu rufen, stellte sich ihm ein ungewöhnlich kräftiger Diener in den Weg.

»Immer mit der Ruhe, Herr!«

Rom stand plötzlich Kopf.

»Ich möchte kurz mit dieser Frau sprechen ...« Die Sänfte bewegte sich bereits fort.

»Nicht mit *dieser*, mein Herr! Versuchen Sie es an der Rennbahn«, riet ihm der Diener, »oder beim Tempel der Isis. Da gibt's viele nette Mädchen.«

»Danke!« erwiderte Vespasian höflich, obwohl die Mädchen an der Rennbahn keineswegs nett waren und die zarten Kreaturen beim Tempel der Isis oft genug noch nicht einmal Mädchen. Er schlug seinen Umhang zurück, um zu zeigen, daß er darunter die Senatorentoga trug. »Ich war mir sicher, die Dame erkannt zu haben.«

»Das bezweifle ich!« schnaubte der Diener, völlig unbeeindruckt von jedem, der nicht den Rang eines Konsuls hatte und die Triumphalinsignien aus mindestens drei erfolgreichen Feldzügen trug. Er ließ jedoch zu, daß ein noch unbedeutender Senator ihm einen halben Denarius in die Hand drückte. »Das ist Caenis«, flüsterte er diskret.

»Antonias Sklavin?«

»Nein, Herr«, protestierte der Diener mit einem verächtlichen Naserümpfen, das deutlich sagte: *Verpiß dich, Junge. Die steht weit über dir!* »Antonias Freigelassene!«

Da gab es nur noch eins: Der Junge verpißte sich, blickte finster und ging nach Hause, um Antonias Freigelassener einen unterwürfigen Brief zu schreiben.

X

Vespasian faßte sich kurz:

Verehrte Dame! Ein Vagabund aus Kreta würde Sie sehr gern wiedersehen!
T. F. V.

Er hatte ihr schon früher geschrieben.

Die Briefe, die Vespasian ihr aus dem Ausland schrieb, waren keine peinlichen Ergüsse gewesen. Caenis wußte eine Menge über Liebesbriefe, weil sie oft welche für andere Leute schrieb. Sie war ungemein erleichtert, als ihr eigener Briefpartner sie weder als Seele seines Herzens und Herz seiner Seele pries noch ihre göttlichen Augen in der völlig falschen Farbe beschrieb, und er erging sich auch nicht seitenlang in detaillierten Intimitäten, die ihr nach seiner Rückkehr zuteil werden würden. Juno sei Dank, er behauptete auch nie, sie sei genau wie seine Mutter. Statt dessen besaß er die Gabe, immer das passende Zitat zu finden, und hatte einen guten Blick für das Absurde. Er teilte ihr interessante Fakten über seine Provinz mit und erzählte derbe Anekdoten über die Leute, mit denen er zu tun hatte. Jahre später, als er längst für seinen Humor bekannt war, fand Caenis immer noch, daß keiner von Vespasians Kommentaren so umwerfend komisch war wie die Briefe, die er ihr als junger Mann aus Kreta geschrieben hatte.

Sie hatte erwartet, daß er zur Übung in Kurzschrift schreiben würde. Aber da sie ihm noch dazu ihre Chiffriernotizen gegeben hatte, benutzte er Code. Auf der Rückseite ihrer Kurzschriftanweisungen hatte er ein System gefunden, das die junge Caenis sich einst selbst ausgedacht hatte: »Mein persönlicher Code. Von Caenis« war ausgezeichnet. Ohne den Dechiffrierschlüssel brauchte Caenis drei Wochen, um Vespasians ersten Brief zu enträtseln, obwohl sie einst die Beste in ihrer Chiffrierklasse gewesen war.

Für ihre Antwort hatte sie lange gebraucht. Caenis hatte noch nie einen persönlichen Brief geschrieben. Vespasians zweiter traf ein, bevor sie den ersten beantwortet hatte. Aber dann hatte auch sie ihren Stil gefunden. Er war direkt und von der Freimütigkeit, die ihm offenbar so gefiel, und sie genoß es. Das zu tun war mit Sicherheit ein Fehler, aber das war ihr inzwischen egal.

Aus Gründen, die sie nicht erklären konnte, hatte Caenis ihm gegenüber nie erwähnt, daß sie ihre Freiheit bekommen hatte.

In jenem Jahr wurde ihre Herrin Antonia von einem Gefühl drohenden Unheils heimgesucht. Es konnte gar nicht ausbleiben, daß sie die Einsamkeit einer Frau empfand, deren Altersgenossen alle gestorben sind, viele unter schrecklichen Umständen, an die sie sich dank ihres Alters deutlicher erinnerte als an das morgendliche Frühstück. Der Drang, alles zu regeln und ihr Haus in Ordnung zu bringen, packte sie.

Als sie mit Caenis über die Bibliothek sprach, die Octavias Namen trug, verlor sie sich zum ersten Mal in Erinnerungen an ihre Mutter. Von Marcus Antonius verlassen, hatte Octavia nicht nur ihre beiden eigenen Kinder allein großgezogen, sondern auch die aus seiner stürmischen Ehe mit Fulvia und schließlich sogar die Kinder, die er mit Kleopatra gezeugt hatte. »Keine einfache Frau, meine Mutter«, hatte Antonia zugegeben. »Schwer, sie nicht zu bewundern – ich bin sicher, das hat selbst mein Vater stets getan –, aber sie wirkte oft vorwurfsvoll, und sie zu mögen war nicht leicht.«

Das war ein faszinierender Einblick in den Charakter der legendären, vielgeliebten Schwester des Augustus, so berühmt für ihre Güte. Neugierig fragte Caenis: »Meinen Sie, Marcus Antonius wäre aus Ägypten zurückgekehrt, wenn Ihre Mutter weniger furchteinflößend und schwierig gewesen wäre?«

»Nein, keinesfalls!« sagte Antonia mit Bestimmtheit. »Einen Mann an eine andere Frau zu verlieren ist eine Sache – ihn an die Politik zu verlieren ist endgültig.«

An ihrem Geburtstag hatte Antonia einige Sklaven freigelassen, die sich den Ruhestand verdient hatten. Darunter auch Pallas, der mit der Freiheit und einem großen Landgut in Ägypten für seine guten Dienste als Überbringer des Enthüllungsschreibens über Seianus belohnt wurde. Auch der Chefsekretär Diadumenus ging in den wohlverdienten Ruhestand; Caenis sollte seinen Posten übernehmen. Antonia hatte sie gebeten, die Freilassungsdokumente vorzubereiten, was Caenis endlich Gelegenheit gab, sich in eigener Sache an sie zu wenden: »Herrin, Sie wissen, daß ich seit Jahren gespart habe, schon bevor ich zu Ihnen kam. Ich möchte Sie bitten, mich meine Freiheit kaufen zu lassen.«

Sofort entstand Spannung.

Caenis hatte geahnt, daß es Antonia nicht gefallen würde. Ihre Herrin war daran gewöhnt, das Leben ihrer Sklaven zu planen. Im Palast gab es nicht so viele Aufstiegsmöglichkeiten, aber zumindest konnte man geschäftliche Dinge ansprechen, ohne jemanden zu verärgern. Caenis merkte, wie die alte Dame versuchte, tolerant zu bleiben.

»Das wird nicht nötig sein.« Widerstrebend erklärte Antonia, daß ihrem Testament entsprechend Caenis eines Tages freigelassen werden würde.

»Ich bin Ihnen dankbar, Herrin, aber Sie können kaum von mir erwarten, daß ich Ihrem Tod freudig entgegensehe.«

»Glaubst du, ich tue das? Jetzt hör schon auf. Ich kann nicht zulassen, daß du dein Geld verschwendest.«

Caenis saß schweigend da. Sie würde für ihre Freiheit bezahlen, wenn sie mußte, aber dann wären all ihre Ersparnisse verbraucht. Sie wußte aus bitterer Erfahrung, wie wichtig Geld ist. Und doch wollte sie frei sein. Ihre Ersparnisse entsprachen dem, was man für eine gute Sekretärin bezahlen mußte; sie wollte sich diesen Wunsch unbedingt jetzt schon erfüllen. So viel Unvorhergesehenes konnte geschehen: Ein Testament konnte verändert werden. Antonias Erben würden sich vielleicht nicht an das Vermächtnis halten. Der Senat konnte das Gesetz verändern. Jetzt, wo ihr Aufstieg in den Bürgerstand durch eigene Kraft in Reichweite schien, konnte Caenis es nicht mehr ertragen, länger zu warten.

Antonia verstand ihre Situation. Eine Sekretärin mochte zwar nicht so unerhört viel wie ein gutaussehender Wagenlenker oder ein rehäugiges Tanzmädchen kosten, aber Caenis, ausgebildet in der kaiserlichen Schule und mit ihrem so fließenden Griechisch, war trotzdem sehr teuer. Daß es ihr gelungen war, diese Summe zu sparen, sprach für ihren starken Willen. Trotz des Angebots, ihre Freiheit irgendwann umsonst zu bekommen, war sie gewillt, Härten auf sich zu nehmen, um sie jetzt zu erreichen.

»Du mußt dafür dreißig Jahre alt sein.« Caenis fühlte sich jünger, aber da sie ihr Alter nicht kannte, redete sie sich heraus. Antonia verzog den Mund, ließ das Thema dann jedoch fallen. »Das ist Nötigung, Caenis!«

Caenis erwiderte nichts. Ein langes, nicht eben freundliches Schweigen entstand.

Steif fragte Antonia: »Willst du heiraten?« Ein Schauder überlief Caenis. »Willst du dein eigenes Büro aufmachen? Einen Salon führen? Einen Laden eröffnen?« Caenis lachte. Antonia atmete tief durch. Die Ringe an ihren knotigen Fingern blitzten ruhelos auf. »Würdest du mich verlassen?«

»Nicht, wenn ich bleiben darf.«

Antonia gab sich geschlagen.

Sie seufzte. »Erwarte nicht zuviel«, warnte sie. »Eine Sklavin ist beschützt. Eine Freigelassene hat mehr Verantwortung zu tragen, als dir vielleicht klar ist.«

Obwohl Caenis zu vernünftig war, um zu widersprechen, hob sie den Kopf und sah Antonia mit einem schwachen Lächeln kurz die Augen schließen. Beide wußten, daß Caenis furchtlos jede Verantwortung übernehmen würde. Sie war bereit, auf eigenen Füßen zu stehen. Sie zurückzuhalten würde ihr Verderben sein. Jeder, dem an ihr gelegen war, mußte das spüren.

»Vielleicht wärst du dann so gut«, wies Antonia sie mit pikierter Förmlichkeit an, »ein weiteres dieser Dokumente für mich vorzubereiten.« Caenis kannte sie gut genug und wartete schweigend. »Du brauchst dein Bürgerrecht nicht zu kaufen. Caenis, du bist dickköpfig und unabhängig – aber, meine Liebe, es sollte mein Geschenk für dich sein, und ich bin nicht bereit, mir diese Freude nehmen zu lassen!«

Und so war es eine distinguierte kaiserliche Freigelassene, zu der Vespasian den vorzeigbarsten seiner Sklaven schicken mußte. Antonias Haus war nicht nur der höchstrangige Privathaushalt in Rom, aufgrund der engen Verbindung zur kaiserlichen Familie besaß ihre Freigelassene auch mehr Einfluß als der Sohn eines Steuereinnehmers. Es kam nicht in Frage, daß Vespasian im Haus der Livia ohne seinen Patron Lucius Vitellius seine Aufwartung machte, und er wagte nicht, sich Caenis zu nähern, bevor er nicht wußte, wie sie reagieren würde. Er war sich nicht mal sicher, ob sein rauhbeiniger Sklave empfangen werden würde.

Es war kein Willkommensschild in den sauber geschrubbten Mosaikfußboden eingelassen, das stimmte. Doch an Caenis adressierte Briefe wurden immer prompt zugestellt, und Vespasians Sklave wurde erlaubt, auf eine Antwort zu warten. Bequem auf ihrem Sessel in einem der geschmackvollen Empfangsräume sitzend, aus Schicklichkeitsgründen mit ihrer eigenen Sklavin an ihrer Seite, diktierte Caenis einem dünnen griechischen Schreiber mit leisem Lächeln ihr Antwortschreiben.

Wie schön, von Ihnen zu hören; wie nett, daß Sie sich an mich erinnern. Sie können mich hier jederzeit besuchen, vielleicht morgen, wenn es Ihnen recht ist. *Ich* würde mich sehr freuen, *Sie* wiederzusehen!
A. C.

Vespasian beschloß, nicht bis morgen zu warten.

XI

Das Haus der Livia, Antonias Haus, verfügte wie jede vornehme Villa in Rom über sonnendurchflutete, ruhige Innenhöfe mit leise plätschernden Springbrunnen. Von außen sah man nur kahle Wände, obwohl es dank seiner Lage auf dem Palatin noch abgeschiedener war als andere. Alles war dazu angelegt, das geschäftige Treiben der Außenwelt auszuschließen und einer Familie selbst in der Hauptstadt einen Ort absoluter Ungestörtheit und Ruhe zu bieten. Die Architekten hatten nicht damit gerechnet, daß die verrückte Familie der Julier und Claudier an jedem Zufluchtsort derartige Verwüstungen anrichten würde, aber dieser Fehler war ausnahmsweise einmal nicht die Schuld der Architekten.

Einer der Höfe, im Sommer von einem Feigenbaum und Kletterrosen beschattet, umgeben von einem Säulengang, wurde kaum mehr benutzt. Die Korbstühle und Klapptische waren in einer Ecke zusammengeräumt, Terrakottatöpfe mit empfindlichen Blumenzwiebeln unter das schützende Dach geschoben. Bezaubert von einem wild wuchernden Jasminstrauch, hatte Caenis diesen Hof zu ihrem privaten Reich gemacht. Es war ein etwas staubiger, angenehmer Ort, von dem offizielle Besucher ferngehalten wurden. Hier saß sie gern am späten Nachmittag, wenn die letzten schräg über die Dachziegel einfallenden Sonnenstrahlen noch eine erstaunliche Wärme verbreiteten. Manchmal, nach dem Abendessen, wenn Antonia sich früh zurückzog, saß Caenis hier schweigend in der Dunkelheit.

Ihre kleine Sklavin, ein Kind, dem jede Empfänglichkeit für die Romantik intimer Gedanken abging, brachte ihr gewöhnlich eine Schale mit Pistazienkernen und eine Tischlampe.

»Hallo, Caenis.«

Es wurde zwar eine Lampe gebracht, aber keine Nüsse, und es war auch nicht ihre kleine Sklavin.

»Wer ist da?« fragte sie erschreckt. Und auch völlig überflüssig.

Niemand sonst sprach ihren Namen in diesem Ton aus. Vespasians gedrungener Schatten erschien und wanderte über die ins Haus führenden Falttüren. »Oh! Ich sollte besser mein Mädchen rufen.«

»Das läßt du besser sein«, erwiderte er ruhig. »Ich habe ihr gerade eine Kupfermünze gegeben, damit sie uns nicht stört.«

Beim Näherkommen hob er seine Öllampe; das gleiche heitere Naturell, das gleiche Stirnrunzeln. Als Caenis, in ihrem dunkelblauen Gewand, aus den Kissen ihres Sitzes zu ihm aufschaute, spürte sie, wie allmählich ein entspanntes Begrüßungslächeln ihr Gesicht erhellte.

»Antonia Caenis. Caenis Antonia!« Er nannte sie bei ihrem vollen Namen, eine bewußte Verbeugung vor ihrem neuen Recht, nach ihrer Patronin benannt zu sein. Die übellaunige Dienstmagd, die er mit einer Pfanne voll brutzelnder Schweinswurst kennengelernt hatte, war jetzt für immer mit den noblen Familien von Augustus Cäsar und Marcus Antonius verbunden.

»Nur Caenis«, meinte sie mit einem Schulterzucken. Er lachte. Sie würde sich nie ändern.

Vorsichtig stellte er die Lampe auf eine Plinthe. »Eine kaiserliche Freigelassene«, staunte er. »Lächelnd auf einer Veranda unter den Sternen.« Vespasian setzte sich auf den Rand eines Säulenfundaments und stützte den Kopf in die Hände. »Oh, diese elegante und einflußreiche junge Dame! Unerreichbar für einen armen Schlucker vom Land.«

»Niemals«, versicherte ihm Caenis leise. Das schwache Lampenlicht flackerte über sein so vertrautes Gesicht, ließ den Schatten seiner gebogenen Nase in grotesker Form über seine Wange wandern, während der Umriß seines Kinns sich bis zum Halsansatz verlängerte.

»Niemals? Oh, ich glaube, das warst du in vieler Hinsicht immer ...« Sie fühlte sich wie eine umschmeichelte Königin. Voller Freude für sie sagte er: »Du siehst aus, als würde dein Herz gleich vor Stolz platzen. Du hättest es mir schreiben sollen – wahrscheinlich weißt du, daß ich dir den ganzen Tag gefolgt bin. Ich werde dir nicht erzählen, was ich mir alles vorgestellt habe, als ich sah, daß du die große Dame spielst. Zum Glück schließen die Saepta Julia erst ziemlich spät.«

In den Saepta Julia wurden Schmuck und Antiquitäten verkauft. Caenis hielt das nicht für Vespasians üblichen Aufenthaltsort. »Ich dachte, die Saepta wären ein Ort, wo vornehme Herren hingehen, wenn sie eine Menge Geld ausgeben wollen?«

»Hab trotzdem eine Menge Geld ausgegeben«, bemerkte Vespasian obenhin. »Hier. Herzlichen Glückwunsch. Freu dich nicht zu früh. Es ist nichts zum Essen.« Er streckte die Hand aus, die er bis jetzt in einer Falte seiner Toga verborgen hatte, und ließ ein kleines, aber schweres Päckchen in ihren Schoß fallen. Es trug eine jener glänzenden Schleifen, die darauf hindeuteten, daß der Inhalt sündhaft teuer war.

Tief beunruhigt schüttelte Caenis den Kopf. »Oje, das sieht aber sehr nach Bestechung aus, Senator!«

»Leider weiß ich, daß man dich nicht kaufen kann. Mach's auf.«

»Was ist es?« Sie war dickköpfig wie immer.

»Neue Fesseln.« Er wartete, bis sie es ausgepackt hatte. Es war ein goldener Armreif, außerordentlich geschmackvoll und von erlesener Qualität. »Da du gern im Dunkeln sitzt«, sagte er, »muß ich dir sagen, daß innen dein Name eingraviert ist – du kannst den Reif also nicht versetzen und ihn auch nicht zurückbringen. Dein Name«, fügte er tapfer hinzu, »und meiner auch.«

Eine winzige Pause entstand.

»Er ist wunderschön ... Sie können sich das nicht leisten«, protestierte sie. »Das wissen Sie ganz genau.«

»Ja. Ein höfliches Mädchen«, bemerkte Vespasian, »würde ihn anprobieren.« Gehorsam kam Caenis seiner Aufforderung nach.

Die Kälte des Steins, auf dem er saß, machte sich unangenehm bemerkbar; er stand auf. Einen Augenblick dachte sie erschrokken, er wolle schon gehen.

»Vielen Dank, Titus!«

Er war sichtlich erstaunt. »Du nimmst mein Geschenk an?«

»Gewiß.«

Beiden war bewußt, daß sie in ihrer Dickköpfigkeit möglicherweise nichts sonst annehmen würde; sie fragte sich, ob ihn das wohl entmutigte. Ohne regelrecht zu flirten, spürte sie, wie sie es genoß, die Oberhand zu haben.

Während Caenis den Armreif bewunderte, hob sie die Füße vom Boden. Sie saß in einer Art Schaukel, die in einem hölzernen Rahmen aufgehängt war. Jetzt reckte sie automatisch die Zehen und fing an zu schaukeln. Als sie langsamer wurde, schubste Vespasian sie wieder an.

»Willkommen daheim!« rief sie endlich und schaute zu ihm auf. »Vielen Dank, daß Sie mir geschrieben haben. Ihre Briefe haben mir viel Spaß gemacht.«

»Dank dir auch.«

»Mein letzter ist wahrscheinlich verlorengegangen.«

Nichts konnte ihn aus der Ruhe bringen. »Liegt vermutlich die nächsten vierzig Jahre lang in der Arbeitsschatulle des kretischen Quästors, abgelegt unter ›zu schwierig‹ ... Freust du dich, daß ich zurück bin?«

»Hmmm!« Die Schaukel drehte sich leicht, so daß ihr Gewand ihn streifte, bevor er den Korbsitz stabilisiert und die Aufhängung wieder ausgerichtet hatte. Eingelullt vom gleichmäßigen Rhythmus der Schaukel, murmelte Caenis: »Ich habe gehört, daß die Mädchen auf Kreta für ihre Schönheit berühmt sind.«

»Die Mädchen auf Kreta«, gab Vespasian ernst zurück, »sind hinreißend. Aber ihre Väter sind für ihre Grimmigkeit berühmt.«

»Ich nehme an, damit kann man sich arrangieren.«

»Das kann man bestimmt.« Er schubste die Schaukel ein wenig heftiger an als zuvor. »Natürlich stößt man hin und wieder auf einen Romantiker, der lieber auf ein Paar hübsche braune Augen wartet, die er zu Hause zurückgelassen hat ... Antonia Caenis«, sagte er nachdenklich, wie um das Thema zu wechseln. »Caenis, im Dunkeln, ohne ihre Schuhe – hübsche Füße! –, Caenis auf einer Schaukel. Sehr unvorsichtig, junge Dame, *irgendein böser Mann könnte dich rauskippen!*«

Worauf Vespasian sie selbst rauskippte.

Ihr Herz blieb stehen.

Er fing sie auf, wie geplant, hielt sie mit seinem starken Arm umschlungen, während er mit dem anderen die Schaukel festhielt, damit diese ihr nicht in den Rücken schlug. Er zog sie an sich, drehte sie dem Licht zu, damit er ihr Gesicht sehen und sie die Entschlossenheit in dem seinen erkennen konnte. Als sie sich in seine Arme schmiegte, kam ihr das so natürlich und selbstverständlich vor, wie sie es nie anders erwartet hatte.

Noch einmal versteifte sie sich, dann wurde sie still. »Titus ...«

»Caenis ...«

Sie wußten beide, was als nächstes geschehen würde, wußten, daß Caenis es ebensosehr wollte wie er.

In der Sekunde des Übergangs von der kühlen Atmosphäre der Terrasse in die Wärme seiner Umarmung zuckte sie fröstelnd zusammen, weil sie erschreckt war, aber es gab keinerlei Zweifel. Sie hatte sich schon vor langer Zeit entschieden. An seine Brust gedrückt, war ihr bewußt, wie er um Atem rang. Ihr Rücken schmerzte ein wenig von dem Druck seines Armes. Caenis nahm sein Gesicht in beide Hände, und sie küßten sich, ohne noch länger zu zögern. Sie hörte, wie er über ihre bereitwillige Hingabe erleichtert aufstöhnte, und als sie danach ihre Wange an seine drückte, spürte er ihren zittrigen Seufzer.

»Komm mit mir ins Bett, Caenis. Oh ...« Unfähig, auch nur ihre Antwort abzuwarten, küßte er sie erneut, leidenschaftlich und verlangend. »Überzeugt?«

Caenis, die auch jetzt nicht so leicht lächelte, strahlte Vespasian an. »Überzeugt!«

Dann überraschte er sie aufs neue. Plötzlich hielt er sie, nicht mit dem Ringergriff, den sie erwartet hatte, sondern mit einer so vorsichtigen Zärtlichkeit, als wäre sie ein Stück Keramik, beinahe zu zart, um berührt zu werden, und murmelte in das komplizierte Flechtwerk ihres Haares: »Oh, Antonia Caenis ... Willkommen in der Freiheit – und willkommen bei mir!« Da wußte sie, daß er wirklich ein Mann von großer Gefühlstiefe war. Sie schob den Gedanken beiseite. »Können wir uns irgendwohin zurückziehen?« Er hätte sie an Ort und Stelle nehmen können, in der Dunkelheit, gegen die aufgestapelten Möbel und die Töpfe mit verwelkten Blumen gelehnt. Er war bereit, und ihr Verlangen war so drängend wie das seine.

Aber Caenis besaß ein bescheidenes, gemütliches Zimmer, wo sie als Freigelassene das Recht hatte, ihre Freunde zu empfangen. Sie war stolz auf ihre Errungenschaft; dorthin führte sie ihn.

Es war genau so, wie sie es immer erwartet hatte. Dieser Mann war ihre andere Hälfte. Die stümperhaften Vereinigungen ihrer bisherigen Erfahrung wurden aus ihrer Erinnerung gefegt. Das unwillkommene Getatsche, das einst ihre einzige Zukunft zu sein schien, konnte nun ärgerlich zurückgewiesen werden. Nie wieder würde sie auf unpassende Verehrer hereinfallen, sich durch ihre eigene Unsicherheit zu etwas zwingen lassen. Jetzt wußte sie alles. Sie hatte das Entzücken und die Freude gefunden, an die sie so fest zu glauben versucht hatte.

Beide waren vollkommen entspannt, hatten bereits eine Verbindung geschlossen, die tief ging und aufrichtig war. Beide nahmen, beide gaben mit überwältigender Ehrlichkeit, Offenheit und Freude.

Als sich Vespasian schließlich herumrollte und auf dem Rücken lag, bedeckte er die tiefbraunen Augen, die nicht mehr so stetig waren, mit seiner großen Hand. »Oh, Mädchen!«

Caenis lachte, als sie ihren Kopf an seinem hämmernden Herzen ruhen ließ, den einen Arm über seinen Körper zum Bettrand ausgestreckt.

Sie spürte, wie sich sein Atem langsam beruhigte, aber er war nicht eingeschlafen, denn nach einiger Zeit zog er die Decke über sie und schloß sie in die Arme. Seine Stimme klang gedämpft, als hätte man ihn irgendwie überrumpelt. »Ein feines Paar sind wir, du und ich.«

Caenis griff nach seiner Hand und küßte sie. Nach einem Moment gestand sie: »Ich wünschte, du hättest mir kein Geschenk gemacht.«

»Hm?«

»Ich wollte keine Bestechung.«

Inzwischen lachte er lauthals. »Du verdienst ein Geschenk. Und du bist eine Bestechung wert! ... Ich war sicher, du würdest deswegen nein sagen.« Sein Arm umschlang sie fester, seine Stimme schwankte nicht mehr. »Jetzt lasse ich mich nicht mehr abschütteln.«

»Was?«

»Versuch nicht, mich fortzuschicken.«

Er kannte sie mindestens so gut wie sie sich selbst, denn das war natürlich genau das, was Caenis vorgehabt hatte.

»Nein«, sagte sie sanft und machte es sich an seiner Schulter bequem, als wolle sie einschlafen, so daß er vermutlich annahm, sie habe sich überzeugen lassen. »Solange du mich willst, werde ich das niemals tun.«

Ihr Vorhaben war umgestoßen worden. Sie hatte keine andere Wahl mehr. Sie würde Vespasian nicht wegschicken, weil sie es nicht konnte.

Schlafen konnte sie auch nicht. Mit schmerzendem Kopf lag sie da und versuchte, all ihre Kraft zusammenzunehmen, um mit der Bindung fertig zu werden, die sie eingegangen war. Sie wußte nicht, ob Vespasian merkte, daß sie sich in sich selbst zurückgezogen hatte. Hoffentlich nicht. Sie wollte nicht, daß er sich wunderte und Fragen stellte. Es gab nichts, was sie tun konnte, nichts, was sie hätte tun wollen. Aber Caenis erkannte jetzt, da es viel zu spät war, den Fehler, den sie gemacht hatte: Sie hatte einen Vertrag geschlossen, der auf dem Austausch von Freundschaft und Vergnügen basierte, zu Bedingungen, die absolut geschäftsmäßig sein sollten.

Und sie hatte diesen schrecklichen Vertrag mit einem Mann geschlossen, den sie so sehr liebte, daß es kein Entrinnen gab.

XII

Einen Weg, diese Schwierigkeit zu umgehen, gab es. Einen ganz einfachen: Caenis würde dafür sorgen, daß Vespasian nie davon erfuhr.

Zwei Jahre lang war sie seine Geliebte. Einem jungen Senator verbunden zu sein war nützlich für sie und hilfreich für ihn. Er nahm sie dorthin mit, wo eine alleinstehende Frau sonst nicht hingehen konnte, während sie ihn Leuten vorstellte, die ein so unbekannter Mann wie er sonst vielleicht nie kennengelernt hätte. Die Situation wurde nie zu dem einseitigen Desaster, die sie so leicht hätte werden können. Caenis entschied, daß sie entweder leiden – sehr leiden – oder sich mit etwas einverstanden erklären konnte, das, wenn auch vielleicht nur für kurze Zeit, die glücklichste Erfahrung ihres Lebens sein mochte. Also bemühte sie sich, stets gutgelaunt zu bleiben, wie er es zweifellos ebenfalls tat, und sie waren die besten Freunde.

Bald gewöhnten sie sich an eine ruhige, gelassene Routine. Jeder ließ dem anderen Raum für sein Privatleben, trotzdem verbrachten sie viel Zeit miteinander. Keiner von beiden war selbstsüchtig oder streitlustig. Ruhige Gespräche bei einem Spaziergang im Garten oder in einem Zimmer, in dem sie sich wohl fühlten, waren ihnen ebenso wichtig wie die Zeit, die sie miteinander im Bett verbrachten. Soweit wie möglich machten sie kein Geheimnis aus ihrer Beziehung, blieben aber diskret. Beide hielten es nicht für klug, andere zu schockieren. Wann immer möglich, gingen sie ins Theater oder zu Vorträgen. Gelegentlich aßen sie mit Freunden, Menschen, die ähnlich gesinnt waren. Sie waren ein anspruchsloses, unbeschwertes Paar. In einer Welt, in der oberflächliche Verbindungen und zynische Selbstsucht an der Tagesordnung waren, staunte man vielleicht über die Wärme ihrer Zuneigung. Es kam nie zum Skandal.

Caenis versuchte, es Veronica zu erklären, aber das war zwecklos. Veronica tat Vespasian als einen unbedeutenden Niemand ab. Obwohl Caenis nach einem sehr strikten Kodex gelebt hatte (Männer, die ihr gefielen, gab es sowieso kaum; daher besser nicht mit einem Mann schlafen, der ihr gefiel), war Veronicas Kodex sogar noch strikter: Am besten war es, die Männer überhaupt nicht zu mögen.

Bald nachdem Vespasian aus Kreta heimgekommen war, hatte Caenis ihre Freundin beim Girlandeneinkauf auf der Via Sacra getroffen. Veronica, die immer noch Sklavin war, hatte ein paar offizielle Pflichten, obwohl sie es irgendwie einrichten konnte, kaum davon abgelenkt zu werden. Manchen Leuten gelingt es, andere davon zu überzeugen, daß ihr Beitrag zur Arbeit nur darin bestehen sollte, anwesend zu sein und einen erfreulichen Anblick zu bieten. Niemand erwartet etwas anderes von ihnen, und sie dafür zu bestrafen, daß sie so sind, wie sie sind, hat keinen Zweck.

Veronica war nicht dumm. Sie vergaß nie, daß man sie vielleicht eines Tages zur Rechenschaft ziehen würde. Ihre Aufgabe als Sklavin war es, die Kränze für die Festgelage zu besorgen, die der abwesende Kaiser nie gab. Deshalb sorgte sie dafür, daß sie von Zeit zu Zeit mit Armen voller Blumen gesehen wurde.

Es war früher Morgen, das Licht bereits strahlend hell. Die Floristen waren damit beschäftigt, ihre Stände aufzubauen und die Blumen mit Wasser aus den öffentlichen Brunnen zu besprengen. Männer aller Schichten eilten durch die Straßen, um ihre Patrone aufzusuchen und als Gegengabe für ihre unterwürfige Ehrerbietung ihr tägliches Almosen – ein Körbchen mit Brot oder ein kleines Geldgeschenk – zu erhalten. Der Geruch frischgebackener

Brotlaibe hing in der Luft. Müde Frauen hängten Bettzeug zum Auslüften über die Balkongeländer oder gossen Wasser über die Straßen aus Lavagestein, um Dreck und Unrat, die sich während der letzten Nacht angesammelt hatten, wegzuspülen.

»Caenis! Caenis, warte!«

Veronicas Stimme übertönte mühelos die heisernen Rufe, mit denen die Verkäufer ihre Waren anpriesen: »Girlanden, Girlanden! Die besten auf der Via Sacra! Hübsche Rosenkronen! Myrtenkränze, Lavendel aus Indien, Girlanden für Ihre Gäste!« Kleine Jungen hatten während der Morgendämmerung in stickigen Kellergewölben, wo die Luft bis zum Übelwerden mit dem süßlichen Duft von Rosen und Veilchen erfüllt war, mit klammen Fingern starre Blumenstengel zu langen Kränzen geflochten, die abends dicke Hälse und schlaffe Busen schmücken würden. Veronica kam immer früh hierher, wenn die Blumen noch frisch waren. Den Tag über würde sie sie irgendwo im Schatten aufbewahren, die Kränze mit Wasser besprengen und die herrlichen Sträuße in Bottiche stellen. »Hilf mir, dieses Zeug hier zu tragen.«

Gehorsam ließ sich Caenis Girlanden in weiß und goldgelb aufladen und dazu sieben Lorbeerkränze auf den Kopf packen. Hatte man die Arme voll, ließen sich die Kränze so am besten tragen. »Laß uns hier aus dem Gewühl verschwinden. Ich will noch kurz zum Tempel der Kybele ...«

Sie kämpften sich zu dem Tempel auf dem Palatin durch. Caenis hatte nichts dagegen, weil der Tempel in unmittelbarer Nähe des Hauses der Livia lag und sie so nur ein paar Schritte zu gehen brauchte, wenn es Zeit war, ihren Dienst bei Antonia anzutreten. Veronica breitete die Blumen im Portikus aus, wo sie nicht zerdrückt werden würden. Die Girlanden schlängelten sich über den grauen Steinboden wie Raupen mit leuchtendgelben Streifen. Hier, vor dem Hintergrund melancholischer orientalischer Musik und den Gesängen der Priester, war es ruhiger. Das gelegentliche Aufklingen von Triangeln und Zimbeln ließ sie zusammenzucken. Weihrauchdüfte, verführerisch wie Drogen, brachten die Nerven zum Prickeln. Dies war ein Ort unverständlicher Mysterien. Caenis hatte ihn immer ein wenig anrüchig gefunden, nicht zuletzt, weil die Stufen des Tempels der Kybele ein bekannter Treffpunkt waren. Die jährlichen Riten, angeführt von frenetisch tanzenden Priestern, waren eine Gelegenheit, bei der Frauen sich ungezügelt gehenlassen konnten. So was war nicht nach Caenis' Geschmack.

Mit einem aufgeregten Wispern drängte Veronica: »Setz dich hier an diese Säule. Du hast es also getan? Der Armreif!« Caenis trug Vespasians Armreif Tag und Nacht. Veronica drehte ihn an Caenis' Arm hin und her, prüfte sein Gewicht. Caenis weigerte sich, ihn abzustreifen. Sie wollte nicht, daß Veronica Bemerkungen über die zwei auf der Innenseite eingravierten Namen machte. »Nicht schlecht, Caenis. Das Ding ist wertvoll ...«

Caenis unterbrach sie ärgerlich. »Ich wollte das nicht. Ich wünschte, er wüßte, daß ich mich ihm auch so, aus reinem Vergnügen, hingegeben hätte.«

»Sie zu, daß er es niemals erfährt!« schnaubte Veronica. »Sei vorsichtig.«

»Ich weiß.«

Das stimmte wirklich. Caenis war immer exzentrisch gewesen. Sie wußte, was sie getan hatte.

Veronica verzweifelte schier an ihr. Sie konnte den Anblick solch ruhiger Fügsamkeit nicht ertragen. Veronica erschien dieses bewußte Erwarten unangenehmer Tatsachen, dieses stoische Hinnehmen von Schmerz, noch bevor er auftrat, überflüssig. Sie bot Trost an, den Caenis nicht wollte, bot Selbstbetrug, bot Träume an: »Unterschätz dich nicht, Caenis. Wenn du willst, kannst du ihn an dich binden. Selbst wenn er heiratet ...«

»*Nein!* Wenn er heiratet, ist es aus.«

»Oje! Verstehe. Mein armes Mädchen ... Achtung! Wir sollten der Göttin lieber unsere Ehrerbietung erweisen. Der Priester mit den wäßrigen Augen hat uns entdeckt.«

Veronica hatte ein absolutes Gespür für das, was Männer taten. Der Priester hatte sie tatsächlich entdeckt. Sofort verbeugten sich die Freundinnen vor der hochaufragenden Statue, die durch die Tempelportale zu sehen war, und machten durch ihre Haltung jedem sie etwa heimlich beobachtenden Korybanten klar, daß sie weder mystische Fürsprache bei der Göttin benötigten noch geflüsterte Angebote eher sinnlicher Natur.

Kybele, die orientalische Matriarchin, der Keuschheit heilig war und die ihren Geliebten Attis dazu gebracht hatte, sich selbst zu entmannen, schien für Veronicas Verehrung etwas ungeeignet. Vielleicht fühlte sie sich zu ihr hingezogen, weil ihr die patrizierhafte Glätte der griechisch-römischen Götter fehlte. Kybele war Blut und Erde und das Messer im Hain – eine Göttin der ekstatischen Schmerzensschreie. Ihre Statue thronte, bewacht von Löwen, im Heiligtum, eine orientalische Trommel in der Hand, die die Welt verkörperte.

Die beiden Frauen machten keine Anstalten, das Protokoll dadurch zu verletzen, daß sie den Tempel betraten, näherten sich aber einem im Freien aufgestellten Altar. Veronica bot dieser dunklen Göttin einen kleinen Veilchenstrauß dar und betete dann laut mit ihrem unnachahmlichen Frohsinn: »O Kybele, Mutter der Götter, große Erlöserin, nimm diese Blumen an. Schenke mir Schönheit mit Dreißig, Reichtum mit Vierzig und bitte laß mich mit Fünfzig sterben! Schenke mir Vorsicht, schenke mir Fröhlichkeit, und (wenn es denn sein muß, o Kybele!) schenke mir Rechtschaffenheit.«

Caenis bot der Göttin keine Opfergabe dar, aber sie drehte sich um, schaute durch das Portal auf das harte Gesicht der Göttin aus dem Osten, die Frauen angeblich freundlich gesonnen war, und betete im stillen: *O Kybele, große Urmutter, laß mich ihn nicht mehr lieben, als ich ertragen kann!* Da sie ihn liebte und in ihm einen Mann erkannte, der von ihrer sehnsuchtsvollen Qual tief betroffen wäre, fügte sie hinzu: *und, o Kybele, laß nicht zu, daß er mich liebt!*

Zwei Jahre sind eine lange Zeit, um vor jemandem, der einem so nahesteht, ein Geheimnis zu bewahren. Aber Caenis sagte nie ein Wort.

Nun ja, bis auf ein einziges Mal.

Einmal, am Ende eines Festmahls, als sie müde war und sich nicht wohl fühlte, als sie vielleicht deswegen zuviel getrunken hatte, murmelte er ihr leise etwas zu, den Kopf an ihren Kopf gelehnt, etwas besonders Rüdes über einen der anderen Gäste, was sie plötzlich kichern und ihre Anspannung wie ein Rinnsal im Sand versickern ließ, bis sie, schwach vor Lachen, plötzlich herausplatzte: »*Oh, ich liebe dich!*«

Dann wußte sie nicht, wie sie damit umgehen sollte.

Die anderen hatten sie wahrscheinlich gehört. Es kam nicht so sehr darauf an, daß sie es gesagt, sondern daß sie es laut ausgesprochen hatte. Vespasians Gesichtsausdruck war so seltsam, daß sie meinte, sich entschuldigen zu müssen, während sie schwankend auf die Füße kam: »Ich habe zuviel Wein getrunken; ich will dir weitere Peinlichkeiten ersparen. Am besten, ich gehe nach Hause – du brauchst nicht mitzukommen …«

Aber er kam mit. Er tappte hinter ihr her wie ein großer, treuer Hund, rieb seine Nase an ihrem Hals, als sie versuchte, ihre Straßenschuhe anzuziehen, tappte weiter mit zu ihrem Tragestuhl, kletterte zur Verzweiflung der Sklaven, die nun beide tragen mußten, mit hinein und überhäufte sie auf dem Heimweg mit rauhen Zärtlichkeiten, die schon fast einer Vergewaltigung gleichkamen. Er kam mit ins Haus, knabberte an ihrem Ohr, bestach den Pförtner, der normalerweise nicht bereit war, ihn so spät noch einzulassen. Er verfolgte sie durch sämtliche Flure, drückte sie in spielerischer Trunkenheit gegen Säulen und knurrte wild, wenn sie ihm entkam. Dann stürmte er, aufgedreht wie ein Hanswurst in einer derben attelanischen Farce, in ihr Zimmer.

Wo er sie in der Dunkelheit und vollkommenen Stille an sich zog, beider Körper ganz und gar miteinander verschmelzen ließ und sie küßte. Absolut nüchtern, absolut ernst, absolut still. Entsetzt versuchte sie, sich davor zu verschließen, daß er begriffen hatte. Sie war zu beschämt, um etwas zu sagen, und er hätte es auch nicht zugelassen. Erfüllt von einer Leidenschaft, die sie beide zu überwältigen schien, zog er sich aus. Er zog sie aus, trug sie zum Bett, immer noch schweigend, als wäre das, was er sagen wollte, unaussprechlich. Dann liebte er sie, wie er es noch nie zuvor getan hatte, berauscht, wie sie war, berauscht, wie sie meinte, daß *er* war, und brachte sie beide immer und immer wieder zum Höhepunkt. Als Caenis einschlief, vielleicht in den tiefsten Schlummer ihres Lebens sank, blieb er bei ihr, drehte sich nicht auf die Seite, sondern umschloß sie mit seinen Gliedern, umhüllte sie mit seinem ganzen Sein.

Vespasian wachte kurz vor Tagesanbruch auf; eine lebenslange Gewohnheit. Caenis erwachte durch die Veränderung seines Atems, was, wann immer sie die Gelegenheit dazu hatte, eine ihrer Gewohnheiten war. Er küßte sie auf die Stirn.

»Ich habe es sehr genossen.«

»Ich auch.«

Sein Mund verzog sich zu diesem besonderen Lächeln, das nur ihr galt. »Das dachte ich mir!«

Leise verließ er das Haus. Sie erwähnten den Vorfall später nie. Manchmal ertappte Caenis Vespasian dabei, daß er sie beobachtete, wenn er meinte, sie sei beschäftigt, und dann, obwohl sie normalerweise nicht zu ausgelassener Fröhlichkeit neigte, machte sie sich über ihn her und bewarf ihn mit Mimosenknospen, zog ihm das Kissen unter dem Ellbogen weg oder kitzelte ihn an den Füßen.

Nachdem sie sich beruhigt hatten, merkte sie immer, wenn er sie aufs neue beobachtete.

XIII

Kaiser Tiberius starb achtundsiebzigjährig am Kap Misenum. Er war auf dem Weg nach Rom gewesen, hatte aber kehrtgemacht, als man entdeckte, daß seine Lieblingsschlange tot und halb von Ameisen aufgefressen war. Caenis dachte, daß sich gewiß jedes Schoßtier, das dazu verurteilt war, täglich von Tiberius gefüttert zu werden, bestimmt mit Freuden den Ameisen zum Fraß vorwarf.

Wahrsager hatten prophezeit, der Kaiser würde beim Betreten der Stadt vom Volk in Stücke gerissen werden. Zumindest dieses eine Mal schien ihre Prophezeiung zutreffend. Tiberius' letzte Jahre waren eine Terrorherrschaft gewesen, und die Grausamkeiten, die er seiner Familie und Mitgliedern des Senats antat, wurden nur noch durch die widerwärtigen Ausschweifungen übertroffen, denen sich der Kaiser selbst aussetzte. Schauprozesse wegen angeblichen Hochverrats waren an der Tagesordnung. Seine Abwesenheit gab den wildesten Gerüchten über seine persönlichen Vorlieben ständig neue Nahrung. Rom betrachtete ihn voller Abscheu, und sein Tod wurde freudig begrüßt.

Wohl wissend, daß die Leute seinen Tod herbeisehnten, hatte Tiberius sich voller Bosheit bemüht, sie zu enttäuschen. Er hatte versucht, seine nachlassende Kraft zu verbergen und sich so hartnäckig an Leben und Macht geklammert, daß er einmal sogar aus dem Bett kletterte und nach seinem Abendessen rief, nachdem er bereits für tot erklärt worden war. Schließlich ging man allgemein davon aus, daß Caligula, sein ungeduldiger junger Erbe, seinem Adoptivgroßvater zur Reise in die Unterwelt verholfen habe, indem er ihm ein Kissen aufs Gesicht drückte.

Caligula war ein hochaufgeschossener, bleicher, vorzeitig kahl werdender junger Mann. Caenis hatte ihn kennengelernt, als er noch bei Antonia lebte, bevor Tiberius ihn nach Capri beorderte, um ihn vielleicht als Nachfolger auszubilden – oder auch nur, damit sich Tiberius an der Viper weiden konnte, die er Rom vermachen würde. Der junge Mann schien intelligenter zu sein als sein

Mitregent Gemellus, galt als lernbegierig und hatte sich schon sehr früh durch öffentliche Reden hervorgetan, einschließlich der Begräbnisansprache für seine Urgroßmutter Livia. Und doch hatte Tiberius Vorbehalte gegen ihn gehabt, und es kursierten beunruhigende Geschichten. Zweifellos stand er unter dem Einfluß von Macro, Seianus' noch brutalerem Nachfolger als Prätorianerpräfekt, der seiner Frau eine Affäre mit Caligula gestattet und ihm wahrscheinlich geholfen hatte, Tiberius' Tod zu beschleunigen.

Cäsaren, die die Zeit des öffentlichen Wohlwollens überschritten haben, müssen damit rechnen, aus dem Weg geräumt zu werden. Selbst Augustus war am Ende angeblich von seiner ihm so sehr ergebenen Frau vergiftet worden. Von den neun Kaisern, die Rom zu Caenis' Lebenszeit regierten, sollte nur einer auf natürliche Weise sterben, während sein Amt in aller Ruhe und Selbstverständlichkeit auf seinen ältesten Sohn überging. Und nur einer würde diese Welt sarkastisch witzelnd verlassen: »Meine Güte! Ich spüre, wie ich mich in einen Gott verwandele!«

Falls Caligula über Sinn für Humor verfügte, sollte dieser sich als makaber erweisen, und er forderte seine Göttlichkeit bereits zu Lebzeiten. Doch am Anfang wußte er all dies wohl zu verbergen. Aus Angst vor der Armee protestierte der Senat nicht, als Caligula verlangte, zum alleinigen und unumschränkten Herrscher erklärt zu werden. Die Armee liebte ihn, weil er schon als Kleinkind ihr Maskottchen gewesen war, und während Armeen ihre Meinung oder ihre Loyalität ändern mögen, sind sie kaum bereit, ihr Maskottchen aufzugeben. Zweifellos auf Anregung ihres Kommandeurs Macro hatte Caligula jedem Prätorianer tausend Sesterzen auszahlen lassen, was ihm ihre Ergebenheit sicherte. Zwei Tage nach Tiberius' Tod setzte Caligula seinen Mitregenten Gemellus ab und vereinigte durch ein einziges Dekret des Senats alle Macht, die Augustus und Tiberius allmählich und mit Bescheidenheit angesammelt hatten, auf sich.

Rom feierte Caligulas Regierungsantritt zunächst als den Beginn eines neuen Goldenen Zeitalters. Er war der Liebling des Volkes, ihr strahlender Stern, der Sohn ihres Helden Germanicus, und nach zwanzig Jahren unter der Herrschaft von Tiberius, der alle in Angst und Schrecken versetzt und abgestoßen hatte, war Rom verzweifelt bemüht, nur Gutes in Germanicus' Sohn zu sehen. Gemellus wurde schnell außer Gefecht gesetzt. Mit fünfundzwanzig war Caligula zum Herrn der zivilisierten Welt geworden.

Caenis sollte die Beobachtung machen, daß die schlimmsten Kaiser alle zu Beginn scheinheilig die richtigen Schritte unternahmen. Caligula, Nero und auch Domitian – dessen Regierungszeit sie allerdings nicht mehr erlebte – begannen ihren Amtsantritt mit jugendlichem Elan und vielversprechendem gutem Benehmen. Es war, als würden jene, deren geistiges Gleichgewicht durch Exzesse am stärksten gefährdet war, noch eine letzte Anstrengung unternehmen, echte Bewunderung zu gewinnen, bevor die absolute Macht ihnen völlig die Sinne verwirrte.

Man bezeichnete Caligula als falsch und hinterlistig. Es hieß, er habe bereitwillig bei den scheußlichen Praktiken mitgemacht, die Tiberius auf Capri pflegte, und sei dessen Agent und Spion geworden. Das paßte wenig zu dem sympathischen Bild, das er als Kaiser zunächst von sich zu vermitteln suchte. Das Exil und den Tod seiner Mutter Agrippina und seiner zwei älteren Brüder hatte er damals schweigend hingenommen. Doch vielleicht hatte er das getan, um nicht wie sein Bruder Nero Cäsar zu enden, der auf einer abgelegenen Insel zum Selbstmord gezwungen wurde, oder sein Bruder Drusus, der in einem Keller unter dem Palast dem Hungertod ausgeliefert wurde und schließlich an der Füllung seiner Matratze erstickte. Vielleicht ließ sich durch eine in solcher Gefahr verbrachte Jugend und die unter Tiberius verbrachte Lehrzeit Caligulas zerrütteter Geist erklären, wenn auch nicht entschuldigen.

Unter Macros Fittichen stellte er sich zunächst als aufrichtiger Mann dar. Eine seiner ersten polulären Taten war eine Reise, um die Asche seiner Mutter und seines Bruders aus ihren Inselgefängnissen zu holen und im Mausoleum des Augustus zeremoniell beizusetzen. Gleichzeitig benannte er den Monat September nach seinem Vater Germanicus. Doch schon zu diesem Zeitpunkt gab es Anzeichen von Extravaganz, denn um seine Schwestern zu ehren, besonders seine Lieblingsschwester Drusilla, ging er weit über das Übliche hinaus, verlieh ihnen die Privilegien der Vestalinnen, erlaubte ihnen, obwohl sie Frauen waren, den Spielen in der kaiserlichen Loge beizuwohnen, ließ von allen dreien Münzen prägen und schloß sie in den Treueschwur ein, den jeder Konsul ablegen mußte.

Er schickte all die geschminkten, androgynen Lustknaben, mit denen Tiberius sich umgeben hatte, in die Verbannung. Eine Zeitlang widmete er sich ernsthaft der Politik, senkte die Steuern, lockerte die Zensur, führte die Unabhängigkeit der Gerichte wieder ein, ordnete Entschädigungen bei Feuersbrünsten an, säuberte den Senat und die Ritterschaft von Nichtsnutzen und Schurken. Aber Rom wurde sein Spielzeug. Hier konnte er sich in parfümiertem Badewasser aalen, extravagante Gerichte erfinden, sich in exotische Tuniken und ausgefallenes Schuhwerk kleiden, die Saepta für Seeschlachten überfluten, seine eigene Rennbahn bauen, sich fanatisch dem Glücksspiel hingeben und nach Herzenslust in Wagenrennen und Theateraufführungen schwelgen. Er war ein Mann, der als Kind zu kurz gekommen war und der nun über eine ganze Stadt als Spielzeug verfügte.

Die Beziehung zu seiner Großmutter wurde schwierig und gereizt. Kurz nach seinem Amtsantritt setzte der neue Kaiser im Senat ein Dekret durch, das alle Ehrungen, die der Kaiserin Livia zu ihren Lebzeiten verliehen worden waren, auf Antonia übertrug. Antonia hatte immer mit einer Art säuerlichem Stolz darauf bestanden, nicht mit Livia gleichgesetzt zu werden. Sie hatte jeden Ehrentitel, den Tiberius ihr anbot, abgelehnt, auch nachdem sie ihn über die von Seianus drohende Gefahr unterrichtet hatte. Das alles galt jetzt nicht mehr. Ehrerbietung für seine edle Großmutter würde Caligulas Ruf erhöhen; die Ehrungen gehörten ihr. Sie abzulehnen war genauso sinnlos wie zu hoffen, daß die Ehrerbietung aufrichtig war.

Caenis bemerkte, daß Antonia regelrecht zu verfallen schien. Später fragte man sich, ob Caligula versucht hatte, sie zu vergiften. Das war nicht der Fall. Er zerstörte lediglich ihre Lebensgeister. Sie war nach Livias Tod für ihn verantwortlich gewesen und wußte, daß es gefährlich war, ihn mit zuviel Ehren – oder sogar mit zuviel Verantwortung – zu überhäufen. Antonia fühlte sich verpflichtet, ihn zu zügeln, was ihn unweigerlich gegen sie aufbrachte.

Caenis fand sie eines Tages mit tränenüberströmtem Gesicht vor. »Sieh zu, daß du keine Kinder bekommst!« knurrte sie barsch. »Heirate nie und sei dankbar, daß du keine Familie hast!«

Caenis blieb stumm, gab Antonia die Möglichkeit, sich auszusprechen.

»Ich komme eben vom Kaiser. Er sucht sich die falschen Freunde, läßt sich zu leicht beeinflussen. Aber mir wird natürlich Einmischung vorgeworfen.«

Während dieser ersten paar Wochen seiner Regierungszeit war Antonia die einzige, die einen wirklich guten Einfluß auf Caligula ausübte. Sie allein wagte es, ihn zur Zurückhaltung zu drängen. Aber wenn sie um ein Privatgespräch mit ihm bat, verletzte er alle Anstandsregeln, indem er seinen abstoßenden Gardekommandeur Macro mitbrachte. Es war eine Beleidigung für seine Großmutter und vielleicht auch eine Drohung. Wäre Caligula wirklich erwachsen gewesen, hätte er das nicht nötig gehabt. Doch man redete bereits offen davon, daß Macro sich da einen Schüler heranzog, der bald keinen Tutor mehr nötig haben würde.

Caenis war wütend über die Antonia angetane Beleidigung. »Ich hätte mit Ihnen gehen sollen! Ich fürchte mich nicht!«

»Vielleicht sollten wir uns alle fürchten, Caenis.«

Antonia war voller Verzweiflung. Caenis nahm ihr den Umhang ab, den sie im Freien trug, führte sie zu einem bequemen Sessel, schob ihr ein daunengefülltes Kissen in den Rücken und warf den Haussklaven, die beunruhigt herumflatterten, warnende Blicke zu.

Antonia seufzte müde. »Mein Enkel Gaius Caligula teilt mir mit, daß er tun und lassen kann, was er will. Egal, mit wem. Es ist eine

Unverschämtheit – aber es ist leider nur zu wahr!« Caenis hatte sie nie mit solcher Bitterkeit sprechen hören. »Das Schicksal jedes einzelnen in Rom und im gesamten Reich ruht in seinen Händen. Er ist dafür nicht tauglich. Selbst sein Vater hatte ihn nicht im Griff – nicht einmal Germanicus. Und die Dummköpfe haben ihm uneingeschränkte Macht gegeben!«

Sie schwiegen eine Weile. Caenis hoffte, daß ihre Patronin erzählen würde, was geschehen war, doch Antonia hatte ihre strenge Selbstdisziplin schon wiedererlangt. Als sie schließlich sprach, sagte sie in ihrem normalen abrupten Ton: »Du erwartest deinen Freund. Ist er hier?« Wenn Caenis bei Antonia war, wartete Vespasian gewöhnlich in einem anderen Zimmer. »Ruf ihn herein!« befahl ihre Herrin zu ihrer Überraschung.

Leise betrat er den Raum – ein stämmiger Mann mit jener ruhigen Ausgeglichenheit, die dem claudischen Wirrkopf auf dem Thron völlig abging.

»Es ist unnötig, Flavius Vespasianus, daß Sie sich in irgendwelchen Ecken herumdrücken. Caenis hat die Empfindsamkeit der Gänse, die das Kapitol bewachen. Das Mädchen erkennt Ihren Schritt, wenn Sie noch drei Straßen entfernt sind, und an ihrer Nervosität erkenne ich, wann Sie das Haus betreten!«

Einen Moment lang wirkte die alte Dame etwas geistesabwesend. Sie wurde in letzter Zeit immer schwächer. Vor sechs Monaten dagegen war sie noch kräftig genug gewesen, um ihre Villa in Bauli zu besuchen, Tiberius wegen seiner Behandlung ihres liederlichen, stets verschuldeten Protegés Herodes Agrippa trotzig zur Rede zu stellen und so lange neben seiner Sänfte herzulaufen, bis er ihrer Bitte um Nachsicht nachgab. Von diesem Elan schien in letzter Zeit nicht mehr viel übrig. Als sie Vespasian jetzt die Hand reichte, hielt Antonia die seine ungewöhnlich lange fest und betrachtete ihn aufmerksam. Ihre Finger waren knotig und faltig wie die Rinde eines Johannisbrotbaumes. Schließlich ließ sie seine Hand los. Er beugte sich vor, um Caenis auf die Wange zu küssen, nachdem er Antonia zuvor ein höfliches »Entschuldigen Sie« zugemurmelt hatte.

»Von Ihnen habe ich aber in letzter Zeit nicht viel zu sehen bekommen!« tadelte ihn Antonia. Das war ungerecht, da sie seiner Freundschaft mit Caenis stets ein wenig unduldsam gegenübergestanden hatte. »Caenis erzählt mir, Sie haben sich für die Wahl zum Ädilen aufstellen lassen?« Der Posten des Ädilen, zuständig für die Verwaltung der Stadt, war die nächste Stufe im *cursus honorum*, der Ämterlaufbahn durch den Senat. »Zuversichtlich?«

»Nicht im geringsten!« erwiderte Vespasian geradeheraus. »Zu provinziell und zu arm.«

Antonia dachte kurz nach. »Und vor allem Junggeselle.«

Es gab eine Reihe rechtlicher Nachteile für Junggesellen, die diese zum Teil an ihrer empfindlichsten Stelle, dem Geldbeutel, trafen. Ehemänner und Väter hatten bei Wahlen den Vorrang. Junggesellen waren nicht nur anrüchig, sie handelten auch ihren Vorfahren und dem Staat gegenüber illoyal. Trotzdem schien Antonia verhältnismäßig nachsichtig. »Ihr Tag wird kommen. Caeni glaubt an Sie. Verlassen Sie sich darauf, das macht Sie zu einer großen Ausnahme!«

Vespasian stand direkt hinter Caenis' Liege, und obwohl öffentliche Gesten der Zuneigung als unschicklich galten, legte er ihr die Hand auf die Schulter und streichelte ihren Hals mit dem Daumen. Altmodisch, wie sie war, hatte Antonia offenbar nichts dagegen einzuwenden. Caenis legte ruhig ihre Hand auf die Vespasians, damit er aufhörte, sie zu streicheln.

Nach einer jener Pausen, die jetzt so typisch für sie waren, bemerkte Antonia plötzlich zu Caenis: »Du solltest immer Männer bevorzugen, die Geduld mit alten Damen haben. Eines Tages wirst du selbst eine alte Dame sein.«

Caenis ließ die Hand sinken.

Vespasian sagte nichts. Ihm mußte, genau wie Caenis, bewußt sein, daß sie im Alter allein sein würde. Sie waren beide realistische Menschen.

Antonia betrachtete ihn, während er ihren Blick ruhig erwiderte. Zwischen beiden schien eine Art Wettkampf stattzufinden. Caenis war beunruhigt. Dies waren die einzigen Menschen, die zu lieben sie sich gestattete. Das eifersüchtige Ringen der beiden um ihre Zuneigung kam ihr lächerlich vor.

»Ich kann nicht von Ihnen verlangen, daß Sie auf sie achtgeben«, sagte Antonia zu ihm. »Sie sind nicht in der Lage, Versprechungen zu machen.«

Trotz der Kritik in ihrer Stimme lachte er amüsiert auf. »Gnädigste Frau, wir beide kennen Caenis. Sie wird darauf bestehen, selbst auf sich achtzugeben.«

»Oh, sie geht davon aus, daß sie stets ihren Kopf durchsetzt«, schnaubte Antonia. »Aber manchmal wird selbst sie einen Freund brauchen.«

»Caenis wird immer mehr Freunde haben, als sie ahnt«, erklärte Vespasian mit leiser Stimme.

Sie sprachen jetzt über Caenis, als hätte diese den Raum verlassen. Warum bilden Frauen sich nur ein, daß ihnen die Zuneigung zu jemandem das Recht gibt, sich in dessen Leben einzumischen? dachte Caenis, für Vespasian peinlich berührt.

Dann wandte sich ihre Patronin ihr mit einem raschen und ungewöhnlich eindringlichen Lächeln zu. »Verzeih mir, Caenis. Ich muß wenigstens einen Menschen zurücklassen, der bereit ist, sich über dich hinwegzusetzen!«

Es war eine seltsame Szene, die Caenis verwirrt und beunruhigt zurückließ.

Antonias Sohn Claudius wurde erwartet. Seine Besuche waren selten. Zielscheibe des Spottes wegen seines angeblichen Schwachsinns, war er als für das öffentliche Leben ungeeignet erachtet worden – in schmerzlichem Gegensatz zu seinem strahlenden Bruder Germanicus. Daraufhin hatte er sich in obskure Bereiche der Gelehrsamkeit zurückgezogen. Er machte seine Mutter nervös und versuchte, ihr möglichst aus dem Weg zu gehen.

Der bevorstehende Besuch hatte Antonia unruhig gemacht. Sie bat Caenis und Vespasian, sich zurückzuziehen, aber bevor beide das Zimmer verließen, rief sie Vespasian plötzlich zurück. »Sie haben Caenis nach Cosa in die Villa Ihrer Großmutter eingeladen?« Das hatte er. Caenis hatte abgelehnt.

Verärgert darüber, daß das Thema zur Sprache kam, stand Caenis mit finsterem Blick im Türrahmen. Sie hatte bisher jeden Kontakt mit Vespasians Familie vermieden. Während seine Verwandten nichts gegen eine allem Anschein nach diskrete Geliebte in hoher Stellung hatten, wäre ein gesellschaftlicher Umgang mit einer Freigelassenen für seine Familie ebenso schwierig wie für Caenis. Seine Großmutter, die eindrucksvolle alte Dame, die ihn großgezogen hatte, war längst tot. Doch selbst jetzt kam Caenis ein Besuch in ihrem Haus taktlos vor.

»Herrin ...«

»Ich möchte, daß du hinfährst«, unterbrach Antonia sie. »Geh und genieße es.«

In diesem Moment wurde ihr Sohn angekündigt. Ihn seine Mutter im Streit vorfinden zu lassen wäre unhöflich gewesen. Claudius, mit seinem wirren weißen Haar und dem seltsam zögerlichen Gang, trat ein. Er machte Anstalten, seine Mutter zu küssen, besann sich eines Besseren, wollte etwas zu Caenis sagen, entschied sich auch dagegen und nahm Platz, worauf er sofort beherrschter und gleichzeitig ungezwungener wirkte. Antonia bemühte sich sichtlich, ihre Gereiztheit zu verbergen. Die Beziehung der beiden zueinander war hoffnungslos. Claudius stand ihr zu nahe. Ihm gegenüber brach ihre normalerweise unerschütterliche Höflichkeit zusammen. Diese Anspannung übertrug sich dann auf ihn, so daß sein Stottern und seine Unbeholfenheit in ihrer Gegenwart noch schlimmer wurden.

»Caenis reist nach Cosa«, sagte Antonia barsch. »Mit ihrem Freund.« Gegen diese öffentliche Unterrichtung war kein Widerspruch möglich. »Kennst du Flavius Vespasianus? Mein Sohn ...«

Auf diese Weise ergab es sich, daß Vespasian Claudius vorgestellt wurde, und noch dazu von Antonia höchstpersönlich. Obwohl sie ihren Sohn für lächerlich und unfähig hielt, war er immerhin der Enkel von Augustus. Der Anschein, daß es für einen unbekannten jungen Senator nützlich war, Tiberius Claudius Drusus Nero Germanicus zu kennen, mußte aufrechterhalten werden.

XIV

Caenis konnte nicht verstehen, warum die Leute Reisen als etwas Lästiges, Unangenehmes betrachteten. Bis zu ihrer Reise nach Cosa hatte sie Rom nie verlassen. Sie fand es wunderbar.

Zugegebenermaßen war es nicht sonderlich bequem. Zuerst wurde sie allein in einem Tragestuhl über den Pons Sublicus und durch den Vierzehnten Bezirk, in dem die Straßenhändler und Hausierer lebten, zum Stadtrand gebracht. Vespasian wartete an der Via Aurelia mit einem zweirädrigen Fahrzeug auf sie, das von zwei ungepflegten Maultieren gezogen wurde.

»Bring Kissen mit«, hatte er ihr geraten. Es war ein guter Rat.

Manche Leute reisten in wuchtigen, vierrädrigen Kutschen, groß genug, um ihr Bett zu transportieren, und doch von vier kräftigen Pferden mit glänzendem Fell mühelos gezogen. Andere besaßen leichtere Kutschen mit roten Seidenvorhängen und silberner Filigraneinlegearbeit, ausgestattet mit Fußstützen, Picknickkörben und herunterklappbaren Damespielbrettern, um sie während der Fahrt zu unterhalten. Selbst in der Stadt ließen sich die meisten Senatoren bequem zurückgelehnt in Sänften auf den Schultern beängstigend großgewachsener Sklaven herumtragen. Vespasian und Sabinus teilten sich ein einfaches Gefährt, das gerade genug Raum für zwei Personen und einen Weinschlauch bot. Das Gepäck wurde auf dem Dach mit einer Schnur aus Ziegenhaar festgezurrt. Das Sabinerland war eigentlich bekannt für seine ausgezeichneten Maultiere. Doch Brimo, das eine der beiden Mulis, war auf der ganzen Strecke der alten Salzstraße nach Reate für seine schnaubende Bösartigkeit berüchtigt. Das andere, zwar freundlicher im

Wesen, litt an Haarausfall und hatte nur ein Ohr; Brimo hatte das andere abgebissen.

Caenis fand heraus, daß die Unabwägbarkeiten des Reisens Vespasian ungewöhnlich übellaunig machten. Zum Glück ließ er es nicht an ihr aus. Caenis war eine unkomplizierte Reisegefährtin, schaute sich nur mit großen Augen um, beschwerte sich nicht und war völlig verzaubert.

Als sie das erste Mal Rast machten, ging Caenis ein paar Schritte in die offene Landschaft hinein und blieb mit ausgestreckten Armen stehen, sog das klare Licht der Frühlingssonne und den Frieden in sich auf. Sie befanden sich in Etrurien. Zum Mittagessen hatten sie die Stadt Caere erreichen wollen, aber Brimo hatte beschlossen zu trödeln. Und so verzehrten sie den mitgebrachten Salat und das Obst zwischen den runden Tumuli etruskischer Totenhäuser. Zur Rechten lagen niedrige Hügel, zur Linken erstreckten sich frischgepflügte Felder bis hin zu dem in der Ferne glitzernden Meer.

Vespasian, der jetzt ruhiger war, trat hinter sie. Er kitzelte sie mit einem Grashalm am Hals; Caenis reagierte nicht.

»Was machst du?«

»Ich schaue mir die Leere an – so viel Himmel!« Sie war noch nie außerhalb der Stadt gewesen.

Vespasian kratzte sich erstaunt am Ohr.

Cosa lag, in Luftlinie gerechnet, achtzig Meilen von Rom entfernt. Auf der Straße waren es etliche mehr. Ein kaiserlicher Kurier hätte den Weg ohne weiteres in zwei Tagen geschafft und noch Zeit für eine Mahlzeit, ein Bad und eine Massage in einem *mansio* gehabt. Nicht so die flavischen Maultiere. Während sie im Schneckentempo durch Tranquinii zuckelten, grummelte Vespasian, sie würden mit dem Schiff zurückreisen.

Kap Cosa ragte wie ein Ochsenohr ins Meer hinaus. Die Stadt lag am südlichen Ende, wo die Halbinsel in das Festland überging, an einer lichterfüllten Lagune, so grün wie Flaschenglas. Kleine Jungen hüpften, so, wie es Vespasian Jahre zuvor auch getan hatte, unermüdlich in das klare, fast durchsichtige Wasser und rannten dann auf der Mole zurück, um erneut hineinzuspringen. Cosa war eine hübsche Hafenstadt griechischen Ursprungs mit einer Atmosphäre der Gelassenheit. Das Landgut von Vespasians Großmutter lag etwas östlich der Stadt. Man konnte deutlich erkennen, daß es immer sein bevorzugter Aufenthaltsort sein würde.

Später sprach Caenis nur selten über die Zeit, die sie in Cosa verbracht hatten. Sie wußte, daß dies die einzige Chance für beide war, unter einem Dach zusammenzuleben. Sie bekam einen Eindruck von Vespasians häuslichem Leben, erlebte den regelmäßigen Rhythmus seines Tagesablaufs, Aufwachen vor Tagesanbruch, Korrespondenz am Morgen, Mittagessen und eine Siesta im Bett mit ihr, dann ein Bad und ein fröhliches, ausgedehntes Abendessen. Sie beobachtete das gutmütige Mißtrauen zwischen ihm und seinen Sklaven – er in der Erwartung, betrogen zu werden, sie murrend über seinen Geiz –, und doch kamen alle seit Jahren irgendwie miteinander aus. Falls sich andere über ihn lustig machten, konnten sie sicher sein, daß er sich ebenfalls nicht allzu ernst nahm. Menschen, die regelmäßig mit ihm zu tun hatten, akzeptierten ihn so, wie er war.

Vespasian zeigte Caenis die Orte, die in ihm Kindheitserinnerungen weckten, die Gegenstände im Haus, die ihn an seine Großmutter erinnerten. Er ließ alles in der Villa genau so, wie es immer gewesen war. Dies war für ihn ein Ort reiner Freude. Hier erhellte sich sein Gesicht, und seine Anspannung ließ nach. Er war sichtbar glücklich. Ihn so zu sehen ließ Caenis ihre eigenen Zweifel beiseite schieben und mit ihm glücklich sein.

Die meisten Menschen, nahm Caenis an, lebten für ihre Zukunftshoffnungen. Ihr war das nicht möglich. Sie mußte für die Gegenwart leben. Zumindest würde sie jetzt nie wieder jemand ohne Vergangenheit sein. Auch sie würde, wenn sie es denn ertragen konnte, schöne Erinnerungen für ihr Alter haben.

Sie reisten per Schiff nach Hause. Das gefiel Caenis noch mehr als die Fahrt über Land.

Als sie sich von Ostia her Rom näherten, konnte Caenis ihre wachsende Trübsal kaum mehr verbergen. Der Grund war nicht nur, daß sie gezwungen worden war, all das, was sie nie besitzen konnte, von so nahem zu sehen. Sie meinte zu wissen, warum Vespasian sie mit nach Cosa genommen hatte. Es war sein Lieblingsort. Seine Erinnerungen daran sollten auch Caenis mit einschließen. Mit bleischwerer Vorahnung wurde ihr klar: Ihre gemeinsame Zeit würde bald zu Ende gehen.

Sie war zu niedergedrückt, um sich zu wundern, warum er mit ihrem Tragestuhl einen Umweg zur Wohnung seines Bruders machte. Vespasian wohnte ebenfalls dort, obwohl er vorhatte, sich vor der nächsten Wahl eine eigene Wohnung zu suchen, um seiner Kandidatur mehr Gewicht zu verleihen. Niemand würde einen Mann ernst nehmen, der auf dem Dachboden seines Bruders kampierte.

Caenis war nie zuvor hier gewesen. Sie wartete draußen im Tragestuhl, während Vespasian das Mietshaus betrat. Die Gegend war heruntergekommen, aber ehrbar. Caenis erkannte den Bezirk, irgendwo in der Nähe des Esquilin auf der weniger vornehmen Seite. In der Nähe gab es ein Lagerhaus für hervorragendes Pergament und Papyrus, wo sie ein- oder zweimal gewesen war, um Bestellungen aufzugeben.

Vespasian kam zurück. »Komm einen Moment herein.«

Er hatte die Halbtür geöffnet und ihr seinen Arm gereicht, bevor sie Zeit hatte zu protestieren.

Offenbar war Sabinus nicht zu Hause. Seine Frau, die ungefähr in Caenis' Alter sein mußte, stand wartend im Flur, das runde, freundliche Gesicht verständlicherweise voller Besorgnis. Das Ehepaar besaß nicht allzu viele Möbel, und das wenige, was sie hatten, wirkte schwer und altmodisch, obwohl Caenis annahm, daß es genau dem Geschmack des eher ernsten, gesetzten Sabinus entsprach. Die schweren roten Vorhänge ließen sich bestimmt nicht leicht zuziehen. Obwohl alles zunächst eine sehr formelle Atmosphäre ausstrahlte, entdeckte man beim näheren Hinsehen, daß die Beine der Beistelltische und Liegen von Kinderspielzeug zerkratzt waren.

Caenis hatte plötzlich das Gefühl, dieser Besuch sei im voraus geplant worden. Später war sie sich dessen sicher, obwohl sie nie herausfand, wie Vespasian hatte wissen können, was passiert war. Man wollte sie in ein Nebenzimmer führen, aber Caenis sträubte sich, fragte erregt: »Was ist los? *Titus!*«

Sabinus' Frau griff nach ihrer Hand. Caenis spürte Verzweiflung in sich hochsteigen.

Vespasian sagte: »Ich wollte, daß du es von mir erfährst.« Da wußte sie Bescheid. Er würde sie verlassen. »Ich wollte nicht, mein Herz, daß du aus deinem Tragestuhl steigst, die Zypressenbäumchen vor der Tür siehst, das Haus in Trauerflor gehüllt ...« Was sollte das? Manchmal verweigert das Gehirn einfach trotzig seinen Dienst. Caenis hob die Hand, glättete verwirrt ihr Haar. Er mußte es ihr sagen, weil sie selbst da noch nicht begriff. »Deine Patronin Antonia ist tot.«

Sie wollte es nicht glauben, rührte sich nicht, konnte nicht sprechen.

»Caenis! Oh, mein Liebes ...«

Caenis schloß die Augen. Vespasian hatte die Arme ausgebreitet, doch obwohl sie sich hineinstürzen und ihr Gesicht an seiner Schulter vergraben wollte, mußte sie ihn ausschließen. Sie konnte sich seinen Trost nicht leisten. Wenn sie jetzt nachgab, würde sie nie wieder tapfer sein können – und Caenis wußte, daß sie bestimmt noch tapfer sein mußte.

Mit brutaler Offenheit sagte sie zu Sabinus' besorgt blickender Frau: »Ich bin allein. Meine Patronin war alles, was ich je hatte!«

Vespasians Arme fielen herunter. Es war zu spät, das Gesagte zurückzunehmen.

Sabinus' Frau – Caenis war ihr vorgestellt worden, konnte sich aber nicht mehr an ihren Namen erinnern – führte sie irgendwohin, in ein Zimmer, vielleicht eine Bibliothek.

»Was ist geschehen? Hat Caligula das getan?« fragte Caenis sie.

»Wir glauben nicht. Zumindest nicht direkt. Es scheint ein natürlicher Tod gewesen zu sein; schließlich war sie eine alte Dame. Aber man ist sich nicht sicher. Vielleicht war es auch ihre eigene Entscheidung.« Selbstmord. »Diese Dinge kommen nicht an die Öffentlichkeit.«

»Nein«, erwiderte Caenis stumpf. »Nein, das kommen sie nicht.«

»Weinen Sie ruhig, wenn Sie möchten.«

Aber Caenis konnte nicht weinen.

Und dann sagte die junge Frau: »Gehen Sie noch nicht nach Hause. Bleiben Sie und essen Sie mit uns zu Mittag. Es gibt nichts, was Sie dort tun könnten. Sie gehen besser gut gestärkt nach Hause.«

Caenis mußte beinahe lachen. Sie protestierte grimmig: »Ihr Schwager hat kein Recht, das von Ihnen zu verlangen!«

Sabinus' Frau sah sie ruhig an. »Das hat er auch nicht getan«, sagte sie. In dem Moment erkannte Caenis, daß Flavius Sabinus' Frau die Freundin war, die sie niemals haben konnte.

Obwohl sie fast nichts hinunterbrachte, blieb sie zum Mittagessen.

Als Caenis zum Gehen bereit war, lehnte sie Vespasians Begleitung ab. Sabinus' Frau und sie tauschten ein schwaches Lächeln aus. Die beiden hatten ihn überrascht; vielleicht hatten sie sogar sich selbst überrascht. Sie genossen ihre kleine Revolte gegen die Reglementierung, die den Frauen von Männern aufgebürdet wurde. Sie hatten einander abgeschätzt und waren sich einig. Dann gaben sie mit einem traurigen Lächeln den gesellschaftlichen Regeln nach. Trotzdem war es die Frau seines Bruders, nicht Vespasian, die Caenis an der Tür umarmte.

Inzwischen drängte es Caenis, nach Hause zu kommen. Ihr Gleichgewicht hatte sich bis zu einem gewissen Grad wiedergewonnen, aber sie würde Antonias Tod erst dann wirklich akzeptieren können, wenn sie zu Hause war. Sie mußte allein in ihrem Zimmer sein, um sich über ihre Gefühle klarzuwerden.

Vespasian sah verstört aus, aber sie hatte jetzt nicht die Kraft, sich ihm zu widmen. »Caenis, sie wollte, daß du nach Cosa fährst. Es war Absicht.«

»Ich hätte bei ihr sein sollen. Warum wußte sie das nicht?«

»Du hattest einen besonderen Platz im Herzen deiner Patronin. Sie wußte es.« Seine Hände lagen schwer auf ihren Schultern; sie konnte ihm nicht ohne weiteres entfliehen. Sein Gesicht war bleich. »Ich nehme an, sie konnte es nicht ertragen, dich traurig zu sehen.«

Caenis erkannte, daß er es ebenfalls nicht ertragen konnte. Sie machte sich schließlich von ihm los und trat einen Schritt zurück. Grimmig nahm sie die Pflicht der Hinterbliebenen auf sich, ihre Umgebung zu trösten. »Was ich gesagt habe, tut mir leid. Ich habe natürlich dich, das weiß ich.«

Teilnahmslos erwiderte er zunächst nichts und tat es dann mit einem »Das ist nicht der richtige Zeitpunkt« ab.

Da er ein Mann war, begriff er nicht, daß sie nur jetzt, in einem Moment, wo sie von einem anderen Schmerz tief aufgewühlt war, aussprechen konnte, was sie für ihn empfand. Und doch war er jemand, der nie vor der Realität zurückwich, daher sagte Caenis knapp: »Lüg mich niemals an. Sag mir die Wahrheit, sobald es sein muß. Verlaß dich nicht darauf, daß ich es selbst herausfinde. Titus, überlaß es nicht mir ...« Sie hielt inne.

»Nein«, sagte er.

Als sie sich umdrehte und in ihren Tragestuhl steigen wollte, brach es plötzlich auch aus ihm heraus. »Deine Vorstellung von der Loyalität anderer Menschen ist so leer wie die Landschaft, die du gesehen hast. Aber auf dem Land, Caenis, wenn du gerade denkst, daß du die ganze Welt für dich allein hast, wanderst du in einen Olivenhain und findest einen alten Schäfer unter einem Baum hocken.« Er hielt inne. Mit rauher Stimme fügte er hinzu: »Und er lächelt dich an, mein Herz.«

»Das Land ist deine Welt, nicht meine«, gab Caenis zurück. Es gelang ihr, ihm zuliebe sogar ein bißchen Humor aufzubringen.

»Und selbst ein Stadtmädchen weiß, wenn es sich ein wenig mit Poesie beschäftigt hat, daß ein Schäfer der letzte ist, dem man trauen kann!«

Trotz ihrer Bitten bestand Vespasian darauf, sie wenigstens bis zu Antonias Haus zu begleiten. Sie konnte nichts dagegen tun. Er marschierte einfach vorneweg, zusammen mit dem Diener.

An der Tür angekommen, sagte er: »Schick nach mir, wenn du mich brauchst.« Und da er ein couragierter Mann war, nahm er ihr gramerfülltes Gesicht zwischen seine großen Hände. »Ich bin hier, mein Herz. Das weißt du.«

Sie konnte es nicht riskieren, ihre Arme um seinen Hals zu legen, wie sie es am liebsten getan hätte, weil sie allein sein mußte, wenn sie zu weinen begann.

»Caenis ...«

Sie mußte ihn zum Schweigen bringen. Was immer er jetzt sagen würde, wäre mehr, als sie ertragen könnte. »Ja. Ich weiß. Wie Antonia zu uns sagte, Titus: ›Manchmal braucht selbst Caenis einen Freund.‹ Und wenn das der Fall ist, bist du da. Ja, ich weiß.«

XV

Flavius Vespasianus konnte sich nun um das nächsthöhere Amt im Senat bewerben. Er ließ sich zur Wahl aufstellen – und verlor haushoch.

In ihrer momentanen Verfassung fühlte sich Caenis für alles und jedes schuldig. Sie redete sich ein, daß ihre Anwesenheit in seinem Leben zu dieser Niederlage beigetragen hatte. Manchmal folgt ein Schlag dem anderen, bis man nicht mehr erkennen kann, inwieweit das Schwinden aller Kräfte dies verursacht. Antonias Tod hatte sie stark mitgenommen. Sie war körperlich erschöpft und emotional ausgelaugt. Doch in ihrem Bedürfnis zu trauern hatte sie sich so abgekapselt, daß Vespasian mehr Zeit blieb, sich um seine Kandidatur zu kümmern. Er tat alles, was ihm möglich war. Als er scheiterte, erklärte ihm sein Bruder, er sei zu zögerlich vorgegangen. Für viele im Senat sei er immer noch ein Fremder. Er müsse stärker auf sich aufmerksam machen und es im nächsten Jahr erneut versuchen.

Sofort begann Vespasian, sich auf diese neue Wahl vorzubereiten. Caenis beobachtete mit neu erwachter Faszination, wie er und Sabinus die gesamte Senatorenliste durchgingen, das Wahlverhalten analysierten und dann überlegten, wen sie für sich gewinnen konnten. Dazu konnten sie nur Überzeugungskraft einsetzen. Für Bestechungen fehlte ihnen das nötige Geld.

Ihr wurde klar, daß Vespasian der Politik keineswegs so halbherzig gegenüberstand, wie es sein anfängliches Zögern hatte vermuten lassen. Er verfügte über einen scharfen Verstand, Gründlichkeit und die Fähigkeit, vorauszuplanen und diese Pläne dann auch umzusetzen. Nur wenige Männer hatten diese Begabung. Von den beiden Brüdern besaß er die größere Entschlossenheit. Wenn sich Vespasian zum Handeln entschloß, tat er das mit mehr Energie und schärferem Vorstellungsvermögen.

Also saßen er und Sabinus an dem niedrigen, mit Listen bedeckten Tisch, beide auf ihren Hockern vorgebeugt, und diskutierten endlos über die einzelnen Namen. Obwohl sie beide Patrone hatten, war sein Bruder der Mann, mit dem Vespasian am liebsten zusammenarbeitete. Männer aus dem Sabinerland schlugen traditionsgemäß die Beamtenlaufbahn ein, und die Flavier waren besonders stammesbewußt. Was die Politik anging, so vertrauten sie vor allem auf die Familie.

Caenis kam regelmäßig in die kleine Wohnung, die Vespasian inzwischen gemietet hatte. Ohne Antonia gab es wenig, was sie zu Hause hielt. Während die Männer arbeiteten und die Wohnung mit dem gleichmäßigen, nachdenklichen Klang ihrer Stimmen erfüllten, schickte Caenis die unschlüssige Dienstmagd weg. Sie servierte selbst den Wein, ging in ihrer ruhigen Art durch das Zimmer, zog den mottenzerfressenen Vorhang fester über die Eingangstür, um den Krach aus der Werkstatt des Kupferschmieds unten im Haus zu dämpfen, machte die wackeligen Fensterläden etwas weiter auf, damit Luft hereinkommen konnte, die zwar in dieser heruntergekommenen Nachbarschaft nicht weniger übelriechend und heiß war, sich aber von der abgestandenen im Zimmer zumindest unterschied. Dann rollte sie sich mit einem alten Umhang von Vespasian über den Füßen auf einer lädierten Liege zusammen, zufrieden damit, sich an diesem Tiefpunkt ihres Lebens in ihren Gedanken verlieren zu können.

Sie brauchte lange, um über Antonias Tod hinwegzukommen. Caenis, die sie als Freundin respektiert und geliebt hatte, war immer noch wütend darüber, daß ihre Patronin in ihren letzten Lebenswochen so unter den Zwistigkeiten mit dem neuen Kaiser hatte leiden müssen. Sie fand nie heraus, ob Antonia durch eigene Hand gestorben war. Die anderen Mitglieder des Haushaltes nahmen an, daß sie die Einzelheiten erfahren hatte. Caenis zog es jedoch vor, im Ungewissen zu bleiben.

Claudius hatte mit ihr über das Testament sprechen müssen. Antonia hatte ihren weiblichen Freigelassenen bescheidene Legate hinterlassen, und als Haupterben fiel es ihrem Sohn zu, sich um die Auszahlung der Gelder zu kümmern. Er sagte, er würde tun, was in seiner Macht stände – aber alles hinge vom Kaiser ab. Das Haus der Livia blieb kaiserlicher Besitz, und bisher war nicht verlangt worden, daß Antonias Freigelassene auszogen. Doch diese Aufforderung würde früher oder später kommen – ein weiteres Problem, mit dem Caenis sich auseinandersetzen mußte.

Obwohl sie nie über seine Mutter sprachen, hatte sie jetzt ein ungezwungeneres Verhältnis zu Claudius. Auch war ihr aufgefallen, daß andere Männer ihr keine unwillkommenen Avancen mehr machten, seit ihre Beziehung mit Vespasian allgemein bekannt war. Sie konnte nicht sagen, ob das mit irgendeinem männlichen Ehrenkodex zusammenhing oder damit, daß sie aufgehört hatte, Zeichen von Verletzlichkeit auszusenden. Vielleicht sah sie auch einfach älter aus.

Nach einiger Zeit wurde bestätigt, daß das Haus der Livia aufgrund seiner Lage auf dem Palatin nicht verkauft werden würde, und niemand aus der kaiserlichen Familie erhob den Anspruch, dort wohnen zu wollen. Caenis wurde gestattet, zu bleiben und Bestandslisten der Möbel und Haushaltsgegenstände aufzustellen. Allerdings nicht, wie normalerweise üblich, für einen Verkauf in den Saepta Julia. Obwohl Caligula von dem vorsichtigen Tiberius einen gewaltigen Staatsschatz geerbt hatte, verschleuderte er ihn mit erstaunlicher Geschwindigkeit, begeisterte die Bevölkerung fast täglich mit Theateraufführungen, öffentlichen Spielen und Kämpfen wilder Tiere, Geschenken, die vom Dach des Gerichtsgebäudes herunterregneten, und Gutscheinen, die die Besucher auf ihren Plätzen im Theater vorfanden. Schon jetzt sprach viel dafür, daß er womöglich das Testament seiner Großmutter ignorieren und seine Privatschatulle mit ihren Schätzen auffüllen könnte.

Caligula hatte nicht an Antonias Trauerfeier teilgenommen. Er hatte durch sein Eßzimmerfenster zugesehen, wie ihr Leichnam verbrannt wurde, und mit Macro, dem Kommandeur der Garde, Witze darüber gemacht. Antonias Asche wurde mit minimalen Zeremonien in das Mausoleum des Augustus gebracht.

»Caenis!« Flavius Sabinus richtete vor dem Weggehen meist noch ein paar Worte an sie. »Meine Frau läßt herzlich grüßen.«

Caenis hatte seine Frau nicht wiedergesehen, und rechnete auch nicht damit. Trotzdem ließ die junge Frau sie stets grüßen, schickte ihr auch oft Blumen oder ein kleines Geschenk. Ihre Freundlichkeit und Wärme schienen aufrichtig.

»Diese junge Dame sieht aber sehr müde aus!« rügte Sabinus seinen Bruder.

Vespasian legte ihr den Arm um die Taille. »Sie wird schon wieder. Ich habe ihr ein Stück Mostkuchen mitgebracht – ein hervorragendes Stärkungsmittel!«

Sabinus schenkte ihr ein trauriges Lächeln. Er war ein hart arbeitender, leutseliger Mann und meinte, Caenis braucht mehr als

Kuchen. Nachdem er seine grundsätzliche Mißbilligung überwunden hattte, war er zu der Überzeugung gelangt, daß sein jüngerer Bruder seine Geliebte zu gleichgültig behandelte. Ihm zu erklären, daß Vespasians kleines, aber wohlbedachtes Geschenk ihr mehr bedeutete als eine ohne große Überlegung aus der Auslage eines Juweliers erstandene Halskette, war sinnlos.

»Hmmm – komm ins Bett!« murmelte Vespasian und küßte sie, nachdem sein Bruder gegangen war.

Caenis sah ihn durchdringend an. »Und was ist mit meinem Kuchen?«

»Den bringst du natürlich mit.«

»Dann hast du überall Krümel ...«

»Mir ist aufgefallen«, bemerkte Vespasian trocken, »daß es kaum Krümel gibt, wenn wir beide etwas zusammen essen.«

Der Mostkuchen war köstlich, und er hatte völlig recht; es gab keine Krümel. Caenis reagierte mit einem Enthusiasmus, der auf Veronicas Werteskala dem Dank für ein Paar etruskische Ohrringe oder einen silbernen Halsreif gleichkam.

Danach stellte Vespasian mit breitem, ansteckendem Grinsen fest: »Donnerwetter! Das war etwas, woran wir uns erinnern werden, wenn wir alt und schlaff sind!«

Er war stark und kerngesund. Selbst nachdem er sie mit der Leidenschaft eines Mannes geliebt hatte, der dies für die natürlichste und erfreulichste Art des Trainings hielt, hob und senkte sich sein Brustkorb schon bald wieder im normalen, gleichmäßigen Tempo.

Caenis boxte ihn schweratmend in die Rippen. »Oh, ich bin sprachlos!«

»Das ist ja mal ganz was Neues.«

»Du großer Ochse! Du wirst nie alt und schlaff sein. Du wirst noch mit siebzig nach einem Mädchen – oder einer ganzen Mädchentruppe – schicken, um deine Nachmittage zu beleben!«

Lachend warf er den großen Kopf zurück, und sie lagen ein paar Minuten schweigend da, bevor sie ein ruhigeres Gespräch begannen.

»Ob wir uns dann wohl noch kennen?«

Es war eine unfaire Frage. Männer können solche Holzklötze sein! Caenis erwiderte trocken: »Bis dahin bin ich wahrscheinlich längst an Mühsal und Plackerei gestorben.«

Mit krächzender Stimme machte er den Astrologen vom Balbustheater nach: *»Ihr Leben wird sanft sein; sanft ihr Tod ...«* Er wußte sehr gut, daß Caenis Prophezeiungen nicht traute. Sie hatte ihm gesagt, daß alles, was sie je werden konnten, nur aus eigener Kraft zu erreichen war. Beide besaßen sie nichts und hatten niemanden, der ihnen half. Für sie würde das Leben nur das sein, was sie innerhalb gesellschaftlich auferlegter Zwänge daraus machten. »Du warst sehr still heute abend«, bemerkte er plötzlich. Es überraschte sie nicht so sehr, daß er es gemerkt hatte, sie war allerdings verblüfft, daß er es aussprach. »Was ging dir durch den Kopf?«

Sie antwortete nicht.

Meist wußte er es sowieso. »Hat schon jemand Anspruch auf das Haus deiner Patronin erhoben? Was ist mit Claudius?«

Zu Claudius' Überraschung und der aller anderen hatte Caligula ihm die Ehre zuteil werden lassen, die Konsulschaft zu teilen. Claudius hatte nie zuvor ein öffentliches Amt innegehabt, da sowohl Augustus als auch Tiberius ihn offen für ungeeignet hielten. Als Caligulas Mitregent und Onkel hatte er in den Palast umziehen müssen. Er würde bald nach einem Rückzugsort suchen, den das Haus seiner Mutter ihm zumindest teilweise bieten konnte.

»Du hast vollkommen recht«, stimmte Caenis zu, obwohl Vespasian nichts dergleichen gesagt hatte. »Ich werde mich nach einer eigenen Unterkunft umsehen müssen.«

Ohne zu zögern, fragte er: »Willst du zu mir ziehen?«

Sie glaubte, sich verhört zu haben.

Mehr als alles andere wünschte sich Caenis, mit Vespasian zusammenzuleben.

»Nein, Titus. Nein, vielen Dank. Nein.«

Es war unglaublich, daß selbst ein Mann so gefühllos sein konnte. Verdammt, sie hatte Vespasian für relativ menschlich gehalten. Abrupt setzte sie sich auf und umschlang ihre Knie. Sie konnte es nicht ertragen.

»Warum nicht?« fragte er starrköpfig.

Caenis widerstand der Versuchung, sich von ihm loszureißen, hinauszustürmen und nie wiederzukommen. Sie nahm sich zusammen, konnte aber nicht verhindern, daß sich ihre Wut Luft machte: »Geliebtes Herz, wie soll ich mir denn je einen reichen Senator angeln, wenn alle wissen, daß ich mit dir zusammenlebe! Und wie, in Junos Namen, soll ich es anstellen, dich vernünftig zu verheiraten? Außerdem, wenn ich zu dir ziehe, solange du Junggeselle bist, was soll dann später aus mir werden? Oh, du Mistkerl, du verdammter Mistkerl! Du weißt das ganz genau!« Er hatte die aufreizende Angewohnheit, nur fasziniert zuzuschauen, wenn jemand total die Fassung verlor. »Ich hoffe, dir ist aufgefallen«, fuhr Caenis beherrschter fort, bemüht, ihre Wut zu unterdrücken, »wie selten ich dich beschimpfe.«

Er sagte nichts. Zweifellos hatte er es bemerkt. Und er wußte, daß er sie tief verletzt hatte.

Trotzdem beharrte er, als sei ihm dies irgendwie wichtig: »Caenis – glaubst du, daß ich es in meiner Karriere zu irgendwas bringen werde?«

Geneigt, auf diesen offensichtlichen Themawechsel einzugehen, erwiderte sie sofort: »Mit Sicherheit. Du weißt, daß ich davon überzeugt bin.«

Er seufzte leise. »Wenn ich das nicht glauben würde ...« Vielleicht war es gut, daß er den Satz nicht beendete. »Einmal, als ich noch ein Junge war, wurde meinem Vater geweissagt, daß sein zweiter Sohn etwas ganz Besonderes werden würde. Das war vor langer Zeit – und ich erzähle dir nicht, was ich angeblich werden soll! Meine Großmutter wollte sich ausschütten vor Lachen. Sagte zu meinem Vater, er wäre ein Träumer. Sagte, er solle sich schämen, sich vor seiner eigenen Mutter wie ein Dummkopf zu benehmen.«

Caenis lachte. »Deine Großmutter gefällt mir!«

»Meiner Großmutter«, meinte Vespasian mit leisem Lachen, »hättest du bestimmt nicht gefallen! Sie hätte gewußt, daß du nur hinter meinem Geld her bist.«

Kichernd, weil diese Vorstellung angesichts seiner absoluten Armut so lächerlich war, wandte sie sich ihm zu und spürte, wie sich seine kräftige Hand auf ihrem Rücken spreizte. Er sah sie mit ungewöhnlicher Ruhe an. »Titus, du brauchst keine abergläubischen Prophezeiungen. Du wirst nicht versagen. Du kannst sein, was immer du willst.«

Seine Hand bewegte sich methodisch an ihrer Wirbelsäule entlang. Sie versuchte, ihre Gänsehaut zu ignorieren. Er tat es absichtlich, um sie zu necken und zu beruhigen. »Ha! Willst du mich ermutigen? Deine Ambitionen durch mich ausleben wie die verrückten Weiber der kaiserlichen Familie? Bist du eine Intrigantin, Herzchen? Ziehst du hinter den Kulissen die Fäden?«

Erneut verletzt, ließ sie den Kopf auf die Knie sinken. »Du läßt dich von niemandem manipulieren! Oh, beim nächsten Mal wirst du bestimmt Ädil, und dann wird alles einfacher für dich. Aber ich hoffe ...«

Er war näher gerückt und umschlang sie trotz ihrer angezogenen Knie. Begierig wollte er wissen: »Was? Was hoffst du? Caenis, sag mir, was du hoffst!«

»Daß du, wenn du graubärtig und berühmt bist«, murmelte sie gegen seine Schulter, »dich manchmal noch daran erinnerst, wie du in einer Kammer mit einer übellaunigen Sklavin eine Bratwurst geteilt hast.«

»Ach, meine Liebste!«

Wenn jemand einen Nerv in ihm berührte, wurde er butterweich. Hätte Caenis Veronicas Selbstbewußtsein besessen, wäre ihr klar gewesen, daß sie ihn zum Weinen hätte bringen können. Statt dessen tat er so, als würde er lächeln, und zog sie dann zu sich herunter. Ein Mann von seiner Statur brauchte Training und Bewegung, und eine Frau zu lieben war die einfachste Methode, sich beides zu verschaffen.

Außerdem wollte er ihnen zu weiteren Erinnerungen für das Alter verhelfen.

Einige Wochen später unternahm er seine nächste Reise nach Reate. Seine Mutter lebte immer noch dort auf dem Familienbesitz. Er war ein guter Sohn. Caenis war daran gewöhnt, daß er seine Mutter regelmäßig besuchte. Sie fuhr nie mit, wußte, daß sie seine Mutter nie kennenlernen würde.

Als Frau von Einfluß und Taktgefühl gefiel Vespasia Polla die Verbindung zwischen Caenis und Vespasian sicherlich ebenfalls nicht. Doch sie würde nie ihren Atem verschwenden, wenn sie das aussprach. Sie war einer der wenigen Menschen, die wußte, wie und wann sie ihren dickköpfigeren jüngeren Sohn dazu bringen konnte, sich auf etwas einzulassen, was er wirklich nicht tun wollte. Er hatte seine Großmutter Tertulla geliebt und bemühte sich stets, es seiner Mutter recht zu machen. Sein ganzes Leben lang brachte er Frauen, die ihm nahestanden, große Ehrerbietung entgegen.

Vespasian war zärtlich mit seiner Geliebten. Und er würde, davon war Caenis überzeugt, eines Tages seiner Frau treu ergeben sein.

XVI

Sobald sie ihn sah, hatte sie verstanden.

Er hatte sie in Antonias Haus aufgesucht, unerwartet und unangekündigt, während sie ihn nach wie vor in Reate vermutete. Sie verhielt sich wie immer; schließlich war Caenis eine erstklassige Sekretärin. Man hatte ihr beigebracht, in jeder Krise selbstbewußt und ruhig zu reagieren.

»Titus! Du bist zurück.«

»Ich bin zurück«, sagte er düster. *»Oh, Caenis!«*

Es stand alles in seinem Gesicht geschrieben.

Das Bild brannte sich in ihr Gedächtnis ein, als wäre sie ein unglückliches Insekt, gefangen in der Rinde einer Pinie und allmählich vom Harz umschlossen, eingeschlossen in ein Stück Bernstein für die nächsten zweitausend Jahre. Alles war da: Der in verblichenen Schattierungen von Rot und Blau gewobene Teppich, untergeschlagen an der einen Kante. Die schwarzfigurige griechische Vase auf der Anrichte. Die Liste, die sie überprüft hatte und die ihr bei seinem Eintreten aus der Hand fiel. Die Brosche an der Schulter ihres Kleides, die aufgegangen war und sie stach, wenn sie sich bewegte, der sie aber jetzt keine Aufmerksamkeit schenken konnte. Der Kronleuchter, dessen an der Decke befestigte Kette leise klirrte, als Vespasian vorsichtig die Tür schloß.

An seinem Gesichtsausdruck war eigentlich nichts Ungewöhnliches. Er hatte immer dieses grimmige Stirnrunzeln. Die Leute lachten ihn aus deswegen, aber er konnte nichts dagegen tun. Sie erkannte das Schreckliche nur, weil sein Gesicht zu einer einzigen gepeinigten Maske erstarrt war.

Es gelang ihr, ihre Stimme ganz normal klingen zu lassen. »Was ist denn los? Erzähl's mir.«

Er trat auf sie zu. Offenbar erschien es ihm unpassend, sie zu küssen. Sie wollte nicht geküßt werden – und gleichzeitig sehnte sie seinen Kuß verzweifelt herbei. Für einen Augenblick legte er ihr die Hände auf die Schultern. Als er ihrem Blick begegnete, ließ er die Arme sinken.

»Du hast es schon erraten. Eine geeignete Frau hat sich bereit erklärt, mich zu heiraten.«

Caenis wollte dagegen ankämpfen. Aber es gab nichts zu gewinnen. Es gab keinen Feind. Mit leiser, höflicher Stimme hörte sie sich sagen: »Recht so. Du hast dir ja lange genug Zeit gelassen. Ja. Es muß sein. Gut! ... Reich, hoffe ich?«

Vespasian zog sie zu einer Liege, setzte sich neben sie, hielt ihre Hand – weniger zu ihrem Trost, weil er durch ihre abwehrende Haltung wußte, daß sie seine Berührung kaum ertragen konnte; mehr, als müßte er sich an ihr festhalten, um weiterreden zu können. »Die Reichen«, gestand er düster, »konnten sich aus irgendeinem Grund nicht für mich erwärmen. Sie ist nicht reich. Willst du das wirklich hören?«

Caenis schloß die Augen. Sie nickte, ohne es eigentlich zu wollen. »Andere werden es mir erzählen wollen. Ich möchte es lieber von dir erfahren.«

»Na gut. Sie stammt aus Ferentium. Der Vater ist Finanzbeamter. Nicht gerade provinziell, aber sie dürfte Verständnis für meine Schwierigkeiten haben. Ihr Vater mußte vor einem Schiedsgericht erscheinen, damit sie das römische Bürgerrecht bekam, aber das ging offenbar ohne viel Theater über die Bühne ...« Das sagte er in dem Ton, den er sonst anschlug, wenn er sie um Rat fragte. Er verstummte.

»Guter Charakter?« ermutigte ihn Caenis trocken.

Vespasian antwortete wie ein Mann, der sich vor dem Senat gegen den von einem kaiserlichen Agenten erhobenen Vorwurf der Ungehörigkeit wehren muß. »Oh, ganz in Ordnung!« Dann gab er nach, seufzte, zwang sich zu etwas weniger Schnoddrigkeit. »Nein, laß uns fair sein – eine anständige Frau.«

»Hast du sie gesehen?«

»Ja.«

»Mit ihr geschlafen?« wollte Caenis wissen.

»Nein«, erwiderte Vespasian geduldig. Es spielte zwar keine Rolle mehr, aber Caenis war trotzdem froh darüber. »Ich sag's dir lieber gleich. Sie hatte eine Affäre, war die Geliebte von Statilius Capella, einem Senator aus der Provinz Afrika ...«

Gute Götter, auch das noch! Aufgebracht knurrte Caenis: »Na, bestens! Ein Senator? Wie nett von euch beiden, wenigstens einen für uns andere übrigzulassen ...« Sie zog die Hand zurück, stand auf und ging erregt auf und ab.

»Caenis, nicht.«

Er folgte ihr, wie sie es sich hätte denken können. Am liebsten hätte sie sich wie ein verwundetes Tier in eine dunkle Ecke verkrochen. Doch man erwartete von ihr, daß sie sich zivilisiert benahm.

Und eines durfte sie auf keinen Fall – ihn verletzen. Ihr blieb kein Ausweg.

»Caenis, es tut mir so schrecklich leid. Sei jetzt nicht tapfer und verbittert. Schrei mich an, wenn du willst, rase, tobe, prügle mit den Fäusten auf mich ein, weine. Weine, soviel du willst, und ich werde wahrscheinlich mitweinen ...« Es war gräßlich. Er war verzweifelt.

Caenis ließ sich von ihm in die Arme nehmen.

»Still, Titus, still. Es war sehr mutig von dir, herzukommen. Ich bin dankbar für deine Aufrichtigkeit. Du brauchst dich vor keiner Szene zu fürchten.«

Sie stand bewegungslos da, lehnte sich nur geduldig an ihn, bis er sie hilflos aus seinen Armen entließ. »Soll ich jetzt gehen?«

Es war vorbei. Alles war vorbei.

»Warte noch einen Moment, bitte.« Ihr betäubtes Hirn erinnerte sie, daß keinerlei Unklarheiten zurückbleiben durften. »Du weißt, daß ich dich nicht wiedersehen kann.«

»Ja.«

Er würde keine Schwierigkeiten machen. Und sie natürlich auch nicht. Jetzt gab es nur noch eine Art von Disziplin, der sie sich beide unterwerfen mußten.

»Ich werde dich noch nicht einmal grüßen. Es ist das beste so ... Wie sind deine Pläne?« fragte sie freundlicher.

»Ach, das Übliche – Ädil, Prätor und dann sehen, daß ich mir einen Armeeposten angeln kann.« Sein Ton war schroffer als je zuvor. »Meinen Weg auf dem idyllischen *cursus honorum* weitergehen!«

»Titus? Oh, Liebster, was ist?« flehte Caenis.

Jetzt war es Vespasian, der sich abwandte. Starr stand er da, das Gesicht immer noch bleich und maskenhaft. Er rang offensichtlich um Fassung.

Zum ersten und einzigen Mal sagte er kurz angebunden: »Du hattest von Anfang an recht. Wir hätten das nie zulassen dürfen.«

Es gab nichts, was sie darauf erwidern konnte, ohne sich zu verraten.

Sie drückte ihn an sich. Was hätte sie sonst tun sollen?

»Reinste Dummheit.«

»Sag das nicht. Entwerte es nicht.« Sie legte die Arme um ihn, wiegte ihn sanft, das Gesicht an das seine gelegt, aber vorsichtshalber abgewandt.

Caenis war überrascht, jemand anderen außer sich selbst so bitter sagen zu hören: »War es das wert?«

»*Ja!*« rief sie laut. Vespasian zuckte zusammen.

Darauf mußten beide lachen und waren doch den Tränen gefährlich nahe.

»Oh, Titus, Titus, hör auf. Ich bin diejenige, die hier Theater machen sollte, nicht du. Ach, du großer, weichherziger Tropf, wie kannst du es nur wagen, die Fassung zu verlieren? Sei ein Ungeheuer, verdammt nochmal – sei ein Mann – sei ein typischer Mann!«

Reumütig lehnte er seine Stirn gegen die ihre. »Ich tue mein Bestes.«

»Das reicht nicht. Wie sieht's mit Geld aus? Bist du knapp bei Kasse?«

Vespasian war wie vom Donner gerührt. »Oh, Jupiter! Was für eine lächerliche Frage ...« Er hatte sich von ihr losgemacht. Sie legte ihm beruhigend die Hand auf den Arm. Er war in Wut geraten, und das war gut so. »Erstens bin ich immer knapp bei Kasse, und zweitens, Mädchen, spar dir das. Du brauchst dir jetzt keine Sorgen mehr um mich und meine miesen Finanzen zu machen.«

Caenis fand, daß es, zum Hades noch mal, ganz allein ihre Sache war, um wen sie sich Sorgen machen wollte. »Laß das. Hör zu. Ich habe zehntausend Sesterzen; Antonias Legat. Ich kann das Geld nicht ausgeben, es ist meine Altersvorsorge, und ich will es in keiner Geldkassette auf dem Forum hinterlegen und irgendeinen schmierigen orientalischen Bankier, der an seinem Abakus fummelt und mir schöne Augen macht, statt mir anständige Zinsen zu zahlen, damit herumspielen lassen.« Ihr ging der Atem aus.

»Nein, Caenis. Nicht deine Ersparnisse!«

»*Doch*, leih sie dir, mach etwas damit, was dir nützt. Verbessere deinen Status. Kauf dir Unterstützung. Große Sprünge wirst du damit nicht machen können, aber es ist eine Geste: Jemand glaubt an dich.«

»Ein gewagtes Spiel«, knurrte er.

»Eine kluge Investition«, gab Caenis zurück. »Ich will, daß du es nimmst. Niemand sonst in Rom ist es wert. Wenn ich dich schon nicht haben kann, dann will ich wenigstens dazu beitragen, daß etwas aus dir wird – das bist du mir schuldig!«

Er verbarg das Gesicht in den Händen. Seine Stimme war sehr leise. »Ich werde dir die Zinsen schicken – und ich werde es dir zurückzahlen.«

»Mag sein!« bellte Caenis, schon wieder mehr die alte.

»Wenn du das Geld brauchst, sag es mir.«

Da sie nicht vorhatte, je wieder mit ihm zu sprechen, würde das etwas schwierig sein. »Titus – ich muß dir das hier zurückgeben.«

Wie immer trug sie den Armreif, den er ihr zur Freilassung geschenkt hatte. Seither hatte er ihr gelegentlich Kleinigkeiten mitgebracht – Broschen, eine Muschelkette, einen Elfenbeinkamm –, aber alles, was sie sonst an wertvollem Schmuck besaß, hatte Antonia ihr geschenkt. Antonias Geschenke waren beeindruckende Beispiele antiken Kunsthandwerks, besetzt mit Granaten, Opalen, Turmalinen. Caenis' Goldarmreif war für sie jedoch nach wie vor das Schönste, was sie je besessen hatte.

Vespasian schnaubte wutentbrannt: »Nein, verdammt noch mal!«

»Ist er bezahlt?« beharrte sie. Er würdigte sie keiner Antwort.

»Caenis, er gehört dir. Ich habe ihn dir geschenkt, damit du ihn behältst. Wenn du ihn nicht haben willst, sieh zu, wie du ihn los wirst, aber erzähl mir nichts davon und beleidige mich nicht damit, daß du ihn mir zurückgibst!«

Sie nahm an, daß er die innen angebrachte Gravur ihrer beiden

Namen vergessen hatte. Beharrlich zog sie den Armreif ab und deutete darauf. »Macht dir das nichts aus?«

»Nein.«

»Du könntest es eines Tages bereuen.«

Grimmig verschränkte er die Arme. »Wirklich?«

Langsam und mit einem Gefühl der Erleichterung streifte Caenis den Armreif wieder über. Sanft legte er für einen Augenblick seine Hand auf die Stelle, wo das Gold die Haut ihres Armes berührte. Ihre Blicke trafen sich. Sie flüsterte: »Ich möchte, daß du jetzt gehst.«

»Alles in Ordnung mit dir?«

»Mach dir keine Sorgen. Und mit *dir*?«

Eine weitere Frage, die er sich zu beantworten weigerte. Also war dem nicht so. Sie lernte allmählich, seine Sprache zu verstehen. Schließlich war sie die Beste in ihrer Dechiffrierklasse gewesen.

Normalerweise streitet man sich bei solchen Gelegenheiten. Streit macht es erträglich. Sie dagegen gingen vorsichtig und behutsam miteinander um. Irgend etwas mußte unternommen werden, und natürlich war sie diejenige, die sich dazu aufraffen mußte. »Geh einfach – geh jetzt!«

Warum Männer nur immer so erpicht darauf sind, die Dinge in die Länge zu ziehen! »Ich werde dich nie vergessen.«

»Das sagen Männer immer.« Erneut von Bitterkeit und Sarkasmus erfüllt, dachte Caenis: wie rührend die romantische Blüte zu sein, an die ein Mann sich erinnert.

Gekränkt gab Vespasian zurück: »Frauen sagen, daß sie nie verzeihen.«

Schroff erwiderte sie: »Ich nicht.«

»Nein. Danke, Caenis.«

»Titus.«

Ruhig und mit der Bescheidenheit, die von einer Frau erwartet wird, stand sie vor ihm, während Vespasian sie zum Abschied sanft auf die Wange küßte.

In dem Moment ließ sich Antonia Caenis zu einer einzigen Geste des Trotzes hinreißen und küßte ihn mit all der Liebe, die sie nie hatte zugeben dürfen: heftig und leidenschaftlich auf den Mund; der Mann sollte *ganz genau* wissen, was sie für ihn empfand.

Alles in allem hielt er sich recht gut. Sie meinte, den Mistkerl sogar lächeln zu sehen. Und so verließ er Caenis mit einem bedauernden kleinen Lächeln.

Selbst da weinte sie nicht.

Die Frau hieß Flavia Domitilla. Veronica erzählte ihr das.

»Capellas Exgeliebte«, verkündete sie verächtlich. Caenis hatte recht gehabt; man war so sehr darauf erpicht, sie ins Bild zu setzen. »Capella ist ein Niemand, ich weiß nicht, warum sie sich mit ihm eingelassen hat. Ganz davon abgesehen, ist sie selbst ein Niemand. Ihr Vater mußte sogar vor einem Tribunal erscheinen, um die Behauptung zu widerlegen, sie sei als Sklavin geboren worden ...«

»Eine Sklavin ist sie mit Sicherheit nicht«, bemerkte Caenis leise.

»Ich dachte, deine hochnäsigen Flavier legten so großen Wert darauf, sich als ehrbare Familie zu präsentieren?«

Veronica verstummte. Ihr war endlich aufgegangen, daß selbst eine Geliebte, die stets gewußt hatte, daß ein unglückliches Ende unvermeidlich war, es vorziehen mochte, für eine Frau verlassen zu werden, die zumindest jemand war.

Ein- oder zweimal sah Caenis Vespasians Frau in Rom. Sie war weder schön noch elegant, eher zu dunkelhäutig und zu hager (dachte Caenis, die in dieser Hinsicht besser ausgestattet war). Flavia Domitilla wirkte weder glücklich noch unglücklich. Doch sie wurde Mutter von drei Kindern, einer Tochter und zwei Söhnen. Der ältere sollte ein richtiger kleiner Sonnenschein sein, sagten die Leute. Soweit Caenis erfuhr, behandelte ihr Ehemann sie gutmütig und respektvoll. Vielleicht liebte er sie; wahrscheinlich liebte sie ihn. Das waren Dinge, die in der römischen Gesellschaft nur die Eheleute selbst etwas angingen.

Auf jeden Fall war die Ehe seiner Karriere förderlich. Flavius Vespasianus ließ sich erneut für die Wahl zum Ädilen aufstellen. Er kam nur auf den sechsten Platz, aber das spielte keine Rolle, denn es waren sechs Posten zu vergeben. Zwei Jahre später, im Alter von dreißig Jahren, konnte er sich um die Prätur bewerben. Bei jener Wahl übersah Caenis im *Tagesanzeiger* beinahe seinen Namen. Er hatte gleich beim ersten Mal spielend gewonnen und stand ganz an der Spitze der Liste.

TEIL DREI
DER HELD VON BRITANNIEN

Als Caligula und Claudius Kaiser waren

XVII

Fast ein dreiviertel Jahrhundert später, während der Regierungszeit des Kaisers Hadrian, mußte der Historiker Sueton die Freigelassene Antonia Caenis in einer seiner Abhandlungen über das Leben der Cäsaren erwähnen. Kaiser Domitian war einst grob zu ihr gewesen, was Sueton als Beweis für Domitians schlechten Charakter ansah, denn wer grob zu Caenis war, konnte nur ein ungehobelter Bauernlümmel sein. Auch auf andere Weise war die Freigelassene und Sekretärin der Antonia Minor für einen Historiker unmöglich zu übersehen.

Caenis hätte während der nächsten fünfzehn oder zwanzig Jahre sicher gern gewußt, daß sie einst am Ende eines Absatzes im Werk eines Chronisten erwähnt werden würde, dessen Gesamtwerk nicht nur Titel wie *Cäsarenleben*, sondern auch *Berühmte Prostituierte* und, als besonderen Höhepunkt, ein dünnes Bändchen mit dem Titel *Griechische Schimpfworte* umfaßte. Bestimmt hätte sie selbst so ein Lexikon der Schimpfworte gern besessen – vor allem um ihre Meinung über Historiker deutlicher ausdrücken zu können.

Wie lang sind zwanzig Jahre für einen literarischen Biographen? Die Zeitspanne, in der ein wahnsinniger Kaiser von einem anderen, der nur wankelmütig und unwürdig war, abgelöst wurde, um seinerseits wiederum von dem nächsten Wahnsinnigen abgelöst zu werden. Undisziplinierte Männer mit abartigen Frauen, eine Handvoll territorialer Abenteuer, eine rasche Abfolge von Giftmorden und Messerstechereien in düsteren Fluren, ein Finanzskandal hier, eine frevlerische Gesetzesübertretung dort, Ehrgeiz, Habgier, Korruption, Begierde – alles nur technische Zutaten. Sinnlos, sich wie eine Kuh aufzuführen, die den Verlust ihres Kalbes beklagt, nur weil ein Historiker, dessen Erzählung flugs zum nächsten wichtigen Punkt (oder zum nächsten schlüpfrigen Skandal) übergehen muß, in der zweiten Hälfte eines Satzes den ganzen trostlosen, eintönigen, leidvollen Verlauf der besten Jahre im Leben einer Frau streift.

Caenis war nicht so dumm, zu hoffen, daß ihre Geschichte zum Höhepunkt des nicht Erwähnenswerten werden würde. Sie dachte nicht einmal daran, daß man sie je erzählen würde.

Nachdem Vespasian sie verlassen hatte, saß Caenis da und lauschte der Stille von Antonias langsam sterbendem Haus. Noch wußte niemand von dem vernichtenden Schlag, der sie getroffen hatte.

Diese Stille schien sich für den Rest ihres Lebens vor ihr auszubreiten. Vielleicht würde sie jung sterben. Das taten viele. Oder sie konnte noch weitere vierzig Jahre leben. Es gab nichts. Absolut nichts. Nichts wurde von ihr erwartet, und es gab nichts, was sie erwarten konnte. All ihre Pflichten Antonia gegenüber waren erledigt. Darüber hinaus gab es nichts.

Sie dachte über mögliche Alternativen nach. Sie konnte einen der feinen Salons für den Adel aufmachen – Musik und gute Gespräche, schickes Ambiente und einigermaßen saubere Laken. Sie konnte keusch und einsam dahinvegetieren, verdrießlich und streng mit ihren Sklaven. Sie konnte sich mit einem anderen Freigelassenen zusammentun und einen Laden kaufen, ihn heiraten, ihn ankeifen und um die Existenz kämpfen. Sie konnte eigentlich heiraten, wen immer sie wollte, aus dem gesamten Reich – nur keinen der sechshundert Mitglieder des Senats. Denen hatte Augustus die Ehe mit einer Freigelassenen untersagt. Sonst hatte er den Senatoren die Wahl freigestellt, obwohl er es offensichtlich vorzog, wenn sie sich mit den Schwestern, Töchtern und Tanten anderer Senatoren verbandelten. (Caenis hatte das immer darauf zurückgeführt, daß sonst gewisse Schwestern, Töchter und Tanten von Senatoren wenig Aussichten hätten.) Noch nicht mal das hatte Vespasian fertiggebracht. Der Vater seiner neuen Frau war nur ein Ritter.

Sie konnte von einer Brücke springen. Zwecklos; dazu schwamm sie zu gut.

Sie konnte auch einfach weitermachen wie bisher. Schließlich hatte sie immer gewußt, daß ihr nichts anderes übrigbleiben würde.

Also machte sie weiter. Ihre Patronin hätte es von ihr erwartet. Wichtiger noch, Caenis erwartete es von sich selbst.

Später war sie stolz auf ihre Zähigkeit und froh darüber. Froh, weil sie, da sie ihr eigenes Leben gelebt hatte, die Belohnung, die ihr schließlich zuteil wurde, um so mehr schätzen konnte. Froh auch, weil es sie tapferer machte, als ihr klar wurde, daß sie die Belohnung zurückgeben mußte.

Als erstes suchte sich Caenis eine neue Unterkunft. Im Palast geboren, zog sie jetzt in ein Elendsviertel. Caenis, die ihre glücklichsten Jahre in einem der auserlesensten Privathäuser Roms verbracht hatte, tauschte es gegen zwei Zimmer und eine Kochnische im überfüllten fünften Stock einer unsäglichen Mietskaserne. Sie ließ sich davon nicht aus der Ruhe bringen. Es war ihre eigene Entscheidung. Caenis hatte wenig Bargeld, wollte von niemandem abhängig sein, hatte ihre eigenen vier Wände. Sie hätte etwas Besseres finden können; sie hatte Schlimmeres ertragen. Caenis blieb gelassen, obwohl das Privileg, hier allein zu wohnen, sie unglaublich viel Miete kostete. Als Ablenkung von einem verlorenen Geliebten war die Gereiztheit, die sie bei dem Gedanken an die unverschämte Miete empfand, gerade richtig.

Ihr Mietshaus lag in dem Gewirr schmutziger Gassen, die sich im

Zwölften Bezirk an die Via Appia anschlossen. Es war ein eng bebautes, plebejisches Wohngebiet, von Augustus dem alten Stadtkern angefügt. Ihr Wohnblock war vom Feuer zerstört und dann von Hausbesitzern wiederaufgebaut worden, die schon die Entschädigung für den nächsten Einsturz im Auge hatten. Man hatte möglichst billig gebaut, und es bestand kaum die Chance, daß etwas für Verbesserungen oder auch nur Instandhaltungen ausgegeben werden würde.

Um zu ihrer Wohnung zu gelangen, mußte Caenis von der lärmenden Via Appia in eine holprige Seitenstraße einbiegen, die gerade breit genug war, daß sich nachts zwei Fahrzeuge aneinander vorbeiquetschen konnten, und dann in eine Gasse, wo höchstens Platz für einen Handwagen war. Dort wohnte sie hoch über einem von schäbigen Mietskasernen umgebenen Hof. Alle Wohnblöcke sahen gleich aus, und alle Wohnungen waren gleich geschnitten. In der ersten Woche fand sie dreimal kaum nach Hause. Nach dem Weg zu fragen war sinnlos, denn in diesem Kaninchenbau waren Straßennamen unbekannt. Voller Sorge prägte sich Caenis daraufhin markante Punkte ein: Den Brunnen mit den drei Schneckenmuscheln, wo sie allmählich die Frauen wiedererkannte, die das obere oder untere Ende ihrer widerspenstigen Kinder wuschen, eine Ecke, wo ihr der unangenehme Geruch der Gerberei den Atem verschlug, den Abfallhaufen, den staubigen Walnußbaum, die Marktstände.

Doch das Leben hielt auch Entschädigungen bereit; in Rom würde es immer Meeräschen und Austern geben. Es gab kaltes Fleisch und heiße Pasteten. Caenis konnte jeden Tag in die Thermen gehen. Sie konnte ins Theater entfliehen. Sie konnte ihre Zähne in das süße, goldene Fleisch einer köstlichen Nektarine vergraben ...

Das Erdgeschoß ihres Wohnhauses war an einen Weinladen mit Ausschank und an einen Kürschner vermietet, dazu morgens noch an einen Lehrer und seine Schüler. Jedesmal wenn Caenis das Haus verließ oder wiederkam, zwinkerte der Besitzer der Schenke ihr zu, pfiff der Kürschner, der Lehrer dagegen starrte sie nur an. Eine Zeitlang verleitete sie das zu der irrigen Annahme, er habe mehr Stil als die anderen.

Alle verabscheuten den Hausbesitzer aus vollem Herzen. Nicht nur wegen seiner unverschämten Mieten. Er war ein schmieriger, lüsterner Kapitalist, der die weniger Begüterten ausbeutete und gleichzeitig behauptete, ein gütiger Mensch zu sein, weil er den Verzweifelten ein Dach über dem Kopf gab; all seine Dächer waren undicht. Er wohnte im ersten Stock. Obwohl er beim Abschluß des Mietvertrages Caenis gegenüber viel davon hergemacht hatte, daß die Miete eine Putzkolonne für das Treppenhaus, Pförtner und Wasserträger mit einschloß, wurden diese Funktionen alle von einem einzigen Mann ausgeführt, einem afrikanischen Sklaven namens Musa, der ein schlimmes Bein hatte. Der Vermieter hieß Eumolpus. Nach römischer Tradition war er höchstwahrscheinlich weder im Besitz des Grundbucheintrages für das Gebäude, noch lief die wichtigste Hypothek auf seinen Namen.

Im zweiten Stock wohnte ein pensionierter Zenturio, den niemand je zu Gesicht bekam, mit seiner nicht mehr ganz jungen Geliebten, die sich auf ihrem Balkon wie eine pfirsichfarbene Puderquaste aufplusterte. Caenis gewann ihr Vertrauen und entdeckte in ihr eine einsame Frau, die ständig fürchtete, der Zenturio könnte sterben und sie völlig mittellos zurücklassen. Am Ende brachten diese Sorgen sie vor ihm unter die Erde. Dem Zenturio brach es das Herz, und Caenis mußte ihm helfen, sie zu beerdigen.

Im dritten Stock wohnten zwei Familien, die dem Ritterstand angehörten und vorübergehend knapp bei Kasse waren. Diese besseren Leute hatten es offenbar nicht nötig zu grüßen, wenn man ihnen im Hausflur begegnete.

Im vierten Stock wohnten vier Brüder, die gemeinsam ein zweitklassiges Gymnasium für drittklassige Gladiatoren führten. Sie stritten sich ständig mit den diversen Fremden, die wütend heraufgestürmt kamen, nachdem der Inhalt aus dem Fenster entleerter Nachttöpfe sie durchweicht hatte. Das Gesetz verbot strengstens, Nachttöpfe aus dem Fenster zu entleeren. Doch im Zwölften Bezirk hatte das Gesetz weniger Gewicht als große, kräftige Männer mit brutaler Veranlagung, die Gladiatoren ausbildeten.

Im fünften Stock, zur Straße zu, wohnte Caenis.

Hinten gab es noch einige andere alleinstehende Frauen. Eumolpus sagte, er hätte gern weibliche Mieter, weil sie ruhig seien und mit ihren Mietzahlungen nie in Verzug kämen. Caenis fand bald heraus, daß Eumolpus enttäuscht war, wenn sie in barer Münze bezahlte, statt mit ihm ins Bett zu gehen. Stoisch bezahlte sie weiterhin in bar, zu seiner sichtlichen Empörung. Den anderen Frauen auf ihrem Stockwerk gingen ständig Mehl oder Öl oder Salz aus. Die eine oder andere konnte recht aufdringlich werden, aber insgesamt waren sie ein trübseliger, verschlafener, harmloser Haufen. Fast alle hatten Babys, die meist zerzaust und verschmiert wirkten, für lange Stunden in den Flur geschoben wurden und mit erstaunlich teurem Spielzeug spielten, während ihre äußerst geselligen Mütter gesellig waren.

Im sechsten und siebten Stock wohnten zahllose Großfamilien, auf engstem Raum zusammengepfercht. Zu ihnen gehörten dunkelhäutige Männer mit unbewegten Gesichtern, die im Straßenbau, als Heizer und Kanalreiniger arbeiteten. Ihre erschöpften, gebeugten, überaus reinlichen Frauen, die wie sechzig aussahen, aber wahrscheinlich keine dreißig waren, fertigten außerordentlich kunstvolle Stickereien an, zogen billige Perlen zu Ketten auf und boten an Straßenecken schweigend kleine Tüten mit Sonnenblumenkernen zum Kauf an. Einige dieser Familien verschwanden ganz plötzlich, andere schienen schon seit Jahrzehnten hier zu hausen. Ihre Sprache, wenn sie denn überhaupt den Mund aufmachten, klang seltsam und fremdländisch, und ihre Lieder waren schwermütig und wunderschön. Mit ihnen fühlte sich Caenis auf düstere Weise mehr verbunden als mit allen anderen.

Einer der Palastmaler strich ihr die Wohnung mit Farbe, die er hatte mitgehen lassen. »Ich habe die Wände neu verputzt, so gut es ging«, erklärte er fröhlich. »Ist zwar nicht schalldicht, hält aber vielleicht das Ungeziefer fern.« Caenis schluckte. »Die Maus haben Sie wahrscheinlich schon entdeckt?« Sie hatte.

In der Nachbarschaft hatte sie bereits einiges über Doris, ihre Vormieterin, gehört. Offenbar war diese Doris ein etwas eigentümliches Mädchen gewesen. Caenis sagte nichts dazu. Sie war selbst eigentümlich – und stolz darauf. Das Eigentümlichste, was sich Doris angeblich geleistet hatte, war, schreiend aus der Wohnung zu rennen, als sie die Maus entdeckte, und Eumolpus mit einer Anzeige zu drohen. Leute, die es nicht besser wußten, taten so etwas manchmal. Es wurde sehr teuer. Vermieter sogen die Kunst der Prozeßführung bereits mit der Muttermilch ein.

Als Caenis die Maus zum ersten Mal sah, verzog sie sich leise auf den Balkon, bis das Tier verschwand. Sie verstopfte das Mauseloch mit Enthaarungswachs und sah dann mit entsetzter Faszination zu, wie sich der kleine Nager seinen Weg nach draußen fraß. Burrius, der Maler, brachte ihr ein wenig Gift mit, das, wie er sagte, aus den privaten Vorräten der verstorbenen Kaiserin Livia stammte. Die Maus fiel tot um, bevor sie sich auch nur ein Schrittchen von der Untertasse hatte entfernen können, auf der der Köder ausgelegt war.

Caenis hatte die Wände ihrer beiden kleinen Zimmer in der Farbe voll geöffneter Geißblattblüten streichen lassen, ein dünnes, trockenes Goldgelb, das der helle Putz darunter zum Leuchten brachte.

»Wie wär's mit einem erotischen Fresko fürs Schlafzimmer?« meinte Burrius. »Ein Satyr mit gewaltigem Phallus, so was in der Art? Um die Männer in Stimmung zu bringen? Wär das nicht was?«

»Das wär was. Aber nein, vielen Dank«, gab Caenis trocken zurück. »Ich hab fürs erste genug von stimmungsvollen Männern.«

»Das ist sehr traurig«, meinte Burrius bedauernd. Wie alle anderen, wußte er Bescheid.

Caenis lachte. Sie hegte keinen Groll gegen Männer, war nicht unglücklich über ihre Vergangenheit. »Das Traurigste daran ist die Tatsache, daß auch ich es traurig finde.«

Burrius dachte darüber nach. Und wie jeder Gelegenheitsmaler versuchte er sein Glück. »Ich nehme nicht an ...«

»Genau«, stimmte Caenis milde zu. »Du hast es erfaßt.«

Ihrer gelegentlichen Niedergeschlagenheit und dem ständigen Erstaunen ihrer Freunde zum Trotz behielt Antonia Caenis ihre Wohnung im Zwölften Bezirk über drei Jahre lang. Um sie herum spielte sich das Leben in aller Vielfalt ab, auf einer Ebene, die ihrer düsteren Überzeugung nach auch die ihre war. Zum Glück hatte sie sich nie davor gefürchtet, allein zu sein.

Manchmal fürchtete sie sich davor, verrückt zu werden.

»Menschen, die diese Gefahr erkennen«, versicherte ihr Veronica, »gelingt es nie, verrückt zu werden, egal, wie sehr sie sich anstrengen.«

Caenis hielt sich einfach an das, woran sie sich stets gehalten hatte: Das Leben ist hart. Das Leben ist gemein. Aber wenn man zu arm und zu unwichtig ist, um auf die heroische Unsterblichkeit in den elysischen Gefilden hoffen zu können, muß man das Beste daraus machen, denn dieses Leben ist alles, was man hat.

Gegen Ende des ersten Jahres, als der Wahnsinn noch eine vage Möglichkeit schien, geschah etwas, das eine weniger gefestigte Person in diesen bodenlosen Abgrund hätte stürzen können. Caenis war auf dem Heimweg, ging die Via Appia entlang. Sie war bei Claudia Antonia gewesen, der Tochter von Antonias Sohn Claudius aus einer seiner erzwungenen Ehen. Als Freigelassene seiner Mutter und Klientin der claudischen Familie half Caenis inoffiziell bei der Erziehung des jungen Mädchens.

Ihr magerer Sklavenjunge begleitete sie. Veronica hatte das wehleidige kleine Mädchen übernommen, das Caenis in Antonias Haus besessen hatte. Das Gejammer über den Verlust der Kupfermünzen, die Vespasian ihr hin und wieder als Bestechung zugesteckt hatte, war Caenis schließlich unerträglich geworden. Statt dessen hatte Caenis jetzt dieses Kind, Jason, einen einfältigen, aber fröhlichen, ständig hungrigen Jungen, der das Wasser hinauf- und den Abfall hinuntertrug und der ihr, wenn sie ausging, mit einer Fleischpastete in der Hand und einem Knüppel im Gürtel hinterhertrabte. Er sollte ihr als Leibwächter dienen. Sich um Jason zu kümmern, kostete sie Zeit und lenkte sie ab.

Es war ein stürmischer Tag gegen Ende des Frühjahrs. Nach einer längeren Regenperiode waren die Straßen mit Schlamm bedeckt. Caenis, die sich vorsichtig ihren Weg bahnte, um nicht ständig die Sandalen voller Matsch zu haben, bemerkte bald verärgert, daß der Saum ihres Kleides und ihres Umhangs durch die Unachtsamkeit anderer Passanten völlig dreckbespritzt war. An der Kreuzung, an der sie von der Hauptstraße abbiegen mußte, hatte sich eine neugierige Menge versammelt. Nur ging es diesmal nicht um das übliche Gerangel einer Hundemeute oder den Streit von zwei Standbesitzern.

Der Kaiser beehrte den Zwölften Bezirk mit seinem Besuch.

Inzwischen hatte Caligula die erschreckende Manie entwickelt, für die er zur Legende werden sollte. Im Jahr zuvor hatte ihn eine verheerende Krankheit niedergestreckt. Die Gerüchte über die Art dieser Krankheit wucherten – Epilepsie vielleicht oder eine durch zu viel Aufregung hervorgerufene Gehirnhautentzündung. Was immer es gewesen sein mochte, nach seiner Genesung hatte er sich in jenes Ungeheuer verwandelt, das zuvor nur zu ahnen gewesen war. Er war bereit, die Grenzen seiner Macht auszutesten – und es gab keine Grenzen.

Seinen Rivalen Gemellus hatte er umgebracht. Der Sohn von Livilla, Antonias in Ungnade gefallener Tochter, (und, wie böse Zungen behaupteten, von Seianus,) war vom Senat in der Euphorie, mit der Caligulas Regierungsantritt begrüßt wurde, übergangen worden. Obwohl Caligula ihn formell adoptiert hatte, um die Erbfolge zu sichern, machte seine Großzügigkeit bald Mißtrauen und Verachtung Platz. Sein Wahnsinn ließ ihn Gemellus vorwerfen, er plane ein Komplott, wolle die Macht an sich reißen. Caligula beschwerte sich, daß Gemellus Angst hätte, vergiftet zu werden – eine durchaus berechtigte Angst –, und daher ständig nach Gegenmitteln stinken würde (Gemellus war ein Hypochonder und trank regelmäßig Hustensaft).

Caligula ließ Gemellus hinrichten. Ein Militärtribun schlug ihm mit dem Schwert den Kopf ab. Dagegen gebe es kein Mittel, hatte Caligula feixend bemerkt.

Kurz darauf wurde Macro, der Prätorianerpräfekt, beschuldigt, seine Frau mit Caligula verkuppelt zu haben, und dann gezwungen, Selbstmord zu begehen. Angeblich hatte er sich mit Gemellus verschworen, während der Kaiser krank war – und mit Sicherheit hatte er sein Protegé einmal zu oft an erwiesene Dienste erinnert.

Danach erklärte sich der Kaiser zum lebenden Gott. Caenis fand insgeheim, Caligulas Anspruch auf die Position des Kapitolinischen Jupiter müsse schon daran scheitern, daß er, wie allgemein bekannt war, regelmäßig mit seinen drei Schwestern schlief. Caligulas Schwestern waren ein furchterregendes Trio. Der wahre Kapitolinische Jupiter hatte mit Sicherheit einen besseren Geschmack.

Noch bevor Caenis ihn auf der Via Appia sah, ließ die Prätorianergarde keinen Zweifel, daß Caligula in der Nähe sein mußte. Mit verächtlichem Blick stolzierten die Gardisten in ihren schimmernden Brustharnischen und den steifen roten Federbüscheln auf den Helmen wie aufgedonnerte Kampfhähne herum. Die Kaufleute, die sich die Hälse verrenkten, taten das mit entsprechender Vorsicht, mehr wegen des furchteinflößenden Rufes der Garde als aus Angst vor dem Mann in ihrer Mitte, der so unpassend als Jupiter verkleidet war. Caenis erkannte ihn sofort an der hohen Stirn und dem kahlen Kopf. Schwer zu sagen, was die Leute von dem angeklebten Rauschebart, den Armreifen, der Schminke und dem Donnerkeil hielten, den er in der Hand trug. Es war eine Beleidigung ihrer Intelligenz, aber sie schienen mit gutmütiger Sympathie zu reagieren. Sie starrten Caligula nicht an, weil er geistesgestört, sondern weil er der Kaiser war. Offenbar nahmen sie seine Manie mit der gleichen Selbstverständlichkeit hin wie das spastische Kind des Küfners aus der Nachbarschaft und den Pastetenkoch, der Schlangen an seinen Beinen hochkriechen sah, wenn er betrunken war.

Jupiter hatte seine Sinne so weit beisammen, daß er bemerkte, wie verdreckt der Zwölfte Bezirk war. Jetzt genoß er es, einen göttlichen Wutanfall zu bekommen. Dem huldvollen Gott war der Schlamm auf Straße und Bürgersteig ins Auge gefallen, und zum Entzücken der Bevölkerung ließ er seinen Zorn an dem Beamten aus, der für die Straßenreinigung zuständig war. Während er eine Schimpfkanonade von olympischem Format auf ihn losließ, hielt Jupiter zwischendurch lange genug inne, um einen Teil seines Bartes, der sich im Eifer des Gefechts gelöst hatte, wieder festzudrücken. Schließlich befahl er seinen Soldaten: »Füllt die Falten seiner Toga mit diesem Schlamm!«

Caenis stand entsetzt da. Für einen Ädilen war das eine fürchterliche Demütigung – und diesen hatte sie sofort erkannt: Flarius Vespasianus.

Voller Schadenfreude machten sich die Prätorianer ans Werk. Sie holten Tonscherben aus der verstopften Gosse und schaufelten Schlamm in die schweren Falten der Toga des Ädilen. Dieser wußte, was er sich hatte zuschulden kommen lassen – und er kannte das Risiko, sich einem wahnsinnigen Kaiser zu widersetzen. Also blieb er demütig stehen, die Arme ausgestreckt und den Kopf gesenkt, während Jupiter mit seinem goldbemalten Donnerkeil herumfuchtelte. Es war eine erniedrigende, aber leichte Strafe. In seiner Launenhaftigkeit hätte Caligula ebensogut nach dem Scharfrichter rufen können.

Die Menge jubelte. Caligula nahm ihren Beifall entgegen und schritt weiter. Widerstrebend stellten die Prätorianer ihre Schaufelei ein und folgten ihm.

Allein zurückgeblieben, verschränkte Vespasian die Arme, um

das Gewicht seiner besudelten Kleidung zu verteilen. Die Menge wurde still. Er machte keine Anstalten, den Dreck abzuschütteln.

»Tja, ihr Bürger ...«, seine Stimme hallte grimmig; die eben noch ausgelassene Menge scharrte beklommen mit den Füßen –, »wir alle kennen das System. Raus mit den Schaufeln!«

Sie alle kannten das System. In den zehn Tagen, die er brauchen würde, um eine Straßenbaufirma offiziell damit zu beauftragen, den Dreck auf ihre Kosten wegzuräumen, würde das Straßenpflaster von den Anliegern selbst gereinigt und damit eine Strafe vermieden werden. Dann zog der Ädil in den nächsten Bezirk, um sich da unbeliebt zu machen, und zwei Wochen später war wieder alles voll Schlamm und Dreck und Eselsdung. Das war nicht nur sein Fehler; zum größten Teil lag es an dem geheiligten System. Auf ihre Pflichten hingewiesen, verzog sich die Menge rasch.

Es hatte zu regnen begonnen. Jason setzte zu einem Spurt über die Straße an, aber Caenis packte ihn mit festem Griff am Kragen. »Warte, Herzchen!« Abwesend pulte er an dem Brotlaib herum, den sie fürs Mittagessen gedacht hatte.

Caenis bewegte sich nicht. Trotzdem hatte der beherrschte Blick des Ädilen sie bereits entdeckt. Er wehrte seine Sklaven ab, die an seiner beschmutzten Kleidung herumzupften. Von der anderen Seite der Via Appia ließ Caenis' ruhiger Blick ihn nicht los. Vespasian besaß den Anstand zu erröten.

Und dann, nachdem er den aufgeregten Sklaven erlaubt hatte, ihm seine schlammbedeckte Toga abzunehmen, verzog er das Gesicht zu dem ihr vertrauten seltenen und breiten Lächeln. Er machte keine Anstalten, die Straße zu überqueren; sie ebensowenig. Seine öffentliche Demütigung mißbilligend, schüttelte Caenis ganz langsam den Kopf. Dann machte sie auf dem Absatz kehrt. Schlank und kerzengerade, die Hand mit festem Griff um den Ellbogen ihres jugendlichen Leibwächters gelegt, überquerte sie die Straße und verschwand im Gewirr der Gassen auf der anderen Seite.

Flavius Vespasianus versuchte nicht, ihr zu folgen.

XVIII

Caenis hatte versucht zu vergessen. Sie hatte versucht, ihrem Leben Stabilität zu geben. Jetzt versank sie erneut in Verwirrung und Trauer. Schlimmer als die vertraute Panik, die ihr Herz laut klopfen ließ, war jedoch die Erkenntnis, daß selbst dieses flüchtige Wiedersehen mit Vespasian ihr Leben erhellt hatte. Ihr ganzes Wesen vibrierte vor Glück.

Doch Caenis weigerte sich, solch törichten Gefühlen nachzugeben. Sie konnte es sich nicht leisten, von diesem dummen Glücksgefühl überwältigt zu werden, nur weil ein Mann ihr auf der Straße zugelächelt hatte.

Zuzusehen, wie Vespasian die Erde seines Vaterlandes so sorgsam an die Brust gedrückt bekam, hatte Zeit gekostet. Es war schon Mittag als sie nach Hause kam. Die Kinder, die sonst auf niedrigen Bänken unter der Markise saßen und automatisch ihre Lektionen nachplapperten, während ihre Augen vom Lehrer zu jeder sich nur bietenden Ablenkung wanderten, hatten ihre Tortur für heute hinter sich und waren erleichtert nach Hause verschwunden. Ihr Lehrer mit dem unsteten Blick wickelte die Markise um einen Pfosten.

Der Kürschner hatte die Läden vorgezogen und verschlossen und war dann über die Leiter auf den niedrigen Hängeboden über seiner Werkstatt geklettert, wo er mit seiner Familie lebte. Der Weinladen war noch offen; Weinläden wurden nur selten geschlossen. Doch die drei alten Männer, die gewöhnlich dort saßen, hatten die irdenen Krüge geleert, über denen sie die letzten zwei Stunden geträumt hatten, und waren heimgegangen, um sich von ihren vom Alter gekrümmten Frauen oder von maulenden Töchtern das Mittagessen servieren zu lassen.

Jason verschwand sofort die fünf Treppen hinauf. Caenis blieb noch, weil jemand im Weinladen auf sie wartete und wollte, daß sie für ihn einen Brief wegen eines Testaments schrieb. Da sie

ihren Stiluskasten dabei hatte, setzte sie sich an einen der flecki-
gen Tische. Der Brief war schnell geschrieben.

Trübselig schaute Caenis auf die paar Kupfermünzen, die sie verdient hatte. »Gerade genug für einen Krug von meinem neuen Kampaniawein!« tröstete der Weinhändler. »Gibt Ihnen Kraft für die Treppe!«

Seine saure rote Tinte kam im Leben nicht aus Kampanien, aber diesmal ließ sie sich trotzdem überreden. Der Weinhändler goß sich selbst auch einen Krug voll. Ihm war jede Ausrede recht. Inzwischen war auch der Lehrer eingetreten, um sich seinen offenbar gewohnten Mittagstrank zu gönnen, also bot sie ihm mit freundlicher Großzügigkeit etwas von dem ihren an. Caenis hatte nie die Angewohnheit ihrer Sklavenzeit abgelegt, alles mit jenen zu teilen, die sie als gleichgestellte Leidensgenossen betrachtete. Der Weinhändler nahm seinen Krug mit in den durch einen Vorhang abgetrennten Winkel hinter dem Tresen und überließ es den Kunden, sich selbst eine Amphore auszusuchen und das Geld auf den bereitgestellten Teller zu legen.

Caenis und der Lehrer saßen eine Weile schweigend da. Caenis hing ihren Gedanken nach. Der Lehrer beugte sich vor, drehte den Weinbecher zwischen den Händen. Er war offenbar schüchtern, wagte es nicht, sie wie sonst anzustarren.

Eine gut geschulte Sekretärin sitzt nicht lange da und schaut schweigend in die Gegend. Caenis riß sich zusammen und fragte den Mann pflichtschuldig, ob ihm seine Arbeit gefiele. Er antwortete mit schroffer Einsilbigkeit. Er sah aus wie vierzig, was vermutlich an seinem schon äußerst dünn gewordenen Haar lag. Zum Ausgleich ließ er es länger wachsen, aber statt wie ein Intellektueller zu wirken, worauf er vielleicht hoffte, sah er nur ungepflegt aus. Der Lehrer schien unglücklich und ungesund zu sein – jemand, der regelmäßig zuviel trank und zuwenig aß und der seinem Äußeren, dem Körpertraining und dem Schlaf wenig Aufmerksamkeit schenkte. Es war allgemein bekannt, daß er, sobald die Eltern ihn bezahlt hatten, sein Geld mit vollen Händen ausgab und am Ende des Schuljahres immer knapp bei Kasse war. Wie er die Disziplin aufrechterhielt, blieb ein Geheimnis, denn er schien zu träge, um seinen Stock zu benutzen, und zu desinteressiert, um auf andere Weise die Aufmerksamkeit seiner Schüler zu fesseln.

»Ich bin der Ansicht«, meinte Caenis, die dieses Thema schon seit ihrem Einzug beschäftigte, »daß die traditionellen Lehrmethoden ausgedient haben. Meinen Sie nicht auch?«

Er unterrichtete nach der traditionellen Methode: Die Kinder wiederholten endlos Buchstaben und Zahlen, ohne sie geschrieben zu sehen, ohne Abwechslung, ein täglicher langweiliger Singsang, das Alphabet hinauf und hinunter. »Ich bin im Palast unterrichtet worden. Dort verlangte man rasche Ergebnisse. Ich muß sagen, da der Palast gute Sekretäre haben will, sind seine Ausbildungsmethoden ausgezeichnet.«

Sie selbst hatte zum Glück phantasievolle Lehrer gehabt. Jedesmal wenn sie an dieser Grundschule hier vorbeiging, hatten die traurigen, gelangweilten, geduldigen Augen der Kinder sie bedrückt.

Caenis besaß die seltene Gabe, sich daran zu erinnern, wie es ist, Kind zu sein. Sie wollte dem Lehrer erklären, daß die Hälfte seiner Schüler nur sinnlos das wiederholten, was sie längst gelernt hatten, ohne es zu begreifen, während der Rest keine Ahnung hatte, sich aber darauf verstand, erst eine Sekunde, nachdem die anderen begonnen hatten, in den Singsang einzufallen. Keines der Kinder machte je Fortschritte. Caenis wollte den Mann ermutigen, sich etwas Neues für den Umgang mit seinen Zöglingen einfallen zu lassen. Sie wollte ihn davon überzeugen, daß diese Interesse zeigen würden, wenn er sich selbst für das interessierte, was er tat.

Die meisten Männer sind nicht darauf erpicht, zu hören, daß sie schlechte Arbeit leisten. Der Lehrer wechselte das Thema. Er griff nach ihrer Hand und legte sie unter seiner schmierigen Tunika auf sein Geschlechtsteil.

Ihr Gehirn wollte nicht sofort begreifen, was da geschah.

Zunächst war sie vor Schock wie erstarrt. Das war zuviel. Sie sprang auf. Krachend fiel der Weinkrug um. Sie war wütend.

Zum Teil war sie wütend auf sich selbst. Caenis hatte vergessen, daß Menschen im allgemeinen nicht freundlich und nachbarschaftlich sind. Ihre Zeit mit Vespasian hatte ihr ein zu großes Sicherheitsgefühl gegeben. Einst so mißtrauisch, hatte sie gerade eine Einladung ausgesprochen, ohne darüber nachzudenken, wie leicht das mißverstanden werden konnte.

Bestürzung erfüllte sie. Caenis war klar, daß ihre Reaktion eine Seele verletzte, die schon unter genügend Unsicherheit litt, aber es gab Zeiten, in denen eine intelligente Frau, die selbst ihr Päckchen zu tragen hatte, an sich denken mußte. Ohne daß ein Wort gesprochen worden wäre, sprang der Lehrer auf und stürmte aus dem Laden. Caenis sah die Verachtung in seinen Augen. Ihr war klar, wie er sie jetzt einschätzte – er und vermutlich die halbe Nachbarschaft: überspannt, aufdringlich, frigide, halb verrückt.

Das machte sie noch wütender, weil sie erkannte, wie leicht Frauen in ihrer Lage von Männern um Selbstachtung und öffentliches Ansehen gebracht werden können. Es stimmte, daß sie einen großen Schmerz in sich trug. Aber trotzdem lebte sie ihr Leben intensiver und fröhlicher als die meisten Menschen um sie herum.

Deshalb war Caenis in der Lage, alle Gedanken an diesen Lehrer, seine einsame Welt, seine deplazierte Verachtung beiseite zu schieben, bevor sie den dritten Stock erreicht hatte. Statt dessen sah sie nun nur noch ein Gesicht voller sarkastischer Intelligenz vor sich. Sie genoß den Gedanken an die freimütige, offenherzige, unbeirrbare Freundlichkeit eines Mannes, der einst ihr Geliebter gewesen war, eines Mannes, den sie einst geliebt hatte.

Caenis würde immer den Mut haben, sich selbst treu zu bleiben. Auch wenn sie ganz tief unten war, so besaß sie doch das Geschenk einer glücklichen Vergangenheit.

Lächelnd widmete sie sich wieder ihrem Leben.

XIX

Als Claudius, der Onkel des Kaisers, Valeria Messalina heiratete – dieser traurige Scherz war einzig und allein eine Laune Caligulas –, hatte Caenis das Privileg, der Hochzeit beizuwohnen. Messalina kam aus einer untadeligen Familie, war reich, bildschön – und sah aus wie neunzehn. Claudius war siebenundvierzig.

Jugendliche Bräute waren nichts Ungewöhnliches in der Patriziergesellschaft. Der Ehemann hatte so die Gelegenheit, das Kind in seinem eigenen Haus nach eigenem Gutdünken zu formen. Männer bilden sich manchmal ein, das sei ihr größter Wunsch. Für einen Mann, der Frauen so hilflos ausgeliefert war wie Claudius, war dieses Mädchen allerdings eine Katastrophe. Er verliebte sich Hals über Kopf in sie, bevor er sie überhaupt zweimal gesehen hatte. Das durchtriebene Kätzchen würde ihn um den Finger wickeln. Aber auch das wünschen sich manche Männer.

»Ich wäre dir dankbar, wenn du kommen könntest, Caenis«, hatte er gestammelt. »Ein Mann braucht bei der Hochzeit die Unterstützung seiner Familie und seiner Freunde. Natürlich habe ich den Kaiser ...«

Caenis warf ihm einen ihrer berühmten Blicke zu. »Ihr Neffe, der Kaiser, mag zwar für Ihre Familie stehen, aber ich bezweifle, daß er in dieser Angelegenheit als Ihr Freund gehandelt hat!«

Sie schlug Claudius gegenüber immer einen festen und äußerst offenherzigen Ton an. Er ließ es zu. In jeder anderen Hinsicht behandelte Caenis ihn als ihren Patron, eine Höflichkeit, die ihm nur wenige Mitglieder des Haushaltes seiner verstorbenen Mutter zuteil werden ließen.

Als er, viele Monate nach allen anderen, bemerkte, daß Caenis nicht mehr Vespasians Geliebte war, hatte sich Tiberius Claudius zögernd erkundigt, ob sie vielleicht statt dessen eine seiner Geliebten werden wollte, aber Caenis hatte darauf klar und eindeutig reagiert.

»Ich werde zu Ihrer Hochzeit kommen«, versprach sie. »Um Ihrer Tochter willen, um Ihrer Mutter willen – und als einer Ihrer guten Freunde.«

Sie wußten beide, daß es davon nicht viele gab.

Zu einer Hochzeit eingeladen zu sein, bei der auch der Kaiser anwesend war, brachte Caenis ein gewisses Prestige im Zwölften Bezirk ein. Ein anderes Ereignis, das etwa um die gleiche Zeit stattfand, machte ihren Ruf noch schillernder. Es handelte sich dabei um einen Besuch von Veronica. Das Mädchen wußte wirklich, wie man sich nützlich machte. Jeder Mann im Haus behandelte Caenis danach mit Ehrfurcht. Der Weinhändler und der Kürschner wurden regelrecht anbiedernd in der Hoffnung, noch mal einen Blick auf ihre blendendschöne Freundin werfen zu können. Caenis wies nicht darauf hin, daß Veronica es viel zu anstrengend fand, fünf Treppen hochzusteigen, und daher kaum ein zweites Mal kommen würde.

Veronica verstand nie, warum Caenis das auf sich nahm. Noch dazu für die hohe Miete. Einem Mann für irgendwas Geld zu bezahlen, war eine Vorstellung, die Veronica absolut lächerlich fand.

Kurz nach Caligulas Regierungsantritt hatte Veronica beschlossen, daß sie keinen Wert darauf legte, den Palast mit einem Kaiser zu teilen. Unter anderem fand sie das kaiserliche Bordell, das er einrichtete, empörend. Nachdem er eine Zimmerflucht im Palast auf das feinste hatte renovieren lassen, machte er sie der Allgemeinheit zugänglich, bot den Männern, die das Etablissement besuchten, Darlehen an und verbuchte die Einnahmen schamlos als Spenden für das kaiserliche Schatzamt. Wie sollte ein einfaches Mädchen bei solcher Konkurrenz noch kostendeckend arbeiten?

Veronica handelte schnell. Sie begriff, daß Senatoren keinen Wert auf Pflichtbesuche im kaiserlichen Bordell legten, wohin sie auf Anordnung Caligulas – der den Senat inzwischen leidenschaftlich haßte – als zusätzliche Beleidigung auch noch ihre Ehefrauen mitbringen mußten. Ein Mann, der außerhäusliche Entspannung suchte, wollte dabei ein anderes Gesicht sehen als das seines Ehegesponses. Veronica kaufte sich ihre Freiheit, verließ den Palast und eröffnete ein Etablissement, das genauso teuer und dafür frei von politischen Nachteilen und Risiken war. Bei Veronica gab es keine Ehefrauen.

Natürlich bezahlte sie keine Miete. Sie richtete sich in der vornehmen Villa eines Exkonsuls ein, der bereits weit über achtzig war und nie nach Rom kam. Der Konsul bezahlte alle Rechnungen, und als er starb, hinterließ er Veronica das Haus. Inzwischen war ihr Etablissement allgemein bekannt und äußerst erfolgreich. Und es war ebenfalls bekannt, daß Männer, deren Vermögen weniger als eine Million Sesterzen betrug, sich erst gar nicht blicken zu lassen brauchten. Um nicht als zu arm für einen Besuch ihres Hauses zu gelten, kamen die Kunden zuhauf.

Veronica bat Caenis immer wieder, zu ihr zu ziehen. Caenis lehnte stets ab, kam jedoch hin und wieder abends zu Besuch. Sie mochte Veronicas Haus aus dem gleichen Grund wie die älteren, meist konservativen Herren, die sich hier wie in einem Offiziersclub fühlten: Es war ein angenehmer, warmer Ort, das Essen war ausgezeichnet, die Frauen hatten Stil, und die sanitären Anlagen funktionierten.

Caenis hatte bald den Ruf einer tintenfingrigen Anstandsdame. Sie verfügte über Verbindungen zu höchsten Kreisen, und wenn ihr danach war (sie machte durchaus Unterschiede), konnte sie die Leute zum Lachen bringen. Sie schlief mit keinem Mann, obwohl ihr Veronica drei Jahre lang hartnäckig immer wieder welche zuschob. Wenn notwendig, entledigte sich Caenis ihrer anderswo. Das war nicht immer erforderlich. Viele waren dankbar, daß sie keine Forderungen stellte. Manche Männer, die exklusive Salons frequentieren, befürchten, den Erwartungen nicht gerecht zu werden (Veronica bestätigte bissig, daß die Befürchtung durchaus berechtigt war). Für diese Männer war ein Gespräch mit Caenis die höfliche und sichere Lösung.

Caenis war damit nicht immer ganz zufrieden. Die Männer, die Veronica für sie passend fand, fielen alle in ein und dieselbe Kategorie: Witwer, die sich endlos über ihre vor kurzem verstorbenen und bis dato mißachteten Frauen ausließen, oder Junggesellen, die so anstrengend waren, daß man sich über die Einsamkeit, die sie beklagten, nicht wundern mußte. Und sie hatten noch etwas gemeinsam, wie Caenis bald herausfand: Es waren alles Männer, mit denen Veronica sich nicht abgeben wollte. Auf diese Weise nützlich zu sein, war nicht immer angenehm.

Caenis fand sich mit der Situation ab. Sie verlor ihren Sinn für Humor nie ganz.

Manchmal gab es auch politische Gespräche, was Veronica nicht gern sah. Kritik am Kaiser konnte gefährlich werden, und wenn die Diskussion zu hitzig wurde, gerieten die Männer in Wut und stürmten davon, ohne nach einem der Mädchen zu verlangen, was Veronicas Einkünfte reduzierte. Caenis hingegen, die nur wegen des Essens und der Gesellschaft herkam, genoß die Gespräche über Politik und Staat.

Bei einer dieser Gelegenheiten fürchtete sie, Veronica würde der Schlag treffen: Jemand äußerte offen die Meinung, der Kaiser müsse beseitigt werden.

Caenis bemerkte, daß darauf nicht das entsetzte Schweigen folgte, das jeder außerhalb Roms Lebende erwartet hätte. Inzwischen trug Caligula den Purpur seit vier Jahren. Ebensogern kleidete er sich in edelsteinbestickte Seidengewänder, Theaterkostüme, reichgeschmückte Uniformen (gewöhnlich mit dem Brustharnisch von Alexander dem Großen, den er aus dem Grabmal des Helden gestohlen hatte, wie er behauptete) und in eher alltägliche Frauenkleider, die farblich nicht zu seinem teigigen Gesicht paßten. Sein Verhalten war sonderbar und bestürzend gewesen und hatte astronomische Geldsummen verschlungen. Während eines Besuchs in Antonias Villa in Bauli beschloß er, die alte Prophezeiung zu widerlegen, er könne ebensowenig Kaiser werden wie trockenen Fußes über das Meer bei Baiae reiten. Caligula ließ eine drei Meilen lange Brücke aus Lastschiffen bauen, sie mit Erde und Rasen bedecken und fuhr zwei Tage lang in einem Streitwagen über den

Golf hin und her. Diverse Zuschauer, die ihm und seinem Gefolge zujubelten, wurden ins Meer gestoßen und ertranken. Mit seinen ständigen Spielen und Gladiatorenkämpfen hatte er den Staatsschatz verschleudert, die Geschäfte zum Stillstand gebracht und sogar die Trauerriten abgeschafft, damit niemand eine Entschuldigung hatte, nicht zu seinen Veranstaltungen zu kommen. Seine Grausamkeit reichte von der Hinrichtung seines eigenen Verwandten, König Ptolemaios von Mauretanien (der ihn bei einem Gladiatorenkampf dadurch verärgert hatte, daß der Glanz seines Purpurmantels die Blicke aller auf sich zog), bis hin zu der Massenverurteilung gewöhnlicher Krimineller, ohne auch nur einen Blick auf die Anklageschriften zu werfen, um die Männer danach seinen Panthern und Löwen zum Fraß vorzuwerfen. Er ruinierte den Handel durch gewaltige Steuerabgaben und verschloß die Kornspeicher, als das Volk am Verhungern war. Und niemand vergaß, daß er seine Großmutter in den Tod getrieben hatte.

Man erinnerte sich jetzt mit verklärtem Blick an das Goldene Zeitalter des Augustus, eines Mannes, der offenbar ehrlich versucht hatte, das Richtige zu tun. Man erinnerte sich daran, daß selbst unter Tiberius die Stadt und die Provinzen gut verwaltet worden waren. Nach vier Jahren machte sich in Rom allmählich die Meinung breit, daß Caligula beseitigt werden müsse. Er war noch keine dreißig. Man dachte mit Schrecken daran, wie lange man ihn noch würde ertragen müssen, wenn nichts unternommen wurde. Selbstverständlich hofften die meisten, daß ein anderer freiwillig das Risiko auf sich nehmen würde.

Eine Verschwörung, offenbar von seiner Schwester Agrippina angezettelt, hatte es bereits gegeben. Drusilla, seine Lieblingsschwester, war plötzlich gestorben; ihr Tod hatte den Kaiser in tiefste Trauer gestürzt. Er erklärte Drusilla zur Göttin, richtete einen Kult für sie ein, ordnete öffentliche Trauer in einem Ausmaß an, daß für kleinere Händler verheerend war, und floh dann aufs Land, wo er in Trübsal versank (nur gemildert durch gelegentliche Ausbrüche von Spielleidenschaft).

Danach war die Position seiner überlebenden Schwestern Agrippina und Livilla deutlich geschwächt. Als beide ihren Bruder auf einer Reise nach Germanien begleiteten, wurde ihnen – vermutlich zu Recht – die Verschwörung mit Lepidus, Drusillas Witwer, vorgeworfen. Lepidus wurde hingerichtet und die beiden Schwestern in die Verbannung geschickt, doch zunächst wurde Agrippina gezwungen, die Asche von Lepidus, der angeblich ihr Liebhaber gewesen war, in einer Schatulle zurück nach Rom zu bringen – eine düstere Parodie der Heimkehr ihrer Mutter aus Syrien mit der Asche des toten Helden Germanicus. Der Senat hatte seine Reaktion sorgfältig abwägen müssen, und da die Verschwörung niedergeschlagen worden war, gab es nur einen taktvollen Weg: Einer der Prätoren sprach dem Kaiser Glückwünsche zu seinem Feldzug aus, schmähte dann Lepidus und schlug vor, seiner Asche den Platz im Familienmausoleum zu verweigern und sie unbestattet zu verstreuen.

Der Prätor, der diese Aufgabe übernommen hatte, war Flavius Vespasianus.

Als sich die Unterhaltung dem Thema Verschwörung zuwandte, war es Caenis, die leise sagte: »Es wird immer Gepflogenheit bleiben, daß der Senat den Kaiser einsetzt – und sich dann nicht dazu durchringen kann, ihn zu beseitigen.«

Unter den Gästen befanden sich auch Senatoren. Im allgemeinen benahmen sie sich wie gemächliche, ernsthafte, von sich selbst überzeugte Männer mittleren Alters. Jetzt, nachdem sie einen als Delphin präsentierten Schwan, Steinbutt in Aspik und Spanferkel mit zwei zu einer köstlichen Glasur eingekochten Weinsoßen verspeist hatten, lehnten sie sich auf ihren Liegen zurück, unterdrückten Rülpser und verbreiteten sich bitter über den Niedergang der Welt. Das hielten sie für äußerst wagemutig.

Caenis hatte nicht vor, sie damit durchkommen zu lassen. »Wieder mal«, meinte sie, »wird ein gequälter Einzelner es wagen, sein Messer zu zücken.« Veronica ließ stumm die von Quecksilberschminke silbrig glänzenden Augenlider sinken. Caenis ignorierte diesen Wink. »Und dann wird der Senat, um seine eigene Feigheit zu kaschieren, diesen Mann für seinen Mut hinrichten.«

Sie schwieg und bemerkte mit mehr Interesse als sonst, daß ihr Bein das Bein eines Mann zu ihrer Linken berührte. Es war unabsichtlich geschehen, aber das überging sie genauso geflissentlich wie er. Er hieß Lucius Anicius, ein Ritter, der mit Wagenlenkern ein Vermögen gemacht hatte – absolut nicht ihr Typ. Anicius verbrachte viel Zeit mit der Prätorianergarde und war sich, wie Caenis aufging, wahrscheinlich als einziger der Anwesenden des brennenden Hasses bewußt, den der derzeitige Prätorianerpräfekt Cassius Chaerea für Caligula empfand. Caligula gab immer obszöne Parolen an Chaerea aus, einen anständigen, korrekten Mann, der sie dann mit unbewegtem Gesicht an den Rest der Garde weitergeben mußte.

Offenbar Caenis' Part übernehmend, sagte Anicius: »Die Frage ist wohl nicht, ob eine Verschwörung Erfolg hat – sondern vielmehr, welche es sein wird.« Man lachte zustimmend und listete mögliche Verschwörer auf: Aemilius Regulus, ein Unbekannter aus Spanien, ein Senator namens Vinicianus, der mit dem toten Lepidus befreundet gewesen war, Chaerea, der immer wieder gedemütigte Präfekt der Prätorianergarde; Mitglieder des kaiserlichen Haushaltes, vor allem sein Freigelassener Callistus ... Das waren die bekannten Verschwörer. Jeden Augenblick konnte jemand der hier Anwesenden die heimlichen enthüllen.

Caenis sah, wie Veronica ihren Bediensteten das Zeichen gab, hochgetürmte Schalen mit Obst hereinzubringen. Im Krisenfall ließ sie immer den Nachtisch auftragen. Obst zu schälen beruhigte die aufgewühlten Gemüter.

»Ich persönlich«, sinnierte Veronica, um die Atmosphäre zu entspannen, »glaube, daß Incitatus der einzige sein wird, der unbelastet aus dieser Regentschaft hervorgeht.«

Incitatus war Caligulas Rennpferd. Es war in einem eigenen Haus mit Marmorstall, purpurfarbenen Pferdedecken, edelsteingeschmücktem Sattelzeug und einem Heer von Sklaven untergebracht, das den Hengst Tag und Nacht umsorgte. Es ging das Gerücht, Caligula beabsichtige, Incitatus zum Konsul zu ernennen.

Caenis, die keinen Grund zu der Annahme sah, daß Incitatus seine Sache schlechter machen würde als einige der legitimen Kandidaten für dieses Amt, gab nach und unterstützte Veronica. »Io! Incitatus ist bescheiden, gesellig, freundlich zu seinen Sklaven – und bei alledem noch bereit, sich die Seele aus dem Leib zu rennen. Nehmt einen Granatapfel und macht euch keine Sorgen!« Während sie das fröhlich über den Tisch rief, zog sie endlich ihr Bein weg. Lucius Anicius machte sich über das Obst her und verlangte mit einem Kopfnicken nach mehr Wein. Der Wein bei Veronica war annehmbar, und ihre Bediensteten verstanden sich darauf, ihn mit Kräutern und Gewürzen angenehm zu erwärmen, aber aus verständlichen, geschäftlichen Gründen ermutigte Veronica niemanden dazu, allzuviel zu trinken. Das Servieren dauerte daher seine Zeit, Anicius reichte derweil Caenis eine Handvoll Trauben.

Inzwischen drehte sich das Gespräch um die militärischen »Großtaten« des Kaisers in Germanien. Da es sich hierbei nur um einen ganz gewöhnlichen Skandal handelte, sah Caenis, wie sich Veronica entspannte. Caligula war in spektakulärer Rüstung nach Norden gerauscht, hatte die guten Bürger im gallischen Lugdunum bei Zwangsversteigerungen von Palastmöbeln übers Ohr gehauen, seinen Onkel Claudius in voller Uniform in den Rhein geworfen, die Schüler einer Grundschule als Geiseln genommen und sie dann wie Flüchtlinge über eine Straße gehetzt und war schließlich mit einem Haufen »germanischer« Kriegsgefangener nach Hause marschiert, die sich bei näherem Hinsehen als großgewachsene, verwirrte Gallier erwiesen, deren Haar und Bärte rot gefärbt waren.

»Ich habe das Gefühl«, bemerkte Caenis leise zu Anicius, »daß es für einen Mann, der seine Stellung der Bewunderung der Armee verdankt, unklug ist, sich ins Feld zu begeben, wenn er nicht die Ritterlichkeit aufbringen kann, die von der Armee erwartet wird!«

»Absolut. Er ist ein Tyrann – aber gleichzeitig ein totaler Feigling.« Anicius goß ihr Wein aus einem Krug nach, den er erobert hatte. Mit dem Wasserkrug hielt er sich erst gar nicht auf, also stießen sie mit ihren Bechern an und tranken den Wein pur wie abgehärtete Trinker. Sie tranken schweigend, beobachteten die Gesellschaft zynisch mit halbgeschlossenen Augen.

Inzwischen machten die älteren Männer ihrer Empörung über die Huldigung des Kaisers Luft, eine Art zweitklassigen Triumph, den ihm der Senat für die Sache mit Britannien zugebilligt hatte. Nachdem Caligula sich in Germanien gezeigt hatte, stellte er eine riesige Invasionstruppe und Flotte zusammen und verkündete sein Vorhaben, die Insel einzunehmen, die Julius Cäsar nicht hatte halten können. Er akzeptierte die formelle Anerkennung durch einen britannischen Prinzen, der ins Exil geschickt worden war, weil er sich mit seinem keltischen Papa zerstritten hatte, und behauptete dann, Britannien habe sich ergeben, ohne daß er auch nur den Fuß auf die Insel gesetzt hatte.

Bei seiner Heimkehr beschimpfte Caligula den Senat aufs unflätigste dafür, daß der ihm einen Triumph mit allen Ehren verweigerte. Es war ein Teufelskreis; er hatte dem Senat vorher ausdrücklich befohlen, das nicht zu tun.

»Ich werde Ihnen eine amüsante Geschichte über Britannien erzählen, Antonia Caenis«, murmelte Anicius. »Gleich.«

Ein Prätor hatte die Wogen dadurch geglättet, daß er besondere Spiele zur Feier des kaiserlichen Feldzuges nach Germanien vorschlug. Das war um so rühmlicher für den Prätor, weil von ihm als Inhaber dieses Amtes erwartet wurde, für die Spiele mitzubezahlen. Der Mann hatte kein Geld, wie Caenis wußte; es war Vespasian. Er verschaffte dem Kaiser noch weitere Genugtuung, indem er ihm vor dem gesamten Senat für seine Großzügigkeit dankte, nur weil Caligula ihn zum Bankett in den Palast eingeladen hatte.

Caenis hörte regungslos zu, wie der Name dieses Prätors in den

Dreck gezogen wurde. »Armer Kerl!« meinte sie dann trocken. »Das Essen wird eine arge Prüfung für ihn werden. Er neigt dazu einzunicken. Dem Olympischen Jupiter wird es nicht gefallen, wenn sein Gast über dem Ambrosia einschläft.«

Alle lachten.

Veronica, die nicht zu Sentimentalitäten neigte, meinte brüsk: »Ich nehme doch an, daß seine Frau ihm einen Tritt gibt, wenn ihm die Augen zufallen!« Ohne Caenis eines weiteren Blickes zu würdigen, gab sie ihrer Bedienung das Zeichen, die Tische abzuräumen und die spanischen Tanzmädchen hereinzulassen.

Caenis konnte spanische Tanzmädchen nicht ausstehen. Angewidert stöhnte sie: »O Juno! Nicht schon wieder Tamburine und Kastagnetten!«

Seine Gäste mit Mädchen aus Gades zu unterhalten, war der allerletzte Schrei. Daß sie stets den Boden mit ihrem langen Haar aufwischten, während sie wild klapperten und rasselten, tat ihrer Beliebtheit keinen Abbruch.

Caenis wußte, was als nächstes passieren würde. Veronica konzentrierte bereits all ihren Charme auf den Mann an ihrer Seite. Der war leicht rosa vor Aufregung, vergaß aber ganz, welch stolzen Preis er dafür würde bezahlen müssen. Bald würden sich andere Paare zusammenfinden und verschwinden, mit oder ohne die Tänzerinnen, deren Ruf in Fragen der Moral nur ein bißchen über dem syrischer Flötenspielerinnen lag (die zumindest spielen konnten). Dann mußte Caenis an Veronicas Stelle den Vorsitz über die nicht am Kampf Beteiligten einnehmen, während ermüdende Männer unermüdlich redeten.

Doch dieses eine Mal hatte sie gar keine Lust dazu. »Lucius Anicius, erzählen Sie mir doch Ihre lustige Geschichte.«

Zuvorkommend versenkte er sein Messer in einen Pfirsich. »Man versucht, die Sache geheimzuhalten. Offenbar erforderte die Eroberung Britanniens sehr viel mehr, als einem ungezogenen britischen Prinzlein Unterschlupf zu gewähren. Der auf Erden wandelnde Gott besiegte den Ozean.«

Caenis sah ihn über den Rand ihres Bechers an. »Ich hörte, der auf Erden wandelnde Gott hat einen Leuchtturm erbaut«, meinte sie.

»Das stimmt.« Anicius warf lüsterne Blicke auf die Tanzmädchen. »Zeugt in jenem wilden Teil der Welt von großem Gemeinsinn – nein, ich glaube, das wird Ihnen gefallen: Mir wurde erzählt, daß er seine Soldaten am Strand aufmarschieren ließ und ihnen befahl, Muscheln in ihren Helmen und Tuniken zu sammeln. Die Muscheln brachte er dann kistenweise zurück zum Kapitol und übergab sie dem Senat als Tribut des Meeres.«

Caenis ließ ihre Zähne am Becherrand aufblitzen. »Kaurimuscheln und Tintenfischschalen, Strandschnecken und Wellhornschnecken? Man stelle sich nur den Gestank vor! Oh, ja«, stimmte sie gedehnt zu. »Oh, das gefällt mir sehr.«

»Gut!« erwiderte Anicius und wandte ihr träge seine Aufmerksamkeit wieder zu. Er gehörte zu den Männern, die viel Zeit beim Ringkampf und Handballspielen in den Thermen verbrachten, und war so solide gebaut wie eine Kasernenmauer. »Es muß wohl das erste Mal sein, daß ich eine Frau mit einem Gespräch über Politik verführe.«

Caenis, die es genossen hatte, sich für diesen Abend zurechtzumachen (mehr denn seit langem), strich die Falten ihres Kleides mit ihren tadellos manikürten Fingernägeln glatt. Einen Moment lang senkte sie ihre ockergelb gefärbten Augenlider – dann hob sie die Augen und hielt seinem Blick stand. »Ist es das, was Sie tun?«

»Tue ich das nicht?«

»O doch, ich glaube schon«, murmelte sie, obwohl er ganz und gar nicht ihr Typ war. »Mein Herr, warum ich?« fragte sie dann.

Sie hatte überlegt, ob er wohl auf Anweisung Veronicas handelte, doch dafür war seine nächste Antwort viel zu offen. Er lachte. »Meine Dame, warum nicht?«

Formvollendet legte Caenis die Hand auf seine eisenharte Faust, als er ihr beim Aufstehen half und sie aus dem Zimmer führte.

Sie hatte eine gute Wahl getroffen. Wäre es schiefgegangen, hätte das ihr Selbstvertrauen für immer zerstören können, aber diese Gefahr bestand nicht. Anicius nahm seine Frauen mit einem Ungestüm, das an Gewalt grenzte; Caenis, in wilder Stimmung, nahm und wurde in einer Geisteshaltung genommen, die der ihren entsprach. Es war sehr schnell vorüber. Darüber war sie froh.

Sie verhielt sich untadelig, vermied jede Würdelosigkeit. Sie war frei. Kein Fremder würde je erkennen, wie distanziert sie blieb. Erst als sie meinte, er sei eingeschlafen, verkroch sie sich in einem Winkel und gab sich erleichternden, tiefen, krampfartigen, fast unhörbaren Schluchzern hin.

Als sie verstummt war, bewegte sich Lucius Anicius. Es spielte keine Rolle mehr. Caenis verspürte keinen Wunsch, den Mann jemals wiederzusehen; auch er würde sich nicht darum bemühen. »Zuviel Wein?« Er war direkt, aber nicht grob.

Nach einem Moment antwortete Caenis leise: »Nein. Tut mir leid.«

»Geht es dir gut?«

»Wunderbar, mein Herr!«

»Woran denkt die Dame denn dann?«

Inzwischen bar aller Gefühle, sagte Caenis freimütig, den Kopf gegen die Wand gelehnt: »Daß der traurigste Anblick unter dieser unsäglichen Herrschaft ein anständiger Mann sein muß, dem nichts anderes übrigbleibt, als einem politischen Monster zu schmeicheln.« Der Name des Prätors Vespasian blieb unausgesprochen.

Wieder hörte sie, wie Anicius sich bewegte. Nicht ohne Instinkt fragte er sarkastisch: »Soll das heißen, daß wir gerade deinen Rubikon überschritten haben?« Als sie nicht antwortete, erwies es sich, daß sie jemanden gewählt hatte, der edelmütiger war, als sie dachte. Er pfiff leise. »Warum ich?«

Was ihr die Möglichkeit gab zu kontern: »*Warum nicht?*«

Nach vier schlimmen Jahren sollte der Kaiser Gaius, Spitzname

Caligula, während der Spiele zu Ehren des Augustus im Portikus der Danaiden auf dem Palatin sterben. Das Komplott war so offen, daß sich die Verschwörer laut gegenseitig Glück wünschten, als sie ihre Plätze einnahmen. Ein Stück wurde gegeben, in dem es um den Tod eines Königs und seiner Tochter ging, wobei viel Theaterblut floß. Während der Pause lehnte der Kaiser es ab, seinem Onkel Claudius auf dem mit kaiserlichen Sklaven gesäumten Weg zu folgen, sondern blieb bei einer Gruppe von Jungen stehen, die später für ihn singen sollten, und wählte dann die Abkürzung durch einen der unterirdischen Gänge. Dort bat ihn Cassius Chaerea, der Präfekt der Garde, um die Losung des Tages und bekam wieder die übliche obszöne Antwort. Chaerea zog sein Schwert und stach auf Caligula ein, worauf seine Mitverschwörer herbeieilten und ihr Opfer töteten, bevor Caligulas Spezialkohorte germanischer Leibwächter hereinstürmen und ihn retten konnte. Die Verschwörer flohen durch das nahe gelegene Haus der Livia.

Chaos brach aus. Die germanischen Leibwächter liefen Amok und töteten drei Senatoren. Eine Abteilung Prätorianer brach in die kaiserlichen Gemächer ein, entdeckte Caesonia, die Frau des Kaisers, ermordete sie und schlug Drusilla, ihrer kleinen Tochter, den Schädel ein. Der Senat versammelte sich auf dem Kapitol, das sich gut verteidigen ließ, und hatte in kluger Voraussicht die Staatskasse und die Militärkasse mitgebracht, um sich im Zweifelsfall freikaufen zu können. Die aufgewühlte Menge strömte auf dem darunter liegenden Forum zusammen, wo Männer aus noblen Familien flammende Reden hielten, um zu beweisen, daß sie nicht an der Verschwörung beteiligt waren.

Der Senat verstieg sich kurz zu dem Gedanken, die Republik wieder einzuführen, obwohl einzelnen Mitgliedern durchaus klar war, daß dadurch ihre persönliche Macht bedroht wurde. Aber dann geschah etwas Seltsames. Ein paar Soldaten, die fröhlich den Palast plünderten, fanden das einzige noch lebende erwachsene Mitglied der kaiserlichen Familie hinter einem Vorhang versteckt und erklärten ihn aus Spaß zum Kaiser.

Die arme Seele, die sie da gefunden hatten, war Claudius, der Sohn, den Antonia stets lächerlich genannt hatte.

XX

Der kaiserliche Freigelassene Narcissus konnte sich einfach nicht daran erinnern, wer diese Frau war.

»Sieh an«, rief sie mit mehr Ironie, als die meisten Leute heutzutage für angebracht hielten. »Ein neuer Kaiser, ein neuer Kabinettssekretär!« Er war der wichtigste Mann in Claudius' Stab. Man erwartete von ihm, daß er jedermann erkannte.

Sie war vermutlich Anfang Dreißig, trug weder die Falbeln noch die Halsketten einer römischen Matrone, und doch war es ihr trotz all der Lanzenträger, Umhang- und Schuhzeugbewahrer, Wachen und Türsteher gelungen, in sein Büro vorzudringen, an allem, was sie hätte aufhalten können, so mühelos vorbeizukommen wie eine im Schaum paddelnde Najade. Offenbar kannte sie sich in Palästen aus. *Eine von uns?* fragte er sich.

»Narcissus.« *Ja. Und sie wußte, daß sie ihn überrumpelt hatte.* »Wer hätte gedacht, daß ich Sie einmal in einem Büro, so groß wie eine Turnhalle, wiederfinden würde, mit einem rubinbesetzten Siegelring und einem Tisch wie Aphrodites Bettstatt. Und wenn man es recht bedenkt, wer von uns hätte voraussehen können, daß der tölpelhafte Claudius eines Tages auf den Schultern der Prätorianergarde durch die Straßen getragen wird? Ist jemand von den Prätorianern mit Kopfschmerzen aufgewacht, oder kriegen sie die erst jetzt, nachdem ihnen klar ist, was sie da getan haben?«

Narcissus, der in den letzten Wochen an ein paar interessanten Gesprächen teilgenommen hatte, gab keine Antwort, während er sie weiterhin musterte. Kleidung von guter Qualität – grünes Leinen, gleichmäßig gefärbt und mit einer einfachen Kordel zusammengehalten. Eine schlichte Stola. Gold an ihrem Arm. Zwei

Schulterbroschen, besetzt mit feinsten Granaten in antiker Metallarbeit. Würdevoller Gang, schimmerndes, sorgsam zurückgestecktes Haar, das ein lebhaftes, intelligentes Gesicht umrahmte. Dieser wache Blick. Er war sicher, daß er sie kannte. Er kannte diese forschenden Augen.

Da er sie nicht aufgefordert hatte, Platz zu nehmen, blieb sie stehen. Sein schroffes Verhalten beeindruckte sie nicht. Der Freigelassene fühlte sich zurechtgewiesen. Er räusperte sich und wies auf einen Hocker.

Verdammt! Diese Haltung hochmütiger Rebellion, mit der sie ablehnte, war ihm bekannt, keine Frage.

»Es ist lange her«, sagte sie mit leisem Spott. »Damals hielt ich Sie für unübertrefflich.« In ihren Augen blitzte ein verschmitztes Glitzern, das neu sein mußte. »Der bei weitem intelligenteste Mann, dem ich je begegnet war ... Also kommt diese Beförderung, *o, großer Lehrer*, nicht völlig unerwartet.« Sie hatte ausgezeichnete Manieren, half ihm sacht auf die Sprünge. »Sie sagten immer, ich sei das Kind mit der raschesten Auffassungsgabe, das Sie je unterrichtet hätten – aber ich würde es nie zu etwas bringen, wenn meine Handschrift so schlecht bliebe.«

Natürlich!

Zwanzig Jahre war das her. Jetzt erinnerte er sich. Er hatte ein ausgezeichnetes Langzeitgedächtnis. Dünn wie ein Strich, und dieser trotzige, verwundete Blick, der einem durch und durch ging. O ja, er erinnerte sich: Kaum begann er, etwas Schwieriges zu erklären und hatte den Schülern das Problem erst halbwegs auseinandergesetzt, schon sprang sie auf und stellte Fragen zu einem Punkt, den er frühestens in einer Stunde hatte behandeln wollen. Aufhalten ließ sie sich nur dadurch, daß sie das Ende der Lektion begriff, bevor ihr schneller Verstand die einzelnen, dorthin führenden Schritte gelernt hatte.

Die anderen konnten sie nicht ausstehen. Weil ihr alles so leichtfiel – vor allem aber, weil diese wißbegierige Krabbe natürlich der Liebling aller Lehrer war.

»*Caenis!*« rief Narcissus.

Gleich darauf zuckten die Tintenkleckser und Fliegenklatscher, die sein Büro füllten, erschreckt zusammen, als der kaiserliche Kabinettssekretär in brüllendes Gelächter ausbrach.

Sie würde nie eine Schönheit sein, aber die Arbeit bei Antonia hatte sie in eine makellose Erscheinung verwandelt. Anspruchsvoll, streng, überaus tüchtig – und vermutlich in ihrem Innersten immer noch zornig.

Lächelnd betrachteten sie einander. Beide gaben sie nichts preis.

»Wollen Sie eine Gunst erbitten, junge Frau?«

»Ihnen eine erweisen, mein Herr.«

Das war zur Abwechslung ja mal etwas Erfreuliches.

Caenis war zu der Überzeugung gekommen, daß ein Kaiser, dessen Popularität bei Patriziat und Ritterschaft auf so wackeligen Füßen stand, nach neuen Männern Ausschau halten mußte. Um mit seiner Rolle zurechtzukommen, hatte sich Claudius vertrauenswürdige Exsklaven seines Haushaltes in den Palast geholt: Pallas, den Freigelassenen seiner Mutter, als Finanzsekretär, Caligulas Mann Callistus als Staatssekretär für Bittschriften und Narcissus, den Mann, der einst ihr Lehrer gewesen war, als Kabinettschef. Das Kaiserreich in die Hände seiner Freigelassenen zu legen würde niemals die Zustimmung des Patriziats finden, aber es würde funktionieren. Die kaiserlichen Freigelassenen hatten ein lebhaftes Interesse daran, ihren Patron auf dem Thron zu halten.

Beim Regierungsantritt eines neuen Kaisers war es üblich, jeden wichtigen Posten in den Provinzverwaltungen und in der Armee neu zu überdenken. Viele Beamte würden ausgewechselt werden. Und diese Aufgabe oblag Narcissus. Also wußte Caenis, daß Narcissus neue Männer rekrutieren würde.

Er war für seine Aufgabe bestens geeignet. Äußerst vorsichtig und gerissen, würde er seine hohe Stellung sicherlich zum eigenen Vorteil nutzen, aber man konnte sich darauf verlassen, daß er es genießen würde, das Kaiserreich zu organisieren. Er besaß Entschlossenheit und Gespür. Als geborener Grieche sprach er mit der äußerst kultivierten Stimme eines Ausländers, der ein Ohr dafür hat, jede Öligkeit im Ton zu vermeiden. Sein Latein war besser als das der meisten Senatoren und sein Griechisch untadelig. Sicher war er ebenso unbeliebt wie Caenis früher.

»Was für eine Gunst, und warum?« wollte er wissen. Er war schon immer leicht reizbar gewesen.

»Sie klingen wie eine Frau, Herr Kabinettssekretär!«

»Das liegt an meiner Arbeit, meine Liebe. Den lieben langen Tag irgendwelchen Dummköpfen Anweisungen geben. Lenk nicht ab«, befahl er. »Wie ist sein Name?«

Sie sprachen jetzt mit leiser, vertraulicher Stimme, Menschen, die einst als Sklaven zusammengearbeitet hatten. Es gab keinen Grund, weiter darum herumzureden. »Flavius Vespasianus«, sagte sie knapp. »Sein Bruder ist kommandierender Legat bei der Rheinarmee.« Eine kurze Pause. »Der hier ist intelligenter und gründlicher«, behauptete Caenis. Sie hatte Narcissus' Beurteilungskriterien nicht vergessen.

Der kaiserliche Freigelassene spitzte die Lippen und sah zur Decke hinauf. Sie war mit pausbäckigen Cupidos und Faunen bemalt, umgeben von erlesenen Blumenbuketts. Caligula hatte den Palast erweitert und den Tempel von Castor und Pollux als Vestibül mit einbezogen. Gleichzeitig hatten umfangreiche Renovierungsarbeiten stattgefunden. Der Kabinettssekretär hatte sich eine besonders prächtige Suite gesichert. Nun ja, er hatte eine Entschuldigung dafür, bald würden hier Gesandte aus aller Welt ein und aus gehen.

»Dein Geliebter?« hakte der Freigelassene boshaft nach.

»Nein«, erwiderte Caenis in ruhigem Ton. Sie war auf seine Direktheit vorbereitet. »Er *war* mein Geliebter, gebe ich zu. Das hat aber keinerlei Relevanz, wie Sie feststellen werden, wenn Sie ihn überprüfen.«

Er lachte. Bisher gab es nur wenige, die seine Vorsicht zu schätzen wußten. Und es würde nie wieder viele geben, die es wagten, sich ihm entgegenzustellen. »Sie will ihn zurückhaben!« stellte Narcissus sie mit anzüglichem Grinsen auf die Probe.

»Nein. Er ist verheiratet. Ich hab ihn seit Jahren nicht gesehen.«

»Seit Jahren! Schuldest du ihm Geld, Mädchen?«

»Doch nicht nach dem, was Sie mir beigebracht haben, Freigelassener!« Daß Vespasian ihr Geld schuldete, verschwieg sie, vorsichtig, wie sie war. Er hatte es nie geschafft, ihr das Darlehen zurückzuzahlen (obwohl er Wort hielt und ihr jedes Jahr durch einen verlegenen Buchhalter die Zinsen überbringen ließ).

Narcissus stemmte sich hoch und ging zu einer geschnitzten Truhe hinter seinem Stuhl. Caenis bemerkte, daß die wattierte Zopfbordüre an seiner Tunika gut fünf Finger breit war und Kragen und Saum versteifte. Als er sich abwandte, wußte sie sofort Bescheid: Er suchte nach einer seiner besonderen Listen. Da war sie, und als er seine gespaltene Schreibfeder an der Namensreihe entlang führte, erkannte sie aus seiner geheimnisvollen Art, daß er über die dort Aufgelisteten bereits sehr viel mehr wußte, als er zugeben wollte. Er warf ihr einen durchdringenden Blick zu, als sie den Hals verrenkte, auf der Suche nach verräterischen Haken neben den Namen. »Du hast das hier nie gesehen!«

»Nein, Herr«, erwiderte sie gefügig. Die Sache machte ihr großen Spaß.

»Flavius Vespasianus ... Titus, ist er das?«

»Titus«, bestätigte sie, verlegener, als ihr lieb war.

»Titus«, wiederholte er. Schon immer hatte er andere gern gereizt. »Hm. Militärdienst in Thrakien, hat sich nichts zuschulden kommen lassen ...«

»Er mochte die Armee«, unterbrach Caenis schnell.

»Und mochte die Armee ihn auch?« bellte Narcissus. »Quästor in Kreta und Kyrene. Hat einen guten Bericht abgegeben. Muß schon *sehr* gut gewesen sein, wenn sie das extra erwähnen! Ädil ...« Es war alles da. Einen Moment lang las er schweigend weiter und lachte dann schnaubend. Offenbar war er auf den Bericht über die Sache mit dem Straßendreck gestoßen. »Prätor beim ersten Versuch. Was ist das – er war derjenige, der die Rede hielt, als Caligula seine Schwester mit der Asche ihres Geliebten nach Hause schickte? Wegen seiner Verschwörung gegen den Kaiser sollte Lepidus ein öffentliches Begräbnis verweigert werden? Ganz schön unterwürfig, würde ich sagen! Ich brauche niemand, dessen Urteil derart unsicher ist ...«

»Ihm blieb keine andere Wahl«, verteidigte Caenis Vespasian.

»Es wirkt unangebracht.«

»Zweckdienlich. Caligula hatte alle in der Hand. Der Senat mußte ihn unterstützen oder mit den Verschwörern untergehen. Außerdem, wer hätte gewollt, daß die Hexe Agrippina mit ihren Putschplänen Erfolg hat?«

»Wer hätte Agrippina gern zum Feind, Caenis!« Nach dieser scharfen Erwiderung ließ Narcissus die Sache auf sich beruhen. »Bruder von Sabinus ... Ich kenne den Bruder. Ein Schwafler, aber sonst ganz in Ordnung.« Abrupt legte er die Liste beiseite und schaute sie an. »Schwierig.«

»Narcissus, der Mann ist gut.«

»Er ist noch nicht dran.«

»Er hat kein Geld, keine Reputation und keine berühmten Vorfahren. Sie verurteilen ihn zum Untergang, Narcissus. Er wird niemals dran sein!«

Narcissus lachte boshaft. »Nicht so hitzig! Ich schau ihn mir mal an. Für einen guten Mann gibt es genug zu tun.« Das war interessant. »Komm mich heute abend besuchen. Laß dir im Vorzimmer einen Plan geben, damit du mein Haus findest.«

Caenis lachte leise in sich hinein. Typisch für den alten Pedanten, daß er eine Wegbeschreibung parat hatte. »Ihr Haus? Wollen Sie denn nicht hier im Palast wohnen, drei Schritte vom Kaiser entfernt?«

Da sie sich gut und aus einer anderen Zeit kannten, gestand ihr Narcissus mit leiser Stimme: »Selbstverständlich! Und nur zwei Schritte entfernt von einer dämlichen Frau, die sich in alles einmischen muß. Aber manchmal möchte ich eben unerreichbar sein.

Außerdem, meine Liebe«, sagte der kaiserliche Kabinettssekretär, »ziehe ich ein privates Plätzchen vor, wo ich meine eigenen Freunde bewirten und erfreuen kann.«

Seine Vorstellung von einem privaten Plätzchen kam seinen Freunden sehr zustatten.

Narcissus, der später über vier Millionen Sesterzen verfügen und der reichste Mann Roms sein würde, lebte bereits in diesem Stadium seiner Karriere in einem opulent ausgestatteten Haus. Flinke Sklaven eilten geschäftig und leise hin und her. Caenis erlaubte einem Hausdiener, ihr die Straßenschuhe abzunehmen. Sie ließ sich in einen Berg fransenbesetzter Schwanendaunenkissen sinken, nahm von den angebotenen Süßigkeiten, spielte mit ihrem Becher honiggesüßten Weins.

»*Nett!*« meinte sie ironisch zu Narcissus.

Er warf ihr einen Blick zu. Noch bevor er zu sprechen begann, erriet sie, daß er sich erkundigt hatte, wo und wie sie lebte. »Besser als dein miefiges Loch bei der Via Appia. Wußtest du, daß Claudius das Haus seiner Mutter nie verkauft hat? Ich habe darauf hingewiesen, daß du seine Tochter in Kurzschrift unterrichtet hast, ohne je dafür bezahlt worden zu sein.« Claudia Antonia stand jetzt kurz vor der Hochzeit, und der Unterricht, den sie nun brauchte, war von anderer Art. »Er ist einverstanden. Ich habe einen halben Flügel für dich reservieren lassen.«

Caenis hatte vergessen, wie hart er arbeitete. Und nicht damit gerechnet, daß sein Küchenkabinett schon so gut funktionierte.

»Ich kann nicht wieder in Antonias Haus ziehen. Das würde mir das Herz brechen. Außerdem, wer soll den anderen halben Flügel beziehen?«

»Agrippina. Sie hat die Erlaubnis bekommen, aus dem Exil zurückzukehren.« Bevor Caenis angewidert losschimpfen konnte, fuhr Narcissus rasch fort: »Gut, dann werde ich sehen, daß du Geld bekommst, damit du dir etwas Angemessenes suchen kannst.«

»Ich möchte eine nette Wohnung mit einem Feigenbaum und einer Vermieterin, der es peinlich ist, eine zu hohe Miete zu verlangen.«

»Ich habe mit deinem jungen Mann gesprochen.«

Ihre Blicke trafen sich. Caenis funkelte ihn an. »Nicht meiner!« schnappte sie.

»Tut mir leid, das hatte ich vergessen! Er war anders als erwartet. Wir hatten ein interessantes Gespräch. Er hat einen kleinen Sohn, wußtest du das? Das arme Kerlchen kam in einem dunklen Loch zur Welt, nicht viel besser als die abgewrackte Bruchbude, in der du dich versteckst. Titus heißt er.«

Caenis war mit ihren Gedanken noch bei dem erwähnten Gespräch. »Was?«

»Vespasians Sohn.« Die Flavier bewiesen nach wie vor wenig Phantasie, wenn es um die Namen ihrer Söhne ging. »Du hättest den Sohn erwähnen sollen, Caenis.«

»Warum? Und was haben Sie nun seinem offensichtlich virilen Papa angeboten?«

»Bisher noch nichts. Das hat der Alte zu entscheiden.«

Caenis machte es sich in den Schwanendaunen bequemer und zog das kleine Silbertablett zu sich heran, um all die Naschereien auszuprobieren. In diesen Dingen besaß Narcissus einen ausgezeichneten griechischen Geschmack. Die honiggetränkten Bällchen waren in Sesamkernen gewälzt; ein doppelter Genuß – erst aß man sie, dann konnte man sich stundenlang daran erfreuen, die Kerne aus den Zähnen zu pulen. »Was wir ihm anzubieten haben«, sagte Narcissus vorsichtig, »ist nicht gerade eine Hängematte in der Sonne.«

»Ist etwas geplant?« wollte Caenis sofort wissen.

Das Römische Reich erstreckte sich von Afrika bis Gallien, von Spanien bis nach Syrien. Vor Jahrzehnten, als Varus die drei Legionen in dem traumatischen Massaker in Germanien verlor, hatte Augustus befohlen, das Reich nicht weiter auszudehnen. Fünfunddreißig Jahre lang hatte man sich auf militärische Anstrengungen innerhalb der Grenzen des Reiches beschränkt. Sie zu verändern, würde die Befriedung riesiger Gebiete bedeuten, wenig Profit, hohe Ausgaben und kein besonderes Prestige. Es blieb nur noch eine Möglichkeit, die für einen Kaiser verlockend sein mochte – einen Kaiser, der dringend eine verrückte und rasche Großtat brauchte, um jetzt seine Position zu stärken, da die Legionen noch nicht recht wußten, wer er eigentlich war, und der Senat ihn nur so lange duldete, bis ihm jemand anderer einfiel, den er an seine Stelle setzen konnte.

Narcissus merkte, daß sie begriffen hatte. Er war stolz auf sie.

»Das kann nicht Ihr Ernst sein! Doch nicht etwa ein neuer Versuch, die Nuß Britannien zu knacken?«

Die Insel am Rande der bewohnten Welt. Sie war geheimnisumwoben. Man redete von reichen Silber- und Goldvorkommen. Julius Cäsar war dort gewesen, hatte aber genug Verstand besessen, sich schnellstens wieder zurückzuziehen. Der große britannische König Cynobellinus, der jahrelang für Frieden im Süden der Insel gesorgt und den Handel mit Rom toleriert hatte, war vor kurzem gestorben und hatte ein ganzes Nest ehrgeiziger, feindlich gesonnener Söhne hinterlassen.

Und die Vorräte befanden sich bereits in den Lagerhäusern in Gallien; die Pläne waren ausgearbeitet und parat, die Tiremen gebaut.

Narcissus zuckte die Schultern. »Dank Caligula ist die Logistik bereits erstellt. Es gibt sogar einen wunderbaren Leuchtturm, um den Weg zu weisen. Schrumpft er, wenn er naß wird, dein sabinischer Freund? Wird er sich vor Blauen Männern und den Zaubersprüchen der Druiden fürchten?«

»Er kommt schon zurecht. Besonders, wenn er ein anständiges Gehalt hat.«

»Ach, es gibt doch nichts Schöneres als eine Armee von Männern, die alle Geld brauchen! So verläßlich und motiviert.« Die Stimme des Freigelassenen wurde plötzlich weicher. Schließlich war sie mal seine Lieblingsschülerin gewesen. »Was soll ich für dich tun? Soll ich ihm erzählen, daß ich mit dir gesprochen habe?«

»Nein!« Caenis war entsetzt.

»Willst du hören, daß er glücklich ist und daß es ihm gut geht?«

»Nein.«

»Verstehe. Wir schmollen also? Wollen statt dessen, daß er bekümmert und bleich ist?«

Sie brauste auf. »Ich will nur, daß er seine Chance bekommt! Ich will, daß ein Mann, der wirklich Talent, Energie und den Willen zum Dienen besitzt, nicht mehr von dem Snobismus eines Systems behindert wird ...«

»*Caenis!* Du setzt eine Gesellschaft voraus, in der ein Mann durch Verdienste aufsteigt!« Narcissus war schockiert. Sie überlegte noch, ob sie ihm für das »voraussetzen« einen kleinen Seitenhieb verpassen sollte, da verzog sich sein Gesicht zu einem häßlichen Grinsen. Faule Zähne – schlechte Ernährung in der Kindheit, verschlimmert durch den Luxus, den er sich jetzt leisten konnte und der seinem Körper nicht guttat. Er hob warnend die Hand. »Entschuldige mich. Ich erwarte noch einen anderen Gast.« Einen schrecklichen Augenblick lang dachte sie, es sei Vespasian.

Er war es nicht. Verlegen schlurfte der Kaiser herein.

Der Sklave, der ihn hereingeführt hatte, fragte, ob er die Lampen anzünden solle. Narcissus schüttelte den Kopf. »Warte noch einen Moment. Es tut gut, im Dämmerlicht ruhig mit Freunden zusammenzusitzen.«

Caenis überlegte, ob sie gehen sollte. Sitzen zu bleiben schien einfacher. Sie bemerkte, daß Narcissus sich hier in seinem Haus nicht mal für den Kaiser erhob. Claudius, dessen Hinken und weißes Haar ihn trotz der Dämmerung, die sich während ihres Gesprächs mit Narcissus herabgesenkt hatte, augenblicklich verrieten, ging mit anrührender Zwanglosigkeit zu einer Liege und ließ sich seufzend nieder.

»Antonia Caenis, darf ich Sie meinem Patron vorstellen ...«

»Ich kenne Ihren Patron«, unterbrach sie rasch. Trotz allem war es möglich, daß sich Claudius nicht an sie erinnerte. Er trank viel und konnte sich Gesichter schlecht merken. »Ich bin die Freigelassene seiner Mutter, daher ist er auch mein Patron.«

Der Kaiser nickte ihr mit diesem hilflosen Rucken seines Kopfes zu.

Dann saßen sie, wie Narcissus vorgeschlagen hatte, ruhig im Dämmerlicht. In diesem Moment begriff Caenis mit Staunen, daß sie an etwas Neuem teilhatte. Eine große Anspannung, die sie ihr Leben lang gespürt hatte, hob sich von Rom. Durch Zufall gehörte sie dem privaten Haushalt an, der so unerwartet die Welt regierte. Narcissus, der sie mochte, würde sie in diesen engsten Kreis um den Kaiser einführen, damit sie beobachten und, wenn sie wollte, helfen konnte.

Als würde Caenis bereits dazugehören, teilte Narcissus dem Kaiser ganz selbstverständlich mit: »Ich habe Ihnen eine Liste derjenigen zusammengestellt, die für neu zu besetzende Posten in der Armee in Frage kommen. Diesen Vespasianus sollten Sie sich vielleicht einmal näher anschauen. Er könnte für die Zweite Augusta geeignet sein. Sie ist momentan in Argentoratum stationiert. Würde sich hervorragend für Ihre britannischen Pläne eignen.«

In Argentoratum befand sich einer der großen Militärstützpunkte am Rhein. Caenis wußte, daß die dort stationierten Legionen schon seit Jahren unzufrieden waren. Es täte ihnen gut, von diesem sicheren Posten abgezogen zu werden, wo sie sich zu sehr mit der örtlichen Bevölkerung verbrüderten und allzuleicht vergaßen, daß sie Rom den Treueschwur geleistet hatten. Abgesehen davon, waren die germanischen Legionen erstklassig. Dort als Legat eingesetzt zu werden wäre ein gutes Kommando.

Claudius wandte sich ihr zu. »Ich kenne Vespasianus doch, oder?«

Ruhig erinnerte sie ihn: »Sie haben ihn im Haus Ihrer Mutter kennengelernt, Majestät.«

»Ja ... Ach ja.« Wieder wirkte er abwesend. Aber offenbar war damit die Sache geregelt. Der Freigelassene zwinkerte ihr zu.

»Sollten Sie sich für ihn entscheiden«, bemerkte Narcissus einige Zeit später zu Claudius, »er hat einen Sohn, den wir mit Ihrem zusammen erziehen lassen könnten.« Plötzlich verstand Caenis, warum Narcissus sich so für Vespasians Sohn interessiert hatte.

Messalina hatte Claudius' überraschenden Aufstieg zur Macht damit gekrönt, daß sie ihm nur zweiundzwanzig Tage nach seinem Regierungsantritt einen männlichen Erben schenkte. Es würde noch sieben Jahre dauern, bis der kleine Prinz formell eingeschult wurde. Narcissus schien langfristige Pläne zu haben. Kaum hatte der eine Cäsar den golddurchwirkten Mantel umgelegt, plante der Freigelassene bereits die schulische Ausbildung seines Nachfolgers und die Begründung einer Dynastie.

Narcissus schenkte selbst den Wein ein. Caenis war in Gedanken versunken, aufgewühlt von dem Bild Vespasians mit einem Kind auf dem Arm. Außerdem verschwanden die Süßigkeiten mit großer Geschwindigkeit von ihrem Teller. Claudius war ein regelrechter Vielfraß.

»Auf den Kaiser!« murmelte Narcissus, ganz der höfliche Staatsbeamte. Claudius zog den Kopf ein. Er ließ sich nicht davon täuschen.

»Auf eine gute Regierung!« gab Caenis mit fester Stimme zurück. Sie grinste Narcissus an, wußte, daß es ihr gelungen war, ihn in Verlegenheit zu bringen. »Tut mir leid. Ich vergaß zu erwähnen, daß ich insgeheim Republikanerin bin.«

»Auch ich vergaß zu erwähnen, Narcissus«, sinnierte Tiberius Claudius Drusus Nero Germanicus mit der leichten Melancholie eines Mannes, der in der Dämmerung ruhig mit Freunden zusammensitzt, »daß ich insgeheim Republikaner bin!«

Und weiter griechische Süßigkeiten knabbernd, lachten sie alle drei.

Es war eine neue Welt, eine neue Ordnung, aufgestellt von Menschen mit ähnlichen Wünschen. Caenis konnte kaum fassen, daß sie daran teilhatte.

Noch in der gleichen Woche hatte sie ein Gespräch mit ihrem Vermieter. Eumolpus trat ein, ohne anzuklopfen, wie er es offenbar immer tat, wenn er meinte, sie wäre ausgegangen.

»Sieh da!« rief Caenis und hatte die Befriedigung, den Mistkerl zusammenzucken zu sehen.

Er starrte sie so durchdringend an, daß sich ihre Nackenmuskeln spannten. Sein anzüglicher Blick ruhte auf ihrer Haut und den raffinierten Falten ihres dunkelroten Kleides. Das Kleid besaß locker drapierte Ärmel, die an jedem Ellbogen fünfmal zusammengefaßt waren. »Immer so schick! Mir gefällt das Kleid, Caenis. Diese kleinen Knöpfe sind zu verführerisch. Ein Mann stellt sich gern vor, wie einer nach dem anderen für ihn aufgeknöpft wird ...«

»Diese hier«, meinte Caenis eisig, »sind allerdings reine Dekoration – nur aufgenäht.« Sie konnte es kaum ertragen, im gleichen Zimmer mit ihm zu sein. »Wie nett, daß Sie vorbeigekommen sind, da kann ich Sie gleich von meiner Kündigung informieren. Ich werde Ihnen«, fuhr sie mit sanftem Lächeln fort, »das Verputzen der Wände und die Malerarbeiten, die ich habe vornehmen lassen, nicht in Rechnung stellen – allerdings werde ich der Nachmieterin raten, das Schloß auszuwechseln!«

Und als Antwort auf die befriedigende Neugier, die sie geweckt hatte, sagte sie bescheiden: »Ich kann mich glücklich schätzen. Der neue Kaiser hat mir eine Wohnung im Haus seiner Mutter angeboten.«

Das war eine Lüge, denn sie würde nie das Angebot annehmen und ins Haus der Livia zurückkehren. Und es war das einzige Mal, daß Caenis, die nicht eingebildet war, von ihren Beziehungen so öffentlich Gebrauch machte.

Sie tat es für all die Frauen, die von Männern, deren einzige Überlegenheit darin bestand, wohlhabend zu sein, jahrelange

Übergriffe erdulden mußten. Für diese Frauen tat sie es und für die bittere, barfüßige Dienstmagd, die sie einst gewesen war.

Im Moment war sie vom Glück begünstigt. Aber Kaiser kamen und gingen. Antonia Caenis würde, wie Narcissus so scharfsinnig gefolgert hatte, in gewisser Weise ihr ganzes Leben lang bitter und barfüßig sein.

XXI

Narcissus reiste selbst nach Britannien.

Ja, er wäre beinahe *als einziger* nach Britannien gereist. Das war um so absurder, weil er nach seinem Plan die Dinge von Rom aus hätte steuern sollen.

Dieser Plan sah folgendes vor: Die Truppen würden übersetzen, auf der anderen Seite Fuß fassen, einigen südlichen Stammesangehörigen die Köpfe einschlagen und dann den Kaiser einladen, mit ihnen zusammen den inzwischen völlig erschöpften Stämmen den Rest zu geben. Danach würde dieser sich als *Claudius Britannicus* nach Hause absetzen und es der Armee überlassen, so viel Land wie möglich einzunehmen, ohne größere Verluste an Geld Gesicht oder Leib und Leben.

Es war ein gut durchdachter Plan. Nachdem Narcissus die Maschinerie in Gang gesetzt hatte wie einen in sein Schicksal ergebenen Esel, der ohne Unterlaß um sein quietschendes Wasserrad trottet, funktionierte dieser Plan hervorragend. Das heißt, nachdem Narcissus sich selbst nach Gallien begeben und die Invasionstruppen überredet hatte.

Die Truppen hatten sich nämlich geweigert loszuziehen.

»Das stand nicht im *Tagesanzeiger*!« rief Caenis, als sie Narcissus nach seiner Rückkehr besuchte. Sie hatte ihn in seinem Haus vorgefunden, das inzwischen unter Einsatz von viel Carrara-Marmor und Blattgold renoviert worden war; ziemlich ermüdend fürs Auge.

»Es schien uns«, erwiderte der Freigelassene (und meinte damit, es schien *ihm*, wußte das aber unter dem Anschein der Bescheidenheit zu verbergen), »unklug, zu verbreiten, daß vier der besten kaiserlichen Legionen, vierzigtausend prächtige Kerle in ausgezeichneter Verfassung, alle gut bei Kasse durch den Bonus zur Thronbesteigung des Kaisers und angeführt von einem General (Aulus Plautius), gegen den keine Truppe der Welt etwas haben konnte – äußerst anständiger, vielseitig einsetzbarer Kerl –, wie gesagt, vier prächtige Legionen, die durch ganz Gallien marschiert waren, ihr Lager bei Gesoriacum aufgeschlagen hatten (mieses Kaff, nur ein Fliegendreck auf der Karte), nun nur auf ihren Feldbetten saßen und stumpfsinnig durch die Zeltöffnungen aufs Meer starrten.«

»Ich habe mir sagen lassen«, meinte Caenis freundlich, »daß die Gallische Meerenge sehr rauh sein kann.«

Narcissus, der die Meerenge in beiden Richtungen überquert hatte, erschauderte wortlos. Kultivierte Menschen waren der Ansicht, daß die dreißig Meilen zwischen Britannien und Gallien die wüsteste, stürmischste Wasserstraße der Welt war. Das war der Hauptgrund, wie die Legionäre ihrem General offen verkündet hatten, warum sie nicht weiterwollten.

»Ich sagte ihnen«, erklärte Narcissus, »daß ich sie in diesem Punkt gut verstehen könne.«

Caenis biß versonnen in einen Pfirsich. *»Sie sagten ihnen!«* wiederholte sie nachdenklich und stellte sich die Szene vor.

Zum Glück gehörte Aulus Plautius zu einer seltenen Spezies: Ein General, der nie in Panik geriet. Konfrontiert mit einer höflichen, aber hartnäckigen Meuterei, hatte er an den Kaiser geschrieben und um Rat gebeten. Der Kaiser hatte seinen Kabinettssekretär geschickt, um seine Ansichten zu vertreten. Also war Narcissus von Massilia, das bereits fünfhundert Meilen auf dem Seeweg von Rom entfernt lag, noch weitere siebenhundert Meilen quer durch Europa gereist.

»Sie sagten ihnen – oh, *natürlich*!«

Caenis streckte sich auf der weich gefüllten, karmesinroten Decke aus, die über die Besucherliege in Narcissus' imposantem Empfangsraum gebreitet war. »Lassen Sie mich sichergehen, daß ich es richtig verstehe: Sie, mein lieber Freund, verfügen über keinerlei Rückhalt in der Armee. Die Soldaten, da brauchen wir uns nichts vorzumachen, verachten Sie als stilusschwingenden Bürohengst. Und Sie besteigen also ein Militärrostrum – das Ding wird Tribunal genannt, oder? – in einem riesigen neuen Durchgangslager am Ende der Welt. Und wenden sich in Gegenwart dieses exemplarischen Generals Plautius, seiner vier Legionärskommandeure« – inklusive Sabinus und Vespasian – »und all der halsstarrigen Offiziere – die vermutlich schon seit Wochen verzweifelt versucht hatten, die Soldaten in Bewegung zu setzen – an vierzigtausend abgebrühte, unflätige, übellaunige Soldaten, von denen manche die Narben eines zwanzigjährigen Armeedienstes tragen und die alle bis an die Zähne bewaffnet sind! Sagen Sie mir, Narcissus, wie habe die es aufgenommen? *Haben sie nicht gelacht?*«

Narcissus grinste. »Haben sie«, bestätigte er. Caenis nahm den Pfirsichkern, nun blitzblank abgenagt, aus dem Mund und lächelte zurück. »Es erinnerte sie an die Saturnalien«, gab er ein wenig verlegen zu.

Caenis dachte an das fröhliche Winterfest, bei dem die Sklaven und ihre Herren für einen Tag die Rollen tauschten. Sie versuchte, vorteilhafte Vergleiche zu ziehen, hörte in ihrem Kopf aber nur vierzigtausend höhnische Stimmen *»Io Saturnalia!«* brüllen, furchterregend wie das Gebrüll der Menge bei den Rennen im Circus Maximus. Jetzt war sie es, die ein Schauder überlief. »Ja, ich verstehe. Und dann marschierten sie los?«

»Und dann«, prahlte Narcissus, »waren sie so überrascht, daß sie losmarschierten.«

Caenis drehte sich auf den Bauch, das Kinn in die Hand gestützt, eifrig lauschend wie ein Kind. »Und das war der Moment, wo Sie selbst übergesetzt haben?«

»Es blies ein steifer Wind, Caenis. Halt mich doch nicht für so dumm! Ich wartete in Gesoriacum auf den Alten.«

Aber er gab ihr eine lebhafte Beschreibung: Der eiskalte Wind, der mit schweren Wolken verhangene Himmel, die Segel, die über den Köpfen unberechenbar hin und her schlugen, die verängstigten Ruderer, die zusammengekauerten Soldaten, einer Panik nahe, und die Kommandeure, die mit bleichen Gesichtern Ruhe auszustrahlen versuchten. Als die Schiffe den Schutz der gallischen Küste verließen, hatten die aufgewühlten Wogen sie mit Macht ergriffen, Wogen, so düstergrau wie geschmolzenes Zinn, mit häßlichen gelben Kämmen. Dann brach der Sturm los. Gewaltige Strömungen rauschten von einem aufgewühlten Ozean zum anderen, wie sie es in den heimatlichen, landumschlossenen Meeren niemals taten, und der Sturm warf sie zurück, als würde der große Gott Oceanus sein Reich mit seiner gewaltigen Hand einmal kurz sauberwischen.

»Und dann sahen sie das große grüne Licht.«

»Gute Götter! Was war denn *das?*«

»Keine Ahnung. Den Truppen wurde taktvoll erklärt, es sei ein nach Osten fliegender Meteor – Jupiters Zeichen, daß er Oceanus überstimmt hatte und unser Vorhaben segnete. Auf jeden Fall drehte der Wind. Die Schiffe kamen vorwärts, gerieten dann in den Sog der Tide und erreichten die andere Seite. Das alles rundete das Theater ab.«

Die Armee war gelandet, ohne auf Widerstand zu stoßen. Die durch die Monate der Meuterei entstandene Verzögerung hatten die britannischen Stämme genutzt, um zusammenzupacken und nach Hause zu gehen. Also brauchten sich die Soldaten ihren Weg an Land nicht mit dem Schwert freizukämpfen. Die Legionen legten in einem neuen Hafen an, wo sich seit Cäsars Stippvisite das Meer einen Kanal gegraben und die Insel Thanet geschaffen hatte. Die ganze Flotte ankerte sicher in einem sandigen Flußarm, wo man die Austern fand, die in der gesamten römischen Welt so berühmt werden sollten. Sie nannten den Ort Rutupiae und gruben sich ein. Die Invasion hatte begonnen.

Caenis war klar, daß es wohl kein Spaziergang gewesen war.

Die gefährliche Küste gerade außer Sichtweite von Gallien war Händlern zwar recht gut bekannt, aber Händler hatten ihre eigenen Gründe, nichts preiszugeben. Vom Inneren des Landes war nur wenig erforscht. Selbst Julius Cäsar war schon vor einem Jahrhundert der Meinung gewesen, daß ein kluger General nicht lange in Britannien herumtrödeln sollte. Er hatte Britannien zum Klientelkönigreich erklärt, das an Rom Tribut zu zahlen hatte, aber niemand hatte diese Theorie je auf die Probe gestellt. Britannien blieb hoffnungslos mysteriös, eingehüllt von schlechtem Wetter, ein seltsam geformtes Gebilde auf einer alten phönizischen Karte. Es war ein Zufluchtsort für die Druiden, die wegen ihrer Geheimbündelei, ihrer politischen Intrigen, ihrer schockierenden Riten und Menschenopfer aus Gallien vertrieben worden waren. Inzwischen haßten die mächtigen Prinzen des Südostens die Bedrohung durch Rom. Im Südwesten hausten finstere Stämme in ihren mächtigen Hügelfestungen, durch Handel, Verwandtschaft und gemeinsame Interessen mit jenen Kelten im westlichen Gallien verbunden, die in den Gallischen Kriegen von Julius Cäsar brutal unterworfen worden waren. Eines war gewiß: Den römischen Invasionstruppen würde unerbittliche Feindseligkeit entgegenschlagen.

Doch Narcissus war der Meinung, daß die römischen Soldaten im Vorteil waren. Die vier Legionen, die er ausgesandt hatte, besaßen die Unterstützung des Kaisers. Ihr General war erfahren. Die römische Armee war eine der bestausgerüsteten und -organisierten der Welt. Es war eine Berufsarmee, die ihre eigenen Kolonien, Bauunternehmen, Bestattungsvereine und Sparkassen besaß. Die Männer waren nicht nur hervorragend organisiert, ausgerüstet und trainiert, geschult im Laufen, Reiten, Schwimmen, Springen, Fechten, Ringen; sie hatten sogar gelernt, ihren Verstand zu gebrauchen. Sie besaßen Aufzeichnungen bewährter Kampftaktiken. In jeder Situation wußte jeder ganz genau, was zu tun war und was von ihm erwartet wurde. In einer Wildnis wie Britannien waren die Legionen darauf vorbereitet, beim Vormarsch eigene

Straßen anzulegen, Deiche zu errichten und Kanäle auszuheben, Verteidigungswälle und Festungen zu bauen, Flüsse und Häfen auszubaggern und Städte zu übernehmen. Sobald sie Edelmetalle gefunden hatten, würden sie Minen einrichten. Einfache Soldaten waren für jede Art spezialisierter Arbeit ausgebildet. Was immer sie brauchten, trugen sie entweder bei sich oder konnten es nach ihrer Ankunft anfertigen. Sie waren mit Wurflanzen, Schwertern, Dolchen, überzogenen Schilden und Feldartillerie unterschiedlichster Art bewaffnet. Sie trugen große, beschlagene, lederne Bauchgurte, Platten- oder Kettenpanzer, Schulterplatten, Beinschützer, schwere Helme und die besten Stiefel der Welt. Gegen sie traten mutige, aber desorganisierte Stammesleute an, nackt, beinahe barfuß, bewaffnet mit Steinen und ein paar plumpen Schwertern.

In trockenem Ton meinte Caenis: »Es war also alles ganz leicht?«

»Nein.« Narcissus seufzte. »Caratacus und Togodumnus, zwei schäbige britische Prinzen, haben in ihrem ersten Kampf drei ausgebuffte römische Legionen fast geschlagen.«

Er kehrte zum Anfang der Geschichte zurück.

»Sie waren also gelandet, seekrank, aber in Sicherheit. Gingen im Osten an Land. Trafen auf die Einheimischen und lieferten sich eine zweitägige erbitterte Schlacht. Ich hoffe, einem Mädchen, das so belesen ist wie du es durch meine Ausbildung sein solltest, ist klar, daß nur wenige römische Schlachten mehr als einen Tag gedauert haben. Der Held der Stunde war ...«

Caenis setzte sich auf. »Wer?«

»Hosidius Geta.«

»*Wer?*«

»Einer der Legaten der Legion. Brillanter Kerl.«

»Gut gemacht, Hosidius!« meinte Caenis spöttisch.

Narcissus lachte boshaft. »Oh, dein Junge hat sich auch nicht schlecht gehalten.«

Von Rutupiae waren drei Legionen westwärts marschiert, Tausende schwieliger Füße in genagelten Stiefeln, die einen alten Handelspfad entlang stapften. Schließlich erblickten sie von einem Hügelkamm über dem Fluß Medway das graue Wasser des Flusses Tamesis und dahinter die Marschen, die das Herzland ihres Hauptgegners, der Catuvellauni, schützten. Kleine Scharmützel begannen, wurden aber sehr schnell zurückgeschlagen. Am Medway standen Togodumnus und Caratacus. Die Furt war zu schmal, der Boden zu sumpfig, um unter Beschuß hinüberzugelangen. Alle Brücken, die es je gegeben haben mochte, waren verschwunden.

Aulus Plautius machte sich bereit, den Fluß zu überqueren.

Auf dem gegenüberliegenden Ufer beobachteten Krieger mit karierten Hosen und nackter Brust die Vorbereitungen. Römische Standartenträger marschierten auf und plazierten ihre Feldzeichen auf einer Erhebung. Infanteristen kamen von der Hügelkuppe herunter und standen Wache, während Männer mit Stangen die Festigkeit des Bodens prüften. Kavalleristen preschten zur Furt vor und machten wieder kehrt, ritten spritzend durch die Untiefen zum Feldherrnhügel. Manchmal bäumte sich ein Pferd, das zu tief in den weichen Sand geraten war, panisch auf, während es versuchte, auf festeren Boden zu kommen.

Hinter den Briten erstreckte sich ein unordentliches Lager. Die Abordnungen der verschiedenen Stämme kampierten dort, wo sie bei ihrem Eintreffen Platz gefunden hatten, überzeugt davon, daß ihre Angreifer bald in dem Engpaß aufgerieben sein würden. Noch weiter hinten hatten sie ihre Pferde und Streitwagen abgestellt. Erst als sie das Wiehern der niedergestochenen Pferde hörte, wurde ihnen klar, daß die batavischen Auxiliartruppen der Römer den Fluß bereits überquert hatten.

Leise und ohne Aufsehen, fast unbemerkt von ihrer eigenen Armee, waren die Batavier an der Nordseite der Böschung hinuntergeschlüpft, hatten weiter rechts das tiefe Wasser erreicht und waren zum westlichen Ufer hinübergeschwommen. Sie waren der

Vierzehnten Gemina zugeteilt, gehörten zu einer der vielen Gruppen einheimischer Spezialisten, die in die römischen Legionen aufgenommen worden waren, was ihnen die Möglichkeit gab, das Bürgerrecht zu erwerben, während die Armee sich ihrer einzigartigen Fähigkeiten bediente. Diese Batavier stammten aus der Gegend der Rheinmündung. Sie waren berühmte Bootsmänner und Lotsen – und diese Abteilung hatte schwimmen gelernt, mit den Pferden an ihrer Seite und in voller Rüstung.

Sie schlichen sich geradewegs zu den Streitwagen und machten die Pferde der Briten kampfunfähig. Als ihre Gegner merkten, was geschehen war und brüllend herbeistürzten, verschwanden die Batavier so lautlos, wie sie gekommen waren.

Am römischen Ufer waren es die beiden von den flavischen Brüdern, Sabinus und Vespasian, befehligten Legionen, die sich jetzt in Marsch setzten. Aus dem wirren Ablenkungsmanöver entstand rasch eine geordnete Schlachtenreihe. Flankiert von berittenen Hilfstruppen – eine Kette von Kavalleristen weiter oben im Fluß, um die Kraft des Wassers zu brechen, eine andere weiter unten, die verlorengegangenes Gepäck auffing –, schwärmten die Soldaten über die Marsch aus, während die Briten noch ihre Streitwagen entwirrten. Die Briten attackierten diesen Brückenkopf. Vespasian und Sabinus wehrten sie ab, bis es dunkel wurde.

Die Dritte Legion unter Hosidius Geta überquerte den Fluß im Schutz der Nacht.

Die Schlacht zog sich fast den ganzen nächsten Tag hin. Am Ende gelang es Hosidius Getas Legion, eine Bresche in die enggedrängten Reihen der halbnackten Krieger zu schlagen. Geta selbst wurde umzingelt, konnte sich aber freikämpfen und ausbrechen. Seine Legion kreiste den Feind von hinten ein, womit der Tag und die Provinz gewonnen waren. Die britannischen Streitkräfte galoppierten nach Norden. Die Römer setzten ihnen nach, griffen unterwegs Versprengte auf und sammelten ihre eigenen Verwundeten und Toten ein. Aber die Briten hatten den Fluß an einer Stelle überquert, wo er breiter wurde. Als ihre Verfolger dort ankamen, hatte die Flut eingesetzt und die Flußmündung in einen unpassierbaren Brackwassersee verwandelt.

Einige Batavier schwammen über den Fluß, vergaßen ihre Vorsicht, verirrten sich in den Marschen und wurden von Caratacus aufgerieben. General Aulus Plautius schlug sein Lager am südlichen Ufer des Tamesis auf, und von Rutupiae wurden Pontons für eine Notbrücke herbeigeschleppt. Dann warteten die Legionen zwei Monate lang auf das Eintreffen des Kaisers und der Elefanten aus Rom.

»Und *das* war dann der Moment, in dem Sie übersetzten?« wollte Caenis triumphierend wissen.

Narcissus bestätigte es endlich. »Das war der Moment, in dem ich übersetzte.«

»Wie ist es da?«

»Dichtbevölkertes Bauernland mit Wäldern dazwischen. Lehmhütten, meist rund, umgeben von kleinen quadratischen Feldern mit aufgeschütteten Begrenzungswällen. Rinder, überall Hunde, das beste Korn außerhalb Afrikas.«

»Und die Blauen Männer?«

»Ganz außergewöhnlich!« rief Narcissus.

»Sind die Frauen auch blau?«

»Nein. Und ehrlich gesagt, auch nicht viele von den Männern. Die Frauen«, meinte Narcissus ihr mitteilen zu müssen, »sind sehr groß, haben blonde Löwenmähnen und sind offenbar noch freimütiger und zielstrebiger als du. Den Göttern sei Dank, daß wir sie nicht verstehen konnten! Wir hatten es natürlich hauptsächlich mit Prinzessinnen und Königinnen zu tun.«

»Ich nehme an«, warf Caenis mit finsterem Gesicht ein, »daß kommandierende Offiziere im Ausland viel mit grimmigen, barbarischen Königinnen zu tun haben?«

»Nicht, wenn sie vernünftig sind«, bemerkte Narcissus trocken.

Aus dem, was er ihr erzählt hatte, schloß Caenis, daß der östliche Teil des Landes jetzt unterworfen war. Einer der Häuptlinge sollte angeblich nach der Schlacht am Medway seinen Verwundungen erlegen sein, aber sein Bruder Caratacus konnte nach Westen entkommen. Claudius war in die catuvellaunische Zitadelle in Camulodunum eingezogen, das er dann zur Provinzhauptstadt erklärte.

»Völlig nutzlos«, stöhnte Narcissus. »Zu weit östlich. Das müssen wir so bald wie möglich ändern. Aber er hat seinen Spaß gehabt.«

»Wie lange sind Sie geblieben?«

»Sechzehn Tage.«

»Und was passierte dann?«

»Viele Könige ergaben sich und wurden mit Staatsdarlehen und Geschenken überhäuft. Aulus Plautius wurde zum Ersten Provinzstatthalter ernannt. Wir segelten nach Hause. Ich habe den Alten dann allein durch Gallien zuckeln lassen.«

»Und das war's?«

»Nein, meine Liebe«, wies Narcissus sie zurecht. »Das ist es bei weitem nicht.«

Er rechnete damit, daß es fünfzig Jahre dauern würde. Aulus Plautius würde den Anfang machen, ein Netzwerk von Militärstützpunkten errichten, die Straßen pflastern, im Südosten Eisenhütten eröffnen. Wein, Öl, Glas und Nahrungsmittel würden in großen Mengen nach Norden transportiert werden, Häute, Jagdhunde, Gagat, Austern und Korn in weitaus kleinerem Ausmaß nach Süden gelangen. Die Legionen – die Zwanzigste, Neunte und Vierzehnte – würden im Osten, Norden und mittleren Westen ihre Basislager aufschlagen. Aber bisher war ihre Stellung noch in keinster Weise gefestigt. Im Süden stand der Zweiten Legion eine gewaltige Aufgabe bevor.

Mißmutig fragte Narcissus: »Du willst wahrscheinlich hören, wie es deinem jungen Mann geht?«

»Gibt es da«, fragte Caenis unschuldig, »irgendwas zu hören?«

So, wie sie Vespasian kannte, konnte es gar nicht anders sein.

»Was den betrifft« – Narcissus rekelte sich –, »liegt alles ganz allein bei ihm.«

Caenis erklärte unverblümt: »Das habe ich ihm auch immer gesagt.«

»Was ich dir jetzt sage, muß unter uns bleiben.« Narcissus liebte seine Geheimnisse. Im allgemeinen würde das, was er zu sagen hatte, innerhalb einer Woche die halbe Welt verblüffen. »Der Alte ist richtig von ihm angetan, hat ihn ganz allein nach Süden geschickt – läßt ihm freie Hand. Er muß dem Statthalter berichten, aber seine Befehle erhält er direkt von Claudius. Es gibt einen uns freundlich gesonnenen König namens Cogidumnus an der Küste, der aus irgendeinem Grund der Zweiten Augusta sicheres Quartier gewährt. Von dort aus können wir in den Südwesten vordringen. Dort leben die wildesten Stämme. Dutzende von Hügelfestungen, angefüllt mit übellaunigen, Steine schleudernden Siedlern. Einige der besten Erdverteidigungsanlagen der Welt. Irgendwo in diesem Gebiet gibt es noch mehr Eisen, dazu Silber, Kupfer, Zinn und möglicherweise Gold. Der Südwesten ist der Teil des Landes, auf den Rom wirklich scharf ist, verstehst du? Unter dem Oberbefehl deines jungen Mannes wird die Zweite Augusta drei Jahre lang dort bleiben. Ich denke, wir können davon ausgehen, daß Vespasian, falls er sich in Britannien bewährt, ein gemachter Mann ist.«

»Wird er sich bewähren?«

»Was meinst du?«

»Ich hoffe, daß er das tut«, schnaubte Caenis, die gelegentlich die Angewohnheit hatte, zu reden, ohne vorher nachzudenken. »Der alte Knieskopp schuldet mir zehntausend Sesterzen!«

Darauf wurde Narcissus tatsächlich rot. Vespasian war berüchtigt dafür, nie Geld zu haben, aber dieser Einblick in sein Schlafzimmerleben war zu verblüffend.

»Ich hatte gehofft«, rügte der Freigelassene sie scharf, »ich hätte dir beigebracht, nie etwas zu verleihen!« Er schaute sie mit leichter Besorgnis an und versuchte, sich über sie klarzuwerden. Irgend jemand, vielleicht sogar Vespasian selbst, hatte dieses grimmige Mädchen, das er schon als Kind gekannt hatte, in eine Frau verwandelt, die andere leicht zum Narren halten konnte. »Ich wäre irgendwann schon selbst auf ihn aufmerksam geworden. Weißt du, Caenis: Er stand immer auf meiner Liste.«

»Heißt das, Sie sind meiner Meinung?«

»Oh, er ist durchaus etwas Besonderes«, erwiderte Narcissus knapp. Dann konnte er die nagende Besorgnis nicht länger verbergen: »Ich gebe dir die zehntausend. Das scheint mir nur gerecht, denn dieser knickerige Geizhals wird sie dir sowieso nie zurückzahlen.« Als sie nicht antwortete, fühlte er sich zu der Bemerkung veranlaßt: »Dann kannst du ihn ja auslachen, wenn er es doch tut.«

Jetzt lachte Caenis. »›Verleih nie etwas, wenn du es zurückbrauchst. Gib nichts, wenn du eine Gegengabe erwartest.‹ Wo mag ich das nur herhaben? Oh, Narcissus, glauben Sie mir, wenn er mir das Geld je zurückzahlt, gibt es keine Frage – dann werde ich weinen!«

XXII

Als die letzte Squadron der Auxiliarsoldaten das Marsfeld verlassen hatte, näherten sich die Magistrate gerade dem Kapitol. Die lange Prozession wand sich durch den Flaminischen Circus und betrat die Stadt durch die Porta Triumphalis, die extra für diesen Tag geöffnet worden war. Entlang der Via Triumphalis schlängelte sie sich an den Theatern im Neunten Bezirk vorbei, damit so viele Menschen wie möglich sie sehen konnten, bog dann nach rechts ab und umrundete den Palatin, durchquerte den Circus Maximus, bog am Caelius nach links, erreichte über die Via Sacra das Forum, zog an dessen südlicher Seite entlang und begann dann den steilen Aufstieg zum Kapitol über den Clivus Capitulinus bis zum Tempel des Jupiter im Herzen der Zitadelle. Und so sah Rom die Armee, und die Armee sah den größten Teil von Rom.

Alles bewegte sich nur im Schneckentempo vorwärts. Die ganze

Stadt war zum Stillstand gekommen. Der Lärm war unbeschreiblich. Das Spektakel dauerte fast den ganzen Tag.

Viele Jahre später sagte Vespasian während des Triumphzugs, den er mit Titus anläßlich der Einnahme von Jerusalem machte, nur ein alter Narr würde um einen Triumph bitten (denn der Senat mußte, von einem siegreichen Feldherren geboten, diesen genehmigen).

Der erwartete Triumph für Britannien hatte bereits stattgefunden, als Claudius nach Hause zurückkehrte. Der Senat konnte pro Feldzug nur einen Triumph verleihen. Genaugenommen handelte es sich heute also nur um eine Ovation für den heimkehrenden Oberbefehlshaber: eine zweitrangige Angelegenheit. Doch das kümmerte niemanden. Man nannte es trotzdem allgemein einen Triumph.

Zuvor, bei dem richtigen Triumph, hatte der Kaiser es nicht an Prunk und Ehrungen fehlen lassen. Er wählte für sich selbst und seinen kleinen Sohn den Namen Britannicus. Die Senatoren, die ihn nach Britannien begleitet hatten, wurden auf entsprechende Weise geehrt, während an die Soldaten Halsringe, die sogenannten Torques, Kränze und Ehrenlanzen für Tapferkeit verteilt wurden wie Bucheckern bei einer Hochzeit. Messalina fuhr in einer speziellen, überdachten Kutsche bis in die Zitadelle hinein, und es gab all den Prunk und Trubel, den ein Eroberer erwarten durfte. Alle Provinzstatthalter waren nach Hause beordert worden, um den neuen Status und die Macht des Kaisers zu bezeugen.

Und so hatte Caenis gesehen, wie der von Antonia so oft lächerlich gemachte Sohn vom Senat und dem Volk im Triumph empfangen wurde. Sein Auftritt war der Höhepunkt des erinnerungswürdigen Tages. Claudius kam in seinem von vier Schimmeln gezogenen Streitwagen als militärischer Sieger, um die Stadt zu bitten, ihn willkommen zu heißen, und als religiöser Vertreter und Oberpriester an diesem Tag für die Stadt bei den Göttern Fürbitte zu leisten. Er trug eine geblümte Tunika und eine schwere, golddurchwirkte Purpurtoga. In der einen Hand hielt er den Stab des Jupiter, ein Elfenbeinzepter mit einem goldenen Adler an der Spitze, in der anderen einen symbolischen Lorbeerzweig. Auf seinem Kopf der Lorbeerkranz; darüber hielt ein Staatssklave die schwere etruskische Krone aus Eichenblättern und Bändern in purem Gold, ausgeliehen von der Statue des Kapitolinischen Jupiter, die Triumphkrone, die zu gewaltig war, um von einem Sterblichen getragen zu werden. Mit im Streitwagen fuhren seine beiden kleinen Kinder, Octavia und Britannicus.

Aber das lag bereits drei Jahre zurück. Damals hatte alle Welt gemeint, es sei enttäuschend, daß der größte Teil der Armee in der neuen Provinz zurückbleiben mußte, um die gefährlichen britannischen Stämme in Schach zu halten, und daß man – obwohl Hosidius Geta für den Triumph nach Hause zurückgekehrt war – eigentlich General Plautius und einige der anderen Kommandeure sehen wollte.

All die großen Namen waren nun da.

Rom konnte einen weiteren Festtag vertragen. Claudius, der ein gerechter Mann war, wollte, daß an diesem Tag sein General gefeiert wurde. Aulus Plautius sollte seine eigene Prozession haben, den Jubel, die geheiligte Zeremonie bei der Erfüllung seines Schwures, all die Ehren und all die Festivitäten. Der Kaiser begab sich persönlich aufs Marsfeld hinaus, um ihm zu gratulieren, und als sie gemeinsam nach Rom zurückfuhren, gab Claudius Aulus Plautius den Ehrenplatz zu seiner Rechten. Der Name dieses würdevollen, zurückhaltenden und daher schnell in Vergessenheit geratenden Mannes wurde von seinen Soldaten und dem Volk entlang des Weges mit Heilrufen bedacht, immer und immer wieder jubelnd in den Himmel hinaufgerufen.

Doch noch bevor die Straßenkehrer im Morgendämmern ihre Arbeit verrichtet hatten und die Ladenbesitzer ihre Portiken mit Girlanden schmückten, hallte ein anderer Name durch Rom.

»*Io triumphe!*« riefen das Volk und die Soldaten. »Heil Claudius! Heil Plautius!« und »*Heil Vespasian!*«

Veronica war es gelungen, am Weg des Triumphzuges einen Balkon zu mieten. Die Miete war so hoch, daß sich Caenis schäbig vorgekommen wäre, wenn sie die Einladung abgelehnt hätte. Also ging sie hin und brachte die Verpflegung mit: lukanische Salami, Brot, gefüllte Eier und eingelegten Fisch. Sie war sich nicht sicher, ob sie diese Zusammenstellung aus Sentimentalität, Dummheit oder absurder Tapferkeit gewählt hatte.

Es würde ein langer, heißer Tag werden. Sie waren zu acht auf dem Balkon, der höchstens drei Leuten bequem Platz bot. Immer wieder stieß jemand mit dem Ellbogen eingetopfte Pflanzen nach unten in die Menge. Veronica gab endlose Anweisungen. Sie hatte alle mit breitkrempigen Hüten gegen die Sonne versorgt, dazu Petersilienkränze, falls sie der Hüte überdrüssig wurden. Außerdem hatte sie Körbe voller Rosenknospen mitgebracht, die sie auf die Parade hinunterwerfen sollten, und, um das Chaos komplett zu machen, große Mengen von Weinkrügen. »Ihr könnt mir dankbar sein«, rief Veronica, eine Gastgeberin der besonders fürsorglichen Art, »daß der Preis für den Balkon die Benutzung der Latrine im Erdgeschoß einschließt!«

Die Stadt war in heller Aufregung, lange bevor irgend etwas zu sehen war. Die Römer waren früh gekommen, um sich noch durch die Straßen zwängen zu können. Das bedeutete, daß alle herumstanden oder -saßen und lauter und aufgeregter wurden, während weit weg Aulus Plautius immer noch seine Truppen abschritt. Die Taschendiebe hatten einen ertragreichen Tag.

Auf dem Marsfeld wurden weitere Ehrungen angekündigt, diesmal von Plautius selbst. Es gab Ehrenstäbe für die Legionskommandeure, Ehrenlanzen für die Soldaten, die sich in der Schlacht tapfer geschlagen hatten, Kränze für jeden Mann, der das Leben eines Kameraden gerettet hatte, Medaillen für die Pferdegeschirre der Kavallerie, Armreifen für manche und Geldgeschenke für alle. Die Legionen und die einzelnen Kohorten bekamen Ehrenplaketten für ihre Feldzeichen. Und dann gab es noch eine besondere Auszeichnung, eine, die Hosidius Geta bereits erhalten hatte (sehr ungewöhnlich, da keiner der beiden bisher Konsul gewesen war): die Zuerkennung der Triumphalinsignien an Flavius Vespasianus für seinen meisterhaften Feldzug im Südwesten. Das hieß, auch er hatte jetzt das Recht, seinen Triumphkranz bei Festen zu tragen und seine Statue in Bronze auf dem Augustusforum errichten zu lassen.

All das verzögerte den Abmarsch um Stunden.

Der Zug fand in der traditionellen Abfolge statt. Dadurch ersparte man es sich, Programme zu verteilen, und half den Bildhauern, die Ereignisse später richtig wiederzugeben. Caenis kannte den Ablauf auswendig. Er war stets ein beliebtes Thema für Diktatprüfungen gewesen. Ein Triumphzug lief folgendermaßen ab:

Erstens: *Die Magistratseskorte*
Zur Begeisterung aller regte Caenis an, jetzt, während alle sich langweilten, das mitgebrachte Picknick zu verzehren. Außer all jenen, die wegen Krankheit, schlechter Manieren und dem plötzlichen Ableben reicher, entfernt wohnender Tanten entschuldigt waren, hatten sich die meisten Ritter und viele Volksvertreter eingefunden. Es dauerte eine Weile, bis sie vorübergezogen waren.

Zweitens: *Flöten*
Sehr erfreulich. Im ersten Triumphzug waren an ihrer Stelle Trompeter marschiert, und einige der Trompeten hatten sich in der Hitze verstimmt. Man brauchte ein gutes Ohr, um es zu bemerken, aber Caenis war zusammengezuckt. Flöten waren erheblich angenehmer.

Drittens: *Die Kriegsbeute*
Während dieser ausgedehnte Teil der Parade vorüberzog, hatte die Menge Gelegenheit, ihren Kindern klebrige Melonenscheiben zu reichen und die Säuglinge zu beruhigen, die an Hitzschlag litten.

Von kräftigen, mit Lorbeerkränzen geschmückten Jungen wurden große Mengen der im Kampf erbeuteten Trophäen vorbeigeschleppt: Rüstungen, Waffen, drachenverzierte Schilde, wunderbar leichte Kampfwagen aus Weidengeflecht, gefolgt von den Schätzen: riesige, aus gedrehtem Gold gefertigte Torques, emaillierte Brustpanzer und andere Ausrüstungsgegenstände, dann Darstellungen der Orte, an denen die Armee gekämpft hatte: Modelle und Bilder der Festungen, Städte und Inseln, lebende Statuen von schilfbedeckten Flußgöttern, alles versehen mit den fremdartig klingenden Namen *Camulodunum*, *Caesaromagus*, *Durnovaria*, *Vectis Insula* und denen der wehrhaften Stämme: den *Catuvellauni*, den *Trinovantes* und Vespasians schlimmsten Gegnern im Westen, den *Dubonni*, *Durotriges*, *Belgae* und *Dumoni*, gegen die er in mehr als dreißig Schlachten gekämpft und denen er zwanzig schwerbewaffnete Hügelfestungen abgenommen hatte.

Diese exotische Schau machte manche Zuschauer so verwirrt und streitlustig, daß Veronica sie die Plätze tauschen ließ.

Viertens: *Der weiße Opferstier*
Das gewaltige Tier mit seinen vergoldeten Hörnern, behangen mit Girlanden und scharlachroten Bändern, wurde von einer Priesterschar eskortiert, die Gerätschaften und geheiligte Gefäße trugen, aus denen Schwaden von Weihrauchduft aufstiegen. Dazu Begleitmusik von Zimbeln, Triangeln und Flöten. Veronicas Gruppe hatte inzwischen den größten Teil des Weines ausgetrunken, und das ehrfurchtsvolle Schweigen beim Vorbeiziehen der Priesterschar erwies sich als gute Gelegenheit, die restlichen Krüge zu öffnen.

Fünftens: *Die Kriegsgefangenen*
Niemand kannte die Namen dieser britannischen Gefangenen, da Togodumnus tot war und sich Caratacus immer noch auf freiem Fuß befand. Trotzdem waren es Gefangene, und manche waren auch über und über blau tätowiert, wie es sich gehörte. Sie hatten

lange Glieder, weiße Haut, blondes Haar und helle blaue oder graue Augen. Umgeben von den hochaufragenden Gebäuden, den Wäldern von Statuen und dem Gebrüll Tausender Römer in Festtagsstimmung wirkten sie verängstigt und verwirrt. Veronica warf ihnen ein paar gefüllte Datteln zu, aber sie scheuten nur zurück.

Sechstens: *Die Liktoreneskorte des Oberbefehlshabers*
Arroganter denn je, allerdings heute ohne die Äxte, die normalerweise in ihren offiziellen Rutenbündeln steckten. Alle in Rot. Ein phantastischer Anblick.

Siebtens: *Lyraspieler und Tänzer*
Jubelnd über den vernichteten Feind. Überaus anstrengend, aber hübsch anzusehen.

Achtens: *Der siegreiche General*
Aulus Plautius, ein erstaunlich kleiner Mann, wirkte besorgt über die Kapriolen seines großen weißen Pferdes. Er war in das Magistratsgewand gehüllt und trug einen schweren Myrtenkranz. Er war außerordentlich beliebt. An seiner Seite:

Neuntens: *Der Kaiser Claudius Britannicus*
Caenis hatte inzwischen entsetzliche Kopfschmerzen.

Zehntens: –
»Es tut mir schrecklich leid«, murmelte Caenis entschuldigend, als sie über Knie und Körbe kletterte, mit der Verlegenheit und Erleichterung einer Frau, die sich endlich getraut, das zu sagen, was sie sich schon seit einer Dreiviertelstunde verkniffen hat. »Ich kann einfach nicht länger warten. Es muß die Aufregung sein. Erzählt mir später, was ich versäumt habe. Veronica, wo ist diese berühmte Latrine?«

Zehntens: *Die Kommandeure der siegreichen Legionen*
Caenis ließ sich Zeit.

Trotzdem verschätzte sie sich gewaltig.

Als sie schließlich zurückkam, hatte der Lärm seinen Höhepunkt erreicht. Die Zuschauer, furchtlos auf Gerüsten schwankend, konnten sich kaum mehr zurückhalten, als vor den Legionen in voller Paradeuniform die vier berühmten Legaten, die sie befehligt hatten, einer nach dem anderen in ihren Streitwagen heranrollten.

Die Jubelrufe wurden ohrenbetäubend. Die Leute kletterten an Säulen empor, um besser sehen zu können. Es regnete Blumen. Alle waren aufgesprungen. Veronica, knallrot im Gesicht vor Aufregung, hüpfte hysterisch auf und ab. Sie klatschte in die Hände und warf Veilchen und Rosen, dann Oliven vom Picknick auf jeden der vorbeiziehenden Legaten.

Caenis wurde bei ihrer Rückkehr fröhlich über Weinkrüge und umgefallene Stühle auf ihren ursprünglichen Platz an der Balkonbrüstung zurückbefördert. Veronica rief ihr etwas zu, während Caenis im Picknickkorb nach schmackhaften Überresten suchte, um alle zu beruhigen. In ihrer Abwesenheit waren die Legaten der *legio XIV Gemina*, der *legio IX Hispana* und der *legio XX Valeria* im Schneckentempo vorbeigekrochen. Weit entfernt vom Kapitol begann Aulus Plautius, unterstützt vom Kaiser, den letzten langen Aufstieg über die Gemonische Treppe, den er traditionellerweise auf den Knien bewältigen mußte. Hinter ihnen kam der Rest der Prozession plötzlich ins Stocken, schwankte, taumelte und hielt an.

Ein Standartenträger in seinem klauenbewehrten Bärenfell, der ebenfalls stehenbleiben mußte, pflanzte den Dreifuß des Legionärsadlers auf das Basaltsteinpflaster, wo er gefährlich ins Rutschen geriet. Der silberflügelige Adler sackte zur Seite, während der Mann seine schmerzenden Finger streckte und wieder um den Handgriff legte. An den mit grünem Laub geschmückten Schaft waren zwei dreieckige Schilder genagelt: Pegasus und Steinbock,

Symbole des Kaisers Augustus, darüber waren die Nummer und der Name der Legion angebracht. Hinter dem Feldzeichen, das seinen Männern stets seine Position angeben mußte, kam der Legat der *legio II Augusta* zum Stehen, fing den plötzlichen Halt mit einem sanften Schaukeln auf den Hacken ab und legte seine Hände auf den vorderen Rand seines zeremoniellen Streitwagens.

»*Vespasian!*« brüllte die Menge aus vollem Hals über diesen wunderbaren Glücksfall. Der Held von Britannien, Flavius Vespasianus, verschränkte die Arme, wartete, und nickte der Menge abwesend zu. Der Held von Britannien: zwölf Fuß von Caenis entfernt, direkt unter ihr.

Heiser vor Jubelgebrüll, langte sich Veronica an die Kehle.

»*Io triumphe!* Liebes, schau ihn dir an – den Helden! Deinen hinreißenden sabinischen Freund!«

Caenis hatte ihren sabinischen Freund noch nie zuvor in Uniform gesehen.

Er trug schimmernde Bronze mit glitzernden Schnallen und Medaillen in ziseliertem Emaille. Vier Ehrenstäbe klemmten unter dem einen seiner kräftigen Arme. Das meiste von ihm war unter dem Brustharnisch, den Beinschienen und den schweren, scharlachroten Falten seines Kommandeursumhangs verborgen. Sein Haar sah dünner aus, und sein starker, unverwechselbarer Hals verschwand vollständig unter dem geknoteten Uniformhalstuch, aber nichts konnte diesen Zinken von einer Nase und das energisch aufwärtsstrebende Kinn verbergen. Der Siegeskranz, den er mit so viel Stolz hätte tragen sollen, war ihm lässig über das eine Ohr gerutscht.

Jemand hatte ihn mit Rosenblättern überschüttet, die an seiner Schulterspange hängengeblieben waren. Er schnippte sie weg. Träge flatterten sie zum Saum seines wollenen Umhangs hinab. Um ihn herum eine einzige Ekstase – Trompetengeschmetter, Jubelrufe, Schreie. Vespasian blieb völlig gelassen. Er schaute zu seinen Offizieren zurück, verdrehte die Augen gen Himmel wegen der

Verzögerung, schenkte den jungen Männern, die zurückgrinsten, ein freundliches Stirnrunzeln. Dann schob er die Unterlippe vor, legte den Handrücken gegen das Kinn, als wolle er ein Gähnen unterdrücken. Caenis lächelte. Jeder, der ihn kannte, mußte bemerken, daß der Held von Britannien sich abgrundtief langweilte.

Veronica quietschte vor Verzweiflung: »Oh, Juno! Es gibt nichts mehr zu werfen ...«

Sie riß sich ihren welken Petersilienkranz vom Kopf und warf ihn hinunter. Caenis lehnte sich ein bißchen weiter über die Brüstung und sah lachend zu, wie sich das dunkle, traurige Gebilde ein wenig drehte, bevor es Vespasians Tunikarock streifte und auf der verzierten Beinschiene des Legaten landete, eine lästige Verunzierung des Silberglanzes unter seinem kräftigen Knie. Vespasian spannte das Bein an, um das Ding abzuschütteln. Er sah nach unten.

Dann blickte er hoch.

Caenis fand die Welt plötzlich sehr traurig.

Sie nahm an, daß er einen Balkon sah wie alle anderen, an denen er vorübergekommen war, vollgestopft mit vulgären Menschen, die kreischend alberne Hüte schwenkten. Sie merkte sofort, daß er sie erkannt hatte, wie sie da schweigend an der Brüstung stand, denn sein Gesicht erhellte sich. Eine Frau in einem weißen Kleid. Früher hatte er immer gesagt, Weiß würde sie unsichtbar machen. Er mochte sie am liebsten in Blau.

Sechs Jahre waren vergangen, seit Caligula von Chaerea ermordet worden war. Der Mann unter ihr hatte anderthalb Jahre in Germanien verbracht, während Narcissus die Landungstruppen zusammenstellte, dann beinahe vier in Britannien und fast zwölf Monate, während er die Zweite seinem Nachfolger übergab, bevor er nach Rom zurückkehrte. Am 17. November würde er achtunddreißig werden. Caenis war – wie alt auch immer. Sie konnte es sich in etwa denken: so alt wie er. Vielleicht sogar ein bißchen älter. Und doch schaute sie mit einem klaren, unverhohlenen Blick zu Vespasian hinunter, da sie immer noch die Angewohnheit hatte, sich als Mädchen zu sehen, erwartungsvoll an der Schwelle des Lebens stehend. (Manchmal fragte sich Caenis, wie lange sie diese Angewohnheit noch beibehalten konnte.)

Alles geht vorüber.

Sie empfand hauptsächlich trauriges Bedauern und sah, daß es Vespasian offenbar ähnlich erging. Er sah nachdenklich und ein wenig melancholisch aus.

Vespasian hatte jetzt alles. Es wäre leicht gewesen, Eifersucht zu empfinden – aber Toleranz war in ihrem Alter viel weniger ermüdend. Caenis hatte immer gewußt, daß er einmal berühmt sein würde. Sie hatte ihn sogar gefragt, ob er sich dann noch an sie erinnern würde. Es schien nicht mehr wichtig zu sein. Und doch wußte sie, daß er sich erinnerte. Es war seinem Gesicht anzusehen. Sie erlaubte sich, in ihrem auch ein wenig davon zu zeigen. Caenis war froh, diesen Mann gekannt, froh, seinen Aufstieg von fern miterlebt zu haben.

Alte Freunde. Zwei Menschen, die nichts vom jetzigen Leben des anderen wußten noch je wissen würden oder sogar wissen wollten. Zwei Menschen, die sich einfach freuten, in all dem Trubel, der sie beide enervierte, ein wenig Stille und Ruhe in einem vertrauten Gesicht zu finden.

Er sah immer noch hoch.

»Tu was!« quiekte Veronica. Dann, entsetzt: »Caenis, *tu das nicht!*« Caenis holte etwas aus dem Picknickkorb.

Sein Gesicht strahlte auf.

»Caenis – nein!«

Vespasian hob erwartungsvoll das Kinn. Caenis beugte sich vor, hielt seinen Blick fest und warf ihm dann ihr Geschenk zu. *»Io Vespasiane!«*

Sie hatte direkt auf ihn gezielt. Er fing es auf, klemmte es mit dem Handgelenk gegen seine schimmernde Rüstung. Es war eine halbe lukanische Salami. Veronica schlug die Hände vors Gesicht.

Jemand zog Caenis zurück, bevor sie vom Balkon fallen konnte. Sie lachte, lachte mit ihm, kämpfte darum, auf den Füßen zu bleiben, damit sie ihn nicht aus den Augen verlor.

Die Parade setzte sich ruckend wieder in Bewegung. Der Streitwagen rollte. Die Menge jubelte ihm zu; er mußte sich der Menge zuwenden.

»Io Vespasiane! Triumphe Io!«

Hinter ihm marschierten seine Offiziere in steifer Haltung vorbei. Und danach war die ganze Straße gesprenkelt vom Licht, das sich in den Rüstungen der vorbeimarschierenden Truppe Vespasians spiegelte.

Veronica wimmerte: »O Juno, Caenis. Oh, mein Herz! Was hat er gemacht?«

Obwohl sie wahrscheinlich weiß wie Theaterkreide war, gelang es Caenis, zuvorkommend zu sagen: »Sie sich unter den Arm geklemmt, zusammen mit den anderen Stäben – um sie für später aufzuheben, würde ich sagen!«

»Hat er gelächelt? Hat er gewinkt? *Hast du gesehen, was er mit meinem Kranz gemacht hat?*«

»Der Kerl war schon immer mürrisch«, murmelte Caenis.

»Sieh mich an!« befahl Veronica laut über das erneute Jubelgeschrei der Menge hinweg. *»Was noch?«*

»Er hat salutiert«, sagte Caenis mit so leiser Stimme, daß ihre Freundin sie bei dem Krach kaum verstehen konnte. »Ich glaube, er hat vor mir salutiert.«

Es würde sich sowieso nicht verbergen lassen. Caenis drehte sich um und blickte sie an.

Da sah Veronica, daß das Kajal, mit dem Caenis früh am Morgen ihre großen, zynischen Augen umrandet hatte, ihr jetzt über das Gesicht hinablief. Caenis hatte kein Talent zum Schminken, aber Veronica hatte ihr soviel beigebracht, daß ihr so was eigentlich nicht mehr passierte. Sie weinte.

Veronica fand immer noch, daß Caenis nicht viel vom Leben gehabt hatte. Das war der Grund, warum sie, die mehr von diesen

Dingen verstand, ganz sanft auf sie einsprach und ihr in einfachen Worten die strengeren Regeln militärischer Etikette erklärte: »Liebes, sei gerecht. Welche Wahl blieb ihm denn? Du kannst nicht erwarten, daß Vespasian, der Held von Britannien, vor *einer lukanischen Salami* salutiert!«

TEIL VIER
BRITANNICUS

Als Claudius und Nero Kaiser waren
Aber nicht Britannicus

XXIII

Die neue Ordnung unter Claudius währte fast vierzehn Jahre.

Das ist eine lange Zeit für eine Regierung. Auf jeden Fall lange genug, um die Leute vergessen zu lassen, wie es vorher war. Lange genug daß das Kind Britannicus, geboren in dem Moment, als man seinen Vater aus einer Laune heraus auf den Thron hob, kurz vor der Volljährigkeit stand.

Vierzehn Jahre. Dann aß Claudius einen Teller Pilze, die ihm so schlecht bekamen, daß er starb. Doch was mit Britannicus geschah, hatte schon Jahre früher begonnen. Es fing mit seiner Mutter an.

Als Narcissus das geheime Treffen wegen Valeria Messalina einberief, war Britannicus sieben. Volksmengen waren ihm von klein auf vertraut. Schon in frühester Kindheit hatte Claudius ihn gern im Amphitheater hoch über seinen Kopf gehoben und ihm zugerufen: »Viel Glück, mein Junge!« Das Publikum stimmte enthusiastisch in den Ruf ein, denn Britannicus war sehr beliebt. Er war groß für sein Alter, zeigte Charakter und eine rasche Auffassungsgabe. Die Claudier waren generell eine gutaussehende Familie (Caenis meinte, daß ein paar mehr stupsnasige und schieläugige Exemplare zwischendrin den Claudiern sicher nur gutgetan hätten). Sogar der Kaiser selbst hörte, wenn er entspannt war, zu sabbern und zu zucken auf und sah gut aus. Seine Frau Messalina war von betörender Schönheit, und so wurde ihr Sohn zu einem hübschen Kind. Viel Glück hatte er allerdings nie.

Wenn Messalina Callistus, Pallas oder Narcissus nicht betörte, so lag das nur daran, daß sie es nie versucht hatte. Eine Zeitlang zog sie Mnester, den Schauspieler vor. Danach folgte eine endlose Reihe junger Ritter, Senatoren, Gladiatoren, Soldaten, sogar Gesandter und dann schließlich Gaius Silius, ein für dieses Amt erstaunlich junger Konsul, der, wie Veronica behauptete, der bestaussehende Mann Roms war.

Caenis meinte nachdenklich: »Offenbar ist Messalina der Ansicht, es hätte wenig Sinn, Kaiserin zu sein, wenn man sich nicht das Beste herauspicken kann.«

Veronica zuckte zusammen und warf ihr einen raschen Blick zu; sie war sich nicht ganz sicher, wieviel Caenis wußte. »Liebes, Messalina ist absolut nicht wählerisch!«

Caenis nickte. Sie wußte Bescheid.

Ob Messalina tatsächlich – wie Menschen, die sich an ihren Verbrechen berauschten, später behaupteten – unter dem Schutz einer blonden Perücke nachts heimlich den Palast verließ, um ihren schönen Körper in einem Bordell feilzubieten, war bis zu einem gewissen Grade belanglos. Ihr Verhalten war so schlimm, daß die Leute ihr solche Dinge durchaus zutrauten. Das gelangweilte Herumspielen mit Adligen, dann ihre Vernarrtheit in Silius und die gefährliche Farce, zu der das führte, waren wahr und genug, sie zu Fall zu bringen. Wenn satirische Dichter und wollüstige Biographen Obszönes über eine Kaiserin zu Papier bringen wollten, konnte das den Buchhändlern nur recht sein. Es war gut fürs Geschäft. Für Octavia und Britannicus war es weniger gut. Aber sie waren Antonias Enkelkinder, und so würde, gemäß der Familientradition, das Leben genug Ungeheuerlichkeiten für sie bereithalten, es sei denn, sie wurden selbst zu Ungeheuern.

Messalinas Affäre mit Gaius Silius war zu gefährlich. Liebhaber hätte man übersehen können, eine Revolution nicht. Als die Kaiserin ihn überredete, sich von seiner adligen Frau scheiden zu lassen – worauf er die logische und konsequente Forderung stellte, die Kaiserin solle das gleiche tun –, blieb Narcissus keine andere Wahl, als zu handeln. Er bat die engsten Freunde des Kaisers zu einem Treffen in sein Haus. Jetzt erkannte Caenis den vollen Wert dieses Hauses: Es war wunderbar bequem, angefüllt mit schönen Kunstgegenständen, verfügte über alexandrinische Flötenspielerinnen, Plattfische in Marmorbecken, eine Küche, die nie schloß, und stets warmes Wasser. Der ideale Ort für eine Verschwörung.

»Bin ich als Frau eingeladen, weil man einen Dieb am besten mit einem Dieb fängt?« fragte Caenis bissig. Narcissus stritt es nicht ab. Er wußte, daß sie aufsässig und freimütig war, aber Antonias Familie treu ergeben. Er wußte auch, daß sie Messalina verabscheute, aber vermutlich verstehen konnte.

Narcissus selbst, der zwar immer noch die schmale, orientalische Nase besaß, aber ansonsten ganz schön rundlich geworden war, setzte den anderen die Situation auseinander: »Messalina hat eindeutig darauf gewartet, daß der Alte nach Ostia abreist. Er wird dort seinen neuen Hafen einweihen. Heute abend, wenn sie sich sicher sein kann, daß Claudius fort ist, wird sie Silius heiraten. Ihm kann man das nicht vorwerfen – mit einer Kaiserin anzubändeln ist gefährlich genug. Dann kann er auch gleich alles riskieren. Also heiratet er Messalina in aller Form, adoptiert Britannicus, und sie greifen nach dem Thron.«

Callistus, der als Staatssekretär für Bittschriften sein ganzes Leben damit verbrachte, Binsenweisheiten von sich zu geben, die niemand hören wollte, sagte sofort: »Das ist unser aller Ende!«

Niemand antwortete darauf. Denn es ging nicht nur darum. Es wäre auch das Ende ihres Chefs – und all ihrer Arbeit.

Pallas, Antonias alter Bote, bewegte sich plötzlich auf seiner Liege und rief aufgebracht: »Ich kann immer noch nicht glauben, daß die Sache so weit gediehen ist und der arme, vernarrte Claudius nicht die geringste Ahnung haben soll.«

Nach kurzem Schweigen murmelte Narcissus, als würde er sich

für seinen Chef schämen: »Ihr kennt doch Claudius.« Und als auch darauf niemand einging: »Na ja, er hat auch eine Menge um die Ohren.«

Das stimmte. Claudius hatte als Kaiser die Energie und Konzentration aufgebracht, zu der nur ein wahrer Exzentriker fähig ist. Während des Jahres, in dem seine Frau versuchte, eine Scheidung von ihm durchzusetzen (römische Männer ließen sich andauernd von ihren Frauen scheiden; respektlos dachte Caenis, daß es zwar unhöflich von Messalina war, ihre Pläne für den Nachmittag ihrem Ehemann gegenüber nicht zu erwähnen, daß aber ihr Ergreifen der Initiative zumindest etwas Neues war) – in jenem Jahr also war Claudius mit seinen administrativen Pflichten als Zensor beschäftigt, verminderte die Strafen fürs Schuldenmachen, gab Erlasse über Schlangenbisse und gegen ungebärdiges Verhalten im Theater aus und beendete den Bau seines großartigen Aquädukts, das frisches Wasser aus der fünfzig Meilen entfernten Caerulischen Quelle in den Bergen quer durch Kampanien auf zum Teil hundert Fuß hohen Mauerbögen beförderte. Er setzte seine Geschichtsschreibung fort. Er mischte sich in die inneren Angelegenheiten von Armenien und Germanien ein und überredete den Senat, seine Reihen für einige langjährige Verbündete aus Gallien zu öffnen. Es war eine Rede, deren politische Diplomatie alle jene erstaunt hätte, die ihn in seiner Jugend für unfähig gehalten hatten. Er überlebte einen Attentatsversuch, ohne die Nerven zu verlieren. Daneben widmete sich Claudius noch seinen Lieblingsplänen: Er rief das Kollegium der Wahrsager wieder ins Leben und führte drei neue Buchstaben in das offizielle Alphabet ein.

In diesem Jahr fand auch die Achthundertjahrfeier zur Gründung Roms statt. Claudius eröffnete die *Ludi Saecularii*, die Spiele, die zum Gedenken an den Tag von alters her stattfanden. Offiziell wurden sie nur alle hundert Jahre veranstaltet, damit niemand sie zweimal besuchen konnte. Augustus hatte sie zwar auch schon abgehalten, aber das war eine reine Formsache. Diesmal gab es ein trojanisches Festspiel im Circus, bei dem Jungen aus vornehmen Familien schwierige Pferdekunststücke vorführten, während sich ihre Eltern und Großeltern vor Nervosität die Nägel abkauten und Wutausbrüche, gebrochene Beine und zertrampelte Köpfe befürchteten. Britannicus führte eine der Dressurgruppen an. An der Spitze der anderen stand Domitius Ahenobarbus, der Sohn von Claudius' Nichte Agrippina. Er war drei Jahre älter und viel selbstbewußter, weshalb er natürlich gewann. Während sich Britannicus in der Arena noch würdevoll wie ein kleiner Äneas verhielt, zerfloß das kaiserliche Kind zu Hause natürlich in Tränen.

Auch darum kümmerte sich Claudius, und niemand hatte je angedeutet, er sei zu beschäftigt für seine Frau. Alle wußten, daß sie zu beschäftigt für ihn war.

Da niemand sonst sich äußern wollte, sagte Caenis: »Claudius glaubt, sein hübscher Liebling sei unvergleichlich im Bett und eine perfekte Mutter – treu, ergeben, klug, hilfreich und liebreizend. Was immer ihr unternehmt, denkt daran, er glaubt es, *weil er es glauben will.*«

Einige der Anwesenden bewegten sich unruhig und kratzten sich, weil sie spürten, daß hier eine generelle Kritik am männlichen Geschlecht geübt wurde.

Caenis beugte sich vor, die Ellbogen auf die Knie gestützt. Sie wandte sich an Narcissus, zum einen, weil sie ihn am besten kannte und verstand, zum anderen aber auch, weil seine Kollegen eher zur Vorsicht neigten, aus Furcht, eine Einmischung könnte sich negativ auf sie selbst auswirken. »Macht ihm klar, daß die ihm seinen Thron stehlen – er ist jetzt überzeugt, der beste Mann für dieses Amt zu sein. Vielleicht ist er das ja sogar. Seine Ahnungslosigkeit über Messalinas Spielchen macht die Sache leichter. Die Wahrheit wird verheerend sein, und er ist ein eitler Mann. Sie weiß, wie sie ihn bearbeiten muß, also seht zu, daß sie keine Gelegenheit dazu bekommt. Bearbeitet ihn selbst ...« Sie benutzte den Plural, obwohl sie annahm, daß es eher eine Aufgabe für einen einzelnen Mann sein würde. »Am stärksten wird ihn die Tatsache beeindrucken, daß sie ihm ihre Ehe einfach vor die Füße wirft.«

Narcissus ging auf, daß Caenis nicht, wie erwartet, die weibliche Position ergriff, sondern die männliche. Er sah Callistus und Pallas unterstützungsheischend an, bekam keine Antwort und übte dann schon mal, was er sagen wollte: »Tja ... ›Majestät, wissen Sie, daß Sie geschieden sind?‹« Worauf er die Handflächen nach oben drehte wie ein Akrobat am Ende seines Kunststücks. Es wirkte bedrohlich.

»Der arme vernarrte Kerl!« murmelte Callistus.

Auf dem Heimweg dachte Caenis darüber nach, wieviel Geschick Claudius bei der Wahl seiner Freunde bewies. Seine Frauen waren dagegen eine einzige Katastrophe, und obwohl alle vier, einschließlich Messalinas, von seinen Verwandten ausgewählt worden waren, bezweifelte Caenis, daß Claudius selbst eine bessere Wahl getroffen hätte. Bei einer Eheschließung achtete ein Mann darauf, daß die Frau ein Gewinn für sein Bankkonto, eine Zierde seines Heims und eine willige Bettgenossin war. Nur ein Mann von seltener Intelligenz würde erkennen, wieviel klüger es war, seinen Haushalt mit einer Frau zu teilen, die ihm auch noch Freundin sein wollte.

Es wurde eine lange Nacht.

Der helle, klare Morgen mit seinem indigoblauen Himmel war schon in einen glühheißen Herbstnachmittag übergegangen, als Narcissus Caenis aufsuchte. Sie hatte noch nie jemanden gesehen, der so total erschöpft war. Er besaß ein perfekt geführtes, friedvolles Heim, und doch erkannte sie in diesem Moment, daß er trotz seiner zahlreichen, ihm wohlgesonnenen Dienerschaft dort unsagbar allein sein würde. Seine Kräfte waren aufgezehrt, seine Kompetenz am Ende.

»Ruhen Sie sich aus. Ich werde die anderen benachrichtigen und bei Ihnen bleiben.«

Sie schickte ihre Sklaven weg. Dann machte sie selbst die Läden zu, goß Wasser ein, damit er sich Hände und Gesicht waschen konnte, mischte Wein mit Honig, den er vor Müdigkeit nicht trinken konnte, nahm ihm seine Schuhe ab, versorgte ihn mit Kissen und legte eine Decke über ihn, während er schlief.

Caenis blieb im Zimmer.

»Vielen Dank«, sagte er, als er erwachte.

Er blieb eine Weile auf dem Rücken liegen, die Decke beiseite geschoben, so daß Caenis seine schlaff über der Brust gefalteten Hände sehen konnte. Narcissus' Hände waren ungewöhnlich klein. Das hatte sie schon mit vierzehn bemerkt, als sie auf jene erschreckend körperliche Weise in ihn verliebt gewesen war, wie sie einem Mädchen wiederfährt, dessen Lehrer all seine Gedanken ausfüllt. Seit damals hatte sich viel verändert.

Er dachte nach. Caenis beobachtete ihn schweigend von ihrem Sessel aus. Beide verband eine Nähe, die nur wenige je mit ihm teilen würden. Das olivfarbene Gesicht zeigte eine für ihn seltene Entspannung, obwohl er wußte, daß sie da war. Seine Augen spiegelten seine Ratlosigkeit wider und waren dunkel vor Melancholie. Sein Blick huschte über die Zimmerdecke, vom gemusterten Sims über die von Lampenruß ölig glänzende Stukkatur bis hin zu dem soliden Bronzeball, von dem sich die zarten Schwanenhälse eines unangezündeten Kronleuchters herabwölbten. Er nahm nichts davon wahr.

Man warf diesem Mann persönlichen Ehrgeiz vor. Doch seine Dankbarkeit Claudius gegenüber würde immer aus vollem Herzen kommen. Er bedauerte die Schwächen seines Patrons, erkannte aber gleichzeitig seine Stärken an, und das ohne jeden Zynismus. Er empfand große Zuneigung für ihn. Narcissus war froh, die Situation gerettet zu haben (Caenis entnahm seiner Reglosigkeit, daß es so sein mußte), würde aber nicht darüber jubeln. Er empfand die Tragödie seines Herrn so intensiv, wie es sich Claudius verständlicherweise gar nicht leisten konnte.

Als sie spürte, daß seine Gedanken wanderten, fragte Caenis sanft: »Nun?«

»Ich habe ein Herz brechen sehen.« Narcissus schloß die Augen. Schließlich sprach er weiter: »Wie soll ein Mann auf so etwas reagieren? Er kehrt in aller Unschuld von einer Reise zurück und muß erfahren, daß seine Frau sich einen Geliebten genommen hat – viele Geliebte –, es gibt unumstößliche Beweise. Nun hat sie ihn ohne ein Wort verlassen und ist vor Zeugen eine neue Ehe eingegangen – Festmahl, Brautschmuck, Opfergaben, ein neues Ehebett. Die ganze Stadt weiß darüber Bescheid, vom Senat und der Armee bis hin zum schmierigsten Friseurladen und der kleinsten Imbißbude. Seine strahlende weiße Perle ist in den Jauchewagen gerollt. In den Kasernen wird er als Hahnrei verspottet. Caenis, was soll so ein Mann tun?«

Narcissus stützte sich auf den Ellbogen und schaute sie an.

»Was ist geschehen?« fragte sie in ihrer ruhigen, gelassenen Art.

»Er hat nur wenig gesagt. Ich glaube nicht, daß er je viel darüber reden wird. Die Geschichte war so phantastisch, daß er sie einfach glauben mußte. Als wir uns Rom von Ostia her näherten, feierte Messalina ihre Hochzeit mit einer ›Traubenlese‹ in den Gärten des Lucullus. Flatternde Haare, bis über die Knöchel in der Maische, Bacchusstäbe in der Hand, alle widerlich betrunken. Du kannst dir die Szene vorstellen.«

Ein lastendes Schweigen entstand. Die Gärten hatten einst Asinius Gallus gehört. Messalina hatte ihm Ehebruch mit einer Frau vorgeworfen, auf die sie eifersüchtig war, und ihn dann gezwungen, sich umzubringen. Es war die einfachste Möglichkeit, an seine Gärten zu kommen, die er nicht hatte verkaufen wollen. »Ihr Gefolge verschwand. Die meisten wurden später von den Prätorianern aufgegriffen. Messalina durchquerte die Stadt zu Fuß – zu Fuß! – und machte sich dann auf einem Karren für Gartenabfälle auf in Richtung Ostia. Sie nahm die Priesterin der Vesta zu ihrer Unterstützung mit, und schickte nach den Kindern, die ihn besänftigen sollten.«

»Die armen kleinen Dinger!«

Caenis stellte sich vor, wie sie von verängstigten Kindermädchen gebracht und auf einer mehr oder weniger öffentlichen Straße vor ihren schweigenden Vater geführt wurden, ihre aufgelöste Mutter erblickten, vor den grimmigen Gesichtern und der aufgeheizten Atmosphäre erschraken – und dann in den leeren Palast zurückkehrten, ohne daß man ihnen irgend etwas erklärte. Britannicus war sieben, Octavia kaum ein Jahr älter. Caenis würde die Kinder so bald wie möglich aufsuchen.

Mit monotoner Stimme fuhr Narcissus fort: »Vitellius war da, aber er konnte sich nicht dazu überwinden, viel zu sagen.« Das war Lucius Vitellius, Vespasians alter Patron. Er war der engste Ratgeber des Kaisers, fast sein einziger Freund.

»Und wer hat es ihm dann gesagt?«

»Ich blieb die ganze Zeit bei ihm. Fuhr mit in seiner Kutsche, sprach ständig mit ihm. Mein Instinkt riet mir, im Hintergrund zu bleiben ...« Caenis schüttelte heftig den Kopf. Narcissus stimmte zu. »Nein. Das war falsch. Als Messalina uns dann fand – womit ich ehrlich nicht gerechnet hatte –, gelang es mir, sie zunächst mit der nackten Tatsache der Hochzeit und einer Liste ihrer Vergehen auszuschalten. Sie beschloß, laut zu weinen und zu schluchzen – ein schwerer Fehler; so konnte sie nicht mit ihm sprechen. Sobald wie möglich schickte ich die Vestalin weg, ließ die Kinder fortbringen, drang in Silius' Haus ein. Ich zeigte Claudius, daß es von oben bis unten mit seinen eigenen Sachen vollgestopft war – seine Haussklaven, die Masken der Cäsaren, seine Familienerbstücke. Oh, war er da wütend! Also brachte ich ihn ins Prätorianerlager ...« Inzwischen sprach Narcissus immer langsamer, schreckte davor zurück, die traurige Nacht noch einmal zu durchleben. »Eine Zeitlang habe ich anscheinend selbst das Kommando über die Garde übernommen. Manchmal habe ich das Gefühl, Caenis, daß wir in einem grausigen Märchen leben! Die Prätorianer versammelten sich. Ich glaube, ich hielt ihnen eine Art Rede. Als wir Claudius schließlich im Palast hatten und er sein Abendessen vorgesetzt bekam, war die Situation stabil, die meisten Verschwörer verhört und aufgehängt.«

»Und die Frau?«

»Die Frau wurde hingerichtet. Durch das Schwert eines Tribuns.«

Caenis schluckte, sah sein Gesicht und fragte um seinetwillen in neutralem Ton: »Auf wessen Befehl?«

»Auf Befehl des Kaisers«, erwiderte Narcissus. Er seufzte. »Was hätte ich denn sonst sagen sollen.«

Nach längerem Schweigen sagte Narcissus, als könne er die Erinnerung kaum ertragen, müsse sie aber mit jemandem teilen: »Stell dir vor, als er sich zu Tisch setzte, rief er nach ihr. Ich mußte ihm sagen, daß sie tot ist. Er fragte nicht, wie es geschehen ist. Später wunderte er sich wortreich, daß sie nicht da war. Er war betrunken.« Das war nichts Ungewöhnliches. Außerdem war Claudius ungeheuer vergeßlich, vor allem wenn es ihm passend schien. »›Diese arme, unglückliche Frau‹ nannte er sie.«

»Das war sie auch«, sagte Caenis. Narcissus sah sie erstaunt an. »Es geht ihnen einfach zu gut«, erklärte sie schroff. »Diesen Damen. Risiken einzugehen, die Gesellschaft zu schockieren, das ist die einzige Herausforderung, die ihnen noch bleibt. Doch verglichen mit uns, wissen sie nichts. Niemand hat ihnen Selbstachtung oder Selbstdisziplin beigebracht. Also tut sie mir leid. Außerdem trage ich auch eine Mitschuld. Ich muß die Verantwortung einer Zeugin auf mich nehmen, verstehen Sie, denn ich war bei der Hochzeit der armen Frau anwesend!«

In Gedanken noch ganz mit den Ereignissen der Nacht beschäftigt, brauchte Narcissus einen Moment, bis ihm einfiel, daß außer der gestrigen Hochzeit mit Silius einst noch eine andere Farce stattgefunden hatte, bei der Messalina ihre safrangelben Schuhe und den zinnoberroten Schleier vor Zeugen trug.

Narcissus machte sich zum Gehen bereit.

»Danke, Caenis.« Er sah sie mit einem merkwürdigen Blick an. »Da ist etwas, um das ich dich bitten wollte.« Er rieb sich die Augen, so verlegen wegen seiner Bitte, daß es Caenis, die schon zu wissen glaubte, um was es sich handelte, beinahe peinlich war.

Narcissus war in keiner Weise weibisch oder verweichlicht. Sie nahm an, daß er Geliebte hatte, wenn sie auch keinen großen Eindruck in seinem Leben hinterließen. Die Lage war viel zu ernst, als daß er ihr eine solche Liaison vorschlagen würde. Er brauchte sie als Vertraute, und das würde er sicher nicht für eine flüchtige Liebelei aufs Spiel setzen.

Er überlegte, wie er es ihr beibringen sollte.

»Ich kann mich um das Reich kümmern«, sagte er dann mit flacher, müder Stimme. »Aber ich brauche jemanden, der sich um den Kaiser kümmert.«

Caenis schnappte nach Luft. Damit hatte sie nicht gerechnet. Wie schon in der Kindheit brachte ihr scharfer und manchmal etwas sprunghafter Verstand ihr immer noch Ärger ein.

In ihrer eigenen Überraschung reagierte sie heftiger als gewollt. »Ich wußte schon immer, daß Staatsdiener nichts anderes als bessere Zuhälter sind! Das ganze Prestige und der ständige Druck, unter dem sie stehen, all das schmutzige Geld, das in dunklen Ecken und auf Hintertreppen die Hände wechselt!«

»Du hast vollkommen recht. Wenn ich Claudius retten könnte, indem ich ihm eine Frau besorge, würde ich es tun!« erwiderte Narcissus geduldig, obwohl er vor Erschöpfung kaum noch aufrecht stehen konnte. »Er hat der Garde verkündet, er hätte so wenig Glück mit seinen Ehefrauen gehabt, daß er in Zukunft allein bleiben würde. Sie dürften ihn umbringen, wenn er das nicht einhielte. Tja, ob die Garde sich daran hält, ist natürlich ungewiß – aber er hat bereits von Pallas, Callistus und mir eine Liste möglicher Kandidatinnen verlangt, also können wir damit rechnen, daß sich die nächste Ehekatastrophe bereits anbahnt, falls es mir nicht gelingt, für eine angemessene und diskrete Alternative zu sorgen.«

Da sie keinen regelrechten Streit hatten, war eine Antwort erforderlich. Er hatte Caenis in Erstaunen versetzt, denn er schien anzunehmen, daß sie es für Rom tun würde und ihre eigenen Interessen nicht dagegen sprachen. Ihm war nicht klar, daß sie vielleicht andere Hoffnungen oder Ambitionen hatte.

»Oh, vielen Dank für Ihre Schmeichelei. So was braucht eine Frau von Zeit zu Zeit! Aber mich um einen Kaiser zu kümmern«, erklärte Caenis in vergleichsweise mildem Ton, »ist etwas, für das ich nicht geeignet bin.«

»Einem Kaiser könnte Schlimmeres passieren.«

»Oh, das wird es!« erwiderte sie düster. »Das wissen wir beide.«

Sie ließ sich nicht erweichen. Es war sein eigener Fehler: Er hatte ihr beigebracht, ein rasches Urteil zu fällen und sich dann daran zu halten.

Also machte sich Narcissus bereit, die Last des Imperiums, des Kaisers und der neuen Frau des Kaisers, wer immer sie sein mochte, auf sich zu nehmen. Er überlegte (Caenis hatte ihr Feingefühl nicht ganz verloren), ob sie sich wohl um ihn kümmern würde, falls das jemals nötig würde. Doch er zog es vor, sie nicht zu fragen. Narcissus wußte, daß er sich viel zu sehr in seiner Arbeit vergrub und die Frage unfair gewesen wäre. Außerdem kannte er seine Grenzen. Sich um ein Imperium zu kümmern war anstrengend genug, aber die Verantwortung für Caenis zu übernehmen verlangte nach einer besonderen Art Mann.

Sie war immer sein Liebling gewesen, und er wollte nur das Beste für sie. Er war nach wie vor davon überzeugt, daß auch ein Kaiser es weitaus schlechter treffen könnte.

XXIV

Bei der Suche nach einer neuen Frau für Claudius ging man nach streng bürokratischen Regeln vor. Seine höchsten Minister wählten je eine Kandidatin aus, deren Vorzüge sie in ausgefeilten Positionspapieren darlegten, die unter dem Vorsitz des Kaisers bei einer formellen Konferenz diskutiert wurden. Diese ganze Prozedur schien jedoch lediglich den Auswüchsen des persönlichen Geschmacks freien Lauf zu lassen.

Narcissus befürwortete: *Kandidatin A, Aelia Paetina.* Bereits einmal mit Claudius verheiratet und Mutter seiner Tochter Claudia Antonia – die solide, nüchterne, erprobte Kandidatin.

Callistus befürwortete: *Kandidatin B, Lollia Paulina.* Eine Frau von großer Schönheit, die kurz, wenn auch unter Zwang, mit Caligula verheiratet gewesen war – die brillante und populäre Kandidatin. Dazu war sie außerordentlich reich. Damit niemand das bezweifelte, nahm sie, wenn sie juwelengeschmückt zu einem Festmahl ging, die Rechnungen mit, um nachzuweisen, was der Schmuck gekostet hatte.

Pallas befürwortete: *Kandidatin C, Agrippina.* Claudius' Nichte. Sie war Caligulas Schwester, eine der berühmten drei – die intrigante, gefährliche, unerprobte Kandidatin. Sie hatte einen Sohn, Domitius Ahenobarbus, und damit ihre Fruchtbarkeit bewiesen. Ihre Ambitionen für diesen Sohn waren wahrscheinlich gewaltig – aber Claudius besaß in Britannicus ja bereits einen eigenen Sohn.

Laut Gesetz durfte kein Onkel seine Nichte heiraten, also tat Claudius genau das.

»Das ist das Problem mit solchen Konferenzen«, seufzte Narcissus verzagt. »Entweder fällt gar keine Entscheidung oder die schlimmstmögliche, dank der ausschlaggebenden Stimme des Vorsitzenden.«

Als Agrippina Claudius heiratete und Caenis ein Gefühl drohenden Verhängnisses überkam, traf sie eine Entscheidung, die einige ihrer Freunde überraschte. Es gab einen Ritter, mit dem sie sich angefreundet hatte, Marius Pomponius Gallus, einen gutmütigen, anständigen, humorvollen Mann. Narcissus hatte sie einander vorgestellt. Seit einigen Jahren hatte Marius sie immer wieder gebeten, ihn zu heiraten. Ganz plötzlich sagte Caenis zu. Er hatte sie sogar schon gefragt, als sie das erste Mal miteinander ins Bett gegangen waren. Dieser anfängliche Enthusiasmus schwächte sich später in höfliche Routine ab. Er war überraschter als alle anderen, als sie schließlich ja sagte. Aber er nahm es stoisch hin, und sie begannen, sich nach Eßgeschirr und Tafelwäsche umzusehen.

Zwei Jahre später, glücklicherweise noch bevor Agrippina sich ernsthaft einzumischen begann, wurde Flavius Vespasianus zum Konsul gewählt. Im gleichen Jahr, immer noch mit dem Vorhaben, Caenis zu heiraten, starb Marius Pomponius Gallus unerwartet.

Es schien alles von so trauriger Unwichtigkeit. Marius hätte sich durchaus in einen Bräutigam – sogar einen sehr willigen – verwandeln lassen, wenn Caenis gewollt hätte. Sie erkannte, daß sie sich vor allem auf ein eigenes Heim gefreut hatte, statt der mehr oder weniger schäbigen Wohnungen, die sie seit Antonias Tod bewohnte. Sie wollte Frieden und Beständigkeit, und das auf Dauer. Also fand sie mit der Hilfe von Narcissus, der ihr großzügig Geld und Zeit zur Verfügung stellte, ein Grundstück und ließ sich ein solides geschmackvolles Haus bauen, das bis zu ihrem Tode in ihrem Besitz bleiben sollte.

Ihr neues Heim lag ein paar Schritte außerhalb der nordöstlichen Stadtgrenze an der Via Nomentana. Das Grundstück war nicht gut gewählt, denn es befand sich direkt neben dem riesigen Prätorianerlager, das Seianus für die Garde hatte bauen lassen. Wegen der Lage mußte sie dauernde Witzeleien ihrer Freunde über sich ergehen lassen. Doch sie ersparte sich lästige Nachbarn, und es würde keine Einbrüche oder Überfälle geben.

Narcissus hatte ihr einen Verwalter namens Aglaus besorgt. Caenis nahm ihn zunächst in dem nicht kultivierten Teil des Gartens von Narcissus' Haus unter die Lupe. Sie dachte nicht daran, das Geschenk eines Staatsministers unbesehen anzunehmen.

Narcissus' Gärten, von allen Seiten durch die Flügel seiner Villa eingeschlossen, waren ebenso großzügig und gut angelegt wie ein öffentlicher Park. Der Lärm der Stadt wurde durch die Bäume gedämpft. Singvögel zwitscherten in den Büschen und hüpften durch die Dachrinnen des Hauses, auf den Dachschindeln sonnten sich weiße Tauben. Im wild belassenen Teil des Gartens gab es viel Wasser: rechteckige Becken, an denen Nymphen mit ruhigen, ebenmäßigen Gesichtern auf das Schilf und die darin herumschwimmenden Fische hinabschauten, überall Springbrunnen und kleine Bäche, die sich durch das Gebüsch schlängelten und plätschernd in muschelförmigen Porphyrbecken endeten. Manchmal wurden nachts schwimmende, wie Sterne glitzernde Kerzen auf diese Becken gesetzt. Überall standen Bänke oder Stühle. Jeder Sitzplatz bot eine hübsche Aussicht.

Es gab noch einen anderen, konventionelleren Garten, eingegrenzt mit Hecken aus sauber beschnittenem Rosmarin, ernst blickenden Statuen der kaiserlichen Familie auf abgezirkelten Akantusbeeten und Zypressen, die in regelmäßigen Abständen wie wachsame Soldaten an den mit feinem Kies bestreuten Wegen standen. Dorthin wurden ausländische Gesandte geführt. Der Garten hier war für Freunde bestimmt.

Caenis und Narcissus saßen entspannt auf einer Steinbank unter den überhängenden Zweigen einer Sammetmalve, die Füße am Rand eines Wasserbeckens. Es war spät im Jahr. Caenis war noch in Trauer. Sie hatte sich die würdevolle weiße Palla, den Umhang, über den Kopf gezogen und hoffte, ihren neuen Sklaven zu beeindrucken. Sie beobachteten ihn beim Näherkommen: ein junger Mann Anfang zwanzig, klein wie alle Palastsklaven und ein wenig ausgemergelt, ein schmales Gesicht mit einem bläulichen Kinn. Er hatte eine Art, Menschen direkt anzuschauen, die Caenis wohlvertraut war – mutig, mit einem Hang zur Aufmüpfigkeit. Wenn er sich dazu entschied, würde er seine Arbeit auf trotzige, lässige Weise gut machen, wurde er falsch behandelt, war er in dem Alter, wo man ihn bald als aufsässig beschreiben und an einen Lupinenhändler verkaufen mußte.

Narcissus bot ihm keinen Sitzplatz an.

»Das hier ist Antonia Caenis, eine wichtige Freigelassene der kaiserlichen Familie.«

Der Mann blieb völlig unbewegt, wirkte mürrisch. Caenis achtete darauf, daß er sah, wie sie ihn musterte, und sagte dann in ihrer ruhigen, geschulten Stimme: »Aglaus, nicht wahr? Was läßt sich über seine Arbeit sagen, Narcissus?«

»Er ist faul, verschlagen und anmaßend«, erwiderte Narcissus fröhlich. »Das sind sie heute alle. Unseren Standard kannst du nicht mehr erwarten.« Er war sich durchaus bewußt, daß Caenis den aufmüpfigen Jungen rettenswert fand, hatte er doch starke Ähnlichkeit mit ihr im gleichen Alter.

»Sag mir, Aglaus, bist du ehrgeizig?«

»Ja, Herrin.« Er sprach mit der vorsichtigen Indifferenz eines Mannes, der wußte, welche Antworten von ihm erwartet wurden.

Caenis zupfte an ihrer Lippe. »Dann kann ich dir etwas anbieten, was dir nicht allzuoft geboten wird. Ich brauche einen Verwalter. Deine Chance, Verantwortung zu übernehmen.«

Jetzt nahm der junge Mann die Schultern zurück und begann, sich ins rechte Licht zu setzen. Offenbar hatte er über die Sache schon gründlich nachgedacht. »Die Strafe, nehme ich an, ist eine Herrin, die selbst alle Kniffe kennt. Nichts dagegen einzuwenden, wenn ich das von vornherein weiß! Vermutlich hat die Gnädigste eine Eingangstür mit einem bronzenen Seepferd-Türklopfer und hält ihre Fensterläden ständig geschlossen, damit die Räume schön kühl bleiben?«

Caenis fand das ziemlich affektiert, wußte aber, worauf er hinauswollte. »Selbstverständlich! Vertrocknete Blumen, nur kleinste Portionen bei Tisch und Dienstboten, die in Filzpantoffeln herumschleichen.«

Narcissus stieß einen seiner schrecklichen Lacher aus.

»Männerbesuch?« setzte der Sklave sein Verhör fort. Er besaß wirklich eine gehörige Portion Unverfrorenheit.

»Nicht oft«, erwiderte sie gelassen und schob den Gedanken an Marius fort.

»Dann also Frauen?«

»Nicht, wenn es sich vermeiden läßt. Und dasselbe gilt für dich, wenn ich nicht die Erlaubnis dazu gebe! Genausowenig will ich sanftäugige Altardiener vom Tempel des Ganymed an meiner Küchentür herumlungern sehen.«

Statt sie wütend zu machen, weckte seine Unverschämtheit ihr Interesse. Sie konnte keine Menschen in ihrem Haus ertragen, denen es an Charakter mangelte. Er probierte absichtlich aus, wie weit er gehen konnte. Mit einem verächtlichen Kräuseln der Lippen, das sich gut einsetzen ließ, um Fleischer vor überhöhten Preisen zu warnen, fragte er: »Halten Sie sich Schoßhunde? Kleine Kläffer, die dauernd alles vollpinkeln? Zahme Enten? *Krokodile?*«

»Nein«, erwiderte Caenis knapp. »Wessen Bewerbungsgespräch ist das hier eigentlich?«

»Ihres, hoffe ich.« Aglaus war vollkommen offen. »Sie können mich verkaufen. Ich hänge fest.«

Ruhig wandte sich Caenis an Narcissus. »Mir macht diese Arroganz ja nichts aus, aber wird er auch höflich zu meinen Freunden sein?«

»Ja, Herrin!« grinste der Sklave. Caenis vermutete, daß er nicht für eine Frau arbeiten wollte. Sie nahm es ihm nicht übel, da sie selbst das nur für Antonia zu tun bereit war.

Die Chance, einen so verantwortungsvollen Posten zu übernehmen, war zu verlockend. Er verkündete: »Ich will's riskieren. Ich nehme den Posten.«

»Ach, wirklich? Jupiter!« rief Narcissus und verdrehte die Augen.

Caenis tätschelte ihm beruhigend den Arm. »Oh, ich werd's ihm schon nicht zu leicht machen. Vielen Dank, Aglaus.«

Er verneigte sich, jetzt mit vollendeter Höflichkeit. »Antonia Caenis.«

»Caenis reicht. Nur Caenis.« Sie würde sich nie ändern.

»Dann eben Gnädigste.«

Narcissus verabschiedete ihn mit einem gereizten Nicken.

Dann lächelten sie beide, mußten plötzlich an alte Zeiten denken.

»Kommt mir ideal vor«, meinte Narcissus. »Du wirst ihn auszanken, aber der Junge wird dich anhimmeln.«

Caenis erwiderte trocken: »Ich glaube nicht, daß Anhimmeln etwas ist, worauf ich großen Wert lege.«

Ein kurzes Schweigen entstand. Sie mußte mit Narcissus über Marius' Testament reden. Er ließ ihr Zeit, den Anfang zu machen.

In diesem Moment hörte sie, wie wohl auch Narcissus, daß sich hastige Schritte vom Haus her näherten. Jemand war die Steinstufen hinter ihnen herabgestapft, auf dem Pflaster unter der kleinen, etwas krumm gewachsenen Palme ins Rutschen gekommen und wanderte jetzt durch den im Sommer mit Geißblatt bewachsenen Laubengang, der zu Narcissus' Lieblingsplatz führte, auf sie zu. Jemand, der Narcissus gut genug kannte, um unangemeldet hier aufzutauchen. Jemand, der sehr erregt war. Ein Mann, dessen schwere Schritte Caenis sofort erkannt hatte.

Sie zog ihren Überwurf enger ums Gesicht. Der Mann trat aus dem Schatten des Laubengangs. Narcissus schaute auf. Sein Besucher ließ sich schwer auf eine zweite Bank fallen. Er begann zu sprechen, sah, daß jemand da war, erkannte sie, verstummte mitten im Satz. »Tut mir leid. Niemand hat mir gesagt, daß ich stören würde. Ich komme später wieder.« Er sprang auf.

Es war Flavius Vespasianus, ohne seinen zeremoniellen Liktorentrupp, aber ansonsten in vollem Konsulornat.

Normalerweise wurde ein Magistrat der Stadt stets bevorzugt behandelt. Selbst der Kabinettssekretär wurde sofort ausnehmend höflich. »Konsul! Diese Dame hat zwar etwas mit mir zu besprechen, aber sie wird nichts dagegen haben, ein wenig zu warten. Soll ich sie bitten, sich zurückzuziehen?«

In seiner abrupten Art murmelte Vespasian: »Danke. Nicht nötig.«

»Ist es etwas Privates?« erkundigte sich Narcissus besorgt.

Vespasian ließ sich wieder auf die zweite Bank sinken. Gereizt runzelte er die Stirn. Wenn er sich schon mit der Situation abgefunden hatte, dann brauchten sich andere auch nicht zu beunruhigen. »Nein. Regen Sie sich ab, Narcissus. Wenn die Dame möchte, daß ich gehe, wird sie mir sagen, ich soll in den Styx springen, und wenn sie selbst gehen will, dann wird sie das tun.«

Wie wahr! Caenis richtete den Blick auf den Teich.

Narcissus, sehr diskret, wenn es um private Beziehungen ging, war das Ganze sichtbar peinlich. Bisher war es ihm gelungen, eine solche Begegnung mit, wie er meinte, sehr viel Takt zu vermeiden. Er fühlte sich viel unbehaglicher als seine beiden Gäste. Beunruhigt fragte er den Konsul, was denn los sei. Vespasian rupfte einen Zweig von einem nahe stehenden Busch und begann ihn zu zerpflücken.

»Oh, diese verfluchten kaiserlichen Weiber! Erst kommen wir vom letzten Ende der Welt zurück und müssen feststellen, daß Messalina sämtliche Freunde, die Claudius je hatte, aus dem Weg geräumt hat, und dann schieben Sie und Pallas ihm die nächste intrigante, verdächtige, inzestuöse Kuh zu, die beschließt, das Imperium zu führen ...« Diese Beschreibung von Augusta, wie Agrippina sich jetzt nennen ließ, entsprach genau Narcissus' eigener Meinung, das wußte Caenis.

Er murmelte nervös: »Ich weiß, unter welcher Belastung Sie stehen, Konsul.»

»*Belastung!* Narcissus, die Frau ist unmöglich. Solange Claudius ihr freie Hand läßt, habe ich sie ständig auf dem Hals. Oh, ich werde meine Amtszeit schon durchstehen, aber ihr kann nicht entgangen sein, was ich über sie denke.«

»Und sie hat sicher nicht vergessen, was Sie damals gesagt haben, als Caligula ihr Ehebruch und Verschwörung vorwarf!« wies ihn Narcissus zurecht.

»Also sind wir auf ewig verfeindet. Wenn meine Amtszeit als Konsul vorbei ist, werde ich den Hof verlassen müssen.«

»Klingt vernünftig!«

»Klingt ungerecht!«

In leicht orientalischer Manier zuckte Narcissus die Schultern. »Ja. Doch Ihnen bleibt immer noch der Frieden und die Ruhe Ihres Landgutes – das römische Ideal. Man wird Sie bald zum Statthalter wählen, Ihnen eine Provinz zuteilen. Genießen Sie inzwischen das müßige Leben. Kümmern Sie sich um Ihre Rebstöcke oder was immer Sie haben, halten Sie sich bedeckt und bleiben Sie ruhig. Ein guter Mann macht sich in solchen Zeiten am besten unsichtbar.«

Der Konsul war immer noch wütend. »Ich besitze nichts!«

Narcissus richtete sich plötzlich auf. »Oh doch, mein Herr! Sie haben eine rechtschaffene Frau und drei gesunde Kinder, die Bewunderung der Armee, die Anerkennung des Senats und sind beliebt bei vielen Bürgern. Es mag Ihnen zwar an Kapital mangeln ...«

Das war nicht die beste Art, Vespasian zu beruhigen. Er schleuderte die Überreste des Zweiges in den Teich. Caenis' weißes Trauerkleid bekam ein paar Spritzer ab, und sie zog die Füße zurück, um es in Sicherheit zu bringen. Sie besaß nur dieses eine. Es gab nicht viel Menschen, für die Caenis bereit gewesen wäre, Trauerkleidung anzulegen.

»Mangeln? Mangeln? Hören Sie zu«, brauste Vespasian auf. »Ich habe darüber nachgedacht! Sie wird meine Beförderung blockieren, das weiß ich. Aber auch wenn ich eine Provinz bekomme, muß ich eine Hypothek aufnehmen, um einigermaßen anständig leben zu können, selbst im Ausland. Finden Sie das richtig? Meine Kinder müssen in bitterster Armut aufwachsen. Auf unserem Tisch gibt's kein Familiensilber, und der arme kleine Domitian hat gerade in einem Speicher hoch über der Granatapfelstraße das Licht der Welt erblickt.« Vespasian war jetzt voll in Fahrt. Domitian war sein zweiter, im Oktober geborener Sohn. Es gab auch noch eine Tochter. »Ich werde ein Statthalter sein, der Maultiergespanne vermietet und sich im Fischhandel betätigt – ein Thunfischhändler, ein Flunderverkäufer, ein Mann, der dauernd seinen Prozenten aus dem Handel mit Tintenfisch und Kabeljau nachjagt! Ihre Freundin kann mit dem Rumruckeln aufhören und lachen, wenn sie will.«

Caenis, die sich sehr in sich zurückgezogen hatte, merkte plötzlich, daß sie das Publikum für diesen theatralischen Gefühlsausbruch war.

Vespasian hatte sie zunächst genauso absichtlich übersehen wie sie ihn. Jetzt wandte er sich ihr zu und sprach sie direkt mit diesem verwirrend gesenkten Tonfall an: »Hallo, Caenis!«

»Hallo«, erwiderte sie.

Es war das erste Mal in beinahe dreizehn Jahren, daß sie miteinander sprachen.

Der Kabinettssekretär, dessen Unerfahrenheit in solchen Dingen ihn zu einem aufmerksamen Beobachter machte, bemerkte sofort, daß das Stirnrunzeln des Konsuls verschwunden war. Vespasians Stimmung war umgeschlagen, seine Stirn hatte sich geglättet wie eine Wachstafel, die zur Wiederverwendung erwärmt worden ist. Trotzdem schien es so, als wollten sich die beiden nichts weiter sagen.

Der Konsul nagte an seiner Lippe und wandte sich wieder an den Freigelassenen. »Na gut. Wenn Sie so sicher sind, daß alles in Ordnung kommt, welche Provinz haben Sie mir denn dann zugedacht?«

»Afrika«, erwiderte Narcissus. Vespasian stieß einen Pfiff aus. Caenis richtete sich auf. Afrika war der Hauptgewinn.

»Ich dachte, das wird durch Los entschieden?«

»Oh, das wird es auch, Konsul! Lassen Sie sich von niemandem etwas anderes weismachen.« Anscheinend bereute er seine Offenheit, denn er fügte vorsichtig hinzu: »Der Posten dort ist mit einigem Aufwand verbunden.«

»Oh, vielen Dank!« versetzte Vespasian bissig, sah aber nachdenklich aus. Caenis war klar, daß er überlegte, wie diese Lotterie wohl gesteuert wurde. Ihr ging es genauso. »Fragen Sie Ihre trübsinnige Besucherin, ob sie ihre Ersparnisse zurückbraucht.«

Narcissus hätte sich am liebsten rausgehalten, aber als Caenis weiterhin nur schweigend in den Teich starrte, fühlte er sich bemüßigt, sich zu räuspern und zu fragen: »Brauchst du sie, Caenis?«

Caenis erwiderte ruhig, zu Narcissus gewandt: »Nein.«

»Großzügige Freunde!« meinte Narcissus zu Vespasian.

Der erwiderte knapp: »Ja.« Dann fauchte er Caenis an: »Dauernd sieht man dich in Weiß! Du weißt doch, daß du in Weiß scheußlich aussiehst.« Caenis dachte nicht daran, sich in diesem Stadium ihres Lebens von Männern vorschreiben zu lassen, was sie anzuziehen habe. Er schien ihre Gedanken zu lesen. »Entschuldige. Das war ungehörig. Du mußt mir verzeihen. Ich kenne dich schon so lange.«

»Nein, Konsul.« Er schreckte hoch. Auch sie war über sich selbst erschrocken, fuhr aber mitleidlos fort: »Sie kannten mich«, sagte sie scharf, »nur *kurz*, vor *sehr langer Zeit*!«

Damit sprang sie auf, preßte die Lippen zusammen und verschwand in einen anderen Teil des Gartens.

Ein unbehagliches Schweigen entstand. Narcissus hatte keine Ahnung, was von ihm erwartet wurde. »Soll ich ...«

»Lassen Sie sie!« befahl Vespasian knapp. »Solange sie wütend wird«, erklärte er dann, als sei es wichtig, daß Narcissus dies in Zukunft begriff, »ist alles in Ordnung.« Eine weitere Pause entstand. Vespasian blickte Caenis nach.

Narcissus murmelte: »Ich werde ...«

»Nein. Ich gehe.«

»Dann sollte ich Ihnen besser erklären, warum sie ...«

»Nicht nötig«, sagte Vespasian. »Ich weiß. Natürlich weiß ich es.«

Ihre Gefühle hatten nichts mit Vespasians Anwesenheit zu tun.

Sie saß auf einer Bank neben den wippenden Wedeln eines Riesenfarns, atmete schwer, hatte die Hand an die Stirn gelegt. Es war einfach zuviel. Marius' Tod, und jetzt dieses unverschämte

Testament ... Marius hatte ihr genau die Hälfte der Summe vermacht, die er jedem seiner Freigelassenen zugedacht hatte: genug, um seine Familie in Verlegenheit zu bringen, und doch eine grobe Herabsetzung der Frau, die seine Ehefrau hatte werden sollen. Sie wollte das Vermächtnis ablehnen, wie es jedem Erben zustand. Seine Vorsicht war so beleidigend.

Während ihr diese Überlegungen durch den Kopf gingen, dachte sie auch an Marius. Sie hielt ihn immer noch für einen vergleichsweise anständigen Mann. Er hatte nicht begriffen, was er ihr damit antat.

Jemand kam sie holen. Sie hörte die Schritte, versuchte, sie zu ignorieren.

»Caenis?« Ihr sabinischer Freund.

Er wartete auf der anderen Seite des Riesenfarns, bis sie sich gefangen hatte. Befürchtete wahrscheinlich, daß sie geweint hatte. Was sie wohl auch getan hätte, wenn sie nicht gestört worden wäre. Die Leute wußten nie, wann man jemanden in Ruhe lassen sollte.

»Dein altes griechisches Kindermädchen hat die Panik gekriegt.«

»Ich komme schon.« Caenis wollte aufstehen, aber Vespasian stand auf dem schmalen, mit herabgefallenem Laub bedeckten Pfad. Er blockierte ihren Weg.

»Steh nicht auf.« Er rührte sich nicht, also blieb sie sitzen. »Brauchst du einen Rat?«

Caenis antwortete nicht. Offenbar hatte Narcissus ihm alles erzählt. Politiker waren von einer solchen Arroganz, wenn es um die Angelegenheiten anderer ging.

Vespasian riskierte es: »Sag einem freundlichen Magistrat, was du auf dem Herzen hast. Ich berechne auch nichts dafür«, stichelte er, während sie nach wie vor mit versteinertem Gesicht dasaß. Er hatte kräftig an Gewicht zugelegt und kleidete sich prächtiger als früher. »Du könntest es mir allerdings von den Zinsen für mein Darlehen abziehen.« Mit der selbstverständlichen Annahme, daß niemand, der sich in guter Gesellschaft befand, jemals absichtlich grob sein würde, fuhr er fort: »Sag mir, ich soll mich um meinen eigenen Kram scheren, wenn du willst ...«

»Scheren Sie sich um Ihren eigenen Kram, Konsul!« brüllte Caenis.

Bitter wandte sie sich ab.

Aber er sagte nur »Laß doch den Blödsinn, Mädchen!« und setzte sich dann neben sie auf die Bank. Caenis war vermutlich vierzig. Selbst auf dem Land würde sie niemand mehr »Mädchen« nennen.

»Kein Grund, gleich um sich zu schlagen.«

»Dann mischen Sie sich nicht ein!«

»Hör zu, Caenis ...«

»Lassen Sie mich in Ruhe!«

»Das kann ich nicht. Ich hab's deiner Herrin vor langer Zeit versprochen. Ich hatte gehört, daß du heiraten wolltest. Es tut mir so leid.« Wieder sprang Caenis auf. Er schnauzte sie an: »Ach, setz dich gefälligst, du grantiges Weibsbild, und hör mir zu!«

Marius hätte sie nie beschimpft. Und sie hätte ihn, das wußte sie jetzt, auch nie geheiratet. Dieser Fremde kannte sie besser, als Marius es je getan haben würde.

»Komm schon, setz dich.«

Sie stürmte zwar nicht davon, blieb aber stehen und hüllte sich enger in den weißen Überwurf, der ihm so mißfiel. Vespasian seufzte. Dann sagte er mit der Förmlichkeit eines Magistrats: »Also gut, hör zu. Es ist ganz einfach. Rechtlich gesehen ist es deine Entscheidung. Ich würde dir aber trotzdem raten, nichts zu unternehmen, wenn es dich zu sehr belastet. Der Mann ist tot, du kannst dich nicht mehr an ihm rächen. Einen Standpunkt einzunehmen ist prinzipiell völlig richtig, aber am Ende wirst du es sein, die sich mies fühlt. Wenn du seine knauserige Erbschaft ablehnst, schafft das mehr böses Blut, als wenn du sie in aller Bescheidenheit annimmst und für einen neuen Hut ausgibst.« Caenis hatte den Anstand, wenigstens zu nicken. Seine Stimme wurde weicher.

»Hier ist ein Knie, auf das du dich setzen kannst, falls du dich ausweinen möchtest.« Sie ging nicht darauf ein. Nach kurzem Schweigen fragte er säuerlich: »Warum wolltest du überhaupt heiraten?«

»Oh, aus den üblichen Gründen!« brauste Caenis auf. »Bett, Unterkunft, jemanden zum Herumschubsen – und einen halbwegs passablen Gefährten für meine alten Tage!«

Vespasian lachte.

Sie wirbelte zu ihm herum, so daß er schließlich sehen konnte, wie blaß sie war und wie verzweifelt. Was er in ihrem Gesicht las, erschreckte ihn. Und was immer sie ihm entgegenschleudern wollte, erstarb im gleichen Moment.

Denn auch sie war erschrocken.

Doch er war nicht umsonst römischer Konsul. Jeder Ausdruck verschwand aus seinem Gesicht. Sofort gab er dem Ganzen eine andere Wendung. Er stand auf. »Ja, in Ordnung. Wir sollten besser zurückgehen. Sonst denkt dieses alte Waschweib von einem Freigelassenen noch, hier täte sich was.«

Also gingen sie zurück.

»Und, hast du einen Rat bekommen?« plusterte sich Narcissus auf.

»Ja.«

»Wirst du ihn annehmen?«

»Wahrscheinlich.«

»Na, siehst du wohl!« rief Narcissus, ganz wie das Kindermädchen, als das Vespasian ihn bezeichnet hatte; Vespasian, mußte man zu seiner Ehre sagen, zuckte sichtbar zusammen.

Da sie dieses Getue nicht mehr ertragen konnte, wandte Caenis sich zum Gehen. Narcissus umarmte sie, wie er es zum Abschied gewöhnlich tat. Über ihren Kopf hinweg sagte er zu Vespasian (worauf Caenis sich fragte, wie oft die beiden sich wohl schon über sie unterhalten hatten): »Ich muß sehen, daß ich einen netten, toleranten Witwer für sie finde, jemand Mutigen, jemand, dem das Reich einen Gefallen schuldet ...«

Caenis riß sich los. »Oh, Sie unverschämter Kretin! Mit einem unausgegorenen Witwer verkuppelt zu werden ist das *letzte*, worauf ich Wert lege.«

Selbst Vespasian schimpfte: »Gute Götter, Narcissus – lassen Sie das arme Mädchen in Ruhe!«

Einen Moment lang hatte sie das Gefühl, die beiden würden sich um sie kabbeln. Sie sprachen über ihren Kopf hinweg, redeten über sie, gaben ihr Anweisungen in dieser besserwisserischen Art, die Männern eigen ist. Sie bildeten sich ein, ihr in geschäftlichen Dingen helfen zu können. Sie gaben sich besorgt, weil es ihr schlecht ging. Und da sie Männer waren, verhielten sie sich automatisch wie Konkurrenten. Keiner der beiden wollte sie. Beide wollten nichts von ihrem privaten Schmerz wissen. Aber keiner wollte dem anderen zugestehen, daß er sie am besten kannte.

Vespasian streckte ihr die Hand entgegen. Vor Narcissus blieb ihr keine andere Wahl – Caenis reichte ihm die ihre. Ein Konsul schüttelte vermutlich täglich Hunderten von Menschen die Hand, zerdrückte sie aber nicht mit einem derart festen Griff. »Antonia Caenis.«

Als er ihren Namen aussprach, mußte sie wegschauen.

Nachdem sie gegangen war, sagte Narcissus steif: »Danke. Ist irgendwas passiert?«

»Wir haben kurz, aber heftig die Klingen gekreuzt.« Vespasian sah ihn mit starrem Blick an. »Nichts Ungewöhnliches.«

»Ich hatte befürchtet, daß ein Wiedersehen mit Ihnen sie aufwühlen würde.«

Ein grimmiges Lächeln umzuckte den Mund des Konsuls.

»Das legt sich wieder«, sagte er. Hilflos erkannte Narcissus das volle Ausmaß des Fehlers, den er gemacht hatte. »Sie ist daran gewöhnt«, erklärte Vespasian düster. Und nach einer kaum wahrnehmbaren Pause: »Zweifellos werde ich mich eines Tages auch daran gewöhnen.«

XXV

Claudius hatte Agrippina gleich an dem auf Messalinas Tod folgenden Neujahrstag geheiratet. Diesmal hatte Caenis eine Ausrede benutzt, um nicht an der Hochzeit teilnehmen zu müssen. Sie konnte nicht mit gutem Gewissen ihre Unterstützung anbieten.

Am Tag der Hochzeit fügte sich Lucius Silanus, der seit Jahren mit Octavia, der jungen Tochter des Kaisers, verlobt war, in das Unvermeidliche und beging Selbstmord (man hatte ihn von einem auf den anderen Tag als Prätor entlassen – ein untrügliches Zeichen dafür, daß er in Ungnade gefallen war). An seiner Statt verlobte man Agrippinas Sohn aus erster Ehe, Lucius Domitius Ahenobarbus, mit Octavia.

Auf Agrippinas Drängen wurde Ahenobarbus bald darauf von Claudius adoptiert. Das rief einiges Erstaunen hervor. Kein Außenseiter war je in das aristokratische Haus der Claudier adoptiert worden, und außerdem hatte der Kaiser einen eigenen Sohn. Die Adoption verdrängte Britannicus unnötigerweise auf den zweiten Platz. Als neues Familienmitglied nahm Ahenobarbus einen claudischen Namen an und ließ sich jetzt Nero nennen.

Pallas befürwortete die Adoption Neros mit dem Argument, Claudius müsse für einen Beschützer seines Sohnes sorgen. Ironischerweise wurde Britannicus von da an, selbst zu Lebzeiten seines Vaters, im Palast als unwillkommener Gast von zweifelhafter Herkunft behandelt. Alle Sklaven und Freigelassenen, die ihm die Treue hielten, wurden allmählich entfernt, und allen Offizieren der Armee, die sich zu Britannicus bekannten, legte man nahe, sich ins Ausland versetzen zu lassen, oder man räumte sie durch Beförderungen aus dem Weg. Sein neuer Bruder unterstützte ihn in keiner Weise, ganz im Gegenteil.

Als nächstes stimmte Claudius zu, Nero vorzeitig für volljährig zu erklären und damit seine öffentliche Laufbahn beginnen zu lassen. Nero wurde zum designierten Konsul ernannt, ohne vorher andere Ämter innegehabt zu haben, und ließ sich als Prinz der Jugend feiern. Es kam zu einer häßlichen Szene, als sich Britannicus weigerte, ihn mit seinem angenommenen Namen anzureden. Britannicus wurde bestraft, seine besten Tutoren entlassen, und er verlor sogar noch mehr Sklaven.

Im Alter von sechzehn Jahren heiratete Nero Octavia. Dadurch wurde Octavia seine Schwester, seine Cousine und seine Frau; Claudius war sowohl sein Vater als auch sein Schwiegervater. Das war selbst für die verzerrten Maßstäbe des julisch-claudischen Hauses ungewöhnlich. Nero veranstaltete Spiele zu Ehren des Kaisers und erschien in vollem Triumphornat, während Britannicus die übliche schmalgestreifte Tunika eines Schuljungen trug. Im Publikum warf man sich mißbilligende Blicke zu.

Dann geschah etwas sehr Bedenkliches: Britannicus wurde für kurze Zeit wieder beliebt. Claudius, der Britannicus nach Messalinas Tod lange mit schmerzlicher Reserviertheit begegnet war, schien sich auf seine frühere Abneigung gegen Nero zu besinnen, der in der Tat auf alle Leute mit Stil und Geschmack abstoßend wirkte. Der Kaiser gewöhnte sich daran, Britannicus bei jeder Gelegenheit in den Arm zu nehmen, Düsteres auf griechisch zu zitieren und auszurufen: »Werde schnell erwachsen, mein Junge, dann wird dich dein Vater in seine Pläne einweihen!«

Britannicus war zu einem stoischen Jungen geworden. Er nahm das alles offenbar gelassen hin. Und er hatte zwei wertvolle Verbündete. Der eine war Narcissus. Die andere, die keinen offiziellen Posten bekleidete und daher nicht entlassen werden konnte, war Antonia Caenis, die Freigelassene seiner Großmutter.

Caenis und Britannicus wurden gute Freunde. Caenis war attraktiv genug, um für einen heranwachsenden Jungen eine gewisse Gefahr darzustellen, konnte sich jedoch aufgrund ihres Alters sicher fühlen. Sie sagte, sie würde sich weigern, ihn zu bemuttern, obwohl sie es stets tat, wenn er es brauchte. Britannicus war eher steif erzogen worden. Caenis sprach mit ihm in einer Weise über Politik, die schon fast an Hochverrat grenzte, und erzählte ihm

Geschichten, die eindeutig rüde waren. Sie hatten sich ein Spiel ausgedacht, bei dem sie darin wetteiferten, für jede Situation ein passendes Lied zu finden. Britannicus besaß eine ausgezeichnete Stimme. Es war nur natürlich, daß sich Caenis zu einem Kind hingezogen fühlte, das im Palast aufwuchs und so nach Zuneigung gierte, dabei aber gleichzeitig so gutmütig und vernünftig war.

Sie gab Britannicus heimlich Unterricht in Kurzschrift, damit er mit einem Jungen mithalten konnte, der mit ihm zusammen erzogen wurde. Während einer dieser Unterrichtsstunden flog plötzlich die Tür auf, und jemand stürmte herein. Es gab keinen Zweifel, wer es war – das konnte nur der Konkurrent sein, denn Britannicus ließ augenblicklich seine Notiztafel hinter die Leseliege gleiten und schob eine Vase vor die Wasseruhr, mit der er seine Zeit gestoppt hatte. Dann zwinkerte er Caenis zu.

Sie hatte den anderen Jungen nie zuvor gesehen, erkannte ihn aber sofort.

Ihr Schützling Britannicus war inzwischen so groß wie viele erwachsene Männer und besaß den gleichen dürren Hals und die abstehenden Ohren wie sein Vater. Mit seinen dreizehn Jahren befand er sich in einer Phase der Schlaksigkeit und Gehemmtheit. Seit dem Tod ihrer Mutter waren er und seine Schwester Octavia verständlicherweise ernst und in sich gekehrt. Dieser Junge hier war ganz anders. Britannicus' Freund – und sie waren offensichtlich Freunde – war klein, stämmig und dynamisch wie ein Schleppboot auf dem Tiber. Er war so solide gebaut wie ein Obelisk. Eine dichte Mähne kräuselte sich auf seinem Kopf, und obwohl seine Nase nicht so stark gebogen war wie die seines Vaters, besaß er das gleiche aufwärtsweisende Kinn und die geraden Augenbrauen.

»Aha! Ein neues Liebchen?« rief der Junge und blieb überrascht stehen. Britannicus wurde rot. Er war alt genug um Interesse zu entwickeln, aber gleichzeitig noch in dem Alter, daß er sich vor Frauen fürchtete.

Caenis gab sich den Anschein einer erfahrenen, äußerst teuren

Wahrsagerin. »Du mußt Titus sein!« erklärte sie hoheitsvoll und kühl. »Titus Flavius Vespasianus, Sohn des Titus, Tribus Quirina, Bürger von Reate.«

Die beiden Jungen waren tief beeindruckt.

»Ist das die Gesichtsdeuterin?« fragte Titus seinen Freund Britannicus gespannt.

Britannicus reagierte mit einem höflichen, geheimnisvollen Lächeln. Er lernte schnell; es war wunderbar, das zu beobachten. »Nur eine Freundin«, teilte er dem anderen mit, der vor Neugier zu platzen schien. »Von der ich mir eine zweite Meinung erhoffe«, fügte er hinzu.

Worauf Caenis es mit gemischten Gefühlen hinnehmen mußte, daß sie von Vespasians halbwüchsigem Sohn abschätzend gemustert wurde.

Es stellte sich heraus, daß sich Narcissus immer noch Sorgen um den Fortbestand der Dynastie machte, so zwecklos das allmählich auch zu werden schien. Er hatte einen Physiognomisten bestellt, jemand, der Britannicus' Zukunft aus seinem Gesicht ablesen sollte. Da Narcissus den Mann gleich mitgebracht hatte, blieb Caenis keine Zeit, den beiden Jungen zu sagen, wie sie das fand.

Der Wahrsager war ein übergewichtiger, schmieriger Chaldäer in einem glänzenden, smaragdgrünen Überwurf, an den Fingern große, geheimnisvolle Skarabäusringe. Er trug knallgrüne spitze Schnürschuhe. Caenis hatte es sich zur Regel gemacht, niemals Männern mit ausgefallenem Schuhwerk zu trauen.

Narcissus, der genau wußte, was sie von dieser Angelegenheit halten würde, wich ihrem Blick aus. Er hoffte offensichtlich, daß Caenis verschwinden würde. Sie kreuzte ruhig die Füße, schaute würdevoll und blieb. Als Britannicus bemerkte, wie aufgeregt Narcissus war, zwinkerte er Caenis erneut zu. Sie hatte ihm das Zwinkern beigebracht. Der Junge war zunächst von Sklaven erzogen worden, die Messalina als leicht zu lenken empfand, dann von zweifelhaften Kandidaten, die Agrippina aus Boshaftigkeit gewählt hatte. Seine Ausbildung war wenig anregend gewesen und hatte nützliche gesellschaftliche Verhaltensweisen völlig außer acht gelassen. Aber er konnte singen und tat es auch. Niemand würde je ein völliger Versager sein, solange er singen konnte.

Sich das Gesicht deuten zu lassen machte Britannicus sichtlich nervös. Nach viel Geschiebe und Gefummel hatten Narcissus und der Physiognomist endlich einen Hocker so hingerückt, daß er das beste Licht bekam. Caenis stellte sich hinter ihr widerstrebendes Versuchsobjekt, ließ ihre schützenden Hände leicht auf seinen Schultern ruhen und starrte den Chaldäer über den Kopf des Prinzen herausfordernd an. Der junge Titus schlich näher und kniete sich neben den Hocker, damit ihm auch ja nichts entging. Wie Caenis später zu dem Jungen sagte, war es nur vernünftig, jemandem gegenüber mißtrauisch zu sein, der nach einer so seltsamen Mischung aus Patschuli und Zwiebeln roch.

Der Physiognomist hatte sich schweigend vor Britannicus aufgebaut und sah ihm direkt ins Gesicht. Er kam näher, hüllte den Sohn des Kaisers in eine Wolke seines Zwiebelatems und hob Britannicus' Kinn mit dem Finger. Wäre er jünger gewesen, hätte Britannicus ihn bestimmt gebissen. Mit dreizehn war er, den Göttern sei Dank, zu stolz dazu.

Der Physiognomist trat zurück. Caenis und Britannicus hörten auf, den Atem anzuhalten. Der Chaldäer wandte sich an Narcissus. »Nein«, sagte er obenhin und wollte gehen.

Selbst Narcissus war verblüfft.

Titus, der so aufgeregt war wie ein Affe in einem Lagerhaus voller Obst, brannte darauf, eine Frage zu stellen, aber jemand kam ihm zuvor. Narcissus war nicht dreißig Jahre lang Beamter gewesen, um sich jetzt durch die Mysterien von Ur bremsen zu lassen. »*Nein?*« rief er barsch. Womit er ausdrückte, daß dieses Urteil zu kurz, zu vage und zu teuer für die kaiserliche Privatschatulle war.

»Nein«, wiederholte der Chaldäer. Da er spürte, daß bereits eine Kürzung seines Honorars erwogen wurde, ließ er sich zu der Erklärung herab: »Er wird nie der Nachfolger seines Vaters werden. Ich nehme an, das ist es, was Sie wissen wollten?«

Caenis war der Meinung, daß jeder, der sich auch nur ein bißchen mit dem claudischen Familienleben auskannte – oder sich durch das Überfliegen der Nachrufe im *Tagesanzeiger* einen oberflächlichen Eindruck verschafft hatte –, ohne weiteres zu einer solchen Prophezeiung fähig war.

»Sind Sie sicher?« Narcissus wollte offenbar unbedingt enttäuscht werden.

»Selbstverständlich!« Der Mann wischte die Frage mit einer Gereiztheit beiseite, die Caenis sehr genoß.

Er war schon auf dem Weg zur Tür, aber Narcissus bestand stets darauf, von einem Spezialisten den vollen Gegenwert seines Honorars zu bekommen. »Und was wird Ihrer Meinung nach stattdessen mit ihm geschehen?«

Ein Prinz lernt, sich mit Impertinenz abzufinden; Britannicus rührte sich nicht.

Der Physiognomist warf Narcissus einen mitleidigen Blick zu. »Er wird die ihm zugedachte Lebensspanne durchleben, Herr, und dann sterben, wie wir es alle müssen.«

»Wie lang ist diese Spanne?« drängte der Kabinettssekretär schroff.

Diesmal spürte Caenis, wie sich der Junge unter ihren Händen versteifte. Sofort sagte sie knapp: »Britannicus zieht es vor, das nicht zu wissen!«

Dem Physiognomisten schien ihre Entschlossenheit zu gefallen. Er nickte dem Jungen zu. Manche Dinge waren eben doch vertraulich, auch wenn die Privatschatulle die Rechnung bezahlte. Narcissus mußte sich damit zufriedengeben.

Erst kurz vor der Tür drehte sich der Mann noch einmal um. »Allerdings«, sagte er, »der andere schon.«

Eine kleine Pause entstand. Der Mann hatte Titus die ganze Zeit kaum angesehen. Niemand wollte ihn ein zweites Mal verärgern, aber als der Diener den Türvorhang hob und Caenis befürchtete, der Wahrsager könne ohne ein weiteres Wort gehen, fragte sie leise: »Titus wird was?«

Der Chaldäer zögerte nicht. »Er wird der Nachfolger seines Vaters werden.«

»Als was?«

»Was immer sein Vater ist oder werden wird!« Selbst Caenis brachte den Mann offenbar in Rage. »Das kann ich Ihnen nicht sagen, ohne das Gesicht seines Vaters zu sehen.«

Caenis lachte. Sie deutete auf den Sohn ihres sabinischen Freundes und rief: »Sehen Sie doch hin! Haben die Chaldäer denn keine Phantasie? Fügen Sie die Nase eines Boxers kurz vor der Pensionierung hinzu, und Sie haben es.«

Zum ersten Mal zeigte der Mann, daß auch er lächeln konnte. »Ah ja, *das* Gesicht!« spottete er. (Für Titus wurde er nicht bezahlt, ganz zu schweigen von seinem sabinischen Papa.) »Das muß das Gesicht eines Niemands sein.«

In dem Moment wünschte sich Caenis, sie hätte die Frage nicht gestellt, denn obwohl sie sicher war, daß Vespasian vor Vergnügen gebrüllt hätte, war der neben Britannicus kniende Junge bitter enttäuscht. Sie war so um Titus besorgt, daß es sie völlig unvermittelt traf, als der Chaldäer leise fragte: »Und Ihr eigenes Gesicht, meine Dame? Wollen Sie dazu keine Frage stellen?«

Doch sie fing sich rasch. »Oh, darüber gibt es bereits eine Prophezeiung«, sagte Caenis mit einem leisen Lächeln. »Von meinem Gesicht wurde gesagt, ›es wird nie eine Münze zieren‹.«

»Gut gesprochen!« meinte der Chaldäer, der offenbar etwas für sinnlose Bemerkungen übrig hatte.

XXVI

Der Gesichtsdeuter hatte recht: Britannicus wurde nicht der Nachfolger seines Vaters.

Das Licht, das über Claudius' frühen Regierungsjahren geleuchtet hatte, erlosch mit Messalinas Tod. Er erlaubte Agrippina, die eine eigensinnige, willensstarke Frau mit der politischen Zielstrebigkeit ihrer Familie war, das Imperium zu regieren. Sie tat das genauso unbarmherzig und rücksichtslos, wie sie Claudius beherrschte. Und als Britannicus kurz vor der Volljährigkeit stand, starb Claudius.

Der Tod des Kaisers wurde nicht sofort bekanntgegeben. Nicht bevor Agrippina sich unter dem Vorwand untröstlicher Trauer aller Kinder ihres Mannes – Claudia Antonia, Octavia und natürlich Britannicus – bemächtigt hatte. Nachdem sie alle sicher im Palast eingesperrt waren, fuhr ihr eigener Sohn Nero in einer Kutsche hinaus und wurde den Prätorianern als der neue Cäsar des Römischen Reiches präsentiert.

Claudius hatte ein Testament hinterlassen, aber es wurde nie öffentlich verlesen.

Als sein Vater starb, war der junge Prinz Britannicus dreizehn Jahre und acht Monate alt. Er galt noch als Kind – wenn auch nicht mehr für lange. Das war von großer Wichtigkeit. Die römischen Gesetze sahen vor, daß ein Junge im Alter von sieben bis vierzehn Jahren über beschränkte Rechte verfügte, zumindest solche, die ihm eindeutig zugute kamen und nicht der Zustimmung seines Vormundes unterlagen. Mit vierzehn wurden diese Rechte erweitert: Dann konnte er heiraten, erhielt das aktive Wahlrecht für Kommunalwahlen, konnte zum Militär eingezogen werden und seinen eigenen Besitz verwalten. Ein öffentliches Amt konnte er normalerweise erst mit fünfundzwanzig bekleiden, aber mit vierzehn war er geschäftsfähig. Bis dahin blieb er ein Kind.

Britannicus' adoptierter älterer Bruder Nero, der Sohn seiner Stiefmutter, war für mündig erklärt worden, bevor er Kaiser wurde. In Rom spielte das eine entscheidende Rolle. Vier kritische Monate lang war Britannicus gezwungen, den zweiten Platz einzunehmen – er, der natürliche Sohn, öffentlich von seinem Platz verdrängt. Aber sobald er mündig wurde, würden ihm die Feinde von Agrippina und ihrem Sohn naturgemäß ihre Unterstützung anbieten. Narcissus, der Britannicus wie seinen eigenen Sohn liebte, und Caenis, die anfänglich seine Schwester besser gekannt, den Jungen aber schon immer gemocht hatte, sprachen nie darüber, was mit den beiden Kindern passieren könnte. Für jeden, der unter Tiberius und Caligula gelebt hatte, waren die Möglichkeiten so offensichtlich wie düster.

Narcissus hatte selbst Probleme. Noch bevor Claudius starb, war der Kabinettssekretär erkrankt. Die Krankheit eines übriggebliebenen Ministers aus der vorherigen Regierung kam der neuen sehr zupaß und wurde von Agrippina und ihrem Sohn durchaus gefördert. Narcissus hatte nie mit einem friedlichen Ruhestand gerechnet. Er zog sich zur »Genesung« nach Sinuessa am Golf von Neapel zurück. Aber der Tod war die einzige taktvolle Richtung, die er einschlagen konnte.

Caenis, als diskretester Verbündeten des Kabinettssekretärs, blieben solche drastischen Pflichten erspart. Bevor Narcissus Rom verließ, übergab er ihr eine ansehnliche Summe Bargeld, vermutlich mehr, als sie laut Testament je erhalten hätte, wenn denn das Vermächtnis des Kabinettssekretärs des vorherigen Kaisers je die Chance gehabt hätte, vom neuen ausgeführt zu werden. Caenis sah Narcissus nie wieder. Innerhalb weniger Wochen wurde er ins Gefängnis geworfen, mißhandelt und sein Tod beschleunigt. Angeblich sollte es Selbstmord gewesen sein, aber wer wußte das schon? Und welche Rolle spielte es noch? Caenis vermißte ihn mehr, als sie zugeben mochte.

Sie versuchte, Britannicus im Auge zu behalten. Es freute sie, zu sehen, wie er sich behauptete. Während des Saturnalienfestes im Dezember, zwei Monate vor seinem Geburtstag, würfelten die jungen Männer bei Hof darum, der König-für-einen-Tag zu sein. Nero gewann. Das verdarb das Ganze in gewissem Maße, denn der Sinn war, daß jemand, der sonst nicht so geehrt wurde, vielleicht sogar ein Sklave, für einen Tag die glitzernde Winterkrone tragen durfte. Aber andererseits wurden so Unerfreulichkeiten vermieden. Nero war ein äußerst schlechter Verlierer.

Beim abendlichen Bankett legte der König-für-einen-Tag seinen »Untertanen« Strafen auf, die meisten harmlos genug. Als Britannicus, der in lärmender Gesellschaft schüchtern und Trinkgelage nicht gewohnt war, an die Reihe kam, rief Nero ihn in die Mitte des großen Saales – das allein war schon Strafe genug – und befahl ihm zu singen. Britannicus ließ sich nicht abschrecken und setzte sofort zum beherzten Vortrag eines theatralischen Klagegesangs an: »Verstoßen bin ich aus dem Haus des Königs, meines Vaters …« Er sang gut, besaß eine viel bessere Stimme als Nero, der sich so viel auf sein Talent einbildete. Britannicus konnte befriedigt feststellen, daß er den ganzen Saal zu andächtigem Schweigen brachte.

Ein paar Tage später wurde er plötzlich schwer krank.

Caenis besuchte ihn. »War es etwas, das du gegessen hast?«

»Nein«, erwiderte Britannicus, der inzwischen einen regelrechten Galgenhumor entwickelt hatte. *»Etwas, das ich gesungen habe!«*

Ohne Narcissus hatte sie niemanden, an den sie sich um Hilfe wenden konnten. Callistus war immer übervorsichtig gewesen, und es gab deutliche Anzeichen dafür, daß Nero ihn bald aus seinem Amt entfernen würde. Pallas, der einzige einflußreiche Freigelassene, der noch über ein gewisses Maß an Macht verfügte, war der Geliebte Agrippinas gewesen, solange sie ihn für ihre Zwecke als nützlich erachtet hatte. Also konnte man auch Pallas nicht bitten, Britannicus zu beschützen.

Caenis fühlte sich hilflos. Sie wäre bereit gewesen, über ihren Schatten zu springen und Vespasian um Rat zu fragen, aber er befand sich sechzig Meilen entfernt, führte ein zurückgezogenes Leben mit seiner Frau in Reate.

Caenis war sich sicher, daß jemand versucht hatte, den Prinzen zu vergiften. Je näher Britannicus' vierzehnter Geburtstag rückte, desto größer wurde die Gefahr, in der er sich befand. Der erste

Versuch war vielleicht noch amateurhaft gewesen, aber beim nächsten Mal mochte sein Gegner erkannt haben, daß ein starkes Abführmittel nicht das Geeignete war. Wer auch immer dahintersteckte, würde dann etwas anderes probieren.

Bald darauf fand sie heraus, daß die berühmte Giftmischerin Lucusta, die mit der Kaiserin Livia gemeinsame Sache gemacht hatte, im Palast gesehen worden war. Caenis machte sich auf den Weg zu der alten Vorratskammer, in der Vespasian und sie sich kennengelernt hatten. Neben den Zutaten für Kosmetika hatte es damals dort viele Phiolen mit gefährlicherem Inhalt gegeben. Es hieß, daß Claudius, als er Kaiser geworden war, große Mengen der von Caligula gehorteten Gifte hatte zerstören lassen. Er ließ eine ganze Truhe voll ins Meer werfen. Tausende toter Fische wurden ans Ufer gespült.

Doch obwohl Caligula den ganzen Palastbereich umgebaut hatte, gab es den kleinen Raum immer noch. Caenis war nicht überrascht, daß sich die niedrige Tür nun nicht mehr öffnen ließ und mit einem offenbar ganz neuen Schloß versperrt war. Sie erzählte es Britannicus. Ansonsten behielten beide diese Information für sich. Wem hätten sie sich auch anvertrauen können?

»Nero ist verliebt«, erklärte Britannicus. »Er nabelt sich allmählich von seiner Mama ab.«

»Ach du je«, erwiderte Caenis so obenhin, wie sie konnte. »Dann muß er tüchtig essen, braucht viel mehr Schlaf, darf seine Zeit nicht mit Gedichteschreiben verplempern, und Privatgespräche mit Giftmischern sollten ihm auf jeden Fall verboten werden. Ich nehme an, es handelt sich dabei nicht um deine Schwester Octavia?«

»Wohl kaum. Octavia ist seine Frau. Das würde er für unpassend halten. Acte – eine ihrer Kammerzofen. Sie ist sehr schön.«

Caenis kannte Acte und hielt sie für ein farbloses kleines Ding, wollte aber einen Heranwachsenden nicht mit ihrem eigenen Zynismus desillusionieren. Octavia würde die Sache bestimmt schwernehmen. Sie war eines der seltenen Exemplare aristokratischer Mädchen, die tugendhaft waren, und hatte in der Art tugendhafter Menschen keine Ahnung, wie man für sich selbst kämpft.

»Aber was hat die hübsche Acte mit dir zu tun?«

»Als Agrippina versuchte, der Sache ein Ende zu machen, hat Nero ihr das Vertrauen entzogen. Und nun rat mal, wen sie statt dessen an ihren Busen gedrückt hat?«

»Doch nicht etwa dich?«

»Ist das nicht furchtbar? Sie drohte, als Germanicus' Tochter auf die Prätorianer einzuwirken, damit diese mich als natürlichen Erben meines Vaters auf den Thron setzen. Es gab eine Menge Geschrei und Gekreische, und meine Beliebtheit bei ihrem Knaben in Purpur« – Britannicus weigerte sich immer noch, Neros angenommenen Namen zu benutzen – »nahm in einer Weise ab, die nur noch mit der Geschwindigkeit vergleichbar ist, mit der ich alles wieder auskotze, was ich in seiner Gegenwart esse. Wenn ich es schaffe, dir eine Einladung zu besorgen, Caenis«, fragte Britannicus schüchtern, »würdest du es dann über dich bringen, heute abend in den Palast zu kommen?«

»Du hast morgen Geburtstag, nicht wahr?«

Er wurde rot vor Freude, weil sie sich daran erinnerte, doch in ihrer Sorge um ihn hatte sie sich das Datum fest eingeprägt. »Komm heute abend. Morgen wird es wahrscheinlich schrecklich formell zugehen ...« Allerdings war es eher unwahrscheinlich, daß an diesem für ihn so wichtigen Tag irgendwelche Feierlichkeiten stattfinden würden. »Titus wird natürlich bei mir sein, aber es wäre schön, wenn ich noch einem anderen freundlichen Gesicht zuwinken könnte.«

Und so kam es, daß Caenis mit Kopfschmerzen und in brandneuen Sandalen als Gast des Enkels ihrer Patronin an einem Staatsbankett teilnahm. Da er immer noch als Kind galt, durfte Britannicus seine Speiseliege nicht mit weiblichen Gästen teilen. Also suchte sich Caenis einen Platz am unteren Ende des Saales, von dem aus sie zumindest beobachten konnte, was weiter oben passierte.

Das erste, was jedem Fremden auffallen mußte, war der Krach. Man durfte nicht darüber nachdenken, sonst wurde einem schwindlig von dem Lärm zahlloser Stimmen, die sich lauthals unterhielten, um das ständige Geklapper schwerer Gold- und Silbertabletts, das Klirren der Bestecke und das Scheppern von Krügen und Bechern zu übertönen. Auch wurde es schnell unerträglich heiß, und so trugen viele der anwesenden Damen nur fließende Chiffongewänder. Bald war die Luft erfüllt von dem Geruch parfümierter, schwitzender Körper, vermischt mit dem aromatischen Duft erwärmten Weins und wächsener Blumen.

Caenis hatte ihren Sklaven Demetrius mitgebracht, einen ungeheuer verläßlichen Burschen, den Aglaus für sie gefunden hatte, einen ruhigen Thraker, der in seiner Doppelfunktion als Bediensteter und Leibwächter gleich tüchtig war. Sie zog die Sandalen aus, und Demetrius wusch und trocknete ihr die Füße. Dann reichte er ihr die Serviette, während sie mit einem flüchtigen Lächeln zwischen ihren Sitznachbarn Platz nahm. Zu Ehren ihres jungen Gastgebers hatte sie den Nachmittag in den Thermen verbracht und sich maniküren und pediküren lassen. Danach hatte sie sich aufs feinste herausgeputzt in ihrem veilchenblauen Festgewand, dessen Ränder schwere Bordüren mit gestickten etruskischen Wiesenblumen zierten, das Haar unter einem feinen Goldnetz verborgen, dazu alle von Antonia geerbten Broschen, Vespasians Armreif und ein paar fast handtellergroße Ohrringe, die sie sich von Veronica geborgt hatte – mehr konnte eine Frau nicht tun.

Nero hatte den Ehrenplatz am obersten Tisch; da saß er mit seinem dicken Hals, den dicken Backen, bartlos und blondhaarig – ein Gesicht, das verwaschen und grau wirkte. Neben ihm am Tisch natürlich seine Mutter Agrippina, mit Tiara und goldener Seide, die große Dame spielend, und Octavia, die deplaziert wirkende junge Kaiserin, die nur selten sprach. Caenis erkannte auch die beiden Tutoren Neros, zwei grundverschiedene Männer: Seneca, der sich viel Mühe mit dem Schreiben der Reden gab, die Nero so hölzern vortrug, und Burrus, der schroffe Soldat und Gardekommandeur. Von Acte war weit und breit nichts zu sehen, obwohl über sie gesprochen wurde. Jemand sagte: »Ein Mädchen aus dem Volk, das keinen Groll hegt – sie ist ideal!«

Britannicus und diverse andere Aristokratensöhne waren seitlich an einer weit weniger luxuriösen Tafel plaziert, was den Eindruck altmodischer Strenge vermitteln sollte. Vermutlich war es aber eher eine bewußte Beleidigung. An anderen niedrigen Tischen im Raum verteilt saßen all die Kriecher, Speichellecker und Snobs, die man im Speisesaal eines Palastes erwarten konnte.

Alles schien seinen gewohnten Gang zu gehen. Es gab die üblichen Zwischenfälle, bei denen Sklaven überfüllte Tabletts aus der Hand rutschten und klebrige braune Soße über den Boden spritzte. Eine Frau wurde von der Hitze der Lampen und Wärmeplatten ohnmächtig und mußte mit dem Kopf voran hinausgetragen werden. Caenis beging den Fehler, sich eine Vorspeise auflegen zu lassen, die aussah wie hartgekochte Eier in Garum, dieser köstlichen Fischsoße – damit konnte man nichts falsch machen, dachte sie –, aber das Ganze erwies sich als undefinierbare Krustentiere, zu einer faserigen Masse verkocht und in korallenroter Soße schwimmend. Insgesamt waren alle Speise zu lange gekocht, zu stark gewürzt und gesalzen worden und hatten dann vor dem Servieren zu lange gestanden, so daß nichts mehr warm war. Demetrius gelang es, Caenis eine einigermaßen anständige Artischocke in scharfer Kräutersoße zu ergattern. Die Kalbszunge in Fenchelsoße schmeckte ebenfalls recht gut, und die weißen Brötchen waren nicht allzu hart. Aber nach der Tradition solcher Massenabfütterungen war alles Fleisch zu dünn geschnitten und das Gemüse schlaff.

Caenis begann sich nach einem schlichten Honigomelett in einer Schüssel zu sehnen, von der sie wußte, daß sie sauber war.

Die meiste Zeit konnte sie nur wenig von Britannicus sehen. Doch sie sah den Sklaven, der sein Essen vorkostete. Er stand hinter Britannicus' Liege und schien seine Arbeit sehr gründlich zu machen. Jedesmal nahm er einen ordentlichen Bissen und kaute ausführlich, bevor er etwas an Britannicus weitergab. Die Pilze, die seinem Vater so schlecht bekommen waren, tauchten auf dem Speisezettel des Kochs offenbar nicht mehr auf.

Nero war allerbester Laune. Er war siebzehn, ein unausgegorenes Alter, in dem die meisten jungen Römer von ihren Eltern, gegen die sie bei jeder Gelegenheit aufmuckten, nach Möglichkeit außer Sichtweite gehalten wurden. Nero gab sich nach außen hin kultiviert – er bildhauerte, sang, schrieb Gedichte, rezitierte, spielte Harfe –, aber es wirkte alles zu angestrengt. Er besaß überhaupt kein künstlerisches Talent. Caenis, die Musik sehr liebte, hoffte, daß er heute abend nicht singen würde.

Die Sklaven hatten die Eßtische schon einmal hinausgetragen. Jetzt brachten sie neue herein, beladen mit Früchten und Nachspeisen. Caenis wagte sich an die Eiscreme, vor allem, weil ihr die hübsche grüne Glasschüssel gefiel, in der sie serviert wurde. Sie bedauerte es bereits nach dem ersten Löffel und knabberte statt dessen lustlos an einer Birne. Ihre Kopfschmerzen quälten sie immer noch, und sie wäre am liebsten nach Hause gegangen.

Inzwischen empfand sie die melancholische Gereiztheit einer Frau, die allein ein Fest besucht und feststellen muß, daß sie doppelt so alt ist wie die meisten anderen Gäste. Das hier war der Hof eines jungen Mannes. Sie hatte sich in eine Welt begeben, die sie schal und laut fand. Albernes Gelächter umgab sie – kreischende Mädchen in schulterfreien Kleidern und junge Männer, die vor Trunkenheit keinen ihrer langatmigen, pointenlosen Witze zu Ende brachten. Einer von Veronicas riesigen Ohrringen zwickte unangenehm. Sogar ihrem jungen Gastgeber gegenüber empfand Caenis eine leichte Antipathie.

Die Diener, inzwischen hochrot im Gesicht und zu genervt, um noch höflich zu sein, trugen die halbverzehrten Kuchenberge hinaus, andere fegten Stengel, Obstschalen und Kerngehäuse zusammen. Sowohl unter den Gästen als auch bei der Dienerschaft ging es inzwischen reichlich ungezwungen zu.

Nero hatte zu Beginn des Mahles ein formelles Trankopfer dargebracht. Zwischen den Gängen hatte es mit Honig vermischten Wein gegeben. Jetzt würde das richtige Trinken losgehen. Sklavenjungen trugen schnaufend vor Anstrengung riesige, verzierte Kessel voll dampfenden Weins, gewürzt mit Zimt und Kräutern, herein. Tabletts mit Bechern, Krüge mit kaltem Wasser, Honig zum Mischen – all die Gerätschaften, die nötig waren, um die Getränke dem persönlichen Geschmack anzupassen – waren schon vorher bereitgestellt worden. Hinter der kaiserlichen Liege standen Reihen von Amphoren, staubig vor Alter. Einige der Gäste ergriffen die Gelegenheit, hinauszugehen, um persönlichen Bedürfnissen nachzukommen. Caenis blieb vorläufig, wo sie war. Sie hatte vor, so bald wie möglich nach Hause zu verschwinden.

Eine Pause trat ein. Nach altem römischem Brauch trugen Sklaven die Hausgötter der kaiserlichen Familie in feierlicher Prozession durch den Raum. Die kleinen Bronzestatuen der tanzenden Laren hielten ihre Füllhörner so anmutig hoch wie die in jedem bürgerlichen Heim. Sie wurden auf den niedrigen Tisch vor die Gruppe junger Leute gestellt, mit denen Britannicus gespeist hatte. Jetzt, wo der Raum etwas leerer geworden war, konnte Caenis ihn besser sehen.

Bewegung entstand, setzte sich vom Ehrentisch in einer breiten Woge zu beiden Seiten des Raumes fort, als die Mundschenke den ersten Wein eingossen. Der Krach, der inzwischen bei jeder Bewegung ein dumpfes, schmerzendes Pochen in Caenis' Kopf auslöste, wurde ein wenig gedämpfter, während die Gäste in ihren lebhaften Unterhaltungen innehielten und das Mischen ihrer Getränke überwachten. Erfahrene Sklaven gossen die heiße, karmesinrote Flüssigkeit, von der zischend aromatische Dämpfe aufstiegen, durch trichterförmige Siebe. Andere fügten geübt kaltes Wasser hinzu, je nach Geschmack der einzelnen Gäste, wobei sie kaum auf deren Anweisungen hörten. Manchmal irrten sie sich in der Menge und mußten Beschimpfungen über sich ergehen lassen. Dazwischen eilten geschäftige Diener hin und her, um das von manchen Gästen geforderte Rosenwasser zum Abspülen der vom Essen klebrigen Finger zu bringen. Hier und dort spielten Frauen versonnen mit Löckchen, die sich aus ihren aufgetürmten Frisuren gelöst hatten.

Während sein Vorkoster mit seinem Weinbecher beschäftigt war, erhob sich Britannicus von seiner Liege und winkte Caenis quer durch den Raum zu, wie er versprochen hatte. Er sah glücklicher aus; sie lächelte. Dann nahm er den Becher entgegen, blieb jedoch stehen – eine hochaufgeschossene, schlanke Gestalt mit zu großen Ohren wie sein Vater, aber einem liebenswürdigen Grinsen. Als der junge Prinz ihr zuprostete, spürte sie, wie ihr warm ums Herz wurde. Um seinetwillen war sie froh, daß sie gekommen war.

Caenis bemerkte, daß Nero sein Gespräch unterbrach. Vielleicht mißbilligte er es, daß sein Stiefbruder der Exsklavin seiner Großmutter offen zuprostete. Sie warnte Britannicus mit einem Kopfschütteln, aber der warf nur einen kurzen Blick auf seinen Adoptivbruder und rebellierte bewußt.

Der Wein war ihm zu heiß. Bevor er trank, hielt er den Becher einem wartenden Sklaven hin, der kaltes Wasser nachgießen sollte. Sofort nahm er den Becher wieder an sich, neigte ihn geringschätzig dem ihn beobachtenden Kaiser zu und erhob ihn dann – förmlich, mit beiden Händen –, um Caenis zuzutrinken. Sie war freundlich zu ihm gewesen, und Britannicus vergaß ihr das nicht. Dann trank er.

Caenis konnte nichts, absolut gar nichts tun, das war ihr sofort klar. Der Vorkoster hatte keine Anstalten gemacht, den gemischten Wein zu probieren. Er mußte vorher gewarnt worden sein. Das Gift befand sich im nachgeschenkten Wasser.

Auch wenn sie gerufen hätte – Britannicus hätte sie bei dem Lärm niemals hören können. Caenis sah den Triumph, der kurz in Neros Augen aufblitzte. Sie sah, wie die junge Octavia begriff, was passierte, bleich und dann völlig ausdruckslos wurde. Jede andere Reaktion hätte sie selbst in Gefahr gebracht. Sogar Agrippina zeigte durch die kurz über ihr Gesicht flackernde Bestürzung, daß sie nichts gewußt hatte.

Britannicus trank.

Nach dem ersten Schluck ließ er den Becher fallen. Sein ganzer Körper wand sich in Krämpfen. Er hörte auf zu atmen. Er fiel. In voller Länge krachte Britannicus über den niedrigen Tisch vor seiner Liege, auf dem die Träger die Hausgötter seiner Familie abgestellt hatten. Als das Gelärme der Gäste in erschrecktem Staunen verstummte, war in der plötzlichen, beängstigenden Stille nur das metallische Scheppern der kleinen Bronzestatue des claudischen Herdgottes zu hören, die über den marmornen Mosaikboden schlitterte und langsam zum Stillstand kam.

Alle Gespräche verstummten. Alle Blicke wandten sich dem Kaiser zu.

Die Sklaven waren entsetzt auseinandergespritzt. Britannicus' Freunde saßen wie erstarrt. Nero winkte nach Dienern, die seinen kaiserlichen Bruder hinaustragen sollten. Caenis befestigte bereits die Riemchen ihrer Sandalen.

Nero wirkte vollkommen gelassen, stellte ohne Stottern, ohne rot zu werden, die Behauptung auf, daß Britannicus Epileptiker sei, schon sein ganzes Leben lang. Bald würde er wieder zu sich kommen und sich erholen. Dann befahl Nero, das Bankett fortzusetzen, was nach kurzer Pause auch geschah.

Caenis war schon halb aus dem Saal.

Im Gehen wandte sie sich kurz um, schaute zu Octavia. Das Mädchen saß regungslos da. Es fehlte ihr nicht an Mut. Ihr Bruder war von ihrem neben ihr sitzenden Ehemann umgebracht worden, und sie mußte es ertragen. Niemand würde ihr beistehen, wenn sie dagegen zu protestieren versuchte.

Caenis wandte sich ab, entdeckte aber im Umdrehen Vespasians Sohn Titus. Sie sah, wie der junge Idiot den umgekippten Weinbecher seines Freundes aufhob und etwas von dem darin noch verbliebenen Rest probierte.

Als sie endlich den richtigen Vorraum gefunden hatte, war Britannicus bereits tot.

XXVII

Britannicus war tot.

Überall wuselten Menschen herum, verwirrt und verängstigt. Man hatte ihn in einen Salon getragen, wo ein oder zwei seiner persönlichen Sklaven und einige verstörte Palastangestellte unentschlossen herumstanden. Caenis spürte, wie ihre neuen Sandalen auf dem schimmernden Mosaikboden ausglitten, als sie sich durch ein Knäuel von Dienstboten hindurchdrängte, um zu Britannicus zu kommen. Man hatte ihn auf eine Liege plaziert, der Kopf baumelte schlaff über den Rand, Arme und Beine lagen noch so, wie sie ihn hatten fallenlassen. Caenis zog seine Tunika zurecht und nahm ihn in die Arme.

Sie konnte nichts mehr für ihn tun.

So viele Morde; es gehörte fast schon zum Alltag. Außer Antonia, an die sie in diesem Moment dachte, war Britannicus der erste gewesen, den Caenis wirklich gekannt und gemocht hatte. In diesem Augenblick wurde ihr eines klar: Sie hatte immer angenommen, stets auf das Schlimmste vorbereitet zu sein. Nur stimmte das nicht. Was sie erfüllt hatte, war Hoffnung gewesen. Es war die einzige Möglichkeit, ein Weiterleben zu ertragen. In diesem Geiste waren sie und Britannicus am heutigen Abend hierher gekommen, weil sie wußten, daß ihnen keine andere Wahl blieb.

Hoffnung ist eine so törichte Sache: Britannicus war tot.

Ohne sich um die anderen zu kümmern, zog Caenis seine Augenlider hoch, lauschte nach seinem Atem, massierte ihn, rief ihn, legte die Handflächen auf seinen Brustkorb und drückte ein paarmal mit aller Kraft zu, um sein Herz wieder in Bewegung zu setzen oder die Luftröhre frei zu machen, falls er sich nur verschluckt hatte. Sie verstand ein wenig von dem, was zu tun war. Es gehörte zu all dem – manchmal nützlichen – Wissensballast, den sie ihr Leben lang zusammengetragen hatte. Jetzt tauchte jemand neben ihr auf, offenbar ein griechischer Arzt, aber er ließ sie in ihrem Tun fortfahren, ohne sie zu ermutigen oder zu korrigieren. Immer war man auf sich selbst angewiesen. Andere Trottel standen einfach nur herum.

Sie konnte nichts mehr für ihn tun, aber sie machte weiter, um nicht nachdenken zu müssen, obwohl sie wußte, daß es zwecklos war. Caenis gab ihr Bestes für Antonia, für Claudius, für Narcissus, für den liebenswerten Jungen selbst. Sie tat es auch für sich. Schließlich gab sie den Versuch auf, saß nur da, Britannicus immer noch in den Armen, und strich mit sanften Fingern die verzerrte Grimasse des Todeskampfes aus seinem schmalen Gesicht. Es war vorbei.

Die Neugierigen flohen. Nero war eingetreten.

Der junge Kaiser stand leicht schwankend auf der Schwelle. Alle außer Caenis waren vor Angst erstarrt. Ihr fiel ein, daß sie einmal zu Antonia gesagt hatte, Kaiser würden in zu viele furchtsame Gesichter blicken.

Nero wußte, daß der Junge tot war. Oh, Nero wußte es genau. Er selbst mußte die Giftmischerin Lucusta nach dem ersten fehlgeschlagenen Versuch angebrüllt, geschlagen und ihr befohlen haben, ihr schauerliches schwarzes Gebräu so lange einzukochen, bis es wirkte. In seinem eigenen Schlafzimmer hatte Nero gesehen, wie das Gift ein Schwein augenblicklich tötete. Er wußte Bescheid. Niemand dachte daran, es ihm zu sagen, und er brauchte natürlich nicht zu fragen.

Caenis war noch nie so wütend gewesen. Sie hatte nichts mehr, das sie hielt, hatte nichts mehr zu verlieren, wollte ihm alles entgegenschleudern – die Worte, die gesagt werden mußten, wie schnell auch immer sie sich damit der Verdammung preisgab. Einmal, nur ein einziges Mal würde sie dem Herrscher der Welt sagen, daß er nicht das Recht hatte, die Macht über Leben und Tod zur Befriedigung seiner eigenen Ambitionen und Grausamkeiten zu mißbrauchen ... Aber dann wurde sie sich eines weiteren Anwesenden bewußt: Titus. Der junge Titus, Vespasians Sohn.

Auch er mußte hereingekommen sein und lag halb hingestreckt auf einer anderen Liege. Beim Eintritt des Kaisers begann er sich aufzurichten, obwohl er sich kaum bewegen konnte. Gute Götter, er sah seinem Vater so ähnlich, wie er trotzig das Kinn vorschob! Er stand kurz vor einem Wutausbruch. Das durfte nicht passieren.

Caenis warf den Kopf zurück und sprach den Kaiser quer durch den Raum mit der eisigen Stimme einer geschulten Sekretärin an, deren Arbeit zu ihrem Mißfallen durch eine unnötige Störung der Büroroutine unterbrochen wird. »Ein bedauerliches Vorkommnis, Majestät! Bitte lassen Sie sich nicht davon stören. Offenbar können wir nichts mehr tun. Ihr Bruder«, sagte sie scharf und benutzte das Wort »Bruder« als boshaften Seitenhieb, »ist jetzt von seiner Epilepsie geheilt!«

Dem jungen Titus schoß die Zornesröte ins Gesicht, und er platzte fast vor jugendlicher Unbedachtheit. Er hatte das eine Knie bereits angezogen, wollte sich vorwärts stürzen. Mit etwas Glück würde er zusammenbrechen.

»Mit Ihrer Erlaubnis, Majestät«, bat Caenis den Kaiser, obwohl es ihr völlig egal war, ob er ihr diese Erlaubnis erteilte oder nicht, »möchte ich als Klientin Ihrer Familie an der Bestattung teilnehmen.«

»Heute nacht«, sagte Nero mit seiner lauten, unangenehmen Stimme. »Jemand, der es so eilig hatte, zu sterben, sollte auch eilends entfernt werden.«

Titus würgte. Der Kaiser wandte ihm seinen kalten, blutleeren Blick zu.

»Zuviel Wein!« murmelte Caenis verächtlich. »Der junge Dummkopf ist betrunken.«

Mit seinem widerwärtigen Watschelgang schlurfte Nero davon

und überließ es der Klientin seiner Familie, mit den Begleiterscheinungen von Tod und Trunkenheit aufzuräumen.

Caenis handelte sofort. »Mach die Tür zu, Demetrius!« Sie befreite sich bereits sanft von ihrer toten Last und sprang auf. »Heißes Wasser und Salz!« rief sie ihrem Sklaven zu. »Nicht aus dem Speisesaal. Beeil dich, aber mach es unauffällig. Lauf, Demetrius!«

Als sie ihn erreichte, begann Titus zu Boden zu gleiten. Sie erwischte ihn unter den Achseln – das war der Moment, mit dem all ihre zukünftigen Alpträume beginnen sollten: das schmerzlich vertraute flavische Gesicht, das an ihrem Knie vorbeiglitt, mit all dem Chaos rundherum, während sie hörte, wie ihre eigene Stimme ihn anflehte, nicht zu sterben. Er war ein gutgebauter, stämmiger junger Mann und umklammerte seinen Bauch mit schmerzverzerrtem Gesicht. Er war zu schwer. Sie mußte ihn zu Boden rutschen lassen, kniete sich neben ihn, zog ihn zu sich heran und stützte seinen glühendheißen Kopf mit der Hand.

»Ich habe von dem Wein getrunken ...«

»Ich weiß.«

Halb bewußtlos sackte er zusammen; gleich würde es um ihn geschehen sein. Sie schüttelte ihn wie eine Dienstmagd ein Federkissen, schlug ihn, rief seinen Namen: »Titus! Komm schon. So geht das nicht. Wach auf, Titus!«

Demetrius war an ihrer Seite. Zum Glück wählte Aglaus seine Untergebenen nach ihrer schnellen Reaktion in einer Krisensituation aus. Caenis selbst mischte ein starkes Brechmittel, während Demetrius sich an die schwierige Aufgabe machte, Titus wieder aufzurichten. Das Gezerre und Gehieve schien ihn etwas wiederzubeleben. Die Schmerzen mußten mörderisch sein. Sein Gesicht war verkrampft, die Augen blickten trübe. »Komm, trink das. Titus, du weißt, daß du das tun mußt!«

Sie hielt seinen Kopf, griff in seine dichten Locken, zwang ihn, das warme Salzwasser zu trinken. Er trank alles aus. Er wollte leben, war ein Kämpfer mit dem Dickkopf der Flavier und vertraute ihr instinktiv.

»Such meine Sänfte, Demetrius, und bring sie hierher. Sag, ich sei krank, wenn es sein muß. Hier gibt es nichts mehr zu tun, bis ich ihn dazu bringen kann, das Gift zu erbrechen.«

Titus' Gesichtsfarbe veränderte sich, noch während sie sprach, von heftigem Hochrot in ein erschreckend teigiges Grau. Demetrius fing ihren Blick auf. Sie nickte, und er schlüpfte hinaus.

»Britannicus ...«

»Britannicus ist tot. Es tut mir so leid. Ich weiß, daß ihr Freunde wart. Spar deine Kräfte, Titus. Versuch, dich zu übergeben.« Er würde nicht lange versuchen müssen, das konnte man seinem Gesicht ansehen. »Eines Tages«, versprach ihm Caenis grimmig, »wird all dies aufhören. Eines Tages, Titus, werden wir beide in einer besseren Welt leben.«

Dann erbrach sich Vespasians Sohn über ihre Füße.

Er war entsetzt. »Oh, es tut mir so leid ...«

Ihre neuen Sandalen! Aber er sah besser aus. »Das macht nichts, mein Herz. Komm, versuch's noch mal. Die Dinger gefielen mir eigentlich sowieso nicht, und jetzt gefallen sie mir ganz bestimmt nicht mehr.«

Hinter sich hörte sie plötzlich das Wehklagen der Sklaven, die, wie bei der Totenklage üblich, laut den Namen des Toten riefen, in der Hoffnung, ihn damit wieder zum Leben zu erwecken. Sie begriffen nicht, wie sinnlos das war. Es war eben das übliche Ritual, also wurde es ohne groß nachzudenken ausgeführt. Niemand, der in diesem Palast ermordet wurde, sollte zu den Lebenden zurückkehren. Die Menschen begriffen einfach nicht.

Keiner kümmerte sich um Titus und sie. Das war gut so. Eine zu enge Verbindung mit diesem Giftmord würde den Flaviern nur schaden.

Caenis hatte sich darauf eingestellt, dem Jungen eine Hühnerfeder in den Hals zu stecken, damit er sich erbrach, aber er war fast bewußtlos. Sie sprach mit ihm, redete ihm gut zu, hielt ihn jetzt sanfter. Er schien seine Umgebung nicht mehr wahrzunehmen, aber sie bemühte sich, ihn mit ihrer Stimme zu erreichen und zurückzuholen. Sie verlor ihn, das konnte sie spüren.

»*Titus!* Titus, nun komm schon, mein Flavier, du schaffst es.«

Er stöhnte. Sie redete immer weiter, massierte seine schlaffen, verschwitzten Hände. »Was für ein fürchterliches Bankett. Ich weiß wirklich nicht, was ich da überhaupt sollte. Mein Gastgeber hat mich im Stich gelassen – Titus, streng dich an, bitte! –, die Vorstellung war erbärmlich, und ich mußte gehen, bevor das eigentliche Besäufnis begann ...« Er würgte nur noch trocken. Sie wischte ihm das Gesicht ab, stützte ihn und ließ seinen fiebrigen Kopf an ihrem Oberarm ruhen. Tränen fielen ihm auf die Wange, ihre Tränen. »Oh, mein Liebling! Stirb nicht, Titus! Ich könnte Vespasian niemals sagen, daß ich seinen Sohn habe sterben lassen.«

Demetrius kam mit der Sänfte und den zwei verängstigten Trägern zurück. Leise gab sie ihnen Anweisungen. Sie sollten den Jungen in die leere Stadtwohnung seines Vaters bringen. Demetrius würde mitgehen um zu erklären, was geschehen war, oder Aglaus holen, damit der sich um den Jungen kümmerte, falls keine Dienstboten da waren.

Titus kämpfte gegen die Bewußtlosigkeit, als sie ihn in die Sänfte hoben. Bevor sie die Halbtür schloß, beugte Caenis sich hinein und legte ihren Schal um ihn. Er zitterte unkontrolliert. Nie hatte sie jemanden gesehen, der so bleich war.

Für einen Moment schien er zu sich zu kommen, blickte sie verwirrt an. »Kennen Sie meinen Vater gut?«

»Nicht mehr«, erklärte Caenis knapp. »Und du kannst ihm von mir ausrichten, daß ich gut darauf verzichten kann, mir von seinem Sprößling die besten Schuhe vollkotzen zu lassen!«

Doch dann küßte sie ihn, bevor die Träger losmarschierten – diese alte, gesellschaftliche Geste der Zuneigung, eine leichte Berührung seiner Wange. Und wieder spürte Titus ihre Tränen auf seinem Gesicht.

Vielleicht merkte er, daß ein wenig von der Liebe, die sie für Britannicus empfunden hatte, in dieser schrecklichen Stunde auf ihn übergegangen war. Vielleicht hatte er auch den Schatten eines anderen Gefühls gespürt. Ein Schauder überlief ihn unter den weichen Falten ihres Schals, denn als er vom Palast in die Sicherheit des Hauses seines Vaters getragen wurde, begriff er, daß er in die Geheimnisse der Erwachsenenwelt eingedrungen war. Er war mit Dingen konfrontiert, mit denen er sich bisher nicht auseinandergesetzt hatte. Mit der seltsamen Klarheit eines Todkranken sah er nicht nur seinen Vater vor sich, mit dem er sich immer bestens verstanden hatte, und seine Mutter, die er aufrichtig liebte, sondern auch diese Frau, mit der er den Verlust seines Freundes teilte. Die Liebe zu Britannicus schien sie zu verbinden, auf eine noch tiefere Weise als die Tatsache, daß sie ihm gerade das Leben gerettet hatte.

Aber noch etwas anderes verband sie. Sie hatte ihn ihren Liebling genannt. Und da durchzuckte es ihn. Mit der gleichen Intensität, die man empfindet, wenn man unerwartet auf eine Gewürznelke beißt, begriff er ihre Warnung und ihre Beschwörung. Titus Vespasianus verstand genau, warum sie beide, wenn sie später mit anderen über diesen Abend sprachen, aus dem Ruinieren ihrer Schuhe eine witzige Episode machen mußten.

XXVIII

Sie bestatteten Britannicus bei strömendem Regen.

Jemand hatte mit großer Voraussicht für einen Scheiterhaufen gesorgt. Sklaven mußten ihn noch vor Beginn des Banketts zusammengetragen haben. Und so verbrannte eine kleine Gruppe von Freunden den Sohn des Claudius noch in derselben Nacht auf dem Palatin, während Nero aus dem Fenster seines Eßzimmers zusah, wie einst Caligula bei Antonias Einäscherung. Es nieselte die ganze Zeit, aber als sie die Asche des Jungen zum Mausoleum des Augustus im Norden der Stadt brachten, öffneten sich alle Schleusen des Himmels, was als ein Zeichen der Götter betrachtet wurde. Für Caenis entsprach das scheußliche Wetter nur der Scheußlichkeit des Lebens.

Es war eine jämmerliche Gruppe, die sich da zum Marsfeld und dann über die matschigen Pfade zum Mausoleum schleppte. Man konnte kaum die abgestuften und mit Zypressen bewachsenen Erdhügel erkennen. Auch die Bronzestatue des Augustus, die das kreisförmige Grabmal krönte, war in der nebligen Dunkelheit so gut wie unsichtbar.

Der Wind strich mit unheimlichem Pfeifen durch die Bäume. Sie waren ein verlorenes Häuflein, alle zutiefst niedergeschlagen. Als Blitze die beiden Obelisken erhellten, die den Eingang zu diesem düsteren Ort bewachten, begriffen jene, die mutig genug gewesen waren, der Einäscherung beizuwohnen, daß es mit der neuen optimistischen Weltordnung nun wohl vorbei war. Der nie als Kaiser vorgesehene Claudius war zum Gott erklärt worden; daß sie nun seinen ermordeten Sohn zu Grabe trugen, war die endgültige Ironie.

Im flackernden Fackellicht stiegen die Trauernden mit der Urne in die mit weißem Marmor verkleidete Krypta hinab. Es gab weder eine Grabrede noch eine Zeremonie. Nero hatte eine Prozession verboten. Die Zeit war zu knapp gewesen, die Masken von Britannicus' Vorfahren herzubringen. Man hatte es eilig, murmelte ein paar Abschiedsworte, verschwand wieder im Sturm. Und so bestatteten sie den letzten Claudier, den Sohn eines vergöttlichten Kaisers, ermordet im Knabenalter wie so viele, ohne daß jemand bereit oder fähig gewesen wäre, die Hand zu seiner Verteidigung zu erheben. So bestatteten sie Britannicus im strömenden Regen.

Caenis ging nach Hause.

Sie zitterte. Sie nieste. Sie hatte weder Schuhe noch einen Schal und war bis auf die Haut durchnäßt. Sie befand sich im Schockzustand. Auch schon vor der Einäscherung war sie durchgefroren und naß gewesen, weil sie ihre Füße und den Saum ihres Kleides an einem Brunnen gewaschen und ihre ruinierten Sandalen auf dem Rand hatte stehenlassen. Als er bemerkte, daß ihre Sänfte verschwunden war, nahm Pallas sie in der seinen mit. Sie konnten sich zwar nicht leiden, aber da sie Klienten derselben Familie waren, verlangte der Anstand, daß er sie nicht weinend, barfuß und ganz allein im Dunkeln durch die Stadt laufen ließ. Caenis wußte kaum noch, was ihr geschehen war, und wenn es ihr bewußt gewesen wäre, hätte es sie wenig gekümmert. Am nächsten Tag erkrankte sie schwer.

Caenis war so schwer krank und für eine so lange Zeit, daß sie einen Punkt erreichte, an dem sie nicht mehr begriff, wer sie war und wo sie sich befand. Aglaus mußte alles in die Hand genommen haben. Sie bekam nichts davon mit. Ärzte kamen, wenn auch nicht oft; Aglaus erzählte ihr später, daß sie es trotz ihres Deliriums fertiggebracht hatte, beim ersten Hauch von Mohnsamen und Kohlwasser erstaunlich grob zu werden. Selbst als sie allmählich genas, hatte sie kaum die Kraft, darüber nachzudenken, ob etwas getan oder entschieden werden mußte.

Schließlich erreichte sie das Stadium der Langeweile, konnte sich aber immer noch nicht konzentrieren, so daß ihr nichts anderes übrigblieb, als weiterhin vor sich hin zu dämmern, während ihr gelegentlich Tränen über die Wangen liefen. Selbst ihre Flötenspielerin konnte sie kaum ertragen. Nach ein paar Minuten der leisesten Musik bekam sie Kopfschmerzen. Man schickte ihr Obst, das sie nicht aß. Besucher kamen; Caenis bat darum, sie nicht sehen zu müssen, weil sie sich zu schlecht fühlte – und wenn sie dann gegangen waren, fühlte sie sich einsam und verlassen.

Jede Nacht, wenn das Fieber wieder stieg, hatte sie den gleichen Traum: Sie sah den jungen Titus zu Boden gleiten, während sie ihn anflehte, nicht zu sterben. Der Traum wurde ihr schließlich so vertraut, daß er fast tröstlich schien.

Dann kam der Morgen, an dem sie aufwachte und sich viel besser fühlte als am Tag zuvor.

»Sie haben Besuch«, verkündete Chloe, ihr Dienstmädchen, worauf Caenis zum ersten Mal begierig schien zu erfahren, wer es war.

Gleich darauf sagte eine vertraute, bissige Stimme: »Keine Bange, ich bin's nur. Und versuch nicht, mich rauszuwerfen.« Es war Veronica. Sie zu sehen war himmlisch. »Juno, Caenis, wie siehst du aus! Dann stimmt also das Gerücht, daß du eine Lungenentzündung hattest?«

»Das Gerücht stimmt nicht. Ich hatte keine Lungenentzündung, ich habe sie immer noch!«

Veronica schickte das Mädchen hinaus. Zuerst setzte sie sich neben das Bett, so wunderbar normal, das gepflegte, wißbegierige Gesicht Caenis zugewandt. Es war ein hohes Bett, also verließ sie bald den Korbstuhl, der sie zwang, ihren schlanken Hals zu recken, und setzte sich auf die Bettkante, den schmalen Fuß auf die seitliche Stufe gestützt.

Caenis kam zu den Ufern der realen Welt zurück. Ihr Zimmer, das für lange Zeit ein Saal voll tanzender Gespenster gewesen war, nahm wieder seine vertraute Größe an: kleiner und selbst an einem Winternachmittag voller Licht. Es wurde wieder zu dem Ort, an dem sie sich mit Vorliebe aufhielt – die große Kleiderpresse zum Glätten ihrer Tuniken und Umhänge in der einen Ecke, die lange ägyptische Truhe, der Korbstuhl, ihre Frisierkommode mit dem Durcheinander von kleinen Schachteln, halbleeren Salbentöpfen, Haarnadelschalen, Kämmen und Parfümflaschen. Obwohl sie viele Tage und Nächte mit ihnen verbracht hatte, begrüßte sie all ihre Dinge wie jemand, der von einer langen Reise zurückgekehrt ist: ihren silbernen Schalbehälter, ihre Schmuckschatulle aus Sandelholz, ihre Tonlampen, den alten Teppich mit den Streifen in warmem Zinnoberrot und Umbra, der sich mit dem Karmesinrot der Kissen und der Tagesdecke biß, aber beim Anziehen so weich und angenehm unter den nackten Füßen war, daß sie es nie fertigbrachte, ihn gegen einen neuen, kratzigeren auszutauschen ...

»Ich hab dir einen Topf leckere Gerstensuppe mitgebracht, Caenis. Er ist bei deinem Koch. Glaub ja nicht, daß ich die Suppe selbst zubereitet habe, aber ich hab mal umgerührt, damit meine Köchin glaubt, ich würde mich in der Küche auskennen.«

Veronica hatte einen hervorragenden Geschmack, was ihre Kleidung betraf. Der Stoff ihres Kleides war in so kräftigem Purpurrot eingefärbt, daß er nur auf illegalem Wege erworben worden sein konnte. Ihre Gegenwart brachte Farbe in den Raum, noch bevor sie in ihrer urwüchsigen, unverwechselbaren Art zu sprechen begann. Die beiden sahen einander an und waren sofort das, was sie immer gewesen waren: Zwei Frauen, die dieselbe Sprache sprachen, zwei Frauen, die sich gegen das Leben verschworen hatten.

Sanft sagte Veronica: »Liebes, ich habe deinen sabinischen Freund getroffen. Ausgerechnet in den Saepta Julia. Ich schätze, sie haben ein paar Familiendebatten abgehalten, wobei herauskam, daß ein höflicher flavischer Botschafter dir einen Besuch abstatten sollte. Tja, dem habe ich schnell einen Riegel vorgeschoben.«

Caenis brachte ein Lächeln zustande.

»Dein alter Freund, der Held«, fuhr Veronica fort. Dann hielt sie inne. Sie war sonst so freimütig, daß ihr offensichtliches Zögern seltsam wirkte. »Vespasian entschuldigt sich. Er hatte vor kurzem einen Trauerfall ...«

»Oh – doch nicht der Junge?« Caenis brachte es kaum über sich, die Frage zu stellen.

Veronica tätschelte ihre Hand. »Nein. Nein, nicht der Junge. Den hab ich auch gesehen. Ein Herzensbrecher, wie er im Buche steht! Er war sehr, sehr krank, hat aber überlebt, wenn seine Haut auch momentan abscheulich safrangelb ist.«

»Er schien mir ein widerstandsfähiger kleiner Bursche zu sein. Gelb, sagst du? Ich hatte schon befürchtet«, meinte Caenis besorgt, »daß seine Leber Schaden genommen hat.«

»Ja. Sein Vater war ebenfalls besorgt, aber ihr Arzt sagt, daß er sich davon erholen wird. Er wirkt recht kräftig. Du kannst dich schon mal darauf einstellen: Als ich sie traf, waren sie gerade dabei, eine antike griechische Vase zu kaufen, bemalt mit einem ganzen Ozean, inklusive eines gräßlichen Tintenfisches – genau das, was du liebst! Das Ding kann nur nachts nach Aufhebung des Fahrverbots geliefert werden, weil ein Ochsenkarren dazu nötig ist, und du wirst eine Extravitrine dafür anfertigen lassen müssen. Es hat bestimmt die ganzen Ersparnisse des Jungen verschlungen, obwohl ich annehme, daß sie von diskreter väterlicher Hand wieder aufgefüllt werden – so Vespasian denn je Geld haben sollte ... Ich habe es nur erwähnt, damit du schon mal ein erfreutes Lächeln einüben kannst.«

Caenis übte ihr erfreutes Lächeln. Ihr Hirn arbeitete dieser Tage nur langsam: »Was für ein Trauerfall?«

Den Blick immer noch auf die Tagesdecke gesenkt, rückte Veronica endlich damit heraus. »Seine Frau, glaube ich. Flavia Domitilla war schon seit längerem nicht bei bester Gesundheit.« Das Lächeln verschwand aus Caenis' Gesicht. »Ich schloß daraus, daß ich für dich ein Wiedersehen mit ihm arrangieren könnte, wenn du willst«, gestand Veronica abrupt, wonach sie endlich fähig war, aufzusehen.

»Nein danke.«

Caenis sagte das spontan, ohne groß darüber nachzudenken. Sie konnte den Gedanken nicht ertragen.

Veronica lächelte. »Na dann!«

»Hat er dich gebeten, mich zu fragen, Veronica?«

»Ja.«

Caenis holte tief Luft. »Findest du es falsch, daß ich ablehne?«

»Natürlich nicht. Du kennst meine Ansichten. Der Mann war von Anfang an eine Belastung. Außerdem hat er immer noch kein Geld. Und, gute Götter, es muß ja beinahe zwanzig Jahre hersein.«

»Ist es wohl auch«, murmelte Caenis überrascht. »Ihn wiedersehen? Juno ...« Veronica ließ sie weiterreden. »Ich habe mein Leben ausgefüllt. Das mußte ich; es war eine zu lange Zeit, um sie sinnlos verstreichen zu lassen. Dieser fügsame Penelope-Typ war ich nie – was, zwanzig Jahre und nichts anderes vorzuweisen als ein hübsch besticktes Mustertuch und verdorbene Augen? Bis irgendein rotgesichtiger alter Herumtreiber wieder auftaucht und erwartet, daß du seinen Hund gefüttert und seinen Lieblingsweinbecher auf der Anrichte entstaubt hast und ganz wild darauf bist, Heilöl auf seine Narben zu schmieren und dir seine scheußlichen Geschichten anzuhören, bis er tot umfällt? Oh, Veronica! Was denkt sich dieser Verrückte eigentlich?«

Veronica dachte darüber nach. »Wer ist Penelope? Kenne ich sie?«

»Ach, das ist nur eine Geschichte. Sie hat zwanzig Jahre lang auf einen Helden gewartet.«

»Das kann nur ein Mann geschrieben haben!« erriet Veronica völlig korrekt.

Vespasian würde im November sechsundvierzig Jahre alt werden. Am siebzehnten. Caenis hatte es nicht vergessen.

Es waren in der Tat fast zwanzig Jahre. Ein dunkler Weg voller Zorn und simpler Enttäuschung, auf dem die beklommenen Hoffnungen eines aufgeweckten jungen Mädchens zu Resignation abgestumpft waren. Ihr langer, ermüdender Abstieg, bis auch sie nur noch eine ältliche, schlichte, ganz gewöhnliche Frau war.

Es war alles viel zu spät. Sie konnten das Gewesene nicht zurückholen. Und Caenis konnte sich auf einen Mann, den sie einst so geliebt hatte, jetzt nicht unter weniger hochgesteckten Erwartungen einlassen.

Veronica unterbrach ihre Gedanken und sagte leise: »Es ist eine Beleidigung. Wenn dir das was nützt, ich habe ihm genau gesagt, was ich von ihm halte.«

»Ich fühle mich nicht beleidigt.«

Caenis konnte sich vorstellen, daß Vespasian Veronica mit Vorsicht begegnet war. Sie war nicht sein Typ, obwohl er sie als eine Art Kunstwerk bewunderte. Er würde jedoch keinerlei Wert darauf legen, zu hören, was sie von ihm hielt.

»Ehre, wem Ehre gebührt«, gab Veronica zu. »Ich glaube, er würde dir schon sehr gern dafür danken, daß du seinen Sohn gerettet hast.«

Mit einem flüchtigen Lächeln spreizte Caenis die Hände. »Sag ihm, ich fühle mich bedankt. Aber er weiß, was ich davon halte, Witwer zu trösten.«

»Ich finde schon was für ihn!« Veronica wurde geschäftig, stand auf und schüttelte ihren edelsteinbesetzten Rock aus. »Und jetzt, wenn du meinst, daß du das schaffst, würde ich dich gern in Decken packen und dich in deiner Sänfte zu einem Schuhmacher bringen, den sich nur wenige Leute leisten können und der dir das hübscheste und bequemste Paar neuer Sandalen in ganz Rom anpassen wird.«

Caenis machte sich zittrig daran, aus dem Bett zu steigen. »Das schaffe ich durchaus!« Mit dem nackten Fuß nach der Stufe tastend, hielt sie inne.

Veronica sah sie an. »Das ist ein Geschenk von mir, Caenis.«

So leicht gab Caenis nicht auf. »Und wessen Idee war es?«

»Ah, das«, räumte ihre Freundin ein, die sie kannte, seit sie zehn Jahre alt war, »darf ich nicht sagen.«

Woraus Caenis schloß, daß Vespasian zwar den Vorschlag gemacht hatte, es aber Veronica überließ, für die Schuhe zu zahlen.

Und so, zumindest aufgemuntert durch bequemes Schuhzeug (das jede vernünftige Frau hoch schätzt – vor allem wenn sie einst eine barfüßige Sklavin war), kam Caenis allmählich in die Gesellschaft zurück. Es schien nicht viel zu geben, wofür sich ein Zurückkommen lohnte.

Veronica hatte offensichtlich angenommen, daß Caenis sich genauso verhalten würde wie sie selbst. Als sie das nächste Mal zu Besuch kam, rief sie: »Was ist? Hast du ihn schon wiedergesehen?«

»Nein«, erwiderte Caenis.

»Und du hast es auch nicht vor?«

»Nein.«

»Hat er dich denn nicht noch mal darum gebeten?«

»Nein. Ich meine, ja.«

»Was denn nun?«

»Titus hat mir die Tintenfischvase mit einem Schreiben seines Vaters geschickt, in dem er wissen will, wie ich sie fände. Ich habe Titus einen förmlichen Dankesbrief geschickt, aber das Schreiben seines Vaters nicht beantwortet. Zufrieden?«

»Er wird sich was Neues ausdenken, Caenis. Der Mann kommt mir wie der treue, anhängliche Typ vor. Wenn er hier auftaucht, will ich es sofort wissen.«

Caenis, der es besser ging, zerschnitt in aller Ruhe eine Birne, die ihr ein anhänglicher Freund aus den Vorratsräumen seines Landgutes nördlich von Rom geschickt hatte.

Vespasian war nach Reate zurückgekehrt, zusammen mit seinem Sohn.

»Er hat in letzter Zeit Schreckliches durchgemacht«, teilte ihr Veronica mit hartnäckiger Beharrlichkeit mit. »Er hat auch noch seine Tochter verloren.« Das machte Caenis nun wirklich traurig, denn sie stellte sich vor, daß Vespasian ein Mann war, der sich seine Tochter zum Liebling erkor. »Wahrscheinlich bei der Geburt ihres Kindes. Wurde schon jung verheiratet, die arme kleine Krabbe. Das Kind lebt«, trillerte Veronica. »Ein kleines Mädchen, glaube ich. Noch eine Flavia.«

Vespasian war Großvater! Der lächerliche alte Trottel machte ihr durch eine dritte Person den Hof wie ein schüchterner Jüngling. Caenis konnte zwar hinnehmen, daß er der Typ Mann war, der sich gern an seine Jugend erinnerte, fand aber, daß er die Vergangenheit jetzt besser ruhen lassen sollte.

Der Dummkopf schickte ihr weiterhin Obst. Manchmal hatte Caenis den Eindruck, der einzige Mensch in Rom mit Taktgefühl und Vernunft zu sein. Und dann noch Großvater! Bei dieser Nachricht fing sie zum ersten Mal seit ihrer Krankheit laut zu lachen an. Veronica rief kreischend nach den Dienstboten; die arme Frau brauchte eindeutig noch Ruhe.

Wie Caenis erwartet hatte, kam Vespasian nie persönlich. Die nächsten sechs Monate lang wurde ihr weiterhin Obst in sabinischen Körben ohne Absenderangabe ins Haus geliefert. Sie aß das Obst, reagierte aber nie. Am Ende gab er auf.

Schließlich war es beinahe zwanzig Jahre her. Eine Frau lernt, mit den Dingen fertigzuwerden. Sie weiß, daß sie es muß.

Bis eines Tages, nachdem sie sich längst an die Fliehkraft des Lebens gewöhnt hat, die Erde plötzlich kippt. Und eine ältliche, schlichte, ganz gewöhnliche Frau plötzlich zu den Sternen hinaufgeschleudert wird.

TEIL FÜNF
EIN HALBWEGS PASSABLER GEFÄHRTE

Als Nero Kaiser war

XXIX

Die Via Nomentana, sonnendurchflutet im Mittagslicht eines Septembertages.

Ein Mann kam mit stetigem Schritt die Straße von der Stadt herauf, überquerte sie an der Porta Nomentana und ging langsam zurück. Rechts und links der Straße lagen Bäder, eine öffentliche Latrine und Marktstände mit Käfigen voller Geflügel und Singvögel. Dazu appetitliche gelbe Käseräder und Fisch, der auf feuchten grünen Blättermatten kreis- und sternförmig arrangiert war. Körbe voller Sardinen glitzerten wie frisch geputztes Silberbesteck, lebende Langusten lugten durch das Flechtwerk ihrer Käfige, und Kübel mit schimmernden, blauschwarzen Muscheln standen im Schatten unter den Tischen. Der Mann zählte allein drei Wurststände.

Es war ein ruhiger kleiner Vorortwinkel, in dem es sauberer und gepflegter zuging als in vielen anderen Teilen Roms. Die Portiken der Läden waren mit Kletterpflanzen bewachsen, während die Blumenkästen auf den Balkonen darüber von Nelken, Efeu, Scylla, Springkraut und leuchtendgelben Ringelblumen überquollen. Stolze Hausbesitzer hatten die Straße von jeglichem Abfall gereinigt, die Rinnsteine gesäubert, und hier und da war das Pflaster noch feucht von Putzwasser. Ein munterer brauner Hund saß vor dem Laden eines Kerzenziehers und machte ein interessiertes Gesicht, blieb aber auf seinem Posten, als der Mann erneut vorüberkam und wieder auf das Tor zuging.

Vor der Porta Nomentana war die Straße menschenleer.

Das hier war besser als die Gegend, in der er wohnte, an der *Alta Semita* im Sechsten Bezirk, ein Viertel an den Hängen des Quirinals, voller Menschen, die sich nach Besserem sehnten. Hier lag zwar das Prätorianerlager, in dem es Tag und Nacht laut und aggressiv zuging, aber abgesehen von vereinzelten Mausoleen entlang der Straße gab es nur noch ein paar isolierte Handelsgärtnereien, die dem Ganzen eine ländliche Atmosphäre verliehen. Der Mann, der die Straße auf und ab ging, wohnte seit Jahren nicht weit entfernt, hatte es sich aber bis heute nicht gestattet, seinen Schritt hierherzulenken.

Er erregte die Aufmerksamkeit einer dicken Frau, die ihn mißtrauisch beäugte. Der Mann trug zwar die Senatorentoga, war aber aus irgendeinem Grund ohne eine Sklaveneskorte unterwegs. Das machte ihn verdächtig. Die dicke Frau beschäftigte sich angelegentlich mit den über der Balkonbrüstung zum Lüften hängenden Decken, während sie überlegte, ob sie nicht lieber rasch einen Sklaven losschicken und die Vigiles holen sollte. Sie konnte nicht ahnen, daß es sich bei dem Mann um den dickköpfigen, exzentrischen Exkonsul Vespasian handelte.

Nachdem er zum dritten oder vierten Mal am Laden des Kerzenziehers vorbeigekommen war, beschleunigte er plötzlich seinen Schritt, als sei er zu einem Entschluß gekommen, und trat durch das Tor. Kurz darauf stand er vor einer Villa, die offenbar einer wohlhabenden Person gehörte, obwohl die Haustür, im Gegensatz zu seinem eigenen abblätternden Portal, nicht mit Triumphalinsignien gekrönt war. Ja, es gab noch nicht mal einen Hinweis darauf, wer hier wohnte.

Die zur Via Nomentana gelegenen Mauern des Hauses waren fensterlos, wenn auch ihr abweisendes Aussehen durch die Kronen der im Innenhof wachsenden Bäume gemildert war. Doch dorthin zu gelangen war offenbar nicht einfach. Besucher standen zunächst vor einer soliden, eisenbeschlagenen, massiven schwarzen Tür. Die Mitte der Tür nahm eine Guckfenster mit kräftigem Eisengitter ein, dazu schwere Scharniere, Lampenhaken und Schlösser. Eine bemalte Kachel warnte vor dem bissigen Hund, obwohl kein Bellen zu hören war. Zwei Steinkübel mit nickenden Farnwedeln flankierten die weißen Marmorstufen, und der Türklopfer hatte die Form eines gutgenährten Bronzedelphins, der ermutigend grinste.

Er klopfte.

Nichts passierte. Nichts rührte sich da drinnen. Es herrschte absolute Stille. Offenbar die Tageszeit, zu der die Pförtner rund um die Porta Nomentana ihr Mittagessen einnahmen und ihre Spielschulden zählten.

Geduldig betätigte er den Türklopfer erneut. An einem Spalier neben der Tür rankte sich Kapuzinerkresse, die schwer unter Schwarzfliegen zu leiden hatte und noch immer tropfte, weil man sie zur Abwehr des Ungeziefers besprüht hatte. In der Ferne über den Handelsgärten trällerte eine Lerche aus voller Kehle.

Plötzlich riß der Pförtner, die Serviette noch unter dem Kinn, die Tür auf. Er hatte sich gar nicht erst die Mühe gemacht, durch das Gitterchen zu gucken. Ihm folgte der Verwalter mit einem leeren Einkaufskorb über dem Arm und übernahm die Sache, wie Verwalter das gern tun. Der Besucher sah ihnen an, daß sie seine Senatorentoga bemerkten und sich offensichtlich fragten, warum er keine Sklaven zu besitzen schien. Niemand besaß überhaupt keine Sklaven. Sie ordneten ihn als den sorglosen Typ ein, dem seine Eskorte im Gedränge des Forums verlorengegangen war.

Dann begann sie zu dritt eine interessante Unterhaltung, bei der der unbegleitete Senator behauptete, ein Freund der Dame des Hauses zu sein, seinen Namen aber nicht nennen wollte, während der Verwalter sarkastisch vorgab, die Dame sei nicht zu Hause. Als sie des Theaters müde wurden, gab der Verwalter zu, sie sei zwar da, schlafe aber, und drohte dann, sie zu wecken.

»*Mars Ultor!*« rief der Mann, der sie zu kennen behauptete. »Auf keinen Fall! Sie wird absolut giftig, wenn man sie aus ihrem Mittagsschlaf reißt!«

Der Verwalter und der Pförtner warfen sich einen erstaunten Blick zu und entschieden dann, daß der Fremde eingelassen werden konnte. Er kannte sie, daran gab es keinen Zweifel.

Alles war makellos sauber. Sie standen in einer lichten Halle mit einer Halbbüste der jungen Antonia, umgeben von Blütenblättern. Irgendwo weiter hinten im Haus spielte jemand Flöte. Der Verwalter führte den Besucher über einen kostbaren Mosaikboden, um ein marmornes Wasserbecken in einem Atrium herum, vorbei an diversen Türen, die offenstanden, damit auch die kleinste Brise dem Haus Abkühlung bringen konnte, dann in einen feminin wirkenden Wohnraum, gestrichen in sanftem Honiggelb mit zarten, karmesinroten Einfassungen. Hier sollte er offenbar warten.

Er hatte die Wahl zwischen einer Liege mit ein paar wie zufällig hingeworfenen Kissen und zwei Lehnstühlen von der Art, wie sie im allgemeinen Frauen vorbehalten waren. Er entschied sich für die Liege, setzte sich aber, damit er die Tür beobachten konnte. Sogleich wurde ein dreifüßiger Tisch mit dem neuesten *Tagesanzeiger* und einer glänzenden Keramikschüssel voller Obst gebracht. Weitere Erfrischungen lehnte der Besucher ab, aber ihm wurde ein Silbergong gezeigt, den er anschlagen konnte, falls er seine Meinung änderte. Nachdem man ihm einmal Einlaß gewährt hatte, wurde alles mit ruhiger Effektivität erledigt. Es schien ein komfortables, freundliches Haus zu sein. Nichts war zu aufdringlich oder zu üppig, sondern alles war mit gutem Geschmack ausgesucht worden. Die Lampenfüße waren eine seltene etruskische Antiquität. Die Sklaven wirkten zufrieden, zurückhaltend und tüchtig.

Er aß zwei Äpfel, weil sie so frisch und gut rochen, und legte dann nach kurzem Zögern die Kerngehäuse auf den Rand einer Lampe. Er hatte das Gefühl, daß sich in diesem Haus niemand groß aufregen würde, wenn ein Fremder Apfelbutzen an eine falsche Stelle legte.

Es war wunderbar ruhig, regelrecht erholsam. Beinahe wäre er eingenickt. Nur mit Mühe hielt er sich wach, um hören zu können, wenn sich draußen etwas tat. Und so bekam er, als die Sonne weitergewandert war und durch die Ritzen des Fensterladens in das Schlafzimmer in einem anderen Teil des Hauses fiel, das ferne Klingeln eines Glöckchens mit und wußte, daß sie aufgewacht war.

Schon bald danach näherten sich rasche Schritte.

Langsam ging die Tür auf. Draußen gab eine vertraute Stimme knappe Anweisungen. Er verschränkte die Arme. Die Dame des Hauses trat ein.

Sie war eine Frau mittleren Alters, deren helle Augen einen ruhigen Ausdruck zeigten. Doch das täuschte; sie war darauf geschult, in der Öffentlichkeit gelassen zu wirken. Weder groß noch schön, bewegte sie sich mit beherrschter Selbstsicherheit, obwohl sie alles andere als großartig zurechtgemacht war. Nur ein schlichtes grünes Kleid und ein Armreif, den sie seit Jahren besaß. Ihr Haar, immer noch dunkel, aber mit feinen Silberfäden durchzogen, war in einer einfachen Frisur für einen Nachmittag zu Hause hochgesteckt und mit hölzernen Kämmen befestigt. Ein Hauch eines leichten, angenehmen Parfüms erfüllte den Raum, als sie eintrat. Hinter ihr schaute der Verwalter nervös herein.

Sie hatte sich von ihrer Krankheit erholt, schien aber ruhiger als je zuvor. Nach den ersten paar Sekunden fiel Vespasian nicht mehr auf, daß sie älter, schwerer und vielleicht ein wenig müder im Geist war. Sie war sie selbst. Für ihn würde sich an ihr nichts, worauf es ankam, jemals ändern. Sein Atem ging schneller, seine Brauen zogen sich zusammen.

Offenbar hatte sie schon vor dem Eintreten erraten, wer ihr Besucher war. Um der alten Zeiten willen hoffte er beinahe, daß sie ihn anfahren werde: »Spring in den Styx! Du hast hier nichts verloren!« Aber Alter und höfliche Manieren holen uns alle ein.

»Hallo, Caenis.«

»Guten Tag, Konsul.« Die Verwendung des Titels war eine Beleidigung, denn sie mußte wissen, daß seine Amtszeit abgelaufen war. »Bitte bleiben Sie sitzen.«

Sie sah ihm wahrscheinlich an, daß ihm bis zu diesem Moment gar nicht in den Sinn gekommen war aufzustehen. Sie war eine Freigelassene, die einiges Ansehen genoß und sich in ihrem eigenen Haus befand, ihrem Haus, das zu betreten sie ihm bisher hartnäckig verwehrt hatte. Ihre Stimme klang ruhig und gleichmäßig. Nur an der Art, wie sie leicht die Lippen zusammenpreßte, konnte ein alter Bekannter Gereiztheit und Widerwillen ablesen.

»Du hättest diesen Herrn erkennen sollen, Aglaus. Seine Statue steht auf dem Augustusforum – aber vielleicht nimmst du sie oberhalb ihrer edlen Marmorfüße gar nicht wahr, wenn du an ihr vorbeieilst. Das hier ist Flavius Vespasianus – der Held von Britannien.«

Der Held von Britannien scharrte ein wenig mit seinen Füßen aus Fleisch und Blut und kam zu der Überzeugung, daß alles doch sehr viel schwieriger werden würde, als er gehofft hatte.

Es gab durchaus passable Frauen, wie Vespasian wußte, seit gewisse Damen ihm das klargemacht hatten, die sich ohne weiteres mit einem sechsundvierzigjährigen Mann einlassen würden, dessen Statue auf dem Augustusforum stand und der berechtigt war, den Triumphkranz bei öffentlichen Festen zu tragen. Sie würden von ihm erwarten, daß er ihnen Geld gab (auch das hatte er aus Erfahrung gelernt), und er hielt es für unwahrscheinlich, daß auch nur eine von ihnen volle zwanzig Jahre mit ihm befreundet bleiben würde – falls »befreundet« überhaupt der richtige Ausdruck für eine Beziehung mit dieser Art Frauen war.

Nicht eine Minute lang wäre ihm eingefallen, daß Antonia Caenis vielleicht nicht mehr seine Freundin war.

Und es wunderte ihn auch nach zwanzig Jahren nicht, daß sie wütend war. Sie war ihr ganzes Leben lang wütend gewesen, wie Narcissus ihm erzählt hatte. Das Kinn in die Hand gestützt, beobachtete er sie, wie sie ihren Verwalter mit kurzen Worten entließ, und bemerkte die Veränderungen – vor allem in der selbstsicheren Art ihrer Bewegungen hier in ihrem Heim und dem Absenken der Stimme, wenn sie im vertraulichen Ton mit dem Verwalter sprach. Er bemerkte auch, mit einer brennenden Erregung tief im Innern, was sich an dieser Frau *nicht* geändert hatte: ihr Stirnrunzeln, das ihn lächeln ließ, ihre Schärfe, die ihn weich machte; schon die paar Minuten in ihrer Anwesenheit hatten ihm Frieden gebracht und ein Gefühl des Wohlbehagens, das er seit Jahren nicht gekannt hatte.

In dem Moment wußte er, daß er immer noch dachte: *Was für ein erstaunliches Mädchen!*

XXX

Caenis hatte innerlich vor Wut geschäumt, als man ihr sagte, daß er hier sei.

Nach ihrem Mittagsschlaf war sie wie gewöhnlich gut gelaunt und witzelte mit Chloe, während das Mädchen ihren Hals massierte: »Reib das Öl gut ein. Solange der Hals halbwegs annehmbar ist, läßt man mir meine alte Fratze wahrscheinlich durchgehen – alter Käse, gut gereift!«

Dann war Aglaus aufgetaucht, einen merkwürdig selbstgefälligen Ausdruck im Gesicht. »Gnädigste, Sie haben Besuch. Den Namen weiß ich allerdings nicht.« Sie hatte ihm schon verschiedentlich erklärt, daß er keinen guten Sekretär abgeben würde.

»Ein Mann«, mischte sich Chloe ein. »Er sagt, er sei ein *Freund*!«

Caenis war beliebt, aber sie hatte nur begrenzt Freundschaften geschlossen. Ihre Anforderungen waren zu hoch. Außerdem hatte sie zuwenig Geduld und brauste zu leicht auf. Sie spottete: »Dann muß es ein *tapferer* Mann sein!«

Als sie fragte, was dieser tapfere Freund denn gerade täte, hatten sie gesagt, er scheine zu schlafen. Da wußte sie Bescheid. Sie verbot sich jeden Gedanken daran, was er wohl wollte.

Jetzt fixierte Vespasian sie mit seinem langen, düsteren Blick. Sie übersah es und suchte sich einen Sitzplatz.

Aglaus bemühte sich nach Kräften. »Der Held von Britannien! *Gewiß, Gnädigste!* Nächstes Mal werde ich vor dem Eintreten eine Inspektion der Stiefel verlangen, damit ich die Füße vergleichen kann ... Möchten Sie eine Erfrischung?«

»Vielleicht später.«

»Soll ich Ihre Dienerin hereinschicken?«

»Nicht nötig.«

Sobald sie allein waren, machte Caenis es sich in ihrem Sessel bequem.

Sein Gesicht hatte früher älter ausgesehen, als er war, also war er in dieses Aussehen hineingewachsen. Das Stirnrunzeln war geblieben. Die gleichen tiefen Falten auf der Stirn, die Stetigkeit seines Blickes, wenn er sie anschaute.

Caenis fühlte sich verletzlich wie ein liebeskrankes Mädchen. Ihn hier zu finden, in ihrem eigenen Haus, zwang sie zu einer etwas bemühten Förmlichkeit. »Konsul! Welche Ehre. Was können wir für Sie tun?«

Vespasian konnte es nicht ausstehen, wenn sie sarkastisch war. »Macht es dir was aus?« fühlte er sich veranlaßt zu fragen. »Hätte ich mich vorher anmelden sollen? *Macht* es dir was aus?«

Ohne nachzudenken, erwiderte sie säuerlich: »Offenbar nicht!«

Ihre Unterhaltung verlief stockend. Er wirkte sehr gefaßt, sah aus, als hätte er vergessen, wie man lächelt. Sie fühlte sich unbehaglich. Eine andere Frau hätte sich hinter ihre Stickerei zurückgezogen, aber Caenis hatte dafür nie etwas übrig gehabt. Als Sklavin hatte sie nicht die Zeit dazu, und als Freigelassener fehlte ihr anfangs das Geld für die Seide.

Trotz allem, was er inzwischen erreicht hatte, wußte Vespasian nicht, wie er sich in dieser Situation verhalten sollte. Er fuhr sich mit der Hand über das Haar – über das, was davon noch übrig war –, und obwohl er kein eitler Mann war, konnte sie sehen, daß er sich in diesem Moment wünschte, es wäre noch voller gewesen. Es war eine merkwürdig beunruhigende Geste. »Ich habe immer noch kein Geld«, erinnerte er sie, um etwas zu sagen. »Brauchst du es zurück?«

Kaum war er da, schon gelang es ihm, ihren Unwillen zu erregen. »Das ist meine Altersversorgung, Titus – ich brauche es nicht, danke. Noch nicht!«

Die Tatsache, daß sie ihn mit dem Vornamen angesprochen hatte, ließ beide zusammenzucken, aber er lachte ein wenig, als er erwiderte: »Nein. Du siehst strahlend aus.«

»Das macht der Mittagsschlaf, mein Lieber!« meinte Caenis schnippisch. Sie verfielen bereits in ihre gewohnte Art der Unterhaltung. »Und eine vernünftige Ernährung. Viel Obst. Manchmal so viel, daß ich es kaum schaffen kann ...«

»Tut mir leid. Ich versuche immer noch, meine Schuld abzuzahlen. Du kannst es mir ja nachwerfen, wenn du mich mit einem Fußtritt aus deinem Haus befördert hast.« Er schien sie prüfen zu wollen. Caenis sagte nichts. »Sind wir noch Freunde?« fragte er leise.

Sie waren sich absolut fremd, dachte Caenis trübe. Doch um der Vergangenheit willen nickte sie und schaute in ihren Schoß.

Vespasian erhob sich. Es schien verfrüht. Caenis empfand eine leichte Enttäuschung. Aber Exkonsuln waren gefragte Leute, wenn sie vom Land zu Besuch kamen.

Es war ihnen nicht gelungen, einen wirklichen Kontakt herzustellen. Sie erkannten beide, daß er diesen Besuch besser gelassen hätte. Es hatte keinen Zweck, ihn unnötig zu verlängern.

»Danke, daß du mich empfangen hast.«

»Es war mir ein Vergnügen.«

Erst nachdem sie sich erhoben hatte und durch das Zimmer auf ihn zukam, um ihn wie früher zur Tür zu begleiten, brachte Vespasian sein eigentliches Anliegen vor: »Heute nachmittag wird ein Konzert gegeben. Ich habe mich erkundigt. Eine Wasserorgel – irgendein neumodisches Gerät, das Nero entdeckt hat. Könnte interessant sein ... Hattest du vor hinzugehen?«

Ich will nicht! dachte Caenis.

Ich nehm's dir nicht übel! antwortete Vespasian mit den Augen. »Hinterher«, sagte er dann, als sie nichts erwiderte, »bin ich zum Essen im Haus meines Cousins eingeladen und darf einen Gast meiner Wahl mitbringen.«

Caenis nahm an, daß seine Familie sich Sorgen um ihn machte. Ein Witwer, besonders einer mit zwei halbwüchsigen Söhnen, war eine leichte Beute für wohlmeinende, gluckenhafte Damen. Es mußte ihm zum Hals raushängen. Ja, er wirkte so gedämpft, daß sie versucht war, sich selbst Sorgen um sein Wohlergehen zu machen. Inzwischen standen sie so nahe beieinander, daß er ihre Hand ergreifen konnte, ganz sanft an den Fingern, als hätte er Angst, sie zu verärgern. Mit Mühe brachte er heraus: »Trete ich jemandem auf die Zehen, wenn ich dich bitte, mich zu begleiten?«

Er hielt sie mit seinem langen, abschätzenden Blick fest. Ihre Finger lagen immer noch in seiner Hand, gehalten durch den sanften Druck seines großen Daumens. Caenis merkte, wie gern sie mitgehen wollte. Sie faßte einen schnellen, trotzigen Entschluß: »Ich nehme gern an. Vielen Dank.«

Der Held von Britannien räusperte sich überrascht. Seine Augen verengten sich ein wenig. »Und?«

»Und was?« fragte Caenis und zog ihre Hand zurück.

»Trete ich jemandem ...«

»Scher dich um deinen eigenen Kram!« schnappte sie und verließ vor ihm das Zimmer.

Aglaus hielt sich noch immer in der Eingangshalle auf. Caenis sagte ruhig: »Aglaus, ich werde heute nachmittag ausgehen.« Für einen Moment legte sie ihre Hand auf Vespasians von der Toga bedeckten Arm. »Dieser Herr ist jemand, den ich seit langem kenne. Sollte er je wieder herkommen, ist er als Freund des Hauses zu empfangen. Allerdings ist er« – sie nahm die Hand wieder weg – »der Typ, der für ein oder zwei Mahlzeiten auftaucht, die Katze tritt, das Küchenmädchen verhaut und dann wieder für zwanzig Jahre verschwindet.«

Diese Tonart war ein Fehler. Caenis erkannte es sofort. Vielleicht erkannten sie es beide. Nicht zuletzt, weil der Verwalter zu denken schien, daß etwas zwischen ihnen lief. Und das wollte niemand.

Aglaus bemerkte, daß der Held von Britannien leise lächelte. Also war es kein unwiderruflicher Fehler. Die Tatsache, daß Caenis Vespasian die Stirn bot, ließ sie sich beide nur noch mehr auf den Ausflug freuen.

Die Wasserorgel war ein erstaunliches Instrument. Sie wurde mit viel Talent von einer geschniegelten jungen Dame gespielt, doch jeder konnte sehen, daß der Kaiser bereits plante, dieses außergewöhnliche Spielzeug zu seiner eigenen Spezialität zu machen. Soweit Caenis das von ihrem Platz auf der oberen Galerie aus beurteilen konnte, war das Ding eine Art riesige Panflöte, teils aus Bronze und teils aus Pfeilrohr, dazu ein großer Blasebalg, der Luft in einen Wasserkasten drückte. Durch den Druck des Wassers gelangte die Luft in den Pfeifenzylinder und wurde dann durch Schieber, die die Orgelspielerin betätigte, in den einzelnen Pfeifen freigesetzt. Es war das komplizierteste und vielseitigste Instrument, das Caenis je gesehen hatte, wenn sie sich auch nicht sicher war, ob sie es sonderlich musikalisch fand.

Als sie das Theater verließ, wartete Vespasian bereits auf sie, begleitet von sechs Trägern mit seinem persönlichen zweisitzigen Tragestuhl. »Du bist diejenige, die sich mit Musik auskennt. Sag mir, was ich von diesem Ding halten soll.« Er sprach mit unbewegtem Gesicht. Caenis kannte ihn nicht mehr gut genug, um zu erkennen, ob er es ernst meinte.

»Sehr klangvoll!« rief sie aus. »Hat dich zumindest am Einschlafen gehindert, wie ich sehen konnte.«

Der sich so würdevoll gebende Flavius Vespasianus schenkte ihr jetzt ein unerwartet anrührendes Lächeln.

Das Essen im Haus seines Cousins verlief ruhig und angenehm. Caenis war froh, mitgegangen zu sein, denn es schien seine besorgten Verwandten deutlich zu erleichtern, daß Vespasian jemanden mitbrachte, egal, wer es war. Caenis verhielt sich taktvoll und zurückhaltend. Vespasian erleichterte es ihr, machte aber nicht so viel Aufhebens um sie, daß sie sich eingeengt gefühlt hätte. Als ihn jemand nach seinem Sohn Titus fragte, antwortete er und tauschte dann mit Caenis einen Blick, der von den anderen bemerkt und völlig falsch interpretiert wurde. Caenis konnte nicht erkennen, ob die anderen wußten, daß er sie von früher kannte.

Bemerkenswert war allerdings der Unterschied zwischen damals, als sie mit dem jungen, unbekannten Senator Vespasian ausgegangen war, und der Art, wie man ihn heute behandelte. Jetzt bekam der Exkonsul Vespasian automatisch den Ehrenplatz neben seinem Gastgeber an zentraler Stelle. Und darüber hinaus wurde die freie Liege neben ihm sofort seiner Begleiterin zugewiesen, wer immer sie war.

Es war eine entspannte, manierliche Gruppe, die schon früh aufbrach, ohne daß übermäßig getrunken worden wäre. Danach brachte Vespasian sie nach Hause. Im Tragestuhl saß er ihr gegenüber. Obwohl sie beide den Abend genossen hatten, schwiegen sie. Es war dunkel genug, daß Caenis ihn betrachten konnte, sich wohl bewußt, daß auch er sie anschaute; es war zu dunkel, ihm in die Augen sehen zu müssen.

Bei ihrem Haus angelangt, befahl er den Trägern zu warten, während er sie mit einer Fackel zur Haustür begleitete. Er betätigte den dicken Delphinklopfer und blieb bei ihr, bis der Pförtner kam.

»Ich danke dir, Caenis. Es war ein schöner Abend.«

Sie sehnte sich danach, von ihm berührt zu werden. Wie lächerlich!

»Ja. Ich danke dir ebenfalls.«

Die Tür öffnete sich. Der Pförtner trat zurück, außer Sichtweite. Normalerweise war er sehr neugierig, also nahm Caenis an, daß Aglaus das Personal instruiert hatte.

»Deine Tür ist offen«, sagte Vespasian, ohne sich von der Stelle zu rühren. Eine winzige Pause entstand. »Gute Nacht, Caenis.«

Große Götter, der Mann hatte keine Ahnung, wie man den Dienstboten etwas zum Tratschen gab. Auch schien er nicht zu kapieren – obwohl es kaum zu übersehen war –, welche Gefühle die Dame des Hauses erfüllten. Der Mann hatte keine Manieren. Der Mann besaß keinen Verstand.

»Titus.« Mit einem höflichen Nicken, mehr nicht, ging sie an ihm vorbei.

Der Pförtner zögerte und schloß dann die schwere Tür. Als er den Riegel vorschob, sagte Caenis, alle Dienstboten könnten ins Bett gehen. Mit ungewöhnlich energischen Schritten durchquerte sie die Eingangshalle und bog in den Flur zu ihrem Schlafzimmer ein.

Also wirklich, sie wußte gar nicht, warum sie so verärgert war.

»Verdammt!« murmelte Caenis vor sich hin. »Verdammt! Verdammt! Verdammt!«

Sie schloß die Schlafzimmertür einigermaßen leise, damit nicht das ganze Haus erfuhr, wie ihr zumute war. Um dann aber ihrer Anspannung Luft zu machen, stieß sie alle Fensterläden auf, so daß der Krach des nächtlichen Roms in ihr Zimmer flutete: das Rasseln der Lieferwagen, die einer nach dem anderen auf die Porta Nomentana zusteuerten, während ihre Fahrer laut über die Verkehrsstaus fluchten, das Gebrüll und Gelärme aus dem Prätorianerlager, Rufe, Jauchzer und gelegentliche Schreie aus der Stadt, schrilles Gelächter, ein trunken zu den Sternen hinaufgeschicktes Lied.

Sich zum Ausgehen anzukleiden hatte länger gedauert als gewöhnlich – und das, obwohl Caenis bei so was schnell ungeduldig wurde und sich im allgemeinen lieber an eine bestimmte Routine hielt. Jetzt war sie mit ihrer Toilette im Handumdrehen fertig. Ihr elegantes weißes, goldverziertes Kleid hing bereits über der Lehne eines Stuhls. Mit einer gewissen Bosheit freute sie sich darüber, daß sie sich gegen eine leuchtendere Farbe entschieden hatte, die, wie sie wußte, Vespasian besser gefallen hätte. Sie goß Wasser ein und wusch sich die Schminke mit einem Schwamm aus dem Gesicht. Unter halblauten, ärgerlichen Ausrufen löste sie die Haarnadeln und Broschen, dann klapperte ihr Armreif auf ein Brett im Regal. Die kunstvolle Frisur, für die Chloe mehr als eine halbe Stunde gebraucht hatte, war in zwei Minuten gelöst. Ungeduldig beugte sich Caenis vor und bürstete das Haar mit raschen, heftigen Bürstenstrichen aus. Schließlich hörte sie auf mit ihrem Geschimpfe, nahm aber über all dem Lärm, der von draußen ins Zimmer drang, das ferne Klopfen und das darauffolgende Stimmengemurmel nicht wahr. Nach weiteren energischen Bürstenstrichen warf sie den Kopf zurück. Einer der Ohrringe fiel klirrend auf den Tisch.

Aglaus klopfte, trat sofort danach ein und schloß sorgfältig die Tür hinter sich. Ihre Dienstboten wußten, daß sie nicht unaufgefordert eintreten durften, also mußte etwas geschehen sein. »Entschuldigen Sie, Gnädigste. Ihr Freund ist wieder zurückgekommen.«

Daher also die Eile und seine leise Stimme. In dem Moment öffnete Vespasian die Tür.

Aglaus war schockiert. »Oh! Mein Herr! Für Helden mögen ja besondere Regeln gelten, aber die Dame befindet sich in ihrem Schlafzimmer und ist bereits im Unterkleid!«

Caenis war vollkommen anständig bekleidet, trug eine saubere, vom Hals bis zum Boden reichende Untertunika, aber es war ihr dennoch außerordentlich peinlich. Vespasian enthielt sich jeglicher Höflichkeitsfloskeln. »Tut mir leid, Caenis. Da ist noch etwas, was ich dir sagen muß.« Irgendwo, vielleicht in ihrer eigenen Eingangshalle, hatte er sich der schweren Stoffmassen seiner Toga entledigt. So schien er sich viel wohler zu fühlen – der Junge vom Land mit den braunen Armen und der lässig über dem Gürtel hängenden Tunika.

Aglaus war ein hervorragender Verwalter. Im Umgang mit Besuchern hatte er ein gutes Ohr oder Auge oder was immer dazu nötig war, so, wie es seine Herrin verlangte. Aber er wurde unsicher, wenn Caenis selbst nicht wußte, was sie wollte. Er hob Schuhe, Schal und Gürtel auf, durchquerte mit raschen Schritten das Zimmer, zog die Fensterläden zu und schloß so den hereindringenden Lärm aus. Das gab ihr Zeit zum Nachdenken. »Ich werde eines der Mädchen bitten ...«

Caenis merkte, daß sie wütend war, aber nicht auf ihn. »Laß nur. Danke, Aglaus.«

»Wie Sie wünschen. Nun ja, da alles so formlos zu sein scheint, nehme ich an, daß Sie den Herrn auch selbst hinauslassen können.«

»Das nehme ich auch an«, stimmte Caenis grimmig zu. »Gute Nacht, Aglaus.«

Indigniert stapfte der Verwalter hinaus.

Dann waren sie wieder allein. In ihrer Verwirrung plapperte Caenis viel zu rasch los: »Ich war nie besonders stolz, Vespasian, aber freiwillig würde ich dich nie in Hausschuhen und schon abgeschminkt empfangen.«

Er stand stumm in der Mitte des Raumes.

»Zum Glück habe ich meine Zähne noch nicht in ihr Silberkästchen gelegt und meine Perücke auf ihren Ständer gehängt ...« Sie wünschte, sie hätte das nicht gesagt, denn es erinnerte sie daran, daß ihr die Haare offen über dem Rücken hingen. Sie war zu alt dafür; es sah albern aus. Es war ihr eigenes Haar, und es waren auch ihre eigenen Zähne, aber vielleicht hatte er den Witz nicht begriffen.

Caenis drehte sich um und legte die Bürste auf den Ankleidetisch, hörte aber im gleichen Moment, daß er näher trat. Sofort wirbelte sie herum – fast in seine Arme hinein, er stand bereits direkt hinter ihr. Scharf sog sie die Luft ein und machte einen Schritt zurück, wurde aber durch das Regal hinter sich aufgehalten. Ein Schauder überlief sie.

»Da ist immer noch ein Ohrring ...«, sagte Vespasian und streckte die Hand danach aus.

»Ich komme schon allein zurecht!« Sie riß den Ohrring ab und schleuderte ihn da hin, wo der andere lag. Vespasian hatte sich ihr Wohlwollen verscherzt. Sie wollte, daß er ging.

»Beruhige dich«, bat er, obwohl ein Glitzern in seinen Augen verriet, daß sie für ihn ohne ihr dauerndes, oft sinnloses Geschimpfe nicht Caenis sein würde. Es schien ihn nicht im geringsten zu stören. »Was ist los?«

Caenis seufzte, hörte Vespasian leise grummeln. Beide entspannten sich. »Was wolltest du mir sagen?« fragte sie in ruhigerem Ton.

In seiner ziellosen, neugierigen Art griff er nach ihrem Armreif. »Habe ich dir den geschenkt?«

»Hast du«, erwiderte sie gereizt. Ihrer beider Namen waren immer noch deutlich genug auf der Innenseite eingraviert.

»Nett von dir, ihn extra rauszuholen.«

»Ich trage ihn täglich. Das Gold ist einwandfrei, und ich mag ihn.«

Er legte den Reif weg. »Er ist sehr schlicht. Hättest du lieber einen hübscheren?«

»Nein.«

Jetzt griff er nach ihren Ohrringen. »Wer hat dir die geschenkt?«

»Marius.«

Einen Moment lang mußte er überlegen, wer Marius war. Das gefiel ihr. Dann ließ er die Ohrringe rasch in ein Kästchen fallen, in das sie nicht gehörten. Gereizt nahm Caenis sie heraus und legte sie in eine Schale. Dabei fiel ihr ein, daß die hier – goldene Eicheln an dreieckigen, grünen Glasstückchen, die beinahe als Smaragde durchgehen konnten – ein Geschenk von Veronica waren. Sie beschloß, das nicht richtigzustellen.

Zum ersten Mal trafen sich ihre Blicke wirklich. Vespasian und sie waren im Umgang miteinander nie schüchtern gewesen. Jetzt waren sie es.

»Ich habe Angst, dich zu berühren«, gab er zu, sehr nahe und sehr leise. Angst oder nicht, gleich darauf drehte er eine Strähne ihres Haares um einen Finger und betrachtete es, wie es im Licht schimmerte.

Caenis warf den Kopf zurück, um sich frei zu machen, erwiderte aber ganz sachlich: »Ich bin nicht mehr an dich gewöhnt und du nicht mehr an mich.«

Vespasian zuckte die Schultern. »Ich bin der gleiche wie immer.«

Er stand so nahe bei ihr, daß Caenis an seinem Gesicht ablesen konnte, was er vorhatte. Instinktiv legte sie ihm die Hände auf die Schultern, als wollte sie ihn auf Distanz halten. Sein Gesicht erstarrte.

»Du bist der Held von Britannien!« spottete sie. Plötzlich war ihr alles egal. Schließlich war sie alt genug, sich das zu gestatten, wonach ihr zumute war. Sie wollte ihn wissen lassen, daß es ihre Entscheidung war. Ihre Stimme wurde tiefer. »Würde der Held einen Kuß von einer Verehrerin akzeptieren?«

Vespasian runzelte die Stirn, versuchte, ihren Stimmungsumschwung einzuschätzen.

Ohne abzuwarten, beugte sie sich vor und küßte ihn. Nur ein Hauch ihrer Lippen, wie eine Motte, die nachts auf dem Gesicht eines Schlafenden landet. Eigentlich wollte sie vor allem sehen, was er daraufhin tat. Er schloß kurz die Augen, bewegte sich aber ansonsten nicht.

Das Gefühl ihres Kusses erfüllte sie mit alarmierender Intensität, selbst nachdem sie den Kopf zurückgenommen hatte. Vespasian hielt sie davon ab, sich noch weiter zurückzuziehen, legte seine Hand auf ihre Schulter, vergrub die Finger in ihrem Haar. Caenis konnte das Blut durch die Adern rauschen hören. Er sah unendlich traurig aus. Zuerst dachte sie, sie hätte einen schrecklichen Fehler begangen.

Der Fehler bestand darin, an ihm zu zweifeln. Plötzlich erkannte sie, wie sehr er sich unter Kontrolle gehalten hatte. Und sie sah, wie diese Selbstkontrolle zusammenbrach. Er zog sie an sich, um auch ihr einen formellen Kuß zu geben, aber es war zuviel für ihn. *»Oh, mein Mädchen!«*

Dann preßte sich ihre Wange gegen die seine, als sie einander umarmten wie zwei Menschen, die sich nach langer Trennung in entfernten Ländern auf einem Kai wiedersehen, zwei Menschen, die sich in die Arme fallen und einander so festhalten, als wollten sie nie, nie mehr loslassen.

Nach einer Weile wurde sein Atem ruhiger, und sie hörte ihn heiser flüstern: »Was soll ich dir sagen?«

Immer noch in seiner Umarmung, die hoffentlich nie enden würde, schloß Caenis die Augen. Das Gesicht an die geflochtene Borte seiner Tunika gedrückt, kämpfte sie gegen die Tränen. Sie wollte nicht, daß er es sah, aber er würde es auch so spüren, mußte spüren, wie sehr sie zitterte. »Ich nehme an, viele Frauen bitten den Helden von Britannien, mit ihnen ins Bett zu gehen?«

»Die eine oder andere.«

»Und wie ist das mit meinem alten Freund Vespasian?«

»Ach, der arme, unwichtige Bettler – kaum eine!«

Caenis bog sich zurück, damit sie ihn anschauen konnte. Ihr Gesicht sah angespannt aus. Seins auch. »Nun, dann habe ich ein Angebot zu machen – falls er will.«

Sie sah, wie der Schatten aus seinem Gesicht verschwand und einer Zärtlichkeit Platz machte, die sie kaum ertragen konnte. Er ließ sie los, mit einer kleinen, höflichen Geste, die Handfläche nach oben gedreht, doch ihre Hände fanden sich sofort wieder, als sie gemeinsam zum Bett gingen.

XXXI

Caenis hatte das Gefühl, völlig leer zu sein.

Die Situation war zu wichtig, aber sie konnte einfach nicht loslassen. Es ging einfach nicht – das heißt, alles lief falsch. Sie fühlte sich wie ein Stück Holz, ein teilnahmsloser Klotz.

Sie fand sich damit ab, war zufrieden, bei ihm zu sein, zufrieden mit allem, was sich daraus ergab, und doch mußte sie unwillkürlich einen Laut von sich gegeben haben. Als er ihre Qual wahrnahm, hielt er inne. »Entschuldige.«

Caenis merkte, daß er auf sie gewartet hatte. Sie blieb ganz still liegen. Er war kein Mann, dem sie etwas vorspielen wollte.

Vorsichtig, um nichts durcheinanderzubringen, streckte Vespasian den Arm nach dem kleinen Tisch neben dem Bett aus und zog das Tonlämpchen näher, die einzige Lichtquelle im Raum. Es war ausgerechnet die Lampe, die sie am wenigsten ausstehen konnte, mit einem Satyr und einem Faun, die rund um das Luftloch am Docht unaussprechliche Dinge miteinander trieben. Caenis war erleichtert, als er die Lampe am Tischrand stehenließ.

In dem etwas helleren Licht zog Vespasian seinen Arm zurück und hielt seine Hand über ihre Brauen, beschattete ihre Augen, während er ihre Gedanken zu lesen versuchte. Schließlich konnte er sich nicht sicher sein, ob er wirklich willkommen war. Auch Caenis überkamen verspätete Zweifel. Vielleicht lag es daran, daß sie sich, obwohl sie ihn so sehr wollte, ihre Gefühle nicht eingestehen konnte. Offenbar war sie ihm immer noch böse, weil er sie verlassen hatte.

»Ich mache das nicht sehr gut, was?«

Plötzlich lächelte er. Das vertrauliche, sonnige Grinsen, das für seine Freunde reserviert war, forderte sie auf, sich auch ein bißchen über ihn lustig zu machen, und sie fand das unwiderstehlich. Schon nahm sie das vertraute Gefühl, den Geruch, die Gestalt, die Wärme, das Vergnügen an ihm wieder in sich auf.

Für Caenis war er immer ein gutaussehender Mann gewesen. Er hatte ein wunderbares Gesicht. Das Zusammenspiel von Anspannung und Freude war faszinierend – bei der Arbeit ganz konzentriert, und dann plötzlich, ohne Vorwarnung, dieses tiefe, ansteckende Lachen. Während ihr diese Gedanken durch den Kopf schossen, ließ sein intensiver, stetiger Blick sie nicht los. Er war ein so grundanständiger Mann – unmöglich für sie, ihre übliche Widerborstigkeit aufrechtzuerhalten.

»Ich bin's«, sagte er sanft. Die Spannung wich von ihr. Seine Offenheit berührte und erfüllte sie. »Du erinnerst dich doch an mich.«

Sie erinnerte sich: ihr sabinischer Freund, ihre andere Hälfte.

Sie spürte, wie ihre Gefühle sie durchfluteten, noch bevor er sich zu ihr herabbeugte und wieder in sie eindrang. Ihr Körper begann auf den seinen zu reagieren. Als der Augenblick kam, erreichten sie ihn gemeinsam. Als der Augenblick kam, war er von einer Intensität, die nicht nachgelassen hatte, sondern verstärkt worden war durch die Jahre, die Erfahrung und ihrer beider Wissen um Triumph und Verlust.

Danach blieb er in ihr, schweigend, eine lange Zeit. Selbst als er schließlich neben sie glitt, sprach er nicht. Aber er hielt sie, hielt sie, bis sie plötzlich einschlief, und hielt sie immer noch, als sie wieder aufwachte.

Es war kurz vor der Morgendämmerung. Der Lärm um das Stadttor war verhallt, die Karrenfahrer und Nachtschwärmer waren zu Bett gegangen, während die frühmorgendlichen Straßengeräusche der Bäcker und Arbeiter, die sich an ihr Tagwerk begaben, noch nicht begonnen hatten. Selbst die Kranken schliefen jetzt. In diesem stillen Zimmer war die Lampe längst erloschen. Nur eine schwache Veränderung des natürlichen Lichts war zu spüren.

Erst allmählich merkte Caenis, daß sie sich beim Aufwachen erholter, wärmer und friedlicher als gewöhnlich fühlte. Nur langsam wurde ihr bewußt, daß Vespasians feste Brust ihr Kissen war und daß sie sicher und geborgen in seinem Arm lag, der ihren Rücken umfing. Seine andere Hand ruhte auf ihrer Brust. Sie rührte sich nicht, aber ihre Wimpern mußten ihn gekitzelt haben. Caenis spürte, wie sich seine Finger in ihrem Haar vergruben, dort, wo es an ihrem Hinterkopf am dichtesten wuchs und die letzte Anspannung aus ihrem Nacken massierten. Er war wach. Er hatte schon eine ganze Stunde wachgelegen.

»Titus, du bist ja noch hier!«

»Mmm.«

Er wurde immer zu dieser frühen Stunde wach. Zu Hause stand er dann auf, um seine Korrespondenz zu lesen und zu erledigen, ohne dabei gestört zu werden, während die anderen noch schliefen. Hier hatte er nur still dagelegen, in Gedanken versunken, und Caenis in den Armen gehalten.

Sie schmiegte sich enger an ihn, sagte aber pflichtbewußt: »Ich bin dir nicht böse, wenn du jetzt gehen möchtest.«

Das sanfte Massieren ihrer Nackenmuskeln hörte nicht auf. »Ich wollte dir erst guten Morgen sagen.«

Da stützte sie sich auf dem Ellbogen auf und sah ihn an. »Hallo, Titus.«

»Hallo, mein Mädchen.« Im grauen Morgenlicht konnte sie sein Gesicht nicht erkennen, aber seine Stimme war voller Belustigung. »Oh, *Caenis*! Die Leute werden denken, wir sind verrückt.«

»Die Leute«, gab Caenis scharf zurück, »denken nicht! Zum Glück braucht ja keiner zu erfahren, daß du dich mit einem Sack sabinischer Äpfel und einer halben Kiste Pflaumen wieder bei mir eingeschmeichelt hast.«

»Wenn sie diese Schwäche herausfinden, wirst du unter Körben von Obst begraben werden ...« Vespasian klang ungewöhnlich verträumt. »Ganz Rom wird in Himbeersaft eingeweicht wie ein Mostkuchen. Karrenladungen mit Aprikosen blockieren die Via Sacra. Berge von Quitten und Birnen, so hoch wie die pannonischen Alpen – mmm!« Er unterbrach sich nur kurz, damit Caenis ihn küssen konnte. »Brombeeren – mmm! Maulbeeren – *mmmm*!«

Sie war immer noch um seinen Ruf besorgt. »Soll ich mit dir aufstehen, Titus?«

Ganz unerwartet drehte er sich um, drückte sie in voller Länge auf die Kissen und rollte sich lustvoll auf sie. »Ich sagte«, wiederholte er, »ich wollte dir erst guten Morgen sagen.«

Da hörte Caenis auf, sich Gedanken um seinen vielleicht zu Hause wartenden Sekretär zu machen. Seinem anzüglichen Ton entnahm sie, daß es ihm um viel mehr ging als eine verbale Begrüßung. Sie ließ sämtliche Sorgen fahren, als Vespasian sie erneut berührte, wo sie berührt werden wollte, und sie hielt, wie sie gehalten werden wollte. Diesmal gab es keine Schwierigkeiten. Er wußte ebenso wie Caenis, daß er willkommen war und immer willkommen sein würde.

Als sie das nächste Mal aufwachte, war er nicht mehr da, aber ihr Körper und all ihre Sinne waren voller Freude darüber, daß er bei ihr gewesen war.

XXXII

Der Lärm aus dem Prätorianerlager war inzwischen ziemlich laut, auch wenn das ganze Haus auf die Innenhöfe ausgerichtet war. Und dann öffnete auch noch ein unfreundlicher Mensch die Fensterläden und ließ das grelle Tageslicht herein. »Guten Morgen, Gnädigste. Auf, auf, aus den Federn!«

Caenis stöhnte. »Nein danke. Guten Morgen, Aglaus. Ich werde einfach hier liegenbleiben und Wohlwollen verströmen ...«

Der Verwalter stieß einen Pfiff aus. »Wohlwollen! Dann muß es ja noch schlimmer sein, als ich dachte.« Noch nie war Aglaus wegen eines Gastes so neugierig gewesen, daß er die Dame des Hauses als erster begrüßen wollte.

»War jemand auf, um meinen Freund zu versorgen?«

»Selbstverständlich! Helden behalte ich stets im Auge, falls sie das Silber klauen wollen. Das Frühstück ist draußen im Peristyl angerichtet; sein Vorschlag. Was für ein erstaunlicher Mann! Ich nehme an, daß wir ihn wiedersehen werden.«

»Das mag wohl sein«, räumte Caenis vorsichtig ein. Eingehüllt in die zerknitterte Tagesdecke, setzte sie sich auf.

»Wahrscheinlich alle fünf Minuten!« spottete Aglaus. »Los, los, lassen Sie die Brötchen nicht hart werden. Ich schicke Ihnen Ihr Mädchen.«

Der Säulengang vor ihrem Eßzimmer umschloß einen kleinen Garten, der den größten Teil des Tages in tiefem Schatten lag, was ihn leider etwas feucht und düster machte und nur wenigen Grünpflanzen und hochaufgeschossenen Rankengewächsen zuträglich, doch am frühen Morgen war er sonnendurchflutet. Caenis frühstückte nur selten und war daher erstaunt, daß der Verwalter ein geradezu opulentes Mahl aus frischgebackenem Brot, kaltem Fleisch und Käse aufgetischt hatte. Ein Mahl für zwei. Außerdem standen drei Nelken etwas schief in einer Vase.

Caenis, die nichts für Vorwitzigkeit am frühen Morgen übrig hatte, brüllte: *»Aglaus!«*, bevor sie merkte, daß da jemand auf einem Hocker saß.

Eine stämmige Gestalt, die Füße auf den Rand eines Blumenkübels gestützt, korrigierte ein auf einer Wachstafel aufgenommenes Diktat mit einem Stilus. Als sie näher kam, schob er den Stilus hinter das Ohr und grinste sie an. Von seinem Sekretär war nichts zu sehen, obwohl der Mann offensichtlich hiergewesen war und die flavische Korrespondenz gebracht hatte. Vespasian hatte in aller Ruhe geschrieben, als wäre ihr Garten sein normaler morgendlicher Arbeitsplatz. Ihr sabinischer Freund war erstaunlich gut organisiert.

Als Antwort auf ihr Brüllen steckte Aglaus den Kopf aus dem Fenster. »Laß uns in Ruhe, Aglaus«, widerrief Caenis ihre eigene Order. Der Verwalter tauschte ein Grinsen mit Vespasian aus – sie waren bereits Verbündete – und kam der Aufforderung pflichtschuldig nach. »Titus.«

»Du hast mich doch sicher erwartet, oder?« neckte Vespasian.

»Nun ja, vielleicht morgen.« Caenis versuchte, gelassen zu wirken. »Eventuell sogar schon heute abend, falls du es gar nicht mehr hättest aushalten können. Aber doch kaum zum Frühstück.«

Vespasian ließ seine Arbeit auf dem Hocker liegen und setzte sich auf die hölzerne Bank am Tisch. »Stört's dich?« Sie setzte sich neben ihn, ohne zu antworten. »Sieht gut aus. Hab mich mit deinem Verwalter zusammengetan. Ist dir die Auswahl an kaltem Fleisch aufgefallen?«

Es war ihr aufgefallen.

Sie begannen zu essen, Vespasian voller Appetit, Caenis eher zurückhaltend. Über ihnen trällerte ihr zahmer Fink in einem feingeflochtenen Käfig.

»Nun?« fragte sie. Vespasian reichte ihr den Käse, den sie nicht wollte. Sie aß ihn trotzdem, für den Fall, daß er dieses üppige Mahl selbst bezahlt hatte.

»Wie schon gestern erwähnt, da ist etwas, was ich dir sagen wollte.«

Caenis lachte. »Ich dachte, das hättest du bereits getan.«

»Ich wurde abgelenkt!« Grinsend leckte er sich die Finger, die vom Honig am Becherrand klebrig waren, und legte dann in zärtlicher Erinnerung an die vergangene Nacht seine Hand auf die ihre. Sie wartete ab. Niemand konnte ihn jemals drängen. Er aß weiter. »Kriegt dein Vögelchen die Krümel?«

»Wenn du willst.«

Vespasian stand auf und fütterte den Fink. Eine Weile erwiderte er dessen Gesang, während Caenis weiteraß. Sie war hungriger, als sie gedacht hatte. Bevor er sich wieder setzte, trat er zu ihr, beugte sich von hinten über sie und küßte sie auf die Wange. »Noch mal guten Morgen.«

Er ging zu seinem Platz zurück, hielt inne, trat wieder zu ihr, küßte sie sorgfältig auf die andere Wange wie ein Mann, der sich stets um ein Gleichgewicht bemüht, und strich sanft über ihr Haar, vom Nacken nach oben, wo es zusammengenommen und aufgesteckt war. Automatisch beugte sie den Kopf unter seiner Hand, damit er ihren ganzen Hals mit leichten Küssen bedecken konnte, von einem Ohrläppchen zum anderen. Zu seiner Freude erschauerte Caenis. Dann nahm er mit einem entspannten Seufzer Platz. »Ich muß schon sagen, das ist äußerst angenehm.«

Caenis konnte die Spannung nicht länger ertragen. »Flavius

Vespasianus, du hast sowohl meinen Verwalter als auch meinen Fink bestochen; das gehört offensichtlich zu irgendeinem Plan. Willst du mich bitten, wieder deine Geliebte zu werden? Ich könnte wetten, daß du etwas von mir willst. Du hast mir jedesmal vorher zu essen gegeben.«

Er lachte. »Unverblümt, beherzt und scharfsinnig wie immer!«

Caenis hatte den Eindruck gehabt, daß sie sich in dieser Hinsicht schon in der vergangenen Nacht und auch heute vollkommen einig gewesen waren. »Ach, Liebster, doch nicht nach zwanzig Jahren!« spottete sie sanft. »Die gleiche Frau! Was ist das – schiere Faulheit oder nur der Widerwille, neu investieren zu müssen?«

Vespasian grunzte. Er war weder beleidigt noch beeindruckt von ihrer Offenheit. »Ich bin eben beharrlich. Und ich habe mich für dich entschieden, weil ich etwas Dauerhaftes wollte.«

»Tja, aber ich bin kein junges Küken mehr. Du hast dich für mich entschieden, als es im Hühnerhof noch lebhafter zuging.«

Er grinste verschlagen. »Junge Küken schmecken für den erwachsenen Gaumen sehr fade. Mit einem alten Hahn wie mir kannst du immer noch mithalten – ich bin inzwischen Großvater.«

»Ich hörte, daß deine Tochter gestorben ist; das tut mir leid. Hast du sie sehr gemocht?«

»Ich mag sie alle. Selbst Domitian, auch wenn er etwas schwierig ist. Der braucht eine behutsame Hand, und er ist zuviel allein. Ich vergesse immer wieder, daß er und Titus mehr als zehn Jahre auseinander sind – verschiedene Generationen. Ich kann nicht erwarten, daß sie sich so nahestehen wie Sabinus und ich.«

Noch bevor sie erkannte, wie eng die Verbindung zwischen dem jungen, charmanten und begabten Titus und seinem Vater war, begriff Caenis, daß der jüngere Bruder vermutlich seine ganze Kindheit in dem vergeblichen Bemühen verbracht hatte, es dem Bruder gleichzutun. Titus war jemand, der automatisch viel Aufmerksamkeit auf sich lenkte. Als ehemalige Sklavin war sie daran gewöhnt, dem Leben stets hinterherhinken zu müssen.

Caenis hatte das Gefühl, daß sich das Gespräch vom eigentlichen Thema entfernte, obwohl sie immer noch nicht wußte, worauf es hinauslaufen sollte. Nachdem sie die Reste des Mahls mit Servietten bedeckt hatte, drehte sie sich auf der Bank um und wandte ihr Gesicht der Sonne zu.

»Wie geht es deinem Bruder?«

»Wie immer.«

»Er ist gerade aus dem Ausland zurück, hörte ich?«

»Ihm ist der Posten des Stadtpräfekten angeboten worden ... als er noch in Moesien war, habe ich ihm geschrieben, daß ich vorhätte, dich wiederzusehen. Er meinte ...«

»Was?«

»Ich solle mich nicht darauf verlassen, daß ich etwas zu essen bekomme!«

Caenis wollte lachen, aber Vespasians Gesichtsausdruck ließ ihr das Lachen in der Kehle steckenbleiben. Die Brüder mußten über mehr als Essen gesprochen haben.

»Caenis ... Caenis, ich habe meine Pflicht getan. Guter Familienvater, zwei gesunde Söhne, passabler Ehemann – Pflicht erfüllt.«

Aus keinem ersichtlichen Grund überlief sie ein Schauder.

»Gab es andere Frauen?« fragte sie trocken. »Gut, ich weiß, daß es welche gab. Da gibt es die berühmte Geschichte über die eine, die dir viertausend Sesterzen abgeknöpft hat.«

Veronica hatte es ihr erzählt: Irgendein Flittchen hatte verkündet, sie sei in ihn verliebt, hatte Vespasian ins Bett gezerrt und ihm das Geld abgeschmeichelt, als sie ging. Die Geschichte hatte in Rom nicht nur deshalb die Runde gemacht, sondern auch weil bekanntgeworden war, daß sein schwergeprüfter Buchhalter auf die bekümmerte Frage, worunter er diesen Verlust verbuchen solle, von seinem Herrn die Antwort bekommen hatte: »Verbuch's unter ›Knutschen mit Vespasian!‹« Da in Rom die Kontobücher öffentlich einsehbar waren, stellte dieses Ansinnen eine weitere Prüfung für den armen, anständigen Buchhalter dar.

Vespasian schaute fröhlich auf. »Die Geschichte höre ich immer wieder. Ich kann mich noch nicht mal erinnern, wie sie aussah.«

Sie dachten beide an das Geld, das Caenis ihm geliehen hatte. Worunter mochte *das* wohl verbucht worden sein? Sie tadelte ihn sanft: »Ich nehme an, du dachtest, sie sei es wert!«

»Vermutlich«, gab er unumwunden zu. »Muß damals wohl zufällig mal gut bei Kasse gewesen sein. Wie auch immer«, fuhr er in dem kratzigen Ton fort, den er manchmal hatte, »du bist auch keine Vestalin gewesen. Was ist mit diesem gräßlichen Typ namens Anicius gewesen, der ständig prahlte, er hätte mit dir geschlafen?«

»Er *prahlte* damit, sagst du?« Erschrocken, aber tapfer nahm Caenis es hin.

»Wer würde das nicht, mein Herz?« Vespasian streichelte sie sanft. Sie hielt den Atem an. »Na gut«, fuhr er dann fort. »Es gab ein paar Frauen. Keine von ihnen war wichtig. Nicht so wie du. Du warst es immer. Ich hoffe, du weißt das – ich hoffe, du weißt das immer noch.«

Sie starrte auf den Tisch. »Du weißt sehr gut«, beharrte er, »daß das der Grund ist, warum ich nie versucht habe, Kontakt mit dir aufzunehmen.«

»Mag sein«, murmelte sie gedämpfter als sonst. Was auch immer jetzt mit ihnen geschehen sollte, es würde ihr nie leichtfallen, die Jahre der Trennung zu erwähnen.

In diesem Moment bewies Vespasian einmal mehr, daß er ein äußerst erstaunlicher Mann war. Er wartete, bis sie wieder aufschaute, bevor er die seltsamste Unterredung ihres Lebens mit ihr begann. »Laß uns zusammenleben, Caenis«, drängte er sie leise.

Nichts während ihrer sorgfältigen Ausbildung in der Palastschule hatte sie auf etwas derartiges vorbereitet. Caenis spürte, wie ihr das Kinn herabsank. »*Zusammenleben?*« Sie war total verblüfft. »*Wo?*«

So gut sie ihn auch kannte, er überraschte sie erneut. »In meinem Haus.«

Es war unfaßbar.

Der Mann saß zwischen den Überresten ihres Frühstücks im

Freien – wie er es, wenn sie mit ihm zusammenlebte, jeden Tag tun würde – und sah sie so friedlich an, als hätte er sie gerade gebeten, ihm die Wahlergebnisse aus dem *Tagesanzeiger* vorzulesen. Sie hatten sich das Mahl ohne jede Förmlichkeit geteilt. Er mußte wissen, daß sie glücklich war. Sie hatte ihn um nichts gebeten. Und doch entschied er sich, ihr dieses Angebot zu machen. »Das ist es, was ich dir sagen wollte.« Es war ihm durchaus ernst.

Caenis saß schweigend da, während die Welt erbebte und jede Hypothese, auf der sie ihr bitteres Leben aufgebaut hatte, zusammenbrach. Caenis hatte geglaubt: Man kann nie gewinnen. Es ist unmöglich, je das wiederzubekommen, was man verloren hat. Das Leben ist ungerecht. Zuneigung ist etwas Vorübergehendes. Männer nehmen, Männer gehen und kommen nicht wieder. Frauen verlieren, trauern, sehnen sich und finden sich schließlich damit ab, ausgenutzt worden zu sein und kraftloser zu werden ...

Mit seiner erstaunlichen Bitte hatte Vespasian das alles widerlegt.

»Oh, das kannst du nicht tun!« stieß sie schließlich hervor. »Ein Senator und Konsul – gründet einen Hausstand mit einer Freigelassenen, und noch nicht mal mit seiner eigenen? Oh, Titus! Warum heiratest du nicht wieder? Nimmst dir eine diskrete Geliebte? Mich, wenn du willst. Du mußt doch wissen, daß ich ...«

Er hatte mit diesem schockierten Protest von ihrer Seite gerechnet. Ohne sich zu rühren, sagte er ruhig: »Caenis, wir waren willensstark genug, den Regeln zu folgen, und wir sind willensstark genug, sie zu brechen. Ich will dich.«

»*Was* willst du von mir?«

»Ganz einfach: Leb mit mir zusammen. Teile mein Leben mit mir, laß mich deins mit dir teilen.«

Einen Moment lang konnte sie es nicht ertragen, ihn ihr Gesicht sehen zu lassen.

Als sie die Hände sinken ließ, machte sich Caenis rasch daran, ihre Beziehung wieder in normale Bahnen zu lenken. »Das ist unnötig.

Ich bin durchaus zufrieden damit, wenn wir uns in regelmäßigen Abständen sehen. Du brauchst keinen gesellschaftlichen Skandal heraufzubeschwören. Es gibt Frauen, mit denen ein Mann gelegentlich schläft, und Frauen, die er feierlich zur Ehefrau nimmt. Dazwischen gibt es nichts. Das ist nicht schicklich. Es ist gegen das Gesetz ...«

»Ist es nicht. Dich zu heiraten ist gegen das Gesetz. Wenn ich könnte – ich möchte, daß du das weißt –, hätte ich das schon vor Jahren getan. Gut, irgendwelchen Snobs wird es zwar nicht sonderlich gefallen, aber ich habe meine Pflichten erfüllt. Ich kann mein Leben frei gestalten. ›Jemanden zum Herumschubsen, und einen halbwegs passablen Gefährten für meine alten Tage.‹ Das hast du gesagt. Caenis, bitte, nimm mich.«

Sie versuchte einen letzten schwachen Protest. »Was ist mit deiner Familie?«

»Ah, ja, die Familie!« Auf seine gründliche Art schien er an alles gedacht zu haben. »Tja, Titus ist sauber und im Haus gut zu haben, obwohl er manchmal Harfe übt. Domitian ist widerspenstig und braucht eine feste Hand. Sabinus wirkt knurrig, ist aber leicht zu lenken. Seine Frau findet dich wunderbar, das hat sie schon immer getan. Du wirst zur Familie gehören – das ist es, was ich vorhabe –, also erwarte keine guten Manieren. Von dir erwarte ich jedoch, daß du kratzbürstig wie immer bist. Du wirst das Sagen haben. Meine Rolle als Hausherr wird darin bestehen, mich in den Senat abzusetzen, wenn es Streit gibt; du wirst natürlich allein damit fertig werden müssen. Das normale häusliche Leben mit einem alternden Helden – kein Geld, keine Sklaven, schlechtes Essen, langweilige Gespräche und endlose Zankereien. Ich erwarte von dir, daß du ein Arbeitstier, eine Krankenschwester, eine Unterhalterin, eine äußerst genaue Buchhalterin bist und mir das Leben in körperlicher Hinsicht äußerst angenehm machst – ich setze großes Vertrauen in dich, Caenis.«

Caenis fragte sich, ob diese Rede, die weder geplant noch eingeübt wirkte, Applaus verdiente. Sie seufzte, fühlte sich hilflos.

Seine Stimme sank zu dem tiefen, gütigen Ton herab, der ihr den Magen wärmte. »Möchtest du eine Zusage darüber, wieviel du mir bedeutest und was ich für dich tun werde?«

»Sei nicht albern. Dazu sind wir viel zu gute Freunde.

Er lachte glücklich.

Sonne lag auf ihrem Gesicht, und die Vögel sangen. Jemand klapperte mit Besen und Schaufel im Eßzimmer herum; die tägliche Routine hatte begonnen. Sie rieb sich die Schläfen mit beiden Händen.

Vespasian meinte ironisch: »Ich hoffe, diese ungewöhnliche Bitte spricht für sich selbst.«

»Oh, das tut sie! Du hast entdeckt, daß ich mit einem kompletten Satz Silbermesser und dem besten Verwalter Roms ausgestattet bin!«

»Natürlich sind es die wunderbaren Messer, hinter denen ich her bin! Gibt es ein passendes Salatbesteck dazu? ... Heißt das, du willigst ein?«

»Du und ich?«

»Du und ich. Ich kannte einst ein Mädchen, Caenis – seltsame kleine Krabbe, kämpferisch wie ein Löwe, grob zu jedem, der ihr nicht paßte, nettes Mädchen, sehr gut im Bett, eine wahre Freundin –, das sagte: Das Leben ist das, was wir selbst daraus machten.«

Erst jetzt erhob er sich, kam zu ihr und streckte seine Hände aus. Caenis zitterte. Er hatte immer gewußt, wie er sie schwach machen konnte, um dann genau das Richtige zu sagen. »Oh, ich habe dich so vermißt!« erklärte Vespasian mit leiser Stimme; sie war verloren.

Ihre Hände in den seinen, sagte Caenis das, was sie früher oder später würde sagen müssen. Besser jetzt, als wenn es völlig unzusammenhängend bei irgendeinem Streit herauskam. »Ich habe die besten Jahre meines Lebens hinter mir, und ich habe sie ohne dich verbracht.«

Er zuckte nicht zusammen. »Das stimmt.«

»Ich habe mir mein eigenes Leben aufgebaut.«

»Ja.«

Er zog sie hoch. Als sie in seine Arme sank, sagte Caenis: »Ich habe dich auch vermißt. Mehr, als du oder sonst jemand je verstehen kann. Ich muß dir das sagen. Um dessentwillen, was ich war, was ich durchgemacht, was ich getan habe. Das muß klar sein zwischen uns.«

Mit ernstem Gesicht hörte er ihr zu. Vermutlich fürchtete er sich vor nichts, was sie sagen könnte, weil er wußte, daß sie immer gerecht sein würde. Er drängte sie auch nicht noch mal zu einer Antwort. Wahrscheinlich wußte er, wie diese ausfallen würde. Dann schwieg Caenis, länger, als sie wollte, sie konnte es immer noch nicht ertragen, daß er sie weinen sah. Sie hatte Mühe, sich zu fangen, aber schließlich gelang es ihr, mit ruhiger, geschulter, kompetenter Stimme zu sagen: »Wenn es das ist, was du willst, ja, dann komme ich.«

Seine Reaktion war das letzte, was sie erwartet hätte. Sie sah plötzlich Tränen in seinen Augen.

»Titus? Oh, *Liebster*!«

Er schenkte ihr das gleiche, blasse Lächeln, das sie schon einmal gesehen hatte, als er sie verließ, doch erst jetzt verstand sie blitzartig, was es bedeutete. Sie sah ihn schlucken, als er sich zusammenriß. »Sentimentaler alter Tattergreis. Entschuldige. Ich hatte wirklich nicht gedacht, daß du annehmen würdest.«

Konfrontiert mit einer Krise, war Caenis gleich wieder ganz die alte: »Ehrlich gesagt, wenn ich das Gefühl gehabt hätte, du wärst dir meiner sicher gewesen, hätte ich wahrscheinlich nicht zugestimmt.«

Als er daraufhin lachte, fiel es ihr ein. Es war genau wie damals vor Kreta. Der nächste Schritt in seiner Laufbahn nach dem Konsul war das Amt des Provinzstatthalters.

»Du wirst bald eine Provinz bekommen. Agrippina kann dich nicht für ewig ausschließen. Du wirst ins Ausland gehen!« Das Leben änderte sich nie.

Das letzte Mal hatte sie ihn abgewehrt. Damals waren sie so jung, daß die Jahre noch wie angehäufte Schätze vor ihnen lagen. Dieses Mal war sie in seinen Armen. Er wußte genau, was sie empfand. Diesmal konnte sie sich gestatten, seine Zuneigung anzunehmen – und ihn jetzt gehen zu lassen würde unerträglich sein.

Titus Flavius Vespasianus unterdrückte einen Fluch. »Ich habe mich offensichtlich nicht sehr klar ausgedrückt, oder bin vielleicht zu unverschämt davon ausgegangen, daß bestimmte Dinge einfach klar sind: Als ich dich bat, mit mir zusammenzuleben, meinte ich damit, daß du – abgesehen von Zeiten des Aufruhrs und der Rebellion – mit mir dorthin gehst, wohin ich gehe.«

Caenis konnte es kaum glauben. »Eines Tages wirst du Statthalter von Afrika sein. Und ich ...«

»Du wirst die Frau an der Seite des Statthalters sein«, sagte er. »Was sonst?«

XXXIII

Manchmal vollziehen sich Ereignisse von größter Tragweite in aller Stille. Caenis würde mit Vespasian zusammenleben, so einfach war das.

Es gab ein oder zwei kleine Hindernisse zu überwinden. Bei ihrem ersten Besuch in Reate herrschte eine gewisse Anspannung. Sie war den Dienstboten vorgestellt worden, die offenbar gegen ihre Anwesenheit nichts einzuwenden hatten und fügsamer wirkten als die anmaßenden Experten, mit denen Aglaus ihr Heim bevölkert hatte. Im Haus hatte sie Anzeichen dafür bemerkt, daß es mit den Finanzen seit langem nicht zum besten stand: spärliche Möblierung, Vorhänge und Portieren, die längst hätten erneuert werden müssen, und selbst neuere Gegenstände, die so trist wirkten, als wäre es wegen der dauernden Geldknappheit sündhaft gewesen, etwas wirklich Hübsches anzuschaffen. Caenis machte das nichts aus. Sie war eine Frau, die es liebte, Probleme anzugehen.

Sie hatte ruhig mit Vespasian zusammengesessen. Er lächelte sie an. Wenn sie allein waren, lächelte er jetzt viel. Wie Jungverliebte schienen sie beide auf Wolken zu schweben. In dem Moment wurde die Tür krachend aufgestoßen. (Caenis fragte sich, wie oft in flavischen Häusern wohl die Türscharniere ersetzt werden mußten.) Die beiden Jungen, Titus und Domitian, kamen ins Zimmer gestürmt.

»*Aha!*« Nach dem, was Vespasian ihr bereits erzählt hatte, war es Caenis klar, daß allein schon die Tatsache der plötzlichen Verbrüderung der beiden nichts Gutes bedeutete.

Ihr heldenhafter Papa wirkte auf einmal ungewöhnlich zaghaft. »Aha!« gab er mit aufgesetzter väterlicher Fröhlichkeit zurück. Dann durchschritt Titus mit der ganzen Würde eines zornerfüllten Siebzehnjährigen den Raum, während Domitian, ein streitlustiger kleiner Sechsjähriger, neben ihm herrannte und ihn anzustacheln schien. Der Ausruf war von Titus gekommen. Domitian konnte vor lauter Rennen nicht sprechen. »Unser nobler Papa – *und seine Freundin*!«

Es war offensichtlich, daß sie von ihrer beabsichtigten Position wußten. Vespasian mußte eine formelle Ankündigung gemacht haben. Sie hatten untereinander hitzig darüber diskutiert und würden sicher verlangen, daß die Angelegenheit neu verhandelt würde, zu Bedingungen, die ihnen besser paßten. Jungs legen viel Wert auf Anstand und Schicklichkeit.

Nur wußten sie bis zu diesem Zeitpunkt nicht, wer die Geliebte ihres Vaters war.

Caenis wandte sich ihnen mit einer anmutigen Geste zu und hob in scheinbar milder Verwunderung die Augenbrauen. Titus blieb wie angewurzelt stehen. In offener, freudiger Verblüffung schlug er sich an die Stirn. Er sah wieder ganz gesund aus. Besser noch, er strahlte vor Begeisterung. »Oh, aber Sie sagten, Sie kennen ihn nicht mehr!«

»Wir haben unsere Bekanntschaft erneuert«, erwiderte Caenis lächelnd. Titus war keine Bedrohung mehr. Er verehrte sie und würde das immer tun.

»Komm her!« sagte Vespasian aufmunternd zu dem Kleinen und zog ihn in die Sicherheit seines großen Armes. »Nun sieh dir an, wie Titus ein Licht aufgeht: Hat ihm doch tatsächlich sein alter Vater seine Angebetete vor der Nase weggeschnappt.«

Da Titus nichts mehr sagte, fragte Domitian, der zu jung war, plötzliche Veränderungen wahrzunehmen, in aggressivem, angewidertem Ton: »Wird sie meine Stiefmutter?«

Bevor Vespasian etwas sagen konnte, antwortete Caenis dem Kind ruhig: »Wenn du meinst, daß es dir nicht gefällt, Domitian, laß mich dir gleich sagen, daß es mir auch nicht gefallen würde. Nein, ich werde nicht deine Stiefmutter«, versicherte sie ihm. »Also brauchst du mich nicht zu hassen, und ich muß nicht böse mit dir sein.«

Der Junge starrte sie an. Sie würden nie Freunde werden, aber er merkte, daß Caenis zumindest im Augenblick gewonnen hatte.

Vespasian, der offenbar in die Kategorie der rauhbeinigen Väter gehörte, verwickelte Domitian in eine kurze Rangelei. Ob das irgend jemandem half, konnte Caenis nicht sagen. Domitian befreite sich jedenfalls so rasch wie möglich aus den Armen seines Vaters und fragte Titus anklagend: »Was machen wir jetzt?«

Titus zog die zornbebende kleine Gestalt von seinem Vater weg, hockte sich nieder und schaute seinem Bruder in die Augen. »Wir werden diese Dame in unserem Haus willkommen heißen.«

»Du hast aber gesagt ...«

»Das war ein Fehler.«

»Heißt das«, beharrte Domitian verwirrt, »daß wir höflich sein müssen?«

Titus griff nach der fest zusammengeballten Faust seines Bruders. Er führte den lockenköpfigen Jungen, der viel anziehender aussah, als er es je sein würde, zu Caenis' Platz.

»Ja«, sagte Titus, bevor er sie mit ernster Miene auf die Wange küßte und Domitian drängte, das gleiche zu tun. »Es ist eine demokratische Abstimmung: Zwei zu eins gegen dich – Vater und ich.«

»Du stimmst Vater *zu*? Wieso?«

»Sie hat mir mal das Leben gerettet, kleiner Bruder.«

»Nette Burschen, nicht wahr?« grinste der stolze Vater.

Caenis verzog den Mund. »Hinreißend! Und beide ganz der Papa.«

Es gab Gerede über ihre Beziehung, zumindest am Anfang. Veronica, die ihre Meinung mit der gleichen liebenswerten Unlogik wie immer änderte, bemerkte: »Ich hab es seit Jahren kommen sehen. Jetzt paß aber auf dich auf, Herzchen. Du bist nicht mehr die Jüngste. Es könnte ein teurer Fehler werden.«

»Er ist zu bewundern«, entgegnete Caenis ruhig.

»Was – dafür, daß er sich seine alte Geliebte zurückgeholt hat? Das stinkt! Ich bewundere *dich*, daß du dich darauf eingelassen hast.«

»Das zeigt, daß er es mir wert ist.«

»Das zeigt nur, daß er ein elender Wurm ist und du ein Dummkopf bist. Ohne sich groß zu bemühen, hat er sich einen echten Schatz ins Haus geholt – eine gute Verwalterin, klug und amüsant, jemanden, um den ihn jedermann beneiden würde ...«

»Dazu ein komplettes Eßbesteck, einen Satz guter griechischer Schüsseln, eine billige Stenographin und die Gewähr, daß jemand seine Kinder an die Kandare nimmt.« Aus der Ironie ihrer Stimme konnte Veronica entnehmen, daß Caenis sich aller Implikationen wohlbewußt war. Dann reichte Caenis gutmütiger, als Veronica sie in dreißig Jahren je erlebt hatte, ihrer Freundin einen kleinen Gegenstand, den sie von einem Haken an ihrem Gürtel nahm.

»Was soll das denn sein?«

Es war ein alter eiserner Schlüssel. Für eine Nation höchst qualifizierter Eisenschmiede und Bronzegießer war es ein erbärmliches

Exemplar. Kaum fingerlang, verbogen, und einer der Zähne in seinem rostigen Bart ausgebrochen. Befestigt war der Schlüssel an einer gedrehten Lederschnur, schmierig und schwarz vor Alter. Ein unansehnlicher Knebel, vielleicht Bernstein, aber vermutlich etwas weit weniger Wertvolles, war an das andere Ende der Schnur geknotet.

Caenis erklärte: »Was du da in der Hand hältst, ist eine symbolische Geste der sentimentalen sabinischen Art. Für mich wird es keine Hochzeit mit Zeugen und Auguralopfer geben, Vespasian wird mich nicht mit einem Fackelzug in sein Haus führen, seine Dienstboten werden mich bei meiner Ankunft nicht mit Feuer und Salz begrüßen. Aber es gab die Tradition – die heute kaum mehr beachtet wird –, daß ein Römer seiner Braut zeremoniell die Schlüssel seines Hauses übergab als Zeichen dafür, daß sie von nun an in allen häuslichen Dingen das Sagen hat.«

»Und?« fragte Veronica neugierig, während sie mißtrauisch das rostige kleine Relikt beäugte, das immer noch auf ihrer Handfläche lag.

»Das ist der Schlüssel zu Vespasians Vorratsschrank«, klärte Caenis sie auf. Veronica reichte ihn ihr hastig zurück.

Die Öffentlichkeit nahm von ihrem Zusammenleben kaum Notiz. Vespasian hatte recht gehabt. Da er alles getan hatte, was die Gesellschaft verlangte, ließ die Gesellschaft dem gegenüber, was – theoretisch – verdammenswert war, Nachsicht walten. Außerdem betrachteten alle ihre Partnerschaft fast vom ersten Tag an als das, was sie selbst darin sahen: als etwas Naturgegebenes, etwas, dem sie beide nicht ausweichen konnten. Es gab kein Theater und nur wenige Konfrontationen. Vespasian verfügte inzwischen über einen derart gefestigten Ruf, daß ein Akt offener Exzentrik seine Position nur stärken konnte. Rom, eingebunden durch Erlasse und Vorschriften, bewunderte einen Mann, der das Selbstvertrauen besaß, in persönlichen Angelegenheiten für seine eigenen Prinzipien einzustehen.

Vespasian lebte immer noch in stiller Zurückgezogenheit auf dem Land, was die Dinge erleichterte. Er behielt sein Haus in Rom, da er sich als Exkonsul und Senator von Zeit zu Zeit sehen lassen mußte, wenn er sich keinen Verweis – oder Schlimmeres – vom Kaiser einhandeln wollte. Aber er verbrachte so viel Zeit wie möglich in Reate, was jedermann recht war. Seine Beförderung zum Provinzstatthalter wurde ständig verschoben. Niemand sagte ihm, daß Agrippinas Feindseligkeit an der Verzögerung Schuld war, doch er zog seine eigenen Schlüsse. Er war mehr zum Außenseiter geworden denn je, obwohl ihm das nicht allzuviel auszumachen schien. Zwar war er nach wie vor ehrgeizig genug, den Posten haben zu wollen, fürchtete sich aber vor den Ausgaben.

Die Mutter des Kaisers hatte eine kurze Periode ungeheuren Einflusses genossen, sich durch die Anmaßung einer fast Nero gleichkommenden Macht und ihrer skandalösen öffentlichen Auftritte als seine Gefährtin aber so viel Zorn zugezogen, daß Nero ein Jahr nach seinem Amtsantritt auf ihren Auszug aus dem Palast bestehen konnte. Agrippina wurde im Haus der Livia untergebracht. Das gab Nero die Freiheit, sich künstlerischen Betätigungen, sexuellen Ausschweifungen mit Männern und Frauen, sowie ganze Tage währenden Banketts und Gladiatorenkämpfen hinzugeben, während er gleichzeitig eine relativ menschliche Politik vertrat, bestärkt durch seine Mentoren, den Philosophen Seneca und den Prätorianerpräfekten Burrus.

Neros angeblicher Inzest mit Agrippina lag schon lange zurück. Schließlich erreichte seine Gereiztheit über ihre erstickende Mutterliebe und ihren dominierenden Ehrgeiz den Punkt, wo er nach alter claudischer Tradition beschloß, sie loszuwerden. Sie auf eine kleine Insel zu verbannen schien unzureichend – Agrippina hatte die Verbannung bereits einmal überlebt und war schlimmer denn je zurückgekehrt. Zuerst überhäufte Nero sie mit Gerichtsverfahren und zwang ihr ungewollte Ferien auf. Es vergingen vier Jahre, bis er endlich den Mut aufbrachte, einen ernsthaften Angriff zu starten. Als sich Agrippina in Antonias großer, am Meer gelegenen

Villa in Bauli aufhielt, gelang es ihm endlich, sie aus dem Weg zu schaffen – allerdings erst nach einer Serie farcenhafter, fehlgeschlagener Versuche. Es gelang ihm nicht, sie zu vergiften (sie nahm zu viele Gegenmittel), sie zu ertränken (als ihre Tireme in der Bucht von Neapel auseinanderfiel, schwamm sie einfach ans rettende Ufer) oder sie von einer herabstürzenden Zimmerdecke erschlagen zu lassen (jemand hatte sie davor gewarnt). Daraufhin hörte er mit den Feinheiten auf und ließ sie einfach durch das Schwert hinrichten; ein weiteres von Antonias Enkelkindern, das eines gewaltsamen Todes gestorben war. Aber der Vorwurf des Muttermordes war schwerer abzuschütteln, als Nero gedacht hatte.

Befreit von Agrippinas Intrigen, verbrachte Vespasian nun wieder mehr Zeit in Rom und wurde schließlich – wenn auch nicht gleich – mit seiner Provinz belohnt. Wie Narcissus ihm vor langer Zeit versprochen hatte, wurde er Statthalter von Afrika.

»Natürlich bricht es dir das Herz, Caenis«, tröstete Veronica sie. »Aber so kannst du dich doch wenigstens ein bißchen von ihm erholen, während er in der Hitze schmoren muß. Wird er dich in seinem Haus wohnen lassen, solange er fort ist?« Veronica hatte es taktvoll ausgedrückt, da sie sehr wohl wußte, daß Caenis' eigenes Haus viel eleganter und komfortabler war.

»Ich gehe mit ihm nach Afrika.«

Selbst Veronica, die viel von der menschlichen Natur und dem Leben gesehen hatte, war verblüfft. »Ist das wahr? Dann sieh aber zu, daß du den Pachtvertrag für dein eigenes Haus behältst – und besteh darauf, daß der Geizhals deine Überfahrt bezahlt.«

»Nicht nötig. Da ich zum Haushalt des Statthalters gehöre, wird die Staatskasse, widerwillig wie immer, die Kosten für meine Überfahrt nach Afrika übernehmen. Ich zähle zu einer der Transportkisten des Statthalters.«

»Du hast wirklich den Bogen raus, dich für einen Mann zum Narren zu machen«, erklärte Veronica ihr offen.

Als Caenis und Vespasian nach Afrika aufbrachen, war ihr Leben bereits untrennbar miteinander verbunden. Ihre häusliche Partnerschaft war inzwischen einige Jahre alt, und ihre Beziehung hatte eine solide Dauerhaftigkeit angenommen. Sie hatten den gleichen Rhythmus, den gleichen Stil, den gleichen Humor und interessierten sich für die gleichen Dinge, waren in Körper und Geist miteinander verbunden. Sie wurden zu einer Einheit, zufrieden miteinander und dem Leben.

Von Vespasians Amtszeit als Statthalter in Afrika blieben später drei Dinge im Gedächtnis: Erstens kehrte er, trotz der Gelegenheit, Gewinne zu machen, nicht reicher zurück, als er gegangen war. Er hatte seinen Kreditrahmen vollkommen ausgeschöpft und sein Bankkonto nur mit windigen Handelsunternehmungen, die meist mit Fisch zu tun hatten, über Wasser gehalten. Zweitens gab man widerwillig zu, daß er seine Amtszeit mit Würde und Erfolg durchgestanden hatte. Drittens kam es nur zu einem einzigen verzeichneten Zwischenfall, als die Einwohner von Hadrumetum rebellierten und ihn mit Rüben bewarfen.

Nicht verzeichnet wurde – vielleicht, weil es würdelos galt –, daß der Statthalter von Afrika das lebhafte Temperament der Einwohner von Hadrumetum verfluchte, es ihm aber gelang, zwei ihrer Rüben aufzufangen. Er nahm sie mit nach Hause und reichte sie Caenis mit einem gutmütigen Grinsen. Caenis nahm sie, ohne mit der Wimper zu zucken, entgegen und machte eine Suppe daraus, die der Statthalter mit großem Appetit verzehrte, vor allem weil er nicht dafür hatte bezahlen müssen.

XXXIV

Nichts währt ewig.

Das Volk hatte die vierzehn Jahre unter Claudius genossen, dann mußten vierzehn Jahre unter Nero durchgestanden werden. Während des größten Teils von Neros Regierungszeit lebte Caenis mit Vespasian zusammen. Für jene, die nicht in der Gunst des Kaisers standen, schien die Zeit in politischer Hinsicht endlos, für Caenis flog sie regelrecht vorbei.

Beide genossen bereits fast ein Jahrzehnt ruhiger Häuslichkeit, was sehr lange ist. Länger als die meisten Ehen, bevor Tod oder Scheidung sie beendeten, länger, als viele Menschen auf Beständigkeit zu hoffen wagen. So vorsichtig sie auch war, hatte Caenis doch zu hoffen begonnen, daß es bis an ihr Lebensende so bleiben würde.

Dann, als Flavius Vespasianus siebenundfünfzig war – spät für jeden Mann, in eine neue Lebensphase zu treten –, beging er den Fehler, Nero auf seiner legendären Griechenlandreise zu begleiten. Es war eine musikalische Reise. Nero hörte inzwischen nicht mehr auf die Warnung seiner Freunde, daß Auftritte auf Bühnen oder in Arenen, ob als Wagenlenker oder Sänger, die öffentliche Meinung in gefährlichem Maße gegen ihn beeinflussen könnte. Er betrachtete sich jetzt als Künstler. Niemand wagte, sich öffentlich über ihn lustig zu machen, und die Schmeichler, die ihn umgaben, unterstützten seine Flucht aus der Realität.

Vespasian war durchaus kultiviert. Er wußte immer genau, was an guter Unterhaltung in Rom angeboten wurde, weil er es gern sah, wenn Caenis hinging. In seinem eigenen Haus hatte man ihn dabei beobachtet, wie er bis zu zehn Minuten lauschend im Atrium stand, wenn jemand sang, aber das lag daran, daß die Person die in Vespasians Haus sang, Caenis war. Für den Klang der Lyra hatte er nicht allzuviel übrig; vor allem war es ihm zuwider, wenn sie schlecht gespielt wurde. Also war es ein Fehler, mit Nero auf eine ausgedehnte Auslandsreise zu gehen.

Titus begleitete sie nach Griechenland. Er war jetzt sechsundzwanzig und litt auf der Reise mit der Frustration eines Mannes, der ein feines Ohr hat und selbst gut spielen kann, obwohl er im Gegensatz zum Kaiser nicht daran dachte, jemals auf einer öffentlichen Bühne aufzutreten.

Bevor Vespasian nach Afrika ging, hatte Titus seinen Posten als

Tribun bei der Armee in Germanien angetreten. Vespasian hatte lange die Hoffnung gehegt, daß sein Sohn seinen Militärdienst in Britannien ableisten würde, am besten in der Zweiten Augusta, seiner eigenen Legion, oder zumindest in der Neunten Hispana, die von Petilius Cerialis befehligt wurde, der mit Vespasians Tochter Flavia verheiratet gewesen war. Doch wie sich die Dinge entwickelten, waren sie alle erleichtert, daß Titus sich statt dessen für Germanien entschieden hatte. Im Osten Britanniens war es zu einer Reihe administrativer Ausschreitungen gekommen, die Vespasian mit einem Ausdruck umschrieb, den Caenis vorsichtshalber als militärisch interpretierte (er hatte ihn vermutlich während seiner Militärzeit aufgeschnappt, aber sie bezweifelte doch, daß er zum offiziellen Vokabular der Armee gehörte). Schließlich rief die Königin der Iceni, wütend über die Enteignung der Häuptlinge ihres Stammes, die Verweigerung des Erbes ihres Mannes und die Vergewaltigung ihrer beiden jungen Töchter durch die Schlägertypen eines römischen Finanzbeamten zum Aufstand auf und zog mit ihren wilden Horden kämpfend und brandschatzend durch die ganze Provinz. Das Ausmaß der Zerstörung und die angerichteten Greueltaten waren abscheulich. Eine Zeitlang sah es so aus, als sei Britannien endgültig verloren. Drei große Städte wurden bis auf die Grundmauern niedergebrannt, Tausende von Siedlern kamen um, und die Neunte Hispana wurde in einen so verheerenden Hinterhalt gelockt, daß Cerialis und einige wenige Kavalleristen nur knapp mit dem Leben davonkamen.

Titus befehligte daraufhin die germanischen Einsatztruppen, die während der Zeit des Wiederaufbaus zur Verstärkung der dezimierten britannischen Legionen eingesetzt wurden. Er wurde in Britannien sehr beliebt. Er und sein Vater führten eine interessante Korrespondenz über Themen wie das Imperium und die Provinzregierungen.

Als sie alle nach Griechenland aufbrachen, hatte Titus seine Amtszeit als Quästor hinter sich und war formell dem Senat beigetreten. Er hatte zweimal geheiratet, war einmal verwitwet und einmal geschieden; geblieben war ihm eine kleine Tochter namens Julia. Titus hatte sich als Anwalt betätigt, nicht weil er besonders redegewandt war, sondern um sich in Rom einen Namen zu machen. Sein Bruder Domitian, der demnächst sechzehn wurde, blieb während der Griechenlandreise zur Vervollständigung seiner schulischen Ausbildung in Rom zurück.

Vespasian selbst war inzwischen ein altgedienter Troupier, angesehen wegen seiner militärischen Vergangenheit, aber immer noch mit leichter Verachtung betrachtet wegen seiner unverkennbar ländlichen Herkunft. Sein Bruder Sabinus galt in Rom als die gewichtigere Person. Sabinus war sieben Jahre lang Statthalter von Moesien gewesen (obwohl Moesien nicht gerade zu den bekanntesten Provinzen des Reiches gehörte) und wurde dann Stadtpräfekt, ein sehr bedeutender Posten in Rom, für den man ihn gerade zum zweiten Mal gewählt hatte. Seine Frau war gestorben. Caenis war darüber nach wie vor sehr traurig.

Sie und Vespasian führten immer noch ein zurückgezogenes Leben. Es waren düstere Zeiten, voller Erinnerung an die kurze, schreckliche Regierungszeit Caligulas – nur dauerten sie viel länger. Unter dem Einfluß von Seneca und Burrus hatte Nero als guter Herrscher seine Regentschaft begonnen, doch dann hatte er die beiden ermorden lassen. Auf der Suche nach größeren Ausschweifungen hatte er zuerst versucht, seine unschuldige junge Frau Octavia zu erwürgen, sich dann von ihr scheiden lassen und sie schließlich hingerichtet. Er heiratete seine bildhübsche Geliebte Poppaea und tötete sie dann mit Fußtritten, wahrscheinlich versehentlich, während sie schwanger war.

»Kann ja jedem mal passieren!« knurrte Vespasian. »*Oh, Verzeihung!* Der Kerl ist ein Ungeheuer! Liebes, gab es je eine Familie, die so exzessiv mit dem Leben anderer umging?«

Es sollte noch schlimmer kommen. Als Octavias ältere Schwester Claudia Antonia sich weigerte, Poppaeas Platz als Neros Ehefrau einzunehmen, bezichtigte er sie der Verschwörung und ließ auch sie hinrichten. Auf diese Weise verlor Caenis alle, denen sie als

Verwandten ihrer Patronin Antonia verpflichtet war. Die Flavier waren jetzt in jeder Hinsicht ihre Familie.

In Rom brach ein verheerendes Feuer aus. Man gab Nero die Schuld, obwohl nur wenige wagten, das offen zu äußern. Vespasian und Caenis hatte sich zu der Zeit auf dem Land befunden. Bei ihrer Rückkehr mußten sie feststellen, daß die Feuersbrunst in sechs Tagen und Nächten nicht nur das Herz der Stadt, einschließlich vieler Heiligtümer, völlig zerstört hatte, sondern auch darüber hinaus viel Schaden angerichtet worden war. Das Feuer war zunächst beim Circus Maximus ausgebrochen und hatte sich rund um den Palatin und Caelius ausgebreitet, dann waren weitere Brände nördlich des Kapitols aufgeflammt. Läden, Villen, Mietshäuser, Tempel und auch ein Teil des Palastes gingen in Flammen auf. Alles wurde in Schutt und Asche gelegt. Am Fuße des Esquilin kam das Feuer zum Erliegen. Vespasians Stadthaus auf dem Quirinal war verschont geblieben, ebenso Caenis' Haus vor der Porta Nomentana.

»Bei den vielen Wohnungslosen könntest du jetzt einen guten Preis dafür kriegen!« meinte Vespasian schmunzelnd.

Caenis lächelte nur. Sie sprach mit niemandem darüber, was sie mit ihrem Haus tun – oder nicht tun – würde. Vespasian hätte sie bitten können, es zu verkaufen, aber auch als er sich so weit herablassen mußte, zur Finanzierung seiner Karriere in den Handel mit sabinischen Maultieren zu investieren, drängte er sie nie.

Jetzt fragte sie sich, ob er sie mit besonderer Amüsiertheit betrachtete, aber es war schwer zu sagen, weil sich sein Gesicht oft aufhellte, wenn er von seiner Arbeit zu ihr hochschaute. Es war zu einer Gewohnheit geworden. Sie dachte sich nichts mehr dabei, nahm es nur als unerwartetes Glücksgeschenk hin.

Angesichts der Verwüstung in Rom fuhren sie niedergeschlagen zurück aufs Land. Dadurch entgingen ihnen zum Glück Neros Vergeltungsmaßnahmen gegen die Christen, denen er vorwarf, das Feuer gelegt zu haben. Sabinus, der immer noch Stadtpräfekt war, mußte alles mit ansehen. Das blutige Massaker in Neros Zirkus am

Mons Vaticanus, Männer und Frauen, die von wilden Tieren zerrissen wurden, menschliche Fackeln, die die ganze Nacht durch in den Palastgärten brannten. Er hörte die Schreie, roch das Pech und das verbrannte menschliche Fleisch. Sabinus, der die flavische Eigenschaft besaß, sich nach außen stoisch zu geben, sagte wenig, war aber tief erschüttert.

Neros Wiederaufbaumaßnahmen war typisch für die Widersprüche seiner Herrschaft. Die Stadt selbst wurde neu geplant, alle Monumente restauriert und für private Neubauten detaillierte Feuerschutzvorschriften erlassen. Die Maßnahmen waren vernünftig, die neue Straßenplanung von großzügiger Eleganz (obwohl sie niemandem gefiel). Die Kosten wurden größtenteils vom Kaiser getragen.

Gleichzeitig war es die Gelegenheit für Nero, den riesigen Palastkomplex anzulegen, den er sein Goldenes Haus nannte. Der Komplex umschloß ganze Bauernhöfe, Weinberge und einen See von gewaltigem Ausmaß – alles im Herzen Roms. Die neue Residenz nahm das gesamte Stadtzentrum ein. Auf den Eingang führten Arkadengänge zu, die eine Drittelmeile lang waren. Im Inneren des Palastes gab es ein drehbares Speisezimmer und andere Räume, sowohl private als auch amtliche, von atemberaubender Pracht. Die Wände wurden mit exquisiten Fresken bemalt, zarten Blumenranken, Faunen, Cupidos, Girlanden und Gitterwerk, von feinster Künstlerhand in den frischesten Farben ausgeführt und selbst in Fluren angebracht, deren Decken so hoch waren, daß man die Einzelheiten mit dem bloßen Auge nicht erkennen konnte. Es gab marmorverkleidete Vestibüle, Decken aus geschnitztem Elfenbein, üppig verziert mit Blattgold und mit Juwelen besetzt. Im Vorhof des Palastes wurde ein Koloß aufgestellt, eine vergoldete, einhundertzwanzig Fuß hohe Statue des Kaisers, gekrönt mit einem Strahlenkranz.

Der Bau des Palastes verschlang gewaltige Summen. Noch wichtiger aber war die allgemeine Verbitterung darüber, daß Nero Grundstücksbesitzer in diesem Teil der Stadt, die durch das Feuer schon alles verloren hatten, einfach enteignete. Ihr Zorn trug viel zu seinem Untergang bei. Nachdem er sich seinen eklatanten Affront gegen die asketisch strengen römischen Traditionen geleistet hatte, krähte Nero, nun könne er endlich zu leben beginnen.

Vespasian meinte, das Gute am Goldenen Haus sei, daß man vor lauter Staunen das schlechte Essen und die Länge der Festmahle vergesse, die manchmal vom Mittag bis in die Nacht hinein dauerten. Außerdem (meinte Caenis) hielt es einen davon ab, zu überlegen, welches neueste Mittelchen der Giftmischerin Lucusta der Kaiser einem diesmal in den Wein gekippt haben könnte.

Der Kaiser war nicht geisteskrank, wie Caligula es gewesen war. Er war exzentrisch, verderbt, selbstherrlich, mörderisch und eitel. Aber Nero war im Besitz seiner geistigen Kräfte. Caenis fand ihn daher um so verdammenswürdiger: Wahn oder Demenz konnten bei ihm nicht als Entschuldigung dienen.

Zwei Jahre nach dem großen Brand nahm Nero sein Interesse an Wagenrennen und öffentlichen Sängerwettstreiten als Anlaß für seine Griechenlandreise. Er behauptete, daß nur die Griechen seine Stimme zu schätzen wüßten. Das deckte sich mit der schlechten Meinung, die viele Römer von den Griechen hatten. Nach einem ersten Versuch, eine solche Reise zu organisieren, die er aus einer Laune heraus wieder absagte, machte er sich dann in all die Städte auf, die musische Wettkämpfe veranstalteten. Und er befahl, auch dort welche abzuhalten, wo sie in jenem Jahr gar nicht stattfinden sollten, nur um auftreten zu können, auch wenn er damit den offiziellen Festkalender völlig durcheinanderbrachte.

Als er schließlich die Heimreise antrat, hatte er mehr als tausend Siegeskränze eingeheimst, inklusive eines für ein Wagenrennen, bei dem er aus dem Wagen fiel und das Ziel nie erreichte. Nero gewöhnte sich so daran, seine Siege zu verkünden, daß er sogar am Wettstreit der Herolde teilnahm – und natürlich ebenfalls gewann. Die griechischen Kampfrichter hatten sehr schnell begriffen, wie elementare kaiserliche Bedürfnisse zu befriedigen waren. Der Kaiser gab sein Bestes. Er unterwarf sich einem strengen, professionellen Trainingsprogramm. Um seine Stimme zu stärken, ließ er sich Gewichte auf die Brust legen. Er hielt sich strikt an die vorgegebenen Regeln, starb jedesmal fast vor Lampenfieber und wartete mit bescheiden gesenktem Kopf das Urteil der Richter ab, selbst nachdem klargeworden war, daß es mit peinlicher Offensichtlichkeit jedesmal gleich ausfallen würde.

Jene, die ihn begleiteten, paßten sich diesem Theater an – wenn sie einer rigorosen Bestrafung entgehen wollten. Alle hatten zu seinen Auftritten zu erscheinen, und wenn sie einmal da waren, durften sie unter keinen Umständen vor dem Ende wieder gehen. Überall waren Spione postiert, die nicht nur darauf achteten, wer anwesend war, sonder auch später darüber berichten mußten, ob es den Leuten gefallen hatte. Caenis ertrug es besser als die meisten. Abgesehen davon, daß sie dank ihrer Schulung ihre Gesichtszüge gut kontrollieren konnte, plauderte sie mit den Spionen über deren Arbeit. Andere waren nicht so geschickt in der Überlebenskunst. Männer wurden festgenommen, als sie heimlich über die Mauern des Theaters zu klettern versuchten. Frauen kamen während der Vorstellung nieder. Menschen starben. Andere stellten sich tot, um erlöst, das heißt hinausgetragen zu werden.

Es war daher besonders mißlich, daß ein Mitglied des kaiserlichen Gefolges deutliche Abneigung zeigte zu applaudieren. Bei privaten Veranstaltungen erhob er sich manchmal und verließ den Raum. Gelegentlich tauchte er erst gar nicht auf. Schon in Italien war er beinahe in Schwierigkeiten gekommen, als er bei einem der frühesten Gesangsvorträge Neros eingenickt war und der Strafe nur durch die Freundlichkeit eines Freigelassenen entgangen war, der ihn mit einem scharfen Stoß in die Rippen geweckt hatte.

Aber bestimmte Charaktereigenschaften lassen sich nicht unterdrücken. Und so schlief Vespasian bei einem von Neros endlosen, langweiligen öffentlichen Auftritten in Griechenland fest ein.

XXXV

Vespasian wurde befohlen, den Hof zu verlassen. Sie mußten in die Berge fliehen. Wie Titus später sagte, war es eine recht drastische Möglichkeit, sich schon mal eine gute Sonnenbräune für die Wüste zuzulegen.

Die Situation war allerdings sehr ernst, und Vespasian reagierte ungewöhnlich beunruhigt. Falls er noch Zweifel daran hegen sollte, was passieren könnte, brauchte er sich nur das Beispiel des großen Generals Corbulo vor Augen zu führen, den Nero gerade aus Armenien zurückzitiert und bei seiner Ankunft in Griechenland aufgefordert hatte, doch lieber gleich Selbstmord zu begehen, weil er sowieso hingerichtet werden würde. Und das als Belohnung für zuviel Erfolg.

Konfrontiert mit einem eingeschnappten Harfenspieler, hatte Vespasian versucht, sich zurückzuhalten, aber nachdem er offiziell in Ungnade gefallen war, gab es einige grandiose Szenen vor dem Audienzraum, die darin gipfelten, daß der aufgebrachte Vespasian einen hochmütigen Kammerherrn anschrie: »Was soll ich denn machen? An wen soll ich mich, bitteschön, wenden? Wohin soll ich gehen?«

»Ach, gehen Sie zum Hades!« erwiderte der Kammerherr. Er hatte schon genug damit zu tun, diese Reise zu organisieren, ohne daß lächerliche Exkonsuln den kaiserlichen Musiker mit schlechten Manieren erzürnten.

Vespasian entschied sich gegen den Hades. Statt dessen beschloß er, mit der Familie Ferien zu machen, was, wie er grummelnd bemerkte, mindestens genauso schlimm sei. Da er wußte, daß ihn seine oft unbezwingbare Schläfrigkeit diesmal in Lebensgefahr gebracht hatte – und auch seinem Sohn geschadet haben könnte –, verschwand er eilig mit Caenis und Titus in ein entlegenes Bergdorf. Das Dorf war jedoch nicht so entlegen, daß der Hof ihn nicht erreichen konnte, falls jemand ihn zurückhaben wollte.

Sie verbrachten wunderbare Ferien, auch wenn Vespasian täglich Neros Befehl erwartete, sich in sein Schwert zu stürzen. Titus litt am meisten und schnaufte beim Frühstück öfter niedergeschlagen: »Ach, Griechenland! Die Baudenkmäler sind ja wunderbar, aber die Bergdörfer sind doch ziemliche Käffer! Du hättest mitgehen sollen, Caenis. Er schläft nie ein, wenn er weiß, daß du oben in den Rängen sitzt und ein Auge auf ihn hast. Schon weil er sich dauernd umdrehen und dir zuwinken muß.«

Caenis lauschte einen Moment auf das Bimmeln der Ziegenglocken, die unermüdlichen Zikaden, das gelegentliche Pfeifen der Hirten in der Ferne und das aus größerer Nähe kommende zufriedene Gegacker der Hühner. »Titus, ich liebe Musik! Es war ein fürchterliches Fiasko, und ich bin nicht sicher, ob ich die Ruhe bewahrt hätte – selbst gegenüber deinem dusseligen Papa. Wie gut, daß mich meine Kopfschmerzen zwangen, in meinem Zimmer zu bleiben.«

Titus grinste fröhlich. »Tja, ich wußte, daß so was irgendwann passieren würde. Ich kann mich noch erinnern, als ich mit dem Harfespielen begann, da sagte er zu mir, von nun stände ich allein im Leben – und übrigens, ich will nie wieder welche von diesen harten grünen Oliven sehen.«

»Ich habe dir gerade welche hingestellt, mein Herz. Iß sie und sei still. Vespasian, dein Sohn nimmt dich auf den Arm.«

Vespasian, der einen Brief las, grunzte.

Etwas vorsichtiger fuhr Titus fort: »Ich habe eigentlich nie verstanden, warum du mit auf diese Konzertreise gegangen bist, Vater. Es war doch von vornherein nichts anderes als eine Übung in kaiserlicher Maßlosigkeit. Wir hätten darum würfeln können, ob Nero dich zuerst tödlich beleidigt oder du ihn.«

Diesmal reagierte Vespasian mit einem Schnauben.

»Er hat seine Rolle im öffentlichen Leben zu spielen«, spottete Caenis.

»Indem er einpennt?« meinte Titus mit schallendem Lachen. »Na gut! Ich mache einen Spaziergang. Noch einen.« Viel mehr ließ sich hier sonst nicht unternehmen.

»Dann gib mir vorher aber einen Kuß«, befahl Caenis.

Titus wollte gerade aufstehen, als es vor dem Eßzimmer laut wurde. Bevor sich jemand bewegen konnte, trampelte ein verängstigter Zugochse, der aus seinem Joch ausgebrochen und Amok gelaufen war, durch die Terrassentür herein. Mit dem einen Horn stieß er eine Tischlampe krachend zu Boden. Caenis, die sich auch dann nichts aus Tieren machte, wenn sie dort waren, wo sie hingehörten, saß stockstill. Der Ochse fegte ein Regalbrett mit dem dungverschmierten Ende seines Schwanzes leer.

Das Zimmer war klein. Der Ochse war riesig. Die Dienstboten, die gerade das Frühstück hatten abräumen wollen, nahmen die Beine in die Hand und verschwanden. Caenis bemerkte, daß selbst Titus schluckte. Vespasian schaute über den Rand seines Briefes. Der Ochse sabberte und schnaubte drohend, während seine Hufe hektisch über den gefliesten Boden scharrten.

»Hallo, mein Junge!« begrüßte Vespasian ihn. »Hast du dich verlaufen?«

»Oh, Liebster«, schimpfte Caenis leise, »ich wünschte, du würdest deine Freunde nicht zum Frühstück einladen.«

Der Ochse machte einen weiteren Schritt vorwärts. Caenis griff nach einem Löffel, das einzige, was in Reichweite lag. Ob er wohl ging, wenn sie ihm damit einen ordentlichen Klaps auf die Nase versetzte? Draußen hörten sie panikerfüllte Stimmen näherkommen. Die Bebauer der griechischen Scholle suchten ihr wütendes, aber wertvolles Tier.

»Geliebter«, säuselte Caenis Vespasian mit verführerischer Stimme zu, »sag uns, was wir tun sollen.«

»Bin schon dabei, mir einen Plan zu überlegen«, meinte er sinnend. »Schwierige Logistik.«

»*Du* bist der Junge vom Land!« schnappte Caenis.

»Das arme Vieh ist ganz verängstigt«, sagte Titus mitfühlend.

»*Ich* bin verängstigt«, fauchte Caenis, »und ich wohne hier, demnach habe ich Vorrang! Ich würde gern in mein Zimmer gehen und ein bißchen nähen, also könnte vielleicht einer von euch Männern so nett sein und der Sache hier ein Ende bereiten.«

»Ich habe dich noch nie nähen sehen«, meinte Vespasian mit einem erstaunten Blick. Dann fuhr er fort, freundlich auf den Ochsen einzureden.

Die Bebauer der griechischen Scholle lugten entsetzt durch die zerbrochene Tür. Der Ochse füllte das ganze Zimmer aus. Es war kein Platz da, ihn umzudrehen. Die braven Landleute bereuten offensichtlich, hineingeschaut zu haben.

»Husch!« schnauzte Vespasian den Ochsen böse an. »Geh nach Hause.«

Worauf der Ochse, vielleicht bezaubert durch die Qualität der flavischen Schlagfertigkeit, einen weiteren Schritt auf Vespasian zu machte, den großen Kopf beugte und erschöpft vor ihm in die Knie sank.

Das aufgeregte Plappern der Landleute verstummte in ehrfürchtigem Staunen. Selbst Caenis und Titus sahen beeindruckt aus.

Titus sagte: »Das muß man ihm lassen. Als Sohn eines Steuereinnehmers weiß er offenbar recht gut, wie man ein großes Tier in die Knie zwingt!«

Einen Ochsen rückwärts aus einem kleinen, hübsch eingerichteten Zimmer zu befördern erfordert große Geschicklichkeit. Eine Geschicklichkeit, über die die Besitzer des Ausreißers nur in Maßen verfügten. Die beiden Flavier versorgten sie mit einem Strick und vielen guten Ratschlägen, die auf militärischer Taktik und höherer Mathematik basierten. Als schließlich alle weg waren, war es Mittag und das Zimmer ein Schlachtfeld.

Schließlich erlaubte sich Vespasian die Bemerkung: »Bei den Göttern, ich finde, das haben wir gut hingekriegt.«

Titus lag der Länge nach auf einer Bank. »Auf jeden Fall eine hübsche Geschichte für einen Brief an Domitian. Falls niemand was dagegen hat, würde ich jetzt, glaube ich, gern in Ohnmacht fallen.«

»Ein Machtsymbol, so ein Ochse, weißt du«, meinte Vespasian zwinkernd, wohl wissend, daß er Caenis damit aufbrachte.

»Du lebst in Ungnade auf einem einsamen Berg und tust nichts anderes, als Obst zu essen«, gab sie gehässig zurück. »Das einzig Mächtige hier ist der Gestank nach frischem Dung. Sag mir, warum muß ein Frühstück mit den Flaviern immer so nervenaufreibend sein?«

Da der Ochse nach Hause gegangen war und sie immer noch den Löffel in der Hand hielt, versetzte sie statt dessen Vespasian einen Klaps auf die Nase.

Nicht lange danach wurde Vespasian an den Hof zurückbeordert. Da er Caenis' Einstellung zu Aufregung beim Frühstück kannte, erzählte er ihr erst beim Mittagessen davon.

»Ich komme mit dir«, sagte sie sofort.

»Nein, das tust du nicht. Falls es bedeutet, daß Nero auf eine passende Art gekommen ist, wie er einen Mann hinrichten kann, der während seiner Konzerte schnarcht – zum Beispiel langsamer Foltertod durch Dudelsackmusik oder Ertränken in einer Wasserorgel –, dann werde ich es eben durchstehen müssen. Aber kein machtgieriger Claudier, dem der Verstand im Hintern sitzt, wird Hand an meine Familie legen!«

»Vor dem Gesetz gehöre ich nicht zu deiner Familie«, bemerkte Caenis leise. Vespasian fluchte oft, allerdings selten vor ihr, weil die Sabiner äußerst altmodisch waren, und altmodisch sein bedeutet in allen Kulturen, den Frauen keinen Spaß zu gönnen; aber jetzt sagte er knapp: »Scheiß auf das Gesetz.«

Caenis ging trotzdem mit.

Das Erhängen an einer Lyraseite blieb ihm erspart.

Man wies ihnen eine Villa zu, in der sie nun wohnen sollten. Sie wurden eingeladen, mit dem Kaiser zu speisen. Der Kammerherr begrüßte sie jetzt mit ausgesuchter Höflichkeit. Vespasian wurde von Nero selbst mit Schmeicheleien, guten Wünschen und allen

Zeichen besten Einvernehmens begrüßt. Vespasian hatte geträumt, daß seiner Familie von dem Moment an das Glück hold sein würde, an dem Nero einen Zahn verlor. Als sie eintrafen, begegneten sie Neros Zahnarzt mit einem Backenzahn auf einer kleinen Silberschale.

Nach dem Essen zog sich der Kaiser mit ihm und seinen Beratern zu einer Besprechung zurück. Als Vespasian wieder herauskam, hatte man ihm einen neuen Posten angeboten. Er sagte Caenis sofort, worum es sich handelte, und sie verstand ebenfalls sofort, was es bedeutete.

In vollkommenem Schweigen kehrten sie in die ihnen zugewiesene Villa zurück. Trotz der späten Stunde schickte Vespasian noch eine Botschaft an Titus und bat ihn, so schnell wie möglich herzukommen. Auf dem ganzen Nachhauseweg hatte er Caenis' Hand fest umklammert gehalten.

Sie gingen in ein Zimmer, in dem sie sich in Ruhe niederlassen konnten. Das Haus, das Nero ihnen zur Verfügung gestellt hatte, gehörte einem wohlhabenden alten Mann, der es selten benutzte. Es war im römischen Stil möbliert, aber vollgestopft mit griechischen Kunstwerken. In allen Zimmern standen Anrichten, die sich unter schwarzfigurigen Schalen und Vasen, Bronze- und Tonstatuetten bogen. Überall hingen Wandteppiche. Marmorgötter bevölkerten das Speisezimmer, und der Buffettisch, an dem die Mittagsmahlzeiten eingenommen wurden, war fünfhundert Jahre alt. Man hatte das Gefühl, in einer Kunstgalerie zu wohnen. Die Decken, die die mit Elfenbeinschnitzereien verzierten Liegen drapierten, dienten nicht der Bequemlichkeit, sondern waren reine Ausstellungsstücke. Caenis fand das alles gräßlich.

Vespasian setzte sich auf einen Stuhl, sie ließ sich auf einer Liege nieder. Diese Umkehr der üblichen Sitzweise war typisch für die zwanglose Art ihres Zusammenlebens. Einer ihrer Sklaven, der ahnte, daß hier noch eine nächtliche Diskussion bevorstand, goß ihnen unaufgefordert geharzten, bernsteinfarbenen Wein ein. Beide ließen die Gläser lange Zeit unangetastet stehen. Nachdem sich die Sklaven zurückgezogen hatten, wünschte sich Caenis, Vespasian würde näher rücken, aber er blieb offenbar auf Abstand, um sie ansehen zu können. Dank ihrer Ausbildung verriet ihr Gesicht wie immer wenig.

In Judäa war ein ernstzunehmender Aufstand ausgebrochen. Man hatte Vespasian die Provinz angeboten, dazu ein Armeekommando und die Erlaubnis, Titus in seinen Stab aufzunehmen. Zum Teil, wie er Caenis sofort gestand, wurden damit seine militärischen Fähigkeiten anerkannt, aber die Wahl war vor allem deshalb auf ihn gefallen, weil er zu unbekannt war, um zu einer politischen Bedrohung zu werden, wenn man ihm eine größere Streitmacht anvertraute. Die Ernennung galt für die übliche Dauer von drei Jahren.

Caenis versuchte, sich zu erinnern, was sie über Judäa wußte. Es war eine weitere dieser unruhigen Provinzen am Rande des Imperiums, die von Rom mit einer Mischung aus Neugier und Unbehagen betrachtet wurden. Caligula hatte dort einst ein Trauma ausgelöst, als er den Plan ausheckte, den Tempel von Jerusalem zu zerstören – ein Plan, der zum Glück nicht ausgeführt worden war. Das Herrscherhaus war durch innerhäusliche Streitereien gespalten, hatte sich aber bereits unter Augustus Rom angeschlossen. Caenis kannte den verstorbenen König Herodes Agrippa, einen engen Freund der Kaiser Caligula und Claudius, der geholfen hatte, Claudius zur Thronbesteigung zu überreden. Antonia hatte ihn im Haus der Livia großgezogen und war ihm Zeit ihres Lebens Freundin und Fürsprecherin geblieben. Judäa wurde jetzt von seinem Sohn regiert, den Claudius an die Macht gebracht hatte.

Die jetzigen Unruhen waren das Ergebnis eines wachsenden Nationalismus, angeheizt durch das nicht eben hilfreiche Verhalten einer Reihe römischer Beamter und Statthalter. Cestius Gallus, zur Zeit Statthalter von Syrien, war mit seinen Truppen gegen die Aufständischen marschiert und in dramatischer Weise in die Flucht geschlagen worden, wobei es viele Tote gab und ein Großteil der Ausrüstung sowie ein Legionsadler verlorengingen. Ein

Krieg war jetzt unvermeidlich. Nero befürchtete, daß sich ein Krieg in Judäa unheilvoll auf den Rest des Reiches auswirken könnte. Das war der Grund, warum er seinen gekränkten Stolz als Musiker hintanstellte. Da er bereits den fähigsten General seiner Zeit, Domitius Corbulo, wegen zu großen Erfolges hatte hinrichten lassen, erkannte Nero, daß Vespasian der einzige war, der mit den Problemen in Judäa fertig werden konnte.

Caenis und Vespasian dachten schweigend über Neros Angebot nach. Nach einem Jahrzehnt des Zusammenlebens verliefen ihre Gedankengänge in so gleichen Bahnen, war ihr Empfinden so stark aufeinander eingestellt, daß es nur weniger Worte bedurfte, wo andere endlose Debatten gebraucht hätten.

Ohne ihren Blick loszulassen, fragte Vespasian: »Wenn du willst, daß ich ablehne, würdest du es mir dann bitte sagen?«

»Suchst du nach einer Ausrede, nicht gehen zu müssen?«

Eine lächerliche Frage, in trockenem Ton gestellt. Mit siebenundfünfzig gehen manche Männer Wagnissen aus dem Weg, während andere bereit sind, ein neues Leben zu beginnen. Zu diesen gehörte Vespasian. Er wollte der arroganten Führungselite zeigen, was ein einfacher, vernunftbegabter Mann und hervorragender Verwalter erreichen konnte. Er würde sich der Lage vielleicht noch besser gewachsen zeigen als in jüngeren Jahren, denn er war ruhiger und selbstbewußter geworden.

»Ich könnte anführen, daß ich ein alter Mann bin.«

»Dann würdest du lügen.«

»Caenis, ich möchte wissen, was du denkst.« Er hielt inne. »Ich kann dich nicht mitnehmen, nicht in ein Kriegsgebiet.«

Das war ihr klar. Auf dem ganzen Nachhauseweg hatte sie an nichts anderes gedacht. »Nein. Es wäre zu gefährlich und zwecklos.«

»Richtig. Ich würde dich sowieso nicht zu sehen bekommen, müßte dich in einer Festung meilenweit vom Kampfgeschehen unterbringen. Du würdest dich zu Tode langweilen, und ich würde mir ständig Sorgen machen. Wir könnten nur selten zusammensein.«

Daß er überhaupt darüber nachgedacht hatte, war schon ein Kompliment für sie. Rasch erwiderte Caenis: »Ich weiß. Ich hätte keine Angst, mit dir zu kommen ...« Er lachte zärtlich, was sie zum Lächeln brachte. »Aber ich bleibe in Rom. Du brauchst jemanden, der zu Hause nach dem Rechten schaut. Du mußt annehmen. Abgesehen von der Tatsache, daß du es willst, habe ich«, erklärte sie steif, »zuviel in deine Karriere investiert, und werde jetzt nicht aufhören, dich zu unterstützen.«

Er antwortete nicht sofort und fragte dann barsch: »Macht's dir was aus?«

»Ja.«

»Mir auch. Das weißt du, Mädchen.«

Ihre Blicke trafen sich und hielten einander lange Zeit fest, doch er machte keine Anstalten, sich ihr zu nähern. Sie wollte auf ihn zugehen, befürchtete aber, dann die Kontrolle über sich zu verlieren. Heute abend betrachtete sie sich zum ersten Mal nicht mehr als Mädchen. Sie spürte die Auswirkung der vergangenen Jahre in der Müdigkeit ihrer Augen, dem Leichterwerden ihrer Knochen, ihrem von Panik ergriffenen Hirn. Vespasians Besorgnis um sie setzte ihr stärker zu, als es Gleichgültigkeit getan hätte.

Nach einer Weile tranken sie beide langsam ihren Wein. Caenis ging zu Bett. Vespasian begleitete sie nicht. Er begriff, daß sie Zeit brauchte, um die Tapferkeit zu entwickeln, die jetzt notwendig war. Und er hatte bereits zuviel zu bedenken. Sie mußte ohne seine Hilfe damit fertig werden.

In den folgenden Tagen sah sie Vespasian und Titus nur wenig. Die beiden arbeiteten ununterbrochen, ernannten ihre Offiziere, studierten Karten, gingen die Anweisungen und Berichte durch, die von dem Augenblick an hereinzuströmen begannen, als ihre Ernennung offiziell bekanntgegeben wurden. Titus sollte nach Ägypten segeln und die Fünfzehnte Legion von Alexandria aus heranführen. Vespasian würde über Land reisen, nachdem er den

Hellespont überquert hatte, um sich zunächst mit dem Statthalter von Syrien zu treffen.

Caenis war interessiert an den Problemen, und die Männer versuchten nicht, sie auszuschließen. Doch Vespasian und Titus bildeten bereits eine eng verknüpfte Einheit für ein Unternehmen, das Caenis nur von außerhalb würde beobachten können. Hatten sie Griechenland erst einmal verlassen, würde ihr Leben von Handeln, Unmittelbarkeit und Veränderung bestimmt sein. Caenis hatte drei Jahre der Ungewißheit vor sich und würde nur ausgewählte Nachrichten zu hören bekommen, lange nachdem das jeweilige Ereignis stattgefunden hatte. Sobald sie aufgebrochen waren, wollte Caenis allein durch Griechenland reisen, bevor sie nach Italien zurückkehrte. Sie hatte nie Angst davor gehabt, allein zu sein. Das bedeutete nicht, daß sie sich jetzt nicht einsam fühlte. Sogar Vespasians Geburtstag verging ohne die üblichen Feierlichkeiten.

Am letzten Abend saß sie mit Vespasian und Titus zusammen, bis es dunkel wurde, während die beiden immer noch arbeiteten. Schließlich ging Caenis zu Bett. Sie hörte Titus in sein Zimmer gehen. Seine Schritte waren vielleicht etwas lauter als gewöhnlich. Als er an ihrer Tür vorbeikam, rief er ihr mit leiser Stimme einen Gutenachtgruß zu.

Danach wurde es still in dem Haus, das sie nicht ausstehen konnte.

Caenis lag im Bett. Sie hatte zu lesen versucht, weil sie nicht schlafen konnte, aber die Schriftrolle lag nach wie vor halb entrollt auf ihrem Nachttisch. Narcissus hätte sich eine Bemerkung dazu sicher nicht verkneifen können. Das Klopfen an ihrer Tür war so schwach, daß sie sich noch fragte, ob sie überhaupt etwas gehört hatte, als Vespasian eintrat.

»Darf ich? Hab dein Licht gesehen. Ich bin froh, daß du noch wach bist.«

Er setzte sich auf den Bettrand. Schatten der durch den Luftzug in Unruhe versetzten Öllampe flackerten über die Wand. Er wirkte erschöpft, gedämpft, hatte aber offensichtlich das Bedürfnis, mit ihr zu reden. »Alle Arbeit ist getan. Ich wollte es unbedingt zu Ende bringen, damit ich einen klaren Kopf bekomme – dachtest du, ich hätte dich vergessen?«

»Nein«, log Caenis. Als er ihre leise Verstimmung spürte, zuckte es um seine Augen. Sofort schmolz ihr Selbstmitleid dahin.

Lächelnd sagte Vespasian: »Ich habe gerade eine ganz neue Erfahrung gemacht – mein Sohn hat mir väterliche Ratschläge erteilt.«

Caenis hatte Titus gern, genau wie er sie. Sie spürte, daß Vater und Sohn sich gestritten hatten, und runzelte die Stirn. »Was für Ratschläge?«

»Er sagte, ich solle mit dem Planen aufhören und nach dir schicken lassen.« Sie schaute auf die gefalteten Hände in ihrem Schoß. »Der Junge ist ein Narr«, bemerkte Vespasian. Außer einem ausgeglichenen Temperament besaß Titus einen wißbegierigen Geist, ein phänomenales Gedächtnis, weniger Witz, aber wahrscheinlich mehr Kultur als sein kritischer Papa. Er war loyal, großzügig, taktvoll und beherzt – ein reizender junger Mann und kein Narr.

Genausowenig wie sein Vater.

»Ich lasse nicht nach dir schicken, Antonia Caenis. Das habe ich nie getan und werde es nie tun – du kommst aus freien Stücken. Du bist kein Mädchen, das man sich am Nachmittag kommen läßt, dann benutzt – und bezahlt – und wieder wegschickt, bis der alte Mann geruht, das nächste Mal nach ihr zu rufen. Außerdem« – seine Stimme sank – »besitzt er entweder kein Vorstellungsvermögen, oder es mangelt ihm an Erfahrung.« Sie schaute mit klopfendem Herzen hoch. Vespasian verschlang sie mit den Augen. »Dich zu überreden, daß du mich bei dir bleiben läßt, macht viel mehr Spaß,!«

Mit einem Ausruf der Erleichterung hatte Caenis bereits ihre Arme geöffnet.

Sie waren beide älter und um vieles langsamer, aber für manche Dinge war das um so besser.

Danach lagen sie den größten Teil der Nacht hindurch wach. Das Licht war erloschen. Sie lagen eng beieinander, ganz still, weil keiner den anderen stören wollte, waren sich aber durch die Stetigkeit ihrer Umarmung und gelegentliche kleine Bewegungen bewußt, daß sie beide wach waren. Nach vielen Stunden, als Caenis den Druck auf ihrem Arm verlagerte, äußerte Vespasian sich schließlich.

»Nun, meine Dame?«

»Nun, mein General?«

Seine Lippen berührten ihre Stirn, als sie ihn mit seinem neuen Titel ansprach. »Ich komme zurück. Wie immer. Das verspreche ich dir.«

Sie verbarg ihr Gesicht in seiner Halsbeuge, ließ ihre Hand leicht über die vertraute Form seiner Brust, seiner Schulter und seines starken Oberarms gleiten. In dem Moment sagte er: »Ich habe mich nie für die Wurst bedankt. Die von der britannischen Parade.«

Caenis hatte den Vorfall ganz vergessen. »Oh, Titus! Ich war so froh, dich an jenem Tag zu sehen.«

Er schwieg so lange, daß ihr Herz vor Furcht laut zu klopfen begann. »Das war ein sehr eigentümlicher Tag, mein Herz. Ich hatte das Gefühl, nicht ich selbst zu sein.« Er legte beide Arme um sie, hielt sie fest umschlungen und gestand abrupt: »An dem Abend war ich drauf und dran, zu dir zu kommen.«

Caenis spürte, daß sie unabsichtlich einen wunden Punkt berührt hatte.

Er war entschlossen, es ihr zu erzählen: »Ich habe tatsächlich das Festmahl auf dem Kapitol verlassen und stand lange Zeit in einem Säulengang, mußte mich dazu zwingen, wieder hineinzugehen. Es wäre so viel richtiger gewesen«, erklärte er, »bei dir zu sein, nach dem Triumph.«

Caenis entfuhr ein kleiner schmerzlicher Laut bei dem Gedanken, wie sehr sie damals seine Gefühle mißverstanden hatte – und wie dankbar sie dafür war. Damals gewußt zu haben, was sie jetzt wußte, wäre unerträglich gewesen; es war sogar jetzt noch schwer zu ertragen. Er lockerte seine Umarmung ein wenig, weil er sie so gut kannte, daß er ihren Wunsch, ihn zu küssen, schon erkannte, noch bevor sie sich bewegte.

Also küßte sie ihn und versuchte zu vergessen, daß er sie beinahe zum Weinen gebracht hatte.

Als sie ihn küßte, hörte sie sein genüßliches Aufstöhnen, nicht anders, als es in ihrer Jugend gewesen war. Vielleicht wollte er ihr damit nur schmeicheln, aber selbst daß er sie des Schmeichelns für wert fand, wärmte ihr das Herz.

Es hatte etwas, Vespasian im Dunkeln zu küssen, wenn der Rest des Hauses sie in tiefem Schlaf wähnte. Und so führte eines zum anderen, jede Zärtlichkeit verlangte nach einer weiteren, bis sie, beide lachend, zugaben, daß sie von Anfang an darauf gehofft hatten und einander mit der Zärtlichkeit und doch drängenden Leidenschaft zweier Menschen, die für lange Zeit getrennt sein würden, fester denn je umschlangen und erneut vereinten.

»Das ist vielleicht nicht der richtige Augenblick, dich zu fragen ...«

»Mein Herz, ich habe immer Zeit ...«, sagte Vespasian (obwohl sie recht hatte, es war nicht der richtige Zeitpunkt) »... für eine Plauderei mit dir ...«

»Was hast du damals mit der Wurst gemacht?«

»Sie gegessen«, erwiderte er nach einer kurzen Pause. »Was hast du denn erwartet?«

»Auf der Straße?« fragte Caenis wie schon einmal.

Und Vespasian erwiderte, genau wie beim ersten Mal: »Auf der Straße!«

Ein Vier-Stäbe-General mit den Triumphalinsignien und der Würde eines fast Sechzigjährigen – es schien unmöglich, daß er sich je ändern würde.

TEIL SECHS
DAS VIERKAISERJAHR

Als Nero, Galba, Otho und Vitellius Kaiser waren
Und ihr Nachfolger

XXXVI

Nachdem sie in Griechenland überwintert hatte, reiste Caenis im nächsten Frühjahr allein über Dalmatien nach Istrien. Als es für sie keinen Grund gab, noch länger zu bleiben, kehrte sie nach Rom zurück.

Während dieser Zeit erreichte Vespasian Antiochia, die östliche Hauptstadt des Reiches, wo er sich mit dem neuen Statthalter von Syrien, Licinius Mucianus (den er Caenis als Schürzenjäger beschrieb, mit diesem Posten eher ins Exil geschickt als belobigt), und ihrem Verbündeten, König Agrippa von Judäa, traf (den Vespasian rüde als verschlagenes, nur auf seinen Vorteil bedachtes Lockenköpfchen bezeichnete). Dann marschierte er mit der Fünften und Zehnten Legion südlich nach Ptolemais, das in der Nähe des Berges Karmel am Meer lag. Dort schloß sich ihm Titus, aus Ägypten kommend, mit der Fünfzehnten Legion an. Der Feldzug begann in Galiläa, das von den Rebellen stark befestigt worden war. Nachdem die Römer in Gabara auf keinen nennenswerten Widerstand gestoßen waren, griff Vespasian Jotapata an, eine natürliche Festung über einem Steilhang, in der sich eine große Anzahl feindlicher Truppen verschanzt hatte. Er eroberte Jotapata im Juli.

Vespasian war der geborene Soldat. Mehr aus Titus' Berichten als aus Vespasians Andeutungen entnahm Caenis, daß er über die analytischen und organisatorischen Fähigkeiten verfügte, um alles zu erreichen, was erforderlich war. In der Armee, wo sich niemand um die Herkunft eines Mannes scherte, solange er der gegenwärtigen Aufgabe gerecht wurde, konnten sich Vespasians Talente voll entfalten. Für die hervorragende römische Militärmaschinerie war er der ideale Kommandeur. Es beflügelte ihn, aktiv zu sein, zu handeln. Er brachte seine ganze Energie und Intelligenz in den Feldzug ein, war immer für seine Männer da und sich stets ihrer Stimmung bewußt. Durch seine nüchterne, realistische Art wurde er zu einem der Ihren. Seine Tüchtigkeit und Kompetenz machten ihn zu einem General, auf den sie stolz sein konnten. Es war bereits offensichtlich, wie sich die Dinge in Palästina entwickeln würden.

Caenis segelte nach Italien zurück. Sie reiste quer durch das Land und machte Station auf Vespasians Landgut in Reate. Bei ihrer Rückkehr in sein Stadthaus in Rom geschah dann jener berühmt-berüchtigte Zwischenfall mit Domitian. Er war inzwischen achtzehn. Caenis hatte durchaus Verständnis dafür, daß er über die Wahl seines Bruders für diesen besonderen Einsatz in Judäa verärgert war; die natürliche, enge Verbundenheit zwischen Vespasian und Titus ließ sich nicht länger verbergen. Caenis und Domitian hatten sich nie leiden können, aber sie begrüßte ihn mit größerer Freundlichkeit als gewöhnlich, hielt ihm wie immer die Wange zum Kuß hin. Domitian streckte statt dessen mit einer schroffen Geste die Hand aus.

Ohne ein Wort darüber zu verlieren, schüttelte Caenis die dargebotene Hand. Bei anderen Leuten setzte sie nie die Höflichkeit voraus, die ihr Vespasian entgegenbrachte. Sie beschwerte sich nicht. Doch es wurde bemerkt. Domitian würde ihrethalben von den Historikern gerügt werden.

Am Ende des ersten Jahres hatte Vespasian den größten Teil Galiläas unterworfen. Bei der Belagerung Gamalas ließ er sich von seinem Enthusiasmus so mitreißen, daß er plötzlich mit nur einer Handvoll Männer im Zentrum der Zitadelle eingeschlossen wurde. Ihren Weg zurück mußten sie sich Schritt für Schritt hinter einer Wand aneinandergehaltener Schilde erkämpfen. Als Caenis davon erfuhr, war natürlich längst alles vorbei. »Keine Panik!« schrieb er fröhlich. »Iß ein ordentliches Frühstück und *beruhige dich*!« Caenis aß ihr Frühstück und die Hälfte des Mittagessens, dann geriet sie in Panik und mußte sich übergeben. Inzwischen wußte sie auch von dem Pfeil, der bei Jotapata Vespasians Fuß getroffen hatte. All das beruhigte sie keinesfalls. Vespasian eroberte Gamala im Oktober.

Den Winter über zog er sich mit zwei seiner Legionen zurück und reiste später mit Titus ins Landesinnere nach Caesarea Philippi, wo drei Wochen lang Staatsbankette und Dankopfer abgehalten wurden. Inzwischen vermißte Caenis ihn schrecklich, denn die dunklen Tage und das schlechte Wetter schienen die Stille des Hauses in Rom und die Kälte ihres Bettes noch zu verstärken. Briefe kamen aufgrund der im Winter geschlossenen Seewege nur noch sporadisch, doch wenn sie durchkamen, erhielt Caenis manchmal gleich mehrere gleichzeitig. Allein in Rom, wurde sie seltener eingeladen und verlor ohne Vespasians Anwesenheit auch das Interesse am Theater. Sie wünschte, sie hätte gewußt, daß er in Caesarea überwintern würde, wo das Klima zu dieser Jahreszeit angenehm war und sich König Agrippa – der so enge Familienbindungen zu Antonia besaß – offenbar sehr gastfreundlich zeigte. Trotz des vernünftigen Gesprächs, das sie mit Vespasian in Griechenland geführt hatte, hätte sie es, im nachhinein gesehen, gern auf sich genommen, den Sommer allein in Syrien zu verbringen, wenn sie dafür jetzt mit ihm zusammensein könnte. Mehr denn je wollte sie bei ihm sein.

Nur allmählich wurde ihr klar, daß Vespasian und Titus sie nicht so dringend brauchten. König Agrippa sorgte für eine stilvolle Unterhaltung. Ein Teil dieser Unterhaltung bestand aus seiner strahlenden Schwester Berenike.

Königin Berenike von Judäa war von hoher Geburt, couragiert, wohlhabend und im gesamten Reich als die schönste Frau ihrer Zeit bekannt. Sie war vierzig, aber noch auf dem Höhepunkt ihrer Schönheit. Caenis mußte ungefähr sechzig sein und war nie schön gewesen.

»Verdammt«, klagte sie milde ihren Spiegel an.

Sie vertraute Vespasian, natürlich.

Am Ton seiner Briefe schien sich nichts zu ändern. Sie waren schon immer eher beschreibend als gefühlvoll gewesen. (Beschreibungen von Königin Berenike ließ er aus.) Am Ende erwähnte er jedesmal, daß er Caenis vermisse. Durch ihre Regelmäßigkeit bekam diese Bemerkung schließlich die gleiche Qualität wie sein Militärstempel.

Vespasian gestaltete die Korrespondenz mit Caenis wie einer, der seine Gedanken ordnet. Er faßte für sie die starke römische Position in Galiläa zusammen und sein Vorhaben, Judäa, Idumäa und Peraia im nächsten Frühjahr einzunehmen, bevor er alle seine Kräfte auf die Belagerung Jerusalems konzentrieren wollte. Die Einnahme von Jerusalem sollte der krönende Abschluß seines Feldzuges sein. Wenn die Juden nicht gegen Rom kämpften, lagen sie miteinander in Streit. Vespasian fragte sich, warum die ungastlichsten Teile des Landes so stark umkämpft waren. Vielleicht war es für die Einwohner bei ihrem ewigen Kampf gegen Sonne und Wind, Wanderheuschrecken und Hungersnöte gar nichts Besonderes, sich auch noch gegenseitig die Köpfe einzuschlagen. Bewohner wohlhabenderer Landstriche fanden Frieden wohl angenehmer ...

Dann begann Vespasian plötzlich, wie aus Versehen, einen Brief mit »Oh, Caenis, meine Liebste ...« Das hatte er noch nie getan. Im restlichen Brief klang er erschöpfter als gewöhnlich, aber das war keine Entschuldigung. Da wußte sie es: Man konnte niemandem jemals trauen.

»*Verdammt!*« rief Caenis, diesmal nicht so milde. Ihr fiel Antonia ein, die gesagt hatte, es sei nicht so schlimm, den Mann an eine andere Frau zu verlieren. Schlimmer sei es, ihn an die Politik zu verlieren, denn das sei endgültig. Gerade die Tochter von Marcus Antonius hätte es besser wissen sollen, dachte deren Freigelassene, und hatte einen anderen außergewöhnlichen römischen General vor Augen, der sich für eine andere hinreißende ausländische Königin zum Narren machte.

Caenis hatte vorgehabt, einen würdevollen Antwortbrief zurückzuschicken, in dem sie nur auf seine Fragen über Ereignisse in Rom, Gallien und Spanien einging. Am Ende hinzuzufügen, wie sehr sie ihn vermißte, etwas, das sie Vespasian zuvor stets erspart hatte, war absolut unsinnig. Es war ein Fehler, aber als ihr das aufging, ließ sie den Satz trotzdem stehen. Sie fand, er müsse diese Wahrheit akzeptieren, wußte aber gleichzeitig – sie war ja stets eine gescheite Frau gewesen –, daß sie den falschen Moment gewählt hatte und ihr Ausbruch ihn nur noch weiter von ihr forttreiben würde.

In allen folgenden Briefen redete er sie wieder in der altmodischen Förmlichkeit, die er sonst beim Schreiben benutzte, mit Antonia Caenis an. Sie bemerkte, daß er mehr Witze machte. Ob das ein gutes oder schlechtes Zeichen war, konnte sie nicht sagen. Höchstwahrscheinlich hatte er ein schlechtes Gewissen.

Für jeden, der sich für Politik interessierte und dessen Aufmerksamkeit nicht durch die Ereignisse in Palästina gefesselt war, tat sich in diesem Frühjahr Faszinierendes in Rom, in Gallien, in Spanien. Neros vierzehnjährige Regierungszeit lag eindeutig in den letzten Zügen. Nachdem die claudisch-julische Familie das Kaiserreich mehr als ein Jahrhundert beherrscht und sich gegenseitig umgebracht hatte, war sie auf ein Nichts zusammengeschrumpft. Neros einziges Kind, eine Tochter, war schon als Säugling gestorben. Andere Erben gab es nicht. Rom stand am Rande einer gewaltigen Umwälzung, in die diesmal das ganze Imperium mit hineingezogen werden würde.

Man war sich allgemein einig, daß die Lethargie und Zügellosigkeit des Senats, die habgierige Ichbezogenheit der Ritterschaft, die Aufsässigkeit des Pöbels und ein genereller Verfall traditioneller Werte eine Rückkehr zur Republik unmöglich machten. Vielleicht war das Reich inzwischen auch zu groß. Es brauchte eine funktionierende Verwaltung, die nicht durch Wahlen ständigen Veränderungen unterworfen war, gleichzeitig kamen die Römer jener Tage offenbar nicht ohne eine lenkende Führerfigur aus. Auch ohne die Phantasie nennenswert anzustrengen, konnte man sich ausmalen, daß der nächste Wettstreit um den Thron mehr erfordern würde als die Ermordung eines unbequemen Verwandten oder die Unterdrückung eines unwillkommenen Testaments.

Vespasian regte an, ihre Korrespondenz zukünftig in ihrem alten Geheimcode zu führen. Caenis fand heraus, daß er ihr den Schlüssel dazu dagelassen hatte, verwahrt von einem seiner Sekretäre. Daß er seine Kopie so lange Jahre aufbewahrt hatte, war seltsam beruhigend. Merkwürdig erschien ihr nur, daß er sie griffbereit zurückgelassen hatte.

Als erstes kam es zu einem Aufstand in Gallien, angeführt von einem Mann namens Julius Vindex. Der Statthalter von Obergermanien, der eine bewaffnete Grenztruppe zur Verfügung hatte, schlug den Aufstand jedoch nieder. Die sich zuspitzende Situation in Gallien zusammen mit den in Rom kursierenden wilden Gerüchten über Neros Griechenlandreise waren der Anlaß für viele aufgeregte Botschaften aus Rom, bevor der Kaiser sich endlich nach Italien zurückbequemte, geschmückt mit seinen vielen Trophäen und dem prächtigen, mit goldenen Sternen übersäten griechischen Umhang.

Vindex selbst stellte kein großes Problem dar. In Neros Augen bestand sein schlimmstes Vergehen darin, den Kaiser in einer offenen Depesche an den Senat als schlechten Musiker bezeichnet zu haben, worüber die Flavier natürlich begeistert waren. Aber sein Aufstand war ein wichtiges Zeichen für die weitverbreitete Unruhe in den Provinzen und ein Hinweis darauf, daß die in entlegenen

Grenzregionen stationierten Legionen in Zukunft selbst bestimmen würden, wer sie regierte. Die Gefahr lag jetzt nicht mehr in den persönlichen Ambitionen eines einzelnen Generals, wie Rom es seit Julius Cäsar angenommen hatte, sondern in der energischen Entschlossenheit der gesamten römischen Armee. Die Bewegung, die zunächst in Gallien aufgeflammt war, sollte sich durch das ganze Imperium verbreiten und in so entfernten Außenposten wie Moesien am Schwarzen Meer, Ägypten, Spanien, dem Balkan und Britannien Aufschwung erhalten. Die vier Legionen in Syrien und die drei weiteren in Judäa würden ebenfalls ein Wörtchen mitreden wollen. Dieser Wettstreit würde ein für allemal beweisen, daß sich auch außerhalb der traditionellen claudischen Familie ein annehmbarer Kaiser finden ließ, und zwar außerhalb Roms und aufgestellt von der Armee.

Vindex rebellierte im März. Einen Monat später war bereits ein weitaus ernstzunehmenderer Kandidat aufgetaucht: Sulpicius Galba, ein Vertreter der alteingesessenen Aristokratie. Er war zunächst bereit, Vindex gegen Nero zu unterstützen, wurde aber bald darauf von seinen eigenen Truppen in Spanien zum Kaiser ausgerufen, sicherte sich die Loyalität der Prätorianer, was Nero schutzlos machte, und begann dann seinen langen, erfolgreichen Marsch auf Rom, um seine Position formell einzufordern.

Im Mai wurde Caenis durch ein außergewöhnliches Ereignis von ihrem Frühstück fortgerufen. Nero erschien vor den Toren von Vespasians Haus. Er kam in dem geheiligten Streitwagen Jupiters, den er sich aus dem majestätischen Jupitertempel auf dem Kapitol ausgeborgt hatte.

Neros öffentliche Reaktion auf die Situation in den Provinzen hatte nur darin bestanden, ein paar der angesehensten Bürger Roms zu sich zu rufen, um ihnen eine neue Wasserorgel vorzuführen und sie über die verschiedenen Modelle zu belehren, die er inzwischen wie kein zweiter kannte. (Caenis fand Wasserorgeln immer noch gräßlich.) Nun schien seine Eitelkeit Risse bekommen zu haben. Da stand er, das Haar ordentlich in zwei perfekte

Lockenkränze gelegt, und sah aus, als wisse er nicht so recht, was als nächstes von ihm erwartet wurde. Caenis wußte es ebensowenig, nahm aber an, daß sie als Lebensgefährtin eines Generals versuchen mußte, höflich zu sein.

Noch nicht ganz wach und erst halb mit dem Frühstück fertig, riß sie sich mühsam zusammen. Aglaus flüsterte ihr diskret zu, Nero sei in der Nacht zuvor im Traum gesagt worden, er solle den heiligen Streitwagen hierherbringen. Caenis, die sich nach wie vor wünschte, daß es beim Frühstück in flavischen Häusern weniger aufregend zugehen würde, betrachtete den Kaiser mürrisch. Er war einunddreißig Jahre alt und roch wie ein Mann, der seinen zweiunddreißigsten Geburtstag nicht erleben würde. Als Antonias Urenkel war dieses menschliche Wrack eigentlich ihr Patron, doch beiden war klar, daß Caenis diese Pflicht nie anerkannt hatte.

Ausgerechnet in diesem Moment fiel ihr ein, wie Vespasian damals den unerwartet aufgetauchten Ochsen begrüßt hatte: »Hallo, mein Junge! Hast du dich verlaufen?«

»Willkommen«, brachte sie statt dessen heraus. »Oh je ...« Sie wandte sich mit so viel Liebenswürdigkeit, wie sie zu dieser frühen Morgenstunden eben aufbringen konnte, an den kaiserlichen Wagenlenker. »Dem Haus des Flavius Vespasianus mangelt es an Stallungen zur Unterbringung eines so prächtigen Gefährts wie diesem! Er wird es sehr bedauern, nicht zu Hause gewesen zu sein.« Nero sah immer noch unsicher aus. »Darf ich vorschlagen, Majestät«, meinte Caenis in leisem, vertraulichem Ton, »daß Sie eine rasche Runde durch den Circus Maximus drehen, dann zurück zum Tempel fahren und Jupiter Ihren Dank für seine Leihgabe aussprechen? Natürlich nur, wenn die Götter Ihnen nichts anderes eingeben!«

Zu ihrer Überraschung gehorchte Nero brav.

»Ich glaube nicht«, meinte Caenis vorsichtig zu Aglaus, als sie ihrem Besucher nachsahen, »daß wir unseren Herrn mit diesem Blödsinn aufregen sollten.«

»Oh, aber Gnädigste! Das ist doch genau die Art von Geschichte, die unserem Herrn gefällt!«

»Eben«, sagte Caenis. »Er würde das Ganze bestimmt als Symbol betrachten und sich dauernd Gedanken darüber machen, was es bedeuten könnte.«

Im Juni bekam es Nero vor dem näherrückenden Galba mit der Angst zu tun. Nero war in ernsthaften Schwierigkeiten; der Senat hatte ihn zum Volksfeind erklärt. Er floh in die Vorortvilla seines Freigelassenen Phaon, wo er nach einigem Zögern und dramatischem Posieren Selbstmord beging, als die Soldaten bereits die Straße hinuntergaloppierten, um ihn hinzurichten. Er bat seine Begleiter, nicht zuzulassen, daß man seine Leiche verstümmelte, und stieß sich dann mit der Hilfe eines seiner Freigelassenen den Dolch in die Kehle. Für seine Beisetzung im Grabmal der Domitier auf dem Pincius sorgte Acte, die frühere Sklavin, die er in seiner Jugend geliebt hatte und die ihm durch drei Ehen und unzählige Affären hindurch treu geblieben war. Acte, die man Caenis einst als ungefährliche Geliebte für einen Kaiser beschrieben hatte, weil sie ein einfaches Mädchen war, das keinen Groll hegen würde.

In Judäa zwang Neros Tod Vespasian dazu, seinen Feldzug zu unterbrechen und darauf zu warten, daß ein neuer Herrscher seine Einsetzung als Oberbefehlshaber bestätigte oder zurücknahm. Diesen unerwarteten Vorteil machte sich ein jüdischer Anführer namens Simon, Sohn des Gioras, zunutze und überrannte Teile von Judäa und Idumäa, die Vespasian zuvor unterworfen hatte; also würde man sie erneut einnehmen müssen.

Galba ließ sich Zeit, Vespasians Kommando zu bestätigen. Er stammte aus einem uralten Adelsgeschlecht, war homosexuell und hatte die Provinz Hispania Tarraconensis acht Jahre lang nach dem Prinzip regiert (zu dem er sich offen bekannte), sowenig wie möglich zu tun, weil er für Nichtstun nicht zur Rechenschaft gezogen werden konnte. Obwohl sie beide alte Soldaten waren, hatten Galba und Vespasian nichts gemein. Ja, Galba war der Typ Mann, den Vespasian zutiefst verachtete. Er traf einige verheerende Fehlentscheidungen. Die schlimmste war vielleicht, nicht dafür zu sorgen, daß die Statthalter von Syrien und Judäa genug zu tun hatten.

Das folgende Jahr sollte als »Vierkaiserjahr« in die Geschichte eingehen.

XXXVII

Später, nachdem alles vorüber war, hörte Caenis einmal, wie ihr Freigelassener Aglaus seine Lieblingsversion der tumultartigen Ereignisse zum besten gab, an denen sich so viele Historiker die Finger wundschreiben sollten. Seine Darstellung erinnerte Caenis an einen Schauspieler, den sie einmal in einer vierminütigen Pantomimenversion der *Aeneis* gesehen hatte. Das Publikum war hingerissen, weil alles so vollkommen schien. Es war phantastisch. Caenis hätte weinen und lachen mögen, aber dazu blieb keine Zeit, während die wohlbekannten Ereignisse in der blitzschnellen Folge seiner brillanten Zusammenfassung an ihr vorbeirauschten. Die hohe Kunst war, daß man triumphierend alles erkannte, was dazugehörte – und vergaß, was ausgelassen worden war.

Aglaus erzählte es Julia, Titus' Tochter. Julia war ein lebhaftes kleines Wesen, aber Caenis zog die verwaiste Flavia, Vespasians ältere Enkelin, vor. Flavia war ein ruhiges, vernünftiges junges Mädchen, der Liebling von Sabinus, mit dessen Enkelsohn sie verlobt war. Flavia würde sich nie anhören, was ein Freigelassener zum Vierkaiserjahr zu sagen hatte. Sie sprach vorsichtig mit Caenis darüber, enthielt sich aber in der Öffentlichkeit jeglicher Äußerungen dazu. Von der Familie war Flavia diejenige, die am stärksten das Gefühl ihres Großvaters für Moral und Pflicht teilte.

Nicht so die überschäumende kleine Julia. »Erzähl mir die Geschichte vom Vierkaiserjahr!«

»Nein, nein. Das ist doch längst vergessen, Kind.«

»Oh, aber es ist aufregend! Erzähl's mir!«

»Na gut. Ich kann mich noch gut an das Jahr der vier Kaiser erinnern«, begann Aglaus. »Und ich erinnere mich aus zwei Gründen. Erstens hörte es nie auf, spannend zu sein. Zweitens war es das Jahr, in dem meine Herrin mir die Freiheit gab. Da wußte ich, daß etwas schiefgelaufen war. Sie hatte mir bereits gesagt, daß sie meine Freilassung in ihr Testament aufgenommen hatte. Also dachte ich, sie müsse krank sein. Irgendeine geheime Frauenangelegenheit, die sie mir gegenüber nicht erwähnen wollte – sie war in dem Alter. Ich behielt sie im Auge. So bleich und abgehärmt, wie sie war, sah ich mich schon die Krankenschwester überwachen und für die Beisetzung sorgen ... Also, ein Freigelassener! Ich fühlte mich wunderbar und schrecklich zugleich.«

Es gab ein bißchen Hin- und Hergerutsche, als sich Erzähler und Zuhörerin für den Beginn der eigentlichen Geschichte bereit machten.

»Weiter, weiter! Erzähl von dem Jahr!«

»Was für ein Jahr! ›Das Vierkaiserjahr.‹ Klingt so ordentlich. Einer nach dem anderen, Rüssel an Schwanz wie Elefanten. Aber von wegen. Völliges Chaos. Hör zu: Nero beförderte sich im Juni des Jahres endlich selbst ins Jenseits, bevor ...«

»Mach seine Augen!«

Aglaus schraubte seine Stimme zu einem entsetzten Piepston hoch: »Als der Zenturio in Phaons Villa stürmte, um Nero lebend zu fangen, brachte der endlich den Mut auf, sich zu erdolchen, und zwar mit dem Ausruf: ›Welcher Künstler geht in mir zugrunde!‹ Seine Augen wurden glasig und traten zum Entsetzen der Umstehenden weit geöffnet aus den Höhlen hervor!«

Julia kreischte begeistert auf. In seiner normalen Stimme fuhr Aglaus fort: »Gut! Damit hätten wir Neros Abgesang. *Auftritt Galba.* So alt, daß er Angst hat, vor lauter Aufregung tot umzufallen. Ernennt hastig Calpurnius Piso zu seinem Nachfolger – fünf Tage später ist der junge Piso tot, der olle Galba wird ermordet, *Auftritt*

Otho. Otho ist der arme Schwachkopf, der mit Poppaea verheiratet wurde, um Neros Ehebruch zu decken, und dann für zehn Jahre nach Lusitanien abgeschoben wurde, damit Nero sie doch heiraten konnte. Lusitanien ist nicht übel, wenn man sich *sehr* viel aus Sardinen macht! Otho schafft's von Januar bis April. Als nächstes beschließt Vitellius, daß sich die germanischen Legionen mal die Füße vertreten müssen. Sie machen sich auf den Marsch nach Rom. Und schon haben wir den Bürgerkrieg. Otho scheint die Nerven zu verlieren. Schickt dauernd nach seinem Friseur, um auf andere Gedanken zu komme. Hübscher Haarschopf, nicht viel darunter.«

Julia kicherte. Othos Haarschopf war der Anlaß für viele Witze: Es war eine gut gemachte Perücke gewesen.

»Vitellius haut Othos Legionen bei Betriacum zu Brei. Worauf Otho anständigerweise den Löffel abgibt. *Auftritt Vitellius*.«

Hierbei handelte es sich um Aulus Vitellius, einen der Söhne von Lucius Vitellius, der wiederum einst Klient Antonias war, enger Freund und ausdauernder Unterstützer von Claudius und Patron Vespasians. Aber sein Sohn Aulus hatte andere Loyalitäten – hauptsächlich sich selbst gegenüber.

»Die germanischen Legionen stürmen Rom. Rom hält es für das beste, sie willkommen zu heißen. Schließlich eilt ihnen ein gewaltiger Ruf voraus. Vitellius hält's von April bis Dezember aus – nicht schlecht für einen so maßlosen Typen, der dauernd derart besoffen ist, daß er kaum aufrecht auf dem Thron sitzen kann. Und ein absolut krummer Hund. Dein Großonkel Sabinus würde heute noch leben, wenn das Schwein Vitellius sich am 1. Juli wie versprochen vom Acker gemacht hätte. Und was nun? Die Legionen in Moesien – *wo zum Hades ist Moesien?* fragen wir uns alle, außer Sabinus, der mal dort gelebt hat – beschließen, daß sie jetzt dran sind, einen Kaiser zu wählen. Sie schlagen Vitellius' Boten zusammen, zerreißen deren Fahnen, klauen ihr Geld und stechen dann mit der Nadel in eine Liste, um zu entscheiden, wessen Namensschild sie als nächsten unter ihren silbernen Legionsadler nageln. Und wen hat Moesien gewählt? *Wir* wissen das, Julia, nicht wahr?«

Julia kicherte hysterisch.

Caenis hatte es bereits im März gewußt. Sie sah voraus, was passieren würde, genau wie Titus. In vieler Hinsicht war Titus derjenige, der die Ereignisse lostrat.

Sie hatten Titus' Rückkehr erwartet. Er sollte sich bei Galba für das immer noch unbestätigte Kommando seines Vaters verwenden. Doch Titus kam nie an. Caenis stand in seinem Zimmer, das die Dienstboten geöffnet und für seine Ankunft gelüftet hatten, mit seinem Brief in der Hand, in dem er ihr mit vorsichtigen Worten mitteilte, daß er beschlossen habe, nicht zu kommen. Trotz der ihm eigenen Höflichkeit nannte er keinen Grund dafür. Sie spürte, daß er den Grund selbst noch nicht formulieren konnte. Während sie sich vorbeugte und mit der Hand glättend über das frischgemachte Bett fuhr, überlegte sie, welche Pläne und Vorbereitungen sie streichen mußte. Als sie in die Stille des Zimmers hineinlauschte, wurde ihr klar, daß es hier nicht um etwas so Simples ging, wie den Fleischer und den Fischhändler zu enttäuschen, den Topf mit Scyllas vom Fensterbrett zu nehmen und die Kissen von Titus' Bett wieder in die Truhe zu packen. Ein Frösteln überlief sie bei dem Gedanken, daß Titus um dessentwillen, was er jetzt tat, vielleicht nie wieder nach Rom zurückkehren konnte.

Er war tatsächlich auf dem Heimweg gewesen; das machte alles noch schlimmer. Sein Brief kam aus Griechenland. Als Galba im März, der richtigen Jahreszeit für den Beginn eines neuen Feldzuges, immer noch keine Instruktionen für Judäa erlassen hatte, schickte Vespasian Titus zurück nach Rom, um das Knie vor dem Kaiser zu beugen und formell um einen neuen Auftrag zu bitten, damit die Flavier endlich nach Jerusalem losmarschieren konnten. Das war alles, was sie wollten, egal, welch haarsträubende Gerüchte später auch in Rom kursieren mochten.

Als Titus dann in See gestochen war, lebte Galba bereits seit zwei Monaten nicht mehr. Es hatte Probleme mit der Armee gegeben, weil Galba den Soldaten ein Gnadengeschenk versprochen hatte, dieses Versprechen aber nicht einzulösen gedachte, wie sich bald herausstellte. Ganze Legionen, besonders die in Obergermanien, die an der Niederwerfung des von Vindex geführten Aufstandes beteiligt gewesen waren, weigerten sich, am 1. Januar den Fahneneid auf einen niederträchtigen spanischen Aufsteiger zu leisten, und forderten die Prätorianer auf, einen anderen Kaiser zu nominieren, der für sie alle akzeptabel war. Pisos Adoption durch Galba war dazu gedacht gewesen, die Armee zu beruhigen. Statt dessen verärgerte sie Otho, der Galbas wichtigster Befürworter gewesen war und daher nicht zu unrecht erwartete, selbst in den Genuß einer kaiserlichen Adoption zu kommen. Deshalb Othos Bewerbung um den Thron. Deshalb Galbas Ermordung. Und deshalb segelte der junge Titus Flavius Vespasianus nun plötzlich auf einem völlig neuen, seltsamen Kurs durch das östliche Mittelmeer.

Titus hatte Griechenland erreicht, als Boten die Nachricht von Galbas Tod brachten. Er hätte seine Reise fortsetzen sollen, um statt dessen Otho seinen Gruß zu entbieten. Sein Begleiter, König Agrippa, reiste tatsächlich nach Rom. Titus fuhr allein zurück. Er besuchte Paphos. Dort gab es ein prophetisches Orakel, das er ausführlich konsultierte. Danach wanderte er längere Zeit in Gedanken verloren herum. Dann ließ er plötzlich den Anker lichten und segelte zurück zu seinem Vater.

Nichts wurde darüber gesagt. Aber von dem Moment an wußte Caenis, was geschehen würde. Aglaus, der inzwischen fast zwanzig Jahre bei ihr war, sah die Veränderung in ihrem Gesicht. Sie war, wie er später Julia erzählte, so erschreckend, daß er meinte, seine Herrin hätte sich eine tödliche Krankheit zugezogen.

Es gibt mindestens zwei Arten, tapfer zu sein. Bei einem plötzlichen Notfall, wenn das Adrenalin durch den Körper schießt, handeln die Menschen mutig und couragiert, weil sie keine Zeit haben oder ihnen die Vorstellungskraft fehlt, um die Gefahr zu erkennen, in der sie sich befinden. Während einer plötzlichen Krise mutig zu sein ist vergleichweise einfach. Es gibt offensichtliche und positive Dinge zu tun. Monatelang zu warten und zuzuschauen, wie die unvermeidliche Tragödie näher kommt, ist eine schwere Prüfung. Das erfordert Mut und Tapferkeit in einer geradezu selbstzerstörerisch besonnenen Art und Weise.

Das Leben ist hart, das hatte Caenis immer gewußt Manche Menschen ertragen diese Gewißheit ihr ganzes Leben lang. Falls sie je etwas anderes denken, wird das Leben sie schon bald wieder zu dieser bitteren Erkenntnis zwingen. Wie ihr Verwalter, so würde sich auch Caenis an das Vierkaiserjahr erinnern. Sie würde sich daran erinnern, weil es der Zeitpunkt war, an dem ihr gemeinsames Leben mit Flavius Vespasianus zu einem plötzlichen, unerwarteten Ende kam.

Sie war nicht krank. Ihr Freigelassener hatte das schließlich auch begriffen. Irgendwann zu Beginn des Sommers war Aglaus aufgegangen, daß der leblose Gesichtsausdruck seiner Herrin einer war, den er natürlich wiedererkannte: Es war der klassische Blick eines alten, erschöpften, oft geschlagenen und völlig gebrochenen Sklaven.

XXXVIII

Nachdem Titus nach Syrien zurückgesegelt war, gab es keinen Zweifel mehr, was ihm für seinen Vater vorschwebte.

Er selbst begann sofort, auf dieses Ziel hinzuarbeiten. Titus schaffte es immer, die unwahrscheinlichsten Freundschaften zu schließen. So gelang es ihm auch mit geschickter Diplomatie, den syrischen Statthalter Licinius Mucianus, einen der vielen Staatsmänner, die sich vielleicht selbst gern in das Gerangel um den Thron eingeschaltet hätten, davon zu überzeugen, seine Eifersucht auf Vespasian zu vergessen und seine eigenen Machtträume hintanzustellen. Die zwei Provinzstatthalter hatten einander bis dahin aus tiefstem Herzen verabscheut. Titus brachte sie zusammen. Mucianus unterstützte Titus darin, Vespasian zum Handeln zu drängen.

Spanische Truppen hatten Galba zum Kaiser ausgerufen. Otho wurde von den Prätorianern auf den Thron gehoben. Die germanische Armee hatte Vitellius zum Aufstieg verholfen. Jetzt saßen in Judäa die Fünfte, Zehnte und Fünfzehnte Legion in ihren Feldlagern, hatten nichts zu tun und redeten den ganzen Tag über Politik. So etwas sollte Soldaten nie erlaubt werden. Doch Vespasian hielt seine Männer in strenger Disziplin. Er unternahm keine Schritte; sie auch nicht. In seinem Zelt bearbeiteten ihn Titus und Mucianus weiterhin stundenlang.

Othos Regierungszeit war mit vier Monaten so kurz, daß Vespasians Ansicht über ihn (der Mann sei nichts als ein »schwachköpfiger neronischer Lustknabe«, schrieb er Caenis) schon bald veraltet war. Als Aulus Vitellius durch Gallien stapfte und das Imperium an sich reißen wollte wie ein tyrannisches Kind ein begehrtes Spielzeug, wurde Vespasian noch wütender. Sowohl er wie auch seine kampferprobten Soldaten waren empört. Vitellius war in seiner Jugend einer der Adligen gewesen, die Tiberius bei seinen Ausschweifungen auf Capri unterhalten hatten. Er war Wagenrennen mit Caligula gefahren. Er war ein Vielfraß. Er war ein Säufer. Jetzt ließ er sich in einem extravaganten Triumphzug nach Rom tragen, überquerte Flüsse in girlandengeschmückten Barken, während sein riesiger Troß von Anhängern und Speichelleckern es sich auf Kosten der Bevölkerung gutgehen ließ, die Bauern ausplünderte und terrorisierte. Das entsprach in keiner Weise dem sabinischen Ideal von öffentlichem Dienst.

Doch Vespasian unternahm immer noch nichts. Nachdem er sie hatte antreten und den Treueeid auf ihren neuen Kaiser Otho ablegen lassen, befahl er ihnen vier Monate später mit ausdruckslosem Gesicht, wieder anzutreten und den Eid auf Vitellius zu leisten. Beide Male war sein Verhalten vorbildlich. Die Soldaten, bei solchen Gelegenheiten normalerweise ausgelassen, verharrten in einem überwältigenden Schweigen, als ihnen der Eid abverlangt wurde. Sie starrten Vespasian an. Vespasian starrte zurück. Ihre Stimmung war überdeutlich. Jeder Anwesende konnte sehen, wie bewegt der Oberbefehlshaber von Judäa war.

Aber er handelte immer noch nicht. Er wußte, daß die Machtergreifung nur der erste Schritt ist. Die Macht zu halten ist eine ganz andere Sache. Instinktiv verhielt er sich vorsichtig und bescheiden. Er lauschte dem Drängen seiner Freunde, bedachte die Risiken. Er blieb distanziert, wachsam, offenbar ruhig und gelassen, obwohl Titus ahnte und Caenis sich vorstellen konnte, was in ihm vorging. Viele Männer wissen, wann sie handeln müssen. Nur wenige wissen, wann sie besser abwarten. Vespasian ließ Otho und Vitellius die Sache unter sich ausmachen.

Otho starb würdig. In Brixellum, weitab vom Kampfgeschehen, hörte er, daß seine Armee, trotz früherer Erfolge und der schlecht gerüsteten germanischen Truppen, bei Betriacum vernichtend geschlagen worden war. Er traf die tapfere Entscheidung, seinen Verbündeten weiteres Blutvergießen zu ersparen. Nachdem er seinem engsten Stab Mut zugesprochen und für dessen Flucht gesorgt hatte, verbrannte er seine offizielle Korrespondenz, ordnete seine persönlichen Angelegenheiten und zog sich in sein Quartier zurück. Er trank ein Glas kaltes Wasser, prüfte die Schärfe von zwei Dolchen, legte den einen unter sein Kopfkissen und versank in einen ruhigen Schlaf. Bei Tagesanbruch wachte er auf und erdolchte sich mit einem einzigen Stoß. Er erhielt ein anspruchsloses Begräbnis und ein schlichtes Grabmal, das kaum widerspiegelte, wie sehr sein Ruf durch seinen mutigen Tod wiederhergestellt war.

Vitellius hatte für Othos schlichten Grabstein nur eine spöttische Bemerkung übring. Das war typisch für ihn.

In Moesien erfuhren drei Legionen, die hastig zu Othos Unterstützung aufgebrochen waren, daß er tot war, hörten, daß Vitellius von den germanischen Legionen zum Kaiser ausgerufen worden war, faßten eine spontane Abneigung gegen die Germanen, ebenso gegen Vitellius und entschieden, ohne von irgend jemandem darum gebeten worden zu sein, daß Moesien einen eigenen Kandidaten ausrufen würde. Die Theorie war nicht schlecht. Die Männer mußten sich nur noch für einen entscheiden.

Die Legionen in Moesien, unter denen sich auch die Dritte Gallica befand, ein Haufen gestandener Kerle, die erst vor kurzem aus Syrien hierherverlegt worden waren, setzten sich mit einer Liste aller römischen Statthalter und Exkonsuln, die sie ihrer Unterstützung für würdig fanden, zusammen. Doch einer nach dem anderen wurde als unpassend von der Liste gestrichen. Am Ende blieb nur noch ein Name übrig. Sie hielten eine demokratische Abstimmung. Die Beliebtheit des Mannes wurde einstimmig bestätigt. Daraufhin entfernten die Legionen in Moesien die Plaketten mit Othos Namen von ihren Standarten und befestigten statt dessen die des neuen Kaisers, den sie für sich bestimmt hatten.

Sein Name war:

VESPASIAN.

Am 1. Juli machte Tiberius Alexander, der Präfekt von Ägypten, an den Vespasian geschrieben hatte, um dessen Einstellung zu sondieren, diese Einstellung öffentlich deutlich. Alexander war ein Ritter, der es zu hohen Ehren gebracht hatte. Er hatte seine Laufbahn als Freigelassener Antonias begonnen und empfand daher all jenen gegenüber Loyalität, die einmal unter ihrer Schirmherrschaft gestanden hatten. Tiberius Alexander forderte seine Legionen auf, Vespasian den Huldigungseid zu leisten.

Gleichzeitig überredeten die Legionen in Moesien ihre Nachbarn in Pannonien, sich ihrer Sache anzuschließen; ihre pannonischen Nachbarn ermutigten die Legionen in Dalmatien, dasselbe zu tun. Ihnen folgte eine Provinz und ein Königreich nach dem anderen – Kleinasien, Achäa, Kappadokien und Galatien –, bis sich rund um das östliche Mittelmeer alle dem neuen Kaiser angeschlossen hatten. Spanien stand Vespasian freundlich gegenüber, Britannien ebenso. Am Morgen des 3. Juli beschlossen Vespasians Soldaten in Judäa aus eigenem Antrieb, ihn nicht länger als Statthalter zu begrüßen. Als er aus seinem Zelt trat, tauschten seine Leibwächter einen raschen Blick, begrüßten ihn mit *»Cäsar!«* und warteten dann trotzig ab, ob er sie dafür bestrafen würde.

Vespasian sprach ruhig mit ihnen auf seine soldatische Art. Die Nachricht verbreitete sich wie ein Lauffeuer: Er hatte die Nominierung angenommen. Noch am gleichen Tag, ohne Titus' Rückkehr von seiner Syrienreise abzuwarten, erhielt er den Treueeid seiner begeisterten Truppen. Man berichtete Caenis, Vespasian habe erfreut, aber verwirrt ausgesehen.

In Rom verbot Vitellius, Vespasians Namen auch nur zu erwähnen. Es war zwecklos; alle wußten Bescheid. Es würde einen neuen Bürgerkrieg geben. Wenn Vespasian ihn verlor, würden er, seine beiden Söhne, vermutlich sein Bruder und eventuell sogar die Kinder seines Bruders sterben. Wenn er in der Ferne starb, würde Caenis nicht einmal an seiner Beisetzung teilnehmen können.

Wenn er überlebte, würde es noch weit schlimmer für sie sein.

Caenis war davon überzeugt, daß es keinen besseren Mann im Reich gab für dieses Amt. Sie wußte ebenfalls, daß es völlig außer Frage stand: als Freigelassene würde sie Vespasians Leben nicht teilen können. Wie Neros Acte würde sie, als gewöhnliches Mädchen, das keinen Groll hegt, möglicherweise als passend erachtet werden, ihn gelegentlich zu unterhalten – aber nur in sorgfältig definierten sexuellen Bereichen. Genau die Qualitäten, die ihn einst zu ihr zurückgeführt hatten, würden ihn jetzt unvermeidlich von ihr trennen. Vespasian würde sich verhalten, wie es sich für einen Kaiser und für einen idealen Herrscher geziemte. Ihre wunderbare, gleichberechtigte Partnerschaft würde daran zerbrechen. Caenis hatte von Fortuna das größte Geschenk bekommen, das sie je hatte erwarten können. Mehr als ein Jahrzehnt hatte sie sich daran erfreut. Jetzt mußte sie es zurückgeben.

Als sie Aglaus die Freiheit gab, sagte sie zu ihm: »Ich habe beschlossen, daß ich am besten zurück in mein eigenes Haus an der Via Nomentana ziehe. Vielleicht könntest du es gegenüber dem Verpächter erwähnen.«

Aglaus wußte, daß sie ihre Grundpacht die ganze Zeit über weiter bezahlt hatte. Er hatte die Zahlungen selbst arrangiert. Es wurde zwar nicht darüber gesprochen, aber Aglaus war klar, daß Vespasian davon wußte. Die beiden Männer waren sich insgeheim einig gewesen: Ein Dickkopf war sie und unabhängig. Sie traute ihrem Glück nicht, hatte zwar volles Vertrauen in Vespasian, aber nicht in das Leben.

Aglaus war ein hervorragender Verwalter. Er hatte ihre Pacht stets diskret bezahlt und es unterlassen, sie damit aufzuziehen. Daher war Caenis erstaunt, daß er nur trübselig erwiderte: »Ich denke, das sollten Sie dem Verpächter lieber selbst sagen«, obwohl ihm sein neuer Status als freier Bürger größere Offenheit gestattete.

Nicht zum ersten Mal in diesem Jahr spürte Caenis, wie eine innere Kälte sie ergriff.

Nach kurzem Zögern sagte Aglaus: »Na ja, eigentlich ist das nicht nötig. Der Pachtvertrag wurde von jemand anderem erworben. Vespasian hat ihn gekauft, kurz bevor Sie nach Afrika gingen. Das war einer der Gründe, warum er so knapp bei Kasse war. Er hat es mir gesagt und mich gebeten, es Ihnen zu erklären, falls ihm etwas zustoßen sollte – allerdings glaube ich nicht, daß er dabei die jetzige Angelegenheit im Kopf hatte! Zur gleichen Zeit hat er sein Testament umgeschrieben, um Vorsorge für Sie zu treffen, aber er wollte, daß Sie etwas Eigenes haben, falls irgendwas schiefginge. Die Villa und der Grund und Boden, auf dem sie steht, gehören Ihnen schon seit Jahren. Er hat sie gekauft, aber die Urkunde lautet auf Ihren Namen.«

Caenis starrte ihn an. Aus irgendeinem Grund fiel ihr plötzlich Marius Pomponius Gallus ein, der Mann, den sie eigentlich hätte heiraten sollen und der ihr in seinem Testament (wie Vespasian damals gesagt hatte) wenig mehr als die Summe zum Kauf eines neuen Hutes hinterlassen hatte.

»Dann sagst du mir wohl besser«, bemerkte sie kühl, »was du und der alte Geizhals mit meiner Pacht gemacht habt.«

»In ein Bankkonto auf dem Forum einbezahlt – ebenfalls in Ihrem Namen –, ich kann Ihnen die Nummer nennen. Ein bißchen Kapital für Sie, sagte er.« Aglaus lächelte. Er war sichtlich davon überzeugt, ordnungsgemäß im Auftrag dessen zu handeln, den er als den Herrn des Hauses betrachtete. Typisch Mann. »Er tat das nicht nur, weil er dachte, daß er vielleicht vor Ihnen sterben könnte. Er sagte mir, es könnte ja sein, daß Sie seiner eines Tages überdrüssig werden ...«

»Hah!« schnaubte Caenis.

Aglaus schenkte ihr ein erneutes Lächeln. Er sah müde aus, machte sich Sorgen um sie. »Er wollte, daß Sie abgesichert sind, falls Sie ihm den Laufpaß geben und gehen.« Tja, genau das tat sie jetzt. Eine schmerzliche Stille trat ein. »Darf ich Sie etwas fragen? Haben Sie mir die Freiheit gegeben, weil Sie meinen, meine Treue zu Vespasian sei größer als meine Treue zu Ihnen?«

»Nein«, sagte sie.

Natürlich hatte sie es genau deswegen getan. Da er ein Geschenk von Narcissus war, hatte sie Aglaus weit über den Zeitpunkt hinaus behalten, zu dem er es verdient hätte, freigelassen zu werden. Jetzt, wo die Welt in Aufruhr war, warf sie Aglaus nicht vor, daß er sich dem neuen Kaiser anschließen wollte, den er bewunderte. Caenis hatte beschlossen, ihm die Wahl zu lassen. Außerdem wollte sie selbst frei sein, wollte ohne den Druck seines bissigen Sarkasmus und seiner mißbilligenden Blicke handeln können.

»Du und der neue Kaiser, ihr scheint ja dicke Freunde zu sein!«

Aglaus schaute ein bißchen verlegen, was für ihn äußerst selten war. Aber dann sagte er mit leiser, stetiger Stimme, die er offenbar Vespasian abgelauscht hatte: »Der neue Kaiser und ich, Gnädigste, hatten immer ein gemeinsames Interesse.«

Caenis ging nicht darauf ein.

Vielleicht erkannte sie zum ersten Mal die Veränderung ihrer jeweiligen Position an. Als seine Patronin, die sie nun war, suchte sie seinen Rat: »Willst du damit andeuten, daß ich einen Fehler mache?«

Der Mut des Freigelassenen wuchs. »Nein«, erwiderte Aglaus ruhig, weil er besser als jeder andere wußte, wie hoch ihre Maßstäbe waren. »Sie dürfen ihn nicht in Verlegenheit bringen. Wir haben beide im Palast gelebt. Wir kennen die miesen Regeln. Für uns ist jetzt kein Platz mehr bei Vespasian. Sie haben recht. Es ist Zeit, nach Hause zu gehen.«

Und so lebte Caenis wieder einmal allein. Als sie umzog, nahm kaum jemand davon Notiz. Rom versank im Chaos. Überall waren Soldaten, füllten die Lager, schliefen in den Portiken, verstopften die Vorhöfe der Tempel mit Zelten und Kohlebecken, quartierten sich wahllos bei Privatbürgern ein. Offiziere tauchten mit überflüssigen Eskorten in den Straßen auf und machten sich wichtig. Tagsüber waren die Straßen voll gelangweilter germanischer und gallischer Hilfstruppen – schäbige Gestalten in Tierfellen, die in Läden hineinlugten, Passanten belästigten, sich um Prostituierte stritten und über die Randsteine der ungewohnten Bürgersteige stolperten. Sie schwammen im Fluß, bis sie sich ein Fieber holten und eine Epidemie auslösten. Jede Nacht kam es zu Plünderungen. Bald waren die besten Villen verlassen und mit Brettern vernagelt. Ständig brachen Feuer aus. Sich aus dem Haus eines so prominenten Mannes zurückzuziehen schien ein weiser Entschluß. Aglaus bat sogar, mitkommen zu dürfen.

Da sie begriffen hatte, daß er meinte, einen Auftrag zu haben, verbot Caenis es ihm nicht. Er irrte sich natürlich. Caenis würde selbst auf sich aufpassen.

Es dauerte sechs Monate, bis der Bürgerkrieg beendet war. Sechs Monate voller Entbehrungen auf dem Land und Terror in Rom, bevor Vitellius zum Abdanken bewegt werden konnte.

Während dieser Zeit wurde Veronica krank. Sie wußte, ebenso wie Caenis, daß sie sterben würde. Caenis stattete ihr einen Besuch ab.

»Hallo, Veronica, ich hab dir ein bißchen sabinisches Obst mitgebracht.«

Der Schmerz hatte tiefe Falten in Veronicas einst so schönes Gesicht gegraben. Ihre Knochen traten hervor, die Wangen waren tief eingesunken. Sie würde Vespasians Rückkehr nach Rom nicht mehr erleben. Ihre Schönheit war verblaßt, ihre Vitalität geschwunden, sie war wie ein einst prächtiges Gebäude, dessen herabgefallene Steine nun von Moosen und Flechten überzogen sind.

»Oh, danke! Schön, daß du gekommen bist. Sprich mit mir, Caenis. Bring mich zum Lachen, mach mich wütend, egal was, damit ich vergessen kann! Erzähl mir von deinem gefährlichen Mann!«

Caenis hatte gehofft, dieses Thema mit Veronica vermeiden zu können. »Ich bin eine Freigelassene«, bemerkte sie knapp. »Vespasian hat nie mir gehört.«

Veronica legte das auf ihre Weise aus. »Ha! Sie spricht von der üppig ausgestatteten Königin von Judäa.«

Die schöne Berenike hatte offenbar nichts Eiligeres zu tun gehabt, als Vespasian auf großzügigste Weise ihre Unterstützung anzubieten. Praktisch, wenn man über eine Flotte verfügt, dachte Caenis. »Laß das!« warnte sie.

Veronica spottete: »Was – wie irgendwas Totes, das die Katze hat zwischen uns auf die Fliesen fallen lassen, und wir tun so, als hätten wir's nicht gesehen? Königin Berenike – das absolute Weltwunder ... Sei klug, kümmer dich nicht darum. Vielleicht stimmt es ja nicht mal.« Sie senkte ihre Stimme zu einem vertraulichen Murmeln. »Kommt er denn jetzt bald?«

Caenis ließ sich nicht dazu hinreißen, Indiskretionen preiszugeben. Das fiel ihr nicht schwer, da sie nur wenig wußte. Vespasian schrieb ihr inzwischen kaum noch. Sein letztes, farbloses kleines Briefchen hatte ihr nur mitgeteilt, daß es ihm gutgehe. Er behauptete, sie würde ihm fehlen. Caenis bezweifelte das. Geantwortet hatte sie nicht.

Also beschränkte sie sich auf das, was trotz aller Zensur allgemein bekannt war. »Nein. Er kommt nicht. Generäle, von denen wir noch nie gehört haben, Liebes, marschieren auf Italien zu mit Legionen, die exotische Götter verehren und deren Heimatländer wir auf keiner Karte finden können.«

»Und was heißt das?«

»Es gibt keine bestätigten Nachrichten, aber Sabinus teilt mir soviel mit, wie er kann. Soweit ich verstehe, ist vorgesehen, daß Vespasian nach Ägypten segelt, um sich die für Italien bestimmten Wintervorräte anzueignen. Das Brot wird bereits knapp. Die Profitgeier scheinen das mit ihrem ausgeprägten Geschäftssinn schon erkannt zu haben. Ein General namens Antonius Primus fällt mit den gesamten Legionen vom Balkan in den Norden Italiens ein, während dieser Mucianus den Hellespont überquert hat und unerwartet irgendwo an der östlichen Küste auftauchen wird. Primus hat den Spitznamen Adlernase und offenbar eine kriminelle Vergangenheit, obwohl Nero das nicht abgehalten hat, ihm eine Legion zu geben, während Mucianus ein öliger Schleimer ist, der mit allem schläft, was sich bewegt, vorzugsweise männlich. Vielleicht hofft Vespasian, im Gegensatz zu ihnen als makellos zu erscheinen!«

»Spießiger alter Kerl! Ich weiß nicht, wie du es mit ihm aushältst.«

»Hier bei uns machen, wie du weißt, Vitellius' Grobiane alles zu Kleinholz, und der arme Sabinus, der erneut zum Stadtpräfekten gewählt worden ist, bemüht sich, die öffentliche Ordnung aufrechzuerhalten und loyal den Befehlen des Mannes zu gehorchen, gegen den sein Bruder kämpft. Absolut lächerlich! Wie klug von dir, Liebes, im Haus zu bleiben.«

Veronica hatte nur mit halber Aufmerksamkeit zugehört. »Er wird's schaffen, dein Mann. Das ist ganz eindeutig. Genau das, worauf er immer gewartet hat. Es ist wunderbar.«

Trocken sagte Caenis: »Da warst du aber mal ganz anderer Meinung.«

»Ich«, erklärte Veronica stolz, »bin meinem Kaiser treu ergeben!« Dann, fast flehend, weil sie genau wußte, welche Haltung Caenis einnehmen würde: »Oh, ich bin nur ein häßliches altes Weib, das hier auf einer verschlissenen Liege dahinsiecht, mit kalten Füßen und einem langsam absterbenden Hirn – aber es wärmt mir das Herz, wenn ich an dich denke. Die Geliebte eines Kaisers! Caenis, du mußt es tun. Das schuldest du all den Mädchen im Palast, die in flohverseuchte Decken gehüllt auf kalten Steinböden schlafen und die Hoffnung haben, eines Tages, an einen besseren Ort zu kommen ...«

Caenis konnte es nicht länger ertragen. Ihre eigenen kindlichen Träume davon aus ihren Fesseln auszubrechen und in einem Damastkleid mit einer geschmacklosen Rubinkrone durch einen Thronsaal zu schreiten, waren längst tot. Sie wollte nichts anderes, als ihr Leben mit einem Mann teilen, dessen Gesicht leuchtete, wenn er sie anschaute. Schließlich gestand sie Veronica die Wahrheit: »In Pension geschickt, meine Liebe.«

»Niemals!«

Sie begannen, sich zu streiten, was genau das war, wovor Caenis sich gefürchtet hatte.

»Schau, Veronica, er und ich haben ein gleichberechtigtes Leben geführt, über zehn Jahre lang. Wenige Frauen sind ihren Ehemännern so nahe, wie ich es ihm gewesen bin. Wie kann ich mich auf weniger einlassen?«

»Er hat dich zurückgeholt.«

»Da war er noch Privatmann.«

»In sein Haus.«

»Aber es gibt keinen Platz für mich in seinem Palast.«

»Juno, Caenis, wie kannst du nur so dämlich sein? Wie kannst du nur so ruhig sein?«

»Realistisch.«

»Verrückt.«

Plötzlich zerriß etwas in Caenis. Sie fauchte ihre Freundin, die wahrscheinlich nicht mehr lange bei klarem Verstand sein würde, in einer Weise an, wie sie es sich noch nie zuvor erlaubt hatte: »Oh, ich bin nicht ruhig! Es ist die bitterste Ironie, und ich bin sehr wütend! Eine Freigelassene! O Juno, Veronica, ich wäre besser dran, wenn ich seine Sklavin wäre – dann könnte er mich wenigstens bei sich behalten, ohne daß die Öffentlichkeit Anstoß nimmt. Es ist unerträglich. Ich habe mich schon einmal damit abgefunden, ihn verloren zu haben, habe gelernt, ohne ihn zu leben. Jetzt bin ich zu alt, das noch mal durchzumachen. Ich bin zu müde, hab zuviel Angst davor, wie es sein wird, ihn nie wieder bei mir zu haben. Ich habe keine Kraft mehr, damit fertig zu werden.« Ihre Stimme brach in einem noch schmerzlicheren Ton. »Wenn er doch nur im Osten bliebe. Wenn er doch nie zurückkäme! Ich sag dir, lieber würde ich ihn an Königin Berenike verlieren, die ihren Onkel geheiratet hat und mit ihrem Bruder schläft, als Vespasian in Rom als Fremdem zu begegnen!«

Mühsam richtete Veronica sich auf ihrem mitleiderregend dünnen Arm auf und meinte verwirrt: »Aber du bist ihm wichtig!«

»Natürlich bin ich das!« brüllte Caenis. »Ich weiß es; sogar er weiß es. Er kam nach einer halben Ewigkeit zu mir zurück. Ich war dicklich und grauhaarig, übellaunig und aus der falschen Gesellschaftsschicht, aber er kam zurück. Ich kann mir nicht länger vormachen, daß ich dem Mann nichts bedeutet!«

»Du warst nie dicklich«, murmelte ihre treue Freundin.

Caenis fuhr fort, ohne auf sie zu achten. »Und jetzt bin ich wieder genau da, wo ich vor dreißig Jahren war. Nur ist es jetzt noch schlimmer, weil ich weiß, daß ich ihm etwas bedeute! Und doch muß ich wieder zurückstehen. Ich muß in sein Gesicht sehen – oh, dieses arme, traurige Gesicht –, während dieser liebe Mensch, der einzige aufrechte, ehrliche Mann, den ich je gekannt habe, mir wieder sagt, daß er mich verlassen muß!«

Schweigen erfüllte Veronicas Haus.

Caenis ging heim.

XXXIX

Als Caenis Flavius Sabinus das letzte Mal sah, regnete es in Strömen. Es war ein schrecklicher Winter gewesen. Auf dem linken Tiberufer hatte es verheerende Überschwemmungen gegeben. Der Stadtpräfekt kam müde und erschöpft in ihr stilles Zimmer, in dem man den Regen draußen vor den Fenstern kaum hören konnte. Sie führte ihn sofort zu einem glühheißen Kohlebecken, wo er sich trocknen und die alten Knochen wärmen konnte.

Es war der letzte Monat jenes ereignisreichen Jahres. In der Woche zuvor hatte Caenis einen Zahn verloren, was sie übermäßig mitnahm. Als sie sich, in eine Decke gehüllt, neben ihn hockte, zog Sabinus mit dem Finger den Mundwinkel zurück und zeigte ihr die halbe Reihe seiner eigenen fehlenden Zähne, woraufhin sie lachten und Vergleiche über das Einsetzen von Schmerzen, nachlassenden Appetit und den so viel leichteren Altersschlaf anstellten. Caenis beugte und streckte ihre Fingerknöchel, die glänzend und schmerzhaft waren, wahrscheinlich nicht von der Kälte, wie sie vorgab, sondern vom Rheumatismus.

»Wollte mal hören, wie es dir geht.« Sie war müde. Nacht für Nacht wachte sie aus ihrem Alptraum von Britannicus und Titus auf. »Domitian sollte sich eigentlich um dich kümmern, aber er ist viel zu sehr damit beschäftigt, Senatorenfrauen zu verführen.«

Vitellius hatte Domitian unter Hausarrest gestellt, doch es gelang dem Jungen immer noch, den kaiserlichen Draufgänger zu spielen. Der Aufstieg seines Vaters war Domitian zu Kopf gestiegen, im Gegensatz zu Titus, der, soviel man hörte, ganz vernünftig darauf reagierte. Titus sollte den Oberbefehl in Judäa übernehmen. Er würde verantwortlich für die Belagerung Jerusalems sein, obwohl er sich nach wie vor beim Kaiser in Alexandria aufhielt. Domitian saß hier bei seinem pedantischen Onkel Sabinus fest, ohne eine offizielle Rolle zu haben.

Vespasian machte, soweit bekannt war, keine Anstalten, Ägypten zu verlassen. In seiner Abwesenheit wuchs sein Ansehen in Rom stetig. Neuigkeiten aus Italien gelangten zu ihm, aber während des Winters erhielt Vitellius seinerseits keine Nachrichten. Das Schweigen erhöhte Vespasians geheimnisvolle Aura. Inzwischen machte sich die Kornknappheit schmerzlich bemerkbar. Wenn Vespasian mit den Kornschiffen kam, würde ihn die hungernde Bevölkerung nur um so begeisterter willkommen heißen.

Die Kämpfe der letzten sechs Monate strich man am besten schnellstens aus dem Gedächtnis. Roms Gleichgültigkeit gegenüber der Vernichtung anderer Völker stand im scharfen Gegensatz zu dem Unwillen, das Blut der eigenen Bürger zu vergießen. Daß Legionen gegen Legionen kämpften, Brüder durch die Hand ihrer Brüder starben, nahm Italien und die Stadt schwer mit.

»Ich habe viel an dich gedacht«, meinte Caenis zu Sabinus. »Deine Stellung als Stadtpräfekt muß doch furchtbar sein.«

Rom wollte, daß Sabinus auf diesem Posten blieb; für Rom fühlte er sich verpflichtet, es zu tun. Sabinus war ein äußerst angesehener Mann, angesehener als sein Bruder, wenn man es genau nahm. Er war zunächst für drei Jahre als Stadtregent gewählt worden, zu denen inzwischen noch acht weitere hinzugekommen waren.

»Tja. Aufregende Zeiten!«

Es war typisch für Sabinus, daß er die Probleme herunterspielte. Er blieb ein sanfter, freundlicher, hochgeachteter, wohlmeinender Mann, der verzweifelt versuchte, Vitellius zu überreden, sich in das Unvermeidlich zu fügen, ohne daß weiteres Blut vergossen oder die Stadt zerstört wurde. »Ich tue mein Bestes.« Sabinus starrte in das Kohlebecken, streckte seine Hände nach der Wärme aus. Der Widerschein der rotglühenden Kohlen huschte über sein besorgtes Gesicht. Jedes Stirnrunzeln, genau wie sein zurückhaltendes Lächeln, brachte die Ähnlichkeit mit seinem berühmten Bruder zum Vorschein.

»Du vollbringst Wunder. Aber trotzdem, Sabinus!«

Für einen flüchtigen Augenblick hatte Caenis erkannt, daß er ein alter Mann war, getragen von einem Ruf, der sich längst überlebt hatte, ein alter Mann, der zu Recht befürchtete, die Situation nicht mehr im Griff zu haben.

»Ich weiß. Sie hören auf mich, Caenis. Zumindest hoffe ich das.«

Sie taten es – noch.

Der Regen lief in langen, diagonalen Streifen über die kleinen Fensterscheiben. Sie sprachen eine Weile über die wenigen Nachrichten, vor allem über die Einnahme von Cremona. Der zu Vespasian übergewechselte Antonius Primus, der sich als ausgezeichneter Feldherr erwies, hatte die pannonischen Alpen überschritten, sein Hauptquartier in Verona aufgeschlagen und dann die große Arme des Vitellius bei Betriacum geschlagen, wo diese zuvor ihren eigenen Sieg über Otho errungen hatte. Der Lohn dafür war die verheerende Belagerung der nahe gelegenen Stadt Cremona, die schließlich von einem riesigen Feuer in Schutt und Asche gelegt wurde.

»Stimmt das alles?« wollte Caenis wissen. »Sag mir, daß es nicht so ist.«

»Leider doch. Die Stadt war randvoll mit Besuchern des jährlichen Handelsmarktes. Unwiderstehlich. Antonius hat nicht den Befehl gegeben, das Feuer zu legen – ich habe sein Wort darauf. Es begann während der Belagerung. Man konnte nicht von ihm erwarten, daß er vierzigtausend Männer zurückhielt, die gerade die berühmten germanischen Legionen geschlagen hatten und die nahe gelegene Stadt als ihre persönliche Belohnung betrachteten.«

Caenis war zornig. »Mord und Vergewaltigung, Vergewaltigung und Mord. Alte Männer und Kinder, herumgestoßen, verspottet und zusammengeschlagen. Frauen und kleine Jungen geschändet. Ein vier Tage währendes Gemetzel. Alles ausgeplündert. Plünderer, die sich sogar gegenseitig bestahlen. Und dann die ganze Stadt niedergebrannt! Nicht ein Haus, das stehen blieb – nur ein einsamer Tempel vor den Stadtmauern.«

Sabinus schaute beklommen. »Das ist das Fürchterliche am Bürgerkrieg; er ist brutal und grausam.«

»Vespasian trägt die Schuld!«

Für diesen leidenschaftlichen Ausruf wies Sabinus sie scharf zurecht: »Nein, nein! Er wird ihn beenden. Vitellius ist so unbeliebt, daß sich andere gegen ihn erheben würden, wenn mein Bruder es nicht täte. Das weißt du genau. Das Reich versinkt im Chaos. Vespasian ist der beste Mann, das mußt du zugeben. Die Aussichten, am Ende einen dauerhaften Frieden zu erreichen, sind mit Vespasian und seinen Söhnen am größten ...«

Caenis hatte sich bald beruhigt, aber Sabinus hatte schon immer die Angewohnheit gehabt, zuviel zu reden. »Nun gut. Und was passiert jetzt, Sabinus?«

»Unsere Truppen ruhen sich aus, feiern die Saturnalien und marschieren dann nach Rom. Ich bin in ständigem Gespräch mit Vitellius. Er hat mir versichert, daß er bereit ist, abzudanken.«

»Glaubst du ihm?«

In seiner Unschuld war Sabinus schockiert über diese Frage. »Das muß ich doch!«

Sie wollte ihn nicht entmutigen; er war ein guter Mann. »Gut, wenn du es sagst. Also ... der Kaiser Vespasian!« Ihre Stimme wurde weicher. Sie waren, daß wußten beide, beim Zweck seines Besuches angelangt. »Du brauchst nicht verlegen zu sein, Flavius Sabinus. Ich bin mir im klaren über das was getan werden muß. Ich habe deinen Bruder all diese Jahre nach Kräften unterstützt. Glaubst du, ich würde jetzt seinen Ruf aufs Spiel setzen? Du weißt, warum ich wieder in mein eigenes Haus gezogen bin.«

»Du bist den Flaviern eine gute Freundin.«

Es war ihm sichtlich peinlich. Sie wußten beide, was seine tapfere, prinzipientreue Frau dazu gesagt haben würde.

Caenis versicherte leise: »Die Flavier waren auch mir stets gute Freunde.«

Er begriff. Die Geliebte seines Bruders würde tun, was getan werden mußte. Caenis, die ehemalige Sekretärin, würde sich so verhalten, wie man es sie gelehrt hatte. Diskret und zurückhaltend. Mehr noch, sie würde es tun, egal was sein Bruder dazu sagen würde.

Flavius Sabinus legte den Kopf zurück und seufzte. »Das ist alles sehr traurig.« Caenis blieb stumm. »Sehr traurig«, wiederholte er düster.

Es war ihm durchaus ernst damit. Aber für ihn wie für alle anderen, denen das Wohl Roms am Herzen lag, zählte nun nur noch ein befriedigendes Ende all der Wirren durch den bestmöglichen Mann. Es war an der Zeit, mit der claudischen Vulgarität und den Skandalen Schluß zu machen, Zeit für flavische Disziplin, harte Arbeit und ein Leben im Dienste der Öffentlichkeit. Zeit für Vespasian, wieder ein ehrbares Leben zu führen.

Und obwohl er durchaus als tragisch empfand, was mit Caenis geschah, obwohl er sie mochte und seine verstorbene Frau sie sogar noch mehr gemocht hatte, war er der Meinung, sie habe eine gute Zeit gehabt und könne sich nicht beklagen. Seine Traurigkeit war eine, die man standhaft erträgt und dann beiseite schiebt.

»Ich habe vorgeschlagen«, meinte er freundlich, »daß du auf dem Landgut unserer Großmutter in Cosa leben könntest, falls du dich in Rom unwohl fühlst.«

Caenis sog scharf die Luft ein. »Und was sagt der Kaiser dazu?«

Sabinus bewegte sich unbehaglich. »Bisher noch keine Antwort.«

Widerstreitende Gefühle erfüllten sie. »Es ist sein liebster Aufenthaltsort!« protestierte sie schließlich.

Vespasians Bruder, der sie ebensolange kannte wie Vespasian selbst, sah sie mit einem Blick an, der eine Spur der flavischen Gesinnung durchscheinen ließ. Sie waren arm, aber sie beglichen ihre Schulden. Man würde mit unaufdringlicher Höflichkeit für Caenis sorgen. Und Cosa war schön weit weg. »Na gut. Denk darüber nach. Ich bin sicher, er wird es dir anbieten, wenn du es möchtest. Natürlich hast du recht, was Cosa anbelangt. Aber du«, erklärte der Stadtpräfekt unerwartet, »bist für meinen Bruder stets der wichtigste und liebste Mensch gewesen.«

Sabinus dachte an den Tag, als sie sie getroffen hatten, das magere, störrische, einsame Mädchen zwischen all den so gar nicht zu ihr passenden Parfümflakons und Salbentöpfchen. Er versuchte, nicht an den Ausdruck zu denken, den er an jenem Tag auf Vespasians Gesicht gesehen hatte.

In Vitellius' letzten Tagen bemühte sich Flavius Sabinus ununterbrochen, den Konflikt zu einer friedlichen Lösung zu bringen, bevor die beiden siegreichen Generäle Vespasians Rom erreichten.

Antonius Primus war auf die Reste von Vitellius' Heer gestoßen, ohne daß es zu weiterem Blutvergießen kam. Das war bei Narnia geschehen, sechzig Meilen nördlich von Rom. Caenis kannte Narnia. Es lag zwar an einer anderen Straße, aber nur zwanzig Meilen von Reate entfernt. Die Vitellier waren durch die umbrischen Berge marschiert, um sich Primus mit erhobenem Feldzeichen und wehenden Fahnen zu stellen – aber sie zogen ihre Schwerter nicht. Sie kamen durch den Straßendurchstich bei Narnia bis dorthin, wo Primus seine eigenen Männer in Schlachtenordnung und voller Rüstung zu beiden Seiten der Straße nach Rom hatte Aufstellung nehmen lassen. Schweigend teilte sich die flavische Armee und umschloß die Vitellier, bis die beiden Gruppen zu einer einzigen verschmolzen. In vielfacher Hinsicht war es der bewegendste Anblick des ganzen Krieges.

Jetzt wartete Primus darauf, daß sich ihm Mucianus, der durch eine Rebellion der Daker in ihrem Rücken aufgehalten worden war, in Ocriculum anschloß. Sie waren nur noch fünfundvierzig Meilen, etwa zwei Tagesmärsche, von Rom entfernt. Zwei Tage also nur noch, bis Rom von römischen Truppen eingenommen wurde. Nach der Zerstörung von Cremona war dieser Gedanke in allen Köpfen.

Vitellius war endlich bereit, abzudanken. Er verließ den Palast und gab eine entsprechende Verzichtserklärung auf dem Forum ab. Freunde versammelten sich im Haus von Flavius Sabinus, um ihm zu dem Geschick zu gratulieren, mit dem er die Situation gelöst hatte. Es war – offenbar – alles vorbei.

Doch als Vitellius versuchte, den Palatin zu verlassen, fand er alle Straßen durch Barrikaden blockiert. Weil er nicht wußte, wohin er sonst gehen sollte, kehrte er in den Palast zurück. Seine Unterstützer und Freunde schlossen sich ihm dort während der Nacht an. Gerüchte über diese Veränderung verbreiteten sich rasch. Als Stadtpräfekt gab Sabinus den Befehl an, die Truppen, in ihren Kasernen zu bleiben. Der Befehl wurde weitgehend ignoriert. Da er wußte, daß Mucianus und Primus schon so nahe waren, versammelte Sabinus seine Familie einschließlich seines Neffen Domitian um sich und brachte sie zum Kapitol, um dort bis zum Eintreffen der flavischen Generäle auszuharren.

Das Kapitol, unter den römischen Königen begonnen und von der Republik vollendet, hatte die Jahrhunderte überdauert, ohne jemals eingenommen worden zu sein. Es hatte Roms Einnahme durch marodierende gallische Stämme überlebt, hatte die Invasion von Lars Porsenna in einer Zeit überlebt, die so lange her war, daß niemand mehr wußte, ob sie Geschichte oder Mythos war. Die Zitadelle war einmal durch ein Versehen zerstört worden, aber nie im Krieg. Die Flavier schienen dort sicher zu sein.

Es war die Nacht des 18. Dezember. Wieder regnete es die ganze Nacht hindurch. In der Dunkelheit konnte niemand Freund von Feind unterscheiden, Parolen wurden nicht registriert oder überhört. Trotzdem war der von Vitellius um die Zitadelle geschlossene Belagerungsring so locker, daß Boten von Sabinus ohne weiteres hinein- und hinausschlüpfen konnten. Doch am nächsten Tag griffen vitellische Soldaten von zwei Seiten an. Einige stiegen die hundert Stufen vom Clivus Capitolinus hinauf, weitere kamen von der anderen Seite über die Gemonische Treppe. Was zunächst ganz harmlos ausgesehen hatte, wurde nun zu einer verzweifelten

Lage. Sabinus' Männer rissen Ziegel von den Dächern der Tempel, um sie auf die Köpfe der Angreifer zu werfen und kippten Statuen von ihren Sockeln zum Bau von Barrikaden. Irgendwann in dem ganzen Durcheinander wurde von der einen oder anderen Seite Feuer gelegt, das sich zunächst durch die tiefer gelegenen Häuser fraß und dann, während ganz Rom entsetzt zusah, auf den Tempel des Jupiter übersprang.

In diesem Tempel fanden die wichtigsten religiösen Zeremonien statt. Hier versammelte sich der Senat jedes Jahr zu seiner ersten Sitzung. Von diesem Tempel wurden die Statuen des Jupiter, der Juno und Minerva an Festtagen in die Stadt hinuntergetragen. Zu diesem Tempel brachten siegreiche Generäle ihre Kriegstrophäen. Er war mit Schätzen angefüllt. Das Dach war mit vergoldeten Bronzeschindeln gedeckt, die Türen waren mit Gold beschlagen, und im Säulengang hingen antike, in Bronze eingravierte Gesetzestafeln. Der Tempel hatte Hunderte von Jahren Roms Schicksal symbolisiert. Von ihm leiteten Dichter die berühmte Bezeichnung des »Goldenen Kapitols« ab. Er war das Herz des Römischen Reiches. Der Tempel des Jupiter auf dem Kapitol in Rom war das Zentrum der zivilisierten Welt. Am 19. Dezember im Vierkaiserjahr brannte der Tempel des Jupiter bis auf die Grundmauern nieder.

Viele der flavischen Verbündeten wurden getötet. Domitian versteckte sich im Haus eines Tempelwärters und entkam als Isispriester verkleidet aufs andere Tiberufer. Die Mutter eines seiner Schulkameraden nahm ihn auf und konnte zum Glück seine Verfolger überlisten, als diese auf der Suche nach ihm in ihr Haus kamen. Sabinus ergab sich. Er wurde in Ketten vor Vitellius geführt. Vitellius trat auf die Stufen vor dem Palast und wollte ihm offenbar Gnade gewähren, aber der Pöbel schrie nach Blut. Sabinus wurde erdolcht, sein Kopf abgeschlagen und seine Leiche über die Gemonische Treppe hinabgeworfen.

Er war in eine unmögliche Lage geraten, hatte versucht, mit einem aalglatten Schleimer in einer undankbaren Stadt zu verhandeln. Tragischerweie hatte er beide falsch eingeschätzt. Den aufrechtesten Mann von Rom ließ Rom hinschlachten wie einen Verräter.

Entsetzen erfaßte die Armee von Antonius Primus. Ohne noch länger auf Mucianus zu warten, stürmte sie über die Via Flaminia direkt auf Rom zu. Sie bewältigte die gesamte Distanz innerhalb eines Tages. Abgesandte von Vitellius und dem Senat wurden grob behandelt, obwohl eine Abordnung der Vestalinnen mit Höflichkeit empfangen wurde. Die restlichen Vitellier machten keine Anstalten, sich kampflos zu ergeben. Und so erstürmten drei Abteilungen der flavischen Truppen die Stadt. Sie drangen über die Via Flaminia, entlang des Tiberufers und durch die Porta Callina auf der Via Salaria ein – nicht weit von Caenis' Haus entfernt. Während die Bürger von ihren Balkonen wie Zuschauer bei einem Triumphzug erst dem einen, dann dem anderen zujubelten, lieferten sich die beiden Heere in den Straßen blutige Gefechte. Die Flavier gewannen – knapp. Vitellius wurde aus seinem Versteck in der Hundehütte eines Hausmeisters gezerrt, zu Tode geprügelt und seine Leiche auf die Gemonische Treppe geworfen, genau wie die von Flavius Sabinus am Tag zuvor. Vespasians General Licinius Mucianus traf gerade noch rechtzeitig ein, um Primus' Männer vom Plündern abzuhalten. Rom erschauderte und kam endlich zur Ruhe.

Domitian kroch aus seinem Versteck und zeigte sich den siegreichen flavischen Truppen. Sie jubelten ihm als Cäsar zu und trugen ihn im Triumph zum Haus seines Vaters. Im ganzen gesehen war Caenis froh, daß sie nicht mehr dort war, als der stolzgeschwellte Jüngling eintraf.

Flavius Sabinus erhielt ein Staatsbegräbnis.

Caenis teilte Vespasian in einem Brief die traurige Nachricht vom Tod seines Bruders mit. Sie warnte ihn vor dem Schock, den die Zerstörung des Tempels in Rom ausgelöst hatte. Und sie versicherte ihm, daß seinem jüngeren Sohn nichts passiert sei. Es war der 30. Dezember – Titus' Geburtstag; sie ließ Titus herzlich grüßen. Außerdem sandte sie ihnen ihre aufrichtigsten Glückwünsche für die flavische Dynastie.

Dann fügte Caenis einen mit äußerster Sorgfalt formulierten, für Vespasian allein bestimmten Nachsatz hinzu.

Ich habe seit dem Tag, an dem ich dich kennenlernte, gewußt, daß das Schicksal Großes für dich bereithält. Ich kann weder dir noch Rom etwas Geringeres wünschen. Ich habe dich so weit begleitet, wie es möglich war. Du mußt wissen, daß ich dir in der Zukunft keinen Anlaß geben werde, den Respekt und die Hingabe zu bedauern, die du mir in der Vergangenheit entgegengebracht hast. Wir sind, wie du einmal bemerkt hast, willensstark genug, den Regeln zu folgen. Du kennst mein Herz, hast es immer gekannt. Zusammen oder getrennt, meine Liebe zu dir wird sich nie ändern. Vielleicht hattest du recht, als du damals sagtest, wir hätten uns nie lieben dürfen, aber oh, Geliebter, ich bin so froh, daß wir es getan haben!

Auch jetzt noch fiel es Caenis nicht leicht, private Briefe zu schreiben. Doch das regelmäßige Kratzen der Feder auf dem Papyrus wirkte wie ein beruhigendes Echo des vor langer Zeit erlernten Handwerks, und so beendete sie ihre Arbeit mit jener Disziplin, auf die sie immer so stolz gewesen war. Als ordentliche Sekretärin säuberte sie dann die Feder von überflüssiger Tinte, bevor sie sie weglegte.

Im zwölfhundert Meilen entfernten Alexandria gab der neueste Kaiser von Rom ein Festmahl für den Gesandten des Partherkönigs Vologaeses. Ein halbes Jahrhundert lang waren die Parther die entschiedensten Feinde des Römischen Reiches gewesen. Jetzt hatten sie und der starke neue Kaiser Frieden geschlossen. König Vologaeses hatte Vespasian vierzigtausend parthische Bogenschützen angeboten – ein Angebot, das er dankend ablehnen konnte. In Alexandria ging es in diesem Moment fröhlich zu. Man feierte ein überschäumendes ägyptisches Fest.

Niemandem fiel bei all dem Gelärme auf, daß der Kaiser plötzlich ganz still wurde, als hätte er gehört, wie jemand seinen Namen rief.

XL

Vespasian schickte die Kornschiffe im Februar des nächsten Jahres los, sobald das Meer wieder schiffbar war. Er selbst wartete in Alexandria, bis das Wetter sich besserte. Ganze Abordnungen von Senatoren und Rittern überquerten verängstigt und seekrank unter düsteren Wolken das Mittelmeer, um sich seines Wohlwollens zu versichern. Er empfing sie würdevoll. Sie waren beeindruckt. Vor allem beeindruckte sie sein offenbar lockerer Umgang mit den gefürchteten Parthern.

Titus kehrte im April nach Judäa zurück. Er war jetzt Titus Cäsar. Der Freigelassene Narcissus hatte schließlich doch noch zu seiner Dynastie bekommen. Manchmal fragte sich Caenis, ob Narcissus das nicht von Anfang an klar gewesen war. Typisch für den alten Ränkeschmied, noch einen zweiten Plan in petto zu haben, falls der erste fehlschlug.

Vespasian hatte Titus den Brief von Caenis gezeigt. Er wußte, wie sein Sohn reagieren würde. Und er erklärte Titus kurz gewisse gesellschaftliche Fakten des Lebens. Titus sagte nichts. Keiner von beiden schrieb ihr. Titus hätte es nicht fertiggebracht. Was seinen Vater anging, der knurrte, daß es ein leichtes sei, einen Ochsen durch Telepathie zu zähmen, aber mit Frauen würde man besser fertig, wenn man Platz hätte, ein Seil um ihre Hörner zu schlingen.

Titus gab grimmig zurück: »Ja, ja – *du bist der Junge vom Land!*«

Es kam zu Unruhen in der Provinz Afrika, die nichts für Vespasian übrig hatte; in gewisser Weise bewarf Afrika ihn immer noch mit Rüben. Im Schwarzen Meer gab es einen Ausbruch von Piraterie, und einer von Vespasians Offizieren mußte hinsegeln, um ihn zu beenden. Im Norden von Britannien brach ein Bürgerkrieg aus. In Germanien kam es zu einem außerordentlich ernsten Aufstand, der mit etwas Glück und viel Elan von Vespasians Verwandtem Petilius Cerialis niedergeschlagen wurde. Obwohl sie an Caenis wie im Traum vorbeigingen, waren es Ereignisse, die Vespasians ganze Aufmerksamkeit forderten.

Domitian, der sich nie mehr bei ihr blicken ließ, hatte sich in Rom zum Stellvertreter seines Vaters aufgeschwungen. Er hielt eine bemerkenswerte Rede vor dem Senat, fand es dann aber schwierig, sich gegen Mucianus durchzusetzen, der in Wirklichkeit die formellen Machtbefugnisse eines Stellvertreters innehatte. Zunächst verhielt sich Domitian so, wie es seiner Stellung entsprach, schoß dann aber während des germanischen Aufstandes über das Ziel hinaus, als er versuchte, Cerialis in eine Verschwörung hineinzuziehen – ob gegen seinen Vater oder seinen Bruder, blieb unklar. Cerialis ließ sich nicht darauf ein. Domitian wurde degradiert und zur Ordnung gerufen. Daraufhin machte er sich zum Patron der schönen Künste, eine wesentlich passendere Art für den jüngeren Sohn eines Kaisers, seine Zeit zu vergeuden. Vespasian war wütend über die politischen Manöver, obwohl Titus – seinem Bruder gegenüber viel loyaler, als Domitian es umgekehrt je sein würde – sich mit seiner üblichen Diplomatie für ihn einsetzte. Besänftigt bestieg Vespasian das Schiff für die Heimreise.

Inzwischen hatte ihm der Senat auf einen Schlag alle Ehrungen und Titel verliehen, die frühere Kaiser einen nach dem anderen hatten einsammeln müssen. Zu diesem Zeitpunkt verlangte Vespasian keinen Triumph, und es wurde ihm auch keiner gewährt. Es gab eine alte Regel, nach der solche Ehren dem Sieg über äußere Feinde vorbehalten waren, nicht dem Vergießen römischen Blutes. Es würde später einen geben, einen Triumph für Jerusalem, das stand jetzt schon fest. Er würde Vespasian und Titus gemeinsam zuerkannt werden – Titus, der so hart und mit so viel Geschick darauf hingearbeitet hatte, seinen Vater auf den Thron zu bringen, und der die Bürde des Regierungsamtes von Anfang an mit ihm teilen sollte.

Vespasians Ankunft stand also unmittelbar bevor.

Rom konnte die Spannung bis zu seinem Eintreffen kaum mehr ertragen. Schließlich eilten ihm viele entgegen, manche fuhren sogar meilenweit, um ihn auf seinem Weg vom Süden zurück zu begleiten. Über die Stadt senkte sich eine seltsame Ruhe. In allen Dörfern auf seinem Weg wurde er mit überschäumender Freude begrüßt. Auf dem Land säumten ganze Familien seinen Weg und jubelten ihm zu. Noch bevor sie ihn sahen, wußten sie, daß ein Kapitel beendet war. Wenn er dann eintraf, waren sie erstaunt, wie gutmütig der Mann wirkte. Die Menschen hatten angenommen, seine neue Kaiserwürde habe eine imposante Veränderung bewirkt. Caenis hatte es ihm immer gesagt: Die Menschen besitzen keinen Verstand.

Als Vespasian in Rom einzog, waren alle Gebäude von oben bis unten mit Girlanden geschmückt, und die Luft waberte von Weihrauchduft. Caenis gestattete ihrer gesamten Dienerschaft, seiner Ankunft beizuwohnen. Sie selbst blieb zu Hause. Es gab keine Veronica mehr, die einen Balkon hätte mieten können. Außerdem würde jede Frau aus der Menge, die es wagte, dem Kaiser einen Teil ihres Mittagsmahls zuzuwerfen, von den Prätorianern am nächsten Gerüst aufgeknüpft werden. Aglaus, treu bis ins letzte, leistete Caenis Gesellschaft. Aus der Ferne drang fast den ganzen Tag der Lärm zu ihnen herüber. Das nahe gelegene Prätorianerlager machte die Sache noch schlimmer. Dort ging es an diesem Tag überaus lebhaft zu.

Aglaus hatte offensichtlich Angst, sie könnte etwas Unüberlegtes tun. Caenis beschränkte sich darauf, einen gründlichen Frühjahrsputz zu veranstalten.

Gegen Ende des Nachmittags tauchte der unvermeidliche kaiserliche Kammerherr auf. Vespasian war schon immer rücksichtsvoll gewesen. Caenis war klar gewesen, daß es zu einem kurzen Scheingefecht kommen würde: die freundliche Geste der Anerkennung seinerseits, die formelle Abdankung ihrerseits.

Der Kammerherr, der arme Hund, war ausgerechnet derjenige, der damals in Griechenland dem in Ungnade gefallenen Vespasian geraten hatte, zum Hades zu gehen. Aglaus hatte eine Zeitlang seine Freude daran. Caenis konnte durch eine halbgeöffnete Tür hören, was draußen vorging.

»Muß ein kitzliger Moment gewesen sein, als er in seiner hübschen neuen Purpurtoga auftauchte! Was hat er zu Ihnen gesagt?«

»Ich fragte ihn, ob ich etwas für ihn tun könne. Er sagte: ›Oh, geh zum Hades!‹ – und grinste.«

»Nett! Dieses Grinsen werden Sie noch liebgewinnen. Sie arbeiten also für ihn?«

»Bisher ja. Er hat sich geweigert, heute neue Anordnungen zu treffen. Das gab natürlich einige Verstimmungen, wie Sie sich vorstellen können. All diese griechischen Aale mit ihren hübschen kleinen Listen, die versuchen, sich bei ihm einzuschleimen. Er hat sie alle abgewiesen. Sie waren sowieso schon nervös, weil sie zugelassen hatten, daß Domitian sich im Palast breitmacht – es deutet alles darauf hin, daß der Papa dem jungen Prinzen schon ordentlich die Ohren langgezogen hat ... Das einzige, was Vespasian bisher getan *hat*, ist: er hat angeordnet, Besucher keiner Leibesvisitation mehr zu unterziehen. Da waren die Prätorianer natürlich völlig aus dem Häuschen! Er sagt, wegen allem anderen müsse er sich erst noch mit jemandem besprechen.« Aglaus stieß ein bitteres Lachen aus, weil er genau wußte, mit wem sich Vespasianus über häusliche Angelegenheiten zu besprechen pflegte. Der Hofbeamte wurde wieder förmlich. »Nun gut. So kommen wir nicht weiter. Sie führen mich besser zu Antonia Caenis.«

»Nur Caenis.«

Nachdem der Schlagabtausch vorbei war, wurde Aglaus äußerst

störrisch. Caenis lächelte über die Veränderung seines Ton. Seine Abwehr stand. Niemand würde an ihm vorbeikommen.

»Er will sie«, half der Hofbeamte nach.

»Ich werde es ihr sagen.«

»Ich muß sie sehen.«

»Sie wird Sie nicht empfangen. Hören Sie, wir hatten mit so was gerechnet. Sie sollen ihm ausrichten: ›Antonias Freigelassene dankt dem Kaiser dafür, daß er sich an sie erinnert hat, aber sie kann leider nicht kommen.‹«

Der Kammerherr war nicht sonderlich erpicht darauf, diese Botschaft einem Zwöfl-Liktoren-General mit schwer einschätzbarem Temperament vorzutragen. »Das kann ich nicht sagen!«

»Sie müssen. Solange Sie ihn nicht um Geld bitten, beißt er nicht. Übrigens, was Geld betrifft – das rückt er nicht freiwillig raus, und wenn Sie ihn darum bitten, beißt er jedesmal. Was das hier angeht, richten Sie es ihm exakt so aus – und treten Sie dann ein bißchen zurück, nur zur Vorsicht.«

»Oh, das kann sie nicht machen!«

»Doch, sie kann.«

»Außergewöhnliche Frau!«

Darauf sagte Aglaus: »Er ist ein außergewöhnlicher Mann.«

Dann war es vorbei.

Ihr Freigelassener ließ Caenis ein wenig Zeit, um sich zu fangen, dann stapfte er herein. »Alles in Ordnung?« Sie nickte, sagte aber nichts. »Brauchen Sie irgendwas?«

»Laß mich allein.«

»Ja, Gnädigste!« Er wartete.

»Was ist denn, Aglaus?«

»Falls Sie mich nicht mehr brauchen, würde ich gern einen Spaziergang machen. Hätten Sie etwas dagegen, wenn ich später einen Freund mitbringe?«

»Mach, was du willst«, erwiderte Caenis mißmutig.

Sie war sich durchaus bewußt, daß sich Aglaus, solange er ihr

Sklave war, die Freiheit genommen hatte, alle möglichen fragwürdigen Gestalten in ihre Küche einzuladen. Das hatte nie irgendwelche Probleme verursacht, also hatte sie keinen Grund gesehen, ihn zurechtzuweisen. Er hatte ihr die Mühe erspart, um Erlaubnis gebeten zu werden. Als sie ihm dann die Freiheit gab, hatte er mit einer Promptheit geheiratet, die ihr sagte, daß es sich dabei um eine längst etabierte Beziehung handelte; über Nacht waren drei Kinder aufgetaucht. Sie hatte im erklärt, daß sie darüber doch ein wenig verärgert sei, denn wenn sie informiert worden wäre, hätte sie die Gören wenigstens verwöhnen können.

Jetzt bellte sie ihn gereizt an: »Mach doch, was du willst. Rom hat einen neuen Kaiser, und es steht allen Bürgern frei, sich die ganze Nacht zu amüsieren.«

Er reagierte auf ihre Säuerlichkeit mit einem kurzen Auflachen. »Ist schon komisch, nicht wahr?« Später ging er, wobei ihm nicht wohl dabei war, sie in dem leeren Haus allein zu lassen.

Zu Recht: Caenis hatte in der Tat etwas vor.

Nachdem es im Haus ganz still geworden war, erhob sich Caenis mit schmerzenden Gliedern und ging in ihr Zimmer. Sie hatte nie viel Theater um sich gemacht, aber es gab eine Prozedur, die sie manchmal durchführte, und so widmete sie sich vielleicht eine Stunde lang ihrer eigenen Person mit der gleichen Gründlichkeit wie vorher dem Hausputz. Selbst Veronica wäre zufrieden gewesen.

Ihr Haus besaß eine eigene Wasserversorgung, daher wusch sie sich zunächst von Kopf bis Fuß den Schmutz ab. Sie badete zweimal. Veronica hatte immer behauptet, daß beim ersten Mal nur der Schmutz verteilt werden würde. Langsam, mit den Gedanken bei Veronica, ölte Caenis ihre immer noch elastische Haut ein. Das jahrelange Achten auf eine ordentliche Haltung, sowohl im Sitzen als auch im Stehen, dazu das regelmäßige Schwimmen hatten ihr eine gute Figur bewahrt. Ihr Leben war längst nicht so hart gewesen, wie sie es einst befürchtet hatte. Sie hatte nicht hungern müssen, stets genug Schlaf bekommen und Geld zur Verfügung gehabt, um Körper und Seele zu pflegen. Sie war nie sehr anspruchsvoll gewesen, hatte sich zunächst mit Rosenwasser und Mandelöl begnügt, dann später auch schon mal zu Parfüms und Salben gegriffen, die exotischer, teurer, seidiger im Auftragen, bekömmlicher für die Haut und unauffälliger waren. Diese benutzte sie jetzt, genoß das belebende Gefühl ihres frisch eingesalbten Körpers, eines Gesichtes, das gepflegt, aber nicht klebrig oder steif vor Schminke war, manikürter Hände, sauber duftender Haare.

In anderen Bereichen war das Leben großzügig zu ihr gewesen. Sie hatte Zufriedenheit und Seelenfrieden kennengelernt. Was auch immer jetzt mit ihr geschah, nie wieder würde sie dieses drängende Gefühl der Unerfülltheit erleben, gegen das sie sich als junges Mädchen so gewehrt hatte. Sie war als Sklavin geboren. Jetzt besaß sie den Rang einer römischen Bürgerin. Sie hatte zu einer Familie gehört. Nicht als Sklavin, nicht als Freigelassene – als eigenständige Person und aus freien Stücken war sie Flavierin geworden.

Caenis entschied sich für ein leichtes, formelles Gewand, in dem sie sich immer anmutig und graziös gefühlt hatte, und befestigte es an der Schulter mit zwei britannischen Broschen, die mit blauen Steinen besetzt waren. Kein anderer Schmuck ... Überhaupt keiner. Den goldenen Armreif hielt sie in der Hand.

Sie ging zurück in das Zimmer, wo sie zuletzt mit Aglaus gesprochen hatte. Bei seiner Rückkehr würde er dort nach ihr schauen. Sie setzte sich. Es kam ihr vor, als würde sie sich auf Antonias Diktat vorbereiten. Bewußt machte sie ihren Kopf frei von allen Gedanken und allem Schmerz, von allen Überlegungen die Zukunft betreffend, von allen Sehnsüchten nach der Vergangenheit.

Sie fühlte sich wie Kleopatra, ihres Marcus Antonius beraubt. Caenis, die selbst den Namen des Marcus Antonius trug, wartete wie Kleopatra darauf, daß der letzte triumphierende Römer in ihren Palast eindrang und sich ihr entgegenstellte. Kleopatra, in ein Blau gehüllt, das klarer und tiefer war als Enzian: Kleopatra, besiegt, am Tag ihres Todes.

XLI

Rom, Stadt des Lichts.

Aglaus hatte seinen Freund auf dem Palatin gefunden. Jetzt gingen sie gemeinsam vom alten Verwaltungspalast über das östliche Ende des Forums auf den Quirinal zu. Sie bewegten sich schnell, weil es nach all der Aufregung des heutigen Tages nicht der richtige Zeitpunkt für einen gemächlichen Spaziergang war. Inzwischen waren nicht mehr viele Menschen unterwegs. Manche nahmen keine Notiz von den beiden Männern, andere sahen ihnen verloren nach, als sie unauffällig in Richtung der Porta Viminalis verschwanden.

Auf dem Forum waren sie stehengeblieben. Sie hatten es von der Via Sacra aus beim runden Tempel der Vesta mit seinem spitzen Dach und dem unverwechselbaren Gitterwerk betreten. Zur Linken, hinter der Basilika Julia und dem massiven Portikus des Saturntempels, war gerade noch das Tabularium zu erkennen, solide wie eine Hafenmauer am Rande des Kapitols. Darüber, auf der Hügelkuppe, zeigte sich ihnen ein schockierendes Bild. Das glitzernde Dach des Jupitertempels war verschwunden, genau wie der Tempel selbst. Alle weiter unten stehenden Gebäude waren geschwärzt, manche standen gefährlich schief, von anderen waren nur noch Mauerreste übriggeblieben, die schroff gezackt in den Abendhimmel ragten. Ganz rechts neben dem Gefängnis, verlassen und trügerisch in Sonnenlicht getaucht, lag die Gemonische Treppe, über die man die Leichen von Verrätern hinabwarf.

Ohne ein Wort gingen sie weiter.

Es war die Zeit des Abends, die einem den Atem nahm. Das letzte Sonnenlicht vor Einsetzen der Dämmerung verzauberte Rom allabendlich, wenn die Basaltblöcke der Gebäude und des Straßenpflasters ihren eigenen Glanz zurückzuwerfen schienen, eine Aureole weichen Lichts ausströmten, leicht rosig gefärbt, als hätten alle Steine der Stadt das Licht zusammen mit der Tageswärme eingefangen und würden es jetzt langsam freisetzen. Der Freigelassene mit dem bläulichen Kinn lächelte.

Eine Stadt der Statuen. An jeder Kreuzung, auf jeder Ebene, vor und neben jedem Tempel, um alle Plätze herum: Gesichter, die beide Männer so gut kannten, daß sie sie normalerweise kaum wahrnahmen, wurden an diesem Abend plötzlich lebendig. Einige Augenpaare starrten gelassen über ihre Köpfe hinweg, andere folgten ihnen. Die Götter, die Generäle, die Cäsaren – gleichmütige, edle Gesichter in vergoldetem Marmor und Bronze, bald ergänzt durch Vespasians gerunzelte Stirn und seinen unbekümmerten Gesichtsausdruck. Als er Aglaus' Gedanken erriet, lächelte auch sein Begleiter schwach. Er wirkte ironisch.

Eine Stadt des Wassers. In den Brunnen plätscherte es nur schwach, nachdem Millionen von Gallonen über die Aquädukte in die Badehäuser geflossen waren, die Priorität hatten. Ein feiner Wasserschleier wehte von den Springbrunnen auf die verlassenen Straßen. Zuweilen, wenn sie an einem eingemauerten Abfluß vorbeikamen, hörten sie das Rauschen des Wassers, das von den Bädern in die riesigen Kanäle der Cloaca Maxima floß.

Die Römer waren in ihren Häusern. Nach der jubelnden Erregung beim langerwarteten Eintreffen des Kaisers am Nachmittag war nur noch Unrat und Abfall auf den Straßen zurückgeblieben. Alle waren zu Hause, aßen eine Kleinigkeit und verglichen lauthals das, was sie am Nachmittag zu sehen bekommen hatten. Später am Abend hatte sich jeder einzelne von ihnen nach Tribus und Bezirk zu einem festlichen Dankesmahl einzufinden, wie eine große fröhliche Familie unter dem väterlichen Vorsitz ihres Kaisers.

Nachdem der Kaiser nun endlich in die Stadt eingezogen war, hatte sich Rom entspannt. Er würde, da es nun einmal da war, in

Neros scheußlichem Goldenem Haus wohnen. Eben kamen sie an dem vergoldeten, mit Edelsteinen geschmückten Eingang vorbei, zu dem ein dreifacher Säulengang vom Forum herführte. Davor stand der riesige Bronzekoloß: Nero mit seiner Strahlenkrone, der alle anderen Gebäude hoch überragte und schon von weitem zu sehen war.

Irgendwas mußte mit dem Ganzen passieren, das hatte Vespasian bereits angeordnet. Das ausgedehnte Gelände um das Goldene Haus mußte so bald wie möglich wieder öffentlich genutzt werden können. Und was den Rest betraf, vielleicht war es am besten, alles einzureißen, den riesigen See aufzufüllen und darüber etwas zu erbauen, das ganz Rom zugute kam: irgend etwas Erstaunliches, das die Stadt vereinen und die Welt in Verwunderung versetzen würde ... Titus und er konnten genausogut im alten Palast von Tiberius und Caligula wohnen. Der Palast mit den hohen, kalten Fluren, selten benutzten Prunkgemächern, verlassenen Büros. Und versteckten Vorratskammern.

Er hatte nach Caenis gefragt. Man hatte ihm berichtet, was sie gesagt hatte.

Im Goldenen Haus hatte der Kaiser, nachdem man ihm sein Gepäck gebracht hatte, seinen Hausgöttern ein persönliches Opfer dargebracht. »Wer hat dafür gesorgt, daß meine Laren hier sind?«

Seine neben ihm stehende Enkeltochter Flavia zischte durch die Zähne: »*Na, wer denn wohl?*«

Caenis.

Danach sprach Flavia Domitilla gerade lange genug mit ihrem Großvater, um sein Geschenk entgegenzunehmen und ihm dann mitzuteilen, daß er in bezug auf Caenis ein prinzipienloses Schwein sei. Kaiser Vespasian sollte berühmt dafür werden, daß er den Menschen erlaubte, offen mit ihm zu sprechen. »Danke, daß du mir deine Meinung mitgeteilt hast«, grollte der Großvater. »Komm her und gib mir einen Kuß.«

»Nein«, sagte Flavia. Er sah sie mit bittendem Blick an. Sie wußte, was Caenis sagen würde. Also ließ sich Flavia dazu herab, ihrem Großpapa, den sie sehr gern hatte, einen flüchtigen Kuß zu geben.

Leicht erschüttert hatte der Kaiser nach einem Schlafzimmer verlangt – nichts zu Ausgefallenes und nichts, was Nero je benutzt hatte –, wo er vor dem abendlichen Bankett seine alten Knochen ein wenig ausruhen konnte. Jemand, der weder Sinn noch Verstand besaß, hatte ihn gefragt, ob man ihm ein Mädchen besorgen solle. Er hatte den Mann nur angestarrt.

Dann sagte der Kaiser nein, vielen Dank, er habe es immer vorgezogen, sich seine Mädchen selbst zu besorgen.

Aglaus und sein Freund hatten die Porta Nomentana erreicht. Sie gingen jetzt noch schneller, denn hier schauten sie die Leute neugierig an. Die Via Nomentana, Heim einer berühmten Anwohnerin, hatte am heutigen Tag etwas Besseres erwartet als den am Nachmittag erfolgten Besuch eines einzelnen, schäbigen Kammerherrn. In der kleinen Gruppe, die sich vor dem Tor eingefunden hatte, war Enttäuschung, gemischt mit vager Hoffnung, zu spüren. Aglaus nickte allen zu, die ihn begrüßten. Er wirkte gehetzt und unfreundlich. Sein Begleiter, bescheiden in einen alten, maulbeerfarbenen Umhang mit halb abgerissener Spange gekleidet, sah auf liebenswerte Weise schüchtern aus. Hinter ihnen fing ein Hund an zu bellen, doch als Aglaus wütend herumfuhr, schlich er davon.

Aglaus klopfte an die Haustür. Obwohl die Parade längst vorbei war, hatte sich der Pförtner noch nicht zurückbequemt. Der Freigelassene fluchte kurz und fischte dann seinen eigenen Schlüssel heraus. Rasch schloß er das beeindruckende Eisengitter auf, wobei er jetzt ununterbrochen redete. Er wurde allmählich nervös. Die tödliche Stille in dem verlassenen Haus ließ ihn unwillkürlich frösteln.

»Kommen Sie herein. Passen Sie auf, wo Sie hintreten. Der Boden könnte noch feucht sein. Sie betreten das vermutlich sauberste Haus in Rom. Vorsicht, rutschen Sie nicht auf den Kacheln aus.

Lassen Sie mich Ihnen diesen scheußlichen Umhang abnehmen. Heute war ganz Rom auf den Straßen, aber in diesem Haus wurden die Möbel poliert und die Wände abgewaschen. Ganz Rom ist auf den Beinen und jubelt dem Kaiser zu, aber die Herrin unseres Hauses stopft sich den Rock in den Gürtel und schrubbt die Latrine aus. Wir, mein Herr, haben die Nippes auf unseren Anrichten neu sortiert, unsere Treppen gewischt und die häßlichen, vertrockneten Dinge rausgestochert, die in dunklen Ecken unter den Betten lagen ...«

Aglaus senkte die Stimme, als sie das Atrium durchquerten.

Er ging voraus. Auf diese Weise war Caenis vorgewarnt, seinem Begleiter noch ein kurzer Aufschub gegönnt und Aglaus in der Lage, den Spaß voll zu genießen.

»Gnädigste?«

Er öffnete die Tür bis zum Anschlag. Inmitten der gedämpften Gerste- und Buttermilchfarben ihres Hauses erstrahlte etwas leuchtend Saphirblaues. Caenis saß aufrecht auf einem Stuhl gegenüber der Tür. Sie hielt ihren schlichten Goldarmreif zwischen beiden Händen in ihrem Schoß und sah aus, als hätte sie Kopfschmerzen. Ihre Augen waren geschlossen. Sie saß vollkommen still. Jemand sog scharf die Luft ein.

Die Stickerei am Hals ihres leuchtendblauen Kleides schimmerte auf, als sie sich unwillkürlich bewegte. Anzunehmen, sie sei nicht so lebendig wie eh und je, hieß, sie völlig falsch einzuschätzen. Sie war bleich, aber adrett, wach, bereit, mit ihrer wunderbaren Sturheit zu reagieren.

»Gnädigste, ich möchte Ihnen meinen Freund vorstellen.«

Sie öffnete die Augen, schaute auf, funkelte ihn an. Aglaus schluckte. Der Mann hinter ihm runzelte die Stirn.

Caenis setzte die zurückhaltende Miene einer erstklassigen Sekretärin auf, die gerade zum unpassendsten Moment aufgefordert worden ist, sich einem seitenlangen, unleserlichen Entwurf zu widmen. Doch bevor sie etwas sagen konnte, verkündete ihr Freigelassener mit einer Klarheit, die auf gründliches Üben hindeutete: »Antonia Caenis – hier ist Titus Flavius Vespasianus, Eroberer von Britannien und Held von Judäa; *Vespasianus Cäsar Augustus – Konsul, Oberpriester, Vater seines Landes und Kaiser von Rom!*«

Ihr sabinischer Freund. Sie hatte ihn natürlich erwartet.

XLII

»Hallo, Caenis.«

Er betrachtete sie aus seinen dunklen Augen, ohne zu lächeln.

»*Heil Cäsar!*« gab Caenis zurück und versuchte, es nicht wie eine Beleidigung klingen zu lassen. Er nahm es ruhig hin. Nach einem Jahr ägyptischer Schmeicheleien war er wahrscheinlich daran gewöhnt.

Caenis sah, wie Aglaus nervös das Gewicht verlagerte.

»Keine Sorge«, versicherte ihm Vespasian, ohne sich zu rühren. »Das erste, was sie je zu mir gesagt hat, war: ›Spring doch in den Styx‹.« Von vorn gesehen, war sein Kopf nun vollständig kahl. Aber sein Charakter würde immer durch das Licht in seinen Augen und sein markantes Gesicht unverkennbar sein. »Wie du sehen kannst, bin ich immer noch da.«

»Und wie lange«, murmelte Aglaus nun ganz devot, »werden Euer Majestät hierbleiben?«

Seine Majestät verkündete drohend: »So lange wie nötig.«

Aglaus machte auf dem Absatz kehrt, ging hinaus und schloß die Tür hinter sich.

»Bleib sitzen«, sagte er, während er auf sie zu ging. »Ich bin diese aufspringenden Leute leid.«

Sie stand nicht auf. »Was machst du hier?«

Er zog seine Schuhe aus. Mit langsamen Schritten ging er zu einer Liege. »Was machst *du* hier?«

»Ich wohne hier.«

»Du wohnst bei mir.«

»Ich kann nicht kommen.«

»Ich bin gekommen, um dich zu holen.«

»Das werde ich nicht zulassen.«

»Überstimmt durch das Privileg meiner Stellung!«

»Nicht in meinem Haus.«

»Na gut.« Vespasian ließ sich auf die Liege sinken und stützte sich auf dem Ellbogen auf. »Ich habe nichts zu essen mitgebracht, weil du zum Essen zu mir kommst. Titus hat dir ein Paar persische Pantoffeln geschickt. Dein Freigelassener hat sie, falls du beschließen solltest, sie heute abend zu tragen. Zu Hause wartet ein großer Ballen tyrische Seide auf dich, ein bißchen Kristall aus Ptolemais und ein oder zwei ganz anständige Bücher, die ich für dich in Alexandria gefunden habe. Und außerdem – falls du es möchtest – ein großes Verlangen danach, mit dir ins Bett zu gehen.«

Einen bedeutungsvollen Moment lang trafen sich ihre Blicke.

»Du willst es nicht«, bemerkte er, um sie zu prüfen. Sie wollte durchaus, und er wußte es.

Ihm blieb nicht viel Zeit. Die Prätorianer würden bald in der ganzen Stadt nach ihrem verlorenen Schützling suchen, um nicht zum Gespött zu werden. Er hatte sich zu einem letzten Spaziergang als Privatbürger weggestohlen. Kaiser konnten nicht einfach unbegleitet durch die Straßen schlendern.

»Nun komm schon! Ist es wegen Berenike? Soll ich's dir erklären?«

Caenis war hin- und hergerissen zwischen Erleichterung, Stolz und schierer Aufsässigkeit. »Nein danke, ich bin bestens informiert: *Nach der Zerstörung Jotapatas wurde Vespasian in Caesarea Philippi von König Agrippa – und von dessen Schwester – freundlich aufgenommen.* Hohe Maßstäbe für eine freundliche Aufnahme in Caesarea Philippi! Wenn du dich schon mit einer Nutte abgeben mußt, mein Lieber, macht es natürlich mehr her, wenn es eine mit Smaragden behangene und gekrönte ist. Man sagte mir, sie sei vierzig, aber hinreißend.«

Er lachte tatsächlich. Es war ein sanftes, ansteckendes Lachen. »Oh ja, sie ist ein hübsches Mädchen!« meinte er dann lakonisch.

Caenis wurde noch sarkastischer. »Und Titus bewundert sie auch? Was hat sie doch für einen Familiensinn! ... Tut mir leid.« Sie stritt so ungern.

»Ist schon in Ordnung.« Er auch.

»Oh, du bist so verständnisvoll, daß ich spucken könnte!«

Plötzlich merkte Caenis, daß ihr Berenike völlig egal war. Titus sollte sich angeblich ernsthaft in die Frau verliebt haben; am besten, man beließ es dabei. Es würde noch genug Mühe kosten, dafür zu sorgen, daß dieser verdammte Romantiker Titus nicht zu sehr verletzt wurde.

Natürlich war es nicht ihre Sache, sich Sorgen um den Sohn des Kaisers zu machen.

Caenis warf einen Blick auf Vespasians Füße. Jeder wußte, daß bei der Belagerung Jotapatas ein Pfeil seinen Fuß durchbohrt hatte. Es hatte so stark geblutet und geschmerzt, daß Vespasian ohnmächtig geworden war, worauf in der Armee Panik ausbrach, bis Titus entsetzt herbeigaloppierte, weil er ihn für tot hielt. Jetzt hob Vespasian rasch den einen Fuß, damit sie die Narbe betrachten konnte. Ihr ging auf, daß Königin Berenike vermutlich keine zwei Unterhaltungen gleichzeitig mit ihm hatte führen können. Er war ein sehr zurückhaltender Mann.

Vespasian starrte sie an. Caenis starrte finster zurück. Er war tief gebräunt, ganz in Purpur gekleidet – die schweren, steifen Falten hingen fast bis auf den Boden herab und waren mit so viel Gold durchwirkt, daß es sie fast blendete. Um den Halsausschnitt rankten sich gestickte Akanthusblätter. Ihr vertrauter Freund war zu einer Scheußlichkeit geworden. Zum Glück hatte er wenigstens seinen Lorbeerkranz daheimgelassen; sie hätte es nicht ertragen, ihn mit seinem zeremoniellen Kopfschmuck zu sehen.

Und doch sah das alles richtig und passend aus. Er wirkte nüchtern wie immer in seiner neuen Pracht, etwas mitgenommen nach einem langen Tag und völlig gleichgültig gegenüber der Wirkung, die all diese Farbenpracht und die Goldlitzen auf andere machen mußten. Er war der richtige Mann für Rom. Rom erwartete von diesem Mann und seinen begabten Söhnen gesunden Menschenverstand und Stabilität. Rom würde nicht enttäuscht werden: ein ruhiges Leben mit hohen Steuern, Gerichten, die ihrer Arbeit nachgingen und nichts mehr verschleppten, sowie eine Periode sachlichen Bauens. Ordnung in den Provinzen und gute Waren auf den Märkten. Förderung der Redekunst bei gleichzeitiger Ablehnung der Philosophie als zu gefährlich: altmodische Beamtentugenden. Ermutigung von Musik und Kunst in bescheidenem Rahmen; viel Arbeit für Lehrer, Buchhalter und Ingenieure. In sicheren, sauberen Straßen schlichte Statuen eines liebenswürdigen Kaisers, dessen Lebensart einst nur für ihre Einfachheit berüchtigt sein würde.

Keiner der Cäsaren hatte sich je eine Konkubine gehalten. Doch würde das nach den Ausschweifungen der Claudier irgend jemand bemerken? Würde sich irgend jemand darum scheren?

Sie schwiegen gemeinsam, wie nur Freunde das können. Je länger er blieb, desto schwerer würde der Abschied sein, doch Caenis fühlte sich durch seine Anwesenheit in einer Art beruhigt, wie sie es nicht zu hoffen gewagt hatte. Sie konnte unmöglich so tun, als stände sie ihm feindselig gegenüber. Dazu waren sie in der Vergangenheit zu offen miteinander gewesen.

Vespasian dachte an den Astrologen beim Balbustheater, der damals gesagt hatte, ihr Gesicht würde nie eine Münze zieren. Auf der Vorderseite der Münze der alte Mann mit verlegenem Grinsen, auf der Rückseite nur irgendeine passende religiöse Szene: vielleicht Mars oder Fortuna. Er brauchte eine Münzemission und würde sich bald entscheiden müssen, wie sie aussehen sollte.

Aber nicht Caenis, nein. Wenn er an all die aufgeputzten Lärvchen dachte, die es durch die Münzanstalt geschafft hatten – Messalina mit den angepappten Locken um ihr fettes Gesicht oder die steife Livia mit ihrer langen Nase und dem wilden Blick oder, am schlimmsten von allen, Agrippina –, dann war er froh. Caenis paßte nicht in diese irrsinnige Gesellschaft und würde zum Glück nie dazugehören. Außerdem würde kein Prägstockschnitzer ihren Charakter richtig einfangen können. Und ihm, Vespasian, würde es nicht gefallen, sie zu einer mißmutig starrenden Nörglerin mit unmöglicher Frisur entwürdigt zu sehen: Caenis, die durch die schmierigen Finger von Fischhändlern und Hurenböcken glitt, Caenis, die in allen Außenposten des Imperiums in den Straßenstaub fiel und durch die Siele rutschte, Caenis, die in den Grundstein jeder Kaserne und Basilika eingemauert werden würde.

Und doch hatte der Mann in seiner schäbigen Bude es gewußt: Sie war die wahre Rückseite seiner Lebensmünze.

»Ich hab dir so viel zu erzählen!« Seine Stimme war sanft. Als er bemerkte, wie steif sie ihn ansah, fügte er sarkastisch hinzu: »Und zweifellos hast du auch das eine oder andere, was du gegen mich vorbringen willst.«

Gewiß: Cremona, die flavischen Generäle, Domitian, Sabinus und was Vespasian sich eigentlich dabei gedacht hatte, sich zu dieser Wunderheilung in Alexandria verleiten zu lassen ... Caenis erwähnte nichts davon. Zum einen wußte er es selbst. Zum anderen stimmte er wahrscheinlich mit ihr überein.

»Ich bin Republikanerin«, sagte sie statt dessen.

»Jeder Kaiser sollte sich einen halten«, erwiderte er geduldig.

»Ich werde immer sagen, was ich denke.«

»Wunderbar!« Er richtete sich abrupt auf. »Schau mich an, Caenis! Schau mich einfach nur an, ja? Nun?«

»Was?« Sie tat so, als wisse sie nicht, worauf er hinauswollte. Sie bemerkte, daß er Lachfältchen in den Augenwinkeln hatte, weiß eingekerbt vom grellen Licht der Wüstensonne. »Was?« wiederholte sie brummig, obwohl sie es wußte.

»Schau her! Der Mann, der hier auf deiner Liege zusammengeklappt ist, ist Vespasian – älter, kahler, beleibter, ein bißchen borstiger und viel langsamer. Erschöpft vor Trauer und der orientalischen Küche überdrüssig, aber immer noch dein Mann ... Warum kommst du nicht mit?« fragte er, und seine Stimme sank um einen Halbton ab.

»Ich würde Schande über dich bringen.«

»Das bist du mir wert.«

»Oh, hör auf, mich anzustarren!«

»Hör du auf herumzuschimpfen! Ich schau dich nur an. So eine Erleichterung, wieder mit dir im gleichen Zimmer zu sein. Dich zu sehen. Deine Stimme zu hören ... Mich zu fragen, wer von uns beiden gewinnen wird.«

»Du genießt das auch noch!«

»Natürlich. Ich hab mich so danach gesehnt, mich mit dir zu kabbeln.« Caenis war unendlich müde. Sie wußte, daß er es ihr ansah. Er bot ihr an, ihr die Bürde abzunehmen. »Dein Haus war immer so wunderbar friedlich, mein Mädchen ... Du siehst ganz erschöpft aus. Hast du heute schon irgendwas gegessen?«

»Nein.«

Vespasian griff nach der Klingel, aber sie hielt ihn mit einem heftigen Kopfschütteln zurück. Er warf ihr einen Blick zu, der besagte, sie würde heute abend etwas Anständiges essen, und wenn er ihr persönlich die Kiefer auseinanderzwingen müßte, um es ihr einzuflößen wie einem kranken Hund, der seine Medizin schlukken muß. Caenis schaute zu Boden. Als sie wieder hochsah, blies Vespasian ihr einen Luftkuß zu wie ein schmachtäugiger Junge, der sich auf den Tempelstufen lümmelt und vorbeigehende Frauen anschwärmt. Sie konnte es nicht verhindern; sie wurde rot.

»Du gehst besser«, sagte sie dann. »Das Bankett.«

Er zuckte die Schultern, hörte mit dem Flirten auf und wurde geschäftsmäßiger. »Das liegt ganz bei dir. Wenn du nicht gehen willst, bleiben wir eben zu Hause und machen uns einen ruhigen Abend. Mir macht das nichts aus. Kann genausogut damit anfangen, meine Position auszunutzen. Die ganze Stadt setzt sich fröhlich zu Tisch, nur um zu erfahren, daß der Kaiser lieber in Ruhe zu Hause speisen will. Ich nehme an, das es ihnen vollkommen egal ist, solange sie alle ein hübsches Stück Gans in Sesamsoße kriegen und einen Granatapfel zum Mitnehmen.«

Er machte sich lustig. Caenis ging nicht darauf ein.

Nach einer kurzen Pause versuchte er es erneut. »Caenis, sei nicht so störrisch. Ich habe dich nie gebeten: ›Leb mit mir zusammen, bis sich mir etwas Besseres bietet‹.«

»Nein. Nein, du warst immer großzügig zu mir. Keine Bange, ich werde jetzt kein Geschrei machen oder mit Vasen werfen oder dir was vorheulen.«

»Nein«, erwiderte er knapp. »Ich erinnere mich daran. Aber weißt du nicht, daß mich dein trauriges Gesicht zwanzig Jahre lang verfolgt hat?«

Caenis war sich dessen bewußt. »Eins habe ich vergessen«, murmelte sie tröstend, weil sie merkte, wie bedrückt er war, »daß du natürlich meinen Satz Silbermesser behalten kannst.«

»Oh, danke! Um die hatte ich am meisten gebangt.« Sie hörte ihn leise seufzen, immer noch in gedrückter Stimmung. Mit lächelnden Augen sah sie ihn an, bis sie merkte, daß er sich wieder gefangen hatte, weil er mit einem seiner plötzlichen Energieausbrüche hervorstieß: »Caenis, hör auf, dich an deinen Felsen zu klammern wie eine starrköpfige Napfschnecke! Mein Herz, du hast deine festen Ansichten über das, was dir erlaubt ist – nicht viel. Ein Kaiser lädt dich zum Essen mit ganz Rom ein, und du mußt beweisen, daß du immer noch mit beiden Beinen auf dem Boden stehst, indem du selbst dein Klo ausschrubbst!«

»Ich führe ein ordentliches Haus«, murmelte sie trotzig.

»Du wirst auch einen ordentlichen Palast führen.«

»Nach vier Kaisern in achtzehn Monaten wage ich nicht daran zu denken, womit da die Abflüsse verstopft sind.«

»Schlepp es nicht an, um es mir zu zeigen, mehr verlange ich nicht.« Er beugte sich vor, drängender jetzt, da sie die Möglichkeit angedeutet hatte, dort zu sein. »Ich möchte, daß du kommst – du mußt kommen!«

»Der Kaiser befiehlt!«

»Mach dich nicht lächerlich. Ich war immer höflich zu dir.«

Caenis ging allmählich die Kraft aus.

Sie holte tief Luft. Dann sagte sie ihm ohne Umschweife, daß sie nicht gedenke, in irgendeinem finsteren Winkel seines Palastes auf der anderen Seite eines kalten Flures zu hocken, das peinliche, traurige Überbleibsel aus seiner Vergangenheit, das er aus Gutmütigkeit nicht abschaffen mochte. Diese dramatische Erklärung, die sie im Kopf ein Jahr lang eingeübt hatte, klang viel weniger würdevoll, als sie gehofft hatte.

Vespasian hatte zunächst unbewegt zugehört, wurde aber plötzlich wieder lebendig. »Ach, das weiß ich doch alles! Ich kenne dich schließlich lange genug.« Er bewegte sich wie ein unruhiger Löwe vorm Öffnen der Käfigtore in der Arena. »Was hattest du dir denn statt dessen für mich gedacht?« spottete er. »Soll ich mir irgendeine schlampige Kuh suchen, die den ganzen Tag mit zwei Wagenlenkern im Bett liegt, dann am Abend zusieht, wie sich irgendwelche Schauspieler auf meine Kosten und von meinem besten Geschirr die Bäuche vollschlagen und hinterher in den Brunnen kotzen? Oder lieber eine prüde Bohnenstange, deren Interesse an Politik darin gipfelt, daß sie mich umbringt? Oder ein hübsches Lärvchen mit großen Brüsten und schmachtenden Augen, das mir ganz unerwartet die Geburt von Zwillingen ankündigt? Oder vielleicht können mir diese für des Kaisers leibliches Wohl zuständigen Luden, die ich geerbt zu haben scheine, jeden Tag ein neues Mädchen besorgen, jede Stunde, falls die Regierungsgeschäfte das erlauben und meine Kondition mitmacht. Was für eine traumhafte Position für einen Mann! Ich kann jede Frau haben, die ich will. Ich kann sie alle haben!«

Nach diesem Ironieausbruch sackte er in sich zusammen. Erschöpft sagte er: »Es geht nicht. Ich bin ein einfacher Mann. Rom muß mich nehmen, wie ich bin.« Sein Blick wurde weich; Caenis schloß die Augen, machte ein trotziges Gesicht. Sie hörte ihn lachen. »Ich erinnere mich an einen Abend, an dem du genauso ausgesehen hast. Wir standen auf der Straße – woanders konnten wir nicht hin – und du hast mich angefaucht, daß du mich *magst.* Dabei warst du die ganze Zeit starr vor Angst, daß ich dich anspringen und an einer Hauswand vergewaltigen könnte – und, um die Wahrheit zu sagen, ich wollte dich so sehr, daß ich Angst hatte, ich würde es tun!«

»Ich war nur eine Sklavin. Warum hast du's nicht getan?« fragte Caenis kalt.

»Aus dem gleichen Grund, aus dem du nein gesagt hast.« Ihre Blicke trafen sich. »Vergiß die Regeln«, sagte er. »Wir teilen unser Leben, wir gehören zusammen, nicht mehr und nicht weniger.«

Heiser protestierte Caenis: »Oh, Vespasian, das *kannst du nicht tun*!«

Der Kaiser nahm die förmliche Haltung eines Mannes an, der eine Rede halten will. »Gnädigste, es gibt nur zwei Dinge, die ich nicht tun kann. Du bist eine Freigelassene; mir ist nicht gestattet, dich zu heiraten. Aus diesem Grund kann ich dich auch nicht zur Kaiserin machen. Du kannst nie Caenis Augusta sein. Wenn wir tot sind, wird der Senat nicht gestatten, daß du dich mir als Göttin anschließt. Keiner von uns nimmt *das* ernst – ebensowenig wie die Götter, nehme ich an. Aber du bist als Sklavin im Palast geboren worden. Jetzt wirst du ihn regieren. Du, die du einst Cäsars Besitz warst, sollst nun auf gleicher Stufe mit deinem eigenen Cäsar leben. Ich kann dir keine Titel verleihen, aber solange ich lebe, Antonia Caenis, Caenis, meine Liebste, wirst du den dir zustehenden Status, den Platz, die Position, den Respekt bekommen ... Keine dunklen Ecken in zugigen Fluren. Unsere Bedingung war, Seite an Seite zu gehen.«

Es war eine gute Rede. Sanftmütig erwiderte Caenis: »Zwischen uns gab es nie Bedingungen. Das hatten wir nicht nötig. Wir kamen mit Vertrauen, Anständigkeit und der liebevollen Anerkennung unserer jeweiligen Eigenarten aus – und, im Fall einer wirklichen Krise, der Tatsache, oh, mein Cäsar, daß du mir zehntausend Sesterzen schuldest!«

Ungewollt hatte sie ihn daran erinnert. Sofort erhob er sich, kam ein paar Schritte auf sie zu, schob mit ernstem Gesicht etwas unter einen Lampenfuß und pfiff dann leise vor sich hin. »Keine Widerrede. Das ist die Geldanweisung meines Bankiers für dich. Du hast es nicht mehr nötig, Stimmen zu kaufen. Ich brauche vierhundert Millionen Sesterzen, um das Reich wieder auf die Beine zu stellen, aber das läßt sich jetzt auch ohne deine Ersparnisse bewerkstelligen!«

Caenis war neugierig, wie ein Mann, der nie zu eigenem Geld gekommen war, es nun schaffen wollte, vierhundert Millionen Sesterzen für den Staat aufzutreiben. Seine Augen sprühten. Man sah ihm an, daß er es ihr am liebsten sofort erklärt hätte. Vespasians Vater war Steuereintreiber gewesen, das hatte Rom vergessen.

»Jetzt sind wir beide quitt, mein Herz. Ich bezahle meine Schulden, und ich vergesse nicht. Caenis, du hast immer darauf vertraut, daß ich Karriere machen würde. Vertrau mir auch als Privatmann.«

Das tat sie. Sie waren eins. Sie lachten über die gleichen Dinge, wurden zur gleichen Zeit wütend, spotteten im gleichen Ton über Heuchelei und Scheinheiligkeit. Sie fühlten sich wohl zusammen, waren sich nahe. Ihr tägliches Leben verlief nach dem gleichen Rhythmus. Nach vier Jahren Abwesenheit, in der die Welt und ihr eigenes Leben ungeheuren Umwälzungen unterworfen worden waren, kam er durch diese Tür herein – und es war eigentlich unnötig, daß einer von ihnen überhaupt etwas sagte.

Sie saß wie erstarrt neben der Geldanweisung. Die Tatsache, daß Flavius Vespasianus ihr Geld schuldete, war immer ihre Sicherheitsleine gewesen, eine Art imaginäres Band zwischen ihnen, was auch immer sonst passieren mochte. Sie brauchten es nicht mehr.

Er wartete, nur einen Schritt von ihr entfernt. Im Zimmer war es sehr still geworden.

»Caenis, du störrische alte Frau, sei nett zu einem armen alten Mann.«

»Willst du das wirklich?«

»Ja. Ja, das will ich!«

»Warum?«

»Das weißt du sehr genau.« Offenbar hatte er sie jahrelang mit dieser Antwort abgespeist, das sah er an ihrem vorgereckten Kinn. Als er endlich beschloß, sich näher zu erklären, tat er es ohne Theater und Dramatik: »Ich liebe dich. Ich habe dich immer geliebt und werde es immer tun.«

Darauf blieb Caenis stumm.

Vespasian kam es so vor, als stimmte etwas nicht mit ihrem Gesicht. Ihre Lippen hatten sich seltsam verzogen, ihre Augen waren zu fest zugedrückt. Es war ein so ungewohnter Anblick, daß ihn plötzliche Zweifel überkamen. Caenis streckte hilflos die Hand nach ihm aus, nicht fähig, ihn auf andere Weise zu beruhigen. Er hatte sie noch nie weinen sehen.

Überrascht öffnete er die Arme. »Oh, mein armes Herz!« Der erste Schluchzer, so lange zurückgehalten, löste sich schmerzhaft in ihrer Kehle. Sie war aufgestanden. Mit einem Schritt war er bei ihr und schloß sie in die Arme. »Komm her, komm her zu mir ...« Er wandte ihr den Armreif aus der Hand und streifte ihn über ihr Handgelenk, wo er hingehörte. Daß sie ihn abgenommen hatte, mußte ihn seit seinem Eintritt beunruhigt haben. *»Oh, Caenis, meine Liebste!«*

Er meinte genau das, was er sagte, hatte es von Anfang an gemeint. Sie stieß sich die Stirn an den dicken, erhabenen Verzierungen seiner reichbestickten Toga.

Im Haus ging es inzwischen lebhaft zu. Vor der Tür war das unruhige Scharren und Klirren des kaiserlichen Gefolges zu hören, das sich in ihre Eingangshalle drängte, Lanzen gegen Caenis' Möbel lehnte und sich in den Fluren verteilte ... Große Männer mit schweren Stiefeln, die über ihre kaum getrockneten Fußböden trampelten. Vespasian ließ sich nicht davon stören. Sie konnten Aglaus in Bestform hören, wie er den Palastsoldaten ordentlich den Marsch blies. Zwölf Liktoren stützten sich auf ihre Äxte und wurden immer kleiner unter seinem beißenden Sarkasmus. Die Prätorianer dachten krampfhaft darüber nach, wie sie sich zur Wehr setzen sollten, während ihrem Zenturio hilflos der Schweiß zwischen den Backenstützen seines Helms und dem angespannten Kinn hinunterlief. Sänftenträger machten sich draußen auf der Straße schier in die Hosen vor Angst, Sekretäre klapperten nervös mit ihren Notiztafeln, ein Kammerherr mit hohem Blutdruck machte sich bereit, sein Leben auf den Eingangsstufen neben dem alten Farnkübel auszuhauchen. Das Obergarderobier des Kaisers hatte – auf einem kleinen karmesinroten Kissen mit vier glänzenden Seidentroddeln – den fehlenden Lorbeerkranz des Kaisers mitgebracht.

»Siehst du«, meinte Vespasian, sich mit leisem Lachen des Ganzen bewußt, ohne es weiter zu beachten. »Ach, Liebste, wenn dir das schon zuviel ist, was denkst du denn, wie ich mich erst fühle? Putz dir die Nase am Purpur. Mach dir nichts daraus, wenn die Farbe ausläuft. Weine an der wichtigsten Schulter der Welt, laß deine Tränen ruhig über diese dämlichen Goldbordüren laufen.«

»Das verdammte Zeug wird grün werden.« Caenis kannte sich mit der Stickerei kaiserlicher Gewänder aus.

Sie hob ihr tränennasses Gesicht. Der Mann, den sie ihr ganzes Leben lang geliebt hatte, schniefte auch kurz, bevor er sie angrinste. Er war noch ganz der alte. »Hör zu – wir müssen jetzt gehen.«

Caenis weinte immer noch.

»Damit wäre das also geklärt. Und wirst du dich«, fragte Vespasian neugierig, »je herablassen, den Kaiser von Rom zu küssen?«

Caenis hörte auf zu weinen und wünschte sich, sie hätte schon früher daran gedacht. »Titus«, sagte sie, als sei er gerade nach Hause gekommen. »Titus – oh, Titus, ich bin so froh, dich zu sehen!«

Sie wartete, bis er ihr Gesicht mit einer ziemlich kratzigen Ecke seines kaiserlichen Gewandes getrocknet hatte. Es dauerte seine Zeit, weil Vespasian Soldat war und praktische Aufgaben mit absoluter Gründlichkeit durchführte. Von allem Luxus, der ihr zur Verfügung stehen würde, kam nichts der sorgfältigen Aufmerksamkeit dieser großen, vertrauten Hände gleich.

Dann küßte Caenis den Kaiser. Sie küßte ihn mit der gleichen Intensität und Leidenschaft, wie sie es schon einmal getan hatte, als der Mann *genau* wissen sollte, was sie empfand. Er ließ es mit großem Vergnügen über sich ergehen, und küßte sie dann zurück, mit einer Zärtlichkeit, die ihren Trotz ausglich, und einem Glitzern in den Augen, das für später mehr versprach. Einen Moment lang standen sie engumschlungen da, teilten diesen Augenblick tiefster Verbundenheit und Friedlichkeit.

»Es gibt keinen Gewinner«, sagte Caenis dann.

Er lachte. »Kein Wettstreit! Du warst immer eine Herausforderung, das war mir wohl bewußt. Jetzt komm nach Hause in deinen Palast und laß uns fürstlich speisen!«

Vom ersten Tag an hatte Caenis gewußt, was einmal aus ihm werden könnte. »Du wirst Cäsar sein. Und ich ...«

Er warf ihr einen seiner nachsichtigen Blicke zu. »Du wirst die Frau an Cäsars Seite sein«, sagte Kaiser Vespasian.

ANMERKUNG

zum geschichtlichen Hintergrund

Die politischen Ereignisse dieses Buches entsprechen der Wahrheit.

Vespasian regierte das Römische Reich zehn Jahre lang. Er starb eines natürlichen Todes. Seine beiden Söhne, erst Titus, dann Domitian, folgten ihm auf den Thron. Domitian entwickelte sich zwar zum Tyrannen und wurde von Mitgliedern seines eigenen Haushaltes ermordet, aber die flavische Dynastie hatte bereits lange zuvor Frieden und Wohlstand wiederhergestellt und so das Goldene Zeitalter des zweiten Jahrhunderts ermöglicht. Damit sollten die politischen und kulturellen Errungenschaften des Römischen Imperiums ihren Höhepunkt erreichen.

Caenis lebte für den Rest ihres Lebens mit dem Kaiser zusammen.

Die Deutsche Bibliothek – CIP-Einheitsaufnahme

Davis, Lindsey:
Die Gefährtin des Kaisers : Roman / Lindsey Davis. Aus dem Engl. von Susanne Aeckerle. – Frankfurt am Main : Eichborn, 1998
Einheitssacht.: Cesar's lady <dt.>
ISBN 3-8218-0346-0

Original © Lindsey Davis 1997

© der deutschen Ausgabe Eichborn GmbH & Co. Verlag KG, Frankfurt am Main,1998
Umschlaggestaltung: Christina Hucke
Umschlagmotiv: Fresko aus Pompeji
Lektorat: Doris Engelke, Roswitha Gerlach
Satz: Fuldaer Verlagsanstalt GmbH, Fulda
Druck und Bindung: Wiener Verlag, Himberg
ISBN 3-8218-0346-0

Verlagsverzeichnis schickt gern:
Eichborn Verlag, Kaiserstr. 66, D-60329 Frankfurt/Main.
http://www.eichborn.de

OCEANUS GERMANICUS
OCEANUS ATLANTICUS
BRITANNIA
Camulodunum
GERMANIA INFERIOR
Gesoriacum
BELGICA
LUGDUNENSIS
GERMANIA SUPERIOR
RAETIA
NORICUM
PANNO
DAL
AQUITANIA
ALPES
NARBONENSIS
TARRACONENSIS
CORSICA
ROM
Ostia
LUSITANIA
SARDINIA
CAPRI
BAETICA
MARE
SICILIA
Carthage
MAURETANIA
AFRICA
Hadrumetum
0
300 Meilen
0
400 Kilometer
Provinzgrenzen
Reichsgrenze